David Sedaris · Gute Nackt-Geschichten

die politische Leidenschaft oft eine besorgniserregende Intensität; und doch sind die Leute dort sympathisch, gastlich und großzügig und haben einen ausgeprägten Sinn für Humor.

Es muß die Sonne sein, eine verdammte Sonne, die den ganzen Sommer lang die Gehirne martert. Oder der Nebel, ein dikker Nebel, der den ganzen Winter lang auf den Gehirnen lastet.

Die Typen sind echt, und die Geschichten sind so wahrscheinlich, daß mehr als einmal ein erfundenes Ereignis ein paar Monate später tatsächlich passiert ist und man in der Zeitung davon las.

Ja, die Wirklichkeit überstieg sogar die Phantasie: Denn als ich die Geschichte von Peppone schrieb, in der er, um ein Flugzeug loszuwerden, das während einer Wahlversammlung gegnerische Flugblätter abwirft, eine Maschinenpistole aus dem Strohschober zieht, da brachte ich es nicht fertig, ihn schießen zu lassen. „Das ist zu phantastisch", sagte ich mir. Zwei Monate später schossen in Spilimbergo im Friaulischen die Kommunisten nicht nur auf ein Flugzeug, das antikommunistische Flugblätter abwarf, sie schossen es sogar ab!

Ich habe nichts weiter zu meinen Geschichten zu sagen. Niemand kann schließlich von einem armen, anständigen Menschen verlangen, daß er, nachdem er ein Buch geschrieben hat, es auch noch verstehen soll.

*Guareschi*

DAVID SEDARIS

# *Gute Nackt-Geschichten*

ALLE GESCHICHTEN AUS
»NAKED« UND
»ICH EIN TAG SPRECHEN HÜBSCH«
IN EINEM BAND

AUS DEM AMERIKANISCHEN
VON
HARRY ROWOHLT
UND
GEORG DEGGERICH

GERD HAFFMANS
BEI ZWEITAUSENDEINS

1. Auflage des Sammelbands, Oktober 2005
Zweitausendeins, Postfach, D-60381 Frankfurt am Main.



Umschlag, Produktion und Gestaltung von Urs Jakob,
Werkstatt im Grünen Winkel, CH-8400Winterthur.
Satz: Fotosatz Amann, Aichstetten.
Herstellung: GGP Media GmbH, Pößneck.
Printed in Germany.

Dieses Buch gibt es nur bei Zweitausendeins im Versand,
Postfach, D-60381 Frankfurt am Main, Telefon 069-420 8000, Fax 069-415 003.
Internet www.Zweitausendeins.de, E-Mail info@Zweitausendeins.de.
Oder in den Zweitausendeins-Läden in Berlin, Düsseldorf,
Frankfurt am Main, Freiburg, 2 x in Hamburg, in Hannover, Köln,
Mannheim, München, Nürnberg und Stuttgart.

In der Schweiz über buch 2000, Postfach 89, CH-8910 Affoltern a. A.

ISBN 3-86150-560-6

*Inhalt*

# NAKED

# ICH EIN TAG SPRECHEN HÜBSCH

*Eins*

# NAKED

*Aus dem Amerikanischen*
*von*
*Harry Rowohlt*

*Für meine Schwester Lisa*

Die amerikanische Ausgabe »Naked«
erschien 1997 bei Little, Brown & Company, New York;
die Deutsche Erstausgabe erschien 1999 unter dem
Titel »Nackt« im Haffmans Verlag Zürich.

*Vorbemerkung des Autors:*
Die in diesen Geschichten beschriebenen Vorfälle haben sich wirklich zugetragen. Mit Ausnahme der Familienmitglieder haben die Personen fiktive Namen und den Wiedererkennungswert steigernde Charaktereigenschaften.

# *Rauchfleisch*

Ich erwäge, die Dienstboten zu ersuchen, daß sie mein Kleingeld polieren, bevor sie es in das chinesische Aquarium tun, welches ich auf der Frisierkommode stehen habe. Es ist wichtig, sauberes Geld zu haben –, nicht neu, aber gepflegt. Das ist einer der Glaubenssätze meiner Kirche. Es handelt sich da nicht um meine *persönliche* Kirche, sondern um die Kirche, welche ich mit meiner Familie besuche: die Kathedrale der Funkelnden Natur. Sie ist jenes gewaltige Bauwerk mit den Türmen und Glocken und Statuen, welche gemeines Volk darstellen, die sich anschikken, von den Zinnen zu springen. Es werden auch Führungen veranstaltet, und an jedem ersten Sonntag im Oktober ist Tag der offenen Tür. Kommen Sie doch *auch* mal! Aber lassen Sie Ihren Fotoapparat zu Hause, denn das Blitzlicht macht die Pferde scheu, und das stellt für mich und meine Eltern eine furchtbare Bedrohung dar, besteht der Pfarrer doch darauf, daß wir unsere Plätze in der ersten Bankreihe einnehmen. Unlängst rief er uns an, beschwipst – er ist ein kleiner Schluckspecht –, und sagte, unsere Gesichter führten ihn näher an Gott heran. Und es stimmt, wir sind schrecklich gutaussehende Menschen. Das Profil meiner Mutter ziert die neuen Schwebebahn-Wertmünzen, und was meinen Vater und mich betrifft, so planen die Leutchen bei der NASA eine Mondkapsel, die nach unserer Schädelform konstruiert werden soll. Unsere Wangenknochen sind äronautisch, und unsere Kinngrübchen haben ein Fassungsvermögen von bis zu drei Dutzend Luftgewehrkugeln gleichzeitig. Auf Befragen antworten die meisten Menschen, meine Haut sei mein größter Aktivposten, weil sie – was sie tatsächlich tut! – strahle. Ich muß mir die Augen mit einer Socke verbinden, um nachts einschlafen zu können. Andere mögen meine Augen oder meine vollkommenen, schimmernden Zähne, mein volles Haar oder meine beeindruckende Gestalt, aber wenn Sie Wert auf meine Meinung legen, so finde ich meine hervorstechendste Eigenschaft die Fähigkeit, ein Kompliment zu ertragen.

Weil wir so schlau sind, können meine Eltern und ich durch Menschen hindurchsehen, als wären sie aus hartem, klarem Kunststoff. Wir wissen, wie sie nackt aussehen, und können das verzweifelte innere Getriebe ihrer Herzen, Seelen und Eingeweide sehen. Jemand quatscht mich mit »Na, wie läuft's, Großer?« an, und ich kann seinen Neid riechen, sein unbeholfen tastendes Verlangen, meine Zuwendung durch eine beiläufige und unangemessene Volkstümlichkeit zu erringen, bei der sich mir vor Mitleid der Magen umdreht. Wie läuft's; wenn ich das schon höre. Sie wissen nichts über mich und meine Art zu leben, und die Welt wimmelt von solchen Leuten.

Nehmen Sie zum Beispiel den Pfarrer, mit seinen zitternden Händen und seiner wächsernen Hauthülle. Er ist nicht komplexer als eins dieser fünfteiligen Holz-Puzzles, die man Idioten und Schulkindern gibt. Er möchte, daß wir in der ersten Reihe sitzen, damit wir die anderen Kirchgänger nicht ablenken, die sich sonst ständig auf ihrer Bank umdrehen, sich den Hals verrenken würden, um unsere physische und spirituelle Schönheit zu bewundern. Unsere gute Erziehung verzaubert sie, und sie wollen aus erster Hand sehen, wie wir mit unserer Tragödie fertig werden. Wohin wir auch gehen, überall stehen meine Eltern und ich im Mittelpunkt der Aufmerksamkeit. »Sie sind's! Seht nur, dort ist der Sohn! Berührt ihn, grabscht nach seinem Schlips, nach einer Locke von seinem Haupthaar, nach irgendwas!«

Der Pfarrer hatte gehofft, er würde, wenn er seine Predigt zu Pferde hielt, ein wenig Aufmerksamkeit zurückerlangen, aber selbst mit Lasso und einem Gespann tänzelnder Clydesdale-Kaltblüter war sein Plan zum Scheitern verurteilt. Immerhin blickt jetzt, da wir in der ersten Reihe sitzen, die Gemeinde nach vorn, und das ist ein Schritt in die richtige Richtung. Wenn es dazu dient, die Menschen näher an Gott heranzuführen, kauern wir auch gern auf den Orgelpfeifen, oder wir schnallen uns an das original Cromargan-Kreuz, welches über dem Altar hängt. Wir würden so ziemlich alles tun, denn bei aller Unbill, die wir jüngst durchlitten, besteht unsere vornehmste Pflicht darin, anderen zu helfen. Die Innenstädtische Picknick-Stiftung, unsere jährliche Sternfahrt »Kampf dem Kopfweh!«, das der Nachsorge bei Polo-Verletzungen gewidmete Seitengebäude im hiesigen Allgemeinen Krankenhaus –: Unsummen stiften wir für wohltätige Zwecke, doch werden Sie uns nie darüber reden hören. Wir geben anonym, denn die Waschkörbe voller Dankschreiben, in unbeholfener Handschrift und hoffnungsloser phonetischer Orthographie abgefaßt, brechen uns schier das Herz. Wenn sich herumspricht, daß wir großzügig *und* gutaussehend sind, wird der Platz vor unserem Portal hast-du-nicht-gesehen zum Zeltplatz für Moderedakteure und verkrüppelte Kinder, die mit ihren spitzen Krücken den Rasen ruinieren. Nein, man tut, was man kann, aber mit so wenig Fanfare wie möglich. Sie werden uns nie von Festwagen herunterwinken oder neben Seiner Exzellenz, dem Großen Brimborius, einhermarschieren sehen, denn damit würden wir nur die allgemeine Aufmerksamkeit auf uns lenken. Ja, man sieht die Schranzen, wie sie dies tagaus, tagein betreiben, aber sowas ist billig und närrisch, und eines Tages werden sie die Folgen ihrer Narretei zu büßen haben. Sie hungern nach etwas, wovon sie nichts wissen, wir dagegen, wir wissen nur zu gut, daß der Preis des Ruhms der Verlust des Privatlebens ist. Öffentliche Zurschaustellung von Glück ermuntert nur die vielen Entführer, welche die belaubten Grundstücke unserer besseren Wohngegenden durchstreifen.

Als es meine Schwestern erwischte, zerknüllte mein Vater die Lösegeldforderung und warf sie in die ewige Flamme, welche neben dem mumifizierten Pilgervater brennt, den wir im Speisesaal unseres Sommerhauses in Olfactory aufbewahren. Wir verhandeln nicht mit Kriminellen; das ist in unserem Charakter nicht angelegt. Hin und wieder denken wir an meine Schwestern und hoffen, daß es ihnen gutgeht, aber wir halten uns nicht länger damit auf, da dies nur den Entführern nützt. Fürs erste sind meine Schwestern zwar weg, aber, wer weiß, vielleicht kehren sie eines Tages zurück, vielleicht wenn sie älter sind und selbst Familie haben. Bis dahin lebe ich als Einzelkind und einziger Erbe des nicht unbedeutenden elterlichen Vermögens.

Einsam? Manchmal. Mir bleiben immer noch Mutter und Vater, sowie, natürlich, die Dienstboten, von denen einige außerordentlich schlau sind, wenn man einmal von ihren schiefen Zähnen und mangelhaften Manieren absieht. Erst neulich war ich mit Duncan im Stall, als …

»Laß doch endlich um des lieben Himmels willen«, sagte meine Mutter und tunkte wild ihren Holzlöffel in einen Kessel mit Rinderbrühe aus geschnittenem Rauchfleisch, »diese verdammte Katze zufrieden, bevor ich dich auch noch kratze. Es ist schon schlimm genug, daß du sie aufgerüscht hast wie eine Zweidollarhure. Zieh ihr das Kostüm aus und laß sie los, bevor sie auch noch abhaut wie die Katze davor.«

Mit der freien Hand rückte ich meine Brille zurecht und erinnerte sie daran, daß die Katze davor von einem Auto überfahren worden war.

»Sie hat sich absichtlich überfahren lassen«, sagte meine Mutter. »Es war ihr einziger Ausweg, und du hast sie mit deinem Scheißdreck über die Kennedys und daß du mit ihnen Hochrippe gespeist hättest oder worüber du an dem Tag gerade gejammert hast, in den Tod getrieben. Jetzt laß sie endlich los. Danach möchte ich, daß du in den Hintergarten rennst und deine Schwestern aus dem Graben holst. Bei der Gelegenheit kannst du auch deinen Vater suchen. Wenn er nicht unter seinem Auto liegt, arbeitet er wahrscheinlich an der Klärgrube. Sag ihnen, sie sollen ihren Arsch zu Tisch bewegen, oder sie kriegen meine gottverdammte Faust zum Abendessen.«

Es war nicht so, daß wir arm gewesen wären. Meinen Eltern zufolge waren wir weit davon entfernt, nur nicht weit genug, um meine Bedürfnisse zu befriedigen. Ich wollte eben lieber ein Haus mit einem Burggraben statt mit einem Zaun. Um nachts einigermaßen schlafen zu können, brauchte ich einen nach uns benannten Flughafen.

»Du bist ein Snob«, sagte meiner Mutter immer. »Da hast du dein Problem, schön handlich verpackt. Ich bin unter Menschen wie dir aufgewachsen, und weißt du was? Ich konnte sie nicht ausstehen. Niemand konnte sie ausstehen.«

Egal was wir hatten – das Haus, die Autos, die Ferien –, es war nie genug. Irgendwo war ein schrecklicher Fehler gemacht worden. Das Leben, das ich führen mußte, war eine einzige Zumutung, aber nie gab ich die Hoffnung auf, daß eines Tages meine echte Familie auftaucht und mit weißbehandschuhtem Finger auf den Klingelknopf drückt. Dann schreien alle: »Ach, Graf Meißelkinn«, und schmeißen zur Feier des Tages ihre Zylinderhüte hoch in die Luft, »Gott sei Dank, daß wir Sie endlich gefunden haben.«

»Das wird nie geschehen«, sagte meine Mutter. »Glaub mir, wenn ich hätte ein Baby stehlen wollen, hätte ich eins genommen, das mich nicht jedesmal zusammenscheißt, wenn ich meine Jacke auf dem Sofa liegenlasse. Ich weiß auch nicht, wie es passiert ist, aber du bist mein Sohn. Wenn das für dich so eine Enttäuschung ist, stell dir einfach mal vor, wie es *mir* geht.«

Wenn meine Mutter einkaufen ging, lungerte ich oft vor dem Laden herum. Ich hoffte, wohlhabende Eheleute würden mich in ihren Kofferraum stopfen. Zunächst würden sie mich eine bis zwei Stunden lang foltern, aber sobald sie erführen, daß ich mit Golfschlägern umzugehen verstand, würden sie meine Fesseln lösen und mich als Fleisch von ihrem Fleische umarmen.

»Irgendwelche Entführer?« fragte meine Mutter dann, wenn sie ihren beladenen Einkaufswagen auf den Parkplatz schob.

»Kennst du keine kinderlosen Ehepaare?« fragte ich dann. »Jemanden mit Swimmingpool oder Privatjet?«

»Du wärst der erste, dem ich Bescheid sage.«

Mein Mißvergnügen nahm mit dem Erscheinen jeder neuen Schwester zu.

»Ihr habt *wie viele* Kinder in der Familie?« fragten die Lehrer. »Da seid ihr bestimmt katholisch, stimmt's?«

Meine Mutter schien zu Weihnachten immer schwanger zu sein. Das Klo war ständig voll schmutziger Windeln, und ewig tappten Kleinkinder in mein Schlafzimmer, um meine Muschel- und Weinflaschensammlung durcheinanderzubringen. Ich hatte keine Ahnung von den genauen Vorgängen, aber nach dem zu urteilen, was ich bei den Nachbarn zufällig mitbekam, hatte unsere große Familie etwas mit der mangelnden Kontrolle meiner Mutter zu tun. Es war *ihre* Schuld, daß wir uns kein Sommerhaus mit Erkerfenstern und keinen Tennisplatz an der Steilküste leisten konnten. Anstatt ihren sozialen Status zu verbessern, zog sie es vor, Kinder auszuscheiden, jedes noch dreckiger als das davor.

Erst als sie ihre sechste Schwangerschaft ankündigte, wurde mir die Komplexität der Lage klar. Ich ertappte sie im Schlafzimmer, wie sie am hellichten Nachmittag weinte.

»Bist du traurig, weil du immer noch nicht im Keller staubgesaugt hast?« fragte ich. »Ich kann das für dich tun, wenn du möchtest.«

»Ich weiß, daß du das kannst«, sagte sie. »Und ich weiß dein Angebot zu schätzen. Nein, ich bin traurig, weil ich, Scheiße, weil ich schon wieder ein Kind kriege, aber diesmal ist es das letzte, das schwör ich dir. Nach diesem laß ich mir vom Arzt die Eileiter zubinden und den Knoten verlöten, damit es ganz bestimmt nie wieder passiert.«

Ich hatte keinen Schimmer, wovon sie sprach – einem Leiter, einem Knoten, einem Lötkolben –, aber ich nickte, als hätten wir beide gerade eine Art private Übereinkunft getroffen, welcher später ein Team von Anwälten ihre endgültige Form geben würde. »Einmal schaffe ich es noch, aber ich brauche deine Hilfe.« Sie weinte immer noch, verzweifelt, aber irgendwie nachlässig, doch ich fand es weder peinlich noch zum Fürchten. Ich betrachtete ihre schmalen Hände, die sie sich wie einen Vorhang vors Gesicht hielt, und verstand, daß sie mehr brauchte als eine freiwillige Haushaltshilfe. Und, oho, diese Person würde ich sein. Ein Zuhörer, ein Finanzberater, sogar ein Freund: Ich schwor, all dies und noch viel mehr zu sein, und zwar für zwanzig Dollar und eine schriftliche Garantie, daß ich immer mein eigenes privates Schlafzimmer haben würde. So engagiert war ich. Und weil sie wußte, was für ein gutes Geschäft sie gemacht hatte, trocknete meine Mutter sich das Gesicht und ging davon, um ihr Portemonnaie zu suchen.

# *Die Mackenplage*

Als die Lehrerin fragte, ob sie mal meine Mutter besuchen kann, drückte ich achtmal die Nase gegen die Tischplatte.

»Darf ich das als ›ja‹ verstehen?« fragte sie.

Laut ihren Berechnungen hatte ich an jenem Tag achtundzwanzigmal meinen Platz verlassen. »Du hüpfst auf und ab wie ein Floh. Ich wende dir nur zwei Minuten lang den Rücken zu, und schon drückst du deine Zunge gegen den Lichtschalter. Vielleicht machen sie das da, wo du herkommst, aber hier in meinem Klassenzimmer verlassen wir unseren Platz nicht und lecken nicht an Sachen, wenn uns danach ist. Das ist der Lichtschalter von Miss Chestnut, und Miss Chestnut liebt trockene Lichtschalter. Fändest du das etwa schön, wenn ich zu dir nach Hause käme, um *deine* Lichtschalter abzuschlecken? Na? Fändest du das schön?«

Ich versuchte sie mir in Aktion auszumalen, aber mich rief mein Schuh. *Zieh mich aus,* flüsterte er. *Poche dir mit meinem Absatz dreimal gegen die Stirn. Tu's jetzt gleich, schnell, niemand wird was merken.*

»Nun?« Miss Chestnut hob die kaum sichtbaren, dünn nachgezogenen Brauen. »Ich stelle dir eine Frage. Fändest du das schön, oder fändest du das nicht schön, wenn ich bei dir zu Hause die Lichtschalter abschlecke?«

Ich zog mir den Schuh aus und tat, als untersuchte ich die Absatzprägung.

»Gleich haust du dir diesen Schuh übern Kopf, stimmt's?«

Es war kein »Hauen«, es war Pochen; aber immerhin, woher hatte sie gewußt, was ich als nächstes vorhatte?

»Lauter Fußabdrücke auf der Stirn«, sagte sie und beantwortete meine unausgesprochene Frage.

»Du solltest irgendwann mal in den Spiegel kucken. Schuhe sind schmutzig. Wir tragen sie an den Füßen, um uns gegen das Erdreich zu schützen. Es ist nicht gesund, sich Schuhe übern Kopf zu hauen, stimmt's?«

Nein, glaubte ich auch nicht.

»Glaubst du nicht? Mit Glauben hat das nichts zu tun. Ich ›glaube‹ nicht, daß es gefährlich ist, mit einer Papiertüte über dem Kopf auf die Straße zu rennen. Das hat mit Glauben gar nichts zu tun. Das sind Tatsachen, keine Glaubensfragen.« Sie saß an ihrem Pult, fuhr mit ihrer Vorlesung fort und schrieb gleichzeitig einen kurzen Brief. »Ich würde mich gern mal mit deiner Mutter unterhalten. Du hast doch eine, oder? Ich nehme an, du wurdest nicht von Tieren großgezogen. Ist sie blind, deine Mutter? Kann sie sehen, wie du dich beträgst, oder sparst du dir deine Mätzchen exklusiv für Miss Chestnut auf?« Sie überreichte mir den gefalteten Zettel. »Du darfst jetzt gehen, und ich darf dich jetzt schon darum bitten, auf dem Weg hinaus nicht meinen Lichtschalter mit deiner bazillenverseuchten Zunge zu benetzen. Er hatte einen schweren Tag. Wir hatten beide einen schweren Tag.«

Es war nicht weit von der Schule bis zu unserem gemieteten Einfamilienhaus, nicht weiter als sechshundertsiebenunddreißig Schritte, und an einem guten Tag schaffte ich die Strecke in einer Stunde, wenn ich nur alle paar Dezimeter haltmachte, um mit der Zunge einen Briefkasten anzutippen, oder um einzelne Blätter oder Grashalme, die mir aufgefallen waren, zu berühren. Wenn ich die Anzahl der bereits zurückgelegten Schritte vergaß, mußte ich zurück zur Schule und von vorn anfangen. »Schon wieder da?« fragte dann der Hausmeister. »Kannst nicht genug kriegen von der Schule, was?«

Er hatte nichts verstanden. Ich wollte lieber als sonstwas zu Hause sein; das Hinkommen war das Problem. Möglicherweise faßte ich den Telegraphenmast bei Schritt dreihundertvierzehn an und machte mir, fünfzehn Schritte später, Sorgen, daß ich ihn nicht genau an der richtigen Stelle angefaßt hatte. Er mußte noch einmal angefaßt werden. Man war nur ganz kurz abgelenkt, und schon beschlich einen der Zweifel, und man stellte nicht nur den Telegraphenmast in Frage, sondern auch den Rasenschmuck bei Schritt zweihundertneunzehn. Also muß man zurück, den Zementpilz noch einmal anlecken und hoffen, daß seine Wächterin nicht wieder aus dem Haus geschossen kommt und ruft: »Nimm dein Gesicht aus meinem Fliegenpilz!« Es konnte regnen, oder vielleicht mußte ich mal, aber nach Hause zu rennen kam nicht in Frage. Dies war ein langer und komplizierter Prozeß, der eine erdrückende Detailversessenheit erforderte. Es war ja nicht so, daß es mir Vergnügen bereitete, die Nase gegen die siedendheiße Kühlerhaube eines parkenden Autos zu drükken –; Vergnügen hatte nichts damit zu tun. Man *mußte* diese Dinge tun, denn nichts war schlimmer als die Qual, sie nicht zu tun. Den Briefkasten übergehen hieß, daß mein Hirn mich ihn nie wieder vergessen ließ, nicht für einen Moment. Ich mochte am Abendbrottisch sitzen, mich herausfordern, nicht daran zu denken, und schon suchte der Gedanke mein Bewußtsein heim. *Denk nicht dran.* Aber dann war es bereits zu spät, und ich wußte genau, was zu tun war. Indem ich mich entschuldigte, ich müßte mal austreten, verließ ich das Haus und kehrte zu jenem Briefkasten zurück, um ihn nicht nur anzutippen, sondern zu schlagen, praktisch auf das Ding einzudreschen, weil ich es so sehr haßte, dachte ich. Was ich natürlich in Wirklichkeit haßte, war mein Bewußtsein. Irgendwo mußte es einen Schalter zum Ausknipsen geben, aber ich will verdammt sein, wenn ich ihn fand.

Ich erinnere mich nicht, daß es im Norden auch schon so schlimm gewesen ist. Unsere Familie war von Endicott, New York, nach Raleigh, North Carolina, transferiert worden. Das war das Wort, welches die Leute bei IBM verwendeten, *transferiert.* Ein neues Haus wurde gebaut, aber bis es fertig war, mußten wir uns mit einem Mietobjekt begnügen, welches einem Plantagengebäude ähneln sollte. Das Gebäude stand in einem baumlosen, schütter werdenden Garten, und seine weißen Säulen versprachen eine Majestät, welche das Interieur nicht einzulösen verstand. Die Haustür öffnete sich auf einen dunklen, engen Flur, welcher von Schlafzimmern gesäumt wurde, die nicht viel geräumiger waren als die Matratzen, die zu ihrer Möblierung dienten. Unsere Küche befand sich im ersten Stock, neben dem Wohnzimmer, dessen Panoramafenster Aussicht auf eine Mauer aus Schlackeziegeln bot, erbaut, um die Schlammflut zurückzuhalten, die vom benachbarten Dreckhügel ausging.

»Unser kleiner Höllenwinkel«, sagte meine Mutter und fächelte sich mit einer der Schindeln, die unseren Vordergarten verunreinigten.

So deprimierend es auch sein mochte –, wenn ich bei der ersten Stufe zu unserem Haus angekommen war, hieß das, daß ich die erste Hälfte des Weges in mein Schlafzimmer geschafft hatte. Zu Hause berührte ich die Haustür mit jedem Ellbogen siebenmal, eine Aufgabe, die erschwert wurde, wenn noch jemand dabei war. »Versuch's doch mal mit der Türklinke«, sagte meine Schwester Lisa. »Das tun wir auch, und bei uns scheint's zu wirken.« Im Haus wollten Lichtschalter und Türstopper befriedigt sein. Mein Schlafzimmer lag genau am Flur, aber erst hatte ich noch zu tun. Nachdem ich die vierte, achte und zwölfte mit Auslegware bezogene Stufe geküßt hatte, wischte ich mir die Katzenhaare von den Lippen, und weiter ging es in die Küche, wo ich Befehl hatte, die Brenner des Gasherds zu streicheln, die Nase gegen die Kühlschranktür zu drücken und Kaffeemaschine, Toaster und Mixer in einer Reihe auszurichten. Nachdem ich meine Runden durch das Wohnzimmer gemacht hatte, war es Zeit, sich neben das Geländer zu knien und blind ein Buttermesser in Richtung meiner Lieblingssteckdose zu werfen. Es gab Glühbirnen zu lecken und Badezimmerwasserhähne zu überprüfen, bevor ich endlich frei war, mein Schlafzimmer zu betreten, wo ich die Gegenstände auf meiner Kommode sorgfältig auf Linie brachte, die Ecken meines Metallschreibtischs ableckte, mich aufs Bett legte, auf und ab wackelte und darüber nachdachte, was für eine seltsame Frau die Lehrerin meiner dritten Klasse, Miss Chestnut, doch war. Warum wollte sie hierherkommen und an meinen Lichtschaltern lecken, wenn sie nie ihren eigenen nutzte? Vielleicht war sie betrunken.

In ihrem Brief hatte sie angefragt, ob sie zu uns nach Hause kommen kann, um sich über meine, wie sie sie nannte, »speziellen Probleme« zu unterhalten.

»Bist du von deinem Platz aufgestanden, um den Lichtschalter abzulecken?« fragte meine Mutter. Sie legte den Brief auf den Tisch und steckte sich eine Zigarette an.

»Ein-, zweimal«, sagte ich.

»Ein-, zweimal wie? Jede halbe Stunde? Alle zehn Minuten?«

»Ich weiß nicht«, log ich. »Wer zählt bei so was schon mit?«

»Deine gottverdammte Mathe-Lehrerin zum Beispiel. Das ist ihr *Job,* das Zählen. Glaubst du etwa, sie merkt sowas nicht?«

»Merkt *was* nicht?« Ich bin immer wieder verblüfft, daß die Leute tatsächlich sowas bemerken. Weil meine Aktionen so immens privat waren, hatte ich immer angenommen, sie wären auch irgendwie unsichtbar. In die Enge getrieben, behauptete ich, der Zeuge habe sich geirrt.

»Was meinst du mit ›merkt *was* nicht?‹!? Heute nachmittag hat mich die Dame, die hier in der Straße wohnt, diese Mrs. Keening, die mit den Zwillingen, angerufen. Sie sagt, sie hat dich in ihrem Vorgarten erwischt, auf Händen und Knien, wie du die Spätausgabe ihrer Zeitung geküßt hast.«

»Ich habe sie nicht geküßt. Ich habe nur versucht, die Schlagzeile zu lesen.«

»Und da mußtest du so nah rangehen? Vielleicht sollten wir dir eine stärkere Brille besorgen.«

»Ja, das sollten wir vielleicht«, sagte ich.

»Und vermutlich hat sich diese Miss...« Meine Mutter entfaltete den Brief und studierte die Unterschrift. »... diese Miss Chestnut ebenfalls geirrt? Ist es das, was du mir zu sagen versuchst? Vielleicht hat sie dich mit dem anderen Jungen verwechselt, der auch immer von seinem Platz aufsteht, um den Bleistiftanspitzer abzulecken oder die Fahne anzufassen oder was zum Teufel du sonst treibst, sobald sie dir den Rücken kehrt?«

»Sehr gut möglich«, sagte ich. »Sie ist alt. Sie hat Flecken auf den Händen.«

»Wie viele?« fragte meine Mutter.

An jenem Nachmittag, an welchem Miss Chestnut zu Besuch kam, war ich in meinem Schlafzimmer und wakkelte. Im Gegensatz zum zwanghaften Zählen und Berühren war Wackeln keine Pflicht-, sondern eine freiwillige und höchst angenehme Übung. Es war mein Hobby, und es gab nichts, was ich lieber getan hätte. Es ging nicht darum, sich in den Schlaf zu wackeln: Dies war kein Schritt in Richtung auf ein höheres Ziel. Es war das Ziel selbst. Die andauernde Bewegung machte mir den Kopf frei, so daß ich mir alles mögliche durch denselben gehen lassen und schwerstdetaillierte Phantasien entwickeln konnte. Noch ein Radio dazu, und ich wackelte hochzufrieden bis drei oder vier Uhr morgens, lauschte der Hitparade und entdeckte, daß es in jedem einzelnen Lied um mich ging. Selbst wenn ich mir dasselbe Lied zwei- bis dreihundertmal anhören mußte –, früher oder später entbarg sich seine geheime Botschaft. Weil es angenehm und entspannend war, mußte mein Wackeln irgendwann ins Stolpern geraten, meistens weil mein Gehirn ihm ein Bein gestellt hatte, da mein Gehirn mir nicht mehr als zehn zusammenhängende Minuten Glück gestattete. Während der Anfangsakkorde meines jeweiligen Lieblingslieds flüsterte eine Stimme: *Müßtest du jetzt nicht eigentlich oben in der Küche sein und überprüfen, ob tatsächlich noch hundertvierzehn Pfefferkörner in dem kleinen Keramiktopf sind? Und, he, wenn du sowieso oben bist, kannst du auch gleich noch feststellen, ob das Bügeleisen abgeschaltet ist, damit das Zimmer mit dem Baby nicht in Flammen aufgeht.* Die Liste mit Forderungen wurde ganz schnell immer länger. *Was ist mit der Zimmerantenne auf dem Fernseher? Bildet sie immer noch ein perfektes* V, *oder hat eine deiner Schwestern ihre Unversehrtheit zerstört? Weißt du, ich frage mich gerade, wie fest der Deckel vom Mayonnaisenglas zugeschraubt ist. Sehen wir doch einfach mal nach, oder?*

Ich war ganz kurz davor, mich richtig wohlzufühlen, *so* nah dran, den komplexen Code des Liedes zu knacken, und schon kamen mir meine Gedanken dazwischen. Der Trick bestand darin, den rechten Augenblick abzupassen, bis die Platte nicht mehr meine Lieblingsplatte war, zu warten, bis sie vom ersten Platz auf der Hitliste gerutscht war, und mir einzureden, sie sei mir wurscht.

Ich war gerade dabei, mich mit »The Shadow of Your Smile« gütlich zu einigen, als Miss Chestnut eintraf. Sie klingelte, ich öffnete meine Schlafzimmertür einen Spalt weit und beobachtete, wie meine Mutter sie hereinbat.

»Sie müssen diese Kartons entschuldigen.« Meine Mutter schnickte ihre Zigarette vor die Tür in den unratstarrenden Vorgarten. »Es ist nur Mist drin, in jedem einzelnen, aber Gott behüte, daß wir irgendwas wegschmeißen. O nein, völlig unmöglich! Mein Mann hat alles aufbewahrt: sämtliche hinterletzten Rabattmarken und Coupons, Badehosen, aus denen jeder herausgewachsen ist, und Linoleumschnipsel, zusammen mit Steinen und knorrigen Stöcken, die, schwört er, seinem alten Abteilungsleiter oder Stellvertretenden Bereichswart oder sonstwas Gottverdammtem zum Verwechseln ähnlich sehen.« Sie wischte sich mit einem Stück Küchenrolle den

Schweiß von der Stirn. »Na egal, zur Hölle damit. Sie sehen aus, als könnte ich einen Drink gebrauchen; geht Scotch in Ordnung?«

Miss Chestnuts Augen erhellten sich. »Eigentlich ja wirklich nicht, aber, naja, was soll's?« Sie folgte meiner Mutter die Treppe hinauf. »Nur ein Tröpfchen mit Eis, ohne Wasser.«

Ich versuchte, im Bett zu wackeln, aber das Geräusch von Gelächter zog mich auf den Treppenabsatz, wo ich, von meinem günstigen Aussichtspunkt hinter einem übergroßen Kleiderschrank, die beiden Frauen beobachtete, wie sie mein Verhalten besprachen.

»Ach, Sie meinen das Anfassen«, sagte meine Mutter. Sie studierte den Aschenbecher, der vor ihr auf dem Tisch stand, und ihre Augen verengten sich zu Schlitzen, wie bei einer Katze, die eines Eichhörnchens ansichtig wird. Der Anblick fixierter Konzentration, den sie bot, legte nahe, daß nichts anderes von Belang war. Die Zeit war stehengeblieben, und sie war taub gegenüber dem leisen Knattern des Ventilators und dem Gezanke meiner Schwestern draußen in der Einfahrt. Sie öffnete den Mund nur so weit, daß sie die Zunge über die Oberlippe gleiten lassen konnte, dann beugte sie sich vor, und ihr Zeigefinger piekte den Aschenbecher, als wäre er etwas Schlafendes, was sie zu wecken versuchte. Ich hatte mich selbst nie in Aktion gesehen, aber ein scharfes, stechendes Gefühl der Erkenntnis sagte mir, daß meine Mutter mich zutreffend nachgemacht hatte.

»Unbezahlbar!« lachte Miss Chestnut und faltete die Hände vor Entzücken. »Das war ja sehr gut; Sie haben ihn perfekt drauf. Bravo, ich gebe Ihnen eine Eins plus.«

»Gott allein weiß, wo er das her hat«, sagte meine Mutter. »Jetzt ist er wahrscheinlich unten in seinem Zimmer und zählt seine Wimpern oder nagt an den Griffen seiner Kommodenschubladen. Um ein, zwei Uhr nachts ist er immer noch zugange, poltert im Haus herum, um den Wäschekorb zu pieksen oder sein Gesicht gegen die Eisschranktür zu pressen. Der Junge ist ein bißchen schief gewickelt, aber das wächst sich zurecht. Also, was meinen Sie, noch einen Scotch, Katherine?« Jetzt war sie also schon Katherine. Noch ein paar Drinks, und sie kam wahrscheinlich mit in die Sommerferien. Wie leicht es für Erwachsene war, sich bei einer zweiten Runde Cocktails zu verbrüdern. Ich ging wieder ins Bett und stellte das Radio laut, um mich nicht von ihrem Gequackel ablenken zu lassen. Denn Miss Chestnut war hier bei mir zu Besuch, und es war nur noch eine Frage der Zeit, bis die Stimmen mich in die Küche riefen, damit ich dort unangenehm auffiel. Vielleicht mußte ich am Besenstiel lutschen oder auf den Tisch steigen, um die Lampe anzufassen, aber was sie auch von mir verlangten, ich hatte keine Wahl, ich mußte es tun. Das Lied, das gerade im Radio gespielt wurde, stellte nicht die geringste Herausforderung dar; der Text war so klar, als hätte ich ihn selbst geschrieben. »Well, I think I'm going out of my head«, sang der Mann, »yes, I think I'm going out of my head.«

Nach Miss Chestnuts Besuch versuchte mein Vater, mich mit Hilfe einer Serie von Drohungen zu kurieren. »Wenn du nochmal deine Nase gegen die Windschutzscheibe drückst, wirst du dir wünschen, es gelassen zu haben, das kann ich dir garantieren«, sagte er, als er, den Schoß voller ungültiger Coupons aus einem anderen Bundesstaat, vom Einkaufen nach Hause fuhr. Es war mir praktisch unmöglich, auf dem Beifahrersitz zu sitzen, ohne die Nase gegen die Windschutzscheibe zu drücken, und nun, da die Aktion verboten war, wollte ich es mehr als alles andere auf der Welt. Ich versuchte, die Augen zu schließen, und hoffte, dadurch würde der Drang nachlassen, merkte aber, daß ich dachte, *er* sollte vielleicht die Augen schließen. Ich wollte die Nase gegen die Windschutzscheibe drücken; na und? Warum durfte er ohne Strafandrohung ständig sein Wechselgeld nachzählen und sich auf die Unterlippe beißen? Meine Mutter rauchte, und Miss Chestnut massierte sich zwanzig-, dreißigmal am Tag die Hüfte –, und da durfte *ich* nicht die Nase gegen eine Windschutzscheibe drücken? Ich öffnete aufsässig die Augen, aber als er sah, daß ich mich auf mein Ziel zubewegte, stieg mein Vater voll auf die Bremse.

»Na, hat das Spaß gemacht?« Er gab mir ein Golf-Handtuch, damit ich mir das Blut von der Nase wischen konnte. »Hat sich das gut angefühlt?«

*Gut* war zu schwach für das, was ich fühlte. Ich liebte das Gefühl. Wenn mit dem richtigen Wumm ausgeführt, kann ein Schlag auf die Nase narkotische Wirkung haben. Das Berühren von Objekten stillte einen geistigen Juckreiz und war mit viel Bewegung verbunden: die Treppe hochrennen, durch das Zimmer laufen, einen Schuh ausziehen. Bald fand ich heraus, daß die gleichen Triebe auch innerhalb der Grenzen meines eigenen Körpers befriedigt werden konnten. Sich selbst auf die Nase zu hauen, war kein schlechter Anfang, aber ich verwarf diese Praktik wieder, als ich begann, die Augen tief in ihren Höhlen zu rollen, eine Übung, welche schnelle Schübe stumpfen, berauschenden Schmerzes hervorrief.

»Ich weiß genau, wovon Sie sprechen«, sagte meine Mutter zu Mrs. Shatz, meiner Lehrerin in der vierten

Klasse, die gerade zu Besuch weilte. »Wenn er so wild mit den Augen rollt, ist es, als redete man mit einem Rotamint. Hoffentlich wirft er eines Tages einen schönen Gewinn aus, aber bis dahin, was meinen Sie, wie wär's mit einem weiteren Gläschen Wein?«

»He, Kumpel«, sagte mein Vater, »wenn du versuchst, den Inhalt deines Schädels zu betrachten, kann ich dir jetzt schon sagen, daß es Zeitverschwendung ist. Da gibt es nichts zu sehen, und dieses Zeugnis beweist es.«

Er hatte recht. Ich hatte die Nase gegen die Tür, den Teppich und die Windschutzscheibe gedrückt, aber nicht in die Schulbücher gesteckt, offensichtlich. Die Schule war für mich ohne jedes Interesse. Ich verbrachte meine Tage mit Warten, Warten darauf, endlich in das dunkle Schlafzimmer unseres neuen Hauses zurückzukehren, wo ich mit den Augen rollen, Radio hören und in Frieden wackeln konnte.

Ich gewöhnte mir an, brutal mit dem Kopf zu wackeln, von dem Gefühl aufgestachelt, welches mein Hirn hervorrief, wenn es gegen den einengenden Schädel schwappte. Es fühlte sich so gut an und nahm so wenig Zeit in Anspruch: Nur ein paarmal schnell geruckelt, und ich war bis zu fünfundvierzig Sekunden lang befriedigt.

»Setzen Sie sich; ich hole Ihnen rasch was Kühles zu trinken.« Meine Mutter ließ meine Lehrerin aus der fünften und dann aus der sechsten Klasse in der Frühstücksnische stehen, während sie in die Küche ging, um Eiswürfel aus dem Gefrierfach zu brechen. »Sie sind wegen des Kopfwackelns hergekommen, stimmt's?« rief sie. »Das ist mein Herr Sohn; da gibt es kein Vertun.« Sie schlug vor, die Lehrkräfte sollten meinen zuckenden Kopf als zustimmendes Nicken interpretieren. »Das tu ich auch, und jetzt muß er die nächsten fünf Jahre den Abwasch machen. Ich frage, er zuckt mit dem Kopf, und die Sache ist geregelt. Tun Sie mir aber bitte einen Gefallen, und lassen Sie ihn nicht länger als bis fünf nachsitzen. Ich brauche ihn hier zum Aufräumen und Bettenmachen, bevor sein Vater nach Hause kommt.«

Das gehörte zum Auftritt meiner Mutter. Sie spielte den Anheizer, pfiff auf der Pfeife und verzauberte die Menge mit ihren Witzen und übertriebenen Geschichten. Wenn Gesellschaft kam, tat sie oft, als hätte sie die Namen ihrer sechs Kinder vergessen. »He, George, oder Agnes, oder wie du heißt, renn doch mal ins Schlafzimmer und finde mein Feuerzeug.« Sie bemerkte meine Macken und Gewohnheiten, ließ sich aber von keiner je beschämen oder ernsthaft beunruhigen. Ihre Betrachtungen wurden gesammelt und als Teil einer Nummer vorgetragen, die wenig Ähnlichkeit mit unserem wirklichen Leben aufwies.

»Es ist nicht leicht zu erraten, aber ich wette, Sie sind wegen der kleinen Stimmchen hier«, sagte sie und bot meiner Lehrerin aus der siebten Klasse, die gerade zu Besuch da war, ein Glas Sherry an. »Ich überlege, ob ich mit ihm zu einem Exorzisten gehe, oder ob ich ihm eine Puppe kaufe, damit er ein bißchen Geld als Bauchredner nach Hause bringt.«

Er war aus dem Nichts aufgetaucht, mein verzweifelter Drang, ganz hinten in meiner Kehle hohe Geräusche zu produzieren. Das waren keine Wörter, sondern Laute, die ein Bedürfnis befriedigten, welches mir noch nie zuvor aufgefallen war. Die Laute wurden nicht mit meiner Stimme geäußert, sondern mit der Stimme einer fingerhutgroßen, launischen Diva, die sich unten an mein Gaumenzäpfchen klammerte. »Iiiiiii – ammmmmmmmm – aaaah – aaah – miiiiiiii.« Ich war der Wirt dieses Geheuls, aber unfähig, es zu kontrollieren. Wenn ich während des Unterrichts losschrie, drehten sich die Lehrkräfte vor ihrer Wandtafel um und zeigten einen zunehmend bestürzten Gesichtsausdruck. »Reibt da jemand an einem Ballon? Wer macht diesen Lärm?«

Ich versuchte mir Ausreden einfallen zu lassen, aber alles klang unglaubwürdig: »In meiner Kehle wohnt eine Biene.« Oder: »Wenn ich nicht alle drei Minuten meine Stimmbänder trainiere, kann ich wahrscheinlich nie wieder schlucken.« Das Lärmmachen ersetzte keine meiner bisherigen Angewohnheiten, es war lediglich eine weitere Vervollständigung dessen, was zu einer unberechenbaren, ausgeflippten Mackensammlung geworden war. Schlimmer als das ständige Aufjaulen und Zusammenzucken war die Angst, der morgige Tag könne noch Schlimmeres bringen, ich würde mit dem Drang aufwachen, anderen Leuten am Kopf zu ruckeln. Ich konnte ganze Tage zubringen, ohne die Augen zu rollen, aber es kam alles zurück, sobald mein Vater sagte: »Siehst du, ich wußte, daß du es dir abgewöhnen kannst, wenn du es dir nur richtig vornimmst. Wenn du jetzt nur noch den Kopf stillhältst und nicht mehr diese Geräusche machst, hast du's geschafft.«

*Was habe ich geschafft?* fragte ich mich. Oft stellte ich mir, während ich wackelte, meine Karriere als Filmstar vor. Da war ich bei der Premiere unter einem flutlichterhellten Himmel, einen Satinschal locker um den Hals geworfen. Mir war klar, daß die meisten Schauspieler eine Liebesszene wahrscheinlich nicht unterbrechen würden, um die Nase gegen das Kamera-Objektiv zu drücken oder während eines dramatischen Monologs ein schnelles »Iiiiiii –

ahaaaaah« zu plärren, aber in meinem Fall machte die Welt bestimmt eine Ausnahme. »Ein bewegender und anrührender Streifen«, würden die Zeitungen urteilen. »Eine elektrisierende schauspielerische Leistung, bei der einem die Augen aus den Höhlen quellen, bei der das Publikum kreischt, und bei der die Kritik nur noch ›Oscar, Oscar, Oscar!‹ nicken kann.«

Ich würde gern annehmen, daß meine nervösen Angewohnheiten auf der High School abflauten, aber die Klassenfotos sprechen eine andere Sprache. »Wenn man die fehlenden Pupillen hineinzeichnet, ist das Foto gar nicht mal so übel«, sagte meine Mutter. In Gruppenaufnahmen war ich leicht als das Verschwommene in der letzten Reihe zu identifizieren. Eine Zeitlang glaubte ich, ich würde, wenn ich meine Angewohnheiten durch verschrobene Garderobe ergänzte, eher als exzentrisch denn als schlicht zurückgeblieben betrachtet. Ich hatte unrecht. Nur ein erklärter Idiot wäre über die Korridore meiner High School in einem bodenlangen Kaftan gewandelt, und was die zahllosen Medaillons betraf, die mir am Halse hingen, so hätte ich genausogut eine Kuhglocke tragen können. Sie klirrten und klimperten bei jedem Kopfrucken und erregten Aufmerksamkeit, wenn ich ohne sie unbemerkt hätte passieren können. Meine übergroße Brille erlaubte lediglich einen noch klareren Blick auf meine rollenden, zuckenden Augen, und die klobigen Plateausohlen hinterließen dicke Beulen, wenn ich sie dazu nutzte, mir diskret gegen die Stirn zu pochen. Ich war kein schöner Anblick.

Ich kann mich irren, aber meinen Berechnungen zufolge bekam ich während meines gesamten ersten Jahrs auf dem College genau vierzehn Minuten Schlaf. Ich hatte immer mein eigenes Schlafzimmer gehabt, einen peinlich saubergehaltenen und aufgeräumten Ort, an welchem ich meinen Gewohnheiten privat frönen konnte. Nun sollte ich einen Zimmergenossen bekommen, einen wildfremden Menschen, der mir qua gottgegebenes Existenzrecht meine liebgewordenen Lebensgewohnheiten vergällen würde. Der Gedanke war beschämend, und ich fuhr volle Pulle in der Universität ein.

»Die Ärzte sagen, wenn ich ihn kräftig genug durchschüttle, besteht die berechtigte Hoffnung, daß der Gehirntumor auf eine Größe schrumpft, welche eine Operation unnötig macht«, sagte ich, als mein Zimmergenosse zum erstenmal bemerkte, wie ich mit dem Kopf ruckelte. »Bis dahin wollen die anderen Fachärzte, daß ich diese Augenübungen mache, um das Kornealgewebe, wie sie es nennen, zu kräftigen. Ständig renne ich zum Arzt, aber was will man machen, stimmt's? Pack deine Sachen aus, gewöhn dich schon mal ein bißchen ein. Ich werd nur rasch diese Steckdose mit einem Buttermesser überprüfen und ein paar Gegenstände auf meiner Kommode umstellen. Geht wiiiiie geschmiert; aaaaaaalles eine Frage der Übung.«

Es war schon schwer genug, sich Ausreden einfallen zu lassen, aber die echte Qual kam, als ich gezwungen wurde, mit Wackeln aufzuhören.

»Haltet ein, o Romeo«, stöhnte mein Zimmergenosse in der ersten Nacht, als er meine Bettfedern quietschen hörte. Er wähnte mich masturbierend, und obwohl ich ihn gern korrigiert hätte, sagte mir etwas, ich würde keinerlei Punkte machen, wenn er erfuhr, daß ich schlicht im Bett wackelte, genau wie jeder andere achtzehn Jahre alte College-Student. Es war eine Folter, dazuliegen und nichts zu tun. Selbst mit Kofferradio und Kopfhörern hatte es keinen

Sinn, Musik zu hören, wenn man nicht mit dem Kopf auf dem Kopfkissen auf und ab wackeln konnte. Im wesentlichen ist Wackeln waagerechtes Tanzen, und es erlaubte mir, privat etwas zu treiben, was ich in der Öffentlichkeit verabscheute. Mit dem ruckelnden Kopf, den rollenden Augen und den raschen, dolchstoßartigen Gesten hätte ich eine Sensation sein können, wäre ich aus dem Bett gestiegen und hätte meine Macken auf einem Tanzboden eingesetzt. Ich hätte meinem Zimmergenossen sagen sollen, ich sei Epileptiker, und es dabei belassen sollen. Dann wäre er zwar ununterbrochen durch den Raum gehetzt, um mir den Spatel von einem Eis am Stiel zwischen die Zähne zu rammen, aber na und? Ich war es gewohnt, mir Splitter aus der Zunge zu klauben. *Was,* so fragte ich mich, *erwartete man denn von einem Durchschnittsmenschen, während er in einem verdunkelten Zimmer ausgestreckt lag?* Es schien witzlos, unbeweglich herumzuliegen und sich ein rosigeres Leben auszumalen. Ich blinzelte in der engen Zelle aus Schlackegemäuer umher, und mir wurde klar, daß mich ein ganzes Leben voller Wunschdenken nicht weiter als bis hierher gebracht hatte. Nie würde es jubelnde Menschenmengen oder angesehene Regisseure geben, die in ihr Megaphon brüllten. Vielleicht mußte ich mich im Liegen mit dieser schroffen Wirklichkeit abfinden, aber während ich das unternahm, konnte ich nicht ein ganz kleines bißchen auf und ab wackeln?

Ich hatte den Vorlesungsplan meines Zimmergenossen auswendig gelernt und huschte in den Pausen aufs Zimmer zurück, wo ich rasend schnell und anfallartig wackelte, ohne es jedoch recht zu genießen, aus Angst, er könnte jeden Augenblick zurückkehren. Vielleicht fühlte er sich nicht, oder er beschloß in letzter Minute, eine Vorlesung zu schwänzen. Dann hörte ich seinen Schlüssel im Schloß, sprang vom Bett auf, fuhr mir durch die Haare und griff nach einem der Lehrbücher auf dem Requisitentisch. »Ich lerne nur gerade für die Töpferei-Prüfung«, sagte ich. »Mehr hab ich gar nicht vor, nur hier schön auf dem Stuhl sitzen und alles über die Geschichte der Töpfe nachlesen.« So sehr ich mich auch anstrengte, es hörte sich immer an, als hätte ich mir etwas Geheimnisumwittertes oder Perverses zuschulden kommen lassen. *Er* wirkte nie im mindesten verlegen, wenn er beim Hören einer seiner vielen Heavy-Metal-Scheiben erwischt wurde, eine Übung, die ich viel beschämender finde als alles, was ich bisher kenne bzw. noch kennenlernen werde, mir jedenfalls bisher noch nicht mal vorstellen konnte. Es gab keinen anderen Ausweg: Ich mußte mir etwas einfallen lassen, um den Typ loszuwerden.

Seine größte Schwäche schien seine Freundin zu sein, deren Fotografie er an einem Ehrenplatz über der Stereo-Anlage angepinnt hatte. Sie gingen seit der zehnten Klasse miteinander, und während er aufs College gegangen war, machte sie in ihrem Heimatort zwei Jahre Schwesternschule. Durch langjähriges Abhören der vierzig Spitzenreiter der aktuellen Schlagerparade hatte ich eine ziemlich lachhafte und klischeelastige Vorstellung von Liebe. Ich hatte das Gefühl nie selbst verspürt, wußte aber, daß es bedeutete, nie *Es tut mir leid* sagen zu müssen. Es kam über Nacht und war voller Pracht. Liebe war eine Rose *und* ein Hammer. Sie machte blind, sie nahm uns alles, doch sie gab auch viel zuviel, sie war, kurzum, ein seltsames Spiel, und durch sie drehte sich die Welt.

Mein Zimmergenosse und seine Freundin glaubten, sie seien stark genug, den Monat zu überstehen, ohne sich zu sehen, aber ich war da nicht so sicher. »Ich weiß nicht, ob ich ihr mit all den Ärzten über den Weg trauen könnte«, sagte ich. »Liebe vergeht wie ein Hauch, besonders in einer Krankenhaus-Umgebung. Konkurrenz belebt das Geschäft, aber Liebe ist keine Einbahnstraße. Denk mal drüber nach.«

Wenn mein Zimmergenosse die Stadt verließ, verbrachte ich das ganze Wochenende wackelnd im Bett und malte mir seinen tragischen Autounfall aus. Ich stellte ihn mir vor, eingewickelt wie eine Mumie, Arme und Beine an Flaschenzügen hängend. »Die Zeit heilt alle Wunden«, sagte seine Mutter und packte die letzte seiner Langspielplatten in einen Pappkarton. »Zwei Jahre Bettruhe, und er ist wieder so gut wie neu. Wenn er aus dem Krankenhaus entlassen wird, richte ich ihm, glaube ich, das Wohnzimmer her. Da gefällt es ihm.«

Manchmal erlaubte ich ihm, mich in einem Stück zu verlassen, indem ich mir vorstellte, daß er zum Militär ging oder seine Freundin heiratete und mit ihr irgendwohin zog, wo es warm und sonnig war, wie Peru oder Äthiopien. Wichtig war nur, daß er das Zimmer verließ und nie wiederkam. Erst mußte ich ihn loswerden, dann den Nächsten, dann den Übernächsten, bis ich allein übrig blieb, privat wackelnd und ruckelnd.

Zwei Monate nach Semesterbeginn machte mein Zimmergenosse mit seiner Freundin Schluß. »Und ich werde Tag und Nacht in diesem Zimmer sitzen, bis ich weiß, was ich falsch gemacht habe.« Er betupfte sich die feuchten Augen mit dem Ärmel seines Flanellhemdes. »Du und ich, kleiner Kumpel. Von jetzt an gibt es nur noch dich und mich und Jethro Tull. Was ist denn mit deinem Kopf? Na, macht der alte Tumor sich wieder mausig?«

»College ist das Beste, was dir je passieren kann«, pflegte mein Vater zu sagen, und er hatte recht, denn dort entdeckte ich die Drogen, das Trinken und das Rauchen. Ich weiß nicht viel über die wissenschaftlichen Aspekte, aber aus irgendeinem Grunde ließen meine nervösen Angewohnheiten nach, als ich mit Zigaretten anfing. Vielleicht war es Zufall, oder möglicherweise zogen sich die Macken angesichts eines Gegners zurück, der – bei allen Gesundheitsrisiken – mit größerer gesellschaftlicher Akzeptanz rechnen kann als das Ausbrechen in kleine, spitze Schreie. Hätte ich nicht geraucht, wäre ich wahrscheinlich unter Medikamente gesetzt worden, die genausoviel Geld gekostet, mir aber das Handwerkszeug vorenthalten hätten: die Feuerzeuge, die ich gedankenlos auf- und zuschnipsen kann; die Aschenbecher, die mir einen legitimen Grund zum Verlassen meines Stuhls verschaffen; schließlich die Zigaretten, die mich beruhigen, während sie mir etwas geben, was ich mit Händen und Mund tun kann. Es war, als sei ich zum Rauchen geboren, und als wären meine Glieder, bis mir das klar wurde, auf der Suche nach einer Alternative gewesen. Alles ist ganz prima, solang ich weiß, daß es eine Zigarette in meiner unmittelbaren Zukunft gibt. Die Menschen, die mich bitten, in ihrem Auto nicht zu rauchen, haben keine Ahnung, was sie sich damit einhandeln.

»Weißt du noch, wie du die Augen gerollt hast?« fragen meine Schwestern. »Weißt du noch, wie du so heftig den Kopf geschüttelt hast, daß deine Brille auf den Holzkohlengrill fiel?«

Wenn sie derlei erwähnen, versuche ich manchmal einen Rückgriff auf meine alten Macken und Gewohnheiten. Wenn ich spät nachts in meine Wohnung heimkehre, fordere ich mich dazu heraus, die Nase gegen die Türklinke zu pressen oder die Augen zu rollen, um den einst so befriedigenden Schmerz hervorzurufen. Oder ich beginne die Papierservietten im Serviettenhalter zu zählen, aber der Übung mangelt es an ihrer alten Dringlichkeit, und ich verliere bald das Interesse. Im Bett wurde genausowenig gewackelt wie sechzigmal hintereinander »Up, Up, and Away« aufgelegt. Ich konnte mir ganz leicht etwas anderes genausooft im Schaukelstuhl anhören, aber die frühere, bettlägerige Methode kann mir keinen Trost mehr spenden, weil ich den Code vergessen habe, den man zum Entziffern des Schlagertextes brauchte, damit der Ruck-und-Zuck-Trick wirkte. Ich weiß nur noch, daß es in einer meiner Geschichten zu diesem Text darum ging, daß sich alle Einwohner von Raleigh, North Carolina, in der Gondel eines Versuchsballons, den ich konstruiert hatte, versammeln mußten. Er war so ausgerüstet, daß er explodierte, sobald die Stadtgrenzen erreicht waren, wovon die Passagiere allerdings nichts ahnten. Die Sonne schien ihnen ins Gesicht, als sie den Blick zum blauen Himmel emporhoben, bereits leicht schwindlig vor Aufregung.

»So ein schöner Ballon!« sagten alle, hielten sich am Geländer fest und klommen treppauf, ihrem feurigen Schicksal entgegen. »Wollen Sie nicht mitkommen?«

»Tut mir leid, Leute«, sagte ich und drückte die Nase gegen die Oberfläche meines Fahrkartenschalters, »aber ich habe andere Pflichten.«

# *Schafft die Ya Ya raus!*

Meine Familie pflegte jahrelang von North Carolina in den westlichen Teil des Staates New York zu fahren, um die Verwandten zu besuchen, die wir zurückgelassen hatten. Nachdem wir zehn Tage bei der Familie meiner Mutter in Birmingham verbracht hatten, fuhren wir die halbe Stunde bis nach Cortland, um einen Nachmittag mit der Mutter meines Vaters zusammenzusein, die wir Ya Ya nannten.

Die Ya Ya hatte einen Zeitungs/Süßwarenladen, einen langen, engen Raum mit Zeitschriftenregalen und den hohen, an die Wand gebauten Stühlen, auf denen die Stadtmenschen saßen, wenn sie sich die Schuhe putzen ließen. Sie wohnte über dem Laden in einer Wohnung, in der mein Vater aufgewachsen war.

»Ein Scheiß-Rattenloch«, sagte meine Mutter, und bereits im Alter von sieben Jahren dachte ich: *Sie hat recht. Ein echtes Scheiß-Rattenloch.*

Die Eltern meiner Mutter wohnten ebenfalls in einer Wohnung, aber die war unter dem Gesichtspunkt des

Komforts angelegt und eingerichtet, komplett mit Badezimmertür und zwei Fernsehern. Ich verbrachte meine Zeit bei der Ya Ya, indem ich mich fragte, was ihre Wohnung wohl gewesen war, bevor jemand auf die grausame Idee kam, sie als Wohnung zu vermieten. Der dunkle, erstickende Flur war als Küche total fehlbesetzt, und das Badezimmer sah verdächtig nach einem Wandschrank aus. Von Wäscheklammern zusammengehaltene Laken trennten das Schlafzimmer vom Wohnzimmer, wo der Eßtisch stramm zwischen Sofa und Kühlschrank festgekeilt war. Es mußte doch noch was anderes geben, wo man wohnen konnte, vielleicht ein Zelt oder eine verlassene Auspuffwerkstatt, irgendwas, *egal was,* wo es ein bißchen heiterer war.

Ich entsinne mich eines Besuchs, als sie sich ständig über ihr jüngst dahingegangenes Haustier ausließ, einen sturzgewöhnlichen Goldfisch, den sie auf dem einzigen Fensterbrett der Wohnung in einem Krug voll trüben Wassers hielt. Die Ya Ya war von der Arbeit nach Hause gekommen und entschied, als sie den Krug leer vorfand, daß der Fisch sich bewußt aus dem Fenster gestürzt hatte.

»Er nicht mehr froh und denkt, er hat einen Selbstmord«, sagte sie.

»Begeht«, sagte meine Mutter. »Er *beging* Selbstmord.« Sie warf ihre Kippe aus dem Fenster und starrte auf die vollgemüllte Gasse. »Man *hat* keinen Selbstmord, der Selbstmord hat *einen.*«

»Okay«, sagte die Ya Ya. »Aber warum er hat den Selbstmord? Ist hübsch, der Fisch. Warum er will das Leben wegnehmen?«

»Du fragst, *warum?*« Meine Mutter blickte über ihre Sonnenbrille. »Mach die Augen auf und rate frisch drauflos.«

Sie leerte den Krug ins Waschbecken. »Diese Wohnung ist eine Abraumhalde.«

»Damit meint Sharon«, sagte mein Vater, »daß ein Fisch nicht in diesen Kategorien zu denken vermag. Sie haben einen winzigkleinen *kephâli* und kriegen keine Depressionen.«

Wenn er mit seiner Mutter sprach, benutzte mein Vater seine lauteste Stimme und ließ sich ins Pidgin-Griechische hinein- und wieder heraustreiben. »Der *psári* hat's nicht besser gewußt. Es war nicht deine Schuld, *Matéra,* es war ein *láthos.*«

»Er haben den Selbstmord, und ich jetzt traurig manchmal.« Die Ya Ya starrte in die Ferne und seufzte. Ich stelle mir vor, daß sie mit dem Fisch gesprochen hat, ihn so gut sie konnte geliebt hat, aber ihre Zuneigung war, wie ihr Gekoche, frei von allem, was man als normal bezeichnen konnte. Sie betrachtete ihre Enkel, als wären wir Pfandbriefe oder Kommunalobligationen, etwas, das sich durch die schiere Majestät des rein Rechnerischen vermehren mußte. Die Ya Ya und ihr Mann hatten ein Kind hervorgebracht, welches hinwiederum fünf abgeworfen hatte, einen Wohlstand, bestehend aus kernigen Landarbeitern, deren Bestimmung es war, ins Dorf zurückzukehren, um dort Oliven zu zerquetschen oder Windmühlen zu stukkatieren oder was man in ihrem Heimatort so machte. Sie streifte uns immer die Ärmel hoch, um unsere Muskeln zu untersuchen, und runzelte angesichts unserer schwielenlosen Mädchenhände die Stirn. Im Gegensatz zu unseren anderen Großeltern, die uns fragten, in welche Klasse wir gingen oder was unser Lieblingsaschenbecher war, äußerte die Ya Ya nie Interesse an sowas. Die Kindheit war etwas, was man durchstand, bis man alt genug zum Arbeiten war, und Geld war das einzige, was zählte. Sie hätte eher einen Stapel Dollarnoten gebügelt, als eine der Zeitschriften oder Zeitungen aufgeschlagen, die bei ihr auslagen. Sie wußte nicht, wer Präsident war, und noch weniger kannte sie die Hauptpersonen in den Comics, die sie verkaufte wie geschnitten Brot.

»Ich nix kenne den Tsarlie Brown«, sagte sie gern und putzte die Tasten ihrer Registrierkasse mit Spucke. »Vielleicht er ein Tag hiergekommen, aber ich es nix kenne.«

Es war schwer, sich vorzustellen, wie sie ein eigenes Kind großzog, und es lief einem kalt den Rücken herunter, wenn man sich vorstellte, daß sie genau das getan hatte. Als Baby war meinem Vater eine schlimme Ecke des Zeitungsladens zugewiesen worden, in der er auf einem Teppich aus Zeitungen krabbelte und auf Fünfcentstücken zahnte. Er hatte nie ein Bett gehabt, geschweige denn ein eigenes Zimmer, und war froh gewesen, wenn die Gäste gegangen waren und er das Sofa für sich hatte. Unser Hund hatte es besser.

»Louie«, sagte sie und tätschelte die Haare auf den Knöcheln meines Vaters, »Louie und das Mädchen.«

»Das Mädchen« nannte sie meine Mutter. Meine Eltern waren seit zwölf Jahren verheiratet, und die Ya Ya konnte sich immer noch nicht dazu durchringen, ihre Schwiegertochter namentlich anzusprechen. Mein Vater hatte den Fehler begangen, eine Außenseiterin zu heiraten, und meine Mutter mußte es ausbaden. Sie hatte ihn irgendwie überlistet, sich in ihm verkrallt und ihn von seinen Leuten weggezerrt. Es wäre für ihn in Ordnung gewesen, bis ans Ende seines Lebens zu Hause zu bleiben, *kobolói* zu massieren und bitteren Kaffee zu trinken, aber eine Frau mit zwei nicht ineinander übergehenden Augenbrauen zu heiraten, war unverzeihlich.

»Sag das Mädchen, sie kann jetzt hinsetzen«, pflegte die Ya Ya zu meinem Vater zu sagen, indem sie auf einen Hocker auf der entgegengesetzten Seite des Zimmers zeigte.

»Sag dem Gnom, so lang bleib ich gar nicht«, pflegte meine Mutter zu erwidern. »Ihre Höhle spielt ein wenig ins Unansehnliche, und vielleicht bin ich auch gegen ihren Schnurrbart allergisch.«

Wir verbrachten den Nachmittag am Tisch der Ya Ya und aßen sehniges gekochtes Fleisch, welches mit Spinatauflauf serviert wurde. Das Essen schmeckte, als wäre es Wochen zuvor gekocht und zum Altern in einem muffigen Koffer aufbewahrt worden. Ihre Gerichte waren in etwas unangenehm Feuchtem und Fremdartigem mariniert worden und wurden nicht in Töpfen und Pfannen gekocht, sondern in den gleichen geschwärzten Kesseln, wie sie Hexen verwenden. Sobald serviert war, führte sie eine epische Version des Tischgebets auf. Auf griechisch, sowie auch in gebrochenem Englisch vorgetragen, schloß das Tischgebet Tränen und übertriebenes Händeringen ein und wirkte insgesamt weniger wie ein Gebet als wie ein Zauberspruch.

»Genug skandiert«, sagte dann meine Mutter und schob ihren Teller von sich. »Sag ihr, ich verschwinde, sobald meine Kinder abgefüttert sind.« Oft verließ meine Mutter einfach die Tafel und wartete draußen im Auto, bis wir unsere Mahlzeit beendet hatten.

»Das Mädchen jetzt weg«, sagte die Ya Ya und erhob ihr Glas mit Ginger Ale. »Okay jetzt, wir essen.«

Unsere Besuche endeten mit einem Nimm-was-du-kriegen-kannst-Überfall auf den Laden. »Von jedem nur *eins*«, sagte mein Vater. Meine Schwestern und ich hatten Taschen und Kissenbezüge dabei und räumten die Comics aus den Regalen. Wir stopften uns Socken und Taschen für die zwölfstündige Nachhausefahrt mit Süßigkeiten und Popcorn voll und überwältigten das Wageninnere mit dem Duft von Zeitungspapier und der gruseligen Liebe der Ya Ya.

Meine Mutter ging mit ihrem sechsten Kind schwanger, als wir erfuhren, daß die Ya Ya von einem Lastwagen überfahren worden war. Sie hatte mit weit aufgerissenen Augen mitten auf der Straße gestanden und versucht, durch einfaches feindseliges Anstarren einen herandonnernden Neunachser zum Halten zu bringen, dessen Fahrer eine bemerkenswerte Ähnlichkeit mit meiner Mutter aufwies. So stellte ich es mir vor. Die Wahrheit war weit weniger dramatisch. Sie war offenbar von einem Kleinlaster angefahren worden, der gerade rückwärts einparkte. Der Aufprall war nicht weiter der Rede wert gewesen, aber beim Hinfallen hatte sie sich die Hüfte gebrochen.

»Das ist ja wirklich schlimm«, sagte meine Mutter und bewunderte im Badezimmerspiegel ihre Frisur, von erstem Grau frisch überzuckert. »Jetzt wird man sie erschießen müssen.«

Mein Vater flog nach Cortland und gab, als er zurückkam, bekannt, die Ya Ya werde, sobald sie sich einigermaßen erholt habe, zu uns ziehen. »Ein paar von den Mädchen ziehen in den Keller, und die Ya Ya kriegt das Schlafzimmer gegenüber vom Elternschlafzimmer; das wird doch toll!« Er bemühte sich, es verrückt und abenteuerlich klingen zu lassen, aber der arme Mann konnte niemanden hinters Licht führen und meine Mutter schon gar nicht.

»Was ist denn so verkehrt an einem Altersheim?« fragte

sie. »Normale Menschen machen sowas. Du könntest sie auch, das wäre noch besser, an einen Streichelzoo vermieten. Schmuggel sie auf einen Tanker und verschiff sie in die alte Heimat, das wär doch was. Besorg ihr einen 24-Stunden-Babysitter, schreib sie beim gottverdammten Peace Corps ein, kauf ihr ein Wohnmobil und bring ihr Autofahren bei –; ich weiß nur, daß sie hier nicht einziehen wird, hast du das kapiert? *Mein* Haus wird sie jedenfalls nicht volljammern, Kumpel, das kommt gar nicht in die Tüte.«

Wir hatten zwei Jahre in unserem Haus gewohnt, und es roch immer noch neu, bis die Ya Ya mit ihren Decken und Koffern und ihren vom Mehltau befallenen dickpolstrigen Sesseln einzog, die den unverkennbaren Ruch ihrer alten Wohnung in sich trugen. Über Nacht roch unser Eigenheim wie der Umkleideraum in der Griechisch-Orthodoxen Kirche.

»Es liegt am Weihrauch«, sagte meine Mutter. »Sag ihr, sie darf in ihrem Zimmer keine stinkende Myrrhe mehr verbrennen.«

»Sag das Mädchen, sie mir soll wiedergeben meine Streichhölzer«, sagte die Ya Ya.

Für eine Stadt ihrer Größe beherbergte Raleigh eine erstaunliche Anzahl von Griechen, deren gesellschaftliches Leben sich rings um die Holy Trinity Orthodox Church abspielte. Unser Vater setzte uns jeden Sonntag auf dem Weg zum Golfplatz dort ab und holte uns eine bis zwei Stunden nach dem Gottesdienst wieder ab. »Da lernt sie viele neue Freunde kennen«, sagte er voraus. »Sie werden sie lieben in der Kirche.«

Es gab in Holy Trinity eine ganze Reihe alter Muttchen, Witwen wie die Ya Ya, schwarz gekleidet, die sich mit Stöcken und Gehhilfen fortbewegten. Trotzdem war es schwer vorstellbar, daß die Ya Ya sich mit jemandem anfreunden sollte. Sie fuhr nicht Auto, schrieb keine Briefe und telefonierte nicht und erwähnte nie jemanden in Cortland, wo sie x Jahre lang hätte Freundschaften schließen können. Warum glaubte mein Vater, sie würde sich urplötzlich ändern?

»Sie könnte doch zum Beispiel mit Mrs. Dombalis ins Kino gehen«, sagte er.

»Genau«, stimmte meine Mutter zu. »Und danach pfeifen sie sich beim Argentinier ein paar Steaks rein, bevor sie die Diskothek aufmischen. Traurig, aber wahr, Baby: Es wird nie geschehen.«

An ihrem ersten Sonntag in unserer Kirche unterbrach die Ya Ya den Gottesdienst, indem sie ihren Stock wegschmiß und auf Händen und Knien durch den Mittelgang kroch. Der Pope sah sie kommen, und wir beobachteten, wie sein Blick nervös flackerte und er erst einen Schritt zurücktrat und dann noch einen und dann noch einen. Der Mann klebte am Altar, als die Ya Ya ihn endlich erreicht hatte und seine Schuhe erst liebkoste und zum Schluß auch noch abküßte.

Jemand mußte vortreten und die Situation unter Kontrolle bringen, aber meine Mutter war zu Hause und schlief, und mein Vater war auf dem Golfplatz. Blieben meine Schwestern und ich, und wir wollten nichts damit zu tun haben. Mitglieder der Gemeinde drehten sich um, suchten nach näheren Verwandten, und wir taten es ihnen gleich.

»Keinen Schimmer«, sagten wir. »Ich habe diese Frau noch nie gesehen. Vielleicht gehört sie zu den Stravides'.«

Mit der Zeit lernten wir, uns auf dieses Verhalten einzustellen. Meine Mutter nahm die Ya Ya mit ins Warenhaus, und hinter den Regalen beobachteten wir, wie sie mit BH und knielanger Unterhose die Umkleidekabine verließ. Auf dem Parkplatz bückte sie sich, um leere Dosen und Styropor-Becher und Stückchen Pappe und Fetzen Papier aufzuheben, welche sie dann froh aus dem Fenster warf, sobald das Auto eine feine, manikürte Wohngegend erreicht hatte. Sie war nicht senil oder ressentimentgeladen, sie hatte nur ihre eigene Art, Dinge zu tun, und verstand die ganze Aufregung nicht. Was war denn so verkehrt daran, Brotteig auf dem Küchenfußboden zu kneten? Wer sagt, ein neugeborenes Baby soll sich sein Bettchen nicht mit einem riesenhaften Holzkreuz teilen? Wer sagt, man soll sein hüftlanges Haar nicht mit Olivenöl behandeln? Was für Flecken auf dem Sofa? Wovon redet ihr eigentlich die ganze Zeit?

»Sowas kommt vielleicht auf dem Olymp ganz gut an«, sagte meine Mutter. »Aber in *meinem* Haus waschen wir die Strümpfe nicht in der Kloschüssel.«

Die Ya Ya akzeptierte die Frauen in meiner Familie als eine weitere kleine Enttäuschung, die das Leben für sie bereitgehalten hatte. Mädchen mußte man dulden, aber jeder Junge war ein König, zum Verwöhnt- und Mit-sauren-Klößen-vollgestopft-werden geboren. Sie war außer sich vor Freude, als meine Mutter mit ihrem letzten Kind niederkam, einem Jungen, den die Ya Ya Hercules nennen wollte.

*»Pouláki mú«,* sagte sie und drückte mir einen halben Dollar in die Hand, *»pouláki mú krísom.«* Das war ihr üblicher Kosename für mich, roh übersetzt »mein goldnes Vögelein«. »Du jetzt hole Baby, und wir es geben Zuckerzeug.«

Mein Bruder und ich gewöhnten uns an die Ya Ya als

eine Art primitiven Bankautomaten. Sie war immer für ein bis zwei Dollar gut, und weil wir Jungens waren, brauchten wir ihr nur die Autotür zu öffnen oder sie davon zu informieren, daß ihr Weihrauch soeben eins ihrer bestickten Kissen in Brand gesetzt habe. Ich hatte gelernt, sie nie in die Öffentlichkeit zu begleiten, aber davon abgesehen, hatten die Ya Ya und ich keine Probleme miteinander. Ich sah sie als guten Geist, stumm und unsichtbar, bis man ein bißchen Taschengeld brauchte. Wenn die Ya Ya fernsah, konnte man jederzeit das Programm wechseln; man brauchte nicht mal zu fragen. Sie konnte von der Ansprache des Präsidenten zur Lage der Nation zu einem Bullwinkle-Zeichentrickfilm übergehen, ohne je den Unterschied zu bemerken. Man konnte neben ihr im Wohnzimmer sitzen, war aber nie gezwungen, ihr einen Snack zu holen oder sie in irgendeiner Weise zur Kenntnis zu nehmen. Das war Aufgabe unserer Mutter, damit hatten wir nichts zu tun. Hin und wieder verließ sie den Vorgarten, und die Nachbarn riefen an: »Wußtet ihr, daß eure Großmutter bei uns ist und Sachen vom Vordergartenrasen pflückt?«

Wir gaben unserer Mutter den Hörer. »Das ist wahrscheinlich nur Löwenzahn«, seufzte sie dann und trocknete sich die Hände am Rock ab. »Keine Sorge, wir werden Ihnen nichts für die Gartenarbeit berechnen.«

»Man sollte meinen, sie kriegt bei uns nichts zu essen«, beklagte sich meine Mutter, wenn mein Vater von der Arbeit kam. »Jetzt ist sie wieder unterwegs und sammelt Nüsse und frißt den Shirks' die Sonnenblumenkerne aus dem Vogelhäuschen. Wie peinlich.«

Die Ya Ya wanderte los und kam mit einer Schürze voll Grünzeug zurück, welches sie zu einer Paste verkochte. »Vielen Dank«, sagten wir und schirmten unsere Teller angesichts des sich nähernden Kessels ab. »Ist bestimmt ganz köstlich, aber ich spar mir noch etwas Appetit für die Boviste auf, die du bei den Steigerwalds unter der Hundehütte gefunden hast.«

Je länger die Ya Ya bei uns lebte, desto weiter entfernte sich unsere Mutter. Wir Kinder hatten sie als große Schönheit angebetet, aber sechs von uns plus eine Schwiegermutter hatten begonnen, ihren Tribut zu fordern. Dem Gläschen Wein zum Abendessen ließ sie nun eine Serie von Cocktails vorausgehen und folgen, wodurch sich ihre Wut noch verfestigte. Anstatt sich zu uns an den Tisch zu gesellen, aß sie lieber in der Frühstücksecke, auf einen Hocker gekauert, trug eine Sonnenbrille und drückte ihre Zigaretten auf dem Tellerrand aus. Bei der Ya Ya war Diabetes diagnostiziert worden, und meiner Mutter fiel die undankbare Aufgabe zu, ihr eine Spezialdiät zuzubereiten und sie zu ihren zahlreichen Arztterminen in der Stadt herumzufahren. Meine Mutter mußte die Insulininjektionen an Apfelsinen üben und die Pillen austeilen. Sie mußte die Erdnußbutter verstecken und die Bonbons beschlagnahmen, die in den Kommodenschubladen versteckt waren –, den Kommodenschubladen einer Frau, die sich immer noch weigerte, sie mit Namen anzureden. Abends kam mein Vater nach Hause und hörte Beschwerden, in zwei schroffen Sprachen vorgetragen. Meine Mutter bot an, das Baby zu verkaufen, eine Teilzeitarbeit bei der Tabakernte anzunehmen – alles, damit das Geld für ein Altersheim reichte –, aber selbst die Katze verstand, daß mein Vater seine Mutter nicht in eine Anstalt geben konnte.

Es war gegen seine Religion. Sowas *taten* Griechen nicht. Sie waren zu geizig; das ist es, was ihre Familien schon immer zusammenhielt. Die gesamte Anmutung des Altersheims war etwas, was sich Leute wie meine Mutter ausgedacht hatten: amerikanische Frauen mit Sonnenbrille, ständig auf der Suche nach ihrer Bräunungslotion oder ihrem Feuerzeug. Er konnte seine Mutter nicht vor die Tür setzen, aber pflegen konnte er sie auch nicht. Der Konflikt spaltete die Familie in zwei deutlich geschiedene Lager. Meine Mutter und meine Schwestern kratzten sich in der einen Ecke Brotteig von den Absätzen, während mein Vater, mein Bruder und ich in der anderen Ecke mit Kleingeld klimperten. Die Kinder bildeten ein Komitee und traten in der Einfahrt zusammen, um über die bevorstehende Scheidung unserer Eltern zu debattieren. Kundschafter, die vor dem Elternschlafzimmer postiert waren, berichteten, meine Mutter habe etwas geworfen, was geklungen habe wie ein Aschenbecher. Ein Spähtrupp wurde ausgeschickt und kehrte mit einem lädierten Radiowecker und dem Immobilienteil der Zeitung zurück, an den Rändern mit den für Mutter charakteristischen Sternchen und Häkchen markiert. Wie viele Schlafzimmer gab es in der Wohnung? Wen nahm sie mit, wenn sie ging? Wenn wir bei Vater und Ya Ya blieben, wäre unser ungestörtes Privatleben gewährleistet –, aber was brachte das, wenn Mutters Aufmerksamkeit alles war, wofür wir lebten?

»Sag deiner Kuh, sie soll ihre Nahrungsaufnahme etwas gedämpfter gestalten«, rief meine Mutter von ihrem Hocker in der Frühstücksecke. »Ihr Wiederkäuen ist ja bis an die Staatsgrenze zu hören.«

»Ach, Sharon«, seufzte mein Vater.

»Ach, Sharon kannst du an ihrem Fettarsch lecken«, rief meine Mutter, schleuderte ihren Teller auf die Frühstückstheke, von welcher er auf den Fußboden trudelte. Wenig später hatte sie ihre Formulierung überdacht und fügte hinzu: »Fett ist er, der Arsch, aber längst nicht so fett wie der Allerwerteste deiner preisgekrönten Färse, die sich die drei Sack Klee einhilft, die sie vom Vorgartenrasen der Kazmerzacks abgeerntet hat, du Muttersöhnchen.«

Meine Mutter hatte eine wohlhabende Tante, eine berechnende und ehrgeizige Frau, welche die Gründer zweier Warenhäuser in Cleveland geheiratet hatte. Die Frau starb verfolgungswahnsinnig und kinderlos und hinterließ den Großteil ihres Besitzes meiner Mutter, ihrer Schwester und einer Handvoll Nichten. Eigenes Geld verlieh meiner Mutter zusätzliche Hebelwirkung. Sie gewöhnte sich an, in einem weißen Nerzumhang durch das Haus zu wandern und dabei laut aus den verschiedenen Immobilienbroschüren vorzulesen, mit denen sie von einem Manne versorgt wurde, der eines Nachmittags erschien und sich als ihr Broker vorstellte.

»Die hier hat eine geräumige Sauna aus Redwood-Holz, separate Schlafzimmer für jedes meiner Kinder *und* unverbaubaren Blick auf ferne Vulkane. Hier steht: ›Besonders geeignet für geschiedene Damen, keinerlei Griechen zugelassen.‹ Das hört sich ja *aller*liebst an! Meint ihr nicht?«

Das Geld machte sie gefährlich, und innerhalb eines Monats war es beschlossene Sache, daß die Ya Ya in ein Altersheim geschickt werden sollte. Mein Vater packte ihre Effekten in den Kombi, wir folgten im Cadillac meiner Großtante und zankten uns darum, wer den Sitzbezug aus Webpelz behalten durfte.

Zuerst kam sie in eine private Einrichtung, wo sie sich ein Zimmer mit einem weißhaarigen, wahnsinnigen Kobold namens Mrs. Denardo teilte, welcher spät nachts aus dem Bett krabbelte, um in den Präsentkorb zu scheißen und das Gebiß der Ya Ya im Wasserkasten der Toilette zu verstecken, wo es schön frisch bleiben sollte.

»Ich bin Jesu Christi Stiefschwester und wurde zurückgesandt auf Erden, um all die faulen, gottverdammten Nigger zu verhaften und ihnen beizubringen, daß sie Rippchen so braten sollen, wie sich das gehört, verdammtnochmal.«

Wir waren entzückt und gaben ihr die Geschenke, die wir der Ya Ya mitgebracht hatten.

»Was ist das? Ein Säckchen Mandeln, sagt ihr? Die könnt ihr euch ins zum Kuß geschürzte Pupsloch stecken, soweit es mich betrifft. Ich will bodenlange Gardinen und dazu passende Schuhe.«

Die Ya Ya beschwerte sich unermüdlich, aber meine Geschwister und ich, in der energisch vorgetragenen Saga ihrer Zimmergenossin verloren, hörten gar nicht hin. Wir organisierten einen bunten Abend, ganz auf Mrs. Denardos exotischen Geschmack zugeschnitten, und übten wochenlang, von dem Lied »Getting to Know You« bis hin zu einer Dramatisierung des Massakers am St.-Valentinstag.

»Eure Show war die allerletzte Scheiße«, schrie sie, von einem Publikum aus strahlenden älteren Mitbürgern umgeben. »Ihr wißt doch einen Scheißdreck von der ganzen Kacke, ihr Nigger.«

Das Privatkrankenhaus hatte sieben Kreise der Hölle, und als Mrs. Denardo nach oben in deren dampfenden Kern verlegt wurde, verloren mein Bruder, meine Schwestern und ich das Interesse an der Ya Ya.

Sobald der Bau vollendet war, zog die Ya Ya in ein funkelnagelneues Gebäude ausschließlich für alte Leute, ein Hochhaus namens Capitol Towers. In den Apartments gab es metallisch glänzende Tapeten und modisch asymmetrische Zimmer, und die durchgehenden Panoramafenster boten Aussicht auf die neue Einkaufspassage. Niemand in Raleigh wohnte in einem Hochhaus, und zunächst waren wir von dem Glanz geblendet. Meine Schwestern und ich mißgönnten einander die Gelegenheit, eine Nacht im fetzigen Klubhaus der Ya Ya zu verbringen, und abwechselnd standen wir nacheinander vor dem eingefärbten Fenster, ließen die Eiswürfel in unserem alkoholfreien *mocktail* klirren und taten, als wären wir vom Lichterglanz des Stadtteils North Hills ganz gebannt und hin.

Mir machte es Spaß, so zu tun, als wäre dies mein Apartment und die Ya Ya nur zu Besuch.

»Hier kommt die Hausbar hin«, sagte ich und deutete auf ihre schäbige Eßecke. »Der Filmprojektor kommt neben die Andachtsecke, und die Trennwand hauen wir weg; da machen wir eine Kommunikationsmulde draus.«

»Okay«, sagte die Ya Ya und betrachtete ihre gefalteten Hände. »Du mache Mulde.«

Wieder hoffte mein Vater, die Ya Ya werde Freundschaften schließen, aber die Frauen in den Capitol Towers waren eher kurzhaarige moderne Großmütter mit Kompaktautos und stilvollen Hosenanzügen aus Jeansstoff. Sie hielten sich mit Ehrenämtern auf Trab und organisierten Busfahrten nach Ocracoke und ins koloniale Williamsburg.

»Wie niedlich!« sagten sie kriecherisch angesichts eines Weihnachtsmannes aus Seidenpapier, der die Lobby schmückte. »Ist er nicht niedlich? Erst neulich habe ich zu Hassie Singleton gesagt: ›Dieser Sankt Nikolaus ist ja wohl das Niedlichste, was ich je gesehen habe!‹ Und wo wir gerade von ›niedlich‹ sprechen, wo hast du bloß diesen Trainingsanzug gekauft? Meine Güte, ist der niedlich!«

Das Wort *niedlich* illustrierte genau die Kluft zwischen

der Ya Ya und ihren neuen Nachbarn. Wenn man es in all seiner Lächerlichkeit konsequent anwandte, traf dieses allgemeine Losungswort auf nichts zu, was mit ihrem Leben zu tun hatte. Sie besaß weder Make-up noch Schmuck, trug keine luftigen, paillettenbestickten Sweatshirts oder Maßhosen. Ihre Tür war frei von jahreszeitlichem Buntpapier, und einen Square-Dance-Kurs belegte sie ebensowenig, wie sie sich den Baptistinnen zu einer Besichtigungstour der historischen Strumpfhosenfabrik in Winston-Salem anschloß. Sie verließ ihr Apartment nur, um den Gemeinschaftsgarten zu durchwühlen oder um still schluchzend im Empfang zu sitzen, wobei sie sich die Augen mit dem Papier der jeweils aktuellen Festtagsdekoration trocknete. Dies war nicht das Bild, welches sich die Capitol Towers nach außen wünschten. Hier waren robuste Senioren, die hofften, aus ihrem Ruhestand das Beste zu machen, und der Anblick unserer trauernden schwarzgekleideten Ya Ya ließ ihnen zu sehr die Luft raus. Die Geschäftsleitung deutete an, sie könne sich vielleicht woanders noch behaglicher fühlen. Juristisch erfüllte sie ihre Wohnrechtsbedingungen, aber seelisch war sie zu düster schattiert. Sie begannen sie im Auge zu behalten, ob sie ihr irgendeine Formsache anhängen konnten, und waren außer sich vor Freude, als sie eines Nachmittags einschlief und mit ihrem vergessenen Bügeleisen einen kleinen Brand verursachte. Gezwungen, Capitol Towers zu verlassen, nahm die Ya Ya ihren Wohnsitz in oder auf Mayview, einem gedrungenen Altersheim aus roten Ziegeln, direkt neben dem alten Kreisarmenhaus. Hier wohnten ältere, beträchtlich weniger mobile Menschen als die Bande vom Capitol Towers. Viele der Insassen waren an den Rollstuhl gefesselt, ihre gefleckte Kopfhaut war durch Büschel ungekämmten Haars sichtbar. Sie bepinkelten sich, saßen furzend in der Eingangshalle und kicherten anerkennend über die Trompetentöne, die ihren Schlafanzügen entwichen. Mayview unternahm – im Gegensatz zur vorherigen Bleibe der Ya Ya – keinerlei Anstrengungen, das Unvermeidliche zu bemänteln. Von wohlverdienten goldenen Jahren war keine Rede, nichts war mit Busfahrten oder Kunsthandwerk mit Tombola. Dies war es, Endstation, wir bitten, vor dem Aussteigen noch einmal gründlich in den Gepäckfächern über dem Sitz nachzusehen, damit nichts liegenbleibt.

Es war ein trauriger Ort, um die Nachmittage zu verbringen, und anstatt den Todeskampf ihrer Zimmergenossin zu ertragen, brachte mein Vater die Ya Ya oft zu uns nach Hause, wo sie in der Einfahrt saß und vor sich hin starrte, bis es dunkel genug war und sie ein paar Motten fangen konnte.

Eines Abends saß sie mit uns im Hintergarten beim Essen, als mein Vater, der versuchte, sie ins Gespräch mit einzubeziehen, sagte: »Ihr immer mit euern Schauergeschichten. Habe ich euch je erzählt, daß die Ya Ya ihren eigenen Bruder tot mitten auf der Straße gefunden hat? Der Typ war vom Kinn bis zum Schritt aufgeschlitzt, nur so aus Quatsch von Rebellen ermordet. Ihr eigener Bruder! Könnt ihr euch sowas vorstellen?«

»Ich stell mir das jeden Tag vor«, sagte meine Schwester Lisa. »Warum hat *sie* immer soviel Glück?«

»War da viel Blut?« fragte ich. »Hat er sich in die Hose gekackt? Ich hab gehört, das macht man, wenn man stirbt. Fühlten sich seine inneren Organe weich an, oder waren sie von der Sonne verhärtet? Wie alt war er? Wie hieß er? War er niedlich?«

Die Ya Ya wandte den Blick ab, auf den Basketballplatz

der Nachbarn. »In Name von Segne-Jesus«, sagte sie und bekreuzigte sich mit einem gegrillten Hühnerbein.

Es machte einen wahnsinnig, wenn man versuchte, Informationen aus ihr herauszubekommen. Da hatte sie nun ein völlig gebanntes Publikum *und* eine grausige Geschichte, war aber nicht willens, sie mitzuteilen. Mein Vater hatte uns mehrmals erzählt, daß ihre Heirat arrangiert gewesen war. Als junge Frau war sie aus ihrem Dorf in Griechenland nach New York City geschickt worden, wo sie gezwungen war, einen wildfremden Mann zu heiraten, unbesehen.

»Hattest du einen Plan B, falls er mißgestaltet war?« fragten wir. »Als ihr euch dann kennengelernt habt, hast du ihn geküßt oder ihm nur die Hand gegeben? Woher wußtest du, daß ihr nicht verwandt wart? Bist du vorher auch mit anderen Typen ausgegangen?«

Keine unserer Fragen wurde beantwortet. Was für uns Neuigkeitswert hatte, war für sie nur ein weiteres profanes Detail aus ihrem Leben. Ihr Ehemann, der Mann, den wir Papou nannten, war genauso verdrießlich gewesen wie sie. Wir mußten ihre Fotografien auf den Kopf stellen, wenn wir sie bei einem Lächeln erwischen wollten. Daß sie nur ein Kind hatten, sagte uns alles über ihr Geschlechtsleben, was wir wissen mußten. Er arbeitete, sie arbeitete, ihr Kind arbeitete; mehr hatten sie nie vom Leben erwartet. Der Papou war gestorben, als ich sechs Jahre alt war. Er war nachts noch spät im Zeitungsladen gewesen, als Eindringlinge ihm ein Bleirohr über den Kopf hieben, wodurch in seinem Kopf eine Ader platzte. Er wurde ins Krankenhaus geschafft und starb am 25. Dezember.

»Hast du trotzdem die Geschenke ausgepackt?« fragten wir. »Als er starb, hat er sich da in die Hose gekackt? Haben sich die Diebe auf das Geld konzentriert, oder haben sie, wo sie sowieso gerade da waren, auch Zeitschriften und Schokoriegel mitgenommen? Hat man sie gekriegt? Mußten sie auf den elektrischen Stuhl? Als sie hingerichtet wurden, haben sie sich da in die Hose gekackt?«

»Er jetzt ist bei Jesus«, sagte die Ya Ya. Ende der Geschichte. Wir fragten meinen Vater. Er sagte nur: »Er war mein Vater, und ich habe ihn geliebt.«

Das war nicht die Information, die wir suchten, aber bis heute ist das seine einzige Antwort. Ist es Loyalität, was ihn davon abhält, Geheimnisse über die Toten auszuplaudern, oder gibt es einfach nichts zu berichten? Wie kann man so viele Jahre bei jemandem am Fußende schlafen und sich an kein einziges Detail erinnern?

»Natürlich liebt ihr die Ya Ya«, sagte er. »Sie ist eure Großmutter.« Er stellte das als natürliche Folge dar, was unserer Ansicht nach kaum der Fall war. Man konnte einen Blutsverwandten haben, aber das bedeutete nicht, daß man ihn lieben mußte. Unsere Zeitschriftenartikel und Nachmittags-Talkshows lehrten uns, daß die Menschen sich ihre Liebe vom einen Tag auf den nächsten ständig neu verdienen mußten. Die Familie meines Vaters verließ sich auf ein Regelwerk, welches nicht mehr in Kraft war. Es genügte nicht, wenn man seinen Kindern ein Elternhaus mit allem Drum und Dran bot und ihnen alles verfügbare Kleingeld aushändigte; man mußte, während man das tat, auch noch *Spaß* machen. Für die Ya Ya war es zu spät, aber mein Vater, der in den folgenden Jahren immer nervöser wurde, konnte es noch schaffen. Er beobachtete meine Mutter, wie sie im Schlafzimmer Hof hielt, und fragte sich, wie sie das machte. Gelegentlich schnauzte sie uns an, aber wenn sich der Qualm verzogen hatte, sammelten wir uns wieder zu ihren Füßen und kämpften um ihre Aufmerksamkeit.

Ich war in meinem zweiten Jahr auf dem College, als ich erfuhr, daß die Ya Ya gestorben war. Meine Mutter rief an, um es mir zu sagen, ich hatte mir den Hörer unters Kinn geklemmt, einen Joint in der einen, ein Bier in der anderen Hand, und sah auf die Uhr: 11:22 h. Mein Zimmergenosse hörte zu, und weil ich ihn als sensibles und komplexes Menschenwesen beeindrucken wollte, warf ich mich aufs Bett und machte das Beste daraus. »Das kann doch nicht wahr sein«, plärrte ich. »Das ist doch nie und nimmer waha-ha-ha-hahr.« Meine Schluchzer klangen, als läse ich sie von einem Blatt Papier ab. »A-ha-ha-ha-ha-ha. A-hu-huha-ha-ha-ha-ha.« Ich hatte gerade *Eine Weihnachtserinnerung* von Truman Capote gelesen und versuchte, sie als meine eigene auszugeben. »Mir ist, als wäre ein Stück von meiner Seele abgerissen worden, und nun bin ich ein Drachen ohne Schnur«, sagte ich und rieb mir die Augen, um etwas Tränenähnliches zu erzeugen. »Heute nachmittag werde ich über den Campus gehen und den Himmel absuchen; bestimmt finde ich zwei herzförmige Wolken.«

»Ich hab genau das Richtige für dich, Kumpel«, sagte mein Zimmergenosse. »Genau das Richtige für dich und mich, weil, ich weiß nicht, ob ich dir das gesagt habe, meine Oma ebenfalls vor ein paar Monaten gestorben ist. Mein Bruder hatte sie besucht, um seine Klamotten zu waschen, und da lag sie, mausetot vor ihrem Trophäenschrank. Herb, sowas, mein Freund. Da ist für dich und mich ein bißchen gepflegte Trauerarbeit angesagt, und ich hab genau das Richtige, um den Geist zu lösen.«

Seine Therapie erforderte zwei Portiönchen LSD, einen

Beutel mit Eiswürfeln und eine Nadel. Wir benutzten ein gemeinsames Paar echtgoldener Ohrpflöcke und saßen halluzinierend in der Küche des Wohnheims, während ein angehender Anwalt in Strafsachen uns Ohrlöcher stach.

Am nächsten Tag flog ich heim nach Raleigh, wo mein Vater sagte: »Mit einem Ohrring kommst du mir nicht ins Haus. Du. Mir. Nicht.«

Ich verbrachte die nächsten Stunden in der Einfahrt, drohte, ich würde im Kombi schlafen, weigerte mich, wegen seinesgleichen meinen guten Ruf aufs Spiel zu setzen. »Arschloch!« gellte ich. »Nazi!«

»Hör zu«, sagte meine Mutter und kam mit einem Tablett voller murmelgroßer Fleischklöße vor die Tür. »Du nimmst den Ohrring ab, wir gehen auf die Beerdigung, du steckst ihn wieder rein, bevor dein Flieger geht. So schnell schließt sich das Loch nicht wieder; das versprech ich dir. Ich möchte, daß du das für deinen Vater tust, alles klar?« Sie stellte das Tablett auf die Kühlerhaube, nahm sich einen Fleischkloß und studierte ihn kurz. »Außerdem sieht ein Ohrring echt blöd aus, wenn er mit einer Brille kombiniert wird. Er sendet dann eine gemischte Botschaft, und der Effekt ist, naja, zwiespältig. Gib mir den Ohrring, ich heb ihn solang für dich auf. Dann möchte ich, daß du reinkommst und mir beim Hausputz hilfst. Morgen nachmittag kommen die Griechen, und da müssen wir den Schnaps verstecken.«

Ich entfernte den Ohrring und trug ihn nie wieder. Rückblickend schäme ich mich, weil ich ausgerechnet diesen Zeitpunkt wählte, um mich aufzulehnen. Mein Vater hatte gerade seine einzige Mutter eingebüßt, und ich nahm an, er empfinde, genau wie wir alle, nichts als Erleichterung. Jetzt war er von seinem griechischen Anker gekappt und konnte frei durch unsere kräftigenden amerikanischen Fluten kreuzen. Die Ya Ya hatte weder Geld noch Grundbesitz hinterlassen, keine Rezepte von unschätzbarem Wert oder kostspielige Andenken, nichts als ein Gefühl der Erlösung; und was ist das für ein Erbe? Ich kann mir nicht helfen, aber ich stelle mir vor, sie ist mit höher fliegenden Zielen aufgebrochen. Als junges Mädchen in Griechenland muß sie doch auch über Witze gelacht haben, die nur sie und sonst noch wer verstanden hat, und für den einen oder anderen jungen Steinmetz namens Xerxes oder Prometheus geschwärmt. Als man ihr sagte, sie würde in eine neue Welt geschickt, hat sie sich hoffentlich ein paar Stunden freigenommen, um sich ein Leben voller Kuchen und Dienstboten auszumalen, ein Leben, in welchem ihr jemand die Schuhe putzt und das Geld bügelt. Das Leben hatte sie dazu verurteilt, von Fremden umgeben zu sterben. Auf die Weide geschickt, zog sie es vor, ihre letzten Jahre zu vergrübeln und im engen Geviert ihrer von Wohlgerüchen durchzogenen Box vom einen Fuß auf den andern zu treten.

»Wenn ich so werde, möchte ich, daß ihr mich erschießt. Ohne Fragen zu stellen«, flüsterte meine Mutter. »Reißt die Versorgungsschläuche raus und stellt die Monitore ab, aber unter gar keinen Umständen möchte ich, daß ihr mich in den Keller verlegt.«

Wir nickten dem Sarg zu – mein Bruder, meine Schwestern und ich – und wußten, daß es mit ihr nie soweit kommen würde. Unser Vater dagegen, der Mann, der in der ersten Reihe weinte, der würde mehr Arbeit machen.

# *Familienbande*

Ich fand das Buch in den Wäldern, versteckt unter einer Sperrholzplatte, der Einband abgerissen und die Seiten feucht und angeschimmelt.

Brock und Bonnie Rivers standen in ihrer Einfahrt und winkten Pfarrer Hassleback zum Abschied ein Lebewohl hinterher.
»Lebewohl«, sagten sie und winkten.
»Lebewohl«, erwiderte der Pfarrer. »Sagt euren beiden halbwüchsigen Kindern, Josh und Sandi, daß sie erstklassige Novizen sind. Sie sind brave Kinder«, fügte er mit einem Augenzwinkern hinzu. »Fast so gut und geil wie ihre Eltern!«
Die Rivers lächelten beifällig und hoben abermals die Hände zu einem Winken. Als das Auto des Pfarrers schließlich die Einfahrt verließ, blieben sie noch einen Augenblick lang im hellen Sonnenschein stehen, bevor

sie in den Keller stiegen, um die Kinder loszubinden.

Das Thema des Buches war, daß die Menschen nicht immer das sind, was sie zu sein scheinen. In ihrer gehobenen Mittelstandsgemeinde hochgeachtet, praktizierte die Familie Rivers eine wörtliche Interpretation des Satzes »Liebe Deinen Nächsten«. Gelenkig wie die Bodenturner, waren diese Leute ebenso schamlos wie unersättlich. Da trieb es Vater mit Tochter, Bruder mit Schwester, Mutter mit Sohn: Nachdem jede mögliche Kombination erschöpft war, erweiterten sie den Kreis um geile Kapitäne zur See und vagierende Scherenschleifer. Sie trieben es in Höhlen mit ihrem Dobermann und auf dem Dachfirst mit dem Bautrupp, der die Schindeln erneuern sollte. Die ersten beiden Male, die ich das Buch las, war die Lektüre so schön, daß es weh tat. Ja, diese Leute waren schlimm, aber mit dreizehn Jahren konnte ich ihre ansteckende Energie und beherzte Lebenslust nur bewundern. Beim dritten Mal war ich schockiert, nicht vom Benehmen der Romanfiguren, sondern von den unzähligen Satzfehlern. Hatte es denn niemand für nötig gehalten, dieses Buch mal korrekturzulesen, bevor es in Druck ging? Im Eingangskapitel dieses Buches erleben wir die Tochter mit dem *Pummel* ihres Bruders in der *Mischi,* wobei sie »*Bims* mich, so *dull* du kannst« ruft. Als der Sohn auf Seite dreiunddreißig Sex mit seiner Mutter hat, hinterläßt er bei der Frau »*Totten,* die von *Sparma* glänzten«.

Ich zeigte das Buch meiner Schwester Lisa, die es mir mit den Worten »Laß mich das erst mal behalten« aus den Händen riß. Wir tauschten oft Jobs als Babysitter und betrachteten uns im Bereich der literarischen Pornographie als recht belesen.

»Sieh im Elternschlafzimmer unter den Pullovern in der zweiten Schublade in der weißen Kommode nach«, sagte sie. Wir hatten beide *Die Geschichte der O* und die gesammelten Schriften des Marquis de Sade mit einem Auge auf der Haustür gelesen, immer in der Furcht, die Hausherren könnten reinkommen und uns mit gestachelten Peitschen und heißen Ölen foltern. »Ich kenne euch«, sagte unser Blick, wenn die Eltern ihre schlafenden Kinder überprüften. »Ich weiß alles über euch.«

Das Buch ging von Lisa an unsere elfjährige Schwester Gretchen, die es als aufrüttelndes Enthüllungs-Sachbuch über die amerikanische Mittelschicht interpretierte. »Ich bin ziemlich sicher, daß genau dies genau hier in North Hills an der Tagesordnung ist«, flüsterte sie und steckte das Buch unter das Kunstgras ihres Osterkörbchens. »Seht euch zum Beispiel die Familie Sherman an. Erst letzte Woche habe ich gesehen, wie Heidi Steve junior in die Hose gelangt hat.«

»Der Typ hat sich beide Arme gebrochen«, sagte ich. »Sie hat ihm wahrscheinlich nur das Hemd in die Hose gestopft.«

»Würdest du dir von einer von *uns* das Hemd in die Hose stopfen lassen?« fragte sie.

Wo sie recht hatte, hatte sie recht. Eine sorgfältige Studie legte den Verdacht nahe, daß die Shermans nicht das waren, was sie zu sein vorgaben. Der Vater wurde oft dabei beobachtet, wie er sich am Sack kratzte, und seine Frau hatte die störende Angewohnheit, einem direkt in die Augen zu sehen und dabei an ihren Fingern zu schnüffeln. Ein Schleier war gelüftet worden, besonders für Gretchen, die jetzt die Welt als Grube sah, aus der die ungezügelte Sexualität dampfte. Sie saß auf einem Klubsessel im Country

Club, verengte die Augen zu Schlitzen und stellte Mutmaßungen über die Kinder an, die das seichte Ende des Pools bevölkerten. »Mich beschleicht der Verdacht, Christina Youngblood könnte unsere Halbschwester sein. Das Kinn hat sie von ihrem Vater, aber Augen und Mund sind reinste Mom.«

Ich mochte unsere Eltern nicht in sowas verwickeln, aber Gretchen bot eine beängstigende Fülle an Beweisen auf. Sie vermerkte, wie unsere Mutter Lippenstift auftrug, wenn sich der Kartoffelchipslieferant näherte, den sie mit Vornamen anredete und oft zur Benutzung unserer Toilette einlud. Unser Vater nannte die Damen in der Bankfiliale »Puppe« oder »Schätzchen«, und ihre Reaktionen ließen ahnen, daß er sich einmal zu oft an ihnen schadlos gehalten hatte. Die Griechisch-Orthodoxe Kirche, die farbenfroh gekleideten Paare im Country Club, sogar unsere ältliche Collie-Hündin Duchess: Sie gehörten laut Gretchen alle dazu, und sie gewöhnte sich an, jeden Abend vor dem Schlafengehen ihre Schlafzimmertür mit aufgetürmten Möbeln zu verbarrikadieren.

Schließlich gelangte das Buch in die Hände unserer zehnjährigen Schwester Amy, die es als Schulbuch in ihrem imaginären Unterricht verwendete, den sie jeden Tag nach der Schule gab. Mit Perücke und hochhackigen Schuhen angetan, verbrachte sie ihre späten Nachmittage damit, vor einer Wandtafel zu stehen und ihre Lehrer nachzuahmen. »Tut mir sehr leid, Candice, aber ich werde dich durchfallen lassen müssen«, sagte sie, indem sie sich an einen der leeren Klappstühle wandte, die vor ihr standen. »Das Problem ist ja nicht, daß du dich nicht anstrengst. Das Problem ist, daß du dumm bist. Sehr, sehr dumm. Na, Kinder, ist Candice etwa nicht dumm? Häßlich ist sie auch, stimmt's? Gut, Candice, du kannst dich jetzt wieder hinsetzen und, um Himmels willen, aufhören zu flennen. Und nun, liebe Kinder, werde ich euch aus dem Buch vorlesen, welches wir diese Woche durchnehmen. Es ist eine Geschichte über eine Familie in Kalifornien, und es heißt *Familienbande*.«

Wenn Amy das Buch gelesen hatte, dann hatte es bestimmt auch die acht Jahre alte Tiffany gesehen, die im selben Zimmer schlief, und unser Bruder Paul wahrscheinlich auch, der mit seinen zwei Jahren am Einband gelutscht haben mag, was noch gefährlicher war als die Lektüre. Dies mußte eindeutig aufhören, bevor es außer Kontrolle geriet. Der Ausdruck »in Vorfreude bebendes *Urschloch*« wurde von Tag zu Tag beliebter, und sogar unsere altgriechische Großmutter erschien mit verdächtigen Rändern unter den Augen am Frühstückstisch.

Gretchen nahm das Buch und versteckte es unter dem Teppich ihres Schlafzimmers, wo es von Lena, unserer Haushälterin, entdeckt wurde, welche es irgendwann unserer Mutter aushändigte.

»Ich werde dafür sorgen, daß es ein für allemal beseitigt wird«, sagte sie und eilte über den Korridor, ihrem Zimmer entgegen.

»*Bims* mich«, lachte sie, eine wahllos aufgeschlagene Seite vorlesend. »Klingt schon mal nicht schlecht.«

Wochen später fanden Gretchen und ich das Buch zwischen Matratze und Federung des Ehebetts, die Seiten mit Kaffeeringen und Zigarettenasche befleckt. Die Entdekkung schien Gretchens Verdächte sämtlich zu bestätigen. »Jetzt werden sie von einem Tag auf den andern über uns herfallen«, warnte sie. »Sei auf der Hut, mein Freund, denn diesmal meinen sie's ernst.« Sie hob zweifellos auf die Episode in Kapitel 8 ab, wo Mr. und Mrs. Rivers ihre Kinder einer Bande übelgelaunter Goldgräber mit üblem Atem und rauhen, schwieligen Händen anbieten. Den Rivers-Kindern schien es Spaß zu machen, aber sie kannten es, wenn man es recht bedenkt, nicht anders.

Wir warteten. Ich hatte immer darauf Wert gelegt, meiner Mutter einen Gutenachtkuß zu geben, aber damit war es vorbei. Ihre Hand auf meiner Schulter verursachte bei mir Gänsehaut. Eines Nachmittags säumte sie mir eine Hose, als ich, vor ihr auf einem Küchenstuhl stehend, spürte, wie ihre Hand meinen Hintern streifte.

»Laß uns einfach gute Freunde sein«, stammelte ich. »Nicht mehr, aber auch nicht weniger.«

Sie nahm die Stecknadel aus dem Mund und betrachtete mich eingehend, bevor sie seufzte: »Da hast du mich also all die Jahre hinters Licht geführt.«

Ich las das Buch ein weiteres Mal und versuchte mein früheres Vergnügen wieder wach werden zu lassen, aber nun war es zu spät. Ich konnte die Formulierung »Er knuff seiner Tochter in die steinharten Brastwurzen« nicht mehr lesen, ohne daran zu denken, wie Gretchen sich in ihrem Zimmer verbarrikadierte.

Ich dachte, vielleicht werfe ich das Buch weg oder verbrenne es sogar; wie einen noch total guten Pullover, aus dem man herausgewachsen ist, schien es eine Schande, wenn man es zerstörte, wo die Welt doch voller Menschen war, die noch Nutzen daraus ziehen konnten. Dies eingedenk, trug ich das Buch zum Parkplatz vor dem Lebensmittelladen und warf es auf die Ladefläche eines blitzblanken neuen Kleinlasters. Besorgt und erleichtert zugleich, pfiff ich, als ich hinter dem Verkaufsautomaten des Lebensmittelladens Posten bezog und auf den Eigentümer des Kleinlasters wartete, bis dieser, einen Einkaufswagen voller Ware vor sich her schiebend, zurückkehrte. Er war ein drahtiger Mann mit modischen Koteletten und einem Arm halb in Gips. Als er seine Tüten auf der Ladefläche verstaute, verengten sich seine Augen beim Anblick des Buchs. Ich beobachtete ihn, wie er es an sich nahm und die ersten Seiten durchblätterte, bevor er den Kopf hob, um den Parkplatz abzusuchen. Er kämmte das Gebiet mit den Augen durch, als rechne er damit, eine Überwachungskamera oder, vorzugsweise, einen Kleinbus voll nackter Frauenzimmer zu entdecken, die ihre baren Brüste gegen die Fenster pressen und ihn – er solle doch kein Frosch sein – zum Mitmachen auffordern. Er zog eine Schachtel Zigaretten aus der Tasche, nahm eine Zigarette und klopfte sie sachte gegen das Wagendach, bevor er sie anzündete. Dann ließ er das Buch in seine Gesäßtasche gleiten, stieg ein und fuhr davon.

# *Zyklop*

Als junger Mensch hat mein Vater seinem besten Freund mit einem Luftgewehr ein Auge ausgeschossen. Das hat er uns erzählt. »Ein einziger unbedachter Moment, und, Jesus, wenn ich ihn ungeschehen machen könnte –, ich würde es tun.« Er zuckte zusammen und schüttelte die Faust, als hielte er eine Rassel. »Es frißt mich bei lebendigem Leibe auf«, sagte er. »Damit will ich sagen, daß es mich schier zerreißt.«

Als wir einmal im Sommer seine Vaterstadt besuchten, nahm mein Vater uns zu diesem Typ mit, einem Schuhverkäufer, dessen milchige Pupille den Winkel ihrer übel zugerichteten Augenhöhle umarmte. Ich beobachtete, wie die beiden Männer sich die Hand gaben, und wandte mich ab, von dem, was mein Vater getan hatte, angewidert und beschämt.

Der Nachbarsjunge bekam zum zwölften Geburtstag ein Luftgewehr und nahm dies als persönliche Herausforderung, jedes lebende Geschöpf zu belauern und zu verstümmeln: sonnenbadende Katzen, Nacktschnecken und

Eichhörnchen –; wenn es sich bewegte, schoß er. Ich fand das eine prima Idee, aber sobald ich das Gewehr an meine Schulter hob, sah ich den Freund meines Vaters, wie er halbblind mit einem Stapel *Capezio*-Kartons vor sich hin stolperte. Wie wäre es, mit einer solchen Schuld zu leben? Wie konnte mein Vater in den Spiegel sehen, ohne sich übergeben zu müssen?

Eines Nachmittags stach mir meine Schwester Tiffany mit einem frisch gespitzten Bleistift ins Auge. Ich vergoß Ströme von Blut, und auf dem Weg ins Krankenhaus wußte ich, daß meine Schwester, falls ich erblindete, bis an ihr Lebensende meine Sklavin sein würde. Keine Sekunde lang würde ich sie vergessen lassen, was sie mir angetan hatte. In ihrer Zukunft würde es keine frivolen Cocktailpartys geben, keine Grillfeste am Schwimmbeckenrand oder ein kurzes Aufflackern sorglosen Gelächters, keinen einzigen Augenblick der Freude –, dafür würde ich zu sorgen wissen. Ich hatte meine Rache so sorgfältig geplant, daß ich fast enttäuscht war, als der Arzt bekanntgab, es sei nichts als eine leichte Einstichwunde, nicht im, sondern unterm Auge.

»Sieh dir das Gesicht deines Bruders an«, sagte mein Vater und deutete auf mein Hansaplast. »Er hätte lebenslang erblinden können! Dein eigener Bruder ein Zyklop –, ist es das, was du willst?« Tiffanys Leiden linderte eine bis zwei Stunden lang meine Schmerzen, aber dann begann sie mir leid zu tun. »Jedesmal, wenn du nach einem Bleistift greifst, möchte ich, daß du daran denkst, was du deinem Bruder angetan hast«, sagte mein Vater. »Ich möchte, daß du ihn auf Knien um Verzeihung bittest.«

Man kann sich nur eine begrenzte Anzahl von Malen entschuldigen, bevor es lästig wird. Ich verlor das Interesse, bevor das Pflaster entfernt wurde, aber nicht so mein Vater. Als er damit durch war, konnte Tiffany keinen stumpfen Buntstift mehr anfassen, ohne in Tränen auszubrechen. Ihr hübsches, sonnengebräuntes Gesicht nahm die Eigenschaften einer runzligen, fettfleckigen alten Handtasche an. Mit sechs Jahren war das Mädchen am Ende.

Überall lauerte die Gefahr, und die Lebensaufgabe meines Vaters bestand darin, uns vor ihr zu warnen. Während der Feiern zum 4. Juli im Country Club berichtete er uns, wie einer seiner Marinekumpels bis an sein Lebensende von einem Knallfrosch entstellt wurde, der ihm auf dem Schoß explodiert war. »Hat seine Eier von der Landkarte getilgt«, sagte er. »Nimm dir die Sekunde Zeit und stell dir vor, wie sich das angefühlt haben muß!« Ich raste ans ganz andere Ende des Golfplatzes und sah mir den Rest vom Feuerwerk von dort an, die Hände im Schritt verschränkt.

Feuerwerk war riskant, aber Gewitter war noch schlimmer. »Ich hatte einen Freund. War ein sehr intelligenter, gutaussehender Typ. Alles lief ganz prächtig, bis zu dem Tag, an dem er vom Blitz getroffen wurde. Er hat ihn genau zwischen den Augen erwischt, beim Forellenangeln, und ihm das Hirn verschmurgelt, daß es aussah wie ein Brathuhn. Jetzt hat er eine Metallplatte in der Stirn und kann nicht mal sein eigenes Essen kauen; alles muß in einen Mixer, und dann saugt er es sich durch einen Strohhalm rein.«

Wenn der Blitz je in mich einschlagen wollte, mußte er Mauern und Wände durchdringen. Beim ersten Anzeichen eines Gewitters rannte ich in den Keller, kroch unter einen Tisch und bedeckte meinen Kopf mit einer Decke. Die Menschen, die sich das Gewitter von der Veranda aus ansahen, waren Narren. »Der Blitz kann von einem Ehering oder sogar von einer Zahnfüllung anzogen werden«, sagte mein Vater. »Der Tag, an dem man in seiner Wachsamkeit nachläßt, ist der Tag, an dem er zuschlagen wird.«

Auf der Mittelschule belegte ich Werken, und unsere erste Aufgabe war die Anfertigung eines Serviettenhalters. »Du wirst doch nicht mit einer Bandsäge arbeiten?« fragte mein Vater. »Ich kannte mal einen Typ, einen Jungen von deiner Größe, der benutzte eine Bandsäge, als das Sägeblatt abging, aus der Maschine rausflog und sein Gesicht sauber in zwei Hälften zerschnitt.« Mit dem Zeigefinger zog mein Vater eine imaginäre Linie von der Stirn bis zum Kinn. »Der Typ hat überlebt, aber niemand wollte mehr etwas mit ihm zu tun haben. Er wurde Alkoholiker und hat eine Chinesin geheiratet, die er sich aus einem Katalog bestellt hat. Denk mal darüber nach.« Das tat ich.

Mein Serviettenhalter wurde aus gefundenen Brettern hergestellt, und als er fertig war, brachte er fast sieben Pfund auf die Waage. Meine Bücherregale waren noch schlimmer. »Das Problem mit einem Hammer«, wurde mir gesagt, »besteht darin, daß der Hammerkopf jederzeit abgehen kann, und, Junge, eins kann ich dir sagen, den Schmerz kannst du dir gar nicht vorstellen.«

Bald begann ich mich zu fragen, ob mein Vater noch Leute kannte, die sich die Schuhe selbst zubinden oder ohne die Hilfe einer eisernen Lunge atmen konnten. Mit Ausnahme des Schuhverkäufers hatten wir keinen dieser Menschen je gesehen, hatten nur von ihnen gehört, sobald einer von uns ein Huhn in schwimmendem Fett herausbacken oder den Müllschlucker betätigen wollte. »Ich habe einen Freund, der kauft sich immer ein Paar Handschuhe, und den einen Handschuh schmeißt er gleich weg. Er hat seine rechte Hand verloren, als er genau das tat, was du gerade tust. Er hatte gerade in die Müllschluckeröffnung gefaßt, als die Katze sich am Schalter rieb. Jetzt trägt er Vorsteckschlipse, und die Kellner müssen ihm das Steak kleinschneiden. Schwebt dir diese Art zu leben vor?«

Den Rasen durfte ich mähen, weil er zu geizig für einen Gärtner und zu faul zum Selbermähen war. »Was nämlich passierte«, sagte er, »ist, daß der Typ ausrutschte, wahrscheinlich auf einem Kackhaufen, und das Bein verfing sich in den rotierenden Messern. Er hat dann seinen Fuß wiedergefunden und ins Krankenhaus mitgenommen, aber es war zu spät, ihn wieder anzunähen. Kannst du dir das vorstellen? Der Typ ist fünfzehn, zwanzig Meilen mit dem Fuß auf dem Schoß Auto gefahren.«

Trotz der Hitze mähte ich den Rasen in voller Ausrüstung, mit langer Hose, kniehohen Stiefeln, Football-Helm und Schutzbrille. Bevor ich anfing, suchte ich den Rasen nach Steinen und Hundekot ab, kämmte den gesamten Bereich durch, als wäre er vermint. Trotzdem schob ich den Rasenmäher stockend vor mir her, mußte ich doch damit rechnen, daß dieser nächste Schritt mein letzter war.

Nie war etwas Schlimmes passiert, und nach ein paar Jahren mähte ich in Shorts und Turnschuhen, dachte aber an den angeblichen Freund, den mein Vater verwendet hatte, um seine Warnung zu illustrieren. Ich stellte mir vor, wie dieser Mann in sein Auto sprang, mit einem blutigen Beinstumpf Gas gab, einen warmen Fuß auf dem Schoß geborgen wie ein schlafendes Hündchen. Warum hatte er nicht einfach einen Krankenwagen angerufen? Wie hatte er, unter Schock stehend, daran denken können, in den Wildkräutern nach seinem Fuß zu suchen? Es paßte alles vorne und hinten nicht zusammen.

Ich wartete bis ein Jahr vor der Mittleren Reife, bis ich mich für den Verkehrsunterricht eintrug. Bevor wir uns auf die Straße wagten, saßen wir im verdunkelten Klassenzimmer und sahen uns Filme an, deren Drehbuch und Regie von meinem Vater hätten sein können. *Laßt es lieber,* dachte ich, als ich sah, wie das Pärchen auf dem Heimweg vom Schulball sich anschickt, einen schwerfälligen Müllwagen zu überholen. Jede Spritztour endete damit, daß sich der junge Fahrer um einen Telegraphenmast wickelte oder bis zur Unkenntlichkeit verbrannte, während die Kamera ein blutiges Brustbukett fokussierte, welches den Straßenrand beschmutzte.

Ich fuhr nicht schneller Auto, als ich den Rasenmäher schob, und bald verlor der Fahrlehrer die Geduld.

»Dieser Führerschein ist dein Todesurteil«, sagte mein Vater, als ich meine vorläufige Fahrerlaubnis bekam. »Du wirst in die Welt hinausfahren und jemanden umbringen, und die Schuld wird dir das Herz aus dem Leibe reißen.«

Die Angst vor Selbstmord hatte mich auf fünf Meilen pro Stunde verlangsamt. Die Angst davor, jemand anderen zu ermorden, brachte mich vollends zum Stillstand.

Meine Mutter hatte mich in einer Regennacht von der Probe zu einer Schüleraufführung abgeholt, und als das Auto bergauf fuhr, fuhr es über etwas, über das es nicht hätte fahren sollen. Es war dies kein Wackerstein oder ein Stiefel am falschen Ort, sondern irgendein Lebewesen, welches erbärmlich schrie, als es vom Reifen überrollt wurde. »Scheiße«, flüsterte meine Mutter und schlug die Stirn gegen das Lenkrad. »Scheiße, Scheiße, Scheiße.« Wir bedeckten uns gegen den Regen und suchten die dunkle Straße ab, bis wir eine orangefarbene Katze fanden, die Blut in den Rinnstein hustete.

»Du hast mich umgebracht«, sagte die Katze und zeigte mit ihrer plattgefahrenen Pfote auf meine Mutter. »Da hatte ich nun soviel, wofür zu leben lohnte, doch nun ist es vorbei, mein ganzes Leben – zack! – ausgelöscht.« Die Katze keuchte rhythmisch, bevor sie die Augen schloß und starb.

»Scheiße«, wiederholte meine Mutter. Wir gingen von Haus zu Haus, bis wir die Katzenhalterin fanden, eine freundliche und verständnisvolle Frau, deren Tochter keine dieser Tugenden geerbt hatte. »Du hast meine Katze umgebracht«, kreischte sie und schluchzte ihrer Mutter in den Rock. »Du bist gemein und du bist häßlich und du hast meine Katze umgebracht.«

»Ein schwieriges Alter«, sagte die Frau und streichelte dem Kind übers Haar.

Meine Mutter fühlte sich auch ohne die Strafpredigt, die sie zu Hause erwartete, mies genug. »Das hätte ein Kind sein können!« rief mein Vater. »Denk darüber nach, wenn du nächstesmal auf der Suche nach Nervenkitzel die Straße entlangfegst.« Bei ihm klang es, als überführe meine Mutter Katzen aus Quatsch. »Das findest du wohl komisch«, sagte er, »aber wir werden sehen, wer zuletzt lacht, wenn du hinter Gittern sitzt und deinem Verfahren wegen Totschlags entgegensiehst.« Ich bekam eine Variation derselben Rede zu hören, als ich einen Briefkasten gestreift hatte. Trotz der Ermutigung meiner Mutter gab ich meinen Führerschein zurück und fuhr nie wieder. Ich hielt es nervlich einfach nicht aus. Es schien mir sicherer, per Anhalter zu fahren.

Mein Vater war dagegen, als ich nach Chicago zog, und er führte eine regelrechte Kampagne des Grauens, als ich meine Umzugspläne nach New York bekanntgab. »New

York! Bist du geistesgestört? Nimm doch gleich ein Rasiermesser und schneid dir die Kehle durch, denn, eins will ich dir sagen, diese New Yorker werden dich bei lebendigem Leibe fressen.« Er erwähnte Freunde, die von umherschweifenden Rüpelrudeln ausgeraubt und verstümmelt worden waren, und schickte mir Zeitungsausschnitte, in denen ausführlich von Morden an Joggern und Pauschaltouristen die Rede war. »Das könntest Du sein!« schrieb er an den Rand.

Ich hatte mehrere Jahre lang in New York gelebt, als ich, auf dem Weg zu einer Hochzeitsfeier tief im Staate New York, im Geburtsort meines Vaters haltmachte. Wir waren, seitdem meine Großmutter bei uns eingezogen war, nicht mehr dort gewesen, und ich orientierte mich mit einer geradezu gruseligen Ortskenntnis. Ich fand die alte Wohnung meines Vaters, aber das Schuhgeschäft seines Freundes war jetzt eine Billardhalle. Als ich ihn anrief, um ihm das zu berichten, sagte mein Vater: »Was für ein Schuhgeschäft? Wovon sprichst du überhaupt?«

»Wo dein Freund gearbeitet hat«, sagte ich. »Du weißt doch, der Typ, dem du das Auge ausgeschossen hast.«

»Frank?« sagte er. »Ich habe dem nie ein Auge ausgeschossen. Der Mann war seit seiner Geburt so.«

Inzwischen besucht mein Vater mich in New York. Wir spazieren über den Washington Square, wo er »Kuck mal, was der für eine häßliche Fresse hat!« schreit und auf den dreihundert Pfund schweren Angehörigen einer Motorrad-Bande zeigt, dessen Hals von tätowierten grinsenden Totenschädeln geschmückt wird wie von einem Kropfband. Im Central Park fotografiert ein junger Mann seine Freundin, und mein Vater stürmt los, um sich ins Bild zu werfen. »Alles klar, Süße«, sagt er und legt den Arm um das verschreckte Opfer, »jetzt machen wir's uns ein bißchen nett.« Ich ducke mich, wenn er in Feinkostläden marschiert und den Geschäftsführer zu sprechen verlangt. »Zu Hause kriege ich haargenau diese Honigmelone für weniger als die Hälfte«, sagt er. Die Geschäftsführer raten ihm unweigerlich, nach Hause zu fahren und dort Honigmelonen zu kaufen. In schicken Restaurants schreit er die Kellner an und weigert sich zu warten, bis ein Tisch frei wird. »Ich habe einen Freund«, sage ich ihm, »der den rechten Arm verloren hat, weil er mit den Fingern nach einem Ober geschnipst hat.«

»Ach, ihr Kinder«, sagt er. »Ihr habt doch alle keinen Teelöffel voll Grips. Ich weiß nicht, woher ihr das habt, aber früher oder später wird es euch umbringen.«

# *Das Open der Damen*

Meine Schwester Lisa wurde am vierzehnten Loch des Pinehurst-Golfklubs zur Frau. Das sagte ihr die Fremde, die sie zum Damenklo geleitet hatte. »Mach dir keine Sorgen, Kleines, du bist jetzt eine Frau.«

Wir waren ohne eigenes Verschulden dort gelandet, unser Vater hatte uns geschanghait und Lisa und mir einen kleinen Ausflug in seinem neuen Gebraucht-Porsche angeboten. Seine sorbetfarbene Hose hätte uns warnen sollen, da aber keine Golfschläger auf dem Rücksitz lagen, dachten wir, es könne gar nichts passieren.

»Nur eine kleine Spritztour«, sagte mein Vater. Er klappte das Verdeck zurück und klemmte sich auf den Fahrersitz. »Wir brettern einfach mal rasch zum Rummelplatz und zurück, und dann fahren wir an der Vollzugsanstalt vorbei und sehen den Jungs auf dem Sportplatz beim Training zu –, das seht ihr doch immer so gern. Vielleicht fahren wir auch noch ein Stückchen Autobahn und holen uns ein bißchen Softeis, wer weiß? Ein bißchen Fettlebe! Muß auch mal sein. Wenn ihr immer nur zu Hause mit der Nase am Fernseher klebt, erlebt ihr ja nix. So ein schöner Tag; jetzt werden wir mal an den gottverdammten Blumen schnuppern.«

Am Gefängnis schossen wir so schnell vorbei, daß ich kaum die bewaffneten Beamten auf ihren Wachttürmen erkennen konnte. Rummelplatz wie Eisstand verschwammen in der Ferne, während mein Vater auf die Uhr sah und nervös mit den Fingern auf das lederbezogene Lenkrad trommelte. Er wußte genau, wohin wir fuhren, und er hatte es zeitlich so gedeichselt, daß wir pünktlich zum ersten Abschlag da waren. »Na bitte, wer sagt's denn«, sagte er, als er von der Straße ab- und auf den überfüllten Parkplatz des Golfklubs einbog. »Ob wohl gerade irgendein Turnier stattfindet? Was meint ihr, sollen wir mal einen kurzen Blick riskieren? Ach, ist das hier herrlich. Wartet, bis ihr die tollen Fairways gesehen habt.«

Lisa und ich stöhnten und verfluchten unsere Blödheit. Wieder hatte man uns übertölpelt. Es gab nichts Schlimmeres als einen Nachmittag auf dem Golfplatz. Wir wußten, was uns erwartete, und daß die nächsten paar Stunden wie Tage oder vielleicht sogar Wochen vergehen würden. Unsere Armbanduhren würden gähnen, Minuten- und Sekundenzeiger immer wieder gemeinsam einnicken. Zuerst würde unser Vater uns von hinten in die erste Reihe einer farbenfroh gekleideten Menge schubsen. Ihrer erlesenen Aussichtspunkte beraubt, würden diese Zuschauer schmollen und grollen und Beleidigungen flüstern, die wir nicht gehört zu haben vorgaben.

»Sind doch nur Kinder«, sagte dann mein Vater. »Was sollen sie denn sonst machen? Links und rechts auf meinen Schultern stehen, um Christi willen? Na los, Kumpel, geben Sie Ihrem Herzen einen Stoß.«

Heute spielten die ganz großen Jungs, Männer, deren Namen wir von den langweiligen Zeitschriften kannten, die mein Vater hinter der Kloschüssel und auf dem Rücksitz seines Ford Mustang stapelte. Wir hatten diese Spieler im Fernsehen gesehen und gehört, wie ihre Stärken und Schwächen von den braungebrannten Wahnsinnigen erörtert wurden, die im Profi-Shop unseres Country Clubs aus und ein gingen. Diese Menschen chippten und spielten über oder unter dem Par. Sie machten Birdie und Eagle und schlugen einen Doppel-Bogey mit großer Dringlichkeit, der es gleichwohl nicht gelang, unsere Phantasie zu beflügeln. Der leibhaftige Anblick dieser Profis war nicht interessanter als der Verzehr eines eiskalten Hamburgers, aber meinem Vater bedeutete er unsagbar viel, hoffte er doch, ihre Anwesenheit könnte in uns eine Leidenschaft entfachen, uns dazu entflammen, unsere Schläger zu ergreifen und nach Vollkommenheit zu streben. Dies war, für ihn, ein Akt der Liebe, ein irregeleiteter Versuch, unser Leben zu bereichern und uns ein Gefühl von Familienzusammenhalt zu geben.

»Was habt ihr Kinder bloß für ein verdammtes Glück.« Er legte uns je eine Hand auf je eine Schulter und schob uns Zoll um Zoll noch weiter nach vorn. »Das sind die besten Spieler der gesamten PGA, und ihr habt Plätze in der ersten Reihe.«

»Was für Plätze?« fragte Lisa. »Wo?«

Wir standen auf dem Gras einer Böschung und beobachteten den ersten Spieler beim Abschlag.

»Lisa«, flüsterte unser Vater, »geh und schnapp's dir. Schnapp dir Sneads Tee.«

Wenn sich Lisa weigerte, war es an mir, das Green zu betreten und den nutzlosen kleinen Holzpflock zu suchen, der sonstwohin gedroschen worden sein konnte, zwei bis sechs Meter von seinem Ausgangspunkt entfernt. Unser Vater sammelte diese Tees als Glücksbringer und bewahrte sie in einem Goldfischglas auf seiner Kommode auf. Es war verboten, während eines Turniers das Green zu betreten, weshalb er uns benutzte, damit wir für ihn die Beinarbeit erledigten, wobei er hoffte, daß die Offiziellen uns für enthusiastische Emporkömmlinge hielten, die ihr Zimmer mit Plakaten schmückten, auf denen die Meister zu sehen waren, wie sie sich aus dem Bunker befreiten oder Pokale über den Kopf hielten, die ihnen für überwältigende Siege in Pebble Beach zuerkannt worden waren. Nichts hätte von der Wahrheit weiter entfernt sein können. Egal, wie sehr er uns zu motivieren versuchte –, die Mitglieder meiner Familie weigerten sich, auch nur das mindeste Interesse an etwas zu entwickeln, was sicherlich das ödeste Spiel war, das sich je jemand hatte einfallen lassen. Wir verabscheuten Golf und alles, was damit zu tun hatte, von den schottischen Baskenmützen bis hin zu den Schuhen mit den grausamen Spikes.

»Ach, Lou«, pflegte meine Mutter zu jammern, wenn sie sich für eine Cocktailparty ihren Kaftan in gedeckten Erdtönen angezogen hatte. »*So* gehst du da aber nicht hin, oder?«

»Was soll denn daran verkehrt sein?« fragte er. »Die Hose ist nagelneu.«

»Für dich vielleicht«, sagte sie. »Zuhälter und Zirkusclowns tragen sowas schon seit Jahren.«

Wir haben nie kapiert, wie ein Mann, der so stolz auf seine nüchtern geschneiderten Anzüge war, seine Wochenenden in neonfarbenen Hosen verbringen konnte, die mit singenden Laubfröschen oder winzigen kiltchentragenden Schöttchen gemustert waren. Man brauchte eine Sonnenbrille, um seinen Kleiderschrank zu öffnen, so sehr bettelten all die bonbonfarbenen Pullover, aggressiven Sportsakkos aus Madras-Vorhangstoff und schmerzhaft knalligen Polohemden um Aufmerksamkeit. Straßenarbeiter trugen solche Schockfarben, damit sie auf größere Entfernung von Autofahrern gesehen wurden. Bei denen hatte das einen Sinn, aber welchen Gefahren waren diese Golfer ausgesetzt? Keinerlei heißgemachte Firebirds oder Neunachser brausten über den Fairway und drohten, ihre gemütlichen kleinen Vierergrüppchen plattzumachen. Man hatte uns in allerfrühester Jugend beigebracht, nie auf dem Golfplatz zu schreien oder auch nur in normalem Tonfall zu sprechen. Indem ihnen der volle Gebrauch ihrer Stimmbänder versagt war, überließen diese Menschen das Schreien ihren befremdlichen Klamotten, und das Ergebnis war oft betäubend.

»Ich fühl mich irgendwie nicht gut«, flüsterte Lisa meinem Vater zu, als wir vom Bunker zum Einlochen in Richtung auf das achte Loch marschierten. »Ich glaube wirklich, wir müssen nach Hause.«

Mein Vater ignorierte sie. »Wenn Trevino an diesem Loch bogeyt, ist er verratzt. Bei seinem letzten Bunkerschlag hat er sich mit dem Arsch an die Wand genagelt. Habt ihr die Rückenhaltung gesehen?«

»Im Augenblick macht mir *mein* Rücken mehr Sorgen«, sagte Lisa. »Er tut weh, und ich will nach Hause und mich hinlegen.«

»Wir bleiben doch nur noch eine Minute.« Mein Vater befummelte die Sammlung von Tees in seiner Jackentasche. »Das Problem mit euch beiden ist, daß ihr euch nicht richtig auf das Spiel konzentriert. Morgen früh melde ich euch gleich als erstes für ein paar zusätzliche Golfstunden an, und dann werdet ihr schon merken, was ich meine. Lieber Herr Jesus, das ist ein so aufregender Sport; ihr werdet es gar nicht aushalten können.«

Wir hegten ernsthafte Zweifel, was das Aufregende betraf, aber mit seiner Vorhersage, wir würden es nicht aushalten können, sollte er recht behalten. Geizig, wenn es darum ging, sich von einem Dollar zu trennen, hatte er uns für den ersten Golfunterricht angemeldet, als wir noch kaum ein Klapperchen halten konnten. Nein, für ein nacktes Kindermädchen war kein Geld da, aber mit großer Wonne schenkte er uns teure Golfschläger-Garnituren in Kindergrößen, die in den dunklen Ecken unserer Kinderzimmer lehnten, in Taschen aus von der Katze zerfetztem Segeltuch, so daß wenigstens die Katze was davon hatte. Er kaufte einen grünen Teppich fürs Wohnzimmer und rief uns zu sich, damit wir seine Haltung begutachten konnten, wenn er Bälle in einer Kaffeekanne versenkte. Das Drivingrange, die Einlochzeremonie –, er kapierte es einfach nicht. Wir wollten keine Ratschläge, um unseren Schwung zu verbessern, wir wollten nur in Frieden gelassen werden, um Hexerei zu betreiben, Modepuppen zu verunstalten oder einfach privat auf der Stube zu sitzen und uns Phantasien hinzugeben, die mit allem außer Golf zu tun hatten. Er hatte gehofft, der Job als Caddy würde uns das Verständnis dieses Spiels erschließen. Meine Schwestern und ich brachen unter dem Gewicht seiner Schläger zusammen und waren kaum bei Bewußtsein, wenn er ein Neuner-Eisen oder einen Sandkeil verlangte. Als Caddy hatte man einen undankbaren Job, besonders in North Carolina, wo Mitte März die Luftfeuchtigkeit hoch genug ist, daß Papier sich kräuselt. Achtundneunzig Grad am zweiten Loch, und wir sackten zerknautscht aufs Green, im Ohr das Geschrei und Geplansche von Kindern in unserem Alter, die sich im nahen Schwimmbad vergnügten.

Das Turnier zog sich hin, und als wir das vierzehnte Loch erreichten, fing Lisa an zu bluten; der rostrote Fleck war bereits auf ihrem weißen Hosenrock zu sehen. Sie war den Tränen nahe, sonnenverbrannt und verängstigt, und dann flüsterte sie meinem Vater etwas ins Ohr.

»Wir sagen einfach einem der Mädels Bescheid«, sagte mein Vater. »Die kümmern sich um dich.« Er wandte sich an eine hübsche weißhaarige Frau, die einen limettenfarbenen Mützenschirm ohne Mütze und einen Rock mit einem Grinsende-Pandas-Muster trug. »He, Schätzchen, ob Sie mir wohl mal bei einem persönlichen Problem behilflich sein könnten?« Wie mein Vater war diese Frau diesen Spielern von Loch zu Loch gefolgt, hatte sich jede einzelne ihrer Bewegungen notiert. Sie war an jenem Tag gekommen, sich im Glanz der Meister zu sonnen, und nun ersuchte sie ein fremder Mann, seine Tochter ins Klubhaus zu begleiten und sie mit einer Damenbinde zu versehen.

Die Anrede »Schätzchen« schien ihr nicht zu behagen, und ihre Nackenhaare sträubten sich, als mein Vater, den Blick immer noch fest auf den Ball geheftet, vorschlug, daß sie, wenn sie sich ein bißchen spute, bis zum nächsten Abschlag leicht wieder zurück sein könne. Sie sah meinen Vater an, als wäre er etwas, was sie sich von der Sohle gekratzt hat. Es war ein vernichtender Blick, der sich milderte, als er die Richtung wechselte und auf Lisa zu ruhen begann, die zutiefst betreten zu Boden starrte und mit hohlen Händen den Fleck zu verbergen suchte. Die Frau nickte, legte meiner Schwester die Hand auf die Schulter und geleitete sie widerstrebend zu einem entfernten Gebäudekomplex. Ich verstand das Problem nicht, wäre ihnen aber liebend gern gefolgt, meinte vielleicht auch, wir könnten diese Frau dazu überreden, uns nach Hause zu fahren, nur weg, fort von dieser drückenden Monotonie und aus dieser grausamen, erbarmungslosen Sonne heraus. Als Lisa weg war, war nur noch ich dafür verantwortlich, die zersplitterten Tees aufzusammeln und die Wettbewerbsteilnehmer mit Autogrammwünschen zu behelligen. »Lou«, sagte ich und hielt ihnen die Zählkarte meines Vaters hin. »Lou heiße ich.«

Als es endlich vorbei war, kehrten wir zum Parkplatz zurück, wo wir Lisa auf dem Rücksitz des Porsches ausgestreckt vorfanden, Gesicht und Schoß mit sogenannten Golf-Handtüchern bedeckt.

»Sag es nicht«, drohte sie. »Was es auch ist, ich will es nicht hören.«

»Ich wollte sowieso nur sagen, daß du deine dämlichen Füße vom Polster runternehmen sollst«, sagte mein Vater.

»Weißt du was? Fick dich doch einfach selbst ins Knie.« Sobald sie das gesagt hatte, setzte Lisa sich blitzschnell kerzengerade auf, als könnte sie das Wort noch mit den Zähnen auffangen, bevor es die Ohren unseres Vaters erreichte. Keiner von uns hatte je so mit ihm gesprochen, und jetzt mußte er sie umbringen; er hatte keine andere Wahl. Eine Schwelle ohne Präzedenzfall war überschritten worden, und sogar die Zikaden stellten ihren Lärm ein, vor dem Wort verstummt, welches in der Luft hing wie ein Wölkchen Pulverdampf.

Mein Vater seufzte und schüttelte enttäuscht den Kopf. Genauso reagierte er auf meine Mutter, wenn sie sich aus Zorn und Frustration vergaß. Lisa war jetzt keine Tochter mehr, sondern eins dieser Weiber, die ihre ständig wild wabernden Gefühle nicht unter Kontrolle kriegten.

»Laß sie«, sagte er und wischte eine dünne Schicht Blütenpollen von der Windschutzscheibe. »Sie hat Damenprobleme.«

Unser Vater setzte seine Kampagne, uns für den Golfsport zu interessieren, noch jahrelang fort. Als Gretchen, Amy und Tiffany seine Avancen zurückwiesen, setzte er all seine Hoffnungen auf unseren Bruder Paul, der die ausgedehnten Greens ideal zum Einwerfen von LSD und zum Umschmeißen von Golfkarren fand, die er eigens zu diesem Zweck bei der Ausleihstelle neben dem Profi-Shop auslieh.

Unser Vater kaufte einen Fernseher mit Breitbild-Bildschirm, ein enormes Modell von der Größe einer in der Industrie verwendeten Waschmaschine, und den benutzt er nur, um seine geliebten Turniere zu sehen und aufzunehmen. Auf dem Fernseher stapeln sich Videokassetten mit Vermerken wie 94 PGA und 89 US OPEN – UNGLAUBLICH!!!!

Bevor unsere Mutter starb, stellte sie ein Video zusammen, von dem sie annahm, daß es Lisa vielleicht gefällt. Die beiden hatten viel Zeit miteinander in der Küche verbracht, Wein getrunken und sich auf dem alten tragbaren Schwarzweißfernseher, der neben dem Spülstein stand, alte Filme angesehen. Es waren nur ein paar ihrer Lieblingsfilme, »nix Dolles«, wie meine Mutter sagte, »nur ein bißchen was zum Kucken, wenn dir mal langweilig ist«.

Ein paar Wochen nach der Beerdigung meiner Mutter suchte Lisa das Haus meiner Eltern nach dem Video ab und fand es in der Bar im Erdgeschoß neben dem Stuhl meines Vaters. Sie nahm die Kassette mit nach Hause, merkte aber, daß sie noch etwas Zeit brauchte, bevor sie sie ansehen konnte. Für Lisa würden diese Filme Zeiten ungetrübten Privatlebens wiedererstehen lassen, als nur sie und unsere Mutter auf Hockern kauerten und die Namen der Schauspieler herunterrasselten, sobald sie sich auf dem Bildschirm blicken ließen. Diese Erinnerungen waren ein Geschenk, das Lisa noch ein bißchen genießen wollte, bevor sie die Kassette einschob. Sie wartete, bis sich die erste Trauer etwas gelegt hatte, und dann setzte sie sich mit einem Tablett voller Snacks aufs Sofa, legte die Kassette ein und war entzückt, als sie sah, daß sie mit *Frau ohne Gewissen* anfing. Der Vorspann lief noch, als das Video plötzlich von Schwarzweiß auf Farbe umschaltete. Ein Mann war zu sehen, der auf seinen Hacken hockte und am Stiel eines Golfschlägers entlanglinste, als wäre er eine Flinte. Hinter ihm stand eine Zuschauermeute im Schatten hoher Kiefern, die Gesichter gebräunt und vor lauter Konzentration wie gebannt. »Greg Norman hat alle drei Fünfer unter Par gebogeyt«, flüsterte der Kommentator. »Aber wenn er hier am fünfzehnten einen Eagle schlägt, könnte das die Fahrkarte zum Masters sein.«

# *Wahre Detektivgeschichten*

Meine Mutter fand Detektive toll, egal, ob alt, blind oder von der Hüfte abwärts gelähmt –, sie kriegte nie genug. Meine ältere Schwester teilte ihr Interesse. Das Anbeten von Detektiven wurde von ihnen gemeinsam praktiziert, und sie tauschten Handlungsstränge aus wie andere Mütter und Töchter Rezepte oder Tips für gepflegtes Aussehen. Die eine Fernsehserie hörte auf, und die andere fing an, wodurch unser Haus mit dem beständigen Getöse von Schußwaffen und quietschenden Reifen erfüllt war. Im Erdgeschoß schöpfte der fettleibige Detektiv am Bug des Lustdampfers des Drogenbarons Atem, während oben in der Küche sein ältlicher Kollege sich in Verfolgung des Serienmörders mit dem Kindergesicht über ein Mäuerchen schwang.

»Wie macht sich dein Fall?« rief meine Mutter während der Werbepausen.

Lisa formte die Hände zu einem Schalltrichter und schrie: »Pummelchen geht immer noch Hinweisen nach, aber ich wette, es ist der chinesische Typ mit der Augenklappe und dem Pferdeschwanz.«

Ihre Welt war eine Welt der offenkundig Verdächtigen. Sie wollen wissen, wer der Axtmörder war? Probieren Sie's mit dem emotional gestörten Holzfäller, der beim Geräteschuppen des Opfers herumlungert. Wer hat die Bewährungshelferin entführt? Vielleicht ist es der dreißigjährige Zehntkläßler, der in seinem Turnbeutel ein blutgetränktes Seil verwahrt. Es war kein Wunder, daß diese Fälle so schnell gelöst wurden. Jedes Indiz wurde mit einem Anschwellen der Trompeten *kursiv* gesetzt, im Verhör knickten die Tatverdächtigen ein wie Zahnstocher und gestanden schneller, als man ein Ei weichkocht. »Sie wollen wissen, wer den Brand im Seniorenheim gelegt hat? Na schön, ICH war's, sind Sie jetzt zufrieden? Genau, ICH. ICH war's. I-HICH.«

Es ist leicht, einen Fall zu lösen, wenn keiner der Verdächtigen fähig ist, eine anständige Lüge aufzutischen. Durch das Fernsehen hat das Verbrechen seinen Biß verloren, und der Detektiv verkam zum Zeitgeist-Männchen. Es schien, als könne jeder einen Mordfall lösen, solange er ein Telefon, ein paar Stunden Freizeit und eine Hausbar hatte. Meine Mutter hatte alle drei Ingredienzen im Übermaß zur Verfügung. Je mehr Verdächtige sie im Verlauf einer Saison überführte, desto zuversichtlicher wurde sie. Zusammen mit meiner Schwester kämmte sie die Lokalzeitung durch und stellte Spekulationen über jedes gemeldete Verbrechen an.

»Wir wissen, daß das Mädchen mit vorgehaltenem Messer im ersten Stock des Elternhauses festgehalten wurde«, sagte Lisa und pochte sich mit einem Bleistift gegen die Stirn. »Demnach war die Person, die sie beraubt hat, höchstwahrscheinlich ... nicht ... auf einen Rollstuhl angewiesen.«

»Das ist, würde ich sagen, eine Vermutung, mit der man kaum schiefliegen kann«, antwortete meine Mutter. »Und wo du gerade dabei bist, können wir auch noch Leute ausschließen, die an eine eiserne Lunge angeschlossen sind. Hör zu, Sherlock, du gehst völlig falsch an die Sache ran. Der Typ ist eingebrochen, hat sie mit dem Messer bedroht und ist mit dreihundert Dollar Bargeld abgehauen, stimmt's?«

»Und mit einem Radiowecker«, sagte Lisa. »Mit dreihundert Dollar und einem Radiowecker.«

»Vergiß doch den Radiowecker«, sagte meine Mutter. »Wichtig ist, daß er ein Messer benutzt hat. Also gut. Welche Menschen benutzen Messer?«

Lisa meinte, vielleicht ein Koch. »Vielleicht war sie in einem Restaurant, und der Koch hat bemerkt, daß sie viel Geld in der Brieftasche hatte.«

»Richtig«, sagte meine Mutter, »denn genau das *machen* Köche bekanntlich. Sie kriechen in der Gaststube auf dem Fußboden herum und überprüfen den Inhalt von Brieftaschen, während sich das Essen in der Küche selbst kocht. Los jetzt, *denken*. Wer benutzt ein Messer, um ein Verbrechen zu begehen? In einer Welt voller Schußwaffen: Welcher Mensch benutzt immer noch ein Messer? Gibst du auf? Nur ein einziges kleines zusammengesetztes Wort: Dro-gen-ab-hängiger. So einfach ist das. Ein professioneller Dieb würde eine Pistole verwenden, aber sogar gebraucht kostet eine Pistole Geld. Drogenabhängige können sich keine Pistolen leisten. Sie brauchen ihr ganzes Geld für Dröhnung und Stoff – die harten Sachen. Diese Giftler haben eine Angewohnheit, die sie zu jeder Minute jeden Tages füttern müssen, und das bedeutet, sie sind immer auf der Suche nach dem nächsten Schuß. Es war ein

Heroinsüchtiger, der dem Mädchen von der Bank nach Hause gefolgt ist, sein Auto um die Ecke abgestellt hat, ins Haus eingebrochen ist und sie mit vorgehaltenem Messer überfallen hat.«

»Wenn er sich keine Pistole leisten kann, was macht er dann mit einem Auto?« fragte Lisa. »Und was ist mit dem Radiowecker?«

»Hör bloß mit diesem Scheiß-Radiowecker auf«, sagte meine Mutter. »Und das Auto war natürlich gestohlen. Das hat er letzten Donnerstag diesem Ehepaar in der Pamlico Street gestohlen. Du hast doch den Bericht in der Zeitung gelesen. Den nagelneuen Ford Mustang, weißt du noch? Du dachtest, Zigeuner hätten ihn gestohlen, und ich hab gesagt, in diesem Teil des Landes *haben* wir nicht mal Zigeuner. Ich hab gesagt, das Auto wurde von einem Fixer für eine Serie von Einbrüchen gestohlen, bevor er es an einen Ausschlachter verkauft. Bingo. Genau so war's.« Sie drückte ihre Zigarette aus und malte mit der Kippe ein X in den Mulm ihres eingeschwärzten Aschenbechers, womit sie kundzutun pflegte, daß dieser spezielle Fall für sie abgeschlossen war. »Was steht als nächstes auf dem Dienstplan?«

Sachbeschädigung in der Poole Road 318, Einbruch in die Five-Points-Apotheke, Fahrerflucht auf dem Parkplatz von Swain's Steak House –: Es war immer das Werk eines Drogenabhängigen oder eines ehemaligen Polizisten, eines »Renegaten«, eines »Einzelgängers«. Wenn man meine Mutter reden hörte, konnte man meinen, die sonnigen, manikürten Straßen der gutbürgerlichen Wohnviertel von Raleigh wimmelten von Heroinsüchtigen, die sich durch das Tuch ihrer abgerissenen Polizeiuniformen hindurch Schüsse setzten. Es berührte mich peinlich, wenn sie Ausdrücke wie »eine Pumpe aufziehen« und »Pusher« verwendete. »Na, ich muß dann mal los«, sagte sie zu dem Mann im Lebensmittelladen. »Meine Schwiegermutter ist voll auf Mittagessensentzug.«

»Wie bitte?« fragten dann die Lebensmittelleute und fügten in ähnlich fragendem Tonfall hinzu: »Bis bald?«

Nur im Fernsehen sprachen die Menschen so.

»Ich such uns was Schönes im Fernsehen raus«, sagten meine Mutter und meine Schwester. Egal, was man sich gerade ansah, wenn sie einen der Fernseher beanspruchten, gab man auf, wie ein Autofahrer, der rechts ran fährt, wenn er die Sirene eines Krankenwagens hört. Die Detektivserien ertrug ich nicht, aber ich verpaßte keine einzige Folge von *Auf der Flucht*. Das war die Geschichte von Dr. Richard Kimble, einem Mann, der immer wegrannte, fälschlich eines Verbrechens bezichtigt, welches er nicht begangen hatte. Während des Vorspanns erfahren wir, daß »er seinen Namen änderte ... *und* seine Identität«. Die Sache mit der Identität wurde durch eine Dose Schuhwichse illustriert, die auf etwas stand, was die abgewetzte Oberfläche einer Motel-Kommode zu sein schien. Das hat mich monatelang überfordert. »Wieso?« fragte ich. »Hätte ihn mit frisch gewienerten Schuhen keiner erkannt? Hat er sich das Gesicht mit Schuhkrem eingefärbt? Ich kapier es nicht.«

»Die Haare, du Doofi«, sagte Lisa. »Er hat sich damit die Haare gefärbt.« Lisa mochte *Auf der Flucht,* »weil«, wie sie sagte, »die Serie die Augen schont. Da gibt es nicht so viel zu sehen.«

So, wie sie es sah, brauchte Dr. Kimble nur zweierlei: einen einarmigen Verdächtigen und die Liebe einer guten Frau. Es wollte ihr nicht in den Kopf, daß es trotz seinem grüblerisch guten Aussehen einfach nicht in der Natur dieses Mannes lag, glücklich zu sein. Im Gegensatz zu ihrem allabendlichen Aufgebot an großtuerischen Schnüfflern hatte dieser Flüchtling sowohl eine Seele als auch ein Gedächtnis und würde noch lange, nachdem der wahre Mörder seiner Frau der Gerechtigkeit zugeführt worden war, ein Gehetzter bleiben. Die meisten Serien wollten gar nicht, daß man sich auf das dunkle innere Wirken des Helden konzentrierte. Wenn die Freundin am Schminktisch abgeknallt wurde, wußte man, in der nächsten Folge gibt es eine neue, ohne dumme Fragen. Dr. Kimble hatte kein schickes Cabrio und keine modische Hausbar. Er war aus dem gleichen Stoff wie ich, dem Stoff, der kratzt. Lisa hätte keinen sensiblen Einzelgänger erkannt, wenn er ihr mit einer Faust voll Gänseblümchen auf den Schoß gekrabbelt wäre, und es verärgerte mich, wenn sie *Auf der Flucht* »eine Serie nach meinem Geschmack« nannte.

Vor dem Fernseher zu sitzen und bei drittklassigen Detektivserien im nachhinein Vermutungen anzustellen, war das eine. Das andere war, einen echten Fall zu lösen. Wir waren bereits weit bis in die sommerlichen Wiederholungen vorgedrungen, als unser Haushalt von einer Serie sehr realer Verbrechen erschüttert wurde, die kein Fernseh-Detektiv je knacken zu können hoffen würde. Jemand in unserer Familie hatte sich angewöhnt, sich seinen oder ihren Arsch mit dem Handtuch abzuwischen. Besonders störend war dabei, daß all unsere Hand- und Badetücher sirupfarben waren. Man trocknete sich gerade die Haare ab, und plötzlich bemerkte man einen Geruch an Händen, Kopf und Gesicht, der keine Zweifel zuließ. Wenn das Leben in der Vorstadt schon sonst nichts versprach, so doch, daß man sich von Tag zu Tag hangelte, *ohne* Scheiße im Haar vorzufinden. Diese plötzliche Wendung stellte unser Selbstverständnis auf eine harte Probe, so daß wir uns fragten, wer wir waren und wo wir, als Volk, versagt hatten. Außer Gewissensprüfungen erforderte dies auch noch jede Menge heißes Wasser, literweise Shampoo, Stahlwolle, profimäßige Schrubberbürsten und blöckeweise schroffriechende, desodorierende Seife. Der oder die Kriminelle schlug in allen drei Badezimmern zu und pausierte nur lange genug, um die übrigen in Sicherheit zu wiegen. Da konnte man zwanzig Minuten lang sorgfältig das Handtuch abschnuppern, um dann doch nur zu entdecken, daß das Arschloch diesmal den Waschlappen benutzt hatte.

»Eins«, sagte meine Mutter eines Morgens und blätterte die Sonntagszeitung durch, »ist sicher: Die Person, die das macht, ist ganz schön krank.«

»Und sie ißt Mais«, fügte Lisa hinzu, die sich gerade die Haare mit einen T-Shirt abtrocknete. Sie war das letzte Opfer gewesen und hatte sich so oft die Haare gewaschen, daß sie jetzt aussahen wie die drahtige, synthetische Mähne einer Trollpuppe.

Jeder hatte Theorien, aber niemand hatte Beweise. Wenn man meine Eltern unberücksichtigt ließ, blieben immer noch sechs Kinder und meine Großmutter, sämtlich mögliche Verdächtige. Mich selbst schloß ich aus, und weil die Handtücher ordentlich gefaltet waren, war auch mein Bruder aus dem Schneider, welcher bis zum heutigen Tag zu einer so komplexen Verrichtung nicht fähig ist. Es mußte doch schmerzen, ein rauhes Frottiertuch zu einem so delikaten Zweck einzusetzen. Ich beobachtete meine Familie, wie sie bei Tisch ihre Plätze einnahm, und wartete, daß jemand aufschrie oder -zuckte, aber nichts geschah.

Meine Mutter und Lisa hatten sich immer für so gerissen und schlau gehalten, aber wenn man sie bedrängte, sie sollten einen Verdächtigen nennen, sagten sie, dieser Fall sei unter ihrer Würde. Falls jemand ermordet oder entführt würde, würden sie angemessen reagieren und die schuldige Partei innerhalb einer Stunde ermitteln. Dieser spezielle Fall jedoch falle unter »groben Unfug« und sei somit ihrer professionellen Zuwendung nicht wert. Wer es auch gewesen sei (und immer noch sei), er oder sie würde auf die Stimme des Gewissens hören und früher oder später gestehen. Bis dahin würde meine Mutter den Wäscheschrank mit weißen Handtüchern auffüllen. Fall abgeschlossen.

Noch im selben Monat durchstöberte jemand die oberste Schublade meines Vaters und stahl einen Kniestrumpf mit einhundertzwei »Liberty«-Silberdollars. Ich kannte die Schubladen meines Vaters so gut wie meine eigenen; jeder kannte sie. So vertrieb man sich die Zeit, wenn man das Haus für sich allein hatte –, man durchwühlte die Schubladen meines Vaters, bevor man sich seinem zweiten Versteck, dem Schuppen, zuwandte. Ich hatte diese Münzen oft gesehen und gezählt. Wir alle hatten sie oft gesehen und gezählt, aber wer würde soweit gehen, sie zu stehlen?

Mein Vater versammelte uns alle im Eßzimmer und hörte zu, wie wir nacheinander unsere Täterschaft bestritten. »Dollars gibt es auch in Silber? Das hab ich ja noch gar nicht gewußt. Werden sie von der Regierung gleich im Kniestrumpf ausgegeben, oder war das deine Idee?«

»Okay«, sagte mein Vater. »Na gut, na schön, verstehe. *Niemand* hat meine Münzen genommen. Wahrscheinlich hatten sie es einfach satt, so zusammengepfercht in der blöden Kommode zu wohnen, und da haben sie beschlossen, sie kullern einfach zur Tür hinaus und verjubeln sich selbst für Süßigkeiten und Schundhefte. Genau so ist es passiert, stimmt's? Eben jetzt, während wir hier sprechen, sind sie bestimmt dort draußen in der großen Welt und amüsieren sich wie Bolle, oder?« Seine Stimme hatte ihre höchste Lage erreicht, und er rieb sich die Hände, als betrachte er ein Tablett mit erlesenen Nachspeisen. »Endlich frei und das ganze Leben noch vor sich! *Spürt* ihr nicht, wie aufregend das ist? Will man da nicht unwillkürlich mit den Armen wedeln und laut schreien?«

Er senkte die Stimme und stellte eine Reihe von Ultimaten, die ich nicht ganz begriff. Ich mußte an diese jubelnden Silberdollars denken, heiser und schwindlig im ersten Rausch der Unabhängigkeit. Ich malte mir aus, wie sie sich in Gruppen aufteilten und nur bei Nacht reisten, um nicht zuviel Aufsehen zu erregen. Es könnte sich als schwierig erweisen, über Gras und Blätter zu rollen, also stellte ich sie mir aneinandergekauert in der Einfahrt vor, wo sie beschließen, sich an Straßen und Bürgersteige zu halten. Beim Gedanken daran mußte ich lachen, und als ich lachte, sagte mein Vater: »Du findest das komisch? Zum Kichern ulkig? Wie schön, daß es dich so amüsiert. Mal sehen, wie komisch es ist, wenn ich dein Zimmer durchsuche, Spaßvogel.«

Im Fernsehen bedeutete ein Durchsuchungsbefehl, daß die Wohnung verwüstet wird, und in meinem Fall war es nicht anders. Mein Zimmer war der einzige saubere Raum im ganzen Haus. Es war mein Schrein, mein Tempel, und ich sah entsetzt mit an, wie meine Schubladen ausgeleert und meine Schränke brutal in Unordnung gebracht wurden. Als er meinen Schreibtisch durchsuchte, stieß mein Vater auf einen vergoldeten Drehbleistift, den er als sein Eigentum wiedererkannte. Dieser hatte sich einst in derselben Schublade aufgehalten wie seine Münzen, und ich gab zu, daß ich, ja, den Drehbleistift »genommen« hatte, aber nicht »gestohlen«. Das war ein großer Unterschied. Man *stiehlt* die Dinge, die man begehrt, während man die Dinge, die der eigentliche Eigentümer nicht recht zu schätzen weiß, *nimmt*. Der Drehbleistift hatte mir gesagt, wie sehr man ihn vernachlässige, und ich hatte mich erbötig gemacht, ihn einem guten Verwendungszweck zuzuführen. Nehmen ist Borgen ohne die Formalitäten. Ich hatte ohnehin vorgehabt, ihn zurückzugeben, sobald die Mine alle war –; was sollte die ganze Aufregung? Das war nicht das ganz große Indiz, mit dem ein Fall steht und fällt; da konnte er sich noch so sehr anstrengen. Es gab keine schmetternden Trompeten oder Verfolgungsjagden mit stark überhöhter Geschwindigkeit, nur einen dämlichen Drehbleistift, den ich aus reiner Geltungssucht verwendet hatte. Sobald mein Vater und sein Drehbleistift wiedervereinigt waren, wurde ich zum Hauptverdächtigen, durch einen reinen Indizienprozeß überführt. Nichts, was ich vorbrachte, konnte ihn umstimmen.

»Hast du das Geld schon ausgegeben, oder hast du's im Garten vergraben?« fragte meine Schwester Lisa. Vergraben? Jetzt war ich Dieb *und* Pirat.

Eines Verbrechens überführt, welches ich nicht begangen hatte, gab es für mich nur eins. Die Schuhkrem wurde im Wäscheschrank aufbewahrt. Ich entschied mich für schwarz und massierte sie mir, bestrebt, meine Identität zu ändern, in die Kopfhaut.

Dr. Kimbles Haar wirkte immer vollkommen natürlich. Es wehte in der Brise, die von entgegenkommenden Lastwagen erzeugt wurde, wenn er einsam an der Straße ins Nirgendwo stand und von einer Stadt Abschied nahm, die es versäumt hatte, seine einzigartigen Begabungen zu würdigen. Mein Haar wirkte unbehandelt ziemlich genauso, als aber die Schuhwichse trocknete, verhärtete es sich zu einer steifen, einheitlichen Masse, die meinen Kopf wie ein Helm bedeckte. Ich ging zu Bett, und als ich aufwachte, waren Laken und Kissen verschmiert und verdorben. Gesicht und Arme sahen aus wie mit Druckstellen übersät, und alles stank streng und militärisch nach Putzleder. Kein Wunder, daß Dr. Kimble ein Einzelgänger war. Glanz und Farbe meiner Haare gefielen mir, aber ich mußte es glatt nach hinten kämmen, um eine saubere Stirn zu behalten. Diese Frisur war kugelfest. Man hätte mir mit einem Golfschläger auf den Kopf hauen können, und ich hätte nichts gespürt. Ich trug meine verschmutzten Laken in die Wälder und wußte, daß von nun an alles anders sein würde. Ich hatte einen gewissen Punkt überschritten, und nun gab es kein Zurück mehr.

Nachdem ich meine Identität geändert hatte, bestand der nächste Schritt darin, den wahren Dieb zu finden und meinen Namen reinzuwaschen. Meine Mutter und Lisa sagten gern: »Der Verbrecher kehrt immer an den Ort des Verbrechens zurück.« Zwar war dies eine wohlfeile Weisheit, die sie aus einer ihrer Fernsehserien hatten, aber ein Versuch konnte nicht schaden. Auf den oder die, der oder die sich den Arsch mit Handtüchern abwischte, traf es schon mal zu, andererseits hatte der oder die aber gar keine andere Wahl. In den Badezimmern waren nun mal die Toiletten untergebracht, und selbst wenn er oder sie sich geändert hatte, mußte er oder sie immer noch aufs Klo. Außer den Silberdollars beherbergten die Schubladen meines Vaters noch mehrere Taschenuhren, ein Paar spielwürfelförmige Manschettenknöpfe, Krawattennadeln, schicke Feuerzeuge und ein Kartenspiel mit Aktmotiven, bei dem sowohl Herz-König als auch Pik-As fehlten.

In Erwägung also, daß der Dieb guten Grund hatte, dorthin zurückzukehren, wo es noch soviel zu holen gab, startete ich eine Überwachungsaktion. Der Kleiderschrank meines Vaters hatte Türen mit geschrägt waagerechten Holzlamellen, welche freie Sicht auf den gesamten Raum ermöglichten. Ich bezog Posten und mußte eine geschlagene Stunde warten, bevor meine Mutter den Raum betrat und rief: »Es ist mir ja *so*was von wurscht, wie sie das auf dem Olymp machen, aber in diesem Haus wird ein Sieben-Dollar-Steak nicht in siedendem Wasser gegart!« Intuitiv erfaßte ich, daß sie mit meiner Großmutter sprach. Sie knallte die Tür hinter sich zu und setzte sich auf den Rand eines ungemachten Bettes. Sie starrte ihre nackten Füße an, und dann sagte sie, als erwarte sie von ihnen eine Entschuldigung für etwas, was sie gerade verbockt hatten: »Nun, was haben wir dazu zu sagen?« Sie pulte kurz an einem Zehennagel und durchquerte dann das Zimmer, um eine Flasche mit glänzendem Nagellack von der Kommode zu holen. Es war ein ganz neuer Farbton, Kitt. Anstatt die Nägel zu betonen, bewirkte er, daß sie im sie umgebenden Fleisch verschwanden, wodurch ein Look entstand, der gleichzeitig ausgeflippt und populär war. Ich habe nie verstanden, warum Frauen sich die Zehennägel lackieren, schon gar nicht bei meiner Mutter, deren krustige, mißgestaltete Krallgebilde den zersplitterten »Frito«-Kartoffelchips von der Größe eines Goldnuggets ähnelten, die man ganz unten in der Tüte aneinandergeschmiegt findet. Sie stand vor dem Spiegel, schüttelte die Flasche und betrachtete sorgenvoll ihr sprödes, angegrautes Haar, welches zu einer lustlosen Frisur arrangiert war, die sie »Vorsicht! Hier hat der Teufel hingetreten!« nannte. Dann beobachtete ich, wie sie in ihrem Kleiderschrank wühlte und mit einer großen Plastikkiste wieder zum Vorschein kam, die mit Schlössern gesichert war, wie man sie von Koffern kennt. Den Kleiderschrank meines Vaters hatte ich tausendmal untersucht, den meiner Mutter noch nie. »Wenn ich was Wertvolles hätte, würde ich es da zuallerletzt aufbewahren«, sagte sie. »Nicht mal die gottverdammten Motten mögen meine Sachen.« Schrank und Kommodenschubladen meines Vaters boten Hinweise auf sein Innenleben. Es machte mir Spaß zu enthüllen, was ich für seine Geheimnisse hielt, fand es aber besser, die Privatsphäre meiner Mutter nicht zu verletzen, nicht so sehr aus Respekt wie aus Furcht. Ich wollte nicht, daß womöglich Handschellen oder lederne Scharfrichterkapuzen dem Konzept in die Quere kamen, daß diese Frau zunächst und vor allen Dingen meine Mutter war.

Sie stellte die Kiste auf die Kommode, öffnete die Schlösser und hob den Deckel, wodurch ein bleicher Kopf aus Styropor sichtbar wurde, der eine sandblonde Perücke trug, deren Haar zu einer Serie kühner Wogen modelliert war. Es war eine gewaltige Haarpracht, so vollkommen, als wäre sie, an einem jener freien Tage, wenn Er Sich eher kreativ als rachsüchtig fühlte, vielleicht von Gott Persönlich gestylt. Nachdem sie sorgfältig die Nadeln entfernt hatte, setzte meine Mutter sich die Perücke auf und studierte sich im Spiegel. Sie nickte hierher und dahin, aber die Locken spotteten allen physikalischen Gesetzen und blieben, wo sie waren. Dämpfe von der Schuhwichse machten mir übel, ich begann zu transpirieren, der tintige Schweiß rann mir die Stirn herab und befleckte mein Hemd.

»Was sagst du dazu, Frolleinchen?« fragte meine Mutter sich selbst. Sie brachte eine Schicht Lippenstift an und hielt das Gesicht nah an den Spiegel, legte den Kopf schief und hob die Augenbrauen in einer Serie von Gesichtsausdrücken, die alles von tief empfundener Besorgnis bis hin zu voll aufgedrehter Rage vermittelten. Dann trat sie vom Spiegel zurück und stellte sich sich vor, als wäre ihr Spiegelbild ein Gast, den sie gerade kennenlernt. Das tat ich auch oft in der Abgeschiedenheit des Badezimmers. »Wer ist der denn?« fragte ich dann und bewunderte mich mit einem neuen Hemd oder Haarschnitt. Meistens endeten diese privaten Sitzungen damit, daß Hose und Unterhose sich um die Fußknöchel gewickelt hatten. Knöpfte meine Mutter sich jetzt etwa die Bluse auf? Hob sie etwa den Rock und erregte sich selbst? An welchem Punkt wollte ich eingreifen und die Sache beenden? Wie konnte ich mit mir selbst weiterleben, wenn ich wußte, wie sie nackt aussah? *Bitte,* dachte ich, *tu's nicht. Sei nicht wie ich.*

»Also los«, sagte meine Mutter. »Wie wär's, malen wir mal diese Zehennägel an?« Sie schraubte das Fläschchen auf und setzte sich auf die Bettkante. Ich beobachtete, wie sie die Zehennägel spreizte und sich an die Arbeit machte und immer wieder innehielt, um sich im Spiegel zu betrachten. Sie beendete den rechten Fuß und hielt ihn zur Begutachtung hoch. »Ein bißchen auf den Nagel, ein bißchen auf den Zeh, ein paar Tropfen auf den Teppich, und alle sind zufrieden.«

Als der linke Fuß fertig war, knallte sie den Nagellack auf die Kommode und errichtete einen Hügel aus Kissen, etwas, was hoch genug war, daß sie sich auf den Rücken legen konnte, ohne ihre Perücke zu verkrumpeln. Es sah unbequem aus, aber sie schien es gewohnt zu sein. Das Zimmer, mit seinem ungemachten Bett und dem mit Zigarettenschachteln vollgemüllten Fußboden, sah aus wie die Stätte eines Verbrechens. Sie hätte eine Nachtklub-Hosteß sein können, die erwürgt worden war, weil sie zuviel wußte, oder eine Karrierefrau, die an ihrem Popcorn erstickt war, als sie sich im Fernsehen den Spätfilm ansah. Wie seltsam, sich eine Perücke aufzusetzen, sich in jemand anderen zu verwandeln, und sich dann hinzulegen und ein Nickerchen zu machen. Träumte sie von all den exotischen Dingen, die diese Figur tun mochte, oder war ihre Perücke nur eine wartungsintensive Schlafmütze?

Im Fernsehen werden die zu einer Überwachung nötigen Stunden eintönigen Wartens meist auf einen einzigen Moment der Wahrheit beschränkt. Der Detektiv erscheint gerade rechtzeitig, um die Anweisungen zur Übergabe des Lösegeldes mit anzuhören oder die Juwelendiebe beim Studium der Blaupause des Museumsbauplans zu überraschen. Ich stand eine Stunde lang im Schrank, den Kopf voller Schuhwichse, ein Flüchtling, beobachtete meine Mutter dabei, wie sie verkleidet schlief, und wartete, daß sich etwas enthüllte.

Nachdem sie aufgewacht war, schaffte meine Mutter ihre Perücke zurück in ihr Versteck und verließ das Zimmer. Ich wartete noch ein paar Minuten, schlich nach unten, wusch mir dreimal die Haare, spülte die Badewanne mit Comet aus und zerstörte mein beflecktes Hemd. Als ich an der Haustür die Schritte meines Vaters hörte, jagte ich in mein Schlafzimmer, ohrfeigte mich mehrmals und überprüfte mein Abbild in der dunklen Fensterscheibe. Ich wollte apfelwangig und frisch wirken, wenn er die üblichen Verdächtigen verhaftete, uns vor sich her ins Eßzimmer trieb und versuchte, den rätselhaftesten Fall von allen zu lösen: Wer hatte seine Hemden und Sakkos mit Schuhkrem eingeschmiert?

Als es soweit war, nahm ich neben denselben Schurken

Platz, die auch die Münzen gestohlen und sich mit Handtüchern abgewischt hatten, und sagte: »Hast du Schuhwichse gesagt? Auf deinen Anziehsachen? Tut mir leid, davon ist mir nichts bekannt.«

# *Bei Dorothea Dix*

Wenn man in Raleigh, North Carolina, aufwuchs, war so ziemlich das Schlimmste, was man über jemanden sagen konnte, er oder sie habe ein Familienmitglied auf dem Dix Hill, wie das Dorothea Dix Sanatorium allgemein genannt wurde, die örtliche Nervenklinik. Von denselben Leuten entworfen und erbaut, denen wir bereits Dr. Düsters Verwahranstalt für ungewollte Kinder und die Villa Hackebeil mit geschultem Personal und eigenem Gespenst (auch tagsüber) verdanken, war Dorothea Dix eine trostlose Kolonie gotischer Gebäude, in Stadtrandnähe auf eine Hügelkuppe gekauert. Im Winter ähnelten die Äste der umstehenden Bäume den gichtigen Fingern wahnsinniger Wissenschaftler, die, auf der Suche nach frischen Gehirnen, an die Fenster klopften. Hatte der Sommer seinen Einzug gehalten, so dienten dieselben Bäume, grün und im Blätterkleid, dazu, unsagbar Übles zu verbergen. Wenn wir mit dem Auto dran vorbeifuhren, steckten meine Schwester und ich den Kopf aus dem Fenster und erwarteten, eine hysterische Stimme gackeln zu hören: »Ich bin wahnsinnig, ich sage es euch, WAHNSINNIG!« Der Patient umklammerte seinen Irrsinn, als wäre er ein Schatz, den er unter den Fußbodenbohlen versteckt entdeckt hatte. »Wahnsinnig! Hört ihr mich, ich bin wahnsinnig!«

Ich hatte gerade die siebte Klasse hinter mir, als meine Mutter ansagte, bis wir alt genug für einen Job seien, der Geld bringe, müsse jeder über vierzehn seine Sommer einer gemeinnützigen Arbeit widmen. Meine ältere Schwester Lisa verpflichtete sich als Schwesternhelferin im Rex Hospital, und was mich betraf, so wußte ich genau, wohin ich mich wenden würde.

Meine Mutter war sechzehn gewesen, als sie auf der Veranda stand und beobachtete, wie Männer in echten weißen Kitteln ihren schreienden und um sich tretenden Vater in die dortige Nervenklinik abschleppten, wo er insgesamt siebenunddreißig Elektroschocks verpaßt kriegte. Er hatte unter D.T. gelitten, einem schmerzhaften halluzinatorischen Zustand, welcher ein fortgeschrittenes Stadium des Alkoholismus anzeigt. Meine Mutter hatte ihn jeden Tag besucht, und oft hatte er keine Ahnung, wer sie war. Einmal, in der Annahme, sie sei eine Krankenschwester, versuchte er ihr untern Rock zu fassen. Das Erlebnis hinterließ bei ihr etwas Gehetztes, Ruheloses, was ich sehr bewunderte. Sie hatte etwas Gräßlichem ins Antlitz geblickt, und ich wollte wissen, wie sich das anfühlt.

Als wir an meinem ersten Arbeitstag die eisernen Tore passiert hatten und die gewundene Einfahrt entlangfuhren, bot meine Mutter mir eine Serie von Last-Minute-Alternativen an. Ich konnte doch, sagen wir mal, unterprivilegierten Kindern das Durchpausen beibringen –; da war ich doch so gut drin. Oder Babysitten. Ich mache es für umsonst, und sie zahlt es mir dann auf die heimliche –; niemand braucht es je zu erfahren. Aber mein Entschluß stand fest. Dies war es, was ich wollte. Sie ging nicht einmal mit mir hinein, setzte mich einfach ab und sagte, ich solle anrufen, sobald ich wieder nach Hause wolle. »Eine Stunde, drei, solange du halt brauchst, bis du deine Meinung geändert hast«, sagte sie.

Das Freiwilligenprogramm bei Dorothea Dix war so minimal, daß die Empfangsschwester seine schiere Existenz bezweifelte. »Um das mal klarzustellen«, sagte sie. »Du willst hier für kein Geld arbeiten? Sag mal, mein Sohn, du bist nicht zufällig hier eingewiesen?« Sie nahm den Hörer ab und machte ihren Zeigefinger klar zum Wählen. »Gib mir doch einfach die Nummer deines Krankenzimmers, und wir sorgen dafür, daß jemand kommt, dich zurückträgt und dir deine Medikamente verabreicht. Fändest du das schön, Süßer? Ist echt gut, die Medizin.«

Es ist beunruhigend, wenn die eigene Zurechnungsfähigkeit von einem Profi in Frage gestellt wird. Ich hatte mir den Namen des technischen Direktors, mit dem ich ein paar Tage zuvor telefoniert hatte, aufgeschrieben, aber es schien Stunden zu dauern, bis ich den Zettel aus meiner Hosentasche hervorgekramt hatte. Sobald sie dahingehend beruhigt war, daß ich mit einem echten lebendigen Menschen gesprochen hatte, rief die Empfangsschwester einen Wächter, der mich zum Büro des technischen Direktors führen sollte. Es war ein kurzer Trip, der nicht weniger als sieben Schlüssel erforderte. Alles bei Dorothea Dix hatte mit verschlossenen Türen zu tun, weshalb man die Mitarbeiter auf zwanzig Meter am Geräusch erkannte, das die faustgroßen Schlüsselbunde machten, die klirrend an ihren Gürteln baumelten. Falls das Krankenhaus irgendein Ausbildungsprogramm für freiweillige Helfer hatte, so erfuhr ich nichts davon. Ich traf auch nie jemanden, der sich als freiwilliger Helfer vorgestellt hätte. Ich lernte nur kurz den technischen Direktor kennen, der eine Liste mit Pflegern studierte, die nicht zur Arbeit erschienen waren, bevor er sagte: »Napier ist krank; für den kannst du einspringen. Melde dich in Gebäude sieben und sag, sie sollen dich zu Banes schicken.«

Ich wurde zu einer Krankenstation geführt, auf der eine Schwester namens Banes mich Clarence Poole zuteilte, einem pflaumenfarbenen Pfleger, der zu allen Zeiten ein Transistorradio am Körper trug. Clarence' Nase war praktisch platt gegen seine Wange gedrückt, weshalb er aussah wie von Picasso. Um die Aufmerksamkeit von seinem Gesicht abzulenken, verbrachte er viel Zeit mit der Aufrechterhaltung seiner Haartracht, eines schimmernden Afro von der Größe eines Medizinballs. Clarence sollte mich in alles einarbeiten, und mein erster dienstlicher Befehl lautete, ich solle ihn zu den Snack-Automaten begleiten, wo er sich eine RC Cola und einen Beutel gesalzene Erdnüsse kaufte. Ich beobachtete ihn, wie er die Erdnüsse in den Flaschenhals stopfte. Er machte das mit großer Konzentration, als müßte er eine Gans zwangsernähren. Er erklärte, die Mischung müsse ein paar Minuten lang ziehen, setzte sich und begann, seine Frisur mit einem langstieligen Gerät flockig zu puffen. Gerade hatte er die Flasche angesetzt, als Schwester Banes uns unseren ersten Auftrag überreichte. Clarence führte mich über das Gelände zu einem efeubewachsenen Gebäude, welches, wenn man von den Gittern vor den Fenstern absah, einem Wohnheim glich, wie man es auf einem respektablem Campus finden könnte. Aus der Nähe waren diese Häuser ganz schön, bis man hineinging. Dies war eine Frauenstation, und als erstes bemerkte ich den Gestank. Es war ein Aroma, das ich inzwischen mit allen geschlossenen Anstalten verbinde: Urin, Schweiß, Zigarettenrauch, ungewaschenes Haar und billiges Desinfektionsmittel, alles in einer intensiven, gnadenlosen Hitze mariniert, die nie mit den Jahreszeiten wechselte. Die Frauen lagen auf eisernen Feldbetten, riefen nach uns, und als Clarence die Tür öffnete, bettelten sie um Zigaretten und Aufmerksamkeit. »Ich habe Informationen, die Leben retten können«, rief eine. Alle sprachen gleichzeitig: »Sie hat mich gezwungen, mich vollzupinkeln«, »Sag dem Nigger, alle Musik, die er in seinem Radio hört, habe ich ausgewählt«, »Rufen Sie die Botschaft an: Sie sollen die Oliven per Luftfracht kommen lassen!«

Clarence sagte nur: »Später, Baby«, und er sprach, als wären dies junge Mädchen, die vor dem Bühneneingang auf sein Autogramm warteten. Er las die Nummern an den Feldbetten und blieb vor einer älteren Frau stehen, die heftig zuckte. Ihr schulterlanges Haar war vom gleichen stumpfen Gelb wie ihr eingesauter Kopfkissenbezug. Er klappte eine Rollpritsche auseinander und schirrte sie von ihrem Bett ab. »Ich nehm das obere Ende, und du kriegst die Füße«, sagte er. »Los, Oma, eine kleine Ausfahrt.« Als das Laken angehoben wurde, war ich schockiert, als ich entdeckte, daß diese Frau nackt war. Ich hatte noch nie eine nackte Frau gesehen und war gerade lange genug verdutzt, daß sie nach vorn taumeln und ihre letzten drei Zähne in meinen Unterarm senken konnte. Dann verdrehte die Frau ihren Kopf, knurrte und zerrte an meinem Fleisch, als wäre sie ein Luchs oder Vielfraß, irgendein wildes Geschöpf, gewohnt, sich seine Mahlzeiten zu jagen. Clarence hob sein Radio, dachte dann an den möglichen Schaden, den es nehmen könnte, zog einen Schuh aus und knallte ihn der Frau über den Kopf, bis sie losließ und auf ihr Kissen zurücksank. Ihre Zähne waren durch die Haut gedrungen, aber Clarence beruhigte mich, er habe schon viel Schlimmeres gesehen. Eine Tetanusspritze, ein bißchen Jod, alles halb so wild.

Unser Tag nahm seinen Fortgang, und es gab alles, von einem mongoloiden Backfisch mit eingewachsenem Zehennagel bis zum selbsternannten Swami, der sich einen Turban aus uringetränkten Handtüchern gebastelt hatte. Clarence und ich karrten sie auf die Pflegestation und später wieder zurück ins Krankenzimmer. »Alles nur eine Frage von Transport und Lieferung«, sagte er. »Außer wenn sie Scheiße an den Händen haben und die Bahre vollschweinen.« Die Patienten stöhnten, winselten und kreischten. Sie gackerten und johlten und sabberten, von Drogen benommen. An Clarence perlte das alles ab, aber ich hatte mir so eine Welt nie vorgestellt. Wenn man sich wundgelegen hatte, so konnte das irgendwann heilen, aber was war mit den wesentlicheren Problemen des Patienten? Ein normales Krankenhaus, mit seinem freundlichen Wartezimmer und Blumenkörben, bot einen gewissen Grad an Hoffnung. Hier gab es keine Postkarten und Schmuckblatt-Telegramme, auf denen »Gute Besserung!« stand, auch keine heliumgefüllten Luftballons, nur ein alles durchdringendes Gefühl von Verhängnis. Geschick oder Zufall hatten diese Menschen zu Fall gebracht und auseinandergebrochen. Mir schien es, als könne so etwas jedem passieren, egal, wie schön man wohnt oder wie anständig man ausgebildet ist. Einmal zu oft wütend werden oder sich zu lang die Haare kämmen, und schon könnte dies das erste Anzeichen sein. In jedem unserer Hirne könnte etwas versteckt sein, was dort still lauert. Und wartet.

»Ersparen Sie mir die Einzelheiten, Herr Dr. Freud«, sagte Lisa auf dem Beifahrersitz, als unsere Mutter uns an jenem Nachmittag nach Hause fuhr. Lisa hatte den Tag auf der Entbindungsstation verbracht, wo sie den Patientinnen eine Auswahl an Frauenzeitschriften und Taschenbuchromanen angeboten hatte. »Mein Gott, ich hoffe, ich werde nie so fett. Manche haben ausgesehen, als hätten sie einen tragbaren Fernseher verschluckt.« Sie trug eine adrette rotweißgestreifte Uniform, studierte ihr Abbild im Rückspiegel und übte in der Hoffnung auf einen knackigen Praktikanten ihr Lächeln. Sie verstand nicht, wovon ich redete, meine Mutter schon. Jeden Abend, wenn sie die Eiswürfel auf dem Grunde ihres Highball-Glases klirren ließ, wußte meine Mutter haargenau, wovon ich sprach. Gesundheit, sei sie nun geistig oder körperlich, war nie die starke Seite ihrer Familie gewesen. Das Familienwappen der Leonards bestand aus Scotchflasche und Tumor.

Nach seiner Schocktherapie wurde mein Großvater nach Hause entlassen, wo er seinen Lebensabend damit verbrachte, das Kernhaus von Äpfeln zu entfernen und Kuchen zu backen. Die Kinder waren aus dem Haus, seine Frau hatte Hypoglykämie, niemand war da, der Apfelkuchen wollte, aber das schreckte ihn nicht ab. Er buk, als wäre das gesamte U.S. Marine Corps vor der Haustür stationiert, trommelte mit Gabeln gegen Blechteller und brüllte im Chor: »Nachtisch! Nachtisch!« Vier Kuchen waren im Ofen, und er rollte flaggengroße Teigstücke für die nächsten Krusten aus. Zweimal im Jahr besuchten wir meine Großeltern, und ich erinnere mich, daß dort auf jeder verfügbaren Fläche Apfelkuchen zum Abkühlen standen: auf den Fensterbänken, auf dem Fernseher, sogar auf den Stühlen im Eßzimmer. Der Mann sagte nie ein Wort, aber er trank auch keinen Schluck mehr. Er buk nur und starb schließlich an einem streßbedingten Herzinfarkt.

Ich habe den ganzen Sommer lang auf dem Dix Hill gearbeitet und im nächsten Jahr wieder, bis ich, mit siebzehn, einen bezahlten Job als Tellerwäscher in einer Cafeteria annahm, deren Firmenpolitik es war, ambulante Patienten zu beschäftigen. Dies waren sowohl gegenwärtige als auch frühere Dorotheaner, erwachsene Männer, die gelegentlich angesichts einer angeschmurgelten Kasserolle in Tränen der Panik ausbrachen. Die gingen dann nach hinten und versteckten sich im Lagerraum oder, noch schlimmer, im Kühlhaus.

Von der Schule ging ich aufs College und bewarb mich, um leichter meinen Schein machen zu können, bei einem staatlichen Krankenhaus in der Nähe. Auf Dix Hill hatte ich als Pfleger ohne Schlüsselgewalt funktioniert. Ich hatte Verantwortung zu tragen gehabt, hier dagegen war ich nicht mehr als ein menschlicher Zigarettenautomat. An zwei Abenden pro Woche besuchte ich die stinkende, stagnierende Station und machte Small talk mit Frauen, die nichts mit mir zu tun haben wollten. Zu der Zeit studierte ich Italienisch und versuchte mit Hilfe einer paranoiden Toskanerin namens Paola Konjugation zu üben, einer Patientin Ende vierzig, mit permanent blaugeschlagenem Auge und ausgeprägtem Schnurrbart. An manchen Abenden konnte Paola sehr reizend und hilfsbereit sein, an anderen schien sie wahrhaft besessen, warf den Fernseher um, attackierte ihre Mitpatientinnen und bewarf die Schwestern mit brennenden Zigaretten. Ich konnte ein paar angenehme Stunden mit jemandem verbracht haben, um drei Tage später herauszufinden, daß man sich an nichts erinnerte. Bei Dorothea Dix hatte ich sämtliche Stationen durchlaufen, während ich hier die gesamte Zeit mit derselben Gruppe zusammen war, Woche um Woche, und niemandem schien es jemals besserzugehen. La Donna saß immer noch vor dem Fernseher und prahlte damit, wie gut sie Lee Majors kenne. Charlotte flüsterte ständig in einen Plastikbecher, den sie sich danach an den Bauch hielt, um mit etwas zu kommunizieren, was sie als ihren außerirdischen Fötus identifizierte; es war zum Wahnsinnigwerden. Ich wollte diese Leute am Hinterkopf packen, sie mit der Stirn gegen die Wand donnern und anschreien: »Hör auf, dich wie ein Idiot zu benehmen, und werd gesund, verdammtnochmal!« Dann bemerkte ich die blauen Flecken, mit denen sie übersät waren, und mir wurde klar, daß es schon mal jemand mit dieser Herangehensweise versucht hatte.

An meinem letzten Abend im Krankenhaus nahm ein drahtiger, manischer Patient eine freiwillige Helferin als Geisel. Er hielt ihr ein Messer an die Kehle und forderte Freiheit. Die Polizei wurde gerufen und versammelte sich auf dem verschneiten Hof, um ihre Freilassung zu erörtern.

»Ich will ein Mädchen«, rief der Mann. »Und zwar eins, das hübscher ist als dieses. Ich will das hübscheste Mädchen, das ihr finden könnt, und ich will, daß es ein Bikini anhat. Dann will ich, daß ihr uns in einem Motel in Akron anmeldet, und zwar um … Ich sage dann noch Bescheid, für wann. Dann will ich noch einen Wohnwagen mit Gardinen und einem Wasserbett und einen Laster mit neuen Reifen. Und einen Wintermantel mit Reißverschluß. Keine Knöpfe! Und einen Terrassengrill will ich, mit Haube!«

Der Anführer der Polizei stimmte allen Forderungen zu und gab den vier Polizisten, die hinter dem anspruchsvollen Patienten herankrochen, heimliche Signale. »Außerdem werde ich ein Aquarium brauchen. Und einen Fön für meine Frisur, und dann will ich noch eine Garnitur geschliffene Kelchgläser und ein paar ordentlich große Kaffeetassen.«

Die Polizisten überwältigten ihn von hinten, und selbst als sie ihn bereits in das wartende Einsatzfahrzeug schleppten, äußerte er weitere Wünsche.

Zehn Jahre nach meinem ersten Volontariat kehrte ich nach Dix Hill zurück. Eine Freundin war mit einem Mann ausgegangen, der dann komisch wurde. Sie hatten in einem beliebten Restaurant in Raleigh gegessen, als er den plötzlichen Drang verspürte, die Leute am Nachbartisch mit geröstetem Maisbrot zu bombardieren. Der Geschäftsführer wurde gerufen, und es gab eine Schlägerei. Es stellte sich heraus, daß der Mann bereits einen Klinikaufenthalt hinter sich hatte, in einer Anstalt in der Nähe von Pittsburgh.

Ein Wachmann führte uns durch eine vertraute Reihe von verschlossenen Türen, und der junge Mann kam heraus. Sein Gesicht war von den Drogen aufgedunsen, und die Zunge hing ihm aus dem Mund, so dick und schaumig wie ein Stück Seife. Meine Freundin meinte, er könne durchaus geheilt werden, mit Bettruhe und Willenskraft.

»Der Geschäftsführer in dem Restaurant hatte aber auch selbst Schuld«, sagte sie und ergriff seine Hand. »Bald kriegt er die gerechte Strafe. Wichtig ist jetzt nur, daß du wieder gesund wirst.« Sie streichelte seine verschorften Knöchel. »Dir geht es schon viel besser, Danny. Hörst du, was ich dir sage? DIR GEHT ES SCHON VIEL BESSER.«

# *Ich mag Jungs*

Kurz vor Abschluß der achten Klasse wurde angekündigt, daß im Herbst in unserem County-Schulsystem eine Politik der Rassenintegration eingeführt wird. Durchgesetzt werden sollte sie mit Hilfe des erzwungenen Schulbustransports. Meine Spanischlehrerin brachte uns das auf eine Weise, von der sie hoffte, sie würde uns an ein innigeres Verständnis ihrer Schönheit und Großmut heranführen, schonend bei.

»Ich entsinne mich, wie ich einst auf dem Rummelplatz um eine Tüte Speiseeis anstand«, sagte sie und befingerte die drei Spuckesechser, die ihr klobiges, kompaktes Gesicht auf Stirn und Wangen einrahmten. »Da kam ein kleines farbiges Mädchen angerannt, zupfte mich am Rock und fragte, ob sie mein Haar berühren dürfe. ›Ein einziges Mal nur‹ sagte sie. ›Nur einmal, damit es Glück bringt.‹ Nun weiß ich nicht, wie das bei euch ist, aber mir bedeutet mein Haar sehr viel.«

Die ganze Klasse nickte, um anzudeuten, ihr, der Klasse, bedeute ihr Haar ebenfalls sehr viel. Alle beugten sich vor, begierig zu erfahren, wie die Geschichte weiterging. Vielleicht hatte das kleine Negermädchen irgendwo eine Rasierklinge versteckt. Vielleicht war sie eine kleine Aufrührerin auf der Jagd nach einem weißen Skalp.

Ich bestaunte ihre Naivität. Wie alle ihre vorangegangenen Anekdoten befand sich auch diese Geschichte auf dem allerbesten Wege in den Arsch.

»Ich sah vorher nach, ob sie nicht vielleicht die Hände mit Süßigkeiten verschmiert hatte, und dann bückte ich mich und gestattete diesem kleinen farbigen Mädchen, daß es mein Haar berührte.« Die Augen der Lehrerin bekamen diesen weit abwesenden, betauten Blick, den sie sich für Augenblicke, von denen man gerne eine Ansichtskarte schreibt, aufsparte. »Dann berührte dieses kleine schokoladenfarbene Mädchen meine Wange mit der Hand und sagte: ›Oh‹, sagte es, ›ich wäre auch gern so weiß und hübsch wie du.‹« Sie hielt inne und stellte sich vor dem Lehrerpult in Positur, als stünde sie für ein Porträt Modell, welches die Bundesregierung für eine Briefmarke zum Gedenken an den Edelmut verwenden konnte. »Was wir uns deshalb merken wollen«, sagte sie, »ist, daß diese Farbigen nichts auf der Welt so gern wären wie weiß.«

Das kaufte ich ihr nicht ab. Das war doch dieselbe Lehrerin, die, als sie ihre Schwangerschaft ankündigte, gesagt hatte: »Ich bete, daß mein Erstgeborener ein Junge wird. Ich will einen Jungen haben und danach vielleicht ein Mädchen, denn wenn es andersrum läuft, kann es leicht passieren, daß der Junge später komisch wird.«

»In dem Sinne ›komisch‹, daß er keine Arme und Beine hat?« fragte ich.

»Das«, sagte die Lehrerin, »ist etwas ganz anderes als komisch. Das ist tragisch. Und du, mein Herr, hättest verdient, daß dir die Lippen zugenäht werden, wenn du so etwas Grausames und Häßliches sagt. Wenn ich ›komisch‹ sage, meine ich ›komisch‹ in *diesem* Sinne ...« Sie entspannte ein Handgelenk und ließ die Hand schlapp herunterhängen. »Ich meine ›komisch‹ im Sinne von ›irgendwie *komisch*‹.« Sie trippelte durchs Zimmer, aber das hatte nicht den gewünschten Effekt, weil das mehr oder weniger ihre natürliche Gangart war, eine Serie kleiner Hüpfschritte, den Rükken durchgedrückt, sehr gerade, als balancierte sie etwas von beträchtlichem Wert auf ihrem leeren Schädel. Mein Mathelehrer in der siebten Klasse beherrschte eine viel bessere Version. Er schnappte sich die Handtasche einer Schülerin, stolzierte durch den Raum, klimperte mit den Wimpern und warf den Buben in der ersten Reihe Kußhändchen zu. »Hach, ist das heute wieder schwüüül«, sagte er.

Aus Angst, selbst Aufmerksamkeit zu erregen, johlte und quiekte ich wie alle anderen und dachte die ganze Zeit: *Der spricht von mir.* Wenn ich mich über andere Leute lustig mache, muß ich auch mit einer kleinen Reaktion rechnen, dachte ich, das ist doch nur gerecht. Ich fand es aber trotzdem schlimm, wie leicht diese Leute einen Lacher kriegten. Als Entertainer waren diese Lehrkräfte nichts, null. Die konnten sich kaum selbst nachmachen. »Seht euch doch mal selbst an!« schrie der Turnlehrer in der zweiten Klasse, wobei seine Sohlen auf dem Turnhallenboden quietschten. »Ihr seid ein Damenkränzchen, eine Rotte steptanzender Schwuchteln.«

Die anderen Jungens zuckten die Schultern oder lächelten ihre Schuhe an. Sie reagierten, als wären sie Buddhisten oder Vampire genannt worden; klar, es war eine Beleidigung, aber niemand würde sie je fälschlich für sowas halten. Wären sie je in ihrem Hinterhoftempel in Singsang ausgebrochen oder zum Schlafen in einen Sarg gestiegen, hätten sie den Stachel des Erkanntwordenseins verspürt und meine Angst vor Entdeckung geteilt.

Ich hatte nie was mit einem Jungen gemacht und betete buchstäblich darum, daß es nie geschehen möge. So sehr ich auch davon phantasierte, so klar war mir, daß es nichts Schlimmeres geben konnte, als es offiziell zuzugeben. Man sah sie hin und wieder im Fernsehen, die Homosexuellen, vielleicht in einer der Nachmittags-Talkshows. Nie stand mal jemand auf und nannte sie Schwuchtel, aber man merkte es doch an ihren Stimmen, wenn sie dem Talkmaster schmeichelten und die Wertschätzung betonten, die sie für die anderen Gäste hegten. Das waren die Promis, die nie zu ihrem Privatleben befragt wurden, die Komiker, die ein Halstuch unterm Toupet trugen oder mit offenen Handflächen die Haut ihrer aufgedunsenen Gesichter zu straffen suchten, um die Runzeln unter den Augen zu eliminieren. »Die Gesichtsoperation des kleinen Mannes«, nannte das meine Mutter. Trotz ihrer schmucken Tracht erschienen diese Männer verschwitzt und verzweifelt, jederzeit bereit, den Tölpel zu spielen, wenn sie dafür den Studioapplaus bekamen, den sie mit Liebe und Anerkennung verwechselten. Wenn sie den Erschöpften mimten, sah ich etwas von mir selbst, so, wie sie die Beine übereinanderschlugen und über ihre eigenen Witze lachten. Ich stellte mir ihr Zuhause vor: die peinlich genau ausgetüftelte Anordnung der Läufer und Raumaufteilungs-Sofas, die sorgsam einfach so aufgefächerten Zeitschriften auf dem Beistelltisch, deren Ordnung von keinen Frauen oder Kindern je angetastet wurde. Ich stellte mir die Pornographie vor, die in ihren Kleiderschränken versteckt war, und sah sie förmlich vor mir, willenlos und schluchzend, von der

Polizei in Fesseln abgeführt, an jenem halbwüchsigen Jungen vorbei, der im Licht der Fernsehnachrichten-Kamera badete und rief: »Das ist er! Das ist der Mann, der mein Haar berührt hat!«

Ich hoffte, bei einem Ratespiel ganz groß zu gewinnen, alle Sachpreise zu Geld zu machen und mit dem Geld zu einem Psychiater zu gehen, der mich vielleicht von meinen homosexuellen Gedanken heilte. Elektroschock, stereotaktische Eingriffe, Hypnose –: Ich war zu allem bereit. Unter ärztlicher Überwachung würde ich mich krümmen und wirklich ein anderer werden; das schwor ich mir.

Meine Eltern kannten ein Ehepaar, dessen Sohn im Suff einen presbyterianischen Geistlichen überfahren hatte. Sie hatten Bekannte, deren älteste Tochter einen Gugelhupf mit Ajax überpudert hatte, und ich wußte von einem Kind, welches, von Spray-Farbe high, den Spaniel der Familie in Brand gesteckt hatte. Aber nie sprachen sie über Leute, deren Sohn homosexuell war. Das Verhältnis – soundsoviel zu null – schien mir grotesk, aber die Botschaft blieb die gleiche: Dies war eindeutig das Schlimmste, was einem Menschen zustoßen konnte. Die dauernde Angst war schon schlimm genug, ohne daß meine Erzieher ihre ungezielten, schwachen, kleinen Schüsse abfeuerten. Wenn mein Mathelehrer in der Lage gewesen wäre, den Alkohol von seiner Diät zu substrahieren, wäre er immer noch auf dem Football-Feld, wo er hingehörte; und meine Spanischlehrerin empfahl nicht mehr als ein verlängertes Wochenende in Tijuana für ihr Amt, soweit ich das beurteilen konnte. Ich schrieb ihre Arbeiten nicht mehr mit und machte die von ihnen gestellten Hausaufgaben nicht mehr und hatte lieber Sechsen als Noten, die ihren Ruf als gute Lehrer begründen konnten. Es war eine Strategie, die nur mir schaden konnte, aber ich fand sie recht listig. Jeder von uns hatte eine selbstzerstörerische Methode, all die Jungens, die ich als homosexuell zu identifizieren gelernt hatte. Außer ein paar Neuen kannte ich die meisten von ihnen seit der dritten Klasse. Wir hatten Jahre miteinander in aus Schlacke gemauerten Büros verbracht, während ein Sprachtherapeut nach dem andern versuchte, uns von unserem Lispeln zu heilen. Hätte es einen Gehspezialisten gegeben, wären wir wahrscheinlich auch dort zusammengekommen. Das waren dieselben Knaben, die jammervoll gefälschte Entschuldigungsschreiben in den Turnunterricht mitbrachten und als erste die Hand hoben, wenn der Englischlehrer fragte, wer Lust hat, laut aus *Frühling des Lebens* oder *Der Herr der Fliegen* vorzulesen. Wir hatten einander schon vor langer Zeit identifiziert und hatten verstanden, daß wir wegen all dessen, was uns verband, nie Freunde sein konnten. Hätten wir gesellschaftlich miteinander verkehrt, hätten wir zuviel Aufmerksamkeit erregt. Wir waren Mitglieder eines Geheimbundes, der sich auf Selbsthaß gründete. Wenn ein Lehrer oder Klassenkamerad einen Witz über einen realen Homosexuellen riß, war ich bemüht, mein Gelächter lauter zu gestalten als das der anderen. Wenn die Klamotten eines Klubmitglieds ins Klo der Umkleideräume geschmissen wurden, war ich der erste, der Beifall spendete. Wenn es meine Klamotten waren, beobachtete ich, wie die Gesichter meiner Genossen einen erkennbaren Ausdruck von Erleichterung annahmen. *Tunten*, dachte ich. *Das hätte euch passieren sollen.*

Mehrere meiner Lehrer kratzten sich, als die Rede auf die bevorstehende Rassenintegration an den Schulen kam, an den feuchten Flecken in ihren Achselhöhlen und zogen die Lippen auseinander, so daß alles, was sie an Zahn und

Zahnfleisch hatten, zu sehen war. Sie machten Affengeräusche, eine manische Abfolge von Ooohs und Aaahs, die andeuten sollten, daß unsere Schule bald nicht mehr von einem Urwald zu unterscheiden sein würde. Hätte ein echter Menschenaffe in der Klasse gesessen, hätte er wahrscheinlich ihre Rufe als Panikschrei verstanden. Alles, worunter sie litten, erfüllte mich mit Freude, ich bezweifelte aber, daß sie im Herbst immer noch so reden würden. Aus allem, was ich im Fernsehen gesehen hatte, schloß ich, daß die Neger sich diese Albernheiten nicht würden bieten lassen. Als Volk schienen sie zusammenzuhalten. Sie wußten, wie man kämpft, und ich hoffte, daß, sobald sie kamen, die Schlacht von den Gladiatoren ausgefochten werden mußte, so daß man uns andere in Frieden ließ.

Am Ende dieses Schuljahres durften Lisa und ich unsere gemeinnützigen Arbeitsplätze verlassen und wurden nach Griechenland geschickt, wo wir einen Monat in einem Ferienlager verbringen sollten, welches als »das Kronjuwel des Ionischen Meeres« angepriesen wurde. Das Lager war ausschließlich für Gräko-Amerikaner und bot Unterweisung in Themen wie Gesang von Volksmusik und etwas, was »religiöses Gebet & Flagge« hieß. Ich verachtete das Konzept Ferienlager, sehnte mich aber danach, mit einem Europa-Aufenthalt angeben zu können. »Es verändert den Menschen!« hatte unsere Nachbarin gesagt. Nach einem Besuch in Saint-Tropez hatte sie ihren Garten mit einer Garnitur papiertaschentuchgroßer internationaler Flaggen geschmückt. Einst eine besonnene und bescheidene Frau, paradierte sie jetzt, nur mit Holzschuhen und einem flammenmotivbestickten Bikini bekleidet, durch ihren Garten. »Europa ist das Beste, was einem Menschen passieren kann, besonders wenn man Wein mag!«

Ich sah Europa als Gelegenheit, mich selbst neu zu erfinden. Zwar mochte ich danach noch so aussehen und sprechen wie zuvor, nachdem ich aber über jene kopfsteingepflasterten Straßen geschritten war, würde man mich als kontinental zu würdigen wissen. »Er hat einen Paß«, würden meine Klassenkameraden flüstern. »Schnell weg, bevor er uns beurteilt!«

Ich sagte mir, ich würde in Griechenland eine Freundin finden. Sie sollte eine französische Touristin sein, die am Strand entlangwanderte, ein Weißbrot unterm Arm. Lisette würde beweisen, daß ich nicht homosexuell war, sondern ein Mann von erlesenem Geschmack. Ich sah uns vor der Silhouette der Akropolis Händchen halten, wobei mich das Mädchen beschwor, ihr Akkordeon als Unterpfand unserer Liebe zu behalten. »Wie kann man nur so töricht sein«, sagte ich und wischte ihr die Tränen aus den Augen, »gib mir nur die Baskenmütze. Die genügt vollauf, damit ich dich bis ans Ende der Zeiten im Herzen bewahre.«

Falls mir niemand glaubte, hatte ich meine Schwester als Zeugin. Lisa und ich kamen nicht sehr gut miteinander aus, aber ich hoffte, die warmen Fluten des Mittelmeers würden den Eiszapfen schmelzen, den sie sich vor Zeiten irrtümlich als Fieberthermometer ins Rektum geschoben hatte. In einem Land voller Fremdlinge hatte sie keine andere Wahl und mußte mich bereitwillig als Begleiter akzeptieren.

Unser Vater brachte uns nach New York, wo wir die anderen Ferienkinder trafen, mit denen wir per Charter nach Athen fliegen sollten. Es waren Hunderte, jedes zuversichtlich und in Feierlaune. Sie schmissen mit ihren Gratis-Flugtaschen von Aegean Airlines, riefen und rempelten. So würde ich mich bei der Rückkehr aus dem Ferienlager benehmen, aber keinen Augenblick früher. Wäre es ein reines Mädchenlager gewesen, hätte ich mich vielleicht in einen gewissen Enthusiasmus hineinsteigern können. Hätten sie mich ganz allein losgeschickt, damit ich menschenfressenden Pygmäen Blutegel vom Rücken klaube, wäre ich vielleicht tapfer aufgebrochen –, aber einen Monat in einem Schlafsaal voller Jungens zu verbringen, war ein bißchen viel verlangt. Ich hatte versucht, es zu verdrängen, aber angesichts ihrer lärmenden Präsenz merkte ich, wie ich immer hysterischer wurde. Meine nervösen Ticks arbeiteten höchsttourig, und eine kleine Menschenmenge versammelte sich, um etwas zu beobachten, was sie für einen exotischen Volkstanz hielt. Falls meine Schwester sich Sorgen wegen unserer Reise machte, so ließ sie sich das gewiß nicht anmerken. Finger um Finger lockerte sie den eisernen Griff, mit dem ich ihr Handgelenk umklammert hielt, querte die Abflughalle und stellte sich einem Mädchen vor, welches verwertbare Kippen aus dem großen Standaschenbecher barg. Es war dies eine hartgesotten wirkende Eingeborene von Queens namens Stefani Herzinfarktidis oder Testikulopulos. Ich erinnere mich nur, daß ihr der Nachname einen lebenslangen Vorrat an Groll eingetragen hatte. Stefani trug eine verspiegelte Pilotensonnenbrille und einen überdimensionierten Kamm in der Gesäßtasche ihrer Hüftschmeichler-Jeans. Von allen Mädchen auf dem Flugplatz schien dieses die unwahrscheinlichste Kandidatin für die Freundschaft meiner Schwester. Im Flugzeug saßen sie nebeneinander, und als wir in Athen von Bord gingen, sprach Lisa mit einem ganz üblen Queens-Akzent. Während des langen Fluges, den ich neben einem Jungen namens Seamen gekauert verbracht hatte, war sie einer kompletten physischen und kulturellen Umwandlung ausgesetzt gewesen. Ihr schulterlanges Haar war jetzt seitlich gescheitelt, so daß es ihre linke Gesichtshälfte bedeckte, als sollte es eine häßliche Narbe verbergen. Sie fluchte und spuckte und blickte so feindselig aus dem Fenster des Charter-Busses, als wäre sie mit der einzigen Absicht nach Griechenland gekommen, ihm, Griechenland, in den staubigen Arsch zu treten. »Wassndasfürne Scheißgegend«, gellte sie. »Wennichgewußtheddedassas hierso heißis, heddichdoch ssuhausbleimkönn unnn Koppinne Bratröhresteggn, stimmpsmeedls?!«

Es beschämte mich, wie meine Schwester so schwer mit einem Akzent zu kämpfen hatte, der sie nur entwürdigen konnte, aber ich gratulierte ihr im stillen zu ihrem Wagemut. Sobald wir das Lager erreicht hatten, einen Klump weißgetünchter Gebäude, die ein Stück öde Küste säumten, von jedem Nachbardorf weit entfernt, ging ich zu ihr.

»Hör zu, Arschloch«, sagte sie, »solang wir hier sind, kenn ich dich nicht, und du kennst mich schon mal gar nicht, hat du das scheißenochmal kapiert?« Sie redete, als spräche sie für ein Tourneetheater vor, das mit *West Side Story* über die Dörfer tingelt, eine Hand in die Hüfte gestemmt, die andere Hand am Taschenkamm, als wäre er ein Schnappmesser.

»Ey, Carolina!« rief eine ihrer neuen Freundinnen.

»Schon guuut«, muhte sie. »Ichkommjaschon, ichkommjaschon.«

Das war unser letztes Gespräch, bevor wir nach Hause fuhren. Lisa hatte sich mit bemerkenswerter Leichtigkeit eingewöhnt, aber etwas tief unten in meinem Bauch wollte mir sagen, daß es bei mir weit weniger gedeihlich verlaufen würde. Das Lager dauerte einen Monat, in dessen Verlauf ich kein einziges Mal Stuhlgang hatte. Ich war die Benutzung eines halb-privaten Badezimmers gewohnt und brachte es nicht über mich, eine dieser Männerklokabinen zu besetzen, weil ich fürchtete, jemand könnte von draußen meine Schuhe erkennen oder sie, noch schlimmer, gar nicht sehen und einfach reinkommen. Sich dreimal täglich zu einer schweren griechischen Mahlzeit hinzusetzen –, das wurde zu einer Übung, als müßte man eine Muskete laden. Ich redete mir ein, ich könnte während eines Ausflugs verschwinden, aber die dortigen Toiletten waren nicht mehr als ein Loch im Fußboden, ein Loch, das ich ohne jedes Problem hätte füllen können. Ich zog das Ionische Meer in Erwägung, aber aus irgendwelchen Gründen war es uns nicht gestattet, in diesen Fluten zu schwimmen. Das Lager verfügte über ein Schwimmbecken im Olympiadeformat, welches mit Meerwasser gespeist wurde und sich bald trübte, weil die Pumpe die Ionischen Quallen pulverisiert hatte. Die feingehackten Nesselfäden bewirkten Schmisse auf Ferienkinderhaut, und kurz nach unserer Ankunft wurde angesagt, wir könnten sowohl das Schwimmbecken *als auch* den Ozean fotografieren, schwimmen allerdings in weder noch. Die Griechen hatten die Demokratie erfunden, die Akropolis erbaut und sich dann wieder hingelegt. Unsere Schwimmstunde wurde in »Stunde der Kontemplation« für die Mädchen und zusätzliches Fußballtraining für die Jungens umgewandelt.

»Ich glaube wirklich, ich würde auf dem Gebiet der Kontemplation mehr leisten«, sagte ich zum Trainer und massierte meinen angeschwollenen Bauch. »Ich habe ein persönliches Problem, welches mich irgendwie runterzieht.«

Weil wir in erster Linie und vor allen Dingen Amerikaner waren, war das Lager eigentlich eine Außenstelle der Junior High School, nur daß hier jeder über Gebühr Leberflecke und durchgehende Augenbrauen aufwies. Die attraktiven sportbegeisterten Jungens waren die Hauptpersonen, schleimten sich bei den Betreuern an und ruinierten unseren wöchentlichen Freiluftfilm mit ihren faden Zwischenrufen. Manchmal brachten uns die Ausflugsbusse zu einer der vielen Herrlichkeiten des Landes, wo wir über die Andenkenläden herfielen und alles klauten, was nicht ans Regal gekettet oder weggeschlossen und bewacht war. Das waren billige, beschichtete Freundschaftsringe und Vasen, die einen halben Liter fassen konnten, kleine Schuhe mit Pompons und Kaffeetassen mit der Aufschrift SPARTA IS FOR A LOVER. Meine Erfahrung als Ladendieb war alles, was ich den beliebten Jungens voraus hatte. »Du mußt sie so nehmen«, flüsterte ich. »Dann wirbelst du herum und läßt die kleine Diana-Statue hinten in deine Shorts gleiten, und zwar so, daß sie von deinem T-Shirt bedeckt bleibt. Vergiß nicht, den Laden rückwärts zu verlassen und immer zum Abschied zu winken.«

Ein Junge war im Lager, bei dem ich das Gefühl hatte, daß ich mit ihm auskommen könnte. Er war aus Detroit, hieß Jason und schlief im Stockbett unter mir. Jason blickte beiseite, wenn er mit den anderen Jungens sprach, und ließ die Augen schweifen, als studiere er die Wetterbedingungen. Wie ich benutzte er seine Freizeit, um sich in der Embryonalstellung im Bett zusammenzukringeln und den Wandkalender anzustarren, auf dem er all die Tage ausgeixt hatte, die bereits überstanden waren. Wir beendeten gerade Punkt *7:15 h – 7:45 h Morgendliches Waschen und Zähneputzen* der Lagerordnung, als unser Schlafsaal-Aufseher zum Aufsehen hereinkam und rief: »Was seid ihr, ein Haufen gottverdammter Tunten, die nicht anständig bettenbauen können?«

Ich kicherte laut ob seiner Blödheit. Wenn jemand bettenbauen konnte, war das eine Tunte. Um die anderen mußte man sich Sorgen machen. Ich sah, daß Jason ebenfalls lachte, und bald machten wir nur noch den Aufseher nach, indem wir einander erst als »Tunten« bezeichneten und dann als »stinkende Tunten«. Wir waren »faule Tunten« und »Tunten mit Sonnenbrand«, bevor wir schließlich zu »tuntigen Tunten« wurden. Gegen das Wort konnten wir nicht protestieren, denn das hätte bedeutet, daß wir seinen Wahrheitsgehalt akzeptierten. Wir konnten das Wort nur freudig als Scherz begrüßen. Wir verkörperten den Ausdruck in all seinem klischierten Glanz und trippelten und hüpften zur gegenseitigen Freude im Saal herum, wenn keiner hinsah. Mit Leichtigkeit übertrumpfte ich die Lehrer, denen es nicht gelungen war, die verschlungene Tollkühnheit der Rolle richtig auszuspielen. *Tunte,* als Wort, wurde immer in barschem, gnadenlosem Ton geäußert, wie er denen gebührte, die schwach oder dumm genug waren, ihren Impulsen zu leben. Wir gebrauchten es als Witz, als Anschuldigung und schließlich als Mutprobe. Spät in der Nacht spürte ich, wie mein Bett bockte und schwankte, und ich wußte, daß Jason entweder masturbierte oder Rührei machte. *Denkt er jetzt an mich?* Ich folgte seinem Beispiel, und als ich am nächsten Morgen aufwachte, sah ich, daß sich unser gesamtes Eisengestell gute viereinhalb Zentimeter von der Wand entfernt hatte. Unsere Liebe konnte Betten versetzen.

Da wir keine Willenskraft hatten, verließen wir uns auf die Umstände, die uns voneinander trennen mußten. *Es darf nicht passieren* wurde vom Gewimmer der Bettfedern begleitet: *Vielleicht nur dieses eine Mal.* Dann kam ein Nachmittag, an dem wir uns für die religiöse Anbetung der

Flagge verspätet hatten und ganz allein im Schlafsaal waren. Was mit Beschimpfungen begann, eskalierte zu einer Serie gespielt wütender Schläge. Wir rauften, bis wir uns auf einer der unteren Kojen wiederfanden, beide begierig, sich geschlagen zu geben. »Ihr Kinder glaubt immer, ihr hättet den Sex erfunden«, sagte meine Mutter gern. Aber hatten wir das etwa nicht? Ohne Gebrauchsanweisung oder von der Bundesregierung angeordneten Unterrichtsstunden? Hatten wir nicht alle das Gefühl, etwas unaussprechlich Modernes entdeckt zu haben? Was bei anderen ein Gefühl der Heiterkeit hervorrief, hinterließ bei Jason und mir eine demütigende Ahnung von Schuld. Wir flohen aus dem Saal, als hätten wir mit unserem Gefummel ein Virus aus der Flasche gelassen, dem wir noch entkommen konnten, wenn wir nur schnell genug rannten. Hätte einer der Erzieher mich nicht erwischt, als ich über den Zaun kletterte, hätte ich es, so empfand ich das, leicht bis morgens nach Raleigh geschafft, auf der Wasseroberfläche des Ozeans dahinrasend, wie gewisse Echsen, manchmal, im Tierfernsehen.

Als herausgefunden wurde, daß sie es mit einem der griechischen Busfahrer getrieben hatte, mußte ein sechzehn Jahre altes Ferienmädchen mit langer Hose und dickem Pullover neben dem Fahnenmast stehen. Wir sahen zu, wie sie in der heißen Sonne schmorte, bis sie, völlig durch, auf dem Pflaster zusammenbrach.

»Das«, sagte der Ober-Erzieher, »geschieht mit Leuten, die herummachen.«

Wenn dies die Strafe für einen Jungen und ein Mädchen war, lief die Strafe für zwei Jungens bestimmt mit Stacheldraht, einem Eselsgespann und dem nächsten Vulkan ab. Aber das war nichts, verglichen mit den Grausamkeiten und Demütigungen, die Jason und ich füreinander in petto hatten. Er erfand das Gerücht, ich hätte einem anderen männlichen Ferienkind ein Suspensorium gestohlen, um es wie ein Chirurg vor dem Munde zu tragen. Ich schoß zurück, indem ich behauptete, er wolle Tänzer werden. »Das ist noch gar nichts«, sagte er der versammelten Menge. »Seht euch an, was ich auf Davids Bett gefunden habe!« Er griff in die rechte Tasche seiner Tennishose und zog ein Blatt Notizbuchpapier hervor, auf dem ICH MAG JUNGS geschrieben stand. Als Beweisstück war das Dokument sowohl jammervoll als auch komisch. Hätte ich mir wohl so eine Notiz gemacht, um mich an den Umstand zu erinnern, falls ich ihn je vergäße? Wollte ich mir den Zettel mit Tesa auf den Rücken pappen, um so, wenn wir wieder mit dem Charterbus auf einen sexuellen Tummelplatz gekarrt wurden, auf meine Vorlieben aufmerksam zu machen?

ICH MAG JUNGS. Er hielt den Zettel über den Kopf und bewegte sich langsam im Kreis, damit jeder was sehen konnte. Vermutlich hatte er eigentlich vorgehabt, ihn auf mein Bett zu legen, damit einer der Erzieher ihn finden konnte. Dadurch, daß er ihn selbst präsentierte, hatte der Zettel seinen Zweck verfehlt. Anstatt mich mit Stöcken und schwerem Schuhwerk zu schlagen, stöhnten die Jungs lediglich, sahen woandershin und fragten sich, warum er das Ding eingesteckt und in der Hosentasche mit sich herumgetragen haben mochte. Genausogut hätte er ein glitzernd frisches Stück Scheiße in die Luft halten und »Seht her! Das war er!« rufen können. Daß er so ein widerwärtiges Dokument berührt hatte, machte ihn verdächtig und ließ auf Mittäterschaft schließen. Wir versuchten einander die Ehre abzuschneiden, und alles, was uns gelang, war, daß wir uns noch mehr voneinander entfremdeten.

*Jason –:* Sogar sein Name schien geheuchelt. Während der Mahlzeiten studierte ich ihn quer durch den ganzen Saal. Hier saß ich, schwitzte auf meinen Teller, mit verkrampftem und verknotetem Magen-Darm-Trakt, wo *er* doch voller Scheiße war. Er hatte mich bestimmt verhext, mir etwas ins Essen gemischt. Ich sah zu, wie er sich mit einem Mädchen namens Theodora anfreundete und während einer Filmvorführung mit ihr Händchen hielt. Es gab *Der schnellste Weg zum Jenseits,* eine der Höhlenmalereien, die uns der Ober-Erzieher als Film der Woche anbot.

So übel war sie gar nicht, die Theodora. Eines Tages wird es der Wissenschaft gelingen, einem menschlichen Schädel ein Kalbshirn einzupflanzen, und dann wird sie genauso lebhaft und intelligent sein wie er. Ich versuchte ebenfalls, eine Freundin zu finden, aber meine einzige mögliche Kandidatin wurde nach Hause geschickt, nachdem sie die Stufen des Parthenon hinuntergefallen war und dabei ihre Beinschiene kaputtgemacht hatte.

Jason wirkte in Begleitung seiner Freundin durchaus überzeugend. Sie krabbelten durch die verschiedenen Ruinen und machten Schnappschüsse voneinander, während ich vor mich hin schäumte und sie beim Schnäbeln und Gurren beobachtete. Meine Eifersucht wurde von der Annahme genährt, er sei geheilt. Eine Handvoll nur von meinem Fleische, und er hatte alle Symptome der Krankheit verloren.

Als das Lager vorbei war, flog ich mit übereinandergeschlagenen Beinen nach Hause, ließ meine Reisetasche voller gestohlener Souvenirs fallen und raste aufs Klo, auf welchem ich die nächsten Tage mit einem Rasierspiegel verbrachte, in dem ich mein Gesicht erforschte. *Ich mag Jungs.* Die Worte hatten sich in meine Züge eingegraben. Ich war jetzt ein Profi, und das konnte man sehen.

Ich kehrte zu meinem Freiwilligen-Job in der Nervenklinik zurück und hatte, als Ansporn für die schwierigeren Patienten, immer schroff schmeckende griechische Zigaretten dabei.

»Tunte!« rief eine Frau und beugte sich vor, um ihre Tannenzapfensammlung vor mir zu schützen. »Nimm deine Tuntenfinger von meinen Funkempfängern.«

»Hör gar nicht hin, wenn Mary Elizabeth was sagt«, sagte der Pfleger. »Die hat sie nicht alle.«

Vielleicht doch, dachte ich und hielt mir einen Tannenzapfen ans Ohr. Mit der Tunte hatte sie schon mal recht gehabt; man konnte also nicht wissen.

Sobald wir unseren Flieger von JFK nach Raleigh bestiegen, frisierte Lisa ihr Haar um, schaffte ihren Akzent ab, wandte sich an mich und sagte: »Das war doch ein ausgesprochen netter Aufenthalt, findest du nicht?« Innerhalb von fünf Minuten hatte sie sämtliche Spuren ihrer tollkühnen europäischen Persönlichkeit getilgt. Warum konnte ich das nicht auch?

Im späten August kam der Stundenplan für das neue Schuljahr zusammen mit der Nachricht, daß der Schulbusverkehr eingestellt wird. In anderen Städten und Countys war es zu Ausschreitungen gekommen, weit weg, in Boston zum Beispiel; in Raleigh vollzog sich der Übergang friedlich. Nicht nur Schüler, auch viele Lehrer waren von einer Schule an die andere versetzt worden. Mein neuer Lehrer für Naturwissenschaften war ein Schwarzer, der sehr geschickt blitzschnell durchs Klassenzimmer rauschte und sich dabei über alle lustig machte, von Albert Einstein bis hin zu »Mr. Rogers«, einem stets hinfällig wirkenden Kinderfernsehmoderator. Ob schwarz, ob weiß, die Lehrer boten ihre Lächerlichkeit dar wie einen Ölzweig. »Hier«, sagten sie, »hier ist etwas, was uns allen gemeinsam eignet, der Beweis, daß wir unter der Haut alle Brüder sind.«

# *Das Theatervirus*

Der Mann war zu uns in die Klasse geschickt worden, um uns zu inspirieren, und ich persönlich muß sagen, er machte seine Sache ganz ausgezeichnet. Nachdem er sich entspannt und herzlich vorgestellt hatte, brach er in den hinteren Teil des Klassenzimmers auf, um jedoch auf halbem Wege an etwas zu scheitern, was er als »die unsichtbare Wand« bezeichnete, jene transparente Barriere, die nur von Psychotikern, Drogensüchtigen und anderen Angehörigen der Unterhaltungsbranche wahrgenommen wird.

Ich war völlig gebannt, als er die imaginäre Wand mit den Handflächen untersuchte und mit den Händen die offenbar harte Oberfläche in der Hoffnung auf ein Schlupfloch abtastete. Nur Augenblicke später zerrte er an einem unsichtbaren Seil und kämpfte dann gegen einen gewaltigen, phantastischen Wind an.

Man weiß, daß man in einer Kleinstadt lebt, wenn man es bis in die neunte Klasse geschafft hat, ohne jemals einen Pantomimen gesehen zu haben. Was mich betraf, so war dieser Mann ein Prophet, ein Genie, ein Pionier im Unterhaltungsbereich –, und der war nun hier, in Raleigh, North Carolina! Zum Totlachen, wie er die Lehrerin nachmachte, mit heruntergezogenen Mundwinkeln, und in einem imaginären Handtäschchen nach Kaugummi und Aspirin kramte. Wenn dieser Typ nicht komisch war, wer denn dann?

Ich ging nach Hause und demonstrierte die unsichtbare Wand meinem zwei Jahre alten Bruder, der gegen die sehr reale Wand neben seinem Laufställchen hämmerte und vor Ekel schrie und heulte. Als meine Mutter fragte, was ich getan hatte, um ihn zu provozieren, warf ich in gespielter Unschuld die Hände hoch, um mich sogleich zu bücken und das imaginäre Baby, das zu meinen Füßen wuselte, aufzuheben. Ich tätschelte dem kleinen Gespenst den Rükken, damit es ein Bäuerchen machte, und inspizierte gerade die verschmutzte Windel, als ich auf dem Gesicht meiner Mutter einen Ausdruck bemerkte, den sie normalerweise für unaussprechliches Entsetzen reserviert hatte. Ich hatte diesen Gesichtsausdruck erst zweimal gesehen: Einmal, als sie von einem tollwütigen Schwein angegriffen wurde, und dann noch einmal, als ich ihr sagte, ich hätte gern einen pfirsichfarbenen Blazer aus Baumwollsamt mit dazu passender ausgestellter Hose.

»Ich weiß nicht, wer dir das eingeblasen hat«, sagte sie, »aber ich werde dich eigenhändig umbringen, bevor ich mit ansehe, wie du zum Clown heranwächst. Wenn du dir das Gesicht anmalen und an Straßenecken herumhupfen willst, mußt du dir eine andere Bleibe suchen, denn sowas dulde ich nicht in meinem Haus.« Sie wandte sich zum Gehen. *»Auch nicht in meinem Vorgarten«,* fügte sie hinzu.

Aus Angst vor ihrer Vergeltung tat ich, wie mir geheißen, und beendete meine Karriere als Pantomime mit Gewinsel und nicht, wie ich gehofft hatte, mit einem lautlosen Paukenschlag.

Der Schauspieler hatte ein paar Monate später einen zweiten Gastauftritt in unserer Klasse, und als er den Mantel auszog, zeigte sich, daß er einen schwarzen Stretch-Anzug mitsamt kittfarbenem orthopädischen Stützkragen trug, die Folge eines Autounfalls. An diesem Nachmittag hatte er die Aufgabe, uns mit den Werken William Shakespeares bekannt zu machen, und wieder war ich völlig verzaubert von seinem Charme und Können. Wenn die Worte verwirrend wurden, brauchte man nur auf Gesicht und Hände des Schauspielers zu achten, um zu verstehen, daß die Rolle, die er verkörperte, nicht nur wütend war, sondern rachsüchtig. Ich liebte die Unterströmung von Feindseligkeit, die unter der Oberfläche dieser trügerisch schönen Sprache lag. Mir schien es eine Schande, daß die Menschen nicht mehr so sprachen, und ich begann einen Feldzug zur Wiedereinführung des elisabethanischen Englisch bei den Bürgern Nordkarolinens.

»Wenn's, edle Dame, wunder Euch auch nimmt, daß ich, so mag's Euch dünken, ohne Not beklag' den Zustand des Gemachs allhier«, sagte ich zu meiner Mutter, als ich den Wohnzimmerteppich staubsaugte, was sie aus angeborener Faulheit mal wieder unterlassen hatte, »denn dieser Unrat, traun, befleckt nicht nur das gleichmüt'ge Gewebe, nein, auf den Charakter auch der Säum'gen wirft er Schatten. Zürnt mir nun Ihr, Weib? Wär' ein Vergeh'n es, würdig, daß man's strafe, die Kammern und Gelasse nicht zu rein'gen, so würdet bald vom höchsten Ast Ihr baumeln als Sühn' und Ahndung des, was unterließet Ihr zu tun, saumselige Gebiet'rin mein. Gibt es nicht Wämser, so man waschen, Leibwäsche, so man züchtig bügeln sollte? Seh' ich dort Porzellan und ird'ne Krüge, begierig, daß man spüle ab die stummen Zeugen des Gebrauchs? Mach' an die Arbeit Sie sich, verdammenswerte Herrin, bevor die Frucht aus eig'nem Schoß zwo Fäuste gegen Euch erhebt, beseelt von Wut und von Empörung auch, zu würgen Euch am Halse, bis jäh der letzte Hauch aus dem Gehege Eurer Kehle weicht. Heb' Dich hinweg nun, Dirne, frisch ans Werk!«

Meine Mutter reagierte, als hätte ich sie mit einem kleinen Stück Nähseide geschlagen. Die Absicht war da, aber die Waffe war fremdartig und unangemessen. Am Zustand meines Zimmers merkte ich, daß sie den gesamten folgenden Tag damit verbracht hatte, meine Schubladen nach Drogen zu durchsuchen. Die Klamotten, die ich mit einem gewissen Stolz ordentlich zusammengefaltet hatte, waren ohne Rücksicht auf Farbe und Kategorie zusammengeknüllt. Ich roch, daß geraucht worden war, und bemerkte die Kaffeeringe auf meinem Schreibtisch. Ich hatte meiner Mutter schon einiges verziehen, doch bringst die Schublad' mein du durcheinander, hast einen Feind fürs Leben du herangezüchtet dir. Ich band eine Daune an meinen Kugelschreiber, und mit diesem Federkiel schrieb ich ihr einen Brief. »Das Ding, so sonder Rast Ihr sucht«, schrieb ich, »nicht findet sich's in meiner sorglich aufgeräumten Kemenate, nein! doch ruht's – nebst zweifelhaftem And'ren – in Eurem Hirngehäuse selbst.« Ich steckte ihn ihr in die Handtasche, nachdem ich ihn zweimal gefaltet und mit Wachs von den Kerzen, mit denen ich jetzt mein Zimmer beleuchtete, versiegelt hatte. Ich verfiel ins Grübeln, und das besserte sich erst, als ich Shakespeares Stücke in einem Band geschenkt bekam. Sobald ich sie besaß, fand ich sie schwerfällig und undurchschaubar. Ich las die Wörter und fühlte mich stumpf und dumm; sprach ich sie jedoch, bekam ich ein Gefühl von Macht. Am besten war es, das Buch einfach von Zimmer zu Zimmer mit mir herumzutragen und es gelegentlich nach lustigen Wörtern abzusuchen, mit denen ich meinen ohnehin duftenden Wortschatz würzte. Das gemeinsame Abendessen wurde entweder unerträglich oder qualvoll, je nach meiner Laune.

»Mich deucht, o edler Herr, liebwerte Dame Ihr, auch ihr Geschwister all', daß dieses Flügeltier aus ländlichem Gefild' des Wohlgeschmacks und Saftes nicht enträt, hat es geschmort doch in der eig'nen süßen Brüh', die Zeitspann' während, die es braucht, daß Phoibos' Sonnenwagen rosig, fingrig auch, die pflaumenfarb'nen Himmel tät' durchmessen, damit die Stund' des Zwielichts rinn' durchs Glas. Hat er gleich Knusp, so ist er saftig doch, der plumpe Vogel, befriedigt im Verein so fein gesott'ner Nachbarn. Glaubt mir, o Blutsverwandte, verwahrt gut meine Worte, bedünkt mich doch das Unterfangen toll, ja, wagemutig gar, die Gabel mein zugleich mit Federvieh *und* Möhrchen zu besatteln, zu just derselben Zeit, so daß die Säfte zwillingsgleich sich mischen in delikater, trauter Harmonie, so Zung' und Gaumen mein umschmeichelt und belebt im Geiste ohngezügelten Entzückens! Was sagt Ihr, edler Vater, Schwestern ihr, noch kaum des Wortes mächt'ger kleiner Bruder du, laßt uns die Kelche heben und bis zur Neige leeren zu Ehren dieses herzhaft leck'ren Mahles, so liebend und mit höchster Anmut zubereitet von jenem pflichtbewußten Weibe, so wir als Gattin, Buhlin, Mutter gar benennen!«

Meine Begeisterung kannte keine Grenzen. Bald bettelte

mich meine Mutter buchstäblich an, im Auto zu warten, wenn sie zur Bank oder zum Lebensmittelmann ging.

Ich war gerade beim Kieferorthopäden, den ich als wind'gen Bader zur Hölle wünschte, als der Schauspieler wieder in unserer Klasse gastierte.

»Du hast es verpaßt«, sagte meine Freundin Lois. »Der Mann war so unbeschreiblich stark, daß ich praktisch geweint habe, so brillant war er.« Sie streckte die Hände aus, als trüge sie ein Tablett. »Ich weiß nicht, was ich noch sagen soll. Die Wörter gibt es gar nicht. Ich könnte versuchen zu erklären, wie echt er wirkte, aber das würdest du nie verstehen. Nie«, wiederholte sie. »Nie, nie, nie.«

Lois und ich waren seit sechs Monaten befreundet gewesen, als unsere Beziehung plötzlich einen Beigeschmack von Konkurrenzdenken bekam. Mir war es immer egal gewesen, wer bessere Noten oder mehr Taschengeld hatte. Wir hatten beide unsere Stärken; wichtig war nur, jeweils das zu würdigen, was der andere gerade am besten konnte. Lois hielt ihren Chablis besser als ich, und dafür respektierte ich sie. Ihr beängstigendes Übermaß an Selbstvertrauen gestattete ihr, mit einer rostroten Afro-Perücke in die Schule zu marschieren, und ich stand hundert Prozent hinter ihr. Sie hatte mehr Schallplatten als ich, und weil sie neun Monate älter war, konnte sie Auto fahren, was sie auch tat, und zwar, als gelte es, ein Feuer zu löschen. *Fein,* dachte ich, *wie schön für sie.* Mein überlegenes Wissen und die mir innewohnende Großzügigkeit erlaubten mir, mich ehrlich für Lois zu freuen –, bis zu dem Tag, an dem sie meine Fähigkeit bezweifelte, den gastierenden Schauspieler zu verstehen. Als er die ersten Male da war, war sie genau wie alle anderen gewesen und hatte über seinen Schütteltrauma-Kragen gelacht und angesichts des mandarinengroßen

Klumpens in seiner Strumpfhose die Augen gerollt. *Ich* hatte seine Brillanz zuerst erkannt, und jetzt sagte sie, ich verstünde ihn nicht? Mich deucht, sie spinnt.

»Fürwahr, o Frau«, sagte ich zu meiner Mutter auf dem Weg zur Reinigung, »zu denken, daß dies niedere Gewürm zu mir von Größe spricht, als wär' mein Aug' unfähig, sie zu schau'n, ist mehr, als zu ertragen ich vermag. Die Worte, so sie sprach, sie drangen mir ins Herz gleich einem Hieb, der Straf' und Schmerzen beut und mich zugleich verdutzt und höchlich auch verdrießt. Doch gebet fein nun acht, denn mit der hintersten der Listen und Tücke auch werd' dann zurück ich schlagen, wenn sie's am mindesten gewahrt. Ein solcher Schimpf kann ungesühnt nicht bleiben, seid des getrost, o edle Dame mein. Die Rache mein wird süß mir munden wie die reifste Beere, und der Genuß wird lang und langsam sein.«

»Darüber kommst du auch noch hinweg«, sagte meine Mutter. »In ein, zwei Wochen ist bestimmt alles wieder normal. Ich hole jetzt die Hemden deines Vaters aus der Reinigung, und ich möchte, daß du hier wartest, *im Auto:* Glaub mir, bald ist die ganze Sache ausgestanden und vergessen.«

Das war inzwischen ihre Antwort auf alles. Sie hatte sich ein wenig umgehört und war zu dem Schluß gekommen, ich sei, wie ihre Schwester das nannte, »vom Theatervirus befallen«. Meine Mutter war überzeugt, daß dies eine Phase war, genau wie alle anderen. Ein paar Wochen Tamtam, und dann war wieder Schluß mit dem Showbusiness, wie vorher mit der Gitarre und meiner Privatdetektei. Ich haßte es, wie mein gesamter Lebensehrgeiz auf das Format einer gewöhnlichen Grippe reduziert wurde. Dies war kein Schnupfen, dies war ein ausgewachsenes Virus. Es würde zwar vielleicht ein, zwei Jahre lang nicht ausbrechen, aber der Krankheitskeim war in mir und würde nie mehr weggehen. Es hatte nichts mit Talent oder Initiative zu tun. Ablehnung konnte ihn nicht schwächen, und kein noch so großer Erfolg konnte ihn je stillen. Die Diagnose war gestellt, die Prognose lautete: lebenslänglich.

Das Theatervirus schien am härtesten bei Juden, Homosexuellen und pummeligen Mädchen mit verklumpter Aknesalbe im Gesicht zuzuschlagen. Dies waren Individuen, welche, aus welchen Gründen auch immer, verzweifelt um Aufmerksamkeit bettelten. Später entdeckte ich, daß es ganz schlecht war, mehr als zwei von dieser Sorte – egal, wie lange – in einem geschlossenen Raum unterzubringen. Die Bühne war nicht nur ein physischer Ort, sondern auch ein Seelenzustand, und das Wort *Publikum* beschrieb jeden, der gezwungen war, die Gesellschaft des Befallenen zu ertragen. Wir jungen Schauspieler waren Glühbirnen an einer Schnur, die vierundzwanzig Stunden am Tag angeknipst blieben und sich und andere mit ihrer vorgeblichen Brillanz erschöpften.

Ich hatte das Theatervirus, und Lois hatte ein Auto. Indem ich die Tiefe ihrer momentanen Verfehlung gegen den reichen Lohn abwägte, den ihr privates Gefährt bot, fand ich genügend Milde in meinem Busen, meiner eigensinnigen Freundin zu verzeihen. Ich rief sie sofort an, als ich erfuhr, daß unser gastierender Schauspieler eine *Hamlet*-Inszenierung im Amphitheater des Raleigh Rose Garden plante. Er sollte Regie führen und die Titelrolle spielen, aber die anderen Rollen konnte haben, wer wollte. Wir sprachen vor, und weil wir die Jüngsten und Unerfahrensten waren, bekamen Lois und ich die Rollen der Wanderschauspieler, die Hamlet benutzt, um seinen Onkel

Claudius zu ködern. Es war nicht die Rolle, die ich mir erhofft hatte, aber ich nahm das Angebot in stiller Würde an. Ich hatte ein paar anständige Sprechstellen und wollte, so gut ich konnte, daran arbeiten.

Das übrige Ensemble war älter als wir, zwanzig, dreißig Jahre alt, und hatte sich die Sporen in Freilicht-Dauerbrennern wie *Die verlorene Kolonie* und *Sanft sollt ihr wie die Lämmer sein* verdient. Sie waren Profis, und ich hoffte, aus ihrer Erfahrung Nutzen zu ziehen. So saß ich ihnen buchstäblich zu Füßen, während der Regisseur die Rampe entlangstürmte und seine geballte Faust »armer Yorick« nannte.

Ich betete diese Leute an. Lois schlief mit ihnen. In der zweiten Probenwoche hatte sie Fortinbras zu Gunsten von Laertes fallengelassen, der, wie sie angab, »echt gut mit dem Schwert konnte«. Im Gegensatz zu mir wurde sie von den Älteren voll akzeptiert und ging mit Polonius und Ophelia auf nächtliche Besäufnisse und fuhr mit dem Regisseur an den See, während Gertrud und Rosenkranz es auf dem Rücksitz trieben. Das Schärfste daran war, daß Lois auch nicht entfernt so engagiert war wie ich. Ihr Theatervirus entsprach einer Vierundzwanzig-Stunden-Grippe, aber da spielte sie nun Tittenbillard mit Hamlet persönlich, während ich allein in meinem Zimmer saß, Text lernte und mir kleine Tricks ausdachte, allen anderen die Schau zu stehlen.

Es wurde beschlossen, daß Lois und ich als Wanderschauspieler Purzelbäume schlagend die Freilichtbühne betreten sollten. Als sie klagte, das Gras irritiere ihre Haut, untersuchte der Regisseur die winzigen roten Punkte auf ihrem Rücken und entschied, von jetzt an hätten die Gaukler hüpfend aufzutreten. Ich hatte Purzelbäume geübt, bis mein Hirn sich aus der Verankerung löste und man es innerhalb des Schädels schlackern hören konnte, und jetzt, auf Grund einer einzigen Beschwerde, sollten wir hüpfen? Er hatte bereits all meine Sprechstellen gekürzt und mir nur noch die eine Zeile »Ja, gnäd'ger Herr!« übriggelassen. Das war's, vier lausige Silben. Aus einem Niesen ließ sich emotional mehr machen als aus meinem gesamten Text zusammengenommen. Während die anderen Schauspieler durch den Rose Garden schlenderten und ihre rachsüchtigen Monologe memorierten, hüpfte ich auf dem Parkplatz herum und wiederholte mit einer Stimme, die sich immer mehr nach einem dressierten Papagei anhörte: »Ja, gnäd'ger Herr!« Lois kam sich hüpfend albern vor und sprach mit dem Regisseur, der ihren Instinkt lobte und ansagte, von jetzt an hätten die Gaukler normal gehend aufzutreten.

Je weniger ich zu tun hatte, desto mehr verwendeten mich meine Schauspielerkollegen als persönlichen Sklaven. Ich hätte sie liebend gern abgehört, aber statt dessen wollten sie, daß ich ihre Kronen polierte oder zu einem Auto trabte, um einen verlorenen Dolch auf dem Rücksitz zu finden.

»Willst du dich nützlich machen? Du kannst Doogan helfen und mit Leuchtklebeband die Anordnung der Requisiten markieren«, sagte der Regisseur. »Du kannst die Spinnen aus der Garderobe jagen, oder, noch besser, du kannst zum Laden rennen und uns ein paar Getränke holen.«

Lois saß meistens im Schatten und tat gar nichts. Sie weigerte sich nicht nur, hier und da zu helfen, sie war statt dessen immer die erste, die mir einen großen Schein gab, wenn sie kalorienarme Brause zu dreißig Cent bestellte. Sie durchstöberte ihr Portemonnaie und überging die Ein-

Dollar-Noten, bis sie einen Zehner oder Zwanziger gefunden hatte. »Der muß sowieso kleingemacht werden«, sagte sie dann. »Wenn sie dir einen Becher Eiswürfel gesondert berechnen wollen, sag ihnen, sie sollen dich am Arsch lekken.« In den Probenpausen fläzte sie sich auf die Tribüne und quatschte mit den anderen Schauspielern, während ich für die Bühnenarbeiter Leitern verankerte.

Als es Zeit für unsere große Szene wurde, rezitierte Lois ihren Text, als läse sie ihn von einer weit entfernten Plakatwand ab. Sie kniff die Augen zusammen und pausierte zwischen den einzelnen Silben, so daß jedes Wort mit einem Fragezeichen versehen wurde: »Wiege? Dich? Der? Schlummer? Und? Nimmer? Komme? Zwischen? Uns? Ein? Kummer?«

Falls der Regisseur ein Problem mit ihrer Darstellung hatte, so behielt er das für sich. Mir dagegen wurde aufgetragen, nicht mit dem Pullover über der Schulter herumzulaufen, langsamer zu gehen und ohne Akzent zu sprechen. Die Kritik wäre leichter zu ertragen gewesen, wenn er sie etwas gleichmäßiger verteilt hätte, aber damit war wohl nicht zu rechnen. Sie konnte mit Sonnenbrille und Pizza essend auftreten, und das war »prima, Lois. Einsame Klasse, Kleines.«

Inzwischen konnte ich sehen, wie ich auf eigene Faust von den Proben nach Hause kam. Lois konnte mich nicht mehr fahren, weil sie immer eilig auf eine Party oder in ein Restaurant mußte, und zwar mit, wie sie sie nannte, »der Bande von Helsingör«.

»Ich kann nicht mit«, sagte ich und tat, als wäre ich ebenfalls eingeladen. »Ich muß dringend nach Hause und meinen Text büffeln. Viel Spaß. Ich ruf meine Mutter an, sie soll mich abholen.«

»Sind wir verstimmt?« fragte dann meine Mutter, während sie mit dem Kombi auf dem Parkplatz vorfuhr.

»Wir sind es in der Tat«, antwortete ich dann, »und zwar zutiefst.«

»Laß nur«, sagte sie. »In zehn Jahren erinnerst du dich unter Garantie an keinen dieser Leute mehr. Die Zeit vergeht; du wirst schon sehen.« Sie runzelte die Stirn und studierte ihr Gesicht im Rückspiegel. »Genug Schnaps, und man kann alles vergessen. Nimm's dir nicht so sehr zu Herzen. Wenn du sonst nichts draus gelernt hast, dann doch immerhin, sie um das Wechselgeld zu bescheißen, wenn du ihnen Getränke holst.«

Ihre lässige Einstellung gefiel mir nicht, aber die Sache mit dem Wechselgeld hatte was.

»Runde alles nach oben ab«, sagte sie. »Gib ihnen das Wechselgeld zusammen mit dem Getränk; dann ist es weniger wahrscheinlich, daß sie nachzählen –, und falte nie die Scheine zusammen; Geld trägt man immer im Bündel.«

Die Sache mit der Rache beherrschte meine Mutter. Nur von Schauspielerei, dachte ich, verstand sie nichts.

Wir hatten bereits Kostümprobe, als der Regisseur an Lois mit einem neuen Projekt herantrat, welches er im kommenden Herbst zu inszenieren hoffte. Es sollte ein Musical werden, das auf dem Leben ungebunden herumziehender Zigeuner basierte. »Und du«, sagte er, »sollst meine kecke Banditenkönigin sein.«

Lois konnte nicht singen; das wußte jeder. Sie konnte auch nicht schauspielern oder das Tamburin bedienen. »Du hast das Herz einer Zigeunerin«, sagte er und kniete vor ihr im Gras. »Die stets erregte Seele der Nomadin.«

Als ich mein Interesse zu verstehen gab, meinte er, die Arbeit hinter den Kulissen könnte mir vielleicht Spaß machen. Er fand, ich sollte Scheinwerfer aufhängen oder Soffitten schleppen, einer dieser Typen mit den tiefhängenden Hosen werden, deren Werkzeuggürtel schwer an Schraubenschlüsseln und dicken Rollen Inspizienten-Klebeband zu tragen hatten. Jeder, der annahm, man könne mir elektrische Kabel anvertrauen, mußte ein kompletter Idiot sein, und genau das war dieser Mann. Da sah ich ihn plötzlich, wie er war, und bemerkte, wie unvorteilhaft die Strumpfhose seine schlaffen Waden und sein schwabbeliges kleines Gemächt betonte. Stets erregte Seele der Nomadin, aber hallo. Wenn er sowas von beschissen bedeutend war, was machte er dann in Raleigh? Seine Fönfrisur, die billigen halbhohen Hacken und regenbogenfarben gestreiften Hosenträger –: alles Schwindel. Warum trägt man einen Hosenträger zur Strumpfhose, wenn alles, was eine Strumpfhose kann, ist, daß sie ohne fremde Hilfe oben bleibt? Deshalb heißt sie ja Strumpfhose, oder? Und als Schauspieler? Der Mann spielte, als wäre das Publikum schwerhörig. Er rief seinen Text, grinste wie ein ausgehöhlter Kürbis und wedelte mit den Armen, als stünden seine Ärmel in Flammen. Seiner Art von Mimentum war es ja schon immer gelungen, mich peinlich zu berühren. Ihn zu sehen war, als öffne man einem singenden Telegrammboten die Tür: Man weiß, es soll unterhaltend sein, aber man kommt nicht über die traurige Tatsache hinweg, daß dieser Mensch doch wirklich glaubt, er bringe einem etwas Freude ins Leben. Irgendwo dort draußen hatte er eine Mutter, die einen Schuhkarton mit hektographierten Programmzetteln sortierte, sich einen Schnaps nach dem anderen einschenkte und sich fragte, wann ihr Sohn wohl zur Vernunft kommen und etwas Abflußfrei schlucken würde.

Endlich sah ich Hamlet als das, was er wirklich war, und

erkannte in mir den dumpfen Yorick, der ihm immer blind gefolgt war.

Meine Mutter ging in die Premiere. Nachdem ich mein bleiernes »Ja, gnäd'ger Herr« aufgesagt hatte, legte ich mich auf die grasbewachsene Bühne, und Lois träufelte mir aus einer Phiole falsches Gift ins Ohr. Als ich im Sterben lag, öffnete ich nur einen Schlitz breit die Augen und sah meine Mutter, auf ihrem harten Steinstuhl ausgestreckt und die Motten abwehrend, welche, zusammen mit ein paar Dutzend älterer Mitbürger, vom Licht angelockt worden waren.

Danach gab es eine Premierenfeier, aber ich ging nicht hin. Ich zog mich in der Garderobe um, wo die Schauspieler standen und einander gratulierten, wobei sie immer wieder die Wörter »Leuchtkraft« und »Intensität« gebrauchten, als beschrieben sie die Rampenlichter. Horatio fragte mich, ob ich für ihn Zigaretten holen gehe, ich steckte sein Geld ein und versprach, »geschwinde wie der Blitz, o Herr« zurück zu sein.

»Du warst der Beste in der ganzen Aufführung«, sagte meine Mutter und hielt auf dem Nachhauseweg kurz an, um eine Tiefkühl-Pizza zu kaufen. »Wirklich wahr. Du bist auf die Bühne gekommen, und alle haben nur noch dich gesehen.«

Da ging mir auf, daß meine Mutter ein besserer Schauspieler war, als ich je zu werden hoffen konnte. Die Schauspielerei ist etwas anderes als Posieren oder So-tun-als-ob. Wenn sie mit Präzision betrieben wird, hat sie eine frappierende Ähnlichkeit mit Lügen. Der Kostüme und großen Gesten beraubt, präsentiert sie sich als eine unbestreitbare Wahrheit. Ich beneidete meine Mutter nicht um ihr Können, aber ich widersprach ihr auch nicht. So überzeugend war sie. Als ich so neben ihr saß, mit einer Pizza, die auf meinem Schoß allmählich auftaute, schien es mir das beste, mich einfach zurückzulehnen und zu lernen.

# *Dinah, die Weihnachts-Hure*

Mein Vater war der festen Überzeugung, nichts bilde den Charakter besser heran als ein Job nach der Schule. Er selbst hatte mit dem Schlitten Zeitungen ausgetragen und Lebensmittel an die Tür gebracht, und seht ihn euch an! Meine ältere Schwester Lisa und ich entschieden, wenn harte Arbeit *seinen* Charakter geprägt hatte, wollten wir nichts damit zu tun haben. »Danke, aber danke nein«, sagten wir.

Als zusätzlichen Ansporn strich er uns das Taschengeld, und ein paar Wochen später arbeiteten sowohl Lisa als auch ich in Cafeterias. Ich wusch Geschirr im Piccadilly, während Lisa das Personal an den Warmhalteplatten im K & W verstärkte. In Raleighs erstem überbauten Einkaufszentrum gelegen, war ihre Cafeteria ein Klubhaus für die ortsansässigen älteren Mitbürger, die einen ganzen Nachmittag über einer einzigen Portion Reispudding gekauert verbringen konnten. Das K & W hatte seine beste Zeit hinter sich, wogegen meine Cafeteria im funkelnagelneuen Crabtree Valley lag, einem früheren Sumpf, der ihre

Mall aussehen ließ wie einen staubigen Marktplatz für primitive Stämme. Das Piccadilly hatte rote Samtwände und einen Speisesaal, der von künstlichen Fackeln erleuchtet war. Eine Ritterrüstung markierte den Eingang zu diesem Schloß der Schlemmerei, allwo, wie man uns gesagt hatte, der Kunde immer König war.

Als Tellerwäscher verbrachte ich meine Schichten damit, Tabletts von einem Fließband zu wuchten und ihren Inhalt in eine enorme, bösmäulige Maschine zu füttern, welche brüllte und spie, bis ihre Beschickung, frei von erstarrtem Fett und Tunk, dampfend auf der anderen Seite wieder herauskam, wodurch meine Brille beschlug und die Luft sich mit dem harschen Geruch von Chlor füllte.

Hitze und Lärm konnten mir gestohlen bleiben, aber davon abgesehen, machte mir mein Job Spaß. Die Arbeit beschäftigte meine Hände, aber der Kopf blieb frei für wichtigere Dinge. Manchmal paukte ich die Liste unregelmäßiger spanischer Verben, die ich über der Spüle angebracht hatte, aber meistens gab ich mich Phantasien über eine Fernsehkarriere hin. Ich träumte davon, eine Fernsehserie zu kreieren und in ihr die Hauptrolle zu spielen, die *Sokrates & Konsorten* heißen sollte und in der ich mich in Begleitung eines brillanten und loyalen Nasenaffen namens Sokrates von Ort zu Ort begeben sollte. Wir würden keinen Streit suchen, aber dem Streit würde es Woche für Woche gelingen, uns zu finden. »Die Augen, Sokrates, immer zwischen die Augen«, schrie ich dann während einer unserer zahlreichen Kampfszenen.

Vielleicht schlug mir in Santa Fe jemand einen schweren Krug über den Kopf, und ich verlor das Gedächtnis. Irgendwo in Utah fand Sokrates vielleicht einen Ranzen mit wertvollen Münzen, oder er freundete sich mit einem Turbanträger an, aber gegen Ende jeder Folge sollte uns klarwerden, daß das wahre Glück oft dort lacht, wo man es am wenigsten erwartet. Es konnte sich in Form einer milden Brise oder einer Handvoll Erdnüsse offenbaren, aber wenn es kam, würden wir es mit der uns eigenen volkstümlichen Weisheit am Schopfe packen. Ich hatte es so geplant, daß die letzten Momente jeder Episode Sokrates und mich vor einem prunkvollen Sonnenuntergang stehend antreffen sollten, während ich sowohl meinen Freund als auch die Zuschauer daheim an die Lektion erinnerte, die ich gelernt hatte. »Mir ist plötzlich klargeworden, daß es Dinge gibt, die wertvoller sind als Gold«, mochte ich dann wohl sagen, wobei ich einen Falken beobachtete, der hoch oben über eine lila Bergzinne dahinglitt. Die Episoden mit Handlung zu versehen war nicht schwerer als das Besteck zu sortieren; schwierig war es, sich die hochwichtige Erleuchtung auszudenken. »Mir ist plötzlich klargeworden, daß ...« Daß was? Mir wurde kaum je was klar. Gelegentlich wurde mir klar, daß ich ein Glas zerbrochen oder zuviel Spülmittel in die Maschine gefüllt hatte, aber die größeren Themen entzogen sich mir meist.

Wie verschiedene andere Cafeterias in Raleigh stellte auch das Piccadilly oft ehemalige Strafgefangene ein, deren Jobs von Bewährungshelfern und ABM-Leuten vermittelt wurden. Während technischer Pausen stand ich oft in ihrem Teil der Küche herum und hoffte, daß sich mir, wenn ich diesen Verbrechern lausche, etwas Profundes enthüllt. »Mir ist plötzlich klargeworden, daß wir alle in jenem Gefängnis eingekerkert sind, welches als der menschliche Geist bekannt ist«, ließ sich sinnend sagen, oder: »Mir ist plötzlich klargeworden, daß die Freiheit vielleicht die größte Gabe von allen war.« Ich hatte gehofft, diese Leute wie Nüsse zu knacken, ihr Hirn zu durchstöbern und die Lektionen zu bergen, die sie gelernt hatten, angereichert um ein ganzes Leben voll Bedauern. Unglücklicherweise schienen die Männer und Frauen, mit denen ich zusammenarbeitete, nachdem sie den größten Teil ihres Lebens hinter Gittern verbracht hatten, nichts gelernt zu haben, außer wie man sich drückt.

Kessel kochten über, und Steaks verkohlten routinemäßig, während meine Arbeitskollegen sich in die Vorratskammer stahlen, um zu rauchen, Karten zu spielen oder es – manchmal – miteinander zu treiben. »Mir ist plötzlich klargeworden, daß die Menschen faul sind«, sagte dann meine nachdenkliche Fernsehstimme. Das hatte kaum den ganz großen Nachrichtenwert, und als Schlußwort würde es sicher nicht die Herzen meines Fernsehpublikums erwärmen können –, welches, per Definition, ohnehin nicht das aktivste war. Nein, meine Botschaft mußte optimistisch und erbaulich sein. *Freude,* dachte ich und knallte die schmutzigen Teller gegen den Rand des Mülleimers. *Was bringt den Menschen Freude?*

Als Weihnachten näher kam, halbierte sich meine wertvolle Zeit des Phantasierens. Das Einkaufszentrum wimmelte jetzt von hungrigen Kauflustigen, und alle drei Minuten hatte ich den stellvertretenden Geschäftsführer am Hals, der nach mehr Kaffeetassen und Beilagentellern schrie. Die Festtagskundschaft bildete eine laute und stetige Schlange, die am Wappen vorbei bis zur Rüstung am Eingang stand. Sie hatten sich lustige Nikoläuse an ihre Narrenhemden geheftet und schleppten übergroße Taschen, die vor elektrischem Werkzeug und Käsesortimenten überquollen, die sie für Freunde und Verwandte gekauft hatten. Der Anblick so vieler Menschen, Fremder, deren schiere Anzahl jenes Bedeutsame, das zu erfinden ich mich so bemühte, zerfraß, machte mich traurig und verzweifelt. Woher kamen sie, und warum gingen sie nicht einfach wieder nach Hause? Ich schnappte mir ihre Tabletts vom Fließband, ohne mich ein einziges Mal zu fragen, wer diese Menschen waren und warum sie ihre panierten Koteletts nicht aufgegessen hatten. Sie bedeuteten mir nichts, und wenn ich sah, wie sie sich in der Schlange auf die Kasse zubewegten, wurde es offenbar, daß dies Gefühl auf Gegenseitigkeit beruhte. Sie würden sich nicht einmal an die Mahlzeit erinnern, geschweige denn an den Menschen, der sie mit blitzsauberen und siedendheißen Tellern versorgt hatte. Woran lag es, daß ich wichtig war und sie nicht? Es mußte etwas geben, was uns voneinander trennte.

Ich hatte mich immer auf Weihnachten gefreut, doch jetzt kam mir meine Begeisterung schal und schofel vor. Wenn ich nach der Arbeit die Cafeteria verließ, sah ich sogar noch mehr Menschen, die aus den Läden und Restaurants schwärmten wie Bienen aus einem brennenden Bienenstock. Hier waren die jungen Paare mit ihren Zipfelmützen und die Familien, die sich beim Springbrunnen drängten, alle mit ihren Einkaufslisten und markierten Geld-Umschlägen. Kein Wunder, daß die Chinesen sie nicht auseinanderhalten konnten. Sie waren Schafe, dumme Tiere, von der Natur darauf programmiert, sich zu paaren und zu grasen und ihre Wünsche dem fettleibigen pensionierten Schulleiter entgegenzublöken, der mit seinem Arsch auf dem erbärmlichen Nordpol des Einkaufszentrums saß.

Mein Widerwille wäre fast mit mir durchgegangen, bis ich in ihrem Verhalten eine Lösung für meine Identitätskrise erkannte. Sollten sie doch meterweise Geschenkpapier und grelle Strümpfe mit Monogramm haben: Wenn es ihnen etwas bedeutete, so wollte ich nichts damit zu tun haben. Dies Jahr sollte ich der Eine *ohne* Einkaufstaschen sein, der Eine, der Schwarz trug, aus Protest gegen ihr oberflächliches Kommerzdenken. Meine schiere Verweigerung würde mich von ihnen absetzen und diese Menschen dazu zwingen, sich selbst in sicherlich schmerzhafter Weise in Frage zu stellen. »Wer *sind* wir?« würden sie fragen und den Zierat vom Christbaum klauben. »Was ist bloß aus uns geworden, und warum können wir nicht vielmehr so sein wie der düstre Bursche, der in der Piccadilly-Cafeteria Teller wäscht?«

Mein Boykott diente auch einem praktischen Zweck, da ich in diesem Jahr kaum mit Geschenken zu rechnen hatte. Um Geld zu sparen, hatte meine Familie beschlossen, etwas Neues auszuprobieren und Namen zu ziehen. Durch diese grausame Lotterie lag mein Schicksal in Lisas Händen, deren Vorstellung von einem anständigen Geschenk sich in sechs originalverpackten Blitzlichtbatterien oder einer Duftkerze in Form eines Kartoffelbovists erschöpfte. Patent und gutgelaunt normal, wie sie war, verkörperte Lisa alles, was ich deprimierend fand. Nichts unterschied sie von den Tausenden anderen Mädchen, die ich jeden Tag zu sehen bekam, aber das störte sie überhaupt nicht. In ihrem Bestreben, typisch zu sein, hatte sie mit fliegenden Fahnen – in gedeckten Tönen – gewonnen. Im Gegensatz zu mir würde sie sich nie tiefere Gedankengänge gestatten oder mit einem Nasenaffen in ferne Länder reisen. Nicht nur sie nicht, niemand. Genau wie alle anderen hatte sie ihre Seele gegen ein läppisches Weihnachtsgeschenk eingetauscht und mußte nun die Konsequenzen tragen.

Die Tage wurden festlicher, und mit ihnen wuchs meine Ungeduld. Vier Tage vor Weihnachten sollten wir uns ins Eßzimmer setzen, um Lisas achtzehnten Geburtstag zu feiern, als sie von jemandem angerufen wurde, der sich wie eine ausgewachsene Frau mit einem Mund voller Kieselsteine anhörte. Als ich fragte, wer denn dran sei, zögerte die Frau, bevor sie sich als »eine Freundin. Ich bin eine gottverdammte Freundin, alles klar?« vorstellte. Das erregte meine Aufmerksamkeit, denn soweit ich wußte, hatte Lisa keine erwachsenen Freunde oder Freundinnen, seien sie nun gottverdammt oder nicht. Ich gab ihr den Hörer und beobachtete, wie sie das Telefon in die Einfahrt trug und dabei die Schnur bis zum Zerreißen straffte. Dies war streng verboten, und weil mir gerade danach war, ein bißchen Stunk zu machen, petzte ich: »Dad, Lisa ist mit dem Hörer nach draußen gegangen, und gleich reißt sie die Telefonschnur aus der Wand.«

Er wollte aus seinem Sessel aufspringen, aber meine Mutter sagte: »Laß sie doch um Gottes willen zufrieden; sie hat heute Geburtstag. Wenn das Telefon kaputtgeht, kauf ich dir zu Weihnachten ein neues.« Sie bedachte mich mit dem Blick für achtbeinige Geschöpfe unter dem Küchenspülstein. »Du mußt immer in der Scheiße stochern, stimmt's?«

»Sie spricht aber mit einer *Frau*!« sagte ich.

Meine Mutter drückte ihre Zigarette auf dem Teller aus. »Na und, du auch.«

Lisa kam gehetzt und aufgeregt an den Tisch zurück und fragte meine Eltern, ob sie den Kombi haben dürfe. »David und ich sind in spätestens einer Stunde zurück«, sagte sie und griff sich unsere Mäntel aus der Garderobe.

»Welcher David?« fragte ich. »Dieser David bleibt, wo

er ist.« Ich hatte gehofft, den Abend in meinem Schlafzimmer zu verbringen und am Pastellporträt von Sokrates zu arbeiten, das ich mir still zu Anti-Weihnachten schenken wollte. Wir standen in der dunklen Einfahrt und verhandelten, bis ich mich bereit erklärte, sie zu begleiten, ohne Fragen zu stellen, Kostenpunkt: drei Dollar, sowie uneingeschränkte Benutzung ihres neuen Föns. Nachdem das geregelt war, stiegen wir ein und fuhren an den hell geschmückten Häusern der Nordstadt vorüber. Normalerweise verlangte Lisa die strikte Kontrolle über das Radio. Beim Anblick meiner Finger, die sich der Senderwahl näherten, haute sie mir auf die Hand und drohte, mich aus dem Auto zu werfen, aber heute abend machte sie mir keinen Kummer und beschwerte sich nicht einmal, als ich eine hiesige Talkrunde einstellte, die sich eindringlich mit High-School-Basketball beschäftigte. Ich konnte Basketball nicht ausstehen und hatte das nur eingestellt, um sie zu ärgern. »Sieh dir diese *Spartaner* an«, sagte ich und knuffte ihr die Schulter. »Meinst du, sie haben den nötigen Pep, beim Lokalderby die *Kobolde* zu schlagen?«

»Mir wurscht. Weiß nicht. Vielleicht.«

Etwas hatte sie eindeutig meinem Zugriff entzogen, das machte mich rasend, und das, was mich rasend machte, fühlte sich stark an wie Eifersucht. »Was ist denn nun? Treffen wir jetzt die Mutter deines Freundes? Wieviel mußt du ihr zahlen, damit er mit dir ausgehen darf? Du hast einen Freund, stimmt's?«

Sie ignorierte meine Fragen und murrte still vor sich hin, als sie uns am Kongreßgebäude von North Carolina vorbei in einen besiegten Stadtteil fuhr, in welchem die Veranden nachgaben und an den meisten Fenstern nicht Gardinen und Vorhänge hingen, sondern Laken und

Handtücher. In solchen Gegenden wurden Menschen erstochen; das hörte ich die ganze Zeit in meinen Rundfunksendungen, bei denen man anrufen konnte. Wäre mein Vater gefahren, hätten wir alle Türen verriegelt, die STOP-Schilder ignoriert und wären so schnell wie möglich durchs Gelände gebraust. So machte man das, wenn man schlau war.

»Na bitte.« Lisa fuhr rechts ran und parkte hinter einem Lieferwagen, dessen Halter seinen Platten mit einer Taschenlampe untersuchte. »Es könnte hier ein bißchen mulmig werden, also tu, was ich dir sage, dann kommt hoffentlich niemand zu Schaden.« Sie schwang sich das Haar über die Schulter, stieg aus und trat gegen die Dosen und Flaschen, die den Bordstein säumten. Meine Schwester meinte es ernst, was es auch war, und in diesem Augenblick wirkte sie schön und exotisch und gefährlich dumm. GESCHWISTER ERSCHLAGEN! ZUM ZEITVERTREIB! würden die Schlagzeilen lauten. FESTTAGSLAUNE ENDET TÖDLICH.

»Vielleicht sollte jemand beim Auto warten«, flüsterte ich, aber sie war Vernunftgründen nicht mehr zugänglich und stürmte mit ihren sinnvollen Schuhen in einer schroffen, entschlossenen Gangart davon. Sie hielt sich nicht mit Hausnummer oder Klingelschild auf; Lisa schien genau zu wissen, wohin sie wollte. Ich folgte ihr in ein dunkles Vestibül und eine Treppe hinauf, wo sie, ohne auch nur zu klopfen, eine nicht abgeschlossene Tür aufstieß und in ein dreckiges, überheiztes Zimmer drang, welches nach kaltem Rauch, saurer Milch und ernsthaft schmutziger Wäsche roch –, drei Aromen, welche, vereint, dazu angetan sind, die Farbe von den Wänden blättern zu lassen.

Dies war ein Ort, an dem Menschen Böses zustieß, welche eindeutig nichts als das Schlimmste verdient hatten. Der befleckte Teppich war mit Zigarettenstummeln bestreut, und von der Zimmerdecke hingen überfüllte, staubbedeckte Fliegenfänger wie Vorhänge aus Perlschnüren. Am anderen Ende des Zimmers stand ein Mann neben einem umgestürzten niedrigen Tisch, beleuchtet von einer schirmlosen Lampe, die seinen Schatten, groß und bedrohlich, an die schmierige Wand zeichnete. Er war salopp mit T-Shirt und Unterhose bekleidet und hatte dünne, unbehaarte Beine von der gleichen Farbe und kieseligen Oberflächenbeschaffenheit wie bei einem im Geschäft gekauften Suppenhuhn.

Wir hatten offensichtlich gerade irgendein Unglücksritual unterbrochen, etwas, bei dem man Unflätiges rufen und gleichzeitig einen Halbschuh mit weißen Quastensenkeln gegen eine abgeschlossene Tür dreschen mußte. Das nahm den Mann so vollständig in Anspruch, daß er ein paar Momente brauchte, bis er unsere Anwesenheit registrierte. Er blickte mit zusammengekniffenen Augen in unsere Richtung, ließ den Schuh fallen und stützte sich am Sims des Kamin-Imitats ab.

»Wenn das nicht Lisa Verdammtescheiße Sedaris ist. Hätt ich gleich wissen können, daß dieses verdammte Scheißweib ein Scheißweib wie dich anruft.«

Ich wäre weniger schockiert gewesen, wenn ein Seehund meine Schwester namentlich angesprochen hätte. Woher kannte sie diesen Mann? So betrunken, daß er nur noch taumeln konnte, unternahm dieser verkommene, versoffene Popeye einen Ausfall, und Lisa nahm eilig die Herausforderung an. Dann duckte ich mich und beobachtete, wie sie ihn am Hals packte und ihn zu Boden bzw. auf den umgestürzten Tisch warf, bevor sie die Fäuste zur

Deckung hochnahm und tänzelnd einen engen Kreis beschrieb, bereit, es mit versteckten Neuankömmlingen aufzunehmen. Es war, als hätte sie ihr ganzes Leben in einen schwarzen *gi* gekleidet verbracht und in Erwartung dieses Augenblicks Dachlatten mit den bloßen Händen zertrümmert. Weder zauderte sie, noch rief sie um Hilfe, sie verpaßte ihm lediglich ein paar flinke Tritte in die Rippen und fuhr in ihrer Mission fort.

»Ich hab doch nichts gemacht«, stöhnte der Mann und sah mich mit blutunterlaufenen Augen an. »Du da, sag dem Scheißweib, ich hab doch gar nichts gemacht.«

»Wie belieben?« Ich bewegte mich unmerklich Richtung Tür. »Gottchen, ich weiß gar nicht, was ich dazu sagen soll. Ich bin nur, wissen Sie, lediglich mitgekommen, auf eine kleine Spritztour.«

»Bewache ihn!« gellte Lisa.

Ihn bewachen? Wie? Wofür hielt sie mich? »Verlaß mich nicht«, schrie ich, aber sie war bereits weg, und plötzlich war ich allein mit diesem zerschmetterten Mann, der sich den Brustkorb massierte und mich anbettelte, ihm seine Zigaretten vom Sofa zu holen.

»Los, hol sie mir, Junge. Verdammte Scheißweiber. Mein lieber Schieber, das sind Schmerzen.«

Ich hörte die Stimme meiner Schwester und sah, wie sie aus dem Hinterzimmer fegte, eine clowneske, tränenbefleckte Frau unbestimmten Alters im Schlepp. Ihr Gesicht war runzlig und aufgedunsen. Der dicke, fette, marmorierte Körper hatte schon reichlich Meilen auf dem Tacho, aber ihre Kleidung paßte nicht zur Jahreszeit und war auf absurde Weise jugendlich. Während die Freundinnen meiner Mutter zu den Feiertagen mit Vorliebe Maxiröcke und türkise Hopi-Halsketten trugen, hatte diese Frau den Versuch unternommen, die Verwüstungen, welche die Zeit angerichtet hatte, mit Hot Pants aus Jeansstoff und passender Weste wettzumachen, welche, von einem System überkreuzgeschnürter Wildlederstrippen zusammengehalten, einen gründlichen Blick auf ihre massigen Hängebrüste zuließ.

»Raus!« rief Lisa. »Los, mach schon!«

Ich war längst auf dem Wege.

»Meine Schuhe und, ach, ich nehm besser noch eine Jacke mit«, sagte die Frau. »Und wo ich gerade dabei bin...« Ihre Stimme verklang, als ich die Treppe hinunterrannte, an den anderen ebenso dunklen und dünnen Wohnungstüren vorbei, hinter denen Menschen mit ihrem Geschimpfe das Gekreisch der Fernseher übertönten. Auf der Straße rang ich nach Luft und fragte mich, wie oft meine Schwester inzwischen niedergestochen oder -geknüppelt worden war, als ich hörte, wie die Fliegendrahttür zugeknallt wurde, und sah, wie Lisa auf der Veranda erschien. Sie blieb kurz auf dem Treppenabsatz stehen und wartete, während die Frau eine Jacke anzog und ihre Füße in ein paar Schuhe stopfte, die in Form und Farbe zwei identischen Farbbüchsen ähnelten. Zum Rennen angehalten, torkelte Lisas Freundin wie auf Stelzen dahin. Es war ein unbeholfener, nutzloser Gehstil, und bei jedem Schritt wedelte sie mit den Fingern, als spielte sie Klavier.

Zwei junge Männer, die eine Matratze trugen, kamen vorbei, der eine drehte sich um und schrie: »Schafft die Hu von der Straße!«

Wären wir in einer reicheren oder ärmeren Gegend gewesen, hätte ich den Boden nach einem Garten- oder landwirtschaftlichen Gerät abgesucht, von denen man nie genau weiß, wie sie heißen, um nicht wieder auf eins draufzutreten und mir mit dem Stiel die Lippe zu spalten. *Hu.* Ich hatte das Wort oft bei der Arbeit von den Köchen gehört, die dabei gerieben blickten und wissend kicherten, ganz wie die beiden jungen Männer mit der Matratze. Ich brauchte eine Sekunde, bis mir klar wurde, daß sie entweder Lisa oder ihre Freundin meinten, die sich gerade hingehockt hatte, um ein Loch in ihren Netzstrümpfen zu untersuchen. Eine Hure. Von beiden möglichen Nominierten schien mir die Freundin die wahrscheinlichere Kandidatin zu sein. Bei der Erwähnung des Wortes hatte sie den Kopf gehoben und leicht abgewunken. Diese Frau also war's, und ich studierte sie, wobei mein Atem flach ging und sichtbar war in der kalten, dunklen Luft. Wie ein Heroinsüchtiger oder ein Massenmörder war für mich eine Prostituierte exotischer, als jeder Promi jemals hoffen konnte. Man sah sie in der Innenstadt, nach Einbruch der Dunkelheit, wie sie ihre scharfgeschnittenen Gesichter in die Fenster von Autos steckten, deren Fahrer auf Leerlauf geschaltet hatten. »He, Schnucki, wieviel verlangst du für einmal Abschmieren?« rief mein Vater. Ich wollte immer, daß er mal rechts ranfährt, damit man sich das genauer ansehen kann, aber nachdem er seinen kleinen Kommentar gemacht hatte, drehte er das Fenster hoch und raste, leise in sich hineinlachend, davon.

»Dinah, das ist David. David, Dinah.« Lisa stellte uns einander vor, nachdem wir uns im Auto niedergelassen hatten. Offenbar arbeiteten die beiden im K & W und hatten sich angefreundet.

»Ach, dieser Gene ist ein richtiger Hitzkopf«, sagte Dinah. »Er will mich ganz für sich, hab ich dir ja erzählt, und er liebt mich nun mal; was willst du machen. Vielleicht fahren wir einfach ein paarmal um den Block, damit er sich ein bißchen abkühlen kann.«

Sie zündete sich eine Zigarette an, ließ sie fallen und senkte den Kopf mit der hochtoupierten Frisur, bevor sie sagte: »Naja, ist auch nicht das erste Auto, das ich in Brand gesteckt habe.«

»Hab sie gefunden!« Lisa hielt sich die Zigarette an die Lippen, inhalierte tief und ließ den Rauch durch die Nasenlöcher wieder heraus. Ein Anfänger wäre daran erstickt, aber sie paffte wie ein verwitterter alter Profi. Welche weiteren Tricks hatte sie in letzter Zeit gelernt? Hatte sie ein Päckchen Heroin in der Tasche? Hatte sie sich angewöhnt, Messer zu werfen oder Billard zu spielen, während wir in unseren Bettchen schliefen? Sie starrte nachdenklich auf die Fahrbahn und fragte dann: »Dinah, bist du betrunken?«

»Jawoll, Ma'am, das bin ich«, antwortete die Frau. »Das kann man wohl sagen.«

»Und Gene war auch betrunken, hab ich recht?«

»Ein kleines bißchen angeheitert«, sagte Dinah. »Aber das ist so seine Art. Im Winter betrinken wir uns gern, wenn sonst nichts zu tun ist.«

»Und ist das gut für deine Wiedereingliederung? Sind Besäufnisse und Schlägereien das richtige, wenn man keinen Ärger mehr kriegen will?«

»Wir haben doch nur ein bißchen rumgemacht. Es ist dann ein bißchen außer Kontrolle geraten, mehr war nicht.«

Lisa schien es nichts auszumachen, wenn die Frau sich blöd vorkam. »Gestern hast du mir bei den Warmhalteplatten gesagt, du willst dich endlich von dem miesen kleinen Schweinehund trennen und in die Tranchierabteilung hocharbeiten. Man muß eine ruhige Hand haben, wenn man den ganzen Tag Fleisch tranchieren will, meinst du nicht?«

Dinah fuhr sie an: »Ich weiß nicht mehr alles, was ich bei den gottverdammten Warmhalteplatten gesagt habe. Was soll das, Kleine, ich hätte doch nie angerufen, wenn ich geahnt hätte, daß du mich halbtot laberst. Hier kannst du wenden; ich will nach Hause.«

»Keine Sorge, ich bring dich nach Hause«, sagte Lisa.

Der traurige Stadtteil lag bald weit hinter uns, Dinah drehte sich noch ein paarmal um, blinzelte, konnte nichts erkennen, bis ihre Augen komplett geschlossen waren und sie einschlief.

»Mom, das ist Dinah. Dinah, das ist meine Mutter.«

»Na, gottseidank«, sagte meine Mutter, als sie unserem Gast aus der verschossenen Kaninchenfelljacke half. »Ich hatte schon Angst, Sie wären einer dieser gottverdammten Adventssänger. Ich hatte gar nicht mit Besuch gerechnet; ich sehe bestimmt ganz schrecklich aus.«

*Sie* sah schrecklich aus? Dinahs Augen-Make-up war so verschmiert, daß sie einem schwachsinnig kostümierten Panda ähnelte, und meine Mutter entschuldigte sich für *ihr* Aussehen? Ich nahm sie ganz kurz beiseite.

»Hure«, flüsterte ich. »Diese Dame ist eine Hure.« Ich bin nicht sicher, welche Reaktion ich damit bezweckte, aber Schock wäre ganz schön gewesen. Statt dessen sagte meine Mutter: »Na, dann sollten wir ihr wahrscheinlich etwas zu trinken anbieten.« Sie ließ mich im Eßzimmer stehen, und ich hörte zu, wie sie der Frau in alphabetischer Reihenfolge eine Liste von Angeboten machte: »Wir haben Bier, Bourbon, Gin, irischen Whiskey, Ouzo, Rum, Scotch, Wein, Wodka und irgendwas dickes Gelbes in einer Flasche ohne Etikett.«

Als Dinah ihren Cocktail auf der sauberen Festtagstischdecke verschüttete, entschuldigte sich meine Mutter, als wäre es ihre Schuld, weil sie das Glas zu gut eingeschenkt hatte. »Dazu neige ich nämlich manchmal. Hier, ich mache Ihnen rasch einen neuen.«

Als sie ein frisches, ungewohntes Lallen im Haus hörten, kamen mein Bruder und meine Schwestern eilig aus ihren Zimmern und versammelten sich, um Lisas Freundin zu untersuchen, welche die Aufmerksamkeit sichtlich genoß. »Engel«, sagte Dinah. »Ihr seid eine ganze Meute gottverdammter Engel.« Sie war von Bewunderern umringt, und mit jeder Frage, jedem Kommentar, erhellte sich ihr Blick.

»Was ist Ihnen lieber«, fragte meine Schwester Amy, »die Nacht mit fremden Typen zu verbringen oder in einer Cafeteria zu arbeiten? Was sind die Gefängnisaufseher für *Menschen*? Tragen Sie gelegentlich eine Waffe bei sich? Wieviel berechnen Sie, wenn jemand sich nur auspeitschen lassen will?«

»Erst die eine Frage, dann die nächste«, sagte meine Mutter. »Laßt sie in Ruhe antworten.«

Tiffany probierte Dinahs Schuhe an, während Gretchen in ihrer Jacke posierte. Der Geburtstagskuchen wurde aufgetragen, und die Kerzen wurden angezündet. Mein sechsjähriger Bruder leerte Aschenbecher aus und errötete vor Stolz, als Dinah seine Tüchtigkeit lobte. »Dieser hier sollte in der Cafeteria arbeiten«, sagte sie. »Er hat die Arme eines Geschirrabräumers und Augen wie ein stellvertretender Geschäftsführer. Dir entgeht rein gar nichts, was, Süßer? Mal sehen, ob er einer alten Dame schon nachschenken kann.«

Vom Lärm geweckt, kam mein Vater aus dem Keller,

wo er in Unterwäsche vor dem Fernseher gedöst hatte. Sein Eintreffen markierte im allgemeinen das Ende der Party. »Was zum Teufel treibt ihr hier um zwei Uhr morgens?« rief er gern. Es war seine Gewohnheit, drei bis vier Stunden zur tatsächlichen Uhrzeit zu addieren, um der Liederlichkeit, der er uns zieh, noch mehr Gewicht zu verleihen. Die Sonne mochte noch am Himmel stehen –, er behauptete, es wäre Mitternacht. Zeigte man auf die Uhr, warf er die Hände hoch und sagte: »Redet keinen Scheiß! Ab ins Bett.«

Heute abend war er besonders stinkiger Laune und kündigte seine Ankunft lange an, bevor er den Raum betrat. »Was macht ihr da oben? Steptanz? Wollt ihr eine Schau abziehen, wollt ihr das? Für heute nacht ist das Theater geschlossen. Geht damit auf Tournee; es ist vier Uhr morgens, verdammtnochmal.«

Wir wandten uns instinktiv an unsere Mutter. »Komm nicht in die Küche«, rief sie. »Wir wollen nicht, daß du sie siehst ... äh ... deine Weihnachtsgeschenke.«

»Meine Geschenke? Tatsächlich?« Seine Stimme wurde so sanft wie ein Miauen. »Na, dann macht mal weiter.«

Wir lauschten seinen Schritten, als er den Korridor entlang in sein Zimmer tappte, dann hielten wir uns den Mund zu und lachten, bis uns der Blick verschwamm. Längst hinuntergeschluckte Kuchenstückchen statteten unserer Kehle einen erneuten Besuch ab, und unsere Gesichter, in den dunklen Fenstern widergespiegelt, glommen und vibrierten.

Jedes Beisammensein hat sein eigenes Zeitmaß. Als Erwachsener lenke ich mich damit ab, es herauszufinden, und ich fürchte den Zeitpunkt des unweigerlichen Abflauens. Die Gäste werden sich einmal zu oft wiederholen, oder die Drogen oder die Getränke gehen zur Neige, und es wird einem klar, daß das das einzige war, was man je gemeinsam hatte. Damals glaubte ich jedoch noch, so ein warmes und berauschendes Gefühl könnte ewig währen, und ich könnte, indem ich es vorbehaltlos umarmte, eine Annäherung an das gleiche sehnsuchtsvoll zufriedene Gefühl erreichen, welches Erwachsene bei der zweiten Bestellung verspüren. Ich hatte Lisa gehaßt, war eifersüchtig auf ihr geheimes Leben gewesen, und jetzt, über meiner großen Tasse mit klumpigem Kakao, war ich sehr, sehr stolz auf sie. Überall in unserer Straße waren die Häuser mit Sperrholz-Engeln und in bunte Glühbirnen gefaßten Krippen dekoriert. Drüben in der Coronado Street hatte jemand Lautsprecher auf seinen Bäumen festgezurrt, die den Wald aus Zuckerstangen, den er neben seiner Einfahrt angepflanzt hatte, mit Weihnachtsliedern beschallten. Unsere Nachbarn würden früh aufstehen, die Einkaufszentren aufsuchen, sich geschenkverpackte Fusselrollen und bommelverzierte Golfschlägerschoner besorgen. Weihnachten würde kommen, und wir, die Bürger dieses Landes, würden uns um identische Bäume sammeln und unserer Freude mit abgenutzten Klischees Ausdruck verleihen. Truthähne würden rösten, bis sie einen harten, schellackähnlichen Überzug hatten. Schinken bekämen ein X eingeschnitzt und eine Fruchtglasur verpaßt –, und das alles von mir aus herzlich gern. Sollte ich einen fahrbaren Staubsauger oder gar einen verrunzelten Nasenaffen bekommen, so hätte mich das auch nicht heftiger entzückt als das Wissen, daß wir die einzige Familie in dieser Gegend waren, die eine Prostituierte in der Küche hatte. Wenn ich von jetzt an hörte, wie der Weihnachtsmann »Ho, ho, ho!« rief, würde es sich für mich wie »Hu, hu, hu!« anhören und eine ganz andere Bedeutung haben; und ich würde es, wie meine übrige Familie, mit jenem Stammeszusammengehörigkeitsgefühl, das uns so auszeichnet, zu schätzen wissen. Plötzlich wurde mir das klar. Einfach so.

# *Planet der Affen*

Es begann nach einem *Planet-der-Affen*-Marathon in einem Billig-Kino, etwa eine Meile vom Haus meiner Eltern. Die erste Folge hatte ich neunmal gesehen und immer darauf gewartet, daß Zira fragte: »Was, glauben Sie, wird er in der Verbotenen Zone finden, Dr. Zaius?« Das in Frage stehende Gebiet war eine riesige Ödnis, *off limits* für die intelligenten Schimpansen und kriegerischen Gorillas, die diese auf den Kopf gestellte Welt bewohnten. Als Bright Eyes, der trutzige Astronaut, der auf diesem Planeten gestrandet ist, entkommt Charlton Heston seinen Häschern und reitet in Begleitung der stummen menschlichen Titten-Ilse, die er zu seiner Gefährtin erwählt hat, in die Verbotene Zone. Ihr Pferd trabt über dürre Wüsten und Sandstrände, bis sie auf die halb-beerdigten Reste der Freiheitsstatue stoßen. Als ihm plötzlich klar wird, daß er sich während der gesamten Dauer des zweistündigen Films auf seinem Heimatplaneten befunden hat, sitzt Charlton Heston von seinem Pferd ab und kniet sich in den Sand. »Seid verdammt!« schreit er, reckt und schüttelt die Fäuste der hitzebläschenverursachenden Sonne entgegen. »Seid alle verdammt und fahrt zur Hölle!«

Ich hatte das Kino an einem hellen, feuchten Vormittag betreten, aber als ich es verließ, benommen und von Süßigkeiten aufgedunsen, war es dunkel, und es regnete. Ich überlegte, ob ich meine Mutter anrufe, damit sie mich abholt, aber sie war nicht da, weil sie für die Pfadfinderinnentruppe meiner Schwester Amy Kartoffeln in Alu-Folie verpackte. Damit blieb nur mein Vater.

»Ich bin in fünf Minuten da«, sagte er. Im Hintergrund hörte ich, wie jemand die Formulierung »drei Achtel« gebrauchte. Das bedeutete nicht drei Achtelzoll oder drei Achtel plus fünf Achtel oder irgendwas, sondern drei Achtel von einem Punkt, und das bedeutete, daß er die Börsennachrichten sah und für den Abend bereits die Hose ausgezogen hatte.

Eine Stunde später rief ich wieder an, und er sagte: »Ich bin eben gerade zur Tür raus.« Am anderen Ende der Leitung lachte und johlte ein Studiopublikum. Die SitComs hatten angefangen. Das bedeutete, daß er auf seinem Sessel eingeschlafen war. Da saß er dann schnarchend, bis jemand versuchte, ein anderes Programm einzuschalten. »Was machst du da?« brüllte er. »Siehst doch, daß ich das gerade kucke!«

Noch schlimmer war es an Wochenendnachmittagen, wenn man anrief, um sich abholen zu lassen, und nichts im Hintergrund hörte. Das bedeutete, daß er Golf sah, Stunden der Stille, nur hin und wieder vom Kommentator unterbrochen, der flüsterte: »Das war Bogey, Bogey und Doppelbogey für Hogan, der mit neun über dem Par heute hier in Oakland Hills ins vierte kommt.«

Man konnte aus seinen Klamotten herauswachsen,

wenn man darauf wartete, daß mein Vater einen abholte. Ich rief zum drittenmal an, und er sagte groggy und verwirrt: »Welcher David? Was für ein Film? Wo?«

Ich verließ das Einkaufszentrum mit dem Kino, ging über die Straße und hielt den Daumen nach rechts. So einfach war das. Mein Vater hielt immer an, um Tramper mitzunehmen. Selbst wenn wir alle schon dicht gedrängt auf dem Weg zum Schwimmen oder zum Einkaufen im Kombi saßen, fuhr er rechts ran und wies uns an zusammenzurücken, wir hätten Besuch. Es war immer aufregend, einen Fremden im Auto zu haben, junge Männer, die wir mit Fragen quälen konnten. Unser Vater, dessen Cocktail zwischen seinen Beinen klimperte, war nach außen hin liebenswürdig, aber auch argwöhnisch. Er spielte mit unseren Gästen und tat, als wären ihre Geschichten genau das, Geschichten, etwas, was sie sich unterwegs ausdachten.

»Na schön, ›Rudy‹, dann fahr ich Sie mal zu Ihrer ›Großmutter‹, damit Sie Ihre ›Wäsche‹ abholen können.« Dann schüttelte er den Kopf und lachte in sich hinein. »Bin immer froh, wenn ich einem netten jungen Mann wie Ihnen helfen kann.«

»Nein, wirklich«, sagte unser Passagier. »Sie ist tatsächlich meine Großmutter. Ich schwör's Ihnen.«

»Jetzt schwört er auch noch«, sagte mein Vater. »Dem Ingenieur ist nichts zu schwör.«

Solang sie noch jung waren, nahm er sie mit großem Vergnügen mit; aber die alten –, die konnte man vergessen. Wir sahen einen gebeugten und wettergegerbten Opa neben einem abgewetzten Koffer und riefen: »Da ist einer! Dad, halt an!« Unser Vater ignorierte unseren Wunsch und fuhr an diesen Männern vorbei, als wären sie ausgeschnittene und ausgemalte Anzeigen für Etablissements wie »Au Petit Clochard« oder »Zum fidelen Penner«.

Ich hielt den Daumen in die Luft und war sicher, jemand wie mein Vater würde mich mitnehmen, aber statt dessen war es eine ältere Frau, die Frisur durch ein Plastikhäubchen geschützt. Sie kurbelte ihr Fenster herunter und brüllte, als hätten wir seit mehreren Jahren Zoff miteinander: »Verdammter Bengel, beweg gefälligst deinen traurigen Hintern in dieses Auto rein.«

Sie trug eine hellblaue Uniform, was auf die Kassiererin einer hiesigen Supermarktkettenfiliale schließen ließ. »Was bist du, vierzehn, fünfzehn Jahre alt? Ich hab einen Enkel etwa in deinem Alter, und wenn ich den jemals beim Trampen erwische, trete ich ihm so tief in den Arsch, daß ich einen neuen Schuh brauche. Was zum Teufel fällt dir ein, läßt dich von Fremden mitnehmen? Was ist, wenn ich eine Pistole oder ein Klappmesser habe? Du könntest dich doch gegen keine Hauskatze wehren, und sag mir bloß nicht was anderes, deine Sorte kenne ich nämlich schon, Herr Schlaumeier, nur allzugut kenne ich deine Sorte. Was sagt denn deine Mutter zu solchen Dummheiten? Wo sind überhaupt deine Leute?«

»Meine Eltern?« Ich zögerte kurz, weil mir klar wurde, daß ich dieser Frau die Wahrheit gar nicht zu sagen brauchte. Wahrscheinlich sieht sie mich sowieso nie wieder; und wenn doch, wieso soll sie mich wiedererkennen? Ich sagte ihr, mein Vater sei auf einer Friedenskonferenz in Stockholm, Deutschland, und meine Mutter sei Fernfahrerin auf dem Weg zur Westküste mit einer Ladung... Strumpfhosen.

»Genau«, sagte die Frau und stopfte ihre Zigarette in

den schwelenden Aschenbecher, »und auf meinem Hinterhof stille ich aus blankem Übermut Kamelbabys. Sag mir einfach, wo du wohnst, Pinocchio, und spar dir den Quatsch mit Soße fürs Mittagessen auf.«

Sie fuhr in unsere Einfahrt, als mein Vater gerade das Haus verließ, um mich abzuholen. »Fernfahrerin am Arsch, wo er am rosigsten ist«, sagte sie. »Jetzt möchte ich, daß du in dein schickes Haus gehst und da drin bleibst, bevor dir jemand seine Initialen in den Schädel schnitzt. Diesmal hast du Glück gehabt, aber wenn ich dich je wieder da draußen erwische, überfahre ich dich, nur um dir das Elend zu ersparen.«

Ich begann, regulär per Anhalter zu fahren. Außer daß es bequem war, machte es mir Spaß, mit Leuten zusammenzusein, die nichts über mich wußten. Ich konnte mich nach Lust und Laune neu erfinden und probierte jeweils die Persönlichkeit an, die zu meiner Stimmung paßte. Ich war Broadway-Schauspieler, der für eine bevorstehende Inszenierung den hiesigen Akzent studierte, oder vielleicht ein kalifornischer High-School-Schüler, der hier seinen Vater ausfindig machen wollte, den er nie kennengelernt hatte. »Es heißt, er höre auf den Namen T-Bone, aber das ist auch schon mein einziger Anhaltspunkt.«

Manche Leute hielten fast so an, als hätten sie mit mir gerechnet; andere wurden erst langsamer und musterten mich, bevor sie endgültig anhielten. Es waren schwarze Geistliche und pensionierte Schlosser, Rettungsschwimmer, Tanzlehrer und Parkettabschleifer, und meistens waren sie allein. Raleigh war nicht so groß, und den meisten Menschen machte es nichts aus, für einen Fremden einen Umweg von einer bis zwei Meilen zu fahren. »Sie sollten etwas mehr Zeit hier verbringen, Maurice«, sagten sie. »Es ist eine freundliche Stadt mit vielen Entfaltungsmöglichkeiten für einen talentierten Konzertpianisten wie Sie.«

Ich trampte nie aus der Stadt heraus, bis ich aufs College ging und mich einem Mädchen namens Veronica anschloß, dessen Leben einer der Geschichten ähnelte, die ich erfunden hatte. Ihre Mutter war gestorben, als sie an eine eiserne Lunge angeschlossen war, die im Eßzimmer der Familie stand. Zu der Zeit war Veronica vierzehn und machte, als sie davon erfuhr, gerade ihren ersten LSD-Trip durch. »Wenn man jemandem einen echt guten Trip vermiesen will, dann ist das die richtige Methode«, sagte sie. Ihr Vater hatte in den letzten vier Jahren zweimal neu geheiratet und sie durch zwei komplette Stieffamilien gezerrt. Diese Erfahrung hatte sie gelehrt, sich allein durchzuschlagen. Sie war abenteuerlustig und auf eine Weise selbständig, die ich noch nie kennengelernt hatte, sowie in den Künsten Camping, Zigarettendrehen und Unbemerkt-aus-Fenstern-im-1.-Stock-Abhauen bewandert. Unser College-Gelände lag isoliert in den Bergen des westlichen North Carolina, weit von den gefeierten touristischen Attraktionen der Region entfernt. Wir fingen mit Tagesausflügen an, zuerst nach Gatlinburg, um uns nachgemachte Indianer anzusehen, und dann nach Cherokee, zu den richtigen.

Sie war jemand, der es gewohnt war, das Kommando zu übernehmen; gemeinsam überquerten wir die Grenzen des Bundesstaats und trampten bis hin nach Nashville und Washington, D.C. Am Ende des Schuljahrs ging ich nach Kent State ab, und Veronica haute ab nach San Francisco, wo ihr Bruder ihr einen Job in einem Kino besorgte. Durch ihre Briefe erschien mir mein Leben hoffnungslos langweilig und vorhersehbar. »Ich könnte Dich hier unterbringen wie nix!« schrieb sie. »Soviel Popcorn und Bonbons, wie Du runterkriegst, und kostet Dich keine 5 Cent. Filme gratis, sauberes Scheißhaus –: Was willst Du mehr?«

Ich brauchte ein Jahr, bevor ich beschloß, ihr zu folgen. Ich trat die Reise mit einem College-Studenten im vierten Semester namens Randolph Feathers an, den ich auf einer Party kennengelernt hatte. Randolph kreierte sein eigenes Hauptfach, Beat-Literatur, ein Thema, welches, soweit es mich betraf, keine weitere Aufmerksamkeit verdiente. Seine Sammlung fleckiger Taschenbuch-Erstausgaben reflektierte seinen Glauben, dies sei eine spirituelle Reise, von seinen bongospielenden Helden begünstigt. Um sich auf sie vorzubereiten, hatte er sich einen Ziegenbart wachsen lassen und einen australischen Busch-Hut gekauft und mit Anstecknadeln und Buttons verziert, die den zahlreichen politischen Idealen anverlobt waren, die seinem Herzen nahestanden. Veronica hatte mir beigebracht, daß man, wenn man ein paar Extrameilen abstauben will, nie mit einem Fahrer debattieren oder streiten soll. Wenn er, sagen wir mal, an die Zwangssterilisation von Rothaarigen glaubte, war es am besten, wenn man sagte: »Hmm, so sehr hab ich mich damit noch gar nicht beschäftigt, aber könnte durchaus was dran sein.« Randolphs Hut garantierte, daß wir in keinerlei Cadillacs mit Klimaanlage mitgenommen wurden. Um es noch schlimmer zu machen, hatte er entschieden, eine Gitarre mitzunehmen. Wir waren noch kein einziges Mal mitgenommen worden, da zog er sie bereits heraus und begann, eine seiner klagenden Balladen zu komponieren. »Hier steh' ich an der Hundertdrei, / Steck' den Daumen in die Luft. / Jedes Auto rast vorbei, / Vertieft die soziale Kluft.« Ich würde eher jemanden mitnehmen, der eine Pistole schwenkt, als einen, der eine Gitarre dabeihat. Barfuß lag er am Straßenrand, den Kopf auf dem Rucksack, trainierte seine Zehen und fragte sich, warum uns keiner mitnahm. »Eine herzlos miese Welt, / So gefühllos und so kalt. / Nach Frisco kommen ohne Geld? / Da werd' ich eher kahl und alt.«

Außerhalb von Indianapolis nahmen uns zwei junge Männer in einem Jeep mit, die sich als Starsky und Hutch vorstellten, Namen, die sie sich von den dreisten, saloppen Helden einer beliebten Fernsehserie ausgeborgt hatten. Sie waren bedröhnt und bekloppt und spülten ihre rezeptfreien Amphetamine literweise mit warmen Bieren hinunter. Befragt, woher sie kämen, deutete Starsky ein heftiges Würgen an.

»Das ist der Code für ›Delaware‹«, erklärte Hutch.

Starsky zeigte dem Fahrer eines orangefarbenen Gremlin seinen Mittelfinger.

»Das war der Wappenvogel«, sagte Hutch. Er nahm einen Schluck von seinem Bier, rülpste und proklamierte dies zum Motto des betreffenden Bundesstaats.

Als sie bemerkten, daß nicht mehr viel im Tank war, hielten sie bei einer Tankstelle an, wo ich ihnen etwas Benzingeld anbot und hoffte, sie würden diese Aufmerksamkeit als ausreichende Bezahlung akzeptieren. Starsky sagte, die Kosten seien abgedeckt, und fügte hinzu, einen Schokoriegel könne er dagegen echt gut vertragen. »Nicht nur Schoko –, *Riegel.* Geh doch mal in den Tankstellenladen und kuck, ob sie sowas haben.«

Es ist immer besser, wenn einer beim Auto bleibt, falls der Fahrer plötzlich den Drang verspürt, mit den Rucksäcken abzuhauen; also blieb Randolph beim Auto, blinzelte in die flache, uninspirierte Landschaft und erfüllte Hutch seinen Musikwunsch, »Freebird«.

Ich kaufte einen Beutel Kartoffelchips und einen Riegel Schokoartiges und kam zurück, als Starsky gerade den Tankdeckel zuschraubte. »Spring rein, Chef.« Er sah, daß der Tankwart auf dem Weg zu uns war, um uns Geld abzunehmen, aber als der Mann gerade die Zapfsäule erreicht hatte, heizte Starsky aus der Tankstelle, über ein Betonmäuerchen und auf die Bundesautobahn.

»Ich weiß nicht, wie cool ich das finden soll«, sagte Randolph. »Was ist, wenn er die Polizei ruft?«

»Polizei?« Starsky drehte sich um, um ihn anzusehen. »Hey-ho, Kumpel, wir sind schneller als die Polizei, null verdammtescheißenochmal Problemo.« Er stapfte auf das Gaspedal, und der Jeep beschleunigte wie ein Flugzeug kurz vor dem Abheben. Wir überholten die anderen Autos, als wären sie geparkt, Hutch machte einen Buckel und hatte den geballten, entschlossenen Blick eines Bomberpiloten, der im Begriff steht, ein Dorf voller ahnungsloser Bäuerlein auszulöschen. Er schrie Hutch an, er solle das Steuer übernehmen, während er den Schokoriegel öffnete, der Jeep scherte auf die andere Spur aus und verfehlte einen Tanklastzug mit Dieselöl um Haaresbreite. Hupen tuteten, und Bremsen quietschten, und zum erstenmal in meinem Leben dachte ich: *So sterben Menschen; genauso passiert es.* Randolphs Hut flog aus dem Fenster, doch selbst wenn der gewalttätige Fahrtwind seine Gitarre mitgenommen hätte, bezweifle ich, daß es mir gelungen wäre, das so richtig gut zu finden. Dies war nicht die Lage, in der man über anderer Leute Mißgeschick lacht. Mitgegangen, mitgefangen. Entweder starben wir, oder wir verbrachten den Rest unseres Lebens auf den abgelegenen Stationen eines Krankenhauses, wo regelmäßig Krankenschwestern kamen, um uns die komatösen Gliedmaßen zu massieren und ermutigende Worte zuzuflüstern. Unter seinem Ziegenbart und seinem Tie-Dye-Batik-T-Shirt war er wie ich, waren wir winselnde, zitternde Brüder, die rasend nach den nicht vorhandenen Sitzgurten suchten und statt dessen, bestrebt, Stütze und Trost zu finden, einander fest umklammert hielten. Starsky und Hutch schienen dieses Bild des Jammers und der Angst zu genießen, und Starsky wackelte mit dem Steuerrad und schnitt andere Autos, nur um uns kauern und beten zu sehen. Wir legten eine ungeheure Strecke zurück, bevor Starsky anhielt, um sich hinter einer Plakatwand zu erleichtern. Es kam mir merkwürdig vor, daß er Benzin stahl und das Leben zahlloser Fremder bedrohte, es aber für nötig hielt, sich beim Pinkeln so komplett zu verstecken. Er ging tief ins hohe Gras hinein, und Randolph und ich ergriffen die Gelegenheit, aus dieser Todesfalle zu springen, wobei unsere bebenden Hände kaum noch fähig waren, die Rucksäcke zu ergreifen. »Ganz toll«, sagten wir. »Das ist haargenau die Stelle, wo wir hinwollten.«

Starsky zog seinen Hosenstall zu und tauschte das Steuer mit Hutch, der etwa hundert Meter weit fuhr und dann nochmal im Rückwärtsgang dahin fuhr, wo wir standen. »Und noch was«, sagte Starsky. »Dein Schokoriegel schmeckt echt scheiße.« Er holte aus und warf ihn in unsere Richtung, bevor es in einer Wolke aus Abgasen und Kies auf der Bundesautobahn weiterging. Der Riegel prallte von der Plakatwand ab und prallte auf die Straße, von der Randolph ihn aufhob. Er wischte ihn ab und aß ein paar Bissen, bevor er sagte, also er fände ihn nicht schlecht.

Wir erreichten Colorado, was genauso war, wie ich es in Kalendern abgebildet gesehen hatte: wolkenloser blauer Himmel und heroische Berge, von großartigen Tannen getupft. Genau wie ein Kalender, ohne Autos, Menschen oder Häuser, die den Blick beflecken konnten. Randolph nutzte die technisch bedingte Pause, um ein paar neue Songs zu komponieren. »Es zu erraten war nicht schwer; / Sie kamen aus … Delaware.«

Für kurze Zeit brachte uns unsere Begegnung mit dem Desaster einander näher. Immer wieder erzählten wir die Geschichte unseren Fahrern, wie ein altes Ehepaar, indem einer die Sätze des anderen vollendete. Das Erlebnis schien säuberlich in Randolphs Beat-Gedankengut zu passen, und er sprach mit wachsender Häufigkeit von Karma und Erlösung. Eines heißen, sonnigen Nachmittags fanden wir uns am Ufer eines klaren, eilig dahinschießenden Flusses wieder, dessen Bett mit glatten Steinen gepflastert war. Es kamen gerade keine Mitfahrgelegenheiten, also zogen wir uns aus und schwammen und sahen zu unseren Füßen hinunter, wo silbrige Fische sich damit abmühten, in die falsche Richtung zu schwimmen. Das Ufer war mit einem Teppich aus duftenden Kiefernnadeln ausgelegt, und Kaninchen rutschten durch die Wiese. Es war, für mich, einer jener Momente, da der Regisseur auf seinem Kirschenpflückerkran durch die Luft gesegelt kommen könnte und rufen: »Und … perfekt! Fünf Minuten Pause, Jungs, ist gekauft.« Während ich die Schönheit all dessen bewunderte, nickte Randolph wissend und bezog sich mit Kapitel und Seitenzahl auf eins der Bücher, die er in seinem Rucksack mit sich herumschleppte. Er schien alles parat zu haben, wie ein Tourist, der seinen Guide Michelin hält und beifällig nickt, wenn der Bus sich der London Bridge nähert. Meine brüderlichen Gefühle schwanden und bekamen ein paar Tage später endgültig den Rest, als er unser allerletztes Wasser austrank, laut rülpste und nach einem Wort fragte, das sich vielleicht auf Utah reimt. Ich konnte tagelang nicht schlafen.

An der kalifornischen Grenze wurden wir angehalten und gebeten, all unser Obst und Gemüse auszuhändigen, für den wenig wahrscheinlichen Fall, daß es auf die trockenen, beigefarbenen Felder, die den Kontrollpunkt umgaben, eine neue Art von Fliege oder Rüsselkäfer einschleppen könnte. Ich habe nie zu diesen Ostamerikanern gehört, die sich vom romantischen Sog Kaliforniens angezogen fühlen. Es war trotzdem ein befreiendes Gefühl, einen Teil des Landes zu bereisen, in dem kein Mitglied meiner Familie je gewesen war. Randolph klimperte leise auf seiner Gitarre, und ich gab sie hin, meine drei mulschigen Pflaumen, als wären sie der Nachname, den ich in der alten Heimat geführt hatte. Wir überquerten die Grenze in einem pfirsichfarbenen Mustang, der einem Sprachtherapeuten aus Barstow gehörte, und ich drehte mich kurz auf meinem Autositz um, bevor ich schwor, nie wieder einen Blick zurückzuwerfen.

Das San Francisco, das uns erwartete, wies keinerlei Ähnlichkeit mit dem *think tank* der Bohème auf, wie er in Randolphs zerfledderten Taschenbüchern beschrieben wurde. Die Straßen wimmelten nicht von Poeten, die in ihrem Gewissen schürften, sondern von Männern, die Westen mit Ziernägeln und enge Leder-Chaps trugen. Dies war nicht die Stadt des Beat, sondern ein Gebiet, das man hätte verbieten müssen. Veronica hatte für uns Zimmer in einem Wohnheim gefunden, welches von einem karamelfarbenen Mann geleitet wurde, dessen seltsame östliche Religion grelle orangefarbene Gewänder, unablässigen Gesang und Handschellen erforderlich machte. Randolph blieb zehn Tage und fuhr mit dem Bus nach Hause, nachdem ihm auf dem Korridor ein Nachbar die Frage gestellt hatte, ob er wohl so nett sein und seinen Penis für eine Blindverkostung zur Verfügung stellen könne. Veronica und ich reisten drei Monate später ab und fuhren nach Oregon, wo wir hofften, uns bei der Apfel- und Birnenernte dumm und krumm zu verdienen. *Krumm* beschrieb die Arbeit recht genau, und sobald sie vorbei war, hinkten wir die Küste hinauf nach Kanada, zurück nach Kalifornien, weiter quer durchs ganze Land, und machten halt, wo es uns paßte. Es war die Verwirklichung meiner High-School-Phantasie, nur daß Veronica kaum einem Nasenaffen ähnelte. Sie war jedoch die ideale Reisegefährtin, gelassen und ausgeglichen. Als Pärchen wurden wir von Leuten mitgenommen, die nicht angehalten hätten, wenn wir zwei Männer gewesen wären. Das waren allein reisende Frauen und Fernfahrer, die behaupteten, sie brauchten Gesellschaft, aber kaum je ein Wort sagten. Manchmal luden uns Leute zu sich nach Hause ein, die Nacht auf den Sofas zu verbringen. »Das Badezimmer ist am anderen Ende des Ganges, und ich hab ein paar frische Handtücher hingelegt. Ich verlaß mich drauf, daß ihr nicht den Fernseher oder die Stereo-Anlage klaut, aber alles andere könnt ihr haben, ist sowieso nur Müll.« Oder wir schliefen in leerstehenden Häusern, unter Brücken und Regendächern und einmal sogar auf dem Parkplatz eines Spielcasinos in Las Vegas. Wir fuhren hinunter nach Texas, nur um einmal ein Gürteltier zu sehen, bogen dann nach Norden ab und kamen Mitte November im westlichen North Carolina an. Die nächste Station sollte Raleigh sein, und um das Unvermeidliche hinauszuzögern, dachte ich, ich könnte mal ein paar Freunde vom College in Ohio besuchen. Es war die längste Reise, die ich je allein unternommen hatte, aber nachdem ich so viele Meilen zurückgelegt hatte, fand ich, ich könnte mich der Herausforderung stellen. Die Zeit hatte mich weise gemacht, dachte ich. Ohne irgend jemanden als Vorbild zu bemühen, war es mir gelungen, mich zu einer tollkühnen, heroischen Gestalt umzuwandeln, viel edler als die Personen, die in Randolphs modischen Beatnik-Gedichten oder -Romanen beschrieben wurden. Meine Freunde auf dem College würden mich als Propheten ansehen, und meine Gegenwart würde sie dazu bringen, den Wert ihres zahmen, vorhersehbaren Lebens in Frage zu stellen. »Erzähl uns doch noch mal von deinen drei Tagen in der Mojave-Wüste«, würden sie bitten. »Hattest du denn keine Angst? Schmeckt Klapperschlange wirklich wie Hühnchen? Was hast du mit den Zähnen gemacht?«

Ich hatte nicht vorgehabt zu lügen, aber es schien ein guter Schachzug, meine Geschichten zu schmücken, sie ein wenig zu polstern und zu retuschieren. Ich stand am Straßenrand und dachte, ich hätte genausogut wilde Hengste zureiten oder Forellen mit den bloßen Händen fangen können –, wichtig war, daß ich mich kopfüber ins Leben gestürzt hatte, ohne Rücksicht auf die Folgen.

Ein Fenstervertreter nahm mich mit, sehr sogar, auf eine schier nicht enden wollende Strecke, und er verbrachte sechs Stunden damit zu sagen: »Immer nur nehmen und nehmen, stimmt's? Da stellt man sich einfach hin und steckt den Daumen in die Luft und schnappt sich, was man kriegen kann. Jawoll, da nimmt man und nimmt, bis man fast platzt. Aber wie steht's mit Geben? Schon mal an Geben gedacht? Natürlich nicht, man hat ja alle Hände voll mit Nehmen zu tun, Herr von und zu vom Stamme Nimm. Ich dagegen bin das, was man einen ›Steuerzahler‹ nennt. Die Steuer... Wie soll ich das erklären...? Das ist eine Art

Tarif, den arbeitende Menschen entrichten müssen, damit jemand wie du sich einen Lenz machen kann. Ich gebe und gebe, bis ich nichts mehr übrig habe. Nichts! Und dann gebe ich gleich noch mal. Ich gebe und ich gebe all den kleinen Nehmern von Uncle Sam, jedem einzelnen von euch, aber was springt für mich dabei heraus? Ich habe mir überlegt, daß es vielleicht an der Zeit ist, allmählich auch mal was zu kriegen. Ja, vielleicht ist es an der Zeit, den Schuh zur Abwechslung mal an den andern Fuß zu ziehen. Du, mein junger Freund, wirst mir den Wagen waschen, innen und außen. *Und* du wirst dafür bezahlen!«

Er bog in eine Ausfahrt ein und fuhr zu einer Waschstraße, auf deren Dach drei künstliche Seehunde mit ihren motorisierten Flossen eine Limousine lederten. Der Mann stand bei der Stoßstange und überwachte mich, wie ich sein Auto shampoonierte und wachste.

»So ist es recht, ruhig ein bißchen Kraft investieren! Als nächstes möchte ich, daß du die Aschenbecher ausleerst und den Wagen von innen staubsaugst, von oben bis unten. Na los, dalli, leg mal ordentlich los.«

Mit der Arbeit hatte ich kein Problem, aber sein Anfeuerungsstil trieb mich in den Wahnsinn.

»Na, wie ist es, wenn man zur Abwechslung auch mal gibt? Macht nicht viel Spaß, was? Und jetzt mach voran und polier die Radkappen; ich will sie glänzen sehen. Bohnern, Bürschchen, bohnern!«

*Ich bohner ja, ich bohner ja, nun laß mich doch in Ruh,* dachte ich. Jeder Scheinwerfer repräsentierte seinen kahlen, funkelnden Schädel, und ich war mit dem Lappen zugange, als wäre er ein Blatt Schmirgelpapier. Ich polierte alles von der Antenne bis zum hinteren Nummernschild, bevor er mir meinen Rucksack aushändigte, losfuhr und hupte, als er sich in den Nachmittagsverkehr einfädelte. Ich wurde zur Bundesautobahn zurück mitgenommen, und danach noch einmal, wodurch ich zwanzig Meilen hinter Charleston, West Virginia, landete. Die Sonne stand bereits niedrig, und ich hoffte, vor Einbruch der Dunkelheit noch einmal eine lange Fahrt zu kriegen, vielleicht sogar bis nach Ohio hinein. Es war kalt draußen, und meine Hände waren vom Waschen dieses Irrenautos aufgesprungen. Die Haut war rauh, aber die Fingernägel glänzten frischgewachst.

Ich wartete zwanzig Minuten, bevor jemand langsamer wurde und zwanzig Meter von mir entfernt hielt. Es war ein Kleinlaster, dessen Aufschrift für eine Klimaanlagen-und-Kühltechnik-Firma warb. Oft hielt jemand, ein Schlaumeier, weit entfernt von einem an, um dann loszufahren und laut zu lachen, wenn man vom Hinrennen völlig erschöpft war. Als Reaktion hatte ich ein lässiges Traben entwickelt.

Das Hemd des Mannes stellte ihn als T.W. vor. Das Führerhaus des Kleinlasters war mit Süßigkeiteneinwickelpapier und Brausebüchsen zugemüllt. Ich fragte ihn, was T.W. bedeute, und er sagte mir, es bedeute T.W. Sein Nachname, sagte er, fange mit *A* an, »weshalb es, wenn man es hintereinander liest, richtig gut klingt«.* Er hatte ein offenes, kindliches Gesicht, dessen Züge kontinuierliches Staunen ausdrückten. Es war, als hätte er die letzten zehn Jahre im Koma verbracht und fände nun, da er aufgewacht war, alles neu und sensationell. Ich erzählte ihm, ich sei Medizinstudent im letzten Semester, nur noch ein paar Monate, dann würde ich als Bester meines Jahrgangs graduieren.

* *TWA* bedeutet Trans World Airways, aber *twat* bedeutet Fotze. (Anm. d. Übers.)

»Echt wahr? Sie werden Arzt und operieren? Menschen? Da müssen Sie doch ganz schön schlau sein, wenn Sie Arzt werden. Und am Gehirn operieren Sie auch, sagen Sie?«

Ich hatte gesagt, ich täte das schon seit Jahren, und es sei längst nicht so schwer, wie es aussehe. Es mochte merkwürdig wirken, daß ein zwanzig Jahre alter Gehirnchirurg sich von wildfremden Menschen per Anhalter mitnehmen läßt, und ich sagte ihm, ich hätte mit einem Kommilitonen gewettet. »Fünfzig Dollar, daß ich es von der Duke University rechtzeitig bis nach Kent State zum morgigen Frontal-Lobotomie-Kongreß schaffe«, sagte ich. »Nicht, daß ich das Geld brauchte oder so, aber sowas tun wir Ärzte bisweilen, um Dampf abzulassen.«

»Na, ich werde dafür sorgen, daß Sie diese Wette gewinnen«, sagte T.W. Er erläuterte, er habe frühzeitig mit der Arbeit aufgehört und würde mich mit dem allergrößten Vergnügen nach Ohio fahren, da er ohnehin eine Nachteule sei und mit keinem Arzt mehr zu tun gehabt habe, seit sein Fuß vor ein paar Jahren von einer Klimaanlage zermatscht worden sei. »Seht mich an«, krähte er, »mit einem Gehirndoktor unterwegs!« Wir könnten sofort aufbrechen, sobald er ein paar Dokumente bei einem Freund abgeliefert habe. Er verließ die Bundesautobahn und fuhr erst Bundesstraßen, dann gewundene Landstraßen bis zu einer Kneipe. Sie bestand aus einem gedrungenen Schlackeziegelbau, der außen von Bierreklamen und dem Hinweis auf die Existenz eines Billardtisches beleuchtet war. Er lud mich ein, ihm Gesellschaft zu leisten, aber ich war noch nicht volljährig und hatte auch noch keinen Durst auf Alkohol entwickelt. »Gehen Sie nur«, sagte ich. »Ich bleibe hier und lerne noch ein bißchen für das Lobotomie-Pensum von nächster Woche.«

Es brachte mich um, daß T. W. mir den Arzt tatsächlich abgekauft hatte. Sobald wir in Kent ankamen, mußte ich ihn dazu bringen, mich vor der Krankenstation abzusetzen, und die paar Straßen zum Wohnheim ging ich dann zu Fuß. Ich hoffte, daß wir bis dahin nicht an irgendwelchen Autounfällen vorbeikamen, aber falls doch, würde ich ihm sagen, ich hätte keine Lizenz für diesen betreffenden Bundesstaat und dürfte dort leider nicht praktizieren.

Der Abend dämmerte, als T. W. die Bar betrat. Ich sah, wie die Sonne hinter dem Rund der Berge unterging, und wartete eine Stunde, zwei Stunden, drei, bis es zu dunkel war, sich den Rucksack zu schnappen und auf eigene Faust weiterzuziehen. Ich hatte keine Ahnung, wo ich war, und auf dieser Straße kamen nur wenige Autos vorbei. Es gab keine Straßenlaternen, und in der Ferne bellten Hunde. Als es anfing zu regnen, holte ich meinen Rucksack von der Ladefläche, trug ihn nach vorne und durchwühlte ihn nach einem zusätzlichen Pullover und einem Paar Socken, die ich mir an die Hände ziehen konnte. Ein Auto bog auf den Parkplatz ein, und ich beobachtete, wie der Fahrer seinen Aschenbecher auf dem Kies ausleerte, bevor er die Bar betrat. Das schien mir die passende Geste für diesen Ort. Ich starrte die Lichter der Taverne an und fragte mich, wer wohl freiwillig in so einem schnuckeligen Schnarchnest leben mochte. Soweit ich gesehen hatte, war es nicht mehr als eine Kollektion von Fertighäusern, um einen Kiosk herumgebaut. Die Landschaft war zwar hübsch genug; man konnte durch sie hindurchfahren und die Berge bewundern, aber würde man dann nicht an einen bedeutenderen Ort fahren wollen? Reisen bildet, aber ohne Veronica deprimierte es nur. Je weiter ich herumkam, desto klarer wurde mir, daß ich niemandem wichtig war außer der

Familie, die ich zurückgelassen hatte –, und wer kannte die schon außer ihren Freunden und Nachbarn in einer Stadt, die genauso witzlos war wie diese? Raleigh hatte zwar einen größeren Punkt auf der Landkarte, aber als Ganzes gesehen, hatte sich die Masse fremder Groß- und Kleinstädte dazu verschworen, den ohnehin wackeligen Mythos meines Dünkels vollends kleinzukriegen. Diese Gedankengänge machten mich völlig fertig, ich stellte das Autoradio an und lauschte einer Sendung, bei der die Hörer anrufen sollten. Sie riefen an, und die Themen des Abends umfaßten ein bevorstehendes Traktor-Wettziehen ebenso wie die verborgenen Gefahren, die in unbeaufsichtigten Heizsonnen schlummern. Heizen. Es war, als läse man einem hungerstreikenden Gefangenen eine Speisekarte vor. Ich hörte den Anrufern zu, stellte mir ihr warmes, behagliches Zuhause vor und beobachtete, wie meinem Munde eisige Wolken entquollen, die sich in der frostigen Luft auflösten.

T. W. taumelte gegen zehn Uhr aus der Bar, fast sechs Stunden, nachdem er sie betreten hatte. Er hatte die Arme um einen jubelnden Mann mit langem Gesicht und eine fettleibige Frau geschlungen, die sich als Schutz gegen den Regen ihre Handtasche über den Kopf hielt.

Sie sagte etwas, die beiden Männer krümmten sich vor Lachen und erbrachen sich praktisch vor Heiterkeit. Ich war übelster Laune, wußte aber, daß ich es würde schlukken müssen, wie ich immer alles schlucken mußte, wenn ich mich auf andere verließ. Was auch seine Verdienste sein mochten –, das Trampen beraubte einen des gottgegebenen Rechts auf Gemecker. Ich mußte so tun, als hätte ich weder gewartet noch gefroren. »Das ging ja schnell«, wollte ich sagen. »Nein, mir geht's ganz prima. Ich reibe mir nur die Hände, weil ich aufgeregt bin. Was jetzt?« Ein

Blick, und jeder wußte, daß T. W. betrunken war. Er winkte seinen Gefährten zum Abschied und machte sich daran, den Motor seines Kleinlasters in Gang zu bringen, wobei er mit dem Zündschlüssel mal hier-, mal dorthin stach, als wäre das Zündschloß während seiner langen Abwesenheit unbekannt verzogen.

»Diese Leute sind meine Freunde«, sagte er. »Ich kenne sie schon mein ganzes Leben lang, und es sind gute Leute, mit denen man *Spaß* haben kann, hast du das verstanden?« Sein Gesicht hatte alle Spuren von Unschuld eingebüßt und war hart und dogmatisch geworden. »Freunde. Persönliche, *private, gottverdammte Freunde.* Das sind meine Freunde, meine *eigenen* Scheißfreunde.« Er wiederholte das Wort noch mehrere Male und trommelte sich zur Unterstreichung auf den Brustkorb. »Freunde. Sie *mögen* mich. Ich mag sie. Jetzt fahren wir zurück.«

Etwas sagte mir, wir würden in der nächsten Zeit nicht nach Ohio fahren. Wir erreichten die Bundesautobahn, hell erleuchtet und voller Verkehr. Ich sagte, er könne mich hier rauslassen, aber T. W. wollte nichts davon hören. »Nichts da«, sagte er. »Du kommst jetzt mit zu mir nach Hause. Nach Hause mit *mir* zu *mir* nach *Hause.* Ich hab die Bude richtig schön eingerichtet, mit Teppichen und Fernsehern und dem ganzen Scheißdreck. In einer solchen Nacht kann ich dich doch nicht alleine losziehen lassen. Vergiß den ganzen Kack mit Schule und College; diese Leute sind doch scheißegal.«

Ich stellte mir sein Haus mit dem miesen Anstrich und den dungfarbenen Teppichen vor und hoffte, daß es an einer vielbefahrenen Straße lag. Wenn ich da war, konnte ich wahrscheinlich wegrennen, aber bis dahin mußte ich ihn bei Laune halten.

»So, so, ein großer Brägendoktor bist du? Steckst gern andern Leuten deine dicken kleinen Finger in den Schädel und bastelst drin rum? Ja, gefällt dir das? Ich werd dir was geben, woran du herumbasteln kannst, großer Meister.«

Ich blickte auf die Straße hinaus und sah es nicht kommen. Er packte mich am Haar und zerrte meinen Kopf auf den Sitz hinunter, wo er mich mit der einen Hand festhielt, während er sich mit der anderen in die Jackentasche faßte. Der Kleinlaster scherte aus und rutschte auf das Kiesbankett, bevor er das Lenkrad packte und den Wagen unter Kontrolle bekam. Da war etwas Kaltes und Stumpfes, was hart gegen meine Kinnlade gedrückt wurde, und noch bevor ich es deutlich sah, kapierte ich, daß es eine Pistole war. Ihre physische Präsenz rief eine Ahnung von Dringlichkeit hervor, wie sie in allen Filmen oder Fernsehdramen, wo sie eine solche Schlüsselrolle spielt, fehlt. »Na? Gefällt dir das?«

Nur ein professioneller Irrer konnte so eine hirnverbrannte Frage stellen. Ich stellte mir sein Haus mit demselben Anstrich und derselben Auslegware vor, nur war es diesmal mit Leichen vollgestapelt, da es genau der richtige Ort für sowas zu sein schien. Vielleicht nutzte er seine beruflichen Fähigkeiten und hatte eine Kühlkammer gegen die Verwesung gebaut, oder er wollte mich unter einem alten Werkzeugschuppen begraben, und die zuständigen Stellen mußten mich an Hand meiner zahnärztlichen Unterlagen identifizieren. Zahnärztliche Unterlagen, mein Gott. Wann war ich eigentlich das letztemal beim Zahnarzt gewesen, und warum war ich nicht eben jetzt beim Zahnarzt, während meine Mutter im Wartezimmer wartete und rauchte und sich Rezepte aus den Frauenzeitschriften riß, wenn die Sprechstundenhilfe es nicht merkte? Um seine

Unterlagen gebeten, würde mein Zahnarzt wahrscheinlich sagen, selbst schuld, wenn man per Anhalter fährt. Alle würden das sagen. Meine Leute würden den Kopf hängen lassen, von meiner Dummheit beschämt, und T. W.s Nachbarn würden ins Fernsehen kommen, um zu sagen: »Er war so ein netter Mensch; wir hatten ja keine Ahnung.«

Ich spürte, wie der Wagen langsamer wurde und abbog. Wir waren jetzt nicht mehr auf der Bundesautobahn, wahrscheinlich auf einer unebenen Ausfahrt. Er hob die Pistole, um besser lenken zu können, und ich krabbelte über den Sitz, stieß die Tür auf und sprang, wobei ich unausgesetzt an die vielen Fernsehdetektive dachte, die dies auf wöchentlicher Basis zu tun schienen. Meine Mutter und ältere Schwester hatten sich die Nase am Bildschirm plattgedrückt, während ich ihre Begeisterung verhöhnte und bespöttelte. *Springen und abrollen,* dachte ich. Hatte das nicht meine Mutter gesagt, als ihr Held mit den dem Feind gestohlenen Blaupausen von einem Zug sprang? *Springen und abrollen, springen und abrollen.* Ich schlug auf dem Kiesbankett auf und stürzte weiter in einen Schlammgraben voll Abfall und Dornengestrüpp. Mein Rucksack war ein paar Meter entfernt gelandet, ich schnappte ihn mir und rannte und fragte mich, was wohl drin war und warum. Hinter mir hörte ich, wie der Kleinlaster von der Straße abbog, dann wurde die Tür geknallt, und jemand tobte durchs Dickicht. Er war es, hinter mir her. Soviel bedeutete ich ihm, und nun mußte ich mich sogar noch heftiger anstrengen, um am Leben zu bleiben, denn dieser Mann, er war entschlossen. Ich dachte, vielleicht kletter ich auf einen Baum, aber das machte man, wenn man von Bären verfolgt wurde, stimmt's? Vielleicht kletterten nur die kleinen Bären auf Bäume – die leichteren –, aber, wie dem auch sei, wie sollte ich mit Socken an den Händen klettern? Bei den größeren Bären mußte man sich vielleicht hinlegen und totstellen, aber das hier war ein Mann, was hatte es also für einen Sinn, überhaupt an Bären zu denken? Er hatte eine Pistole, und jetzt schoß er mir gleich in den Rücken oder vielleicht in den Kopf, und Teile meines Schädels wurden auf dem Waldboden verstreut wie die Überbleibsel einer Melone. Ins Bein, vielleicht erwischt er mich da, oder in die Schulter, knallt mir den Arm am Ellbogen weg, und ich kann mich glücklich schätzen, den Armstumpf zu massieren und Telefonnummern mit den Fingern der linken Hand zu wählen. Was ich brauchte, war eine Waffe. Andere Leute, Tramper, hatten mir gesagt, sie hätten immer irgendwas Kleines dabei, ein Messer oder eine Dose mit Reizgas, und ich hatte gelacht, weil ich fand, daß es keine bessere Waffe gibt als den menschlichen Geist. *Du Idiot.* Ein Büchsenöffner. Vielleicht war ganz unten in meinem Rucksack ein Büchsenöffner, den ich an einem Stock festbinden konnte. Einen Speer bauen, das ist es, einen Speer! Ich hatte sie in den Andenkenläden gesehen, mit Federn und Perlenschnüren verziert. Die Indianer machten doch Speere, stimmt's, oder nein, vielleicht dachte ich da an Tomahawks, sie machten Tomahawks, aber wie machten sie das? Brauchte man da nicht Tage oder sogar Wochen? Eine abgebrochene Flasche, eine Lanze, eine dieser stachligen Kanonenkugeln, die die Ritter an einer Kette herumwirbelten: Ich brauchte was für in die Hände, in die Arme. Ich brauchte meine Mutter; sie würde dem ein Ende machen. *Lassen Sie meinen Sohn in Frieden!* Wo war sie jetzt, und was machte sie gerade? *Es tut mir leid.* Ich wollte, daß sie das wußte, und formte das Wort immer wieder mit den Lippen. *Leid, so leid.* Ich sah hinter mich und fiel in ein Knäuel von Dornbüschen, dachte, ich sollte aufstehen und weiterlaufen, aber jetzt war er zu nah. Ich konnte ihn durch die Bäume sehen, als Silhouette gegen die Scheinwerfer. »Hey du, Dr. Kildare oder wer du bist, komm zurück.« Er sah nach rechts, dorthin, wo ich war, und mir wurde klar, daß er mich nicht sehen konnte. »Ich tu dir nichts. Komm schon, komm zurück ins Auto. Ich hab doch nur Spaß gemacht. Das Ding ist nicht mal geladen, da, kuck.« Er betätigte den Abzug, und die Pistole machte ein klägliches, klickendes Geräusch. »Ich hab nur ein bißchen Quatsch mit dir gemacht, verstehst du denn keinen Spaß?« Er kehrte langsam zu seinem Auto zurück und bückte sich, um sich durchs Unterholz zu wühlen. »Hey, Scheißkerl. Genau, ich sprech mit *dir*. Beweg deinen Arsch und komm zurück. Ich hab keinen Bock mehr.« Er steckte sich eine Zigarette an und pochte auf die Hupe und benahm sich, als wäre ich nur eben zum Urinieren ausgestiegen und hätte mich auf dem Rückweg verlaufen. »Willst du im Wald unter einem nassen Baumstamm pennen? Willst du das?« Er kurbelte das Fenster runter und fuhr langsam weiter, die Tür sperrangelweit offen und die Innenbeleuchtung an, und pfiff, wie nach einem verlorengegangenen Hund.

Ich hatte Angst, das könnte ein Trick sein. Vielleicht hatte er seinen Kleinlaster weiter oben an der Straße geparkt und plante, mich zu überrumpeln, sobald ich losrannte. Was war, wenn er einmal im Kreis fuhr und dann von hinten auftauchte? Anderseits konnte er, während ich mich hier versteckte, seine Pistole laden oder die anderen Mitglieder seines Kults oder Aufgebots anrufen, die dann den Wald mit Knüppeln und einem Leinensack zur Aufbewahrung meiner Leiche absuchen kamen. Ich stand auf und duckte mich gleich wieder. Stand auf und duckte mich, immer wieder, bis ich, als hätte ich vorgepumpt, aus dem Wald schoß, den Abhang hinunter und mitten auf die Bundesautobahn, wo ich mit den Armen fuhrwerkte und bettelte, jemand möge anhalten. Die ersten beiden Autos verfehlten mich nur knapp, aber das dritte fuhr rechts ran. Es waren drei College-Studenten, die das Wochenende zu Hause in Akron verbringen wollten. Ich berichtete ihnen, was geschehen war, und meine Stimme war hauchig und hoch. »Und dann bin ich aus dem Wagen gesprungen und in den Wald gerannt, und er kam mit einer Pistole hinter mir her und …«

»Es geht mich zwar nichts an«, sagte der Fahrer, »aber bist du zufällig eine Schwuchtel?«

Seine Kumpel hielten sich die Hand vor den Mund und lachten hinein. Dies war nicht die mitfühlende Reaktion, die ich mir erhofft hatte. Sie hatten mich in der Hoffnung mitgenommen, daß ich Gras bei mir habe, und sie hatten recht. Wir rauchten ein paar Joints, und der Fahrer schob die Ozark Mountain Daredevils in sein Achtspurgerät. Das war meine Strafe. Meine Belohnung war, daß sie kein Wort mehr mit mir sprachen, bis sie mich an der Straße nach Kent rausließen.

Ich fuhr in den nächsten paar Jahren weiter per Anhalter, aber nach dem Vorfall mit T.W. schien etwas anders geworden zu sein. Es war, als wäre ich irgendwie gezeichnet. Ich hatte immer damit gerechnet, daß die Menschen mir vertrauten, aber jetzt traute ich ihnen nicht mehr. Ein Fahrer stellte sich als Tony vor, und ich fragte mich, warum er gerade diesen Namen gewählt hatte. Sie waren Lügner, jeder einzelne. Mein Argwohn war eine Bake, welche genau die Menschen anzog, die ich hatte meiden wollen. Autofahrer begannen mich mitzunehmen, weil sie den Eindruck hatten, ich hätte mehr zu bieten als Dankbarkeit. Drogen waren die leichtere Übung; ich führte sie als kleine Aufmerksamkeit mit und bot sie an, sobald ich darum gebeten wurde. Was mich umhaute, waren die sexuellen Avancen. Welche Leistungen erwarteten sie denn bei fünfzig Meilen pro Stunde? Und warum mit mir, jemand Wildfremdem? Wenn ich an Sex dachte, malte ich mir jemanden aus, der vor mir stand und schrie: »Ich liebe dich so sehr, daß ... ich nicht einmal mehr weiß, wer ich bin.« Mein imaginärer Boyfriend war unbestimmten Alters und unbestimmter Rasse, wichtig war nur, daß er verrückt nach mir war. Unser erstes Treffen würde unter bizarren Umständen stattfinden: bei der Taufe eines Kriegsschiffs, oder vielleicht brachte uns ein Hurricane in einem überfüllten Luftschutzbunker zusammen. Ich dachte daran, wie er um mich freite und an die Jahrestage danach, wenn sich unsere Adoptivkinder um unsere Füße versammelten und sagten: »Erzählt uns doch noch mal von euerm ersten Rendezvous.« Vermutlich hätten wir uns durchaus in einem Auto oder Lieferwagen kennenlernen können, aber nicht während ich per Anhalter fuhr; das mußte schon etwas komplizierter sein. Vielleicht bekam der Fahrer meines Fahrzeugs einen Herzinfarkt, und er war einer der Sanitäter im Krankenwagen. Wichtig war, daß ich nicht danach suchte; dadurch wurde es dann so romantisch.

»Machen Sie beim Trampen eigentlich ziemlich viel herum so?« Am unverblümtesten waren die Männer mit Ehering und Sicherheits-Kindersitzen, deren geheimes Doppelleben schnelle, anonyme Partnerschaften erforderte. In der Nähe von Atlanta hatte ich mit einem Ehepaar ein unerfreuliches Erlebnis. Um zwei Uhr nachts fuhren sie mit ihrem Cadillac von der Hüfte abwärts nackt durch die Gegend. Sie luden mich ein, die Nacht in ihrem Haus zu verbringen, wobei der Mann beiläufig masturbierte und die Frau sich die Haare kämmte. »Du kriegst auch was zu essen von uns«, sagte sie. »Ich bin eine verdammt gute Köchin, da kannst du jeden fragen.«

Ein paar Tage später wurde ich bei Fayetteville von einem Mann über eine dunkle Schotterstraße gefahren, der sich erbötig machte, mir den Schädel zu zerquetschen wie eine Erdnuß. Das Kauern in Büschen war eine Art Hobby geworden, und ich wußte, daß es an der Zeit war, mir einige sehr ernste Fragen zu stellen. Ich ging die acht Meilen zurück in die Stadt zu Fuß, bestieg einen Bus und fuhr nie wieder per Anhalter.

Ich habe immer noch nicht Auto fahren gelernt. Einmal war ich in Urlaub mit einem Freund, der auf den verlassenen Parkplatz eines Hamburger-Restaurants fuhr und verlangte, daß ich es wenigstens mal versuche. Nachdem er den subtilen Unterschied zwischen Gas und Bremse erläutert hatte, tauschten wir die Plätze, und er heulte protestierend auf, als ich beherzt in die zweispurige Straße einbog. Es war Sonntag und kein nennenswerter Verkehr. Ich überholte einen Jungen auf einem Fahrrad und eine alte Frau mit einer Schubkarre. Daß ich so nah an denen dran gewesen war, machte mich nervös, und ich wählte die Fahrbahnmitte, wo es sicherer zu sein schien. Ich gab ordentlich Gas und tat, als führe ich eine Schwangere zur Entbindung, dann wurde ich langsamer und schlich auf dem Bankett entlang, als wäre ich am Steuer eingeschlafen. Wir kamen an eine Ranch, die in der Farbe von Radiergummis angestrichen war. Im Garten stand ein Mann. Er trug eine Schürze und bediente einen rauchenden Grill. Ich hupte und winkte und erwartete, daß er seine Grillzange fallen lassen und in Deckung rennen würde, als hätte er einen Schimpansen am Steuer gesehen. Anstatt aber nun ins Unterholz zu tauchen, hob der Mann seine behandschuhte Hand zum Gruß, bevor er sich wieder um sein Grillgut kümmerte. Es war aufregend, daß mich jemand mit einem Autofahrer verwechseln konnte, daß ich einen kurzen Augenblick lang seriös und selbständig gewirkt hatte. Ich genoß meinen Ausflug, aber ich wußte, daß er nie zur Gewohnheit werden würde. Auto fahren ist zu gefährlich, und davon abgesehen bin ich nicht der Typ, der Versicherungsformulare ausfüllt. Ich zog in Städte mit anständigen öffentlichen Verkehrsmitteln, nach Chicago und dann nach New York, was sogar noch besser ist, weil es da mehr Taxis gibt. Wenn man mitgenommen werden will, streckt man die Hand aus, allerdings ohne den Daumen, welchen man innen gegen die Handfläche drückt. Die Fahrer sprechen nicht viel Englisch, aber dafür bezahlt man sie ja zum Teil: die Ruhe.

Hin und wieder fahre ich bei einem Freund mit, und wir kommen an jemandem vorbei, der am Straßenrand steht. Das Haar ist vom vorüberhastenden Verkehr wüst verweht, und seine Lippen bewegen sich in Fluch oder Gebet. Ich möchte dem Fahrer sagen, er soll rechts ranfahren und anhalten, aber statt dessen tue ich so, als gäbe es plötzlich Probleme mit dem Rundfunkempfang, und ich senke den Kopf, bis der Geist aus dem Rückspiegel verschwunden ist.

# *Die unvollständige Quaddel*

Die Jahre auf der High School verbrachte ich, indem ich aus dem Klassenfenster auf die Kiefern starrte und mir vorstellte, wie ich mich auf dem Campus einer der traditionsreichen, prestigeträchtigen *Ivy-League*-Universitäten ausmachen würde, wo die alten Gebäude vom Efeu überwuchert waren, daher der Name Efeu-Liga, und wo mein wohlhabender Zimmergenosse Colgate mir Zettel aufs Kopfkissen legte, auf denen stand: »Auf der Quaddel um fünf!« Ich wußte nicht genau, was eine Quaddel war, aber ich wußte, daß ich verzweifelt gern eine gehabt hätte. Meine Kommilitonen besäßen Pferde und Schuhlöffel mit Monogramm. Ich würde die Wochenenden auf dem Landsitz meines Zimmergenossen verbringen, und seine Mutter würde Sachen sagen wie: »Ich habe Helvetica angewiesen, diese kleinen Pfannkuchen zu bereiten, die Sie so sehr schätzen, aber es ist ihr höllisch schwergefallen, frische Kap-Stachelbeeren aufzutreiben.« Diese Frau würde echt große Zähne haben, die sie jedesmal enthüllte, wenn sie den Kopf zurückwarf, um über einen meiner zahlreichen geistvollen Scherze zu lachen. »Sie sind ja absolut zum Piepen«, wieherte sie. »Sagen Sie, daß Sie es wenigstens in *Erwägung* ziehen, Weihnachten in Bridle Haven zu uns zu stoßen; ohne Sie wäre es einfach nicht dasselbe.«

Ich phantasierte mit dem nagenden Verdacht, daß da etwas fehlte, etwas, was ich vergessen hatte. Was da fehlte, waren, so stellte sich heraus, die Zensuren. Zutiefst enttäuscht machte ich die Entdeckung, daß man mehr als einen Notendurchschnitt von 3 brauchte, um nach Harvard zu kommen. *Durchschnitt,* das war das Wort, was mich aufregte. 3 und Durchschnitt, die beiden gingen Hand in Hand.

Statt dessen wurde ich auf ein staatliches College im Westen von North Carolina geschickt, dessen niedrige Ziegelgebäude mit Tafeln versehen waren, auf denen ERRICHTET 1974 stand, und mein Zimmergenosse legte mir Zettel aufs Kopfkissen, auf denen ich beschuldigt wurde, ihm seine Halskette aus hawaiianischen Muscheln oder sein Förderkurs-Englisch-Buch gestohlen zu haben. Ich erwarte, eines Tages die Zeitung aufzuschlagen und zu erfahren, daß die Regierung den Campus als Teil eines perversen Experiments mißbraucht hat, dessen Ziel die Erforschung der Auswirkungen kontinuierlicher Pink-Floyd-Beschallung im hohen Dezibel-Bereich auf die Geistesverfassung von Studenten war, welche aus jedem gegebenen Objekt eine Haschisch-Wasserpfeife herzustellen vermochten, aber nicht in der Lage waren zu verstehen, daß es schlicht nicht möglich ist, mit einem Kleinbus nach Europa zu fahren.

Ich schuftete ein Jahr lang und verbesserte meine Noten in der Hoffnung, woandershin abzugehen, irgendwohin, egal wohin. Ich entschied mich schließlich für Kent

State, weil dort Menschen umgebracht worden waren. Immerhin waren sie nicht an Langeweile gestorben, und das hieß doch schon mal was. »Kent State!« sagte jeder. »Meinst du, da oben bist du sicher?«

Ich kam im folgenden September an und wurde einem Wohngebäudekomplex zugeteilt, der hauptsächlich körperbehinderten Studenten vorbehalten war. Ich hatte bei Menschen im Rollstuhl immer weggesehen, aber hier hatte ich keine Wahl; sie waren überall. Es waren Menschen in meinem Alter, die in ein trügerisches seichtes Schwimmbecken gesprungen waren oder die Verteidiger der gegnerischen Mannschaft unterschätzt hatten. Sie waren nach dem Schülerball besoffen nach Hause gefahren oder vom Dach ihrer Eltern gerutscht, als sie die Regenrinne saubermachten; ein kleiner Fehler, der nie mehr rückgängig zu machen war. Die Paraplegiker oder Querschnittsgelähmten versammelten sich in der Eingangshalle und perfektionierten ihre Rollis, während die Quaddeln in ihren elektrischen Chaisen vorbeischnurrten und gegen den Rauch der Zigarette, die man ihnen kunstvoll zwischen die Lippen gesteckt hatte, die Augen zukniffen.

Im ersten Quartal teilte ich mir ein Zimmer mit Todd, einem liebenswürdigen Eingeborenen von Dayton, Ohio, dessen einzige Behinderung darin bestand, daß er rote Haare hatte. Die Quadriplegiker hatten die besten Drogen-Verbindungen, weshalb wir uns oft in deren Zimmern aufhielten. »Die Wasserpfeife ist drüben auf dem Regal«, sagten sie, »gleich neben den Zäpfchen.« Allmählich gewöhnte ich mich an den Anblick des Kolostomiebeutels, in welchen die Dickdarmfistel eines Kommilitonen mündete, und ich begann, Kent State nicht als Efeu-, sondern als I.V.-Liga zu empfinden, als intravenöse Eliteschmiede.

Der Staat zahlte einem die Miete, wenn man sich das Zimmer mit einem behinderten Studenten teilte, also zog ich im zweiten Quartal mit Dale zusammen, einem Studenten im zweiten Jahr, der Muskelschwund hatte und fünfundsiebzig Pfund wog. Ich lernte, Dale zu baden und aufs Klo zu setzen. Ich blätterte die Seiten seiner Bücher um, wählte seine Telefonnummern und hielt ihm, wenn er sprach, das richtige Ende des Hörers an den Mund. Ich zog ihn an und kämmte ihn und fütterte ihn und schnitt ihm die Fußnägel, aber ich kann nicht sagen, daß wir uns nähergekommen wären.

Als die Hälfte des Quartals um war, wurde Dale nach Hause geschickt, um bei seinen Eltern zu wohnen, und ich zog mit Peg zusammen, einem lustigen Mädchen mit einem degenerativen Nervenleiden. Peg wurde als »unvollständige Quadriplegikerin« bezeichnet und scherzte gern, sie kriege eben nie was fertig. Da hatten wir schon etwas gemeinsam. Sie war auf die Uni gekommen, um ihren Eltern zu entrinnen, die ihr nach 18:00 h keinerlei Getränke mehr zubilligten. Sie klagten, nach einem langen Arbeitstag seien sie einfach zu erschossen, um sie auch noch aufs Klo zu setzen. Gott habe sie für diese Krankheit auserwählt, und wenn ihr irgendwas nicht passe, solle sie sich an Ihn wenden. Es war eine gemeine Krankheit, die den Befallenen fortschreitend am Leben hinderte. Pegs Glieder waren verbogen und unzuverlässig und hatten ihren eigenen Kopf. Eine Tasse siedendheißer Kaffee, eine brennende Zigarette, Gabeln und Steakmesser –: Objekte sprangen ihr ohne Vorwarnung aus den Händen. Sie trug eine dicke Brille um den Kopf geschnallt, und an den verkrümmten, nutzlosen Füßen staken bekleckerte Babypantoffeln aus Schafsfell. Pegs Stimme war so undeutlich, daß die Leute bei der Auskunft und beim Pizza-Service auflegten, weil sie glaubten, sie wäre betrunken. Von ihrem Anblick enerviert, stimmten Pegs Professoren automatisch allem zu, was sie zu sagen hatte. »Gute Frage!« riefen sie. »Das war sehr einfühlsam. Kann jemand noch ein paar Gedanken zu dem beitragen, was sie gerade gesagt hat?« Sie mochte fragen, ob sie mal austreten darf, aber weil niemand sie verstand, gab es immer die gleiche Antwort. »Ein ganz wichtiger Punkt, findet ihr nicht?«

In der Mensa begegnete man ihr verzweifelt zuvorkommend. Anstatt sich der Peinlichkeit auszusetzen, daß man vielleicht herausfindet, was sie als Hauptgericht will, türmte man ihr einfach von allem etwas aufs Tablett.

Ein Rollstuhlfahrer kommt sich oft unsichtbar vor. Schiebt man einen Rollstuhl, ist man ebenfalls unsichtbar. Außerhalb des Wohnheims sprachen die einzigen Menschen, die mit uns sprachen, als wären wir schwerhörig. Sie knieten sich neben den Rollstuhl und brüllten: »PATER TONY HÄLT AM SONNTAG EINE GITARRENMESSE AB. HABT IHR LUST ZU KOMMEN?«

Peg winkte den Sprecher näher zu sich heran und flüsterte: »Ich sammle aber doch die Zähne kleiner lebendiger Kätzchen und bastle Halsketten für Satan daraus.«

»DAS IST MIR DOCH KLAR«, hieß es dann. »DAS MACHEN WIR DOCH ALLE. DADURCH ZEICHNET SICH UNSERE GLAUBENSGEMEINSCHAFT JA GERADE AUS.«

Für Peg war die Unsichtbarkeit eine alte, ermüdende Geschichte. Für mich eröffneten sich dadurch ganz neue, bis dahin verborgene Perspektiven. So begann unsere Verbrecherlaufbahn.

Wir fingen in Lebensmittelläden an. Peg hatte hinten auf ihrem Rollstuhl einen Sack, den ich mit dicken Steaks und

Hummerschwänzen füllte. Man brauchte sich nicht hinter Dosenpyramiden herumzudrücken, um sich vor dem Geschäftsführer zu verstecken; wir stahlen offen, unverblümt. Peg legte sich einen Segeltuchsack auf den Schoß und stopfte ihn mit allem voll, was sie in die Finger kriegen konnte. Oliven in Büchsen, Teriyaki-Sauce, Plastiktröge mit Pudding –, unsere Notlage hatte nichts damit zu tun. Es ging darum, eine ungerechte Welt zu berauben. Wir gingen nicht mehr in die Mensa und zogen es vor, unsere Mahlzeiten in der Küche des Wohnheims zuzubereiten, wobei uns die Butter vom Kinn tropfte. Wir arbeiteten uns in Buchhandlungen und Plattenläden vor, wobei wir die Garantie hatten, daß niemand sagen würde: »Ich glaube, das verkrüppelte Mädchen dahinten klaut gerade die neue Joni-Mitchell-LP.« Die Umstände hinderten uns daran, Dinge zu stehlen, die größer waren als der eigene Kopf, aber alles andere war zu haben.

In den Frühjahrsferien beschlossen wir, meine Familie in Raleigh zu besuchen. Unsichtbarkeit hat beim Ladendiebstahl seine Vorteile, wirkt beim Trampen aber eher verzögernd. Wir parkten uns an die Bundesautobahn, und Pegs Daumen zuckte in unregelmäßigen Intervallen. Die Fünfhundert-Meilen-Reise dauerte fast drei Tage. Unsere Geschichte ging so, daß wir ein junges Ehepaar auf dem Weg nach Süden waren, welches dort ganz neu anfangen wollte. Kirchlich eingestellte Paare hielten an und entschuldigten sich, weil ihr Auto zu klein für einen Rollstuhl war. Mitnehmen konnten sie uns nicht, aber würden wir statt dessen auch zwanzig Dollar und einen Eimer Brathuhn nehmen?

Aber jede Wette. »In Durham gibt es ein Krankenhaus, und wir hoffen, daß die da mehr können«, sagte ich und klopfte Peg auf die Schulter. »Hier sind wir, frischverheiratet, und dann muß *so*was passieren.«

CB-Funkgeräte wurden aktiviert, und Kombiwagen erschienen. In Raststätten näherten sich Kellnerinnen unserem Tisch, flüsterten: »UM DIE RECHNUNG BRAUCHEN SIE SICH NICHT ZU KÜMMERN«, und zeigten auf ein Ehepaar mit feuchten Augen, das an der Kasse stand. Wir fanden das amüsant und stellten uns vor, wie diese Samariter prahlend ihren Pastor von dem Vorfall in Kenntnis setzten: »Dann sahen wir dies verkrüppelte Mädchen und ihren Mann, und, naja, viel hatten wir ja nicht dabei, aber man tut, was man kann.«

Jemand meldete uns in einem Motel an, gab uns Geld für den Bus, und wir mußten ihm versprechen, nie wieder per Anhalter zu fahren. Ich hob Peg aus ihrem Stuhl, legte sie aufs Bett und überschüttete sie mit dem Geld. Es war die blasse Imitation einer Filmszene, in welcher clevere Trickbetrüger mit Hundert-Dollar-Scheinen duschen. In unserer Version kamen kleinere Nennbeträge sowie Hartgeld vor, aber immerhin, man hatte das Gefühl, man lebt.

Wir waren in West Virginia, als an Pegs Stuhl ein Rad abging. Der Abend dämmerte auf einer ländlichen Kreisstraße, weit und breit kein Gebäude in Sicht, als sich ein älterer Mann mit seinem Kleinlaster auf uns stürzte und uns die gesamte Strecke bis zu meinen Eltern vor die Tür beförderte –, ein Trip, der bestimmt nicht auf seinem Wege gelegen hatte. »North Hills Drive fünf-vier-null-sechs? Ist haargenau meine Strecke, macht gar keine Mühe. Und was hatten Sie nochmal gesagt, in welchem Bundesstaat das liegt?«

Wir kamen unangemeldet und überraschten die aufgeschreckten Mitglieder meiner Familie. Ich hatte gehofft, meine Eltern würden sich in Pegs Anwesenheit entspannt benehmen können, aber als sie mit nervöser Unbehaglichkeit reagierten, wurde mir klar, daß das noch besser war. Sie sollten sehen, daß ich ein Anderer geworden war. Weit davon entfernt, Durchschnitt zu sein, war ich auf eine Weise verantwortungsbewußt geworden, von der sie nicht mal träumen konnten. Peg war *mein* Schützling, *mein* Spielzeug, und ich war der Einzige, der wußte, wie man sie an- und abstellt. »Nun«, sagte ich und wischte ihr den Mund mit einer Serviette ab, »ich glaube, *jemand* muß jetzt bald ein Bad nehmen.«

Mein Bruder und meine Schwestern reagierten, als hätte ich einen Seelöwen mit nach Hause gebracht. Sie luden ihre Freunde ein, vom Balkon zu starren, wenn ich Peg auf eine Picknickdecke im Hintergarten legte. Mein Vater reparierte den Rollstuhl, und als Peg sich bei ihm bedankte, verließ er den Abendbrottisch und kam mit einer zweiten Gabel zurück, die er ihr überreichte.

»Sie wollte gar keine Gabel«, sagte ich. »Sie wollte deine Uhr.«

»Meine Uhr?« fragte er. »Meine Armbanduhr?« Er pochte mit den Fingern dagegen. »Tja, Mensch, wenn sie ihr soviel bedeutet, klar, kann sie haben, meine Armbanduhr.« Er händigte sie aus. »Und deinen Gürtel«, sagte ich. »Den wird sie auch brauchen. Beeilung, Mann, das Mädchen ist ein Krüppel.«

Meine Mutter suchte ihr Versteck auf und kam mit einem Bündel Geldscheine wieder, für die Busfahrt zurück nach Ohio. Sie rief mich in die Küche, stopfte mir das Geld in die Hand und flüsterte: »Ich weiß nicht, was für ein Spiel du spielst, Mister, aber du solltest dich was schämen.« Es war ein echtes Flüstern, nur für mich bestimmt. Die Busfahrt zurück nach Ohio war lang und freudlos. Als Peg zum zweitenmal aufs Klo wollte, riß mir die Geduld. »Du warst doch erst vor drei Stunden«, rief ich. »Was ist denn mit dir los, muß ich mich um alles kümmern?« Es ging mir auf die Nerven, wie sie sich auf mich verließ. Wir hatten diese Reise gemacht, sie hatte sich amüsiert, was wollte sie denn *noch*? Und warum wurde allgemein, als wir das Haus meiner Eltern verließen, *ich* als der Krüppel angesehen, nicht sie, sondern *ich,* der alles machen mußte, während sie einfach dasaß und sich das Hemd mit Asche bekleckerte?

Meine Stimmung verschlechterte sich. Wir nahmen wieder am Schulbetrieb teil, und Peg erzählte einer Meute von Freunden unsere Abenteuer. Ich hörte mir das mit an und ersetzte im stillen jedes *Wir* durch ein *Ich.* »Wir« haben keinem Fernfahrer dreißig Dollar und einen nagelneuen Lockenstab entsteißt, *ich* war das, *ICH;* wie kommt sie dazu, die halbe Ehre für sich in Anspruch zu nehmen. »Sie ist ganz schön tapfer«, sagten unsere Kommilitonen. »Ich hätte nicht den Mut, auch nur die *Hälfte* von dem anzustellen, was sie so macht –, und ich kann gehen!«

Das Frühjahrsquartal begann, aber in der zweiten Woche ging ich nicht mehr in die Vorlesungen und beschloß, mich statt dessen gründlich dem Thema Drogen zu widmen und mein eigener Privatabenteurer zu werden. Ich trug mich auf dem Flugplatz für den Fallschirmspringunterricht ein. Die Trainingsstunden waren trügerisch einfach, aber als der Sprung als solcher kam, mußte man meine weißen Knöchel einzeln von der Tragfläche lösen. Ich bat und bettelte, und auf dem ganzen Weg nach unten sah ich mich im Rollstuhl und hoffte, daß die Person, die sich um mich kümmern sollte, keine meiner Qualitäten hatte. Die Erde war ein Gitter, ein Flickenteppich aus ordentlichen Flicken, die von vernünftigen, hart arbeitenden Menschen instand gehalten wurden, die sich an die Regeln hielten und jeden Fremden behandelten, als wäre er der verkleidete Christus. Mein Fallschirm öffnete sich, und ich versprach Gott, sobald ich sicher gelandet sei, würde ich gründlich mein Leben ändern. Ich würde dem Globus einen Dreh versetzen, und dorthin, wo mein Finger landete, würde ich mich begeben. Selbst wenn es eins jener Länder war, in denen die Menschen im Erdreich hockten und Haferschleim aus der scheißeverschmierten hohlen Hand aßen, würde ich mich hinbegeben. Ich würde die Fliegen auf ihren kotfarbenen Gesichtern totklatschen und sie huckepack durch krokodilverseuchte Gewässer tragen, wenn es dessen bedurfte, um meinen Namen reinzuwaschen. Der Gurt zwischen meinen Beinen schmerzte unerträglich, und ich nahm dies als erste Prüfung in Stärke und Duldertum. Der Herr konnte meine Testikeln haben. Ich würde Ihm auch noch einen bis zwei Finger abgeben und sogar, wenn ich mußte, noch ein paar Zähne drauflegen, solang Er mir nur meine Wirbelsäule ließ. Als ich landete, lief ich bereits, und ich rannte weiter, bis ich eine halbe Meile von meinem Landepunkt entfernt war. Als der Trainer kam, um meinen Fallschirm aufzusammeln, trat ich meinen Joint aus und sagte: »Ich verstehe das ganze Getue nicht. Das war doch ein Klacks.«

Am Ende des Schuljahrs trampte ich nach San Francisco, von dem Gedanken bezaubert, ein Leben als Erwachsener zu führen und von lauter Menschen umgeben, die sich die Haare selbst waschen konnten. Meine Freundin Veronica besorgte mir ein Zimmer in einem Wohnheim, und ich fand Arbeit als Fahrradbote. Die Straßen in meinem Stadtteil dufteten nach den Eukalyptusbäumen, und jeder fremde Passant weckte die Hoffnung, morgen könnte der Tag sein, an dem mir ein behaglicher Job oder eine Zwölfzimmerwohnung angeboten wurde. Ich war weit von meiner Familie entfernt und malte mir oft aus, wie sie ihre Ferien ohne mich durchstehen mußten. Sie hatten mich schäbig behandelt, aber ich hatte mich durchgesetzt, denn die Art Mensch war ich nun mal, eigensinnig und unabhängig. Ich, der Sieger.

Eines Abends kochte ich mir in meiner elektrischen Bratpfanne Spaghetti mit Ketchup, als ich den Münzfernsprecher auf dem Flur klingeln hörte. Es war Peg, die anrief, um zu sagen, daß sie von zu Hause weggerollt sei.

»Das finde ich gut«, sagte ich. »Das ist das Beste, was du je getan haben wirst.« Als ich erfuhr, daß sie vom Flughafen San Francisco anrief, modifizierte ich meine Aussage: »Ich weiß nicht, Peg. Meinst du nicht, deine Eltern machen sich Sorgen um dich? Und was wird aus deinem Studium?«

Es folgte eine Lektion, aus der hervorging, daß College und wirkliches Leben denkbar wenig miteinander zu tun haben. Wenn man das Haus verlassen wollte, bedeutete das, daß man Peg fünf Stockwerke hinuntertragen und dann nochmal rauf mußte, um ihren Rollstuhl zu holen. Der Betreiber berechnete mir den doppelten Betrag, weil ich einen Gast auf dem Zimmer hatte, und ich verlor meinen Job, als Peg gegen die Badewanne fiel und am Kopf mit fünf Stichen genäht werden mußte. Es war eine große Stadt, und die Leute hielten ihres beisammen. Niemand wollte etwas von dem jungen Ehepaar auf der Suche nach einem besseren Leben hören, und nicht einmal die Busse hielten an, damit wir einsteigen konnten. Ich hatte es satt, und Veronica und ich beschlossen, zur Apfelernte nach Norden zu gehen. Ich sagte es Peg und hoffte, sie würde das akzeptieren und nach Hause zurückkehren, aber sie ließ nicht locker. Mit einem Telefonbuch bewaffnet, rief sie per R-Gespräch Regierungsstellen an, deren Mitarbeiter nicht auflegten, wenn sie das Telefon fallen ließ oder zwanzig Minuten brauchte, um einen Kuli zu finden. Freiwillige rollten sie zu Meetings in vollgestopften Erdgeschoß-Büros, wo Paraplegiker zum Salut die Faust erhoben und sie zu ihrer Entschlossenheit und Beharrlichkeit beglückwünschten. Schließlich lebte sie allein in einem Apartmenthaus aus roten Ziegeln in Berkeley. Alle zwölf Stunden kam jemand, um ihr die Mahlzeiten zuzubereiten und ihr aufs Klo zu helfen. Wenn ein Spasmus sie zu Boden warf, lag sie geduldig da, bis Hilfe kam, um ihr die Wunden zu verbinden. Wenn ihre Eltern anriefen, legte sie entweder auf oder beschimpfte sie, je nach Stimmungslage. Pegs größter Traum war es, weit weg von ihren Eltern zu leben und sexuelle Erfüllung zu genießen. Sie schickte eine Postkarte, auf welcher das Ereignis detailliert dargestellt war. Drei Rollstühle waren um ihr Wasserbett herum geparkt gewesen; der dritte gehörte einem bisexuellen Paraplegiker, der die Aufgabe hatte, die Liebenden in Stellung zu rücken. Innerhalb eines Jahres verschlechterte sich ihre Gesundheit so sehr, daß sie nicht mehr zwölf Stunden lang allein gelassen werden konnte. Am Ende kamen wir beide zu unseren Eltern zurückgekrochen, blieben aber weiter in Verbindung, und ihre Briefe waren immer schwerer zu entziffern. Zuletzt hörte ich 1979 etwas von ihr, kurz bevor sie starb. Peg hatte eine religiöse Wandlung durchgemacht, schrieb gerade an ihren Memoiren und hoffte, derselbe christliche Verlag würde sie bringen, der gerade mit *Joni!* einen Hit gelandet hatte, einem Buch über das Leben einer jungen Querschnittsgelähmten, die mit einem Pinsel zwischen den Zähnen die Geschöpfe des Waldes gemalt hatte. Sie schickte mir ein dreiseitiges Kapitel über unsere Tramptour nach North Carolina. »Gott segne all die wunderbaren Menschen, die uns auf unserem Weg geholfen haben!« schrieb sie. »An jedem Tag, den Er mir vergönnt, danke ich dem Herrn für ihre Liebe und Freundlichkeit.«

Ich schrieb ihr zurück, wenn sie sich recht erinnere, hätten wir uns über diese Leute lustig gemacht. »Wir haben sie belogen und verarscht, und jetzt willst Du sie segnen lassen? Was ist denn mit Dir passiert?«

Im Rückblick kann ich, glaube ich, erraten, was mit ihr passiert war. Nach der kurzen Phase hart erkämpfter Unabhängigkeit lernte sie die Tatsache schätzen, daß Menschen, wenn sie nett sind, in erster Linie nett sind und nicht blöd. Peg hatte das in relativ jungen Jahren kapiert. Ich brauchte länger.

# C. O. G.

Die Busfahrt von North Carolina nach Oregon dauert vier Tage, und die setzen sich aus etwa fünfundsiebzigtausend Stunden zusammen, wenn man ohne die Hilfe eines starken veterinärmedizinischen Beruhigungsmittels reist. Es war mein Schicksal, daß jeder Marine-Infanterist, der sich unerlaubt von der Truppe entfernt hatte, jeder tränenbefleckte Ausreißer, jeder betrunkene auf Bewährung entlassene Strafgefangene so dicht neben mir saß, daß ich, falls er tatsächlich mal gnädigerweise kurz das Bewußtsein verlor, unweigerlich seinen sprudelnden Speichel mit meinem Hemdkragen auffing. Bücher und Zeitschriften boten keine Erleichterung. Sie taugten nicht nur nicht als Abwehrschild, ihr Dasein zog im Gegenteil alles, von milder Neugier bis hin zu offener Feindseligkeit, auf sich.

»Glaubst du, du lernst was aus einem Buch?« sagte der Mann und boxte meine Kopfstütze mit seinen tätowierten Knöcheln. »Ich werd dir mal was sagen, Bücherwurm, wenn du wirklich die Wahrheit erfahren willst, dann gibt es dafür nur einen Ort: die Justizvollzugsanstalt Chatham.

Das ist die beste Scheiß-Schule im ganzen stinkenden Land. Da hab ich alles gelernt, was ich weiß, und noch manches andere. Verdammt, in diesem gottverdammten Bus lernst du mehr als in einer ganzen ...« Er hielt inne, war bestrebt, sich daran zu erinnern, wie sowas hieß. »Hier wirst du jedenfalls mehr lernen als in einer ganzen Pyramide voller Bücher. Man könnte eine ganze Rennbahn mit der ganzen Scheiße, die jemals geschrieben wurde, vollstopfen, aber hier gibt es mehr zu lernen.«

Da ich noch nie eine Rennbahn voller Bücher gesehen hatte, fand ich es übereilt, ihm zu widersprechen. »Da könnten Sie recht haben«, sagte ich und betrachtete die Narben, die sein verprügeltes, sonnenverbranntes Gesicht schmückten. »Sie müssen jetzt bald aussteigen, stimmt's? Sonst setze ich mich gern auf die andere Seite des Busses, damit Sie etwas mehr Platz haben und sich ein bißchen ausstrecken können.«

»›Ja‹, hab ich zu ihm gesagt«, sagte das Mädchen, das jetzt neben mir Platz nahm. »Ich hab gesagt: ›Davon kannst du aber verdammtnochmal ausgehen, daß ich dies Scheiß-Baby kriege.‹ Ich hab gesagt, ich krieg dies stinkende Stück Scheiße, egal, ob er nun der Scheiß-Vater sein will oder nicht.« Sie pausierte, um sich die Stupsnase mit einem Kniestrumpf abzuwischen, den sie ausschließlich zu diesem Zweck bei sich führte.

»Ich hab gesagt: ›Ich hab mir diese Scheiße schon vier Jahre lang von Big T bieten lassen müssen, und wenn du glaubst, ich steh einfach da und laß mir noch mehr von der Scheiße bieten, dann kannst du in die knuffigen Knie sinken und mir zwischen Scheiße und Schorf die Haare vom Arschloch lecken, du Arsch.‹ Ich hab ihm gesagt: ›Ich habe es scheißenochmal satt, mit einem bleichgesichtigen Nigger rumzuficken, der ständig auf Mösenjagd ist, anstatt mal seinen Scheiß-Fettarsch zu lüften und sich einen Scheiß-Job zu besorgen.‹ Dem hab ich's aber gegeben. Mußte mal sein. Ich hab gesagt: ›Du Scheißkerl hast weniger im Sack, als Gott einer gottverdammten Kirchenmaus mitgegeben hat. Du bist bei deiner Mamma aus der zerfledderten Votze gekrochen, hast dich an ihren ranzigen Titten festgehalten, und seitdem hat sich bei dir nichts geändert, du Arsch.‹ Ich hab gesagt: ›Wenn du das Baby nicht willst, finde ich einen Scheißkerl, der es will, jemanden, der die Welt nicht durch den Schlitz seines kackpokkigen, schwuchtelärschigen, würmchengroßen Pimmels betrachtet.‹ Ich hab gesagt: ›Dann ist das Baby eben ein Bastard, aber ich kann dir garan-scheiße-tieren, daß es nicht halb so sehr ein Bastard ist wie sein Vater, du Arsch und Bastard! Du kannst meinem Opa die Sahne aus seinem alten, krummgewichsten Hutzelpimmel zutzeln, bevor ich dich jemals, und damit meine ich *jemals,* einen Blick auf das faltige Arschgesicht dieses Babys riskieren lasse, du dämlicher Arsch von einem Scheißkerl.‹ Genau das hab ich ihm gesagt, denn inzwischen ist es mir scheißegal, aber wirklich.«

Nachdem sie diese Information einem Wildfremden mitgeteilt hatte, wühlte die junge Frau in der Handtasche auf ihrem geschwollenen Bauch. Sie zog ihre Bürste hervor, blickte mißmutig, sammelte die in den Borsten verfangenen Haare ein und warf sie auf den Fußboden. »Ich hab ihm gesagt: ›Und noch was, du kalter Bauer‹, hab ich gesagt, ›wenn dieses Baby geboren ist, werde ich nur einen Blick auf sein vollgeschissenes Gesicht werfen, und wenn es dir auch nur *so* ein bißchen ähnlich sieht, werde ich dem Arzt sagen, er soll ihm den Scheiß-Kopf absägen und als

Köder verwenden. Das mache ich, das schwör ich dir bei Gott, und es gibt auf der ganzen Scheiß-Welt nichts, was du dagegen unternehmen kannst.‹ Nach der ganzen stinkenden Scheiße, die ich diesem Scheißkerl zu verdanken habe, hat der auch noch den Nerv und fragt mich, was ich für Pläne in puncto Namenswahl habe. Kaum zu glauben, so ein Scheiß. Für mich jedenfalls nicht. Ich hab gesagt: ›Diesen Scheiß glaub ich einfach nicht, du Scheißkerl.‹ Ich hab gesagt: ›Du Arsch, ich werd ihn scheißenochmal nennen, wie ich ihn verdammtescheiße nennen will.‹ Ich hab gesagt: ›Ich hätte nicht übel Lust, ihn Cecil Scheißkerl Arschgesicht zu nennen, nach seinem Vater, du häßlicher Scheißkerl von einem Arschgesicht.‹ Ich hab gesagt: ›Na, was sagst du jetzt, du Flachwichser, du Schwanzlutscher, du Sack voll stinkender, dampfender, blutgesprenkelter Scheiße.‹«

Sie wischte sich ein wenig Speichel von den Lippen und machte es sich gemütlich. Das Kind trat und bewegte sich im Mutterleib, und sie reagierte, indem sie vor Schmerz aufschrie, bevor sie mit der flachen Seite der Haarbürste auf ihren Bauch drosch. »Du Arsch«, sagte sie, »versuch das noch einmal, und ich komm da mit einem Scheiß-Kleiderbügel rein, dann hast du aber scheißenochmal echt was, was du treten kannst, Scheiße.«

Dies Amerika war die Idee sowjetischer Propaganda-Chefs, eine brutale Landschaft, von hoffnungslosen Einfaltspinseln mit batteriebetriebenen Mündern bewohnt, von einem schlimmen Ort an einen noch übleren treibend. Wenn man Glück hat, wecken einen die Leute im Bus, um eine Zigarette zu borgen. Der Mann auf dem Fensterplatz wird sich wahrscheinlich mit dem Satz »Was hastn *du* da zu glotzen?« vorstellen. Wegen der unbeständigen Art ihrer

Fahrgäste sind die Busfahrer in der Kunst der Konfliktbewältigung bewandert und halten häufig an, um bei einer Meinungsverschiedenheit zu vermitteln.

»Immer klaut er mir meine Leckerlis.«

»Sir, tut mir sehr leid, aber Sie werden diesem Herrn seine Nougats zurückgeben müssen.«

Der Bus kroch dahin und hielt in Städten, durch die wir bestimmt schon vor fünfzehn Minuten gekommen waren. *Nun aber mal ein bißchen Tempo,* dachte ich. *Diese Leute machen mehr Ärger, als sie wert sind. Sollen sie doch die fünfundzwanzig Meilen bis nach Wrinkled Bluffs oder Cobbler's Knob, oder welchen gottverlassenen Kakteenklumpen sie sonst ihr Zuhause nennen, zu Fuß gehen.* Im Gegensatz zu ihnen hatte ich Ziele, echte Ziele. Dort warteten Menschen auf mich, deren Leben ich bereichern sollte. Sah man das nicht ganz deutlich?

»Dieser Bus fährt jetzt ohne Aufenthalt weiter nach Odell, Oregon«, sagte der Fahrer, stellte ich mir vor, ins Mikrophon. »Wer *nicht* nach Odell will, muß unverzüglich aussteigen und am Rande dieser furchterregenden Wüste eine Warteschlange bilden.«

Meine Mitpassagiere würden stöhnen und grummeln und in die Sitztaschen greifen und ihren mit kleinen Wollmäusen behafteten Zahnersatz und ihre halbvollen Halbliterflaschen Old Spaniel einsammeln. Ich würde sie beobachten, wie sie auf die staubige Landstraße hinaustraten, schäbige Koffer in der Hand, und mit geschüttelter Faust die unversöhnliche Sonne bedrohten. Sobald der letzte von ihnen evakuiert war, würde der Fahrer den Türschließer betätigen, sich auf seinem Sitz umdrehen, den Mützenschirm mit den Fingern berühren und sagen: »Jetzt bringen wir Sie erstmal schleunigst nach Odell, Sir. Bis dahin möchte ich, daß Sie sich einfach zurücklehnen und die Fahrt genießen.«

Nachdem er beinahe zwölf Stunden damit verbracht hatte, die Unannehmlichkeiten seiner ABM-Stelle zu erläutern, erreichte der Mann neben mir endlich seinen Bestimmungsort. Der Platz wurde von einem verdrießlichen, kinnlosen Schlot von einer Frau eingenommen, die einen aschgrauen ärmellosen Rollkragenpullover trug. Das gute Gespräch war ihre Sache nicht, statt dessen puffte sie mich periodisch und zeigte mit ihrer Zigarette auf alles, was ihrer Meinung nach für mich von Belang war. »Laster mit Kühlkost«, flüsterte sie. »Tankstelle mit Brettern vernagelt.« Nie suchte sie die Toilette auf oder veränderte ihre Position, nicht einmal während eines ihrer vielen Nickerchen. Der Schlaf schien sie ohne Warnung zu überfallen. »Der dicke Brummer hat Nummernschilder aus South Dakota«, und ich wandte mich ihr zu, um festzustellen, daß sie leise schnarchte, die Zigarette immer noch glimmend zwischen den Fingern.

Es war fast Mitternacht irgendwo in Utah, als eine junge Frau in den mehr als ausverkauften Bus einstieg. Sie hatte einen Wäschekorb aus Plastik mit Schuhen und Klamotten dabei. Nachdem sie den Mittelgang entlanggewandert war und vergebens einen Platz gesucht hatte, baute sie sich neben mir auf, verlagerte ihr Gewicht von einem Fuß auf den anderen und räusperte sich mit peinigender Regelmäßigkeit. Sie tat, als hätte ich mich in einer Telefonzelle festgequatscht und labere über Nichtigkeiten, während sie darauf wartete, das Geräusch von Schüssen in einem Kindergarten zu melden. Ich fühlte mich unbehaglich.

»Hier«, sagte ich. »Setzen Sie sich doch ein Weilchen hin.«

Sie nahm kommentarlos an. Ein *Weilchen* bedeutete, für mich, eine Zeitspanne von etwa fünfzehn bis zwanzig Minuten. Wenn wir bis dahin nicht da angekommen waren, wo sie hinwollte, konnte ihr vielleicht sonstwer einen Platz anbieten. Wir konnten schließlich alle ein bißchen zusammenrücken und so jenes einzigartige Band schmieden, wie nur gemeinsame Opferbereitschaft es zu schmieden imstande ist. Nach zwei Minuten auf meinem Platz war die junge Frau fest eingeschlafen, und ihre herabhängende Kinnlade hob sich nur dann und wann, um etwas zu murren, was sich für mich anhörte wie »Trottel«.

Ich ging nach vorne und setzte mich auf die Stufen, bis der Fahrer mich, Vorschriften zitierend, verscheuchte. Dies waren die einzigen Stunden, in denen er ein Privatleben führen konnte, und der Mann war entschlossen, sie zu genießen. Im Morgengrauen würde er wieder alle Hände voll mit den alten Zauseln zu tun haben, die dazu neigten, die vorderen Sitze zu beschlagnahmen, das WÄHREND DER FAHRT NICHT MIT DEM FAHRER SPRECHEN-Schild zu ignorieren und ihn mit Fragen zu löchern wie: »Hat sich schon mal in Ihrem Fön eine schwarze Giftschlange zusammengerollt?«

Ich kehrte zurück, um mich neben meinen Platz zu stellen, und hoffte, daß bald jemand aussteigen würde, aber es gab nichts, weshalb man hätte anhalten können. Die vorbeiziehende Landschaft gab keinerlei Lebenszeichen von sich, sie war nur eine unermeßliche, kaltherzige Welt aus Stein. Ich ging eine Zeitlang in die Hocke, bis ich, von Wadenkrämpfen übermannt, endgültig zu Boden ging und unter meinen früheren Platz kroch. Old Smoky saß mit ausgestreckten Beinen da, während meine schlimmste lebende Feindin zum Zappeln und Auskeilen neigte, wobei sie mir, wann immer die Gelegenheit sich bot, buchstäblich die Eier zertrat. Das Paar, das hinter mir saß, übernahm die Nachhut und trat mir mit Geräten, die ich später als die Stahlkappen von Cowboystiefeln identifizierte, abwechselnd gegen Kopf und Wirbelsäule. Ich sagte mir, ich hätte schon Schlimmeres erlebt, aber ich konnte mich noch so sehr anstrengen, ohne daß mir was eingefallen wäre. Der kolossale Motor des Busses lag direkt unter meinem Kopf und versorgte die zahllosen verlorengegangenen Bonbons mit Wärme, die so zu einem duftenden Bett aus geschmolzener Karamelmasse wurden. Irgendwo unterwegs war etwas furchtbar, furchtbar schiefgegangen. Warum war ich, der wichtigste Mann in diesem Bus, gezwungen, die Nacht gekrümmt zu verbringen, nicht auf, sondern *unter* seinem rechtmäßigen Platz? In einem Flugzeug wäre sowas nie passiert.

»Oh«, hatte ich zu mehreren meiner früheren Sitznachbarn gesagt, »Sie müssen das mal probieren. Fliegen ist richtig schön. Man kriegt Mahlzeiten und Getränke serviert und kann seine Tasche auf dem Platz liegenlassen, wenn man aufs Klo geht.«

»Echt wahr?« hatten sie gesagt. »Und es kommt nicht irgendein Arsch und macht Scheiß damit?«

Der erstaunte Ausdruck auf ihren Gesichtern war ohnehin der Grund dafür gewesen, daß ich diesen Bus genommen hatte. Nachdem ich die letzten neun Monate damit verbracht hatte, das Geschirr wohlhabender College-Studenten zu waschen, dachte ich, den richtigen Kick kriege ich von der Greyhound-Bagage, aber ich hatte es nicht so wörtlich gemeint. Irgendwie mußte eine wichtige Lektion aus alldem zu lernen sein, und eines Tages, mit etwas Glück, würden selbst diese trägen Idioten sie kapieren.

Bis Sonnenaufgang lag ich so da, als der Bus in eine Kurve fuhr und mir eine Flasche Brause mit Schokoladengeschmack gegen die Stirn rollte. Ich kroch auf den Mittelgang und dann aufs Klo, um den Kampf gegen die vielen Kaugummis, die mit meiner Kopfhaut verschmolzen waren, aufzunehmen. Nach und nach erwachten die Passagiere, nur die junge Frau nicht, die meinen Platz besetzt hielt. Mit einem gesunden Schlaf gesegnet, erhob sie sich um zehn und bat mich, ihr den Platz freizuhalten, während sie sich die Zähne putzte.

Ich war in Nullkommanichts eingeschlafen und wachte nur Minuten später wieder auf, weil sie mir mit einer Tube Zahnpasta an den Schädel klopfte. »He, aufwachen.«

Ich tat, als wäre ich im Tiefschlaf, und dachte mir, irgendwann würde sie auch wieder damit aufhören.

»He, dieser Scheißkerl sitzt auf meinem Platz«, rief sie. »Ich bin nur mal auf ›Damen‹ gegangen, um mich frischzumachen, und jetzt kann ich mich verdammtnochmal nicht mehr hinsetzen.«

»Setz dich doch auf mich«, hörte ich jemanden von hinten. »Das wird ein scharfer Ritt.«

»Gut, gut, gut, jetzt haben wir alle unseren Spaß gehabt.« Dies war eine Männerstimme, aber der Fahrer konnte es nicht sein, weil wir immer noch fuhren. »Steh auf, du halbe Portion, und laß die Dame sitzen.«

Eine Hand packte mich am Kragen und stellte mich auf die Füße. Die Hand war schwielig und fleischig und paßte sowohl zu Gesicht als auch Persönlichkeit des Besitzers. Der Mann stellte keine Fragen und sprach keine Drohungen aus. Das war auch nicht nötig. Sobald der Platz frei war, wischte er ihn sauber und lud die junge Frau gestenreich dazu ein, es sich bequem zu machen. Ich erwog kurz, meinen Fall dem Volk vorzutragen, aber dies war eindeutig nicht mein Publikum. Es beugte sich vor, verdrehte sich den Hals, um zu flüstern und zu lachen, während ich im Mittelgang stand und den Ausländer spielte, unvertraut mit den Sitten dieses großartigen Landes. Zwar mochte ich versehentlich jemandem den Platz weggenommen haben, aber seht euch doch mal an, wie sehr ich die zerklüftete Landschaft zu genießen schien, die alle anderen für das Normalste von der Welt hielten. Ich bückte mich und senkte den Kopf, um aus dem Fenster zu plieren und bei jedem vorüberhuschenden Felsbrocken vor Entzücken die Brauen zu schürzen. *Seht nur!* schien ich zu sagen. *Der da scheint einem Kardinal zu ähneln, der am Rande eines riesenhaften Pfannkuchens nistet! Und hier haben wir etwas, was aussieht wie eine umgestülpte Holzpantine, welche unter etwas liegt, was eine verblüffende Ähnlichkeit mit dem blatternarbigen Gesicht jenes ignoranten Bauerntrampels aufweist, welcher den mir rechtmäßig zustehenden Platz besetzt hält!*

Gegen Mittag stieg jemand aus, und ich ließ mich erschöpft auf seinem Platz nieder, konnte aber nicht einschlafen, weil eine Verlobung, die auf der anderen Seite des Mittelgangs stattfand, mich zu sehr ablenkte. Nachdem man sich zehntausendmal umgedreht hatte, um sich für die Ritterlichkeit zu bedanken, wurden Plätze getauscht, so daß Graf Rindfleisch und Baroneß Wäschekorb nebeneinander sitzen und sich besser kennenlernen konnten. Minuten später hatten sie die Köpfe unter einem Sweatshirt, wo sie entweder den Ruf des Eichhörnchens nachahmten oder sich gegenseitig Akne-Präparate vom Gesicht saugten. Der Lärm von Heavy Metal im Radio, das schneidende Geschrei eines beunruhigten Säuglings, das endlose Gewäsch der beiden alten Zausel vor mir: Alles konnte ich ertragen, nur nicht das Geräusch dieses schnäbelnden, küssenden, vor Vergnügen manchmal aufschreienden Pärchens.

Sie weinte, als er aussteigen mußte. Ihre erstickten Schluchzer waren mir ein rechtes Labsal, und sie versetzten mich in einen tiefen, undurchdringlichen Schlaf, der bis nach Reno andauerte.

Dies sollte mein zweiter Besuch im Tal des Hood River werden. Der erste war ein Zufall gewesen. Meine Freundin Veronica und ich hatten in San Francisco gelebt, als sie ihre *Früchte des Zorns* aus der Hand legte und bekanntgab, daß wir genug vom Stadtleben hatten. Sie sprach gewöhnlich für uns beide, und ich hatte nur selten etwas dagegen, weil es mich der Pflicht entband, eigene Entscheidungen zu treffen. »Wir wollen nach Norden aufbrechen und uns unseren Brüdern und Schwestern in den Obstplantagen anschließen«, sagte sie und richtete den Schal, den sie neuerdings um den Kopf trug. »Wanderarbeit, das ist das rechte Leben für uns.« Die guten Menschen dieses Landes brauchten uns, und wir sahen uns bereits in sonnenbesprenkelten Heuschobern ruhen und herzhafte Mahlzeiten einnehmen, bereitet von der in derbes Tuch gekleideten Bauersfrau.

»Durch schwer arbeitende Menschen wie euch dreht sich die Welt«, würde sie sagen. »Hier, nehmt noch ein Stück von meinem preisgekrönten Hühnchen; ihr Leut müßts bei Kräften bleiben.« Nach dem Mittagessen würde der freundliche Bauersmann seine Fiedel ergreifen und mit seiner mitreißenden Interpretation von »Truthahn im Stroh« oder »Polly Wolly Doodle« Staub aufwirbeln. Am späten Nachmittag wären wir dann wieder an der Arbeit und hoben Äpfel vom Boden auf und warfen sie in Kisten mit bezaubernden Etiketten wie »Kleine Rothaut« oder »Lehrers Liebling«. Unser Leben würde einfach, aber unaussprechlich heroisch sein. Wie sie durch einen Steinbeck-Roman auf solche Ideen verfallen konnte, kann man nur raten, aber ich machte mit, denn wenn es schon sonst nichts brachte, so doch unter Garantie meinen Vater um den Verstand.

Wir fuhren per Anhalter bis nach Oregon hinein und sprangen aus dem Auto, nachdem wir den schneebedeckten Mount Hood gesehen hatten, ein vollkommenes Symbol für das Majestätische, das bald unser Leben auszeichnen sollte. Der erste Farmer weigerte sich, uns anzustellen, weil wir keine Erfahrung hatten. Zwei und Drei lehnten uns aus demselben Grund ab. Den vierten, einen älteren kleinen Mann namens Hobbs, dem die Einwanderungsbehörde gerade seinen mexikanischen Pflückertrupp weggekarrt hatte, logen wir an.

»Ich bin an einem Punkt, da würde ich jeden nehmen, solang er einigermaßen erfolgreich in der Nase bohren kann.« Er starrte die Bäume an, deren Äste sich unter der Last der Früchte bogen. »Erst dachte ich, meine Frau kann mir vielleicht helfen, aber die ist in dem Großen Haus und stirbt an Krebs. Was meinst du dazu, Ringo?«

Wenn Hobbs' Frau im Sterben lag, konnte es sein altertümlicher Beagle auch nicht mehr lange machen. Das Tier keuchte und stöhnte und benagte die kahlen Flecken, die an der Wurzel seines arthritischen Schwanzes schwärten. »Verdammt, Ringo«, sagte Hobbs und warf seine glimmende Kippe ins nasse Gras, »bin nur froh, daß wenigstens du bei mir bist.«

Es sollte keine Picknicks in Heuschobern geben. Kein derbes Tuch, kein Fiedelspiel. Hinter einer dicken Schicht permanenter Sturmwolken verborgen, sprenkelte die Sonne gar nichts. Im Gegensatz zu dem, was wir angenommen hatten, wurden Äpfel nicht vom Boden aufgesammelt, sondern von den Ästen schwer erreichbarer Bäume gepflückt, die von einer rachsüchtigen Borke geschützt wurden, welche dazu neigte, nach einem gut zwölfstündigen Regen zu einem Gutteil aus Wasser zu bestehen. Wir sprechen hier von einer siebentägigen Arbeitswoche, von Sonnenaufgang bis Sonnenuntergang, bei Niesel- und bei strömendem Regen. Wenn sich durch Menschen wie uns die Erde drehte, so war dies ein gut gehütetes Geheimnis. Als Pflücker bezogen wir eine der sechs Hütten, die am Kiesweg eine Reihe bildeten. Es gab keinen Strom, und außer der Dusche in der Scheune spendete nur noch ein eisiger, rostverklebter Hahn Wasser. Gekocht wurde auf einem Holzofen, und wir schliefen auf Matratzen, die offenbar mit hochhackigen Schuhen gefüllt waren. Diese Härten konnten uns nicht umbringen, also machten sie uns stärker. Wir begannen Latzhosen zu tragen und bewunderten unser düsteres Abbild in den von Kerzen erhellten Fenstern, wenn wir uns über unser dampfendes Porridge beugten. Das mußte genügen. Wir waren Pioniere. Menschen wie wir brauchten keine Kissen oder Handtuchhalter. Wir trugen unsere blauen Flecken wie einen Orden, und jeder Bronchialkatarrh zeugte von unserer Stärke. Ich erwog bereits, mir eine Waschbärfellmütze zu besorgen, als die Erntezeit vorüber war und wir nach North Carolina zurückreisten, wo ich mich bald an ein Leben mit fließendem warmen Wasser und Elektrizität gewöhnte. Wir hatten geplant, nächstes Jahr wieder pflücken zu fahren, aber als es soweit war, mußte Veronica leider zurücktreten. Sie hatte, wie es schien, einen Freund gefunden. Einen *Freund.*

Das Wort stak mir in der Kehle wie Putzwolle. »Es wird nicht von Dauer sein«, sagte ich. »Du wirst schon sehen.« Was sollte sie mit einem Freund? Ich stellte mir vor, wie die beiden sich über den Fußboden ihrer Wohnung wälzten, wobei sich Schmutzflusen an den nackten Rücken und die bleichen, zuckenden Gesäßbakken hefteten. *Freund.* Sie würde nie jemanden finden, der so gut war wie ich; das habe ich ihr auch gesagt. Als sie mir beipflichtete, wurde ich sogar noch böser, stürmte von ihrer Veranda und sagte zum Abschied lächerlicherweise: »Das wollen wir doch erstmal sehen.«

Ich sagte mir, es sei mir vorherbestimmt, allein meinen Weg zu gehen, aber das Klischee barg keine Tröstung. Wenn ich die Wahl hatte, wollte ich meinen Weg lieber allein mit jemandem gehen, der kochen konnte, und es machte mir Sorgen, soviel Zeit allein verbringen zu müssen. Auf der mir noch verbliebenen Busfahrt erübrigte sich diese Sorge. Ich erreichte Odell mit der Überzeugung: Wenn bis an mein Lebensende wirklich niemand mehr das Wort an mich richten sollte – um so besser.

Die Straße zu Hobbs' Obstplantage wand sich an einem Milchviehhaltungsbetrieb vorbei, vor dem mehrere Dutzend gefleckte Kühe sich die Zeit damit vertrieben, mit stumpfen Zähnen nasses Gras zu malmen. Vor einem Jahr hatte ich versucht, mich mit ihnen anzufreunden, am Zaun gestanden und mit Klappstullen gewunken, bis der Eigner mich informierte, daß sie weder Hühnchen noch Schweinefleisch aßen, nicht mal zwischendurch. Dumm waren sie, diese Kühe. Die Erntezeit begann Mitte September und dauerte bis Ende Oktober. Innerhalb nur weniger Wochen würde Frost kommen, und wir würden erwachen und sehen, wie unser Atem in schmuddeligen Wolken aus uns schoß. Ich hatte immer gedacht, Kühe verbrächten den Winter in einer Art geheizter Kaserne, statt dessen mußten sie draußen bleiben, egal, wie kalt es wurde. Ahnten diese Tiere denn überhaupt, daß ihr Sommer sich dem Ende näherte? Entsannen sie sich ihres Lebens als junges, sorgloses Kalbfleisch? Freuten sie sich je auf etwas, waren sie zu Reue fähig? Ich ließ meinen Matchbeutel fallen, näherte mich dem Stacheldrahtzaun und hoffte, sie würden vielleicht losstürzen und vor Wiedersehensfreude mit ihren tampenartigen, scheißeverschmierten Schwänzen wedeln, aber sie standen nur so da und arbeiteten methodisch mit den Backen.

Hobbs reagierte wieder haargenau so. »Sieh mal, wer da ist, Ringo. Na, wenn das nicht … Dennis ist? Stimmt's?« Er schnippte eine glimmende Kippe aufs Gras, trat auf seine Veranda heraus und sagte: »Ich würde dich ja hereinbitten, aber die Frau stirbt immer noch am Krebs. Clifford hat's jetzt auch erwischt. Den kennst du doch noch, oder? Großer, dicker Typ, war früher mein Vormann. Jetzt ist er drüben in Portland, mit Geschwüren arscheinwärts, so groß wie junge Bartlett-Birnen.«

Da Clifford nicht so bald zurückerwartet wurde, bot Hobbs mir den Wohnanhänger des Vormanns als Bleibe an, der zwischen der Scheune und der langen Reihe aus Hütten stand.

»Komisch, der Krebs.« Er zündete sich eine Zigarette an und betrachtete das abgebrannte Streichholz. Über uns versprühte ein Flugzeug Pflanzenschutzmittel, und er grüßte winkend. »Ja. Ein absolutes Mysterium.«

Er geleitete mich zur Scheune, vor der ein mexikanischer Mann darauf wartete, daß die Dusche frei wurde. »*¡Hola, Tomás!*« rief er.

Der Mann zerrte an dem Handtuch, das er wie einen Rock um die Hüften trug, und neigte den Kopf zum Gruß. *»¡Hola, Señor Hobbs!«*

»Du sprichst doch etwas mexikanisch, Daniel?« fragte Hobbs. »Bei Gott, ich lerne selbst ein paar Wörter. *Muß* man aber auch, wenn man in der modernen Welt zurechtkommen will! Wenn ich erstmal loslege, spreche ich wie ein alter Kolumbolivianer, stimmt's, Ringo?«

Der Hund kniete unter einem Baum und verbog sich, um an seinem eiternden Rektum zu lecken.

»Die Zeiten haben sich geändert, die alten Regeln gelten nicht mehr. Die jungen Leute hier finden, sie sind zu fein zum Arbeiten. Man hat nur noch die Wahl zwischen Gesocks und Mexikanern, und da nehme ich doch jederzeit die dummen Mexikaner.« Er knuffte mir in die Rippen: »Jetzt paß auf. *¡Buenos Diós, Miguel!«*

Ein kleiner dunkeläugiger Mann blickte alarmiert von seinem Holzhacken auf.

»Die kriegen leicht einen Schreck«, sagte Hobbs.

Ja, manche Menschen neigen dazu, wenn man sich ihnen von hinten nähert und »Guter Gott!« schreit. Wahrscheinlich eine Angewohnheit.

Hobbs schloß die Tür des Anhängers auf, eines bauchigen Humpens von einem Gerät, in Helltürkis, das auf Bausteinen aufgebockt war. Es beunruhigte mich, daß ich, sobald die Schwelle überschritten war, zu der Art Mensch werden konnte, die in einem Anhänger wohnt. Ein Anhänger: allein das Wort löste in meiner Schädelbasis einen Alarm aus. Menschen, die in Anhängern lebten, riefen die Polizei, um gewalttätige Familienkräche zu beenden. Sie pinkelten ins Waschbecken und verwendeten Metalleimer, um zähe lila Steaks mit dem Vermerk »Stark herabgesetzt!«

zu grillen. Wofür hielt dieser Mann mich? Wußte er, daß ich in einem Haus mit Geschirrspüler und zentral gesteuerter Klimaanlage aufgewachsen war? In einer rustikalen Hütte Pionier zu spielen, war das eine. Diese Unterkunft jedoch hatte den ganzen Zauber einer überdimensionierten Gasflasche. Ich zögerte und sah Miguel an, wie er einen Stapel Feuerholz auf die Arme nahm. Als er den letzten Klotz gewuchtet hatte, kreischte er laut, ließ die gesamte Ladung fallen, patschte sich auf die Brust und schrie: »Große Spinne! Große Spinne!« In diesem Moment kam einiges zurück. Ich betrachtete die Reihe schäbiger Baracken und warf dann einen Blick in den Anhänger, in welchem sich ein Gasherd zwischen ein Waschbecken und einen summenden Kühlschrank schmiegte. Miguel stand neben der Scheune, trat gegen jedes Stück Feuerholz, bevor er es aus dem Schlamm klaubte, und ich erstieg die Stufen zu meinem Anhänger.

Apfelpflücken ist geistlose Arbeit. Damals, mit Veronica, hatten wir auf denselben Bäumen gearbeitet, waren die Namen in unseren geistigen Adreßbüchern durchgegangen und hatten unsere Freunde und Bekannten in alphabetischer Reihenfolge erörtert. Pflücker werden per Eimer bezahlt, wobei der Eimer eine große Holzkiste ist, die etwa eintausendfünfhundert Pfund Obst faßt. Man klettert mit einem Segeltuchsack die Leiter hoch, und wenn er voll ist, leert man ihn vorsichtig in den Eimer. Dann klettert man wieder seine Leiter hinauf und so weiter und so weiter und so weiter und so weiter. Wenn zwei das tun, gelingt es der Zeit, schnell zu vergehen. Veronica und ich begannen den Tag zum Beispiel mit der Scheinschwangerschaft von Beverly April, und wenn wir bei Lucinda Farrels manischer Vorliebe für Türkis-Schmuck angekommen waren, wurde es Zeit zum Mittagessen. Ich versuchte, die Tradition wiederzubeleben, sprach, laut, mit zwei verschiedenen Stimmen, ließ es aber wieder, als Hobbs mich dabei erwischte, wie ich Gregory Allisons Verwendung von LSD als Appetitzügler verteidigte.

Ohne Veronicas Gesellschaft funktionierte es einfach nicht. Auf mich selbst gestellt, ging ich langsam und methodisch daran, mich in den Wahnsinn zu treiben.

Sobald ein Eimer voll war, erschien Hobbs auf seinem Traktor und zog wahllos drei Äpfel daraus hervor. Wenn keiner eine Druckstelle hatte, bekam ich neun Dollar. Wenn einer eine Druckstelle hatte, bekam ich acht, und drei ergaben sieben. An einem guten Tag auf jungen Bäumen war es möglich, bis zu acht Eimer vollzukriegen. Am nächsten Tag dagegen –, wer weiß? Man konnte zehn Stunden damit verbringen, einem einzigen geizigen Baum verkümmertes Obst zu entreißen. Selbst der Schlaf bot keine Abwechslung. Nacht um Nacht träumte ich vom Apfelpflücken, wachte erschöpft auf, und meine Schultern hatten Druckstellen vom schweren Leinwandsack. Ein Freitag war nicht anders als ein Montag oder Mittwoch; ohne arbeitsfreien Tag gab es nichts, worauf man sich freuen konnte. Während der ersten paar Wochen stellte Hobbs seinen Traktor ab, und wir schwatzten ein bißchen, bevor er den Eimer wegfuhr. Sobald ihm klargeworden war, wieviel ich zu schwatzen hatte, ließ er den Motor laufen. »Muß mich um die Frau kümmern«, rief er. »Mach du mal schön so weiter.« Die Mexikaner rannten jetzt auf dem Weg zur Dusche im Dauerlauf an meinem Anhänger vorüber. Eine Katze tauchte auf meiner Schwelle auf, genauer gesagt ein Kater, mit einem Hals so dick wie seine Taille. Ich hatte mir nie viel aus rothaarigen Katzen gemacht, weil sie mich immer an Brian O'Shea erinnerten, den anmaßenden Menschen, mit dem ich mir in der siebten Klasse den Spind teilen mußte. Schon gar keine Schwäche hatte ich für Kater, die alles vollsprühten und mitten in der Nacht zerfetzt und blutend nach Hause kamen. Ich wollte mich trotzdem nicht zum Richter aufwerfen. Der Kater bedeutete Gesellschaft, und ich nahm ihn auf, weil ich mir überlegte, wenn er sich schon die Ohren abkauen lassen mußte, dann konnte ich das auch tun. Ich fütterte ihn mit Sardinen und streichelte ihn, bis die Funken stoben. Er lief weg.

Ohne Gesprächspartner begann ich, meine verschiedenen Gedanken und Meinungen in gewichtige Briefe zu fassen, welche eher im wörtlichen denn im übertragenen Sinne gewichtig waren. Ich schrieb meiner Freundin Evelyn einen siebzehnseitigen Brief, in dem stand, wie ich mich fühlte, nachdem der Kater weggelaufen war. Zwei Wochen später, als keine Reaktion erfolgt war, strich ich ihren Namen aus meinem Adreßbuch. Nach und nach tilgte ich sie alle. Acht Seiten an Ted Woestendiek darüber, wie es ist, wenn man sich die Haare mit Waschpulver wäscht. Keine Antwort. Zwölfeinhalb Seiten an Lisa darüber, daß ich ihr verzeihe, geboren worden zu sein. Nichts.

»Liebe Miss Chestnut, Sie fragen sich wahrscheinlich, was seit der dritten Klasse aus mir geworden ist ...«

Ich konnte einen ganzen Abend mit einem einzigen Brief zubringen, aber mit Ausnahme von Veronica – »Nein, mein Freund hat mich noch *nicht* verlassen; trotzdem vielen Dank!« – wurde nie einer beantwortet. Dadurch bekam ich verständlicherweise eine Stinklaune. Ich erwog, am Ende der Erntezeit nach North Carolina zurückzukehren, aber sobald wir mit den Golden Delicious angefangen hatten, überlegte ich es mir nochmal. Was gab es dort, wohin zurückzukehren lohnte? Wie hatte ich diese Leute je für meine Freunde halten können, wenn sie zu faul waren, einen Stift in die Hand zu nehmen und einen Brief zu schreiben? Natürlich vermißten sie mich. Vielleicht war es die beste Strategie, dafür zu sorgen, daß sie mich noch mehr vermißten. Eher zog ich unter eine Brücke, bevor ich zu ihnen zurückkehrte. Dann würde es Gerede geben; sie würden über mich sprechen und sich fragen, wo ich war und was ich trieb. Jemand würde gerüchteweise hören, ich sei auf Rollschuhen durch Europa unterwegs oder mit Michael Landon in ein gemeinsames Penthouse-Apartment gezogen, aber niemand würde Genaueres wissen; dafür würde ich schon sorgen. Sie hatten ihre Chance gehabt, an den faszinierenden Details meines Lebens Anteil zu nehmen, und sie hatten sie vertan, jeder einzelne von ihnen hatte sie vertan, außer Veronica, der ich zu verzeihen plante, sobald sie sich von diesem Troglodyten getrennt hatte.

Als der letzte Eimer fortgekarrt war, fragte Hobbs, ob ich vielleicht an einem Job in dem dortigen Sortier- und Verpackungsbetrieb interessiert sei. Sie suchten Leute, und er konnte beim Geschäftsführer ein gutes Wort für mich einlegen und mich weiter im Anhänger wohnen lassen, solang ich meinen Strom zahlte und versprach, nicht an seine Tür zu klopfen.

»Es ist nichts, worauf du eine Karriere aufbauen möchtest«, sagte er. »Für ein paar Monate ist der Job nicht schlecht, aber danach, garantiere ich dir, wirst du bis ans Ende deines Erdenwallens keinen verdammten Apfel mehr sehen können.« Er betrachtete sinnend seine Zigarette, bevor er sie anzündete. »Einen Pfirsich vielleicht, aber, tut mir leid, keinen Apfel.«

Der Betrieb lag auf halbem Wege zwischen der Stadt und der Farm. Er war ein baufälliger Schandfleck aus Wellblech, und er beherbergte ein archaisches Netz tatteriger Fließbänder, die sich bewegten, als würden sie von einem Gespann Eichhörnchen angetrieben, das irgendwo im Keller in einer Tretmühle schuftete. Nichts an dem Laden war einladend, aber ich vermutete, daß sich das ändern würde, sobald ich meinen Gewerkschaftsausweis bekam. Bald war ich ein Teamster oder so, ein Titel, der meinen Vater garantiert drei Nächte Schlaf kosten und meine früheren Freunde vor Neid rasend machen würde. Alle würden sie etwas davon haben, ein jeglicher zu seiner Zeit. Ich blickte über das Gewimmel in der Fabrikhalle und stellte mir all diese Leute auf Klappstühlen vor, wie ich auf der Bühne stand und das Wort an sie richtete. »Kolleginnen und Kollegen«, würde ich brüllen, das Megaphon in der einen schwieligen Hand und einen Stapel Dokumente in der anderen, »*jetzt* ist die Zeit zu handeln! Dies nennen sie einen Kontrakt? Nun, ich nenne es einen *Kontrast,* den Unterschied zwischen dem, wie es ist, und dem, *wie es sein sollte*!« An dieser Stelle müßte ich eine Pause machen, da der Applaus ohrenbetäubend sein würde. »*Wir* sind es, die arbeitenden Menschen dieses Landes, durch die die Welt sich dreht, und solange die Geschäftsleitung die Augen vor dieser Tatsache verschließt, und solange die vollgefressenen Daddys da oben nicht bereit sind, ihre Cadillacs zu parken und über einen anständigen Lohn zu verhandeln, solange kann ich nur *dies* zu ihrem Kontrakt sagen.« Meine Teamster (oder so)-Genossen würden auf ihren Klappstühlen stehen und hurra schreien, während ich den Kontrakt zu Schnipseln zerriß, um ihn sodann leichthin über die linke Schulter zu werfen.

Bisher hatte ich nicht einmal ein Abendessen organisiert, aber das würde sich bestimmt ändern, sobald meine Kollegen merkten, wie gut ich das gesprochene Wort beherrschte und was für natürliche Führungsqualitäten ich besaß, die ich sämtlich im Namen der Demut unterdrückt hatte. Ich hatte immer schon gewußt, wie der einfache Mann zu nehmen war, hatte immer darauf Wert gelegt, ihn aufzuheitern, ohne auf sein vergeudetes, leeres Leben hinabzublicken. Wenn diese Menschen mich zu ihrem Führer machen wollten, hatte ich keine andere Wahl, mußte ich dies mit der mir eigenen stillen Würde akzeptieren. »David, Da-vid, Da-vid.« Der Fußboden des Versammlungssaals würde von ihren Sprechchören erzittern.

Falls all dies, was wenig wahrscheinlich war, *nicht* geschehen sollte, würde ich wenigstens Schulter an Schulter mit anderen Menschen arbeiten. Sie mochten nicht so aufnahmefähig sein wie ich, aber immerhin begrüßte ich die Möglichkeit, mit etwas zu sprechen, was ohne Stiel oder Schwanz geboren war. Irgendwo in dieser Halle wartete ein Freund. »Ich habe es gewußt, als ich dich zum erstenmal sah«, würde die betreffende Person später beim Abendessen sagen. »Ich sah nur einmal hin und habe mir gesagt: ›Verdammt, diesen Typ würd ich gern kennen.‹«

Ich wurde für die zweite Schicht eingestellt, von 15 bis 23 Uhr. Mein Job bestand darin, an der richtigen Stelle zu stehen und die Blätter von den Äpfeln zu rupfen, wenn sie auf dem Fließband an mir vorbeizogen. Keine 1,20 Meter von mir entfernt stand eine Frau, aber das konstante Geratter machte es unmöglich, eine Diskussion aufrechtzuerhalten. Gabelstapler dröhnten im Hintergrund, während Männer hölzerne Paletten zurechtsägten und zusammenhämmerten. Sprühdüsen, Fließbänder und Generatoren –:

der Lärm drückte einen runter, erbarmungslos. Die Türen zur Verladerampe standen stets offen, damit sich niemand über die Hitze beschweren konnte. Ich pflückte die Blätter vom dahineilenden Obst und warf sie auf einen kalten, nassen Haufen, der schnell wuchs, um meine abgestorbenen Füße zu bedecken. Während der ersten Stunde machte ich den Fehler, in einen der Äpfel zu beißen. Frisch aus dem Chemiebad gekommen, verbrannte er mir die Lippen und das Fleisch meiner Mundwinkel, und er hinterließ noch lange einen brüsken Nachgeschmack, als ich längst aufs Klo gerannt und mir den Mund mit Seife ausgewaschen hatte.

Hobbs hatte recht gehabt, als er sagte, ich würde nie wieder einen Apfel sehen wollen, nur zeitlich hatte er sich vertan. Bereits nach den ersten fünfundvierzig Minuten war ich bereit, sie aus meinem Gesichtsfeld zu verbannen. Sie kannten keine Gnade, flossen ohne Unterbrechung vierundzwanzig Stunden lang aufs Fließband und machten den Hunger in der Welt zu einem Mythos oder zu einem Witz, einem grausamen. In einer einzigen halben Stunde hatte ich bestimmt mit genügend Äpfeln zu tun gehabt, um jeden Mann, jede Frau und jedes Kind zu füttern, die auf dieser Welt genügend Zähne hatten, um in ihn zu beißen, oder genügend Willenskraft, ihn zu Apfelmus zu zermatschen.

Es fiel mir bei, daß alles, was wir kaufen, von irgendeiner Blödmännin mit Haarnetz überm Kopf und Watte im Ohr angetickt und eingetütet wird. Jeder Maiskolben, jedes schokoladebeschichtete Rosinchen und Schuhband. Jede Grillzange, jeder papierene Partyhut, jeder nicht selbstgestrickte Topflappenhandschuh trägt eine Geschichte von Unterwerfung und Elend in sich. Vegetarier sehen einen

Schweinebraten und denken an das Tier. Ich sehe jetzt die Vegetarier an und frage mich, wer denn wohl die Schweineteile auf die kleinen Styropor-Platten gepackt und dort eingeschweißt hat. *Da* liegt die echte Tragödie. Zigaretten, Kekse, Kaugummi: alles, was ich in Zukunft sehen sollte, war mit dem Makel der Erinnerung an meinen Ausflug in die Arbeitswelt befleckt. »Kolleginnen und Kollegen, RENNT! RENNT! RENNT UM EUER LEBEN!«

Die Zeit kroch. Ich hob den Schaft meines Gummihandschuhs, kratzte den Frost von der Armbanduhr und stellte fest, daß sich die letzte Stunde auf schlappe sieben Minuten belaufen hatte. Uns standen eine halbe Stunde Mittagspause zu, und dann nochmal dreimal zehn Minuten, die einem vor den Augen zerrannen, während man noch versuchte, die klammen Finger um eine Zigarette zu schließen. Das Essen kam aus Münzautomaten, die in einem Raum aufgestellt waren, aus dem man den vollen Blick auf die Fabrikhalle hatte, damit man, während man sein Sandwich kaute, nicht vergaß, wo man es verdauen würde. Außer mir waren alle Bandarbeiter Frauen mittleren Alters, die die Sortier- und Verpacksaison ertrugen und dann noch für die Konservenabfüllung blieben. Ihre Vorarbeiterin war eine stämmige, sachliche Frau namens Dorothy, die die Football-Jacke ihres Sohnes unter einer schmutzigen Schürze trug, auf welcher die Worte HALT'S MAUL UND ISS! standen.

»Ich kann dir zum Thema Gewerkschaft nur sagen, daß sie, wenn sie an meinen zusätzlichen mir zustehenden Leistungen rummachen, sich ihre Zähne einzeln zwischen meinen blutenden Fingerknöcheln herauspolken können«, sagte sie. »Und dafür werde ich persönlich sorgen!«

Sie führte mich zu einem Schwarzen Brett mit dem Protokoll des letzten Meetings. In jedem Satz kamen eine Menge Abkürzungen vor, und bald fragte ich nicht mehr, was sie bedeuteten. Verglichen mit einer namentlichen Abstimmung über Abfindungen, kam mir alles, sogar mein Job, aufregend vor. Bis es soweit war, daß ich für zahnärztliche Versorgung in Frage kam, war ich so alt, daß ich ein Gebiß brauchte, keine Füllungen. »Du würdest dich wundern«, sagte Dorothy. »Das haben die Jahre so an sich, daß sie mehr werden, nicht weniger.«

Das war mir klar, aber konnten sie nicht mehr werden, ohne so wenig zu bedeuten?

Eines Abends machten wir Pause, und ich fragte, ob jemand vielleicht zufällig Italienisch sprach. »Ich hab das auf dem College ein Jahr lang gelernt«, sagte ich, »und jetzt habe ich das Wort für ›Tragödie‹ komplett vergessen. Spanisch kann ich natürlich auch, und ein Quentchen Griechisch, aber Italienisch ist nun mal so, nun, *bellissimo,* stimmt's?«

Meine Versuche, sie zu beeindrucken, scheiterten kläglich. Fortan nannten mich die Frauen Einstein. »Daß du ein Schlauer bist, wußte ich gleich, als du in den Apfel gebissen hast«, blökte Trish. »Da habe ich mir gesagt: *Da* hat aber mal jemand einen guten Kopf auf den Schultern.«

Der Pausenraum füllte sich mit Gelächter. »Hey, Einstein, was heißt ›Windbeutel‹ auf lateinisch?«

»Sag mal, Einstein«, fragte Dorothy, »fünf Punkte, wenn du weißt, welche hiesige High-School-Football-Mannschaft es ins Oregon-Finale schafft.«

»Ach, laßt den Kleinen doch zufrieden.« Dies war eine Männerstimme, die irgendwo hinter mir erklang. »Der Typ hat über Besseres nachzudenken als über deinen fettärschigen Sohn, der für die trübseligen *Miezekatzen* als Manndecker herumläuft.«

»Mein Junge ist Quarterback«, rief Dorothy. »Und zu deiner Information heißen sie die *Wildkatzen* und sind Kreismeister! Steck dir das hinter den Spiegel.«

Der Mann machte ihr eine lange Nase und bedeutete mir, ich solle an seinem Tisch Platz nehmen. »So ein blöder Hühnerhaufen, aber mach dir nichts draus; sie kriegen alle, was sie verdienen. Sobald sie zu alt zum Eierlegen sind, drehen wir ihnen auf dem Hinterhof den Hals um.«

»Paß bloß auf, Alter«, sagte Dorothy und zerrte an ihren Schürzenbändern.

Der Mann stellte sich als Timothy vor und fügte hinzu, alle seine echten Freunde sagten Curly zu ihm, was ein seltsamer Kosename war, wenn man bedachte, daß seine weizenblonden Haare ihm glatt von der erkahlenden Kopfhaut herunterwuchsen. »Es muß schwer sein für jemanden wie dich, in so einem Loch wie diesem gefangen zu sein. Diese blöden Kühe haben was gegen Leute mit Verstand und vernünftiger Bildung; da fühlen sie sich in der Falle und bedroht, und das mögen wir ja nicht, nein, das mögen wir ganz und gar nicht. Himmel nochmal, sowas ertraaaaaagen sie nicht.« Er schauderte und verschränkte die Arme, als hätte er Angst.

»Ich weiß genau, was du hier durchmachst, denn wir beide sind uns sehr ähnlich«, sagte er. »Ich bin wahrscheinlich mindestens fünfzehn Jahre älter als du und auch nicht entfernt so schlau wie du, aber im Januar gehe ich auf die Volkshochschule und belege einen Kurs in Betriebswirtschaftslehre. Es wird Zeit, die alte Denkmütze anzulegen und zur Abwechslung hart zu arbeiten. Ich hab schon genug Zeit verplempert.«

Curly war irgendwie nicht ganz echt, aber ich war nicht in der Lage, Freundschaft zurückzuweisen. Allmählich mochte ich seine Gesellschaft und wünschte mir manchmal fast, wir könnten über etwas anderes als mich sprechen. »Sag mal, Dave, erzähl mir doch nochmal von dem Traum, den du gestern nacht hattest, den mit den Schrumpfköpfen in der Eierpappe. Da steckt eine machtvolle Symbolik drin; vielleicht kriegen wir raus, welche.« Er war nicht der Hellste von der Welt, aber er trug das Herz am rechten Fleck.

Curly arbeitete in der ersten Schicht als Gabelstaplerfahrer, oft bis spät abends, um Überstundengeld zu kriegen. Manchmal fuhr er nachts auch einfach zurück zur Fabrik, um mir beim Abendessen Gesellschaft zu leisten. Er sprach mit dem Vorarbeiter, und ich wurde zum Sortierer befördert. Die entblätterten, funkelnden Äpfel zogen auf dem Band vorbei, und meine Aufgabe war es, die tollen von den ganz tollen zu trennen. Nie hatte jemand den Unterschied zwischen den beiden Kategorien erklärt. Ich versuchte, Gail und Dorothy zu fragen, aber die waren wütend, weil ich ohne längere Betriebszugehörigkeit befördert worden war, und ignorierten mich. Ich beobachtete sie und tat es ihnen gleich: Ich kaute Kaugummi, verschränkte die Arme und saß auf einem Hocker, bis ein Geschäftsführer in Sicht kam; an diesem Punkt begann ich, rasch und wahllos zu selektieren, und tat diesen Apfel auf das tolle Band und jenen auf das ganz tolle. Verdorbenes Obst wurde auf eine Rutsche geworfen und später zu Babynahrung verarbeitet. Die Gehaltserhöhung betrug fünfundzwanzig Cent die Stunde. Dieser Job war trockener als mein voriger, aber auch nicht aufregender.

»Da hat sich doch jemand bis in die Mitte hochgeschlafen«, hörte ich Connie bei der Kaffeemaschine Trish zuflüstern. »Als nächstes trägt er pelzgefütterte Handschuhe und hat ein Kissen unter seinem kleinen Popo.«

Ich nahm an, daß von mir gesprochen wurde, da ich in der gesamten Firma Duckwall-Pooley der einzige Mitarbeiter war, der über etwas verfügte, was man hätte als kleinen Popo bezeichnen können. Curly hatte recht gehabt, was diese Frauen betraf: Sie waren genauso billig und engstirnig wie nur irgend möglich. »Bis in die Mitte hochgeschlafen.« Wenn ich wirklich bei der Arbeit geschlafen hätte, wäre ich doch im Ernst wohl kaum befördert worden, oder?

»Das ist hier ein unbarmherziges Geschäft, mein Lieber, laß dir bloß nichts anderes weismachen«, sagte Curly. »Du hast Glück, daß dir jemand den Rücken freihält. Die sind nur eine Herde dämlicher Schafe, und eines Tages werden sie geschoren.«

Ich war seit drei Wochen in der Fabrik, als Curly mich auf einen Drink in seinen Anhänger einlud. Er wohnte direkt außerhalb von Hood River in einem Doppelanhänger mit seiner Mutter zusammen, einer Frau, von der er oft sprach. »Ich habe Mutter erzählt, daß du gesagt hast, Dorothys Mund sieht aus wie eine Schußverletzung, und sie hätte sich bei Gott fast was getan, so sehr hat sie gelacht. Sie ist eine sehr lustige Dame, meine Mutter. Nichts findet sie so komisch wie einen guten Poch-poch-wer-ist-da-Ulla-Welche-Ulla?-Ulla-paloma-blanca-Witz. Kennst du auch so einen, der auch so zum Totlachen ist?«

So verzweifelt, wie ich mich nach Gesellschaft sehnte, so klar war mir, daß ich es mit einem Versager zu tun hatte. In BWL schien Curly seine perfekte Karriere ausgemacht zu haben. Ich konnte ihn mir ganz leicht mit einem kurzärmeligen Hemd vorstellen, die Brusttasche von Kugelschreibern ausgebeult. Jemand kam an, fragte ihn, ob er mal bei den Stechkarten nach dem Rechten sehen könne, und dann sagte er wahrscheinlich etwas Doofes wie »Alles klar, keiner weiß Bescheid«. Ich hatte versucht, ihn auf die richtige Bahn zu bringen, aber die Möglichkeiten sind begrenzt bei jemandem, der glaubt, Auschwitz sei eine Biermarke.

Er parkte den Kleinlaster in der Einfahrt vor seinem Anhänger, der unter einer Gruppe Tannen stand. Die Nacht war so kalt und klar, daß man den dampfenden Atem des heranstürmenden Schäferhunds sehen konnte.

»Wo ist der King?« fragte Curly und kniete nieder, um sich das Gesicht lecken zu lassen. »Da ist er ja! Du bist doch der King, oder? Der Lieblingsking, der King aller Biere. Wer ist der King aller Biere? Ja, wo ist er denn? Wo ist er denn?« Er boxte dem Hund voller Zuneigung auf den Kopf und sagte dann: »So. Gut. Genug gespielt. Hau ab, King. Verzieh dich.«

Als er den Schlüssel ins Schloß steckte, kam der Hund zurück, drückte den Kopf gegen den Türpfosten und wollte hinein. »Scheißkerl, ich hab NEIN gesagt.« Curly trat den Hund mit seinen spitzen Stiefeln, und das Tier lief auf den Hof zurück. »Hab ich nicht nein gesagt? Hab ich nicht gesagt, genug gespielt?« Wieder ging er in die Knie, und seine Stimme wurde sanft und süß. »Lieblingsking. Wo ist mein King aller Biere, mein King of the Road, Lieblingsking? Ja, wo ist er denn hingerannt? Der King ist weggerannt und hat seine Krone im Staub vergessen. Wer will seine Krone wiederhaben? Wo ist denn mein King nur hin? Wer ist rechtmäßiger Besitzer dieser Krone?«

Der Hund kam heran, duckte sich vor Curly, der ihn am Halsband ergriff und ihm mehrmals in den Hintern trat, bevor er ihn freiließ. »Ist nur ein Spiel«, sagte er und wischte sich die Hände an der Hose ab. »Er hat's gern ein bißchen wild.«

Es war die extreme Hitze, zusammen mit einem gemeinen, fauligen Geruch, die ahnen ließ, daß Curlys Heim kein allzu trautes war. Es roch nach allem Schmutzigen, das man sich vorstellen konnte, und dann noch nach mehreren Dutzend schmutziger Dinge, die sich ein anständiger Mensch nicht vorstellen konnte. Das Wohnzimmer war in Nußbaum-Imitat getäfelt und mit gerahmten Drucken vollgehängt, die weniger komplizierten Zeitläuften gewidmet waren, als barfüßige Knaben dem alten Apfelmann Äpfel von seinem alten Apfelkarren stibitzten. Sofas und Sessel waren mit rotem Veloursamt gepolstert und mit Plastikbezügen geschützt, die auf behaglichen Sitz zugeschnitten waren. Auf dem Couchtisch stand ein prunkvolles Feuerzeug, welches von mehreren Exemplaren des *Oregonian* umrahmt wurde, die fächerförmig angeordnet waren. Rundliche Cherubim tollten am Fuß jeder Stehlampe herum, und der königsblaue Teppich war mit einem Netz von Läufern belegt. Es war nicht dreckig oder auch nur unordentlich, nur unglaublich stinkig, als wäre der Anhänger selbst einmal etwas gewesen, was gelebt und geatmet hatte, aber vor etwa sechs Monaten gestorben, nun der Verwesung anheimgegeben und ohne würdiges Begräbnis geblieben war.

»Mutter? Bist du schon salonfähig? Dein Sohn Nummer eins ist heimgekehrt.« Er öffnete eine Tür am Ende des Ganges, ich sah eine dünne, eingeschrumpelte Bohnenstange von Frau, die sich von einer Kloschüssel erhob, wandte mich ab und tat, als prüfte ich das Bild eines rüstigen Opas, der die Arme weit auseinanderhielt, um zu zeigen, wie groß der war, der ihm entwischt war.

»Ich dachte, du bist einer von den Taylor-Buben«, sagte die Frau. »Ich dachte, du willst den großen Eimer Würstchen wieder abholen. Ihr Vater hat sie vorbeigebracht, einen ganzen, großen Eimer voll. Ich hab angerufen und gesagt: ›Was soll ich denn mit soviel Würstchen. Schick den Jungen vorbei; er soll sie wieder mitnehmen.‹«

Curly senkte die Stimme. Ich konnte nicht verstehen, was er sagte, aber es klang ungeduldig.

»Nein, ich will nicht, daß du den Stock holst«, hörte ich die Frau sagen. »Ich will, daß diese Würstchen aus meinem Schrank verschwinden, ist, was ich will. Ruf diesen Taylor-Buben an, damit er sie abholt.«

Ich hörte, wie sie protestierte, als sie angehoben wurde, hörte, wie das Klo gespült wurde und Wasser ins Waschbecken lief. »Ich mag solche Würstchen nicht. Ruf an, sie sollen sie wegschaffen.«

Curly öffnete die Tür, tauchte wieder auf, seine Mutter im Schlepp, führte sie an der Küche vorbei und in einen Raum, den, das wußte ich, ich nie betreten wollte. Ich hätte mich mal wieder treten können, weil ich nie fahren gelernt hatte. Mit dem Geld, das ich bei der Apfelernte verdient hatte, hatte ich genug Bares unter der Matratze für ein Gebrauchtmodell. Mit einem eigenen Auto hätte ich mir irgendeine Entschuldigung einfallen lassen und problemlos abhauen können. Ich hätte auch *sein* Auto nehmen können, wenn ich gewußt hätte, wie man den Motor anläßt und wegfährt. Während ich in einem Anhänger *wohnte,* war es klar, daß Curly in einem *lebte,* und es entsetzte mich, daß er mich fälschlicherweise für seinesgleichen gehalten hatte. Lag es an meiner Kleidung? An der Blässe meiner Haut? Meiner Neigung, den Mund offen klaffen zu lassen, wenn mir fad war? Anhängerbewohner wurden ähnlich wie das

Apfelmus in der Fabrik eingedost und etikettiert, so daß die ganze Welt die Zutaten sehen konnte: in schwimmendem Fett gegartes Steak mit Panade, verkochtes Gemüse, keine Grundkenntnisse der wichtigsten italienischen Filmregisseure –; die Liste wurde immer länger.

»Mann, ist sie müde oder was?« sagte Curly und schüttelte ungläubig den Kopf, als er aus dem Schlafzimmer kam. »Manchmal ist sie wie eine Uhr, wenn du weißt, was ich meine. Kuckuck. Kuckuck.« Er tippte sich mit dem Zeigefinger gegen die Schläfe und ließ ihn rotieren. »Du weißt ja, wie's mit Müttern ist. Man kann nicht mit ihnen leben, und sie passen nicht in einen Sack. Hey, hab *ich* das gesagt?« Er drückte sich auf die Fingerspitze, als wäre sie der RÜCKLAUF-Knopf. »Sind wir hergekommen, um uns ein bißchen zu entspannen oder was?« Er trat in die Küche, kehrte mit einem Sechserpack Bier zurück und erläuterte, wir sollten uns vielleicht in sein Schlafzimmer zurückziehen, da seine Mutter einen leichten Schlaf habe. »Sie kann, mein lieber Mann, zum regelrechten dreiköpfigen Ungeheuer werden, wenn sie nicht ihr Auge voll Schlaf kriegt«, sagte er. »Du bist doch nicht so, oder? Bist du ein griesgrämiger alter Werwolf, wenn du morgens aufwachst? Das will ich aber nicht hoffen, denn ich hab ja wolche Angft vor Monftern.« Er kaute sich an den Nägeln und ging in die schlotternden Knie. »Hab ja wolche Angft. Piff mir in die Howe.«

Wie immer es um Curlys theatralische Angst bestellt sein mochte, sie kam aber auch nicht entfernt an meinen echten Horror heran, als er die Tür zu seinem Schlafzimmer öffnete, welches als Ausstellungsraum für seine umfangreiche Sammlung künstlicher Penisse diente. Sie hingen an den Wänden, ragten einem von Wandplakaten entgegen und standen aufrecht, ordentlich in Regalen und auf Tischplatten angeordnet. In Holz, Plastik oder fleischigem Gummi kopiert, war ihnen ihre erhebliche Größe gemein. Manche waren detailliert ausgeführt und wiesen Adern und lockigen Haarbewuchs auf, während andere als minimalistische Andeutung existierten. Schwarz oder weiß, poliertes Aluminium oder fleischfarben, elektrisch oder manuell –, die Botschaft war dieselbe.

»Na, was meinst du?« sagte Curly und ließ sich auf dem Wasserbett nieder.

»Das ist ja wirklich eine … beeindruckende Tagesdecke«, sagte ich und hoffte, die Aufmerksamkeit auf die Farbwahl zu lenken. »Das … Orange ist ein richtig *orangefarbenes* Orange, stimmt's?«

»Ja, so könnte man es wohl sagen«, sagte er und griff nach etwas, was stark einer Thermosflasche ähnelte. »Wie gefällt dir meine Spielzeugsammlung? Ich hatte mir gedacht, du könntest mehr damit anfangen als irgend jemand, den ich sonst so kenne. Als ich dich zum erstenmal sah, hab ich mir gedacht: ›Dieser Junge braucht einen Spielkameraden.‹ Also, wie sieht's aus, wie sieht's aus, kommt Charlie Brown zum Spielen raus?«

»Oh, Mann«, sagte ich. »Wirklich nett, daß du fragst … Curly. Es ist ja nur, äh, weil wir doch zusammen arbeiten …«

»Ein Grund mehr, auch zusammen zu spielen«, sagte er. »Na los, Einstein, komm mir nicht mit *der* Scheiße. Hier, du hast mich auf Touren gebracht wie einen Güterzug.« Er fuhr mit dem Reißverschluß seiner Jeans auf dem Gleis seines Hosenschlitzes auf und ab. »Du hast dich zu weit vorgewagt, um jetzt einen Rückzieher zu machen. Spiel nicht solche Spielchen mit mir.«

»Tu ich ja gar nicht«, sagte ich. »Es ist nur so, daß ich … äh … diese … verdammten Filzläuse habe.« Ich kratzte mich wild und gratulierte mir im stillen zu dieser List. »Die wird man echt schwer wieder los, und ich möchte nicht, daß du sie dir auch noch holst.«

»Wär auch nicht das erstemal«, sagte er. »Los, beweg deinen Arsch ins Bett. Curly wird diese bösen alten Filzläuse finden und ihnen ordentlich den Hintern versohlen.«

»Das klingt ja … wirklich … vielversprechend«, sagte ich. »Natürlich nicht für die Filzläuse … Für *die* klingt es eher … äh … nicht so gut.« Ich entschuldigte mich, ich müsse aufs Klo. Curly hatte mir vorher die Jacke abgenommen, und ich tastete nach ihr in der dunklen Garderobe. Als ich hörte, wie er nach mir rief, schnappte ich mir die daunengefütterte Jacke, floh zur Vordertür hinaus, rannte über die Einfahrt und weiter auf die dunkle Straße.

Erst als ich eine Straßenlaterne erreichte, merkte ich, daß ich eine Damenjacke trug. Sie war daunengefüttert, wie meine, aber rosa, und die Taschen waren voller zusammengeknüllter Kleenextücher. Ein Auto bog um die Ecke und raste auf mich zu. Kurz bevor er mich erreicht hatte, scherte der Fahrer aus, fuhr aufs Bankett, und ich fiel rückwärts in einen Graben. Eine Bierdose landete neben meinem Kopf, und ich hörte, wie Gelächter und laut aufgedrehte Musik in der Ferne verklangen.

Als warmer, sicherer Ort war der Graben gar nicht übel. In faulende Blätter und Fetzen Papier gekauert, fragte ich mich, wie ich bei Curly so unrecht gehabt haben konnte. Ich hatte immer angenommen, er wäre ledig, weil er keine Frau finden konnte, die verzweifelt genug war, sich mit seiner Unreife abzufinden. Wäre alles anders gewesen, wenn ich ihn attraktiv gefunden hätte? Wenn er wie, sagen wir mal, William Holden in dem Film *Picknick* aussähe, hätte ich mir dann seinen überheizten Anhänger und seine Blödmannsgeschichten bieten lassen? Ich rief mir seine Kollektion künstlicher Penisse ins Gedächtnis zurück und begriff, daß die Antwort eindeutig *Nein!* lauten mußte. Nach einem solchen Monster konnte der nächste Schritt nur darin bestehen, daß ich auf einem eingefetteten Hydranten saß. Bevor ich wußte, wie mir geschah, wäre ich zu einem jener Männer mittleren Alters geworden, die Windeln trugen und beim Gehen humpelten. Ich wußte, ich hatte in der Sortier- und Packfirma meine letzte Schicht gearbeitet. Es war nicht Curlys Schuld, aber es ist immer schön, jemanden zu haben, dem man sie geben kann. Wenn überhaupt, sollte ich ihm dankbar sein, weil er mir einen guten Vorwand zum Abhauen geliefert hatte. Plötzlich schien es eine gute Idee zu sein, die Brocken hinzuschmeißen und die Stadt zu verlassen. Zuerst wollte ich jedoch einfach ein Weilchen in diesem Graben liegen, gut in eine Damenjacke eingemummelt, und mich fragen, wo ich einen Fehler gemacht hatte.

Seitdem die Mexikaner weg waren, war Hobbs' Obstplantage ein trostloser Ort. Kurz nach Sonnenaufgang hinkte ich in meinen Anhänger und starrte aus dem Fenster auf die kahlen Bäume. Das Problem, wenn man eine Stadt verließ, war, daß man früher oder später in einer anderen ankommen mußte. Ich nahm mir vor, irgendwohin zu fahren, wo es exotisch war, nach Portland vielleicht, oder nach Tacoma (Washington), aber tiefinnerst wußte ich, daß ich, sobald mein Bündel geschnürt war, nach North Carolina zurückkehren würde. Wenn ich nur noch ein bißchen länger hierbleiben konnte, entwickelte ich vielleicht die emotionalen Schwielen, die man brauchte, um die Vergangenheit hinter sich zu lassen und allein ein neues Leben zu beginnen. Es war wie eine fiebrige Erkrankung: Nur noch ein paar Wochen, und vielleicht wäre ich dann darüber hinweg gewesen. Nichts, so schien es, konnte einen in seinen Vorsätzen so schwankend machen wie eine Nacht im Straßengraben.

Ich fuhr per Anhalter nach Hood River hinein, um meine Leihbücherei-Bücher zurückzugeben, und machte kurz bei der Firma halt, um zu erklären, daß ich meinen Job nicht mehr brauchte.

»Yale«, rief ich dem Vorarbeiter zu, um den Lärm des Generators zu übertönen. »Ich muß zurück nach Osten; ich habe einen Ruf als Gastdozent.«

»Du hast dir deinen Ruf im Knast erpennt und mußt jetzt zurück? Paß gut auf, wenn du dich beim Duschen bückst, weil dir die Seife weggeflutscht ist. Also bis dann, wenn du wieder raus bist.«

»Sieht aus, als ginge es zurück nach Hause«, flüsterte ich der Bibliothekarin zu und überreichte ihr meine zerfledderten überfälligen Exemplare von *Tal der Puppen* und *Rosemarys Baby*. »Ich habe einen Ruf als Gastdozent nach Yale, und weil die Erntezeit sowieso vorbei ist, dachte ich, warum nicht?«

»Bevor man verhungert«, seufzte die Frau.

Ich weiß nicht, warum ich überhaupt das Gefühl hatte, mich rechtfertigen zu müssen. Außer der rechtmäßigen Eigentümerin meiner rosa Jacke betraf mein Scheiden niemanden. Ich hatte mehrere Monate dort verbracht, und es war nichts dabei herausgekommen. Da ich nicht die Art

Mensch war, welche die Dinge ins Rollen brachte, mußte ich mich von den Dingen überrollen lassen. Ich erwartete, daß sich mir die ganz großen Möglichkeiten eröffneten, und das hatten sie getan, in Form von einem Gewerkschaftsausweis und drei Dutzend künstlichen Penissen. In North Carolina würde es auch nicht anders sein als in Oregon. Ich dachte an diese Leute im Bus, die von einem beschissenen Ort zum nächsten fuhren und keinerlei Veränderung erwarteten, außer landschaftlich. Bald saß ich wieder neben ihnen, teilte mit ihnen meine Kartoffelchips und fand sie ganz toll.

Ich war wieder in Richtung Odell unterwegs, als mich ein Mann in seinem Kombi mitnahm, der sich als Jonathan Combs, C. O. G., vorstellte.

Ich fragte, was die Buchstaben bedeuteten, und er sagte, ich solle mal raten. Er schien ein Mittfünfziger zu sein, mit teigigem, quadratischem Gesicht, einer Brille mit schwerem, schwarzen Rahmen und einem silbernen Bürstenhaarschnitt.

»Los, rate mal«, sagte er.

*Cousin of Godzilla?* dachte ich. *Clobiger oller Gauner? Cholesteringefährdeter Ost-Gote?*

»Ich komm beim besten Willen nicht drauf«, sagte ich.

*»Child of God«,* sagte er. »Auch du bist eins! Da hattest du nun immer schon diesen glorreichen Titel und wußtest es nicht mal! Ich habe ihn mir sogar auf meine Schecks drucken lassen. Wenn der Mann da oben sie auch noch *ein*löst, bin ich ganz groß im Geschäft. HA!« Er wandte sich an sein Autodach. »War nur ein Scherz, o Herr.«

Jon sagte, er könne mich bis nach Odell hinein mitnehmen, müsse aber erst noch kurz beim Studio vorbeischauen. Ich fragte, was er da mache, und er sagte: »Ich bin

Künstler, *das* mache ich da. Schon mal einen Künstler kennengelernt? Manchmal benehmen wir uns vielleicht ein bißchen merkwürdig, aber keine Sorge, Kleiner, ich bin geimpft und hab bisher noch keinen gebissen.«

Er bog in eine Wohnstraße und hielt vor einem Haus, das mit den Überresten von Halloween dekoriert war. Durchweichte Gespenster hingen an den Bäumen, vom Morgenregen gequollen, der ausgehöhlte Kürbis war eingeschrumpelt, und sein einst vergnügtes Gesicht ähnelte dem einer zahnlosen, sonnenverbrannten Mumie. »Diese freundlichen Menschen sind Mitglieder meiner Kirche«, erklärte er. »Ich habe ihnen gesagt, ich suche ein Studio, und da haben sie mir ihren Kellerschlüssel gegeben. Einfach so.« Er lächelte und schüttelte beim Gedanken an sein günstiges Geschick den Kopf. »Du wirst die tollsten Menschen der Welt kennenlernen, und sie leben hier, in dieser Stadt«, sagte er. »Naja, ich glaube, *dich* brauche ich nicht daran zu erinnern. Du hast ja schon einen kennengelernt.«

»Wen?«

»Mich, du Idiot!« Er griff nach zwei Aluminium-Spazierstöcken, die neben ihm lagen, und stützte sich beim Aussteigen auf sie. Ich folgte ihm und tat, als nähme ich die unmißverständlichen Geräusche nicht wahr, die aus seiner Hose drangen. Entweder litt er unter einem besonders schweren Fall von Flatulenz, oder in seiner Gesäßtasche saß ein Knirps, der Trompete übte. »Fühlst du dich stark genug, etwas Erstaunliches zu sehen?« fragte er. »Dann halte mal schön deine Socken fest, denn der Anblick wird dich geradewegs aus den Socken hauen.« Er öffnete die Tür zu einem Kellerraum, der mit einer Waschmaschine und einer Trockenschleuder ausgerüstet war. In der anderen Ecke des Raumes standen mehrere große, schmuddelige Maschinen mit unklarem Verwendungszweck. Er knipste die Deckenbeleuchtung an und wuchtete sich in Richtung eines Felsbrockens, der in einem Kasten mit rostfarbenem Wasser ruhte. »Ta-ta-ta-*taa*! Na, wie geht's den Socken? Noch alles dran?« fragte er.

Mich beschlich das deutliche Gefühl, etwas nicht mitzukriegen, was doch so offensichtlich war.

»Das ist Jade!« Die Augen des Mannes funkelten. »Und ich hab noch viel, viel mehr, wo das herkommt. Ist vielleicht nicht allerbeste Qualität, aber immerhin, es ist genug da, um mich zehnmal zum reichen Mann zu machen, wenn ich keine Scheiße baue und nicht wieder anfange zu saufen, gleich dreimal auf Holz klopfen.« Er setzte sich, pochte gegen seine Knie und verursachte ein hohles Geräusch.

Ich war sprachlos.

»Dreimal auf Holz klopfen gefällig? Nur zu; freie Auswahl. Ein Bein ist so gut wie das andere.« Er zog die Hosenbeine hoch und enthüllte glatte, kittfarbene Waden. »Sie sind nicht echt aus Holz; da hab ich dir ein Bein gestellt. Ha! Nicht schlecht, was? Oder, anders ausgedrückt, ganz schön beinlich! Nein, sie sind voll aus Plastik, und sie gehören mir, und ich will sie auch behalten.« In einer gespielten Abwehrhaltung umklammerte er seine Knie.

Der Mann war eindeutig eine Art Wahnsinniger, vielen anderen Menschen nicht unähnlich, die mich per Anhalter mitgenommen hatten, aber bei diesem wußte ich mit Bestimmtheit, daß ich ihm, wenn es darauf ankam, wegrennen konnte. Vielleicht blieb ich deshalb und hörte ihm zu, als er von den vielen Jahren erzählte, die er in Alaska verbracht hatte. Das war auch so eine Gegend, in die mich nichts zog. Meine Kinderphantasien mit Eisbären und lächelnden Eskimos, die einander durch die gefrorene Tundra jagten, waren durch Zeitschriftenartikel über Städte mit hohen Lebenshaltungskosten und niedrigen Verdienstmöglichkeiten zunichte gemacht worden, in denen bärtige Männer unter einer unbarmherzigen Mitternachtssonne um Bräute aus dem Versandhauskatalog Armdrücken spielten. Wenn dies das letzte Neuland war, das es zu erringen galt: bitte, bitte.

Nachdem seine erste Ehe gescheitert war, reiste Jon auf der Suche nach Reichtum gen Fairbanks. »Aber das einzige Gold, das ich fand, wirbelte auf dem Boden einer Flasche.« Er verlor sein linkes Bein, als sich sein Auto überschlug und ihn gegen einen Baum nagelte. Dessen Partner wurde ein paar Monate später wegen Wundbrand amputiert. Es waren die Lufttaschen zwischen den Prothesen und den Beinstümpfen, welche beim Gehen diese Furzgeräusche hervorbrachten.

»Da war ich also. Meine Beine waren nicht mehr aktuell, aber ich hatte immer noch meine Hände, und mehr brauchte man nicht, um nach der Flasche zu greifen. Ja, 's ist wahr, die beste Medizin der Welt wird von einem Burschen hergestellt, und der ist im ganzen Land unter dem Namen Jim Beam bekannt. Ich war ein ausgetrockneter Jammerlappen, mit nichts zu tun, als sich zu besaufen und zu bemitleiden. Und genau das tat ich, bis ich einen Mann kennenlernte, der mir sagte, ich kann auch ohne ein Paar Stinkfüße gehen. Einen Mann, den ich zufällig auf dem von Menschen wimmelnden Korridor eines Krankenhauses der Veterans' Administration kennenlernte. Einen Mann namens Jesus Christus. Er war zufällig eng mit meiner Frau befreundet und fand, wir sollten uns kennenlernen. Damals war sie natürlich noch nicht meine Frau, sondern nur eine weitere hübsche Krankenschwester mit einer tollen

Garnitur Titten und einem Arsch, in dem man verlorengehen konnte. Jesus hat uns zusammengebracht. Dann sagte er uns, wir sollten heiraten und so schnell wie möglich aus Alaska verduften, und so, verdammte Scheiße, geschah's.«

Das mit der Jade kam später, irgendwo im Bundesstaat Washington, wo er auch Schneiden und Polieren lernte. »Da kommt dann das Können zur Geltung«, sagte er. »Sieh dir diesen Stein an; ist doch nichts, oder? Nur ein staubiger Klumpen Nichts.« Jon stellte sich auf seine künstlichen Füße. »Und jetzt sieh dir *dies* an!« Er lüpfte ein Tuch von einem Tisch, und darunter kam ein halbes Dutzend glänzend polierter Jadetafeln zum Vorschein, die zu Uhren verarbeitet waren, wobei die batteriebetriebenen Minutenzeiger an Klecksen aus Goldfarbe vorbeiruckten, welche die Ziffern darstellen sollten.

»Was ist das?« fragte er und hielt eins der größeren Modelle hoch.

»Eine Uhr?«

»Ja, natürlich ist das eine Uhr, aber was noch? Sieh dir doch mal die Form an. Na?«

Ich versuchte, einen Sinn hineinzukriegen, aber ich sah günstigstenfalls eine Scheibe Brot, deren Ecken von Ameisen oder Mäusen abgekaut waren.

»Das ist *Oregon,* du Blödi. Jeder kennt doch die Form von Oregon. Du bist vielleicht noch nicht lange hier, aber das ist keine Entschuldigung. Die Bauerntölpel in dieser Stadt werden mir die Babys aus den Händen reißen; sowas hast du noch nicht gesehen! Ich berechne hundert Eier pro einmal Uhr, und das ist nichts, verglichen mit dem, was einige dieser Komiker für ihre Tierwelt-Schinken kriegen. Weihnachten steht vor der Tür, ich muß loslegen und anfangen, diese Mistdinger rauszuhauen, und weißt du, was? *Du* wirst mir dabei helfen!«

Sobald er das sagte, wußte ich, daß er recht hatte. Die ganz große Möglichkeit hatte sich mir eröffnet, und ich sah keinen Grund, nicht hineinzutappen.

Es war Jons Gewohnheit, jeden Arbeitstag mit einem Gebet zu beginnen. »Bin ich ganz allein in diesem Zimmer?« fragte er. »Mein Kumpel Jesus blickt herab und sagt: ›Jon kenn ich, aber wer ist der liebenswerte Trottel mit dem spöttischen Grinsen auf dem Gesicht?‹ Los jetzt, knie nieder, zeig ein bißchen Dankbarkeit, daß du noch zwei Knie zum Knien hast.«

Nachdem ich die gewünschte Körperhaltung eingenommen hatte, konnte er also anheben: »Hallo da oben, o Herr. Ich bin's mal wieder, Jon, Dein alter Spezi. Wenn es nicht zuviel verlangt ist, fände ich es echt schön, wenn Du diesen respektlosen kleinen Dussel, der jetzt für mich arbeitet, im Auge behalten könntest. Gib mir die Geduld, dann werde ich mich anstrengen und ihm beibringen, was Du bedeutest, und was dies kostbare Jadegestein bedeutet, das Du mir gegeben hast. Und, hey, danke für den Kaffee, aber hast Du auch Zucker? HA!«

»Man kann durchaus mit dem Herrn Witze machen«, sagte er eines Morgens und entfernte sein rechtes Bein, um Salbe auf den bandagierten Beinstumpf zu schmieren. »Hey, da oben, ich hoffe, ich komme nie vor Gericht. Die Beweisführung meines Verteidigers stünde nämlich nicht mal auf *tönernen* Füßen. HA!«

Die religiöse Unterweisung wurde mit einem Charme vorgebracht, der rasch nachließ, wenn es an die Arbeit ging. Die Jade wurde auf einer unter Druck stehenden Säge in Scheiben geschnitten, an der ein Wasserschlauch angebracht war, der verhindern sollte, daß die Klinge zu heiß wurde. Jon schnitt den Stein in Scheiben, und es war mein Job, sie zu polieren. Dies geschah mit verschiedenen abgestuften runden Scheiben, die auf ein Rädchen paßten, welches sich rasend schnell drehte. Sobald sie glatt waren, brachte ich die sechs Millimeter dicken Scheiben mit einem rotierenden Lederriemen auf Hochglanz. Durch die Reibung entstand ziemliche Hitze, und obwohl ich Handschuhe trug, ließ ich manchmal ein bereits ziemlich fortgeschrittenes Werkstück fallen, und es zerschellte auf dem Fußboden.

»Du dämlicher, unbeholfener Esel«, rief Jon und schlug mit seinen Stöcken gegen den Tisch. »Weißt du, wieviel Arbeit in dem Stück steckt? Du gottverdammter, blöder Köter!« Nachdem ich erschöpfend beschimpft war, trug er seinen Fall den Himmeln vor. »Hey, o Herr, warum behandelst Du mich so? Soll das ein Test sein? Hast Du mir diesen Schussel gesandt, um mir eine Lektion zu erteilen? Was hab ich getan, um diese stinkende Scheiße zu verdienen?«

Die Tür, hinter der die Treppe zum Erdgeschoß lag, ging auf und eine Frau steckte den Kopf übers Geländer. »Bruder Jon, gibt es ein Problem?«

»Das kann man wohl sagen. Dieser Scheißkerl hat gerade vier Stunden Schwerstarbeit auf den Scheißfußboden geschmissen. *Das* ist mein gottverdammtes Problem.«

»Es tut mir sehr leid, das zu hören«, sagte die Frau und hielt ihrer fünfjährigen Tochter die Ohren zu.

Dies Szenario wiederholte sich bis zu dem Tag, an dem das Kind seine Mutter als »Arschgesicht« anredete, und es wurde angedeutet, Jon würde sich vielleicht eine etwas abgelegenere Werkstatt suchen wollen.

»Schaff die Ausrüstung ins Auto«, sagte er. »Bloß raus aus diesem Rattenloch.«

Er fand ein anderes Studio, einen ehemaligen Kosmetiksalon am Stadtrand. Morgens zogen wir mit den Maschinen um, und am Nachmittag zeichnete er bereits wieder den Umriß von Oregon auf polierte Jadescheiben und schnitt ihn mit seiner Bandsäge aus. Im Laufe unseres Arbeitstages wurden wir ziemlich oft von Jons Glaubensbrüdern unterbrochen, die hereinschneiten, um zu sehen, wie wir vorankamen.

»Pete, Kimberley, hört mal zu. Für fünfundsiebzig Dollar könnt ihr so eine Uhr haben. Versucht nicht, mir das auszureden; das ist der Rabatt des Herrn, nicht meiner. Ich ... Was war das?« Er blickte an die Zimmerdecke und legte beide Hände hinter die Ohren, als versuche er, aus einer Information schlau zu werden, die aus einem weit entfernten, knackenden Lautsprecher kam. »Was? Okay, wenn Du meinst.« Er wandte sich wieder an seinen Besuch und hob die Schultern. »Der Herr hat zu mir gesprochen und gesagt, wo ich gerade dabei bin, gibt's die Batterien dazu. Was meint ihr? Fünfundsiebzig Dollar.«

Ob er mit Phil und Dotty Frost sprach, mit Walter und Linda Tuffy, mit Hank und June Staples, mit den Mangums, den Stenzels oder den Clearwaters, die Reaktion war immer die gleiche: »Wir wissen das Angebot zu schätzen, Bruder Jon, aber es übersteigt leider ein bißchen unsere Barmittel.«

»Dann machen wir eben ein Finanzierungsmodell; na, wie sieht's aus?«

Die Mitglieder lachten verhalten und versuchten, seinem Blick auszuweichen. »Da würden wir ja liebend gern mitziehen, wirklich wahr, aber die Bank sagt, wir haben bereits mehr Finanzierungsmodelle laufen, als uns guttut.«

»Scheißknauser.« Jon stand am Fenster und winkte, während die Besucher aus der Einfahrt fuhren. »O Herr, warum hast Du mir diese geizigen, nichtsnutzigen Freunde gesandt?«

Bis ich siebzehn wurde, war ich gezwungen worden, die Orthodoxe Kirche der Heiligen Dreieinigkeit zu besuchen. Der Gottesdienst wurde von einem Popen im Kittel abgehalten und erforderte endlose Runden von Stehen, Sitzen und Knien. Alle paar Stunden streunten die Meßdiener mit Humpen schwelenden Weihrauchs durch die Gänge, und nacheinander fiel die Gemeinde, vom Fasten benommen, um wie die Fliegen. Weil ich nie verstehen konnte, was gesagt wurde, machte ich mir ein Bildnis von Gott, welches nicht zürnend, richtend und strafend war, sondern einfach schmerzhaft langweilig. Christus war mir ein Mysterium, und Jon und seine Freunde waren begierig, die Lücken zu füllen. Es gab Tage, an denen ich mit der festen Überzeugung von der Arbeit kam, daß eine Belohnung von fünfhundert Dollar auf den ersten Menschen ausgesetzt war, der es schaffte, meinen Kopf in das nächste Gewässer oder Tauf-Planschbecken aus Plastik zu tunken. Ich war ein Klumpen ungeformten Lehms, umzingelt von einer Gilde eifriger Bildhauer. Dies waren die einzigen Menschen, zu denen ich – außer zu den Männern und Frauen, die mich jeden Tag mitnahmen, wenn ich zur Arbeit und wieder nach Hause fuhr – Kontakt hatte. Ich kam in die Werkstatt, hörte Radio Frohe Botschaft, wurde von Jon verflucht und von seinen vorbeischauenden Freunden und Nachbarn wieder gesegnet. Es war, als wäre man in ein fremdes Land geschickt worden, um in eine Sprache einzutauchen, die, irgendwie, mit der Zeit, die eigene werden sollte.

»Friede sei mit euch, Brüder.« – »Wie heißt es noch so schön in Johannes dreizehn?« – »Der König kommt!« Ich kämpfte wie verrückt dagegen an, aber meine einzige Alternative bestand darin, mit niemandem zu sprechen. Ich hatte das bereits versucht, und es hatte dazu geführt, daß ich Kühen Vorträge hielt, bis der Bauer mir sagte, das schade ihrer Verdauung. Dieser Gott war jemand, mit dem ich mich schließlich immer mehr beschäftigte, wenn ich in meinen immer kälter werdenden Anhänger zurückkehrte. Strafte Er mich mit dieser Mahlzeit, oder belohnte Er mich? Beobachtete Er mich aktiv, oder nahm Er mich als selbstverständlich hin, wie einen Fisch, den man nicht wahrnimmt, bis er mit dem Bauch nach oben im Aquarium dümpelt?

Im neugefundenen Geiste der Vergebung schrieb ich meinen Freunden zehn- bis fünfzehnseitige Briefe, und wieder kam keinerlei Antwort. Es gelang ihnen nicht, eine Postkarte abzuschicken, während all diese Leute hier – die Halbergs, die Cobblestones, Sam und Charlotte Shelton – mich brieflich zur Teilnahme am Erntedankfestessen bewegen wollten. Ich lehnte dankend ab, und einige nahmen es auf sich, mir einen Truthahn vor die Anhängertür zu legen. Unglücklicherweise war die Gabe mit Ananasscheiben aus der Dose dekoriert, aber immerhin, man hatte sich bemüht. Das Geschenk war mir peinlich, so peinlich wie die anderen. An jenem Tag stellte ich mich mehrmals im Schlafzimmer tot. Ein Auto näherte sich, ich rannte ins andere Zimmer und tat, als wäre ich nicht da. Ihre Güte beschämte mich, und ihre Küche kasteite mich. Es schien eine direkte Beziehung zwischen Gottesfurcht und dem fehlgeleiteten Eifern für Marshmallows zu bestehen.

»Was hab ich dir gesagt?« sagte Jon. »Die besten Menschen der Welt, und du hast sie direkt um die Ecke. Haben dir *deine* Freunde zu Hause einen Korb selbstgekochte Truthahnfüllung mitgebracht? Haben *deine* Leute dir ein Marshmallow-Tortelett oder ein ganzes Blech voll Brötchen gebacken? Natürlich nicht! Gekonnt hätten sie, aber sie haben nicht.« Er trat ans Fenster und rief zum Himmel empor: »Hey, o Herr, nur für den Fall, daß dieser Holzkopf es nicht gesagt hat: Danke für die Füllung!«

Hin und wieder stellte Jon seine Säge ab und wandte sich an mich: »Ein Freund von mir würde sich gern mal mit dir unterhalten. Er sagt, er versucht dich schon seit einiger Zeit zu erreichen, aber du nimmst seine Anrufe nicht entgegen.«

»Wie denn auch; ich hab ja kein Telefon.«

»Brauchst auch keins. Der Typ spricht dir direkt ins Herz hinein. Warum sprichst du nicht auch mal mit Ihm? Was hast du zu verlieren, deine gute Laune? Du bist doch jetzt auch nicht glücklich; das kann ich dir sagen. Du suchst und suchst und suchst nach etwas, was du doch direkt vor der kleinen rotzigen Nase hast. Du mußt nach der Freude *greifen*! Sie wird dir nicht in den Schoß fallen, du dämlicher Sack, du mußt *sagen,* daß du sie willst. Aber das ist es dann auch schon. Mehr ist nicht nötig.«

Mein Anhänger hatte fließend Wasser, aber es war nicht warm. Seit meiner Ankunft hatte ich mein Badewasser immer gekocht, aber in der letzten Novemberwoche war es so kalt geworden, daß das Wasser, sobald es mit der Wanne in Berührung kam, Zimmertemperatur annahm. Mein Heizungssystem bestand aus einem Heizlüfter, dem Herd und einem Toaster, was alles nicht viel nützte, wenn man nicht genau darüber schwebte. Am wärmsten schien es noch im

Kühlschrank zu sein. Ich legte mich voll angekleidet ins Bett und zog die Handschuhe nur aus, um zu baden oder um Kleingeld aus der Hosentasche zu holen. Weil das Studio geheizt war, verbrachte ich dort immer mehr Zeit. Jon ging um fünf, und ich blieb da, um auszufegen und an meinen eigenen Projekten zu arbeiten. Die Uhren hatten es mir nicht sonderlich angetan, aber Jade als solches konnte schön sein, wenn sie nicht zu Tode poliert wurde. Schmuck bedeutete zuviel Kleinarbeit, und Buchstützen waren Zeitverschwendung. Ich wollte, beschloß ich, eine *stash box* machen, ein Kästchen für den Marihuana- oder Haschischvorrat. Jon warb für seine Uhren mit dem Verkaufsargument, sie seien sowohl nützliche Gebrauchs-, *als auch* Gesprächsgegenstände. Das Problem war, daß man bekifft sein mußte, um tatsächlich über sie zu reden. Niemand sonst würde herumsitzen und die Tatsache würdigen können, daß um neun der große Zeiger auf Arlington und der kleine auf Eugene zeigte. Eine *stash box* wäre die Ergänzung, die eine solche Uhr erträglich macht. Sie müßte einfach, und doch bezaubernd sein. Nicht so elegant, daß Besucher nach ihnen greifen würden, und nicht so luxuriös, daß die Besitzer ständig an all die anderen schönen Dinge erinnert würden, die sie sich leisten könnten, wenn sie nicht ihr ganzes Geld für Drogen ausgäben.

Es gab Nächte, in denen ich bis Mitternacht arbeitete und dann auf dem Feldbett schlief, das Jon hinten im Studio zusammengeklappt stehen hatte. Kurz vor Sonnenaufgang wachte ich auf, durcheinander und ohne eine Ahnung, wo ich war. »Schlaf wieder ein«, sagte dann eine Stimme. »Du bist in einem ehemaligen Kosmetiksalon, von batteriebetriebenen Uhren umgeben. Kein Grund zur Sorge.« Sprach da der Herr?

Ich hatte über mein Leben immer in Begriffen wie »Glück« oder »Pech« nachgedacht, aber was war, wenn tatsächlich jemand das Kommando über unser Geschick hatte? Was war, wenn all unsere Pläne sich auf Null beliefen? Denken Sie an den Typ, der sein Leben lang für die Olympiade trainiert und einen Tag vorher auf einen Nagel tritt. Was ist mit diesen ganzen absolut netten, schwer schuftenden Menschen, deren Zuhause durch Feuer und Flut zerstört wird? Im Radio hörte ich mir eine Frau an. Verbrennungen bedeckten achtzig Prozent ihres Körpers. »Der Herr schickt uns nicht mehr, als wir ertragen können«, sagte sie. Wie Jon war sie weit davon entfernt, verbittert zu sein. Sie klang praktisch wie in Ekstase, ihre Stimme war so hoch und melodisch, daß ich dachte, gleich bricht sie in Gesang aus. »Gott macht die eine Tür nicht zu, ohne eine andere zu öffnen.« War das der Friede, diese totale Vertrauensseligkeit und Selbstpreisgabe? Weil ich faul war, hatte ich die Philosophie übernommen, daß die Dinge einfach passieren. Es war viel einfacher, andere verantwortlich zu machen, als selbst Initiative zu ergreifen. War es Zufall, daß Jon mich beim Trampen mitgenommen hatte, als ich gerade erwogen hatte, nach Hause zurückzukehren? Könnte eine höhere Macht mich in diese kleine Stadt geschickt haben? Hatte der Herr es gefügt, daß ich *stash boxes* machte?

Diese Gedanken machte ich mir eines frühen Morgens, als Jon erschien und sagte: »O Herr, heute scheine ich richtig zu handeln! Gestern nacht habe ich gebetet, dieser faule Dussel möge einmal pünktlich sein, und hier ist er, und Kaffee ist auch schon fertig.« Er interessierte sich überhaupt nicht für meine Kästchen und tat sie als Zeit- und Materialverschwendung ab. »Was willst du denn da reintun? Drei Finger? Ein paar Dutzend Q-Tips? Die sind ja nicht mal groß genug für ein Kartenspiel. Wer braucht sowas? Eine Uhr dagegen –, eine Uhr braucht jeder. Jemand kommt bei dir zu Besuch und fragt: ›Bin ich zu früh dran?‹ Auf was kuckst du dann? Auf ein Kästchen? Natürlich nicht! Eine Dame sagt: ›Im Rezept steht, ich soll diesen Pudding eine halbe Stunde lang kochen; da sehe ich mal auf mein Kästchen, ob er schon gar ist.‹ Lachhaft. Es kommt darauf an, den Leuten zu geben, was sie *brauchen,* du Idiot. Wenn du nach der Arbeit herumfummeln willst, nur zu. Die technischen Fähigkeiten hast du, und es hat mir Spaß gemacht, sie dir beizubringen. Das Können ist also da. Der Grips? Da würde ich mich an deiner Stelle lieber etwas bedeckt halten. In der Abteilung wirst du den Mann da oben um Hilfe bitten müssen.« Er hielt inne, um sich nachzuschenken. »Hmm, schmeckt dieser Kaffee gut, stimmt's? Danken wir unserem Freund, Jesus, dafür, daß er die Bohnen gespendet hat. Los, neige deinen leeren Kopf, und dann an die Arbeit. Die Zeit tickt. Ha!«

Unsere Zeit tickte der bevorstehenden Kunsthandwerkerleistungsschau in Portland entgegen, wo Jon ganz groß abzuräumen gedachte. Er hatte eine ziemliche Summe für den Stand bezahlt, erwartete aber, dieses Geld in den ersten zehn Minuten wieder reinzukriegen. »Hier sind die armen Schweine doch so pleite; das einzige, was die sich noch leisten können, ist der Offenbarungseid, höhö. Portland dagegen, Portland ist doch gleich ganz was anderes. In Portland sitzt das Geld. Wenn ich am Ende des Tages keine dreitausend Eier klargemacht habe, kannst du meine Beine anzünden und zukucken, wie ich auf den Händen nach Hause gehe. Hörst Du das, o Herr? Was meinst Du, Großer? Sind wir im Geschäft?«

Die Kunsthandwerksmesse sollte an einem Samstag zwei Wochen vor Weihnachten auf einem Marktgelände unter freiem Himmel stattfinden. Am Freitag davor machten wir Preisschilder und luden fünfundsiebzig Uhren und vier Kiffkästchen in den Kombi. Jon war in festlicher Stimmung und fuhr mich nach Hause, wobei er sein Referat über Verkaufstechnik unterbrach, um mir eine junge Frau zu zeigen, die am Münzfernsprecher einer Tankstelle stand. »Süßer, gnadenreicher Jesus auf Toast, sieh dir die beiden Aufschlagzünder an! O Jesus, an diesen Titten könnte ich lutschen, bis die Kühe nach Hause kommen. Laß mich ran, laß mich ran.« Ich hatte ihn schon ein- oder zweimal so erlebt, aber diesmal quollen seine Augäpfel so weit vor, daß sie praktisch die Brillengläser berührten. Nachdem er sich wieder unter Kontrolle hatte, setzte er mich vor meinem Anhänger ab und machte eine Uhrzeit aus, zu der er mich am nächsten Morgen abholen wollte.

An diesem Abend erwartete mich vor der Tür eine Plastiktüte mit sechs Briefen und einer Mitteilung von Hobbs, der sich dafür entschuldigte, sie nicht früher abgeliefert zu haben. Er fuhr jeden Morgen zum Briefkasten, um seine Post abzuholen, und meine Briefe hatten sich seit Wochen auf seinem Armaturenbrett angesammelt. Ich näherte mich meiner Post so, wie sich ein Verhungernder zu einem Bankett niederläßt. Es war ratsam, diese Fülle in kleinen Portionen zu genießen, aber ich konnte nicht anders, ich schlang jeden Brief auf einen Haps herunter, wobei meine Augen auf dem Blatt hinauf- und wieder hinunterwanderten, als betrachtete ich ein Bild. Zuerst schluckte ich alles hinunter, und dann, beim zweiten Lesen, begann ich, jedes Wort zu Speisebrei zu zerkauen. Da war ein Brief von meiner Schwester Lisa und einer von meiner Mutter, und beide hofften, ich würde zu Weihnachten nach Hause kommen. Meine Mutter beschrieb in ihrer vertrauten, stark geneigten Handschrift einen Autounfall am Nordgürtel, dessen Zeugin sie gewesen war. Lisas Brief, säuberlich getippt, teilte mir mit, sie wünsche sich einen Lockenstab zum Geburtstag, zu Weihnachten dagegen eine Kiste mit wahlweise Shampoo oder Schampus. Ich hatte offenbar *in absentia* ihren Namen gezogen und war nun während der Feiertage für ihr Glück alleinverantwortlich. Es gab zwei Briefe von Veronica, deren erster ihr fröhliches Erntedankfest wiedergab, während der zweite detailliert die jüngst erfolgte Trennung von »diesem Scheißkerl, der einst mein Boyfriend war«, schilderte. Es gab einen Brief von meinem Freund Ted und einen von einem alten College-Zimmergenossen. Ich las beide immer wieder, betastete das Wort *Liebe* immer wieder mit den Fingern, bis ich beide Absender deutlich vor Augen hatte, wie sie an Schreib- und Küchentisch saßen. Das Gefühl als warm zu beschreiben, hieße dem Gefühl unrecht tun. Es war, als hätten sich meine Toten, nachdem ich sie betrauert und ihre Gräber mit Blumen bepflanzt hatte, im Restaurant an meinen Tisch gesetzt und erklärt, es sei alles ein bedauerlicher Irrtum gewesen.

Ich saß am Herd, Toaster und Heizlüfter zu meinen Füßen, als ein grelles Licht auf die Wand fiel und Curly vor der Tür stand. Er riß sie auf, sagte »Lange nicht gesehn«, drängte an mir vorbei und prüfte den Inhalt des Kühlschranks, als wäre er eigens zu diesem Zweck ausgesandt worden. »Ich dachte, du wärst aus der Stadt verschwunden, aber dann hat Dorothy gesagt, sie hat dich beim Trampen an der Straße nach Hood River gesehen. Ist sie denn wenigstens schön kuschelig, die Jacke meiner Mutter, Einstein?« Er war noch eindringlicher geworden, aber nicht anziehender. »Ich könnte dich verhaften lassen; das weißt du doch, oder? Das Stehlen von Jacken ist im Staat Oregon ein Verbrechen.«

Es schreckte mich nicht, die Nacht im Gefängnis zu verbringen, weil ich versehentlich die Jacke einer Wahnsinnigen entwendet hatte, deren Sohn Treppenpfosten für erotische Objekte hielt. Ich gab ihm die Jacke seiner Mutter, entschuldigte mich für das Mißverständnis und dachte, das wäre es gewesen, aber er ging mich immer wieder an, knuffte mir auf den Kopf und lud mich zum Ringen ein. »Wir können das auch ohne die Spielsachen machen, wenn es dir so lieber ist«, sagte er. »Ich hab eine Flasche im Laster; die können wir auch nehmen. Na los, Einstein, du bist mir was schuldig.« Wenn ich ihn abwies, steigerte er sich, trieb mir seine Knöchel in den Schädel und arbeitete sich und mich in Richtung Bett vor. »Bißchen kitzlig, was? Läßt dich gern ein bißchen aufschütteln wie ein Kissen, was? Das gefällt dir, was, du kleiner Kitzelbitzel?« Für kurze Zeit konnte ich seiner Umarmung entrinnen, aber der Mann war zu schnell für mich. Seit Monaten schwitzte ich zum erstenmal. Er schmiß mich um und drückte meine Schultern gegen den Fußboden. »Mach, daß du von mir runterkommst!« rief ich. »Ich kann das nicht mit dir machen, weil ... weil ich Christ bin.« Da hatte ich das Gefühl, als öffneten sich gleichzeitig mein Herz und die schleimabsondernden Drüsen von Nase und Hals. An meinen behandschuhten Händen war soviel Rotz, daß sie, als ich die Handflächen im Gebet aneinanderhielt, kleben blieben wie geleimt. Ich weinte und plärrte, und dann schluchzte ich. »Ich bin Christ. Ich liebe Jesus; kannst du das nicht sehen?«

Die Worte klangen wahr, und ich weinte noch heftiger. »Christ, ich bin Christ. Hilf mir, Jesus, ich bin Christ.«

»Schluß damit«, sagte Curly und ging rückwärts zur Tür. »Ich wollte nicht deine Lebensgeschichte, nur einen schnellen Fick.«

Ich blieb noch lange, nachdem er gegangen war, auf dem Fußboden liegen und fragte mich, wie mein Leben wohl werden würde, jetzt, nachdem ich endlich mein Herz geöffnet hatte. Die Zigaretten schmeckten bereits besser, aber das tun sie nach einer ordentlichen Flennerei immer. Der Kühlschrank, der Toaster, alle Geräte sahen noch genauso aus wie vorher. Ich dachte, die Dinge würden strahlender erscheinen, wenn man sie mit der heiteren christlichen Einstellung betrachtete, und so ging ich ins Badezimmer, als wäre es ein Klubhaus voller treuer Freunde. »Hallo, Seife«, sagte ich. »Na, wie läuft's, Toilette?« »Siehst gut aus, Badevorleger.« Ich ging durch Küche und Wohnzimmer – »Du oller Lampenschirm, du« – und stieß bis ins Schlafzimmer vor, wo ich mein Adreßbuch durchblätterte und mich zwang, freundliche Gedanken über jeden zu denken, den ich durchgestrichen hatte. Es war schon spät, als ich endlich ins Bett ging, und ich konnte lange nicht einschlafen, weil ich mich fragte, ob Gott mich beobachtete. Es war ein unbehagliches Gefühl, beobachtet zu werden. Was war mit dem Klo, beobachtete Er mich da auch? Wahrscheinlich hatte Er überall Zutritt, wo Menschen litten, und das galt, wenn ich an meine Erntedankmahlzeit dachte, gewiß auch für die Toilette. Wie war es dann möglich, Ihn vom Beobachten *abzuhalten*? Morgen früh wollte ich gleich als erstes Jon fragen. Es war schwer einzuschlafen, teilweise weil ich es nicht erwarten konnte, ihm die Neuigkeit zu berichten. Ich war jetzt ein Christ, ein Christ. Hoffentlich konnte ich die Phase, in der man große Kreuze trägt und Broschüren mit dem Titel *Der Satan in Mrs. Jones* oder *Schlachthaus des Satans* verteilt, überspringen. Indem ich die hoffnungslos geschmacksarmen Mitsinge-Abende und Jeder-ißt-was-auf-den-Tisch-kommt-Kirchenkeller-Diners ausließ, strebte ich schnurstracks den Posten des Beurteilers an. Die Menschen würden mir Geld dafür zahlen, daß ich ihnen sagte, was sie falsch machten, und indem ich jeden einzelnen ihrer Schritte kritisierte, würde ich der ganzen Menschheit helfen. Mit einem bißchen Glück konnte ich das tun, ohne etwas Marshmallowhaltiges essen oder die Bibel lesen zu müssen. Ich stellte mir gerade meine Privataudienz beim Papst vor, als ich endlich zum Klang erwachender Vogelstimmen einschlief.

»Jesus, du siehst aus wie Scheiße«, sagte Jon, als ich mich früh am Morgen in seinem Kombi niederließ. Ich dachte, ich könnte meine Rede auswendig, aber ich hatte verschlafen und keine Zeit gehabt, mir eine Kanne Kaffee zu kochen. Groggy und dickzüngig begann ich mit der Schilderung meines Besuchs in Curlys Anhänger. »Also nahm er mich mit ins Schlafzimmer, und da stellte sich heraus ...«

»... daß der Typ ein Homo war, stimmt's?« Jon kräuselte vor Ekel die Lippen. »Das ist mir mal beim Barras passiert. Es gibt eine Menge kranke Menschen auf der Welt. Der Typ hat mich gefragt, ob er mich halten kann, genau das hat er gesagt. ›Kann ich dich halten?‹ Damals hatte ich noch Beine, und ich habe sie benutzt, um ihm in den Arsch zu treten. Aber du bist doch auch so einer, oder?«

Ich nickte.

»Das hab ich gewußt, als ich zum erstenmal gesehen hab, wie du schmirgelst. Da hab ich gesagt: ›Der Typ ist krank.‹ Und stimmt doch, oder? Du bist krank.«

Er sagte es besorgt, wie man mit einem Freund spricht, der Schläuche in der Nase hat. »Du bist krank.« Ich versuchte, meine Flennkiste wiederzubeleben, aber sie klang unecht. »Buu-huu-huu. Auu-ha-ha-hu-hu-hu-hu.« Es war ohne Schleim, und ich mußte mir mit den Fingern in die Augen stechen, um Tränen hervorzubringen. »A-he-he-hu-hu-hu.«

»Flenn mich nicht voll. Sag es Jesus«, sagte Jon. »Streck die Hand nach Ihm aus. Sag ihm, daß es dir leid tut. Hock dich hier auf den Boden und bete, um Himmels willen.«

»Ach, Gott, hu-hu-hu, es tut mir so leid, daß ich diesen Typ kennengelernt habe. Er war so blöd.«

»Und sag Ihm, daß du das nie wieder machst«, rief Jon.

»Und ich mache das nie wieder«, sagte ich. »Nie wieder mit Curly, nie wieder.«

»Mit gar keinem Mann. Sag Ihm, daß du dich nie wieder mit einem anderen Mann hinlegst. Sag Ihm, du willst heiraten.«

»Ach, bitte«, sagte ich. »Bitte, laß mich heiraten.«

»Eine Frau«, sagte Jon. »Eine Frau und nicht einen Mann.«

»Eijejau«, heulte ich, »eijejau-u-ii einen Mann«, und hoffte, daß ich, falls das Protokoll je vor den Himmlischen Gerichtshof gebracht wurde, nicht dran war, weil ich Versprechungen gemacht und dann nicht gehalten hatte. »Eijejau-u-ii einen Mann.« Irgendwo unterwegs hatte ich vergessen, daß genau das dazugehörte. Konnte ich nicht Beurteiler sein *und* mit Typen schlafen?

»Und sag Ihm, es tut dir leid, daß du so lange Mittagspausen machst und so ungeschickt bist.«

»U-hu-hu-hu, es tut mir leid, daß ich soviel fallen gelassen habe. Es tut mir wirklich, wirklich leid.«

»Na gut, na schön«, sagte Jon. »Du kannst dich jetzt wieder hinsetzen. War doch gar nicht so schlimm, oder? Ich wußte doch, daß es mit dir noch klappt; du hattest schließlich den besten Lehrer, den es gibt. Hiermit verleihe ich dir den offiziellen Titel, C.O.G. Na, wie fühlt sich das an? Ganz schön gut, was? Und wem hast du das zu verdanken?«

»Curly?«

»Nein, mir, du Idiot.«

Jon erwähnte ein paar weitere Zugeständnisse, die ich machen mußte, und dann erreichten wir die Stadt Portland, wo die Frauen in engen Jeans und strammsitzenden Jacken flanierten. »Dreh dein Fenster runter und frag die Blonde, ob hier gerade Miss-Amerika-Wahlen stattfinden.«

Ich fragte, sie trat ihre Zigarette aus und sagte: »Da muß ich mich total geschlagen geben, Alter.«

»*Total. Geschlagen.* Das kann sie gern von mir haben, meinetwegen auch *to-tal.* Schlampe. Hey, kuck mal die da mit der Kaninchenjacke. O Gott, süßer Jesus, sieh dir diesen Arsch an. Man weiß, daß es einen Gott gibt, wenn man einen solchen Hintern sieht. Würdest du nicht gern den Rest deines Lebens damit verbringen, diesen feinen, fetten Arsch durchzubleuen? Möchte man nicht einfach sein Gesicht in sowas vergraben, bis es dunkel ist?«

Ich versuchte, Frauen als Christ zu betrachten, was seltsam war, da ich dachte, ich hätte das schon immer getan. Ich fand es angenehm, daß es sie gab, aber es war mir unmöglich, ihre Brüste oder Gesäße zu beurteilen, die ich nicht anders ansah als ihre Ohren oder Fußknöchel. Sie waren Gestalten, manche kleiner oder größer, aber keine von ihnen erotisch stärker befrachtet als die Bäume und Briefkästen, die an der Straße standen.

»Bleib dran, Mutti; Vati kommt«, sagte Jon. »Dreh dein Fenster runter und frag, ob sie die Jeans mit dem Pinsel oder mit der Rolle aufgetragen hat.«

Er mußte wirklich an Wunder glauben, wenn er annahm, ich würde eine wildfremde Frau fragen, ob sie hinten einen Lieferanteneingang hat.

Wir fuhren auf den Marktplatz, und ich entlud den Kombi, während Jon sich auf seine Stöcke stützte, die schmucken Töpferinnen anstaunte und den Makramee-Stickerinnen nachpfiff, die dünne, kunstvoll geflochtene Zöpfe trugen.

»Ihre Bastkörbe kann sie behalten, aber kuck dir ihre Körbchengröße an. HA!«

Flohmarkt oder Kunstgewerbemesse –, allgemein wird davon ausgegangen, das, was den Verkäufer interessiere, müsse das Publikum vollends für sich einnehmen. »Sie sehen sich den Panda an? Nun, er ist nicht nur ein gehäkelter Bär; er ist ein kleidsamer Schoner für den Küchenmixer *und* eine Kasperpuppe!« Ich könnte mich zwar dazu durchringen, die Tatsache anzuerkennen, daß jemand sich die Zeit genommen hat, ein lufthauchbetriebenes Glokkenspiel aus zwei Dutzend Fünfcentstücken zu bauen, aber keinerlei gute Worte werden mich dazu bringen, zur Brieftasche zu greifen. Ich fälle meine Entscheidungen lieber in Ruhe.

Den Bürgern von Portland nützte dies freilich wenig. »Du mußt mit den Leuten *reden*«, sagte Jon. »Knips den Charme an und mach Geld! Und jetzt paß auf: Entschuldigen Sie, gnädige Frau, haben Sie zufällig die genaue Zeit?«

Die Frau blickte auf ihr Handgelenk und meldete, es sei 9:15 Uhr. »Entschuldigung, Sir, haben *Sie* die genaue Zeit?

Nun, ich habe sie. Es ist höchste Zeit für Sie, eine Uhr zu kaufen. Völlig richtig, eine Uhr! Daß Ihre Zeit kostbar ist, werden Sie daran merken, daß dies keine gewöhnliche Uhr ist, denn sie ist aus Jade! Völlig richtig, aus Jade! Es ist Zeit für Sie, eine Jade-Uhr in der Form von Oregon zu kaufen; das ist die *genaue* Zeit. Wenn Sie mir ein Bild von Ihrer Frau oder Freundin zeigen, kriegen Sie von mir einen Nachlaß in Höhe von fünfundzwanzig Prozent. Ich will das Gesicht des Mädchens sehen, das am Weihnachtsmorgen diese Uhr auspackt. Wenn das Mädchen hübsch ist, verzichte ich nochmal extra auf weitere zehn Dollar und überlasse Ihnen eins dieser Schmuckstücke für lumpige hundert Eier. Sie sagen, ich spinne? Aber das ist doch praktisch geschenkt! Ja, vielleicht bin ich verrückt, aber das kommt davon, wenn man Künstler ist. Na los, hundert Dollar, wie sieht's aus?«

Ich war nicht der einzige, den diese Verkaufstechnik lähmte. Die Käufer wichen zurück, alle Farbe schwand aus ihren Gesichtern. Auf geradezu lebensbedrohende Weise vollgesülzt, flohen sie zu den Ständen ringsum. »Die kommen wieder«, sagte Jon. »Ich habe die Saat des Interesses gelegt, und jetzt kann es sich nur noch um Minuten handeln, bis sie aufgeht. Man muß ihr nur ein bißchen Zeit lassen.«

Ein Mann und eine Frau mit Fransenjacken im Partnerlook näherten sich unserem Tisch, und Jon begann mit seiner Masche: »Ihr denkt vielleicht, ich ticke nicht richtig, aber ich finde, es ist an der Zeit, daß ihr euch eine Uhr kauft.«

Der Mann hob eins meiner Kästchen auf, wandte sich an die Frau und sagte: »Nathaniel benutzt doch ein Pfeifchen, oder?«

Verkauft. Weil sie bereits bekifft waren, konnte ich

meine Kundschaft riechen. Ich hatte meine Kästchen mit fünfundzwanzig Dollar pro Stück ausgezeichnet, und gegen Mittag waren alle vier verkauft.

»Na, Goldlöckchen, noch eine passende Uhr dazu? Jeder, der gemusterte Stiefel trägt, kriegt heute ausnahmsweise dreißig Prozent Rabatt.«

Am späten Nachmittag hatte Jon auf der Suche nach Kunden begonnen, in andere Stände einzudringen. »Kleenex-Spender aus Buntglas? Was wollen Sie denn damit? Ich werde Ihnen etwas zeigen, was Sie wirklich aus den Socken haut.«

Die Menschen von Portland zuckten zusammen. Dann zuckten sie die Schultern und entschuldigten sich, aber kein einziger erklärte sich dazu bereit, eine Uhr zu erwerben, die nach dem Bilde seines schönen Staates gesägt war.

»Geizige Scheißkerle«, sagte Jon. »Hey, Herr, warum hast Du mir nicht gesagt, daß diese Fieslinge solche Knikker sind?«

Als die anderen Kunsthandwerker anfingen zusammenzupacken, sagte mir Jon, ich solle dranbleiben. »Auf diese Weise haben die Nachzügler weniger Auswahl. Die haben uns hier ganz hinten hingesteckt, wo niemand uns findet, das ist das Problem. Wenn die Kunden hierherkommen, haben sie längst ihr ganzes Geld ausgegeben. Jetzt wird's ernst, Junge. Unser Tag hat erst begonnen.«

Lieferwagen, Kleinbusse und Laster kamen, ich sah zu, wie unsere Nachbarn ihre Klapptische und Trennwände aufluden und einander zu ihren alle Rekorde brechenden Verkäufen beglückwünschten. Es war bereits dunkel, als Jon mir gestattete, den Kombi vollzupacken.

Schweigend verließen wir das Weichbild der Stadt und erreichten die Autobahn, und hinten tickten die Uhren die

Worte »erstick, erstick, erstick«. Ich war seit einiger Zeit zum erstenmal wieder in einer richtigen Stadt gewesen, und im Laufe des Tages hatte ich mehrmals aufgeblickt und beim Anblick einer fremden Rucksackträgerin gedacht, ich kenne sie. Es war ein berauschendes, frohes Gefühl gewesen: *»Da, das ist doch Veronica; das ist doch Gretchen.«*

Es war unlogisch, aber das hielt mich nicht davon ab, tief einzuatmen und von meinem Klappstuhl aufzuspringen. Die unweigerlich folgende Enttäuschung war niederschmetternd und diente nur dazu, mich daran zu erinnern, wie sehr ich die Menschen vermißte, die ich zurückgelassen hatte. Ich sah, wie Leute Weihnachtsgeschenke kauften, und malte mir aus, wie ich das Fest allein in meinem Anhänger verbrachte und darauf wartete, daß mir all die wohlmeinenden Christen einen Schinken oder Schmortopf an die Schwelle lieferten. Und diese Menschen *waren* gut. Sie waren freundlich und aufmerksam, aber ihre Gnadenakte waren an mich verschwendet, denn ich würde sie – egal, wie es gerade um mich stand – nie wirklich akzeptieren können. Vielleicht war ihnen das nicht wichtig, aber mir bedeutete es etwas. Ein Hühnchen, eine Pappschachtel, eine Jade-Uhr: diese Dinge waren viel versöhnlicher, als ich je zu sein hoffen konnte. Ich war ein Klugscheißer; als Klugscheißer geboren und als Klugscheißer aufgezogen worden. Das war mein Fluch gewesen, und das würde weiterhin mein Fluch sein. Mich im Glauben zu unterweisen, war, als gäbe man einer Ziege Kochunterricht –; es brachte einfach nichts. Ich war zu gierig und unaufmerksam, und der süße Lohn, der am Ende winkte, war mir wurscht. Ich wollte meinen Job nicht hinschmeißen. Hinschmeißen erforderte ein gewisses Maß an Verantwortung, und die wollte ich nicht übernehmen. Ich hoffte vielmehr, Jon würde mich dieser Last entbinden und mich sobald wie möglich rausschmeißen. Ich hatte für ihn Verachtung empfunden, sogar gelegentlich Haß, und nun bekämpfte ich den Drang, Mitleid mit ihm zu haben. Er muß es gewußt haben, denn er räusperte sich und machte sich daran, mich mitten im Gedankengang zu unterbrechen.

»Ich will dir mal ganz kurz was sagen«, sagte er schließlich. »Ich hab's nicht gern, wenn man mich ausnutzt. Ich spreche nicht von dem vielen Gratis-Kaffee und auch nicht davon, daß ich dich ständig umsonst überall hinfahre. Ich meine: hierdrin ausnutzt.« Er wollte auf sein Herz zeigen, mußte aber gleichzeitig überholen und zeigte schließlich auf seinen Schoß. »Du bist ein Benutzer, Kleiner. Du hast meine Werkzeuge und meine Geduld benutzt, und jetzt willst du, daß ich dir den Kopf tätschele und dir sage, was für ein guter kleiner Junge du bist. Aber weißt du was? Du bist *kein* guter Junge. Du bist nicht mal ein gutes Mädchen.«

*Mehr,* dachte ich. *Mehr, mehr.*

»Du kommst in die Stadt gerauscht und erwartest, daß jetzt alle strammstehen und dir den roten Teppich ausrollen, und, ja, bei manchen hat das ja auch geklappt. Du hast ihre Truthahnfüllung gegessen und nochmal Nachschlag verlangt, aber das *war* es dann auch, Ferkel, der Schrank ist leer. Ich habe dir eine handwerkliche Fähigkeit beigebracht, und jetzt kannst du zur Abwechslung mal selber zahlen. Völlig richtig, drehen wir mal den Spieß um. Warum nicht? Ist doch nur fair! Für den Anfang schuldest du mir hundert Dollar für die Standmiete. Du hast ja auch die Früchte geerntet, ich nicht. Ich habe mich lediglich krummgelegt und dir was beigebracht und dir beim Flennen zugehört, wenn du dir wieder mal die zarten kleinen Knöchelchen verletzt hattest. Du quatschst mich mit deinen Schluchzgeschichten voll, und dann erwartest du, daß ich dich abputze und dir sage, Daddy macht das schon. Aber weißt du was, Kleiner? Ich bin *nicht* dein Daddy, und ich habe es satt, wie einer benutzt zu werden.«

Er fuhr rechts ran und hielt. »Ich bin weder dein Daddy, *noch* dein Chauffeur, *noch* dein gottverdammter Weihnachtsmann.«

Ich überreichte ihm das Geld, das ich verdient hatte, und stieg aus dem Kombi.

»Für die Sache mit Gott berechne ich dir nichts«, rief er. »Ihn kannst du gratis haben.«

Ich sah zu, wie er wieder auf die Straße fuhr, und, nachdem ich einen Stein in der richtigen Größe ausgewählt hatte, segnete ich das Heck seines Wagens. Es war nicht mehr übermäßig weit bis nach Odell, nicht mehr als zehn Meilen. Ich ging ein Stück zu Fuß und hielt dann den Daumen in die Luft, hatte es eilig, zurück zum Anhänger zu kommen. Wenn alles klappte, konnte ich noch aufräumen, meinen Kram packen und den Morgenbus nach Hause erwischen.

# *Für jeden etwas*

Einen Tag, nachdem ich die Abschlußprüfung am College bestanden hatte, fand ich fünfzig Dollar in der Eingangshalle meines Mietshauses in Chicago. Der einzelne Geldschein war achtmal gefaltet und prall mit Kokain gefüllt. Mir kam der Gedanke, daß ich, wenn ich mein Blatt geschickt ausspielte, vielleicht nie einen Job finden mußte. Die Leute verloren ständig etwas. Sie ließen Siegelringe mit dem Schulwappen auf dem Waschbeckenrand einer öffentlichen Toilette liegen und gemmenverzierte Ohrringe vor den Toren des Opernhauses fallen. Mein Job bestand darin, die Augen offenzuhalten und diese Dinge zu finden. Ich wollte nicht einer der Trottel werden, die die Strände vom Michigansee mit einem Metalldetektor abkämmten, aber wenn ich aufpaßte und meinen Kopf benutzte, brauchte ich vielleicht nie wieder zu arbeiten.

Am nächsten Nachmittag – mit einem schönen Kokainkater – fand ich zwölf Cent und eine originalverschlossene Dose mit Pfefferminzbonbons. Wenn ich die fünfzig Dollar vom Vortag hinzuaddierte, kam ich auf durchschnittlich fünfundzwanzig Dollar und sechs Cent pro Tag, was immer noch ein anständiges Gehalt war.

Am nächsten Morgen entdeckte ich zwei Pennys und einen Kamm mit verfilzten, kurzen, lockigen Haaren. Am Tag danach fand ich eine Erdnuß. Da begann ich mir Sorgen zu machen.

Ich kenne Leute, die bei einem Job aufhören und schneller, als man ein Brathuhn vierteilt, einen neuen finden. Egal, ob sie Erfahrung mitbringen – diese Menschen strahlen Charme und Selbstvertrauen aus. Der Charme ist entweder angeboren oder in jungen Jahren in sie hineingeprügelt worden, aber das Selbstvertrauen gründet sich auf dem Wissen, daß jemand wie ich sich ebenfalls beworben hat. Meine Geschichte ist eine Geschichte des Beinahe. Ich kann Schreibmaschine, aber nur mit einem Finger, und ich habe noch nie einen Computer angefaßt, außer um ihn zu reinigen. Ich habe nie Auto fahren gelernt, was eine Liefertätigkeit ausschließt und nur Arbeitsplätze in der Nähe von Bushaltestellen zuläßt. Ich kann einigermaßen Sachen zusammenhämmern, habe aber eine tief verwurzelte Angst vor elektrischen Sägen, fahrbaren Rasenmähern und allen motorisierten Geräten, die lauter oder gewalttätiger sind als ein Staubsauger. Ja, ich habe Erfahrung im Verkauf, aber der beschränkt sich auf Marihuana, ein Produkt, das sich von selbst verkauft. Für ein Wächteramt fehlt es mir an Größe und Statur und für Warenhausdetektiv, Schülerlotse und Grundschullehrer an Aggressivität. Vor Jahren habe ich mal gekellnert, aber das war die Art Restaurant, in dem die Gäste den Spruch »Schönen Tag noch!« als ausreichendes Trinkgeld ansehen. Mehr als einmal mußte ich den Koch physisch vom Fußboden kratzen und das Rührei selber rühren, aber das empfahl mich kaum als *maître de cuisine*.

Es hätte keinen Sinn gehabt, diesen Job in meinem Lebenslauf zu erwähnen und als Referenz zu nennen, da der Geschäftsführer aus Angst, jemand könnte etwas zum Mitnehmen bestellen, nie ans Telefon ging. Die Kellner in Chicago neigten dazu, sich mit einer Mappe voller Profifotos unter dem einen Arm und einem Turnbeutel über der anderen Schulter vorzustellen, und da konnte ich wohl auch nicht mithalten. Wenn mein Hemd gebügelt war, konnte man mehr oder weniger sicher sein, daß mein Hosenschlitz offenstand.

Wenn ich Glück hatte, stolperte ich in Jobs, bei denen man am Ende des Jahres bestimmt keine Steuererklärung ausfüllen mußte. Die Menschen gaben mir Geld, und ich gab es aus. Dadurch schien ich durch irgendeinen Spalt gefallen zu sein. Man brauchte gewisse Dinge, um einen richtigen Job zu bekommen, und je länger man ohne einen war, desto schwerer konnte man jemanden von seinem Wert überzeugen. Warum kann man keine Ladenkasse oder einen Gabelstapler bedienen? Wie kommt es, daß man dreißig geworden ist und immer noch auf keine verifizierbare berufliche Karriere zurückblicken kann? Warum schwitzt man so, und welche Macht zwingt einen dazu, während des gesamten Anstellungsgespräches mit dem Feuerzeug zu schnicken? Diese Fragen wurden nie ausgesprochen, aber doch angedeutet, sobald ein Geschäftsführer meine Bewerbung mit dem Text nach unten auf seinen Schreibtisch legte.

Ich blätterte in längst nicht mehr aktuellen Broschüren mit Stellenangeboten, die das Art Institute herausgab, und Seite für Seite wurde dort mein soeben erworbenes Diplom verspottet. Die meisten Eintragungen verlangten nach jemandem, der großflächige Wandmalereien anbringen oder die Landkarte der Normandie in Email auf ein Medaillon von der Größe eines Vierteldollars malen konnte. Nichts verband mich mit diesen Jobs, nicht einmal der Besuch des Art Institute, denn das ist ja das Schöne an einer Kunsthochschule: Solange man die Gebühren zahlt, werden sie nie, nicht einmal ganz sanft, vorbringen, man hätte kein Talent. Ich war bereit loszuschlagen, als ich die Telefonnummer einer Frau entdeckte, die ihre Wohnung gestrichen haben wollte. Bingo. Darin hatte ich jede Menge Erfahrung. Wenn überhaupt was, dann galt ich beim Anstreichen als zu pingelig. Wenn sie die Leiter stellte und ich die Farbe im Bus transportieren konnte, war die Sache geritzt.

Die Frau hob an, indem sie mir sagte, sie hätte die Wohnung immer selbst gestrichen. »Aber jetzt bin ich alt. Mir tun die Hände weh, wenn ich meinem Mann die Füße massiere, geschweige denn einen schweren Pinsel heben muß, bis über den Kopf. Jawohl, ich bin alt. Verwelkt und schwächlich wie ein Kätzchen. Ich bin eine alte, alte Frau.« Sie sprach, als wäre das ohne Vorwarnung über sie gekommen: »Plötzlich versagt mein Rücken, ich bin kurzatmig, und an manchen Tagen sehe ich keine zwei Fußbreit weit.«

Es klang immer besser. Ich hatte gelernt, mich vor Menschen in acht zu nehmen, die gezwungen waren, andere für etwas zu bezahlen, was sie früher selbst gemacht hatten. Man konnte davon ausgehen, daß sie hyperkritisch waren, aber bei ihr rechnete ich nicht mit Problemen. Es hörte sich an, als könne sie nichts gut genug sehen, um sich darüber zu beschweren. Es genügte wahrscheinlich, wenn ich die Farbdosen öffnete, so daß man die Dämpfe roch, und es dabei bewenden ließ. Wir verabredeten, daß ich am nächsten Morgen ihre Wohnung begutachten sollte, und ich legte frohlockend den Hörer auf.

Die Wohnung war in einem Hochhaus am Lake Shore Drive. Ich klopfte, und die Tür wurde von einer adretten, energisch aussehenden Frau geöffnet, die einen Tennisschläger hielt. Ihr Haar war weiß, aber, von ein paar spinnwebdünnen Linien unter den Augen abgesehen, war ihr Gesicht glatt und ohne Runzeln. Ich sagte, ich würde gern mal mit ihrer Mutter sprechen, sie lachte in sich hinein und piekte mir mit dem Griff ihres Schlägers in die Rippen.

»Ich bin ja so froh, endlich einen jungen Menschen zu sehen.« Sie griff nach meiner Hand. »Sieh mal, was wir hier haben, Abe: einen jungen Burschen. Praktisch noch im Krabbelalter!«

Ihr Gatte hüpfte herbei. Muskulös und sonnengebräunt, trug er einen Trainingsanzug aus Nylon, komplett mit Stirnband und gleißenden Turnschuhen. »Aah, ein Kindlein!«

»Er hat einen College-Abschluß«, sagte die Frau und ging in die Hocke, um eine Kniebeuge vorzuführen. »Ein Kind, das glaubt, es sei imstande, unseren Sarkophag anzustreichen. Er sieht uns an und denkt, er hat ein Fossilienpaar entdeckt, das er vielleicht ans Museum verkaufen kann. Stimmt ja auch, wir sind ja alt. Verzehren unser Gnadenbrot. Sozusagen nicht mehr die Jüngsten.«

»Hab noch die Pyramiden eigenhändig gebaut«, fügte der Gatte hinzu. »Hab regen Gedankenaustausch mit Plato gepflegt und bin im Streitwagen über römisches Kopfsteinpflaster geschuckelt.«

»Machen wir uns nichts vor, Baby«, sagte seine Gattin. »Wir sind antik. Ein Paar Ehemalige.«

»Aber nein«, sagte ich. »Sie sind doch nicht alt. Sie sehen beide nicht einen Tag älter aus als fünfzig. Sehen Sie sich an; so adrett und fit, sind Sie doch besser in Schuß als ich. Ich bin sicher, Sie haben noch ganz viel Zeit übrig.«

»Genau.« Die Frau hüpfte auf ein Trimm-dich-Fahrrad. »Zeit, unsere eigenen Namen zu vergessen, Zeit, die Kontrolle über den Schließmuskel zu verlieren, Zeit, einen krummen Rücken zu kriegen und zu lamentieren und in unser Lätzchen zu sabbern. Wir haben alle Zeit der Welt. Einst warf ich mir einen Rucksack über, und los ging es auf eine zwei-, dreiwöchige Wanderung, aber jetzt kann man das vergessen. Ich bin zu alt für sowas.«

»Sie ist älter als die Berge, auf die sie früher zu klettern pflegte«, sagte ihr Gatte.

»Hört euch das an! Opa riskiert auf seine alten Tage nochmal schnell eine Lippe.«

»Ich steh zu meinem Zauseltum«, sagte der Mann. »Trotzdem kriege ich immer noch ein Bein an die Erde.«

»Stimmt«, gackste sie. »Und bald unter die Erde.«

Da verstand ich, daß dies ihre Nummer war: Die zänkischen Alten, seit Jahrzehnten *en suite*.

»Also, wenn Sie die Wohnung anstreichen, muß ich wohl mal diese müden alten Knochen zusammenreißen und Sie herumführen«, sagte die Frau. Sie führte mich durch eine Wohnung, in der jedes Zimmer mit einem Trainingsgerät möbliert war. Ein Ski-Langlaufgerät stand neben einer Rudermaschine, beide mit Blick auf den Wohnzimmer-Fernseher. Im Schlafzimmer hatten sie eine Garnitur Hanteln und farbenfrohe Matten, auf denen sie Aerobic treiben konnten. Im Badezimmer waren Badeanzüge zum

Trocknen aufgehängt, und unten in jedem Kleiderschrank standen säuberlich ausgerichtet alle Arten von Turnschuhen. Außer ein paar Flecken gleich beim Gästezimmer-Punchingbag waren die Wände makellos. Türen und Fußleisten waren in erstklassigem Zustand, ohne Splitter, ohne Kratzer. Sie führten mich unter dem Reck hindurch ins Arbeitszimmer, dessen Wände vom Fußboden bis zur Decke mit Fotos ihrer verschiedenen Abenteuer dekoriert waren. Hier fuhren sie auf einem Tandem durch die Straßen von Peking, und dort tauschten sie Perlenketten auf einem staubigen peruanischen Markt. Die Bilder deckten eine Zeitspanne von vierzig Jahren ab, die mit dem Knien in Drachenbooten, dem Aufbauen von Zelten auf schneebedeckten Gipfeln und dem Bezwingen schlammiger Pisten und eisiger Stromschnellen verbracht worden war.

»Was haben wir denn da?« sagte die Frau. »Methusalem tapert den Mount Tacoma hinauf. Der erste, der den Aufstieg mit einer Gehhilfe geschafft hat.«

»Und hier ist die Mrs. in Ägypten«, sagte ihr Mann und zeigte auf die gerahmte Fotografie einer Mumie.

Ich wollte das Gespräch wieder auf das Thema Anstreichen bringen, aber davon wollten sie nichts hören.

»Bleiben Sie doch zum Mittagessen«, sagte die Frau. »Ich flansche rasch Herrn Rüstig an seine Schläuche an und mache uns ein paar belegte Brote.«

»Belegte Brote!« schrie der Mann. »Wie willst du denn mit dem Brot klarkommen? Du kannst doch nichts kauen, was härter ist als Apfelmus.«

»Sei doch froh ...« sagte sie vieldeutig.

Ich machte einen Kostenvoranschlag und rief am nächsten Tag an, obwohl ich tiefinnerst wußte, daß es Zeitverschwendung war.

»Es ist unser junger Spund«, hörte ich sie ihren Gatten im Hintergrund angellen. »Hör zu, Bubi, wir haben wohl doch entschieden, daß die Wohnung nicht gestrichen wird. Hat nicht viel Sinn, wenn man bedenkt, daß wir ins Altersheim gekarrt werden, bevor Sie Ihre Leiter aufgestellt haben.«

Es war meine Rolle, ihr zu widersprechen. Statt dessen sagte ich: »Wahrscheinlich haben Sie recht. So wankelmütig, wie Sie bereits sind, ist es, glaube ich, an der Zeit, Pläne für eine strukturierte Umgebung zu machen.«

»Heda«, schnappte sie. »Kein Grund, frech zu werden.«

Während episodaler Arbeitslosigkeiten finde ich es lohnend, soviel wie möglich zu schlafen; alles von zwölf bis vierzehn Stunden pro Tag ist ein guter Anfang. Schlaf erspart einem Demütigungen, und gleichzeitig hilft er, Geld zu sparen: nichts essen, nichts kaufen, sich einfach hinlegen und das Leben verträumen. Ich wachte gegen Nachmittag auf, sah mir meine Geschichten im Fernsehen an und begab mich dann zum Sofa, um noch etwas Schlaf zu kriegen. Ich gewöhnte mir an, nach fünf eine Zeitung zu holen und einige Zeit mit den Stellenangeboten zu verbringen. Dabei fragte ich mich, wer für die Posten in Frage kam: Food-Bereich (Molk.-Prod.); Just-in-time-Band-Dispatcher; Pre-Press-Vertr.; Techn. Ausw. f. Auditing. Zeigen Sie mir das Kind, das davon träumt, Wurstbräteindarmungsüberwacher/in zu werden. Was für ein Mensch reckt siegessicher die geballte Faust, wenn er liest: »Neues Konzept = Viel $! Top-Energie = Ertrag + Komm. Unterl. faxen.« Unterl. faxen wozu?

Ich rief einen Quadriplegiker an, der eine Teilzeithilfe suchte. Als es fünfzehnmal geklingelt hatte, ging er ans

Telefon und rief: »Um der Liebe Gottes willen, Mutter, kann ein Mann nicht mal fünf Minuten Privatleben haben?«

Im Supermarkt ließ ich einen Fünfdollarschein fallen, drehte mich um und sah eben noch, wie ihn sich jemand in die Tasche steckte. Es begann sich eine Wende abzuzeichnen.

»Warum zum Teufel gehst du nicht wieder in die Schule und belegst ein paar *richtige* Kurse?« fragte mein Vater. »Lern Computer programmieren; das hat der Junge von den Stravides' auch gemacht. Der war auf dem College und hat Musikalischen Vortrag oder Folklore oder son Quatsch gelernt –, und dann ist er wieder in die Schule gegangen, hat Programmieren gelernt, und jetzt ist er Abteilungsleiter im Vertrieb von Flexy-Wygaart da drüben und hat eine ganze gottverdammte Abteilung unter sich! Computer, da geht es ab!«

Davon abgesehen, daß ich mich für Computer nicht interessierte, schien es mir Verrat, bei der einen Lehranstalt einen Abschluß zu machen, um dann sofort auf eine andere zu gehen. Das hätte bedeutet zuzugeben, daß ich zehntausend Dollar geliehen und absolut nichts von Wert gelernt hatte, und das wollte ich noch nicht wahrhaben.

Ich fand das Inserat in einem Anzeigenblatt. »Scharfer, eingearbeiteter Tatmensch zum Abbeizen/Neulackieren von Holzteilen gesucht. Begeisterung Voraussetzung.« Mit Abbeizen/Neulackieren hatte ich Jahre verbracht, erst in Raleigh und dann wieder in Chicago. Ich hatte geschworen, es nie wieder zu tun, aber das ist das Problem mit einer Fähigkeit: Sobald man ihr abschwört, weiß man, man wird sie immer wieder am Halse haben. Jede Arbeit scheint darauf abgestellt, einen umzubringen, aber Abbeizen/Neulackieren ist maßgeschneidert, wenn es darum geht, sich einen langen und qualvollen Tod anzutun. Die Beizchemikalien werden in Metallbüchsen verkauft, auf denen ein Schädel mit gekreuzten Knochen abgebildet ist, und die Liste der Zutaten liest sich wie ein Who's Who in der Welt der krebserzeugenden Stoffe. Diese Abbeizmittel fressen sich durch Plastikeimer, Gummihandschuhe und Nylonbürsten. Es wird empfohlen, eine Atemmaske zu tragen, aber das lehnte ich ab, weil sie mich beim Rauchen behinderte. Als Resultat fand ich es zunehmend unwichtig, was ich aß. Alles schmeckte nach Benzol: Rührei oder gegrilltes Schweinefleisch; wenn ich die Augen schloß, war nur die Konsistenz verschieden. Nach einem Arbeitstag sah ich nur noch verschwommen, und meine Hände waren so fleckig, daß die Kassiererinnen das Wechselgeld lieber auf den Ladentisch legten, als daß sie riskierten, meine widerwärtige geöffnete Handfläche zu berühren. In Raleigh hatten mein Freund und ich soviel Arbeit gehabt, wie wir wollten, weil der führende Abbeizer/Neulackierer der Stadt sich gerade aus dem Geschäftsleben zurückgezogen hatte. Dean und ich besuchten ihn gelegentlich, um eine technische Frage zu erörtern, sahen zu, wie seine Frau ihn in den Salon rollte, an den Schläuchen herummachte, die aus seiner Nase kamen, und das nikotinbraune Loch unten an seinem Hals abtupfte. Seine wäßrigen Augen wanderten zwischen uns beiden hin und her. »Wenn ihr Jungs eure Karten richtig ausspielt, habt ihr eine prima Karriere vor euch«, keuchte er.

Während meiner ersten Jahre in Chicago hatte ich für einen Mann gearbeitet, der Balkenwerk restaurierte. Das war viel gefährlicher als Möbel, weil man die Chemikalien oft auf Balken streichen mußte, die über einem lagen, während man gleichzeitig versuchte, den Vorgängen in *Alle meine Kinder* und *Das ist Ihr Leben!* zu folgen. Erst wenn Victoria Buchanan Anstalten machte, aus ihrem Koma zu erwachen, bemerkte ich, daß ein Tropfen Beize gerade ein vierteldollargroßes Stück Bewuchs von meinem Hinterkopf gefressen hatte. Es regnete von der Zimmerdecke, zerstörte Sofas und Teppiche, wir folgten dem Zerstörungswerk und versuchten jämmerlich, das entfärbte Gewebe mit Magic Marker instandzusetzen. Unsere Kunden kamen nach Hause und mußten feststellen, daß die Knöpfe von ihrem Fernseher geätzt waren und daß der Türgriff ihres Kühlschranks aussah, als hätte ihn sich jemand mit dem Schweißbrenner vorgenommen. Wir setzten unseren Zerstörungsfeldzug fort, bis mein Boß, nachdem wir seinen Lieferwagen versehentlich mit einem glimmenden Räucherstäbchen in Brand gesetzt hatten, gezwungen war, Konkurs anzumelden. Wieder einmal schwor ich mir, nie wieder abzubeizen/neuzulackieren.

Ich antwortete auf das Inserat, rief an und sprach mit einer Frau, die sich als Uta zu erkennen gab. »So ein Zufall«, sagte sie. »Gerade eben, vor zehn Minuten, habe ich einen farbigen Typ für den Job angestellt. Sie sagen, Sie sind eingearbeitet? Na, das ist doch ein Plus, oder?«

Sie hielt inne, und ich ergriff die Gelegenheit, die einzige verkaufsfördernde Tätigkeit auszuüben, die ich beherrschte: die Finger vor der Sprechmuschel flattern lassen und den Fernsprechteilnehmer zu verhexen, indem man lautlos *Ich bin's, den Sie wollen. Ich, ich, ich!* skandierte.

»Wenn ich's recht bedenke«, sagte sie, »*ist* es aber auch ziemlich viel Arbeit. Vielleicht ist es besser, wenn ich zwei nehme und nicht nur einen. Wäre das für Sie ein Problem? Er machte nämlich einen ziemlich scharfen Eindruck, der farbige Typ.«

»Toll«, sagte ich. »Ich liebe … scharfe Menschen.«

»Sind Sie auch ein ziemlich scharfer Typ?«

»Glaube schon. Ja, klar.« Ich betastete mich am Kopf.

Sie fragte, wie ich mit Nachnamen heiße, und ich sagte es ihr.

»Was ist das denn für ein Name?« fragte sie. »Doch nicht jüdisch, oder? Griechisch? Na, das soll mir recht sein. Hier draußen gibt es viele scharfe Griechen. Also, hören Sie zu, mein griechischer Freund, der farbige Typ kann erst am Montag anfangen. Wie wär's, wenn Sie morgen früh kommen und Uta Gelegenheit geben festzustellen, wie scharf Sie wirklich sind, Sie scharfer Typ?«

Ich notierte die Adresse und sagte, Samstagmorgen um neun würde ich bei ihr sein. »Pünktlich. Haarscharf.«

Sie erwartete mich vor dem Haus, einem dreistöckigen Gebäude mit sechs Wohnungen, nicht weit vom Wrigley-Stadion. Uta war eine stämmige, muskulöse Frau mit kastenförmigem Gesicht, dick mit Grundierungscreme vollgeschmiert, die jedoch an den Grenzen ihrer beeindruckenden Kinnbacken endete. Ihr Haar war schmutzig blond gefärbt, hinten kurzgeschnitten und vorne lang gelassen, so daß ihr die Ponyfransen auf die Nasenwurzel fielen. Wenn sie sich die aus dem Gesicht wischte, gab ihr das was mit den Händen zu tun, was gut war, weil sie sich vor mehreren Monaten das Rauchen abgewöhnt hatte.

»Gut, was?« sagte sie. »Ich fand es ziemlich schlau.« Wenn sie sprach, hielt sie die Arme nah am Körper, die Fäuste geballt, den Kopf schräg, als wäre sie ein Boxer, der seinen nächsten Schlag abschätzt. »Und jetzt die Ärmel aufkrempeln und Uta zeigen, was wir können, scharfer Typ?«

Ich folgte ihr auf den Hinterbalkon einer Wohnung im zweiten Stock und wartete, während sie den Inhalt ihrer Handtasche ausleerte und ein Knäuel Schlüsselbünde ordnete. Sie und ihre Schwester hatten vor kurzem dieses Gebäude gekauft, das vierte ihres, wie sie hofften, Immobilien-Imperiums. Die Familie war Mitte der vierziger Jahre aus Litauen geflohen und hatte sich in der South Side von Chicago niedergelassen, wo der Vater einen Job in den Schlachthöfen bekommen hatte.

»Wir haben alle gearbeitet«, sagte sie. »Haben uns den kleinen Hintern abgearbeitet. Uta hat nie etwas geschenkt gekriegt, das kann ich dir sagen. Im Gegensatz zu manchen Menschen, die ich erwähnen könnte, mußte ich ganz unten anfangen und mich nach oben arbeiten.« Sie starrte in Richtung Baseball-Stadion, schüttelte gedankenverloren den Kopf, und ihre Augen bekamen diesen gehetzten, gleichwohl versonnenen Ausdruck, den Therapeuten und Dokumentarfilmer so lieben. »Alles fing mit einem unschuldigen kleinen Mädchen mit abstehenden Zöpfen an, das am Bug eines Schiffes stand, welches in die Neue Welt aufgebrochen war. Das Kind sah zu, wie die wunderschönen Felder seines Heimatlandes dem stinkenden Chaos der Schlachthöfe weichen mußten. Und das Mädchen weinte, oh, wie es weinte. Alles, was das Mädchen und seine Familie hatte, war Grips und ein paar Laibe hartes, altbackenes Brot, aber das durfte sie nicht aufhalten. Das kleine Mädchen mit den abstehenden Zöpfen war nämlich ich. Die Menschen fragen mich, wie ich dorthin gekommen bin, wo ich heute stehe, und ich sage ihnen, daß es viel Arbeit gekostet hat. Zigeinhalb Jahre harter Arbeit bis zur völligen Erschöpfung.«

Es ist immer ein schlechtes Zeichen, wenn ein Arbeitgeber ein Bild von sich entwirft, das ihn nicht saufend und Geld verprassend zeigt. Bei Uta packte mich in dieser Beziehung das Grausen. Sollte sie doch schuften und knausern, solang sie dies Verhalten nicht auch von mir erwartete. Ich opferte lieber meine Zeit, ging nach Hause und gab mein Geld so schnell wie möglich aus. Mein Vater erzählte immer, wie er auf verschneiten Straßen Zeitungen verkauft hat, um sich ein besseres Leben leisten zu können. Meine Bestimmung war es, alles abzuwerfen, wofür er so hart gearbeitet hatte, und mich genau in den Aktivitäten zu suhlen, die dieses Land in die Knie zwangen.

Für Uta arbeiten, merkte ich, hieß nicken, nicken und nochmals nicken. »Ja, es ist eine Schande, daß die Regierung diese jede Initiative lähmenden Gesetze gegen Kinderarbeit erlassen hat.« – »Nein, diese Hautverätzungen machen mir überhaupt nichts aus, wieso denn auch?« Abends taten mir nicht die Arme weh, sondern der Nacken. Vom Nicken.

»Na, was haben wir denn hier?« sagte Uta und betrat die Küche. »Welche Sorte Unrat hat denn unsere kleine Jüdin hinterlassen?«

Es haute mich um, daß sie diesen Ausdruck verwendete. Ähnlich wie das Wort *Negerin* klang es moderig, klinisch. Sie spie das Wort aus, als wäre es ein Wurm, der unter ihrer Zunge genistet hatte. »Man kauft ein Gebäude, und bis die alten Mieter ausziehen, sind einem die Hände praktisch gebunden. Glück gehabt, daß unsere fette kleine Jüdin als erste gegangen ist. Sie war ein kleines Persönchen mit einem Arsch wie ein Knautschsessel, und, allmächtiger Christus, was für eine Schlampe. Ich hab die Wohnung gestern erstmal absprühen lassen, damit wir was haben, worauf wir aufbauen können.« Sie sah eine Kakerlake, die im Spülstein bibberte, und klatschte sie mit der Handfläche platt. »Einen Riesenarsch hatte das Mädchen, enorm. Aber das kommt eben davon, wenn man auf dem Hintern sitzt und erwartet, daß die Welt einem einen Gefallen tut.«

Juden und Jüdinnen waren Uta ein spitzer Dorn im Auge. Sie versuchte es mir einmal zu erklären, aber ich hatte Mühe, der Geschichte zu folgen, nachdem ich die Jahreszahl 1527 gehört hatte. Laut Uta wurde Adolf Hitler total mißverstanden, »wie oft die meisten großen Denker«. Sie sprach ausführlich über eine Verschwörung zwischen den Juden und Stalin, die aus den verschiedensten Gründen ein Auge auf ihre Heimat Litauen geworfen hatten. Die Kommunisten wollten das Land, um die unabhängige, schwer arbeitende Bevölkerung zu versklaven. Die Juden wollten es wegen der vielen Wälder, die sie zu Papier verarbeiten wollten, um sich damit die fetten Ärsche abzuwischen. Uta verachtete diese Juden und machte sie für alles verantwortlich, vom Verkehrschaos bis hin zum kostspieligen Kabelfernsehen.

Sie führte mich durch die Wohnung, die groß und hell war und hübsche kleine Besonderheiten wie Einbauschränkchen und zwei echte Kamine aufwies. Die Holzteile waren sechzig Jahre lang von den verschiedensten Mietern bis zur Unkenntlichkeit angestrichen worden. Oft war man dabei offenbar ohne Pinsel vorgegangen und hatte den bevorzugten Farbton gleich aus der Dose auf die betreffende Stelle schwappen lassen. Dies bedeutete Mehrarbeit, aber unglücklicherweise mußte die – durchaus willkommene – Mehrarbeit großenteils mit einer Lötlampe bewältigt werden, einem kraftvollen Fön, der Farbe schmilzt und gern einen üblen Geschmack im Mund hinterläßt. Es ist eine langsame und öde Arbeit; man zielt mit der Lampe, bis die Farbe Blasen schlägt, und dann kratzt man sie mit einer Klinge ab. An guten Tagen hat man hinterher pochende Kopfschmerzen. An schlechten Tagen legt man Brände.

»Du entfernst die Farbe, und dann wird es lustig«, sagte Uta. »Du, ich und der farbige Typ werden zaubern, damit diese Wohnung wieder scharf aussieht. Was meinst du? Bist du bereit, du griechischer Knirps du? Uta ist bereit. Der farbige Typ ist bereit. Und du? Bereit, zum Team zu stoßen?«

Sie ging weg, um ein paar Besorgungen zu machen, und ich begann, die Farbe von der Küchentür zu sengen. Bei der Arbeit hörte ich Radio, einen hiesigen Mittelwellensender, der jeden Samstag alte Serien und Humorprogramme wiederholte. *Suspense* und *The Shadow* gefielen mir beide gut, aber als *The Life of Riley* anfing, merkte ich, wie meine Gedanken abschweiften. William Bendix spielte die Art vorhersehbaren, gutmütigen Idioten, dessen Finger unter Garantie am Abend des wichtigen Alte-Herren-Essens in einem Loch der Bowlingkugel steckenbleibt. Er ist der Volltrottel als Mitbürger, der Maßstäbe für Generationen nachfolgender Fernsehserien gesetzt zu haben schien, in denen überfüllte Kleiderschränke und Hunde vorkamen, die den Truthahn stibitzten, während die Familie mit geschlossenen Augen betete. Im wirklichen Leben wäre so ein Hund windelweich geprügelt worden, wenn er sich sowas getraut hätte, aber hier haben wir Figuren, die Würstchen mit Füllsel essen und so tun, als hätten sie soeben den wahren Sinn des Erntedankfestes erfahren. Es war eine

Welt, in der die Menschen durch ein einziges Wort oder eine einzige Tat Erleuchtung fanden. Innerhalb einer Frist von dreiundzwanzig Minuten wurden Lektionen gelernt, und Lebensläufe erfuhren eine dramatische Wende. Bereits als Kind hatte ich Schwierigkeiten, das Konzept so rapiden spirituellen Wachstums zu akzeptieren. Wenn es so leicht war, die Menschen zu verändern, säße ich doch längst auf einem Thron aus gepolstertem Samt vor einer Nation aus willigen Dienstboten. Wer wollte denn die Menschen nicht verändern? Wenn Uta von den Juden sprach, hatte ich nur auf meine Füße gestarrt. Ich hätte ihr zahllose Juden nennen können, auf die ihr Kram nicht zutraf, aber das hätte ihre Meinung nicht geändert, da ihre Entschlüsse schon vor langer Zeit gefallen waren. Das einzige, was man bei einer Frau wie Uta tun konnte, war das Thema wechseln und von medizinischen Mißgeschicken sprechen. Man konnte nur hoffen, daß ein ordentlicher Schlenker in den Magen-Darm-Trakt sie für kurze Zeit zum Schweigen brachte.

Ich arbeitete mal als Laufbursche auf einer Baustelle und verlor den Job, als der Oberhandwerker, ein voll ausgewachsener Mann mit einem Prinz-Eisenherz-Bubikopf, entdeckte, daß ich homosexuell war. Wir waren den ganzen Sommer prima miteinander ausgekommen, aber sobald ich seinen Drang, transsexuelle Prostituierte zusammenzuschlagen, in Frage stellte, ging er mit einem Hammer auf mich los. Der Vorarbeiter kündigte mir so sanft wie möglich, indem er sagte, falls er je einen Bautrupp zusammenstelle, der nur aus Mädchen bestehe, hätte ich absoluten Vorrang. Danach dachte ich noch lange an diesen Oberzimmermann und stellte ihn mir immer in schwerster akuter Lebensgefahr vor. Die Mauern seiner Zelle kamen langsam auf ihn zu. Ein Zug näherte sich seinem gefesselten-und-geknebelten Körper. Der Zünder einer Zeitbombe wurde aktiviert, und nur ein Mensch konnte ihn retten. »Aber erst mußt du alles zurücknehmen«, stellte ich mir vor, wie ich sagte. »Und diesmal mußt du es so sagen, als meintest du es auch wirklich, wirklich, wirklich so.« Darüber phantasierte ich ein paar Monate lang und dann über was anderes. Ich habe so schon alle Hände voll mit Leuten zu tun, die mich dafür hassen, *wer* ich bin. Wenn man sich zu sehr auf die Millionen von Menschen konzentriert, die einen dafür hassen, *was* man ist, wird man leicht zu einem jener ungepflegten, nachlässig gekleideten Zeitgenossen, die unter dem Gewicht der zweihundert politischen Anstecker zusammensacken, die sie an Jacke und Tornister tragen. Ich habe nicht den leisesten Schimmer, wie man Menschen ändert, aber ich bewahre immer noch eine lange Liste möglicher Kandidaten auf, falls ich es je herausfinden sollte.

Uta kam um fünf zurück und überprüfte begeistert meine Arbeit. Die geschmolzenen Farbplacken waren hart geworden und lagen auf dem Fußboden herum, so knusprig und gewellt wie Kartoffelchips. Sie hob eine Handvoll auf und ließ sie durch die Finger rinnen wie ein Pirat, der eine Kiste Golddublonen gefunden hat. »Na, Herr Scharf jr., da sind Sie ja scharf rangegangen! Da hat die alte Uta ja ein richtig gutes Händchen bewiesen, als sie ihn engagiert hat!« Sie stampfte mit dem Fuß auf die bereits gefallenen Placken, drehte sich einmal um sich selbst und schnipste mit den Fingern.

Ich überlegte, ob sie betrunken war, aber Uta war die Art Mensch, die keinen Alkohol brauchte, um unangenehm aufzufallen. Ich hatte offenbar ihren Test bestanden und durfte am Montagmorgen wieder zur Arbeit erscheinen und dann auch endlich ihn kennenlernen, »den Wieheißternoch, den farbigen Typ«.

Wieheißternoch war ein großer, massiv gebauter Bursche Anfang dreißig, der auf den Namen Dupont Charles hörte. Während seiner Ruhezustände waren seine Augen verhangen und sinnlich-schläfrig. Sie plierten aus einem hübschen Gesicht im Farbton Beize Walnuß dunkel, den Uta für die Balken zu verwenden trachtete. In Gegenwart einer Autoritätsperson veränderte sich sein Gesichtsausdruck komplett. Als würden seine Züge von einem unsichtbaren Flaschenzug aktiviert, wölbten sich seine Augen vor, seine Lippen dehnten sich zu komischen Proportionen und enthüllten ein Lächeln von erschreckender Intensität.

»Nun, ich habe das Gefühl, du bist ein ziemlich scharfer Typ«, sagte Uta zu Dupont, als ich den Raum betrat. »Und genau das hat mir der Onkel Doktor verschrieben. Jawoll. Ich brauche alle scharfen Typen, die ich kriegen kann. Was meinst du, scharfer Typ, bist du dabei?«

»Oh, Frl. Uta«, sagte er, »Sie das wissen. Ich sein dabei Schritt für Schritt, der ganze Weg. Sie können kein besser Arbeiter finden als Ole Man Dupont, außer Sie stopfen zehn Normalmänner zusammen und hauen mit Peitsche.«

Er rieb sich die Hände und grinste in einer Weise, daß mir die Kinnladen schmerzten. Uta stellte uns vor und sah dann zu, wie wir loslegten.

»Du lieber nicht halten Schweißbrenner zu nah an Holz«, unterwies mich Dupont. »Sonst alle Träume von schöner Dame aufgehen in Rauch, und wir das doch nicht wollen?«

»Nein, Dupont, das wollen wir nicht«, sagte Uta. »Behalt ihn im Auge und zeig ihm, wo's langgeht.«

»Geritzt sein. O Herr, ich scheinen etwas richtig gemacht zu haben, daß ich diesen feinen Job für eine so nette Dame wie Sie machen dürfen. Ich heute morgen aufwachen und beten, daß halb so nett sein wie tatsächlich sein. Und jetzt ich hier mit Ihnen und dem winzigkleinen Mann hier zusammenarbeiten –; Sie mich zu einem sehr glücklichen Mann machen, Frl. Uta. Sehr, sehr glücklich.«

Uta lachte in sich hinein und wischte sich die Haare aus den Augen. »Du bist ein absoluter Schatz«, sagte sie. »Ihr seid alle beide so scharf wie Rasierklingen. Ich glaube, ich bin ganz einfach vom Glück begünstigt, stimmt's?«

»Und von der Schönheit«, fügte Dupont hinzu. »Sie vom Glück und von der Schönheit begünstigt sein.«

»Wenn du so weitermachst, schwillt mir noch der Kopf.«

»Bitte nicht, Frl. Uta. Ihr Kopf sein gerade richtig. Nicht zu groß *oder* zu klein. Ihr Kopf sein perfekt. Ich wünschen, Dupont auch so haben Kopf in passender Größe. Nicht so dick und klumpig.«

»Ist aber doch auch ein schönes großes Gehirn drin«, sagte Uta. »Du hast einen guten Kopf auf den Schultern, Dupont. Ihr beide habt einen guten Kopf auf den Schultern.«

Dupont strahlte, und ich griff mir an die Kehle, um des Brechreizes Herr zu werden, den diese Konversation bei mir verursacht hatte. Entweder war Dupont während der letzten sechzig Jahre in einem Eisblock frischgehalten worden, oder er zog irgendeine Nummer ab. Ich betete um letzteres, denn ich sah mich noch nicht, wie ich acht Stunden mit diesem Onkel Tom von einem Dumpfbimbo in ein und derselben Küche verbrachte.

Als Uta endlich gegangen war, stand Dupont am Fenster und winkte ihr nach, während sie sich in den Verkehr einfädelte. »Sayonara, du blöde Schnalle.« Tonlage und Timbre waren anders, und er sprach ohne Akzent. Nachdem er das Radio angestellt hatte, setzte er sich auf den Heizkörper und entzündete eine Zigarette. »Warst du schon mal in Tijuana?« fragte er. Duponts Geschichten begannen meistens mit einer Frage und endeten mit einer unersättlichen Frau, die splitternackt um Nachschlag winselte. In Tijuana war es die Tochter des glutäugigen Wirts gewesen, welche die Worte *»¡Bueno!«* und *»¡Grande!«* ausstieß, als er sie von hinten nahm. Danach hatte er einen Nachtklub besucht, in dem er – ohne Weinzwang – Zeuge wurde, wie es eine Prostituierte mit einem laut schreienden Esel trieb. »In echt. Nach der Show hat mir der Nachtklubbesitzer das Mädel für umsonst angeboten, aber ich hatte keine Lust, weil sie völlig ausgeleiert war. Sag mal, hast du schon mal ein dickes Mädchen gesattelt und sie dann geritten, bis sie zusammenbrach?«

Dupont wohnte mit seiner Freundin im Norden der Stadt. Weil sie weiß war und Jüdin, brauchte sie so verzweifelt einen richtigen Mann, daß sie nicht nur Miete und Rechnungen bezahlte, sondern ihm auch noch Kleidungsgeld zusteckte. Es gebe da, sagte er, ein paar Bilder, die er mir zeigen werde, sobald sein Bruder mit ihnen fertig sei. »Hast du schon mal zwei Schwestern im selben Monat geschwängert?« fragte er.

Als Utas Auto später am Nachmittag wieder vorfuhr, beeilte sich Dupont, seine Kippen aufzusammeln, bevor er den Schweißbrenner anstellte. »Deshalb ich arbeiten so schwer«, sagte er zu mir, als sie in die Küche kam. »Ich davon träumen, aufs College zu gehen und eines Tages Arzt oder Anwalt zu werden. O hey, Frl. Uta. Sie beim Friseur gewesen sein? Sehr hübsch aussehen.«

Uta sagte nein, sie sei nur mit dem Kamm durchgefahren, nichts Spezielles. »Was ist das denn für ein Müll im Radio?« fragte sie, womit sie sich auf den Sender bezog, den Dupont eingestellt hatte, nachdem sie gegangen war.

»Das Radio sein, was ich hören? Für mich sich anhören wie zwei Katzen, die in Sack eingesperrt sein. Wann Sie haben das Radio angestellt, Mistah Dave? O Herr, ich müssen so schwer gearbeitet haben, daß ich kaum Zeit gehabt haben, es zu bemerken.«

»*Ich* bemerke es, und *ich* kriege davon höllische Kopfschmerzen«, sagte Uta und stellte ihren Klassik-Sender wieder ein.

»Ja, *das* ich mögen!« sang Dupont. »Das sein genau die Sorte Musik, die ich auch zu Hause hören.« Er fuchtelte und glitt mit den Händen durch die Luft, als dirigiere er eine Symphonie, wobei seine Lötlampe wild durch den Raum schoß und mir die Haare von den Armen sengte.

»Ach, Dupont, du bist wirklich was ganz Besonderes.«

Es war meine Gewohnheit, pro Stunde einmal eine Zigarettenpause einzulegen, und nur weil Uta da war, sah ich keinen Grund, mit dieser Tradition zu brechen.

»Das, Mister, ist eine ganz ungezogene Angewohnheit«, sagte sie. »Nimm dir ein Beispiel an mir und laß es. Es war schwer, o ja, das war es, aber ich hab's geschafft, und jetzt sehe ich erst, wie ekelerregend das Rauchen wirklich ist.«

»Auch nicht gut riechen«, sagte Dupont, als könnte er beim Gestank der brennenden Farbe noch etwas anderes wahrnehmen. »Es stinken die Umwelt voll und verursachen Krebs.«

»Jetzt kriegt er's aber zu hören«, sagte Uta.

»Ich keinen Krebs kriegen wollen, Frl. Uta. Nein, nein und nochmals nein. Ich nichts wollen, was mich von meinen Zielen abhalten können. Ich auf die medizinische Fakultät wollen und lernen, wie Arzt werden. Dann ich auf eine andere Fakultät wollen und Anwalt werden, und dann ich nicht aufhören, bis ich sein Präsident von den Vereinigten Staaten!«

»Siehst du«, sagte Uta. »Ich schließe mich den Worten eines Arztes, Anwalts und zukünftigen Präsidenten der Vereinigten Staaten an und sage, daß in dieser Wohnung nicht geraucht wird.«

Ich trug meine Zigarette auf den hinteren Balkon und hörte zu, wie Dupont Uta einen Posten als Gesundheitsministerin versprach. Er tat gut daran, um seine Gesundheit besorgt zu sein, denn ich plante, ihn sobald wie möglich umzubringen.

»Glaub nicht, ich würde dich wegen dieser kleinen Zigarettenpause feuern, Mister«, sagte Uta, als ich zurückkam. »Es war Duponts Idee, und es war eine gute Idee. Warum soll er schuften wie ein Hund, während du auf deinem Hintern sitzt und qualmst wie ein Schlot? Vielleicht wird dir etwas Ebbe im Portemonnaie beim Entzug helfen. Manche Menschen muß man eben zu ihrem Glück zwingen.«

»Das stimmen genau!« sagte Dupont.

Später fragte ich ihn, warum er sich die Mühe machte, diesen ganzen Quatsch durchzuziehen. Er steckte sich eine Zigarette an, hob die Schultern und erklärte, er brauche das Geld. Ich sagte, ich brauchte das Geld ebenfalls, es sei aber doch genug Arbeit für alle da. Warum haute er mich in die Pfanne und benahm sich wie ein Vollidiot, wenn es nicht nötig war?

»Sie mag es«, sagte er. »Na und. Wenn du willst, daß sie *dich* mag, solltest du dich vielleicht ein bißchen mehr anstrengen, scharfer Typ.« Er wischte sich die Kappen seiner Turnschuhe mit einem Papiertaschentuch ab und sagte: »Hey, hast du jemals ein dickes, sommersprossiges Mädchen gefickt, während ihr Freund weggetreten vor dem Fernseher saß?«

Teilweise genoß ich Duponts Geschichten, weil ich sie nie ganz glaubte. Es war weniger sein Mathelehrer in der siebten Klasse, der seinen erigierten Penis mit dem Rechenschieber vermessen hatte, was mich so fesselte, als die Annahme, mich könnte sowas beeindrucken. Er wußte, daß ich einen Freund hatte, und beharrte trotzdem auf seinen Fragen: »Wann hast du zum letztenmal einer Studentin Motorenöl auf die Titten gekippt?« Für Uta spielte er die Rolle, die sie, wie er glaubte, von ihm erwartete, und bei mir machte er das auch. Für die Geschäftsfrau mit Grundbesitz war er der grinsende Bimbo-Komiker, der sich auf einen umgestülpten Eimer stellte, um seinen hoffnungslosen Bericht zur Lage der Nation vorzutragen. Für einen, wie er glaubte, sexbesessenen Homosexuellen war er der unermüdliche Hengst, der zwischen Heuschober und Himmelbett streunte, um seiner stetig expandierenden Herde begeisterter Stuten zu Willen zu sein. Ich glaube, wir alle beugen uns vermeintlichen Erwartungshaltungen, aber allen Ernstes ein Rauchverbot auszusprechen: das ließ auf eine ernsthafte Persönlichkeitsstörung schließen. Wer war er bei seiner Mutter? Bei seiner Freundin oder seinem Vater? In seinem Bestreben, allen alles zu sein, war es Dupont gelungen, einer der mysteriösesten Menschen zu werden, die ich je kennengelernt habe. Koma-Patienten enthüllen mehr über sich.

Wir machten für gewöhnlich fünfundvierzig Minuten Mittagspause und holten uns Cheeseburger von einem Stand auf der Straße. Wenn Uta da war, stieg er auf Reiskuchen mit Joghurt um, was sie persönlich am liebsten aß, weil sie versuchte, das wieder abzunehmen, was sie durch den Verzicht auf Zigaretten zugenommen hatte. Er mampfte das Zeug in fünf Minuten weg, wischte sich die Lippen mit dem Ärmel ab, machte sich wieder an die Arbeit und betrachtete mich, als verkörperte ich all das, was faul war an diesem trägen, in seinem eigenen Fett erstarrten Amerika.

»Ich gern essen die natürlichen Sachen, die Gott bereits Adam und Eva auf den Tisch gestellt haben«, sagte er. »Nicht viel brauchen, damit *ich* fröhlich sein, nein, nein, und nochmals nein. Je weniger ich essen, desto fröhlicher ich sein.«

»Weil du so bist wie ich«, sagte Uta. »Ein scharfer Typ, der sich schlau ernährt.«

So hatten wir etwa drei Wochen lang gewirkt, bis es schließlich Zeit war, die Lötlampen abzustellen und die nächste Phase zu beginnen. Uta hatte ein System, Holz abzuraspeln, bei dem statt Stahlwolle Sägemehl verwendet wurde. Wir strichen die Chemikalien auf eine Holzfläche, packten reichlich Sägemehl drauf und schrubbten dann mit einer Bürste die alte Politur ab, so daß die natürliche Eiche zum Vorschein kam, die wahrscheinlich kein Tageslicht gesehen hatte, seit Utas Freund Adolf Hitler ein kleiner Bub mit Lederhose war. So ging es schneller als mit Stahlwolle, und billiger war es auch, weil es das Sägemehl gratis ganz in der Nähe beim Sägewerk gab. Das Problem war, daß das Sägemehl jeden ungeschützten Teil des Körpers infiltrierte, sich in Schichten auf unser Haar legte und sich in Nase und Ohren niederließ. Es kroch durch die Schnürsenkel-Ösen meiner Schuhe, in Socken und Hosentaschen und verbuk sich mit dem Gesichtsschweiß, so daß wir einander am Ende des Tages beängstigend ähnlich sahen. Mit unsern mattiert beigen Gesichtern und plüschig eingestaubten Haaren hätten wir leicht als Angehörige derselben grotesken Familie durchgehen können.

Als Uta eines Vormittags weg war, um sich mit ihrem Steuerberater zu treffen, fragte Dupont: »Hast du jemals deinem Bruder Bilder von deiner Freundin geliehen und sie voller Flecken zurückgekriegt?« Die Antwort war so sonnenklar, daß er nicht auf eine Erwiderung wartete, sondern mir gleich einen Stapel Polaroids aushändigte, auf denen eine nackte, weiße, ziemlich fertig und gelangweilt wirkende Frau auf einem braunen Kordsamt-Sofa posierte, die sich ein Sortiment verschiedenster Haushaltsgeräte in die Vagina geklemmt hatte: eine Taschenlampe, eine Haarbürste, eine Familientube Zahnpasta sowie eine Flasche, die entweder Shampoo oder ein Geschirrspülmittel enthielt. »Das ist mein Mädel!« sagte Dupont stolz. Er hoffte, die Bilder in, wie er das nannte, »einem der Magazine« veröffentlichen zu können. Gegen Ende des Stapels kamen Porträts von Dupont, der auf einem Thron aus Rattan saß und außer hellblauen Socken und einer Piloten-Sonnenbrille nichts anhatte. Sein Gesicht war zu einem höhnischen Lächeln verzerrt, er war vornübergebeugt, und das Kinn ruhte auf einem Spazierstockknauf, der so geschnitzt war, daß er dem Gesicht eines wütenden Löwen ähnelte.

In solchen Situationen neige ich dazu, diejenigen Details zu kommentieren, die mir einen möglichst stillen Ausstieg ermöglichen. »Ein Klasse-Stuhl«, sagte ich. »Woher hast du das Bild, das da hinten an der Wand hängt? Ich finde es immer wieder aufmunternd, wenn ich ein Kätzchen sehe, das in irgendeinem Korb schlummert.«

»Hast du schon mal ein jüdisches Mädchen mit einem Spazierstock in den Arsch gefickt?« fragte er.

Wir hatten sämtliche Holzteile freigelegt und bereiteten die Beize vor, als Uta ankündigte, im nun folgenden Stadium brauche sie uns nicht mehr beide. Briggs komme nämlich aus Michigan, um ihr beim Beizen zu helfen. »Tut mir leid, Jungs«, sagte sie. »Ihr beide seid so scharf wie nur irgend möglich, aber Briggs gehört praktisch zur Familie und hat jede Menge Erfahrung mit Polyurethan.«

»Ich auch haben!« sagte Dupont. »Ich haben ein Leben lang Erfahrung mit Polyurethan. Mistah Dave sich beklagen, es ihm machen Kopfschmerzen, aber für mich es sein wie Lebenselixier.« Er hielt inne, um mit dem Pinsel gegen den Dosenrand zu tippen. »Ich nur hoffen, daß Sie, wenn Sie sich nicht können leisten uns beide, wenigstens mich behalten. Ich arbeiten für umsonst und als Freiwilliger.«

Uta sagte, das sei eine nette Geste, aber es fiele ihr nicht im Traum ein, jemanden ohne Bezahlung arbeiten zu lassen. »Außerdem«, sagte sie, »wie kommst du denn darauf, daß ich auf *dich* verzichten möchte?«

»Es nur sein, weil ...« Er ließ den Kopf hängen. »Sie wissen, wie es sein für Menschen wie mich. Wo ich doch ... ein Farbiger sein.«

»Ich weiß ja, wie schwer es für euch ist«, sagte Uta. »Von den Rassisten im Süden steht ihr unter Beschuß, und jetzt lese ich in der Zeitung, daß euch auch noch die Juden das Leben schwermachen.«

»Das die Leute sein, die Jesus umgebracht haben!« sagte

Dupont. »Sie ihn haben an ein Kreuz gehängt und mit Stöcken gepiekst.«

»Nun, ich hätte nichts dagegen, ein paar von *ihnen* mit einem Stock zu pieksen«, sagte Uta.

»Ich auch nicht.« Dupont sah mich an und lächelte.

An den folgenden Tagen schaltete Dupont noch einen Gang höher und wies Uta auf meine zahllosen Mängel hin, während er tat, als teile er ihre vielen Ansichten und Interessen. Alle paar Stunden stellte er eine Frage zum Thema Sticken oder Schlittschuhlaufen, aber hauptsächlich hielt er sich an die Juden. »Letzte Nacht ich mir haben Gedanken darüber gemacht, wie Sie sagen, die Juden versuchen, die Weltbanken zu übernehmen, Frl. Uta, und das mir kommen gar nicht gerecht vor, wenn man bedenken, wieviel sie schon haben.«

»Tja, Dupont, manche Menschen können den Hals einfach nicht voll genug kriegen. Das ist genetisch bedingt. Wahrscheinlich werden sie schon so geboren.«

»Bestimmt Sie haben recht. Manche Menschen wie Mistah Dave sein geboren, zu spät zur Arbeit zu kommen, nur so als Beispiel. Andere Menschen in diese Welt kommen, um alles an sich zu raffen. Ich, ich nur wünschen, alle Menschen sein geboren wie Sie, Frl. Uta, lieb und schön und gerecht, anstatt zu spät zu kommen und zu versuchen, die Weltbanken zu übernehmen. Wenn ich werden zum Präsidenten gewählt, ich lasse die Juden und Faulpelze dahin zurückschaffen, woher sie gekommen sein, und schaffen mir ein Land, in dem genug für alle da sein!«

»*Meine* Stimme kriegst du schon mal«, sagte Uta.

Je näher das Wochenende kam, desto tollkühner wurde Dupont. Ich kam gerade vom Mittagessen zurück und zog mir meine Arbeitshose an, als ich hörte, wie er ein Argument brachte, das wohl als allerletzter Nagel zu meinem Sarge gedacht war.

»Frl. Uta, Sie gewußt haben, daß David krank sein?«

»Was, ist er erkältet oder was? Ich habe nichts bemerkt.«

»Nein, ich meinen, er krank sein … hier drin.«

Ich konnte nichts sehen, aber ich stellte mir vor, daß er auf den Zwischenraum zwischen seinen Ohren deutete.

»Er mir haben gesagt, er gern mit Männern gehen, Frl. Uta. Ich meinen ins Bett. Er sagen, er das schon sein ganzes Leben lang machen. Er sagen, er leben mit einem anderen Mann, wie wenn sie sein Mann und Frau. Und das … einfach nicht richtig sein. Nein, nein und nochmals nein, das einfach … falsch sein. Das sein nicht richtig vor dem Auge Gottes und vor meinem auch nicht. Solche Leute auflauern jungen Menschen und das ganze Leben ruinieren, genau wie die Juden, was Sie meinen, Frl. Uta?«

»Ich meine, es ist an der Zeit, daß du aufhörst, deine Nase in anderer Leute Angelegenheiten zu stecken, das meine ich«, sagte Uta. »David kann machen, was er will, sobald er diese Wohnung verlassen hat. Wir sind nicht hier, um über Privatsachen zu tratschen; wir sind hier, um dieses Holz zu beizen, verstanden?«

»Es sein ja auch nur … Es mir machen unbehaglich, wie er mich manchmal ansehen, Frl. Uta. Da fühlen ich mich ganz sonderbar. Das sein …, als wenn er können mir durch die Klamotten kucken. Ich nicht wissen, wie er das machen.«

»So schwer bist du nun wirklich nicht zu durchschauen, Dupont«, hörte ich sie sagen. »Ich schwör's dir; schwer ist es nur, dir zuzuhören.«

Benommen verbrachte er die nächsten Stunden damit, ihre Gunst zurückzugewinnen. Hastig bemüht, ihr zu gefallen, kippte er einen Eimer Beize um. »Die Beize zahlst du aber aus eigener Tasche, mein Freund«, sagte Uta.

Er kam mit einem Zigarettenstummel angerannt, den er in der Speisekammer gefunden hatte. »Frl. Uta, da haben wieder jemand in der Wohnung geraucht. Ich ihm gesagt haben, es sein gefährlich wegen der Dämpfe und so, aber er haben gesagt ...«

»Um *Himmels* willen«, schnappte Uta. »Kannst du nicht mal fünf Minuten lang deinen dummen Mund halten!«

Still kam und ging der Freitag. Als Dupont am Montagmorgen kam, war die eine Tasche seiner Jeans abgefetzt. »Sie schon mal ausgeraubt worden sein, Frl. Uta?« Er sagte, es sei auf dem Heimweg nach der Kirche passiert. »Ich gewöhnlich gehen mit meiner Mammi in die Kirche, aber Samstagnacht sie werden abgeholt und mit schrecklichem Schmerz im Bauch ins Krankenhaus gebracht. Der Doktor haben gesagt, es sein ein Tumor innen drin und essen ihre ganze Niere haps auf, wenn sie nicht werden operiert.«

»Ach, Dupont, das ist ja schrecklich.«

»Ja, Frl. Uta. Ich sein die ganze Nacht bei ihr geblieben, und dann am nächsten Tag ich gehen in die Kirche, und auf dem Weg nach Hause ich sein so müde, daß ich schlafen ein in der Bahn.«

»Du warst bestimmt nur erschöpft«, sagte Uta.

»Ja, Frl. Uta, sehr erschöpft. Ich auf dem Platz gesessen haben und eingeschlafen sein, und dann ein Taschendieb kommen und mit Rasiermesser die Hosentasche abschneiden und mein Portemonnaie stehlen.«

»Man muß scharf aufpassen, wenn man mit diesen Zügen fährt, Dupont. Halte die Augen offen, und paß auf, wo die Gefahr lauert.«

»Ich wünschen, ich haben die Augen offen gehalten, Frl.

Uta. Sie mir abgenommen haben mein Portemonnaie mit meinem ganzen Geld und meinen Personalausweis und den Gehaltsscheck, den Sie haben mir gegeben letzten Freitag.«

»Na, so eine Schande«, sagte Uta. »Aber sieh es doch mal so: Immerhin wird es dir eine Lehre gewesen sein.«

»Das es wohl werden gewesen sein. Ja, ich sein jetzt hellwach. Können gar nicht mehr schlafen, weil immer denken an den Gehaltsscheck, für den ich so schwer gearbeitet haben und nun gestohlen sein. Das viele schöne Geld, das ich gehofft haben, für die medizinische Fakultät zu sparen, sein gestohlen, und nun mein ganzer Traum sein geplatzt.«

»Keine Angst«, sagte Uta und legte ihm die Hand auf die Schulter. »Es werden neue Träume kommen.« Das schien ihr richtig Spaß zu machen.

»Wahrscheinlich, Frl. Uta, wahrscheinlich, aber ich brauchen diesen Traum *jetzt*. Ich hatten gehofft, auf die medizinische Fakultät zu gehen ... und zwar ganz bald, damit ich vielleicht ... meine Mutter operieren können.«

»Das ist sehr wohlüberlegt von dir«, sagte Uta. »Deine Mutter ist bestimmt sehr stolz.«

»Was von ihr übrig sein«, sagte Dupont. »Das arme Ding husten Teilchen vom Hals in eine Serviette, und niemand können was dagegen unternehmen.«

»Das ist ja alles sehr, sehr tragisch«, sagte Uta. »Das ist eine ganz, ganz traurige Geschichte. Ich wünschte nur, ich könnte irgendwie helfen.«

»Ich glauben, *irgendwie* schon«, sagte er und kratzte sich mit einer Bleistiftspitze am Kopf. »Vielleicht wenn Sie mir schreiben einen neuen Scheck für den, der gestohlen sein. Wenn Sie mir vielleicht machen einen neuen Scheck und anrufen die Bank und denen sagen, sie sollen den alten platzen lassen, bevor jemand die Chance haben, ihn einzulösen.«

»Meinst du nicht, es könnte ihn bereits jemand eingelöst haben?« fragte sie und betrachtete seine Füße. »Schöne neue Turnschuhe, Dupont. Die sind wirklich scharf.«

»Wahrscheinlich ihn aber noch niemand eingelöst *haben*«, sagte er, das Thema wechselnd. »Wo die Banken doch am Sonntag geschlossen sein.«

»Dann haben sie ihn womöglich heute morgen gleich als erstes eingelöst«, sagte sie.

»Nein, bestimmt nicht, denn es brauchen ziemlich viel Zeit, um genug Mut zu schöpfen, meine Unterschrift auf der Rückseite des Schecks zu fälschen.«

»Da könntest du recht haben«, sagte Uta. »So ein Dieb braucht mindestens drei, vier Tage, um soviel Selbstvertrauen zu entwickeln.«

»Och, bitte, Frl. Uta, Sie doch wissen, ich nicht würden fragen, wenn es nicht wären so ein Notfall. Wenn was passieren und Sie herausfinden, daß der erste Scheck bereits eingelöst sein, ich schwören, ich ihn Ihnen ersetzen, obwohl es, wenn man es recht bedenkt, gar nicht meine Schuld sein. Ich kommen zu Ihnen nach Hause und hakken Ihnen Holz oder graben Ihnen einen Swimmingpool; Sie wissen, ich werden.«

Uta seufzte. Sie trocknete sich die Hände ab und griff nach ihrem Portemonnaie.

»Sie eine so süße weiße Dame sein«, sagte Dupont. »Mir egal sein, was niemand sagen, Sie so süß und lieb sein wie nur möglich.« Er faltete den Scheck einmal, steckte ihn in seine Brusttasche und klapste zur Sicherheit noch einmal auf die Tasche.

»Jetzt geh mal lieber ganz schnell auf die Bank und zahl

das auf dein Sparkonto ein«, sagte Uta trocken. »Sonst verlierst du den Scheck vielleicht, und dann kannst du nie acht Jahre auf die medizinische Fakultät gehen, um deine Mutter vom Krebs zu heilen.«

»Ja, Frl. Uta, da Sie bestimmt recht haben. Ich rasch zur Bank rennen und früher wieder zurück sein, als können mit den schönen blauen Augen zwinkern.« Er schoß zur Tür hinaus, und es gelang ihm, erst auf der Straße laut loszulachen.

»Ich weiß, was du jetzt denkst«, sagte Uta zu mir. »Aber du hast unrecht. Ich bin zwar abends geboren, aber das war nicht *gestern* abend. Jetzt glaubt er, er wäre der Schärfste. Keinen Schimmer hat er. Ich wollte ihm das Geld nämlich sowieso geben, als Abfindung, sobald ich ihn entlasse. Gottverdammter Speichellecker. Verspricht, mir einen Swimmingpool zu graben, ha! Ich hab ihm sowieso sehr viel weniger bezahlt als dir, aber was soll's, ich glaub, ich hab mein Geld nicht an ihn verschwendet. Fünf Dollar, daß er zur Bank rennt und dann immer weiterrennt. Was meinst du, fünf Dollar, topp, die Wette gilt, scharfer Typ?«

Ich hatte keine Lust, mein Geld wegzuschmeißen. Ich wußte, daß sie recht hatte.

Utas Freundin, Polly Briggs, erschien am nächsten Morgen, fing aber erst nach dem Spiel der Chicago Cubs mit der Arbeit an. Sie war jemand, der einem auf die Schulter klopft, unverblümt und laut, mit kurzen Löckchen und Sommersprossen auf der Nase wie aufgesprüht. Briggs – »Sag noch einmal Polly zu mir, und du darfst dir Erbrochenes von den Schuhen wischen. Kann den Namen nicht ausstehen. Konnte ich noch nie.« – verbrachte die meiste Zeit des Jahres in Nord-Michigan, wo sie an einer Mittelschule Leibesübungen unterrichtete. In den Sommerferien kam sie oft nach Chicago, um sich Baseball-Spiele anzusehen und Uta bei ihren jeweiligen kleinen Projekten zu helfen. Es kam mir seltsam vor, daß sie befreundet waren, zu sehr unterschieden sie sich in Alter, Temperament und Geschmack. Uta sah ja schon nicht ungesund aus, aber Briggs wirkte mit ihrer rosigen Gesichtsfarbe und der robusten Statur, als hätte sie vor Sonnenaufgang Heuballen auf einen Pferdewagen geschmissen. Sie war ein zutraulicher Trampel, während Uta viel beherrschter war und sich gern für unfehlbar hielt, besonders in Anwesenheit ihrer Untergebenen.

Als Briggs sich darüber beschwerte, daß sie für das Spiel am Nachmittag schlechte Plätze bekommen habe, vermerkte Uta, alle guten Stellen hätten sich bereits die Juden gesichert, die auch die Hot-Dog-Konzessionen und den Souvenirhandel kontrollierten. »Die Parkplätze, die Spielergehälter, sogar die Herstellung von Schlägern und Handschuhen, alles wird von den Juden kontrolliert. Durch die Juden sind die Eintrittspreise schier unerschwinglich geworden. Hier bin ich, zwei Straßen vom Stadion entfernt, und sie treiben meine Vermögenssteuer in schwindelerregende Höhen. Sie wollen alles so sehr ver ...«

»Halt's Maul«, sagte Briggs. »Du meckerst über die Juden, seitdem du dieses Drecksland verlassen hast. Schlag mal ein Geschichtsbuch für die dritte Klasse auf; vielleicht lernst du dann was. Außerdem: *So* schlimm fandest du die Juden gar nicht, als du hinter Brandy Fleischman her warst.«

Uta wischte sich wie Tausende von Malen vorher die Fransen aus der Stirn, aber diesmal war die Geste offen nervös. Sie zog sich die Haare zurück über die Augen, als wolle sie sich verstecken, und maulte nach längerer Pause: »Brandy war nur *Halb*jude.«

»Ah ja? Welche Hälfte? Oben oder unten?« Briggs zwinkerte mir zu, während Uta beleidigt zappelte und ihr Gesicht sich rötete. Dupont und ich hatten oft Vermutungen über ihr Geschlechtsleben angestellt. Er hatte darauf bestanden, daß sie alle schwarzen Männer wollte, die sie kriegen konnte, während es mir schwerfiel, sie mir anders als mit einem jener pensionierten Nazi-Generäle vorzustellen, die sich in den Urwäldern von Argentinien verkrochen haben. Wir hatten uns beide gewaltig verschätzt.

»Sag mal, Uta, was ist eigentlich aus der kleinen Wiehieß-sie-noch Collins geworden, die immer mit uns in die Dünen gegangen ist? Du weißt schon, welche ich meine. Sie hat Feuerversicherungs-Policen oder sonstwas Blödes verkauft; Tontaubenschießen fand sie auch toll.« Briggs klatschte das Polyurethan mit der Finesse eines Kindes im Krabbelalter gegen die Wand; ich folgte ihr und versuchte die Kleckser zu glätten, bevor sie trockneten. Nach ein paar Tagen wurde Uta etwas lockerer und gestattete sich, die Gesellschaft ihrer Freundin zu genießen. Ihr freundschaftliches Gezänk nahm einen harmlosen und behaglichen Ton an, und je nach Interesse hörte ich hin oder weg. Eines Nachmittags diskutierten sie die Vorzüge einer an Ballaststoffen reichen Diät, als ich aus dem Fenster sah und sicher war, Dupont an der Ecke vor dem kleinen Lebensmittelladen stehen zu sehen. Eine Frau kam, mit zwei großen Papiertüten beladen, aus dem Geschäft. Dupont sagte etwas, und sie schüttelte den Kopf: nein. Er ging auf sie zu, die Arme ausgebreitet, um die Tüten zu umarmen, sie wich zurück und rief etwas durch die Fliegendrahttür. Der Lebensmittelhändler kam heraus, und Dupont warf die Hände in die Luft, als wolle er damit Frustration oder Leugnung ausdrücken. Nachdem noch ein paar weitere Worte gewechselt worden waren, ging er davon, bog um die Ecke und war nicht mehr zu sehen.

Wir hatten die erste Schicht Beize angebracht und waren zur Hälfte mit der zweiten fertig, als Briggs aus Versehen einen vollen Pappbecher Gatorade in einen Eimer mit einer Gallone Polyurethan fallen ließ. »Das geht aber auf *deinen* Gehaltsscheck, Baby«, sagte Uta.

Sie zankten hin und her, bis Briggs anbot, einen ganzen Tankwagen mit dem Zeug zu kaufen, wenn Uta dann endlich die Klappe hielte.

»Na gut«, sagte Uta, »aber *ich* komme mit, damit du da nicht mit der billigeren Sorte wieder rausgehst. Und wir nehmen *dein* Auto, weil ich bereits genug Benzin für dich verfahren habe. *Und* im Radio hören wir, was *ich* will. Und nun sag du doch auch mal was.«

Sie verließen zeternd die Wohnung und waren kaum drei Minuten weg, als Dupont den Raum betrat.

»Hey«, sagte ich. »Was ist passiert? Wir haben uns schon gefragt, was aus dir geworden ist. Uta ist gerade nicht da; sie ...«

»Ist mit dem Auto weggefahren und hat mit irgendeiner Schlampe mit Locken Scheiße geredet. Ich hab gesehen, wie sie los sind. Sag mir, wann sie zurückkommt.«

Ich sagte, in fünfzehn, vielleicht zwanzig Minuten. »Und jetzt rate mal! Hättest du gedacht, daß Uta ein kes ...«

»Gib mir zwanzig Dollar«, sagte Dupont und zündete sich eine Zigarette an. »Ich zahl sie dir nächste Woche zurück.« Er stand vor dem Kaminspiegel und überprüfte sein Haar, das mit Ölen behandelt worden war und nun in mageren Locken herabhing. Zuerst hatte ich ihn kaum wiedererkannt. Nicht nur sein Haar war anders, es war seine ganze Art. Das Fragezeichen war sowohl aus seiner Rede, als auch aus seiner Körperhaltung verschwunden. Er stand gerade, die Schultern kantig, den Kopf erhoben, als wäre er auf einen Pfosten geschraubt. »Gib mir zwanzig Dollar«, wiederholte er.

Als ich ihm sagte, ich hätte keine, schloß er die Augen und ließ einen ungeduldigen Seufzer frei, die Sorte Seufzer, die man freiläßt, wenn man beschließt, daß jemand eine Lektion verdient hat. Ich zückte mein Portemonnaie. »Da, sieh selbst nach. Ich habe meine letzten fünf Dollar für Mittagessen ausgegeben.« Es ist immer angenehm, wenn man sich, durch eine Laune der Natur, auf die Wahrheit berufen kann, um sich aus einer Bredouille zu befreien. In meinem Rucksack hatte ich ein Scheckbuch, aber was Bargeld betraf, so enthielt mein Portemonnaie nichts als einen abgelaufenen Schülerausweis, meinen Bibliotheksausweis und die Telefonnummern von Menschen, an die ich mich nicht mehr erinnerte.

»Ich brauche jedenfalls zwanzig Dollar«, sagte er. »So ist das nun mal. Ich brauche das Geld.«

»Vielleicht kannst du warten, bis Uta zurückkommt, und sie läßt dich ein paar Stunden arbeiten.«

Er sah mich an, als hätte ich vorgeschlagen, er solle im Rinnstein Gold waschen.

»Okay, dann kann dir deine Freundin doch Geld leihen«, bot ich als weitere Möglichkeit an.

»Genau«, sagte er. »Meine Freundin. Du bist ja echt schnell. Ich glaube, ich habe ganz vergessen, wie schlau du wirklich bist.« Seine Stimme hatte einen harten, bitteren Ton. »Du bist scharf, stimmt's? Scharf wie Tigerpisse.« Er schritt im Raum auf und ab. »Scharf wie ein Fahrtenmesser, du Pfadfinder.«

Ich blickte in den Spiegel und sah, wie er Utas Handtasche vom Fensterbrett nahm. »Die gehört Uta«, sagte ich. »Vielleicht solltest du mit ihr reden, bevor du ihre Handtasche aufmachst, weil, naja, es ist ihre, und du weißt, wie sie sich mit ihren Sachen hat.«

Das war so ziemlich das Eindringlichste, was ich brachte. Läge die Sicherheit Amerikas in meinen Händen, gingen wir alle in Sackleinen und wienerten jedem Invasor die Stiefel, der das Wort »Buh!« aussprechen konnte.

Dupont fand ihr Portemonnaie und entnahm ihm drei Zwanziger, einen Fünfer und zwei Einer. Er arrangierte die Scheine zu einem schlaffen Fächer und wedelte damit vor seinem Gesicht herum, als wäre die winzige Brise alles, was er angestrebt hatte. Dann faltete er das Geld, steckte es sich in die Tasche und ging zur Tür hinaus.

Kurze Zeit später ging ich ebenfalls, stieg auf mein Fahrrad und fuhr zur Bank, um drei Zwanziger, einen Fünfer und zwei Einer zu holen. Uta war die Art Mensch, die genau weiß, wieviel sich in ihrem Portemonnaie aufhält. Sie führte Listen über alle Abbuchungen und Eingänge. »Kannst du glauben, daß ich im Osco-Markt siebzehn Dollar gelassen habe? Und wofür? Mit einer winzigen Tüte bin ich wieder rausgekommen.« Sie merkte bestimmt, daß ihr Geld fehlte. Ich konnte ihr nicht sagen, daß Dupont es genommen hatte, denn dann hätte sie geschrien: »Du hast ihn in diese Wohnung gelassen? Und was dann, dann fleddert er meine Handtasche, und dir kommt es nicht in den Sinn, ihn davon abzuhalten? Du läßt ihn einfach mein Geld nehmen und zur Tür hinaustanzen?«

Wenn ich sie gewesen wäre, hätte ich das genauso empfunden. Hätte ich ihr gesagt, daß Dupont das Geld gestohlen hat, hätte sie wahrscheinlich die Polizei gerufen, und ich hätte die gesamte Konversation noch einmal erlebt. »Und Sie haben ihn das Geld nehmen *lassen*?« hätte der Beamte gefragt. Wäre der Fall vor Gericht gekommen, wäre *ich* derjenige gewesen, der irgendwann mal mitten in der Nacht Dupont über den Weg gelaufen wäre, nachdem er seine dreißig Tage – oder was sonst gerade für Kleindiebstahl aktuell ist – abgesessen hätte.

Ich hätte auch nicht lügen können und Uta sagen, ich sei kurz weggegangen, um eine kleine Besorgung zu machen, und hätte vergessen, die Tür hinter mir abzuschließen. »Du bist ganz kurz *was*? Warum rollst du nicht gleich einen roten Teppich aus und hängst ein Schild auf, das jeden Gauner in und um Chicago zum Eintreten einlädt, und wo er sowieso schon mal da ist, soll er mir doch bitte auch noch rasch mein letztes Hemd klauen? Die fünfundsechzig Dollar gehen von *deinem* Gehaltsscheck ab, Mister!« Und wieder hätte ich genauso reagiert, wenn ich ein aggressiver oder unverblümter Mensch wäre. Statt dessen bin ich keiner, und deshalb empfand ich echten Haß, nicht auf Dupont oder Uta, sondern auf mich, weil ich beiden gegenüber so schwach und feige gewesen war. Sie hatten sich vorgestellt, jeder auf seine Weise, und ich fand immer, man muß eine Grenze ziehen; man muß sagen, was man denkt, oder sich verteidigen. Man muß tapfer oder ehrlich oder wenigstens irgendwas *sein*. Es hatte nichts damit zu tun, daß man Menschen ändert –; das kann man sowieso vergessen; an einem guten Tag hat man Glück, wenn es einem gelingt, jemanden zum Sockenwechseln zu überreden. Ich konnte mir auch nicht einreden, dies Verhalten habe mit einem Anstellungsverhältnis zu tun. Mein Rückgrat hat – Gehaltsscheck oder nicht – immer diese butterartige Konsistenz. Im Gegensatz zu anderen Menschen, die ich kenne, wird mein Schweigen nie als Weisheit interpretiert werden. Mich verrät jedesmal mein Zähneklappern.

Als ich zurückkam, waren Uta und Briggs schon wieder an der Arbeit. »Sag mal, David, wir haben gerade eine kleine Wette am Laufen. Wer hat siebenundfünfzig den Wimpel gewonnen?«

Ich sagte Briggs, ich hätte keinen wie auch immer gearteten Schimmer.

»Ich bleibe dabei: Es waren die *Oreos*!« rief Uta.

»Die *Oreos* sind Kekse; wenn schon, waren es die Baltimore *Orioles,* und die waren es auch nicht.« Briggs rollte die Augen und hockte sich hin, um einen neuen Kanister Polyurethan aufzustemmen.

Ich wartete bis Feierabend. Die Frauen waren nebenan, um ihre Arbeitsklamotten aus- und sich umzuziehen, und ich schlich mich an die Handtasche an, um Utas Geld zu ersetzen. Dabei hatte ich mehr Angst, als wenn ich es gestohlen hätte. Als ich ihre Handtasche öffnete, dachte ich, wie ungerecht es war, daß von allen Beteiligten ausgerechnet ich zahlen mußte. Dupont wußte, daß ich ihn nicht davon abgehalten oder ihn verpfiffen hätte. Uta hatte ein halbes Dutzend Mietobjekte und ein dickes Paket Aktien unterm Gürtel. Sie amüsierten sich ganz prima und stellten, was sie sagten oder taten, nie in Frage. Was machte sie so selbstsicher und mich nicht? Ich sagte mir, im Gegensatz zu ihnen hätte ich ein Gewissen, aber sobald ich es dachte, wußte ich, daß es eine Lüge war. Wäre es eine Art Güte gewesen, die mich motivierte, so wäre sie mir wurscht gewesen. Statt dessen war es eine weiche und schwabbelige Feigheit, welche die Gestalt von Tugend angenommen hatte.

Sie war auf Strümpfen, das Portemonnaie war offen, das Radio plärrte, und ich hörte nicht, wie Uta hinter mir herantrat. »Was machst du da mit meinem Geldbeutel?« fragte sie. »Zahle ich dir etwa nicht genug; ist es das?« Sie formte mit den Händen einen Schalltrichter vor dem Mund: »Hey, Briggs, komm mal her. Ich hab gerade unseren Freund erwischt, wie er mein Portemonnaie durchsucht.«

Die Luft wurde aus dem Raum gesaugt, durch die offenen Fenster und den Spalt unter der Tür, und hinterließ ein Vakuum. »Dann erzähl doch mal, Freundchen. Was genau suchst du denn?«

Der Geist spielt dem Gedächtnis Streiche. Die Zeit gerät aus Bequemlichkeit in Schieflage. Ereignisse werden komprimiert, damit sie besser wirken, oder sie werden gedehnt, damit sie falsch verstandenem Triumph Platz bieten. Da dies so ist, wie es ist, ist es schwer, genauere Angaben zu machen, aber mir kommt es vor, als hätte ich etwa fünfzehntausend Jahre stockstill auf demselben Fleck gestanden und nach einer Antwort auf ihre Frage gesucht.

# *Asche*

Sobald mir klar wurde, daß ich bis an mein Lebensende homosexuell sein würde, zwang ich Bruder und Schwestern, einen Vertrag zu unterschreiben, in dem sie schworen, nie zu heiraten. Es gab eine Klausel, die ihnen gestattete, mit jedem Menschen ihrer Wahl zusammenzuleben, solang sie es nur nicht amtlich machten.

»Was ist mit Kindern?« fragte meine Schwester Gretchen und ließ sich einen Löschpapierschnipsel LSD unter die Zunge gleiten. »Kann ich nicht *nicht* heiraten und trotzdem ein Baby kriegen?«

Ich stellte mir das Kind vor, wie es mit fünfzehn Händen nach dem Mobile schlug, das über seinem Bettchen hing. »Klar kannst du Kinder haben. Nun nimm deinen Augenbrauenstift und unterschreib auf der punktierten Linie.«

Meine Befürchtung war, daß meine Schwestern, einmal verheiratet, der Familie den Rücken kehren würden und es vorzogen, Ferien und Feiertage mit ihren Männern zu verbringen. Eine nach der anderen würden sie uns verlassen, bis nur noch ich und meine Eltern übrig waren, vor dem Fernseher, ein jegliches den Truthahn mit Füllsel vom eigenen Tablettchen essend. Es war nicht schwer, die Unterschriften zu kriegen. Die Mädchen in meiner Familie spielten nicht Puppenhaus mit Puppenherd; sie spielten Puppenbesserungsanstalt mit Puppenberuhigungszelle. Eines Tages mochten sie durchaus eine Beziehung eingehen –; wenn es passierte, passierte es, aber sie sahen keine Veranlassung, sich deshalb zu verbiegen. Mein Vater sah das anders. Er sah den Ehestand als ihre bestmögliche Berufung, als etwas, für das sie üben und das sie sich als Ziel vor Augen halten sollten. Eine meiner Schwestern stand z. B. gebeugt vor dem offenen Kühlschrank, im Badeanzug, und mein Vater wog sie mit den Augen. »Sieht aus, als hättest du ein paar Pfund zugenommen«, sagte er. »Mach so weiter, und du findest nie einen Mann.« *Findest.* Er sagte das, als wären Männer exotische Pilze, die im Wald wachsen, als bedürfe es eines geschärften Blicks, um einen zu entdecken.

»Hör nicht auf ihn«, sagte ich. »Ich finde, das Gewicht steht dir sehr gut. Hier, nimm noch eine große Schale Kartoffelchips.«

Unseren Nachbarn bedeutete die Ehe sehr viel, und wir sahen das als weiteren guten Grund, es gar nicht erst so weit kommen zu lassen. »Tja, endlich haben wir Kim verheiratet.« Das wurde immer mit einer solchen Erleichterung gesagt, daß man hätte meinen können, die in Rede stehende Kim sei kein zwanzigjähriges Mädchen, sondern der letzte Welpe eines ungewollten Wurfs. Meine Mutter schaffte es nicht zum Lebensmittelladen und zurück, ohne eingehend die DIN-A5-Fotos irgendeines sabbernden, glubschäugigen Enkels betrachtet haben zu müssen.

»Na, *das* ist doch mal was anderes«, sagte sie. »Ein lebendiges Baby. Alle meine Enkelkinder sind zu Kunstdünger zermahlen worden, oder was man sonst mit abgetriebenen Föten macht. Dadurch habe ich sie zu meinen Füßen, aber nicht am Hals, was mir persönlich sehr entgegenkommt. Hier haben Sie Ihr Bild zurück. Sagen Sie Ihrer Tochter, sie soll unbedingt dranbleiben.«

Im Gegensatz zu unserem Vater fand sie es gut, daß keins ihrer Kinder sich fortgepflanzt hatte. Diese Tatsache verwendete sie in der Nummer, die sie regelmäßig abzog: »Sechs Kinder, und keins ist verheiratet. Ich werde meinen Töchtern von dem Geld, das wir an den Hochzeiten gespart haben, einen eigenen Puff bauen.«

Nachdem sie mit ihrem Freund Bob fast zehn Jahre zusammengelebt hatte, annullierte meine Schwester Lisa unseren Vertrag, indem sie ihm das Jawort gab, als er ihr einen Heiratsantrag machte. Um es noch schlimmer zu machen, beschlossen sie, nicht in einer Drive-through-Kapelle in Las Vegas, sondern auf einem Berggipfel im westlichen North Carolina zu heiraten.

»Wie nett«, sagte meine Mutter. »Jetzt brauche ich, passend zu meinem Kleid, nur noch ein paar marineblaue Wanderstiefel, und dann bin ich komplett.«

Als ich meinen zukünftigen Schwager kennenlernte, war er bei meinen Eltern zu Besuch und hatte gerade den Kopf tief in den Backofen gesteckt. Ich kam in die Küche, ergriff, da ich ihn für eine meiner Schwestern hielt, seine fleischigen, jeansgekleideten Pobacken und begann sie mit beiden Händen zu kneten. Er geriet in Panik und knallte mit dem Kopf gegen die verkrusteten Röhren. »Oha«, sagte ich, »tut mir leid. Ich dachte, du wärest Lisa.«

Es war die Wahrheit, konnte ihn aber aus irgendeinem

Grunde nicht trösten. Zu der Zeit arbeitete Bob als Totengräber, eine Karriere-Entscheidung, die auf einen erfrischenden Mangel an Ehrgeiz schließen ließ. Es handelte sich dabei nicht um frische Gräber, sondern um alte, die verlegt wurden, um Platz für eine neue Fernstraße oder Einkaufs- und Genießermeile zu schaffen. »Wie wollen Sie damit meine Tochter ernähren?« fragte mein Vater.

»Ach, Lou«, sagte meine Mutter, »niemand verlangt von ihm, daß er irgend jemanden ernährt; sie schlafen nur miteinander. Laß ihn zufrieden.«

Wir mochten Bob, weil er sowohl anders als auch unapologetisch war. »Man nehme ein einen Tag altes Schweinskotelett, steche mit der Gabel lauter Löcher hinein, weiche es in Essig ein, und schon hat man prima was zu essen«, sagte er und spielte am fedrigen Quast seines hüftlangen Zopfes. Weil er eine gute Kinderstube und zahllose Allergien hatte, wirkte Bobs Apartment wie das bewohnbare Prinzip Ordnung-und-Sauberkeit. Wir hätten gedacht, daß jemand, der das Futter seiner Stiefel sorgfältig schaumreinigte, unsere Schwester vielleicht kurz ausführen, aber nie und nimmer heiraten durfte. Lisa konnte nicht einmal dazu abgerichtet werden, Essensreste vom eingesauten Laken zu kratzen, geschweige, die Bettdecke auszuschütteln und tatsächlich das Bett zu machen. Ich hatte seine Willenskraft und seine Geduld unterschätzt. Sie lebten bereits fast drei Jahre zusammen, als ich unangemeldet vorbeischaute und meine Schwester am Spülstein stehend erwischte, einen Schwamm in der einen und einen Teller in der anderen Hand. Die ungeheure Bedeutung von Spülmitteln hatte sich ihr noch nicht erschlossen, aber sie lernte. Irgendwann schnitt Bob sich die Haare ab, ging zurück aufs College und gab die Schaufel zugunsten einer glänzenden Karriere als Immobilienmakler auf. Er war ein liebenswerter Typ; nur die Sache mit dem Heiraten hätte er lassen sollen. »Als neulich meine Schwester heiratete« ist ein Satzanfang mit »als« und »neulich«, der mir mindestens so verhaßt wäre wie der Satz »Als mir neulich eine Dickdarmfistel zur Ableitung von Stuhl gelegt wurde …«

Drei Wochen vor der Hochzeit rief meine Mutter an, um mitzuteilen, daß sie Krebs habe. Sie war zum Arzt gegangen, um sich über ein Ohrgeräusch zu beschweren, und die anschließenden Untersuchungen ergaben, daß sie einen erheblichen Tumor in der Lunge hatte. »Von der Größe einer Zitrone, haben sie gesagt«, sagte sie. »Keine winzige Faust oder ein Ei, nein, eine Zitrone. Ich glaube, die beschreiben das in Obstform, damit man keine Angst kriegt, aber hör mal, wer will schon eine Zitrone in der Lunge? Sie hoffen, sie erwischen sie, bevor sie ein Pfirsich oder eine Pampelmuse wird, aber wer weiß? Ich schon mal nicht. Ixundzwanzig Tests, und sie wissen immer noch nicht, was mit meinem Ohr ist. Ich hoffe nur, daß es, was es auch ist, nicht viel größer ist als eine Weintraube. An dem Krebs bin ich allerdings selbst schuld; das ist mir klar. Schlimm ist nur, daß euer Vater immer noch lebt, um mich alle gottverdammten fünfzehn Sekunden daran zu erinnern.«

Als meine Mutter anrief, war meine Schwester Amy bei mir. Wir reichten uns in meiner winzigen New Yorker Küche den Hörer hinüber und herüber, verbrachten dann den Rest des Abends im Bett und versuchten einander davon zu überzeugen, daß es unserer Mutter bald besser gehen würde, glaubten es aber nicht so ganz. Ich hatte von Menschen gehört, die den Krebs überlebt hatten, aber die meisten behaupteten, es mit Hilfe ungeschroteter Körner und spiritueller Veröffentlichungen geschafft zu haben, die sie dazu ermutigten, still in der Lotosposition zu sitzen. Sie stellten sich ihre Geschwüre bildlich vor und versuchten vernünftig mit ihnen zu reden. Unsere Mutter war nicht der Typ, der die Morgendämmerung begrüßt oder mit Gerste und Hafer kocht. Sie redete nicht vernünftig mit dem Tumor, sie bedrohte ihn; und als das nicht half, beschloß sie, ihn zu ignorieren. Wir konnten uns nicht vorstellen, wie sie bei einer Selbsthilfegruppe mitmachte oder im Trainingsanzug durch die Einkaufspassage trabte. Zweiundsechzig Jahre alt, und keiner von uns hatte sie je mit Hose gesehen. Ich weiß nicht warum, aber es kam mir so vor, als brauche man eine Hose, um den Krebs zu besiegen. Ebenso wichtig war ein Plan. Man mußte eine neue, andere Zukunft akzeptieren lernen, eine Zukunft ohne überquellende Aschenbecher und Zwanzigliterflaschen Wein und Scotch. Man mußte glauben, daß ein solches Leben lebenswert war. Ich wußte nicht, ob ich so eine unersprießliche Zukunft hätte freudig begrüßen können, aber ich hoffte, daß sie es konnte. Mein Bruder, meine Schwestern und ich unternahmen einen Feldzug, um ihre Moral zu stärken und neue und aufregende Hobbys ins Feld zu führen, denen sie frönen konnte, sobald sie geheilt und wieder auf den Beinen war.

»Das wird toll«, sagte ich. »Du könntest, ich weiß nicht, vielleicht könntest du lernen, wie man ganz kleine Flugzeuge fliegt, oder du könntest dich freiwillig melden und Crack-Babys auf den Arm nehmen. Es gibt vieles, was ein älterer Mensch außer Rauchen und Trinken machen kann.«

»Bitte ruf mich nicht bekifft an, um mir zu sagen, daß es vieles gibt, was ich mit meinem Leben machen kann«, sagte sie. »Gerade habe ich mit deinem Bruder telefoniert, und der hat vorgeschlagen, ich soll einen Streichelzoo aufmachen. Wenn sowas beim Highsein herauskommt, muß ich wirklich auch mit dem Marihuanarauchen anfangen, obwohl mir das etwas schwerfallen wird, denn als ich meine rechte Lunge zum letztenmal sah, lag sie in einer Bratpfanne.«

In Wirklichkeit waren ihre Lungenflügel genau da, wo sie immer gewesen waren. Der Krebs war zu weit fortgeschritten, und sie war zu schwach, um eine Operation zu überleben. Der Arzt entschied, sie solle nach Hause; er würde derweil einen Plan ausarbeiten. Bereits das Wort erfüllte uns mit Hoffnung: einen Plan. »Der Arzt hat einen Plan!« krähten meine Schwestern und ich einander an.

»Genau«, sagte meine Mutter. »Er plant, am Samstag Golf zu spielen, am Sonntag segeln zu gehen und mich am Montag drauf um Augen, Nieren und die Restleber zu bitten. Das ist sein Plan.«

Wir empfanden es als schlechtes Zeichen, als sie ihr *People*-Abo abbestellte und anfing, ihre Zigaretten päckchen- und nicht mehr stangenweise zu kaufen. Sie ging ihr Schmuckkästchen durch, rief meine Schwestern an und fragte sie, ob sie Perlen oder Steine vorzögen. »Im Augenblick sind die Rubine in einer Brosche in Form einer Zuckerstange, aber mehr Geld gibt es wahrscheinlich, wenn man sie ausbauen läßt und nur die Steine verkauft.« Auf ihre Weise hatte sie bereits begonnen, sich abzumelden, und den Plan verworfen, bevor er verkündet war. *Aber was wird aus uns?* wollte ich sagen. *Sind wir denn nicht Grund genug weiterzumachen?* Ich dachte an den unablässigen Kummer, den wir ihr all die Jahre bereitet hatten, und beantwortete die Frage. Sie hoffte zu sterben, bevor einer von uns ins Gefängnis kam.

»Was will Amy denn zu diesem kleinen Pepsi-Werbespot anziehen?« fragte meine Mutter im Hinblick auf die Berggipfel-Zeremonie. »Sagt mir bitte, daß es nicht dies Hochzeitskleid ist.«

Lisa hatte beschlossen, in einem schlichten kremfarbenen Kostüm zu heiraten, die Art Klamotte, die man zur zweiten Abmahnung anzieht. Amy fand, wenigstens einer sollte nach Hochzeit aussehen, und hatte die Idee gehabt, der Feier in einem bodenlangen Hochzeitskleid beizuwohnen, komplett mit Schleier und Schleppe. Schließlich zog sie dann etwas an, was meine Mutter noch mehr haßte, ein rosa Cocktailkleid mit abnehmbaren Ärmeln. Normalerweise war es ihr egal, was die Leute anhatten, aber sie nutzte das Thema, um von dem abzulenken, was wir inzwischen ihre »Lage« nannten. Wäre es nach ihr gegangen, hätten wir nie von ihrem Krebs erfahren. Unser Vater war darauf gekommen, es uns zu sagen; sie hatte dagegen angekämpft und erst eingewilligt, als er drohte, es uns selbst zu sagen. Unsere Mutter fürchtete, wir würden sie, sobald wir Bescheid wußten, anders, zartfühlend behandeln. Vielleicht fühlten wir uns verpflichtet, ihre Küche zu loben oder über all ihre Witze zu lachen, weil wir immer an den Tumor dachten, den zu vergessen sie sich so bemühte. Und genau das taten wir auch. Das Wissen um ihre Krankheit zwang alles ins Rampenlicht und verlangte, daß alles unvergeßlich wurde. Wir riefen unsere Mutter nicht mehr an. Nunmehr nahmen wir den Hörer ab und wählten ihre Nummer, um unsere Mutter (sie hat übrigens Krebs) anzurufen. Bei der Arbeit was dumm gelaufen? Man brauchte nur zu sagen: »Tut mir leid, daß ich vergessen habe, unter den Kissen Ihres sehr schönen, sehr teuren Empire-Sofas staubzusagen, Mrs. Walman. Ich weiß, wieviel es Ihnen bedeutet. Ich glaube, ich sollte wirklich an wichtigere Dinge denken als ausgerechnet an den inoperablen Krebs meiner Mutter.«

Wir waren gar nicht krank, aber die Versuchung war einfach zu stark. Hier konnten wir das Mitgefühl abstauben, ohne unter den Symptomen leiden zu müssen. Und Mitgefühl hatten wir doch verdient, oder?

Wenn wir mit unserer Mutter sprachen, war uns klar, daß jedes Gespräch das letzte sein konnte, und deshalb wollten wir etwas von Belang sagen. Was konnte man sagen, was nicht bereits auf Millionen von Glückwunschkarten und Luftballons gedruckt war?

»Ich liebe dich«, sagte ich am Schluß eines unserer nächtlichen Telefonate.

»Das will ich aber überhört haben«, sagte sie. Im Hintergrund hörte ich, wie ein Streichholz angerissen wurde, wie Eiswürfel in einem erhobenen Glas klirrten. Und dann legte sie auf. Ich hatte so etwas noch nie zu meiner Mutter gesagt, und wenn ich alles noch einmal durchleben könnte, würde ich es wahrscheinlich zurücknehmen. Niemand sprach so, außer Lisa. Es war unsauber, so etwas zu jemandem zu sagen, es sei denn, man wollte Geld oder ins Bett. Das hatte unsere Mutter uns beigebracht, als wir noch nicht größer waren als Partyfäßchen. Ich kannte Menschen, die so etwas zu ihren Eltern sagten – »Ich liebe dich« –, aber übersetzt hieß das immer: »Ich würde jetzt liebend gern auflegen.«

Wir versammelten uns für die Hochzeit, die an einem klaren, frischen Oktobernachmittag stattfand. Die Zeremonie wurde auf einem grasbewachsenen Abhang abgehalten, der eine prächtige Sicht auf die Gipfel ringsum bot, deren Bäume in feurigem Rot und Orange prunkten. Man konnte sich, wenn man bis zum Horizont blickte, leicht vorstellen, daß wir sie waren, die letzten überlebenden Menschen auf dem Antlitz der Erde. Die anderen waren durch Krankheit und Hungersnot ausgelöscht, und wir waren erwählt, eine neue und bessere Welt zu gestalten. Es war ein angenehmer Gedanke, bis ich mir uns bei der Beerensuche oder beim Bad in eiskalten Bächen vorstellte. Bobs Familie, kernig und robust, brachte das wahrscheinlich, aber wir übrigen würden vor uns hinsiechen und sterben, kurz nachdem das Shampoo alle war.

Mein Vater weinte offen während der Zeremonie. Wir studierten sein verkrumpeltes Gesicht und hatten schwer zu kämpfen, um seinem Beispiel nicht zu folgen. Was sollte diese Gefühligkeit? Meine Schwester heiratete einen freundlichen und rücksichtsvollen Mann, der ihr durch viel Not und Elend hindurch beigestanden hatte. Beide engagierten sich leidenschaftlich für mexikanisches Essen und waren aktive Mitglieder der Nordamerikanischen Gesellschaft der Freunde von Vögeln in Käfighaltung. Die Tacos und Papageien hatten Lisa und Bob ganz für sich allein, aber alles andere an Lisa gehörte uns. Als wir im Halbkreis auf dem Gipfel jenes Berges standen, wurde klar, daß Lisa zwar einen anderen Nachnamen annehmen mochte, aber nie dem Sog unserer Familie entrinnen würde. Durch Heirat kam sie nicht vom Haken, selbst wenn sie wollte. Sie konnte in die Antarktis ziehen und sich in einem unterirdischen Bunker niederlassen –, wir würden sie zu finden wissen. Weglaufen war sinnlos. Ignoriere du nur unsere Briefe und Anrufe; wir suchen dich in deinen Träumen heim. Ich hatte so viele Jahre lang die Ehe für den Feind gehalten, daß die echte Gefahr, als sie in unser Leben trat, mich völlig unvorbereitet erwischte. Die Zeremonie gemahnte an Verlust, aber nicht an den Verlust von Lisa, sondern an den Verlust unserer Mutter.

»Kein Schnaps?« stöhnte sie. Meine Mutter wankte zum Buffet-Tisch, dessen Klappbeine unter dem Gewicht von kohlensäureversetztem Mineralwasser, Wurstcrackern und koffeinfreiem Kaffee bebten.

»Keinen Schnaps!« hatte Lisa eine Woche vor der Zeremonie angekündigt. »Bob und ich haben beschlossen, daß wir die Art Hochzeit nicht möchten.«

»Welche Art?« fragte meine Mutter. »Die fröhliche? Ihr beide mögt ja völlig aus dem Häuschen sein, aber wir übrigen werden etwas Hilfe brauchen, um uns in die angemessene Stimmung hineinzusteigern.«

Sie sah nicht so sehr viel anders aus als letztesmal. Die Chemotherapie hatte gerade erst begonnen, und sie hatte – allerhöchstens – vielleicht fünf Pfund abgenommen. Ein flüchtiger Bekannter hätte möglicherweise gar keinen Unterschied bemerkt. Wir bemerkten ihn nur, weil wir wußten, weil jeder auf diesem Berggipfel wußte, daß sie Krebs hatte. Daß sie sterben würde. Es war eine relativ kleine Feier; die beiden Familien waren da, und eine Ansammlung von Lisas Freunden, von denen wir die meisten nicht kannten, aber leicht identifizieren konnten. Das waren die Gäste, die sich kein einziges Mal darüber beschwerten, daß es keinen Alkohol gab.

»Ich wollte nur, daß Sie erfahren, wie sehr Colleen und ich Lisa lieben«, sagte die Frau, die Augen tränenfeucht. »Ich weiß, daß wir einander nie offiziell vorgestellt worden sind, aber hätten Sie was dagegen, wenn ich Sie einfach mal ganz, ganz fest umarme?«

Mit Ausnahme von Lisa waren wir keine Umarmer. Was Gefühle und Trost betraf, so waren wir der Überzeugung, daß es kein noch so heftiger Körperkontakt mit einem gutgemachten Cocktail aufnehmen konnte.

»He, Augenblick mal. Wo bleibt *meine* Umarmung?« fragte Colleen, krempelte ihre Ärmel hoch und schritt zur Tat. Ich blickte über die Schulter meiner Angreiferin und sah, wie eine Frau in bodenlangem Kordsamtrock meine Mutter in einen liebevollen Schwitzkasten zwang.

»Ich habe gehört, was Sie durchmachen, und ich weiß, daß Sie Angst haben«, sagte die Frau und blickte auf den Kopf voller dünner werdender Haare hinunter, den sie mit ihren kräftigen Armen umschlungen hielt. »Sie haben Angst, weil Sie glauben, Sie wären allein.«

»Ich habe Angst«, keuchte meine Mutter, »weil ich *nicht* allein bin und weil Sie das zerquetschen, was von meiner gottverdammten Lunge noch übrig ist.«

Das Gruseligste an diesen Menschen war, daß sie nüchtern waren. Bei jemandem, der absolut natternbreit war, ließ sich dies Benehmen entschuldigen, aber die meisten von denen hatten seit Carters Präsidentschaft keinen Drink mehr zu sich genommen. Ich nahm meine Mutter am Arm und führte sie zu einer Bank. Die dünne Bergluft machte ihr das Atmen schwer, und sie ging langsam, mit vielen Pausen. Die Familien machten einen Gang in eine nahe Schlucht, wir saßen im Schatten, aßen Cracker mit Wurst und unterhielten uns wie gesittete Fremde.

»Die Wurst ist gut«, sagte sie. »Sie schmeckt und ist doch nicht zu fett.«

»Überhaupt nicht fett. Allerdings auch nicht trocken.«

»Die Cracker ebenfalls nicht«, sagte sie. »Sie sind leicht und kroß, mit dem echten Buttergeschmack.«

»Aber ja. Der Geschmack dieser Cracker ist sehr, sehr buttrig. Sie sind flockig, aber doch nicht zu flockig.«

»Ganz und gar nicht zu flockig«, sagte sie.

Wir beobachteten den Pfad und hofften verlegen, daß jemand uns von der Qual dieser steifen und sinnentleerten Konversation erlöste. Ich hatte immer Angst vor Kranken gehabt, und meine Mutter ebenso. Nicht, daß wir befürchteten, uns an ihrer Schlagadererweiterung im Hirnbereich anzustecken oder ihnen aus Versehen die Kanüle aus der Vene zu fetzen. Ich glaube, ihre Stärke flößte uns Angst ein. Kranke erinnerten uns nicht an das, was wir hatten, sondern an das, was uns fehlte. Alles, was wir sagten, klang belanglos und geringfügig; unsere Beschwerden verblaßten, verglichen mit ihren, und ohne unsere Beschwerden gab es nichts zu sagen. Meine Mutter und ich waren am Telefon prima miteinander ausgekommen, aber jetzt, von Angesicht zu Angesicht, waren die Regeln geändert worden. Wenn sie sich beschweren wollte, riskierte sie, als kranke Beschwerdeführerin angesehen zu werden, und das sind die schlimmsten. Wenn ich mich beschweren wollte, klang ich vielleicht noch egoistischer, als ich ohnehin schon war. Dieser plötzliche Umschwung im Lauf der Ereignisse hatte uns unserer gemeinsamen Sprache beraubt und überließ uns genau dem Austausch harmloser Artigkeiten, über die wir uns immer lustig gemacht hatten. Ich wollte, daß es aufhörte, sie wollte es, glaube ich, auch, aber wir wußten beide nicht, wie.

Nachdem alle Geschenke aufgemacht waren, kehrten wir auf unsere Zimmer in der Econolodge zurück, die mein Vater gebucht hatte. Wir sahen aus dem Fenster, über die Autobahn und weiter in die Ferne, wo wir verschwommen das reizende Hotel erkennen konnten, das sich an den Fuß eines anderen, feineren Bergs schmiegte. Heute hatte sich unsere Familie zum letztenmal komplett versammelt. Es ist so selten, wenn man etwas wissentlich zum letztenmal tut: ein letztes Bad nehmen, ein letztesmal ficken oder die Fußnägel schneiden. Wenn man weiß, daß man es nie wieder tun wird, wäre es vielleicht ganz nett, eine ordentliche Schau draus zu machen. Dies war es dann gewesen, was meine Familie betraf, und es machte mich echt fertig, daß unser letztes Treffen in so einer traurigen Entschuldigung für ein Hotel stattfinden sollte. Mein Vater hatte sich gestattet, Nichtraucherzimmer zu buchen, weshalb wir anderen die ganze Absteige nach Dosen absuchten, die wir als Aschenbecher verwenden konnten. »Was wollt ihr denn noch alles von einem Hotel?« rief er und trat in Unterhose auf den Balkon. »Es ist sauber, im Empfang stehen Automaten für Snacks, die Fernseher funktionieren, und es ist in Autobahnnähe. Wenn euch die verdammte Tapete nicht gefällt, na und? Ihr wißt doch, was ihr für ein Problem habt, stimmt's?«

»Wir sind verwö-höhnt«, riefen wir im Chor.

Wir waren jedoch nicht geizig. Wir hätten liebend gern für besseres mehr gezahlt. Niemand wollte Zimmerservice oder einen beheizten Swimmingpool, nur etwas mit einem bißchen mehr Charakter: vielleicht ein Motel mit indianischem Sujet oder eine der vielen abgelegenen Hütten, in denen als kleine Aufmerksamkeit Verhaltensmaßregeln an der Wand hingen für den Fall, daß einem Bären ins Picknick platzten. Mit unserem Vater zu verreisen bedeutete immer, daß man in überregional bekannten Autofahrerunterkünften absteigen und nur in Fast-Food-Restaurants essen durfte. »Was?« fragte er. »Wollt ihr mir erzählen, daß ihr euch lieber an einen Tisch setzt und etwas zu essen bestellt, von dem ihr nicht wißt, wie es schmeckt?«

Das, äh, das war allerdings genau das, was wir wollten. Andere Leute taten das ständig, und die meisten hatten es überlebt und konnten davon berichten.

»Scheißdreck«, rief er. »Das könnt ihr doch gar nicht wollen.« Beim Argumentieren war es immer seine Taktik, das zu leugnen, worauf sich unsere Wünsche gründeten. Wenn man, z.B., einen Stapel Pfannkuchen wollte, sagte er einem nicht, man kriegt keine, sondern man will gar keine. Ein *Ich weiß doch aber, was ich will!* wurde unweigerlich mit einem *Weißt du eben nicht!* gekontert.

Meine Mutter hatte nie seine Begeisterung für Markennamen-Kultur geteilt, und deshalb hatten sie schon vor Zeiten beschlossen, getrennt in Ferien zu fahren. Sie verreiste meist mit ihrer Schwester und kam aus Santa Fe oder Martha's Vineyard tief sonnengebräunt zurück, während mein Vater eher dazu neigte, mit Freunden zu angeln oder zu golfen, die wir nie kennengelernt hatten.

Am Abend vor der Hochzeit waren wir in eine ganz entzückende Berghütte gegangen und hatten mit Bobs Eltern zu Abend gegessen. Im Speisesaal fühlte man sich wie irgendwo zu Hause. An den Wänden hingen Bilder von verstorbenen Verwandten, und auf dem Kaminsims standen alte Pokale und eine Prozession handgeschnitzter Lockenten. Am Abend nach ihrer Hochzeit waren Lisa und Bob in die Flitterwochen aufgebrochen, und wir waren auf uns selbst gestellt. Meine Schwestern, voller Wurst, zogen es vor, auf ihren Zimmern zu bleiben, also ging ich mit Eltern und Bruder in ein Kettenrestaurant an einem hell erleuchteten Stück Autobahn in Stadtrandnähe. Auf dem Weg dorthin kamen wir an Dutzenden von attraktiveren Möglichkeiten vorbei: Steakhäuser, die mit Kaminfeuer und Kerzenlicht prahlten, und Hütten aus Holzschindeln mit diskreten Schildern, auf denen FUTTERN WIE BEI MUTTERN und NUR HIER! stand.

»Wie wär's denn damit?« sagte mein Bruder. »Ich hab noch nie Eichhörnchen probiert. Klingt doch gut.«

»Ha!« sagte mein Vater. »So gut klingt es um drei Uhr morgens dann aber nicht mehr, wenn du die große Scheißerei hast und dir die Magenwände aus dem Leib kackst.«

In die absonderlichen Restaurants durften wir nicht, weil sie vielleicht keinen Niesschutz über dem Salatbuffet hatten. Vielleicht hatten sie auch keine sauberen Toiletten oder ordnungsgemäß anästhesiertes Personal. Bei sowas konnte man gar nicht vorsichtig genug sein. Meine Mutter war immer bereit gewesen, alles auszuprobieren. Hätte es ein Eskimo-Restaurant gegeben, wäre sie freudig in den Iglu gekrochen und hätte mit bloßen Händen rohen Seehund gegessen, aber mein Vater fuhr, und das bedeutete, daß er entschied. Nachdem wir im Restaurant seiner Wahl angekommen waren, schob er seine Brille nach vorn, um das Brett mit der Speisekarte zu studieren. »Was können Sie mir über Ihre entbeinte *Pick O' The Chix*-Kombinationsplatte sagen?« fragte er das Tresenmädchen, einen Cherokee-Backfisch, der einen holzapfelfarbenen Synthetik-Pullover trug.

»Nun, Sir, zu *sagen* gibt es da nicht viel, außer daß das Hühnchen keine Knochen hat und zusammen mit Pommes und zwei Litern ›Thirsty Man‹-Mineralwasser serviert wird.«

Mein Vater rief, als hätte ihre dunkle Hautfarbe irgendwie ihr Gehör in Mitleidenschaft gezogen: »Aber das Hühnchen als solches, was geschieht damit?«

»Ich tu es auf ein Tablett«, sagte das Mädchen.

»Aha, verstehe«, sagte mein Vater. »Das erklärt alles. Mannomann, Sie sind ja wohl eine ganz Schlaue, was? Mit einem IQ, der mit herkömmlichen Mitteln gar nicht mehr zu erfassen ist, was? Soso, auf ein Tablett tun Sie es. Das bedeutet ja wohl, daß es das Huhn nicht aus eigener Kraft aufs Tablett schafft, und das sagt mir, daß es wahrscheinlich vorher irgendwie geschlachtet worden sein muß. Gehe ich richtig in dieser Annahme? Na, das bringt uns doch schon ein kleines Stückchen weiter.« So ging es weiter, bis das Mädchen in Tränen aufgelöst war und wir unverrichteter Dinge zum Auto zurückkehrten, wobei mein Vater maulte: »Herrgott, habt ihr das gehört? Wahrscheinlich könnte sie einem alles erzählen, was man wissen muß, um ein Opossum in der Falle zu fangen, aber sobald es um Hühnchen geht, ›tut sie's auf ein Tablett‹.«

Unter normalen Umständen hätte meine Mutter Überstunden gemacht, um Kellnerin oder Buffetfräulein in Schutz zu nehmen, aber heute abend war sie einfach zu müde. Sie wollte irgendwohin, wo Drinks serviert wurden. »Gehn wir doch zu dem Italiener da.«

Mein Bruder und ich unterstützten sie, und kurze Zeit später saßen wir in einem trübe beleuchteten Restaurant, so daß mein Vater die Kellnerin anschnauzen konnte: »*Blutig;* wissen Sie, was das heißt? Das heißt, daß ich mein Steak in der Farbe Ihres Zahnfleischs haben will.«

»Och, Lou, nun mach mal Pause.« Meine Mutter schenkte sich Wein ein und steckte sich eine Zigarette an.

»Was machst du da?« Sogleich ließ er seiner Frage eine Antwort folgen. »Du bringst dich um, bringst du dich.«

Meine Mutter hob grüßend ihr Glas. »Da hast du ausnahmsweise mal recht, Baby.«

»Das ist doch nicht zu glauben. Genausogut könntest du dir eine Pistole an die Schläfe setzen. Nein, das nehme ich zurück. Das Gehirn kannst du dir ja gar nicht aus dem Schädel pusten, weil du nämlich gar keins hast.«

»Das hättest du wissen sollen, als du um meine Hand angehalten hast«, sagte sie.

»Sharon, du hast doch keinen Schimmer.« Er schüttelte angewidert den Kopf. »Du machst das Maul auf, und die Kacke kullert einfach so raus.«

Meine Mutter hörte schon seit vielen Jahren nicht mehr zu, aber es war fast ein Trost, daß mein Vater darauf bestand, den normalen Betrieb aufrechtzuerhalten, trotz allem. In ihm hatte sie jemanden gefunden, dessen Verhalten sich nie ändern würde. Er hatte gelobt, ihr das Leben zur Hölle zu machen, und keine Krankheiten oder Schicksalsschläge konnten ihn von diesem Vorhaben abbringen. Meine letzte Mahlzeit mit meinen Eltern würde nicht anders sein als die erste. Wären wir zu Hause gewesen, hätte meine Mutter ihn um sieben abgefüttert, bis zehn oder elf gewartet, und dann hätten wir uns Steaks gebraten. Bis dahin hätten wir mehrere Drinks verputzt, und wenn die Steaks zufällig verkokelt waren, schmiß sie sie dem Hund hin und fing nochmal von vorne an. Bevor ich nach New York zog, hatte ich zwei Monate in Raleigh verbracht und eins der Mietobjekte meines Vaters in Uninähe angestrichen. Während dieser Zeit hatten wir jeden Tag den gleichen Zeitplan. Manchmal aßen wir vor dem Fernseher, und manchmal deckten wir den Tisch. Ich versuche mich an einen dieser Abende zu erinnern, will aus den Einzelheiten Trost ziehen, aber sie sind dahin. Selbst mein Tagebuch sagt mir nichts: »Steaks mit Mom.« Aber was für Steaks, Porterhouse oder New York Strip? Worüber haben wir gesprochen, und warum habe ich nicht aufgepaßt?

Wir kehrten in unsere Autobahn-Raststätte zurück, meine Eltern begaben sich auf ihr Zimmer, und wir wanderten zu einem Friedhof ganz in der Nähe, der einst ein ideales Fleckchen Erde gewesen war, inzwischen aber immerhin noch einen prima Blick auf die neue Pizza Hut bot. In all den Jahren hatte unsere Mutter wiederholt den Wunsch geäußert, verbrannt zu werden. Man fuhr an einem kleinen Waldbrand vorbei, oder man betrachtete die Rauchsäulen, die aus dem Kamin des Nachbarn aufstiegen, und sie drückte ihre Zigarette aus und sagte dabei: »Genau das möchte ich auch. Macht mit den Überresten, was ihr wollt; streut sie in einem schicken Hotel in die Aschenbecher, schenkt sie klugscheißenden Kindern zu Weihnachten, überreicht sie am Aschermittwoch Katholiken, damit sie sie sich auf die Stirn reiben –; Hauptsache, ich werde verbrannt.«

»Och, Sharon«, stöhnte mein Vater. »Du weißt doch gar nicht, was du wirklich willst.« Er sagte das, als wäre er bereits mehrmals verbrannt worden, aber inzwischen zur Vernunft gekommen und habe die normale Beerdigung als die einzig vernünftige Option akzeptieren gelernt.

Wir legten unsere Econolodge-Tagesdecken über das betaute Gras des Friedhofs, rauchten Joints und versuchten uns ein Leben ohne unsere Mutter vorzustellen. Wenn es einen Himmel gab, brauchten wir sie dort wahrscheinlich gar nicht erst zu suchen. Ebensowenig verdiente sie die brennenden Teergruben der Hölle, in denen sie die ganze Ewigkeit lang von denselben Arschgesichtern umgeben sein würde, denen wir Drive-in-Märkte und Themenrestaurants verdanken. Es mußte irgendeine mittlere Ebene existieren, einen Ort, an dem man zwar jeden Tag gefoltert wurde, wo einem aber trotzdem ein paar Momente der Freude gegönnt waren, die man genießen konnte, wo immer man sie fand. Dieser Ort schien Raleigh, North Carolina, zu sein, wozu also die ganze Aufregung?

Warum konnte sie nicht einfach bleiben, wo sie war, und keinen Krebs haben? Das war immer unsere Lösung, eine Zeitreise zurück. Wir sprachen darüber wie andere über Knochenmarktransplantation und Bestrahlung. Wir sprachen darüber, als wäre es eine reale Möglichkeit. Eine Zeitmaschine, das würde alle Probleme lösen. Fast sah ich die Schalttafel mit den blinkenden Lämpchen vor mir, das Armaturenbrett mit einer Skala, auf der ganz links eine Radierung klobige Saurier zeigte, und ganz rechts war Lisas Hochzeit. Wir konnten zurückschalten, bis wir unsere Mutter als junges Mädchen sahen, und uns ihrer annehmen, bevor sie durch den Suff ihres Vaters wachsam und mißtrauisch geworden war. Konnten sie in der Glückwunschkartenabteilung vom Drugstore sehen und sie warnen, sie soll nur ja die Schule zu Ende machen. Ihre mangelnde Bildung machte sie verletzlich, weshalb sie viel zu oft »Was weiß ich denn schon« und »Ich bin zwar nur blöd, aber …« sagte. Wir konnten etwas weniger weit zurückschalten und uns als Babys sehen, konnten sehen, wie unsere Mutter ohne Führerschein auf dem Lande festsaß und nicht wußte, wen sie anrufen sollte, wenn wieder jemand einen Vierteldollar oder eine Sicherheitsnadel verschluckte. Wir hatten es in der Hand, und sie war uns ausgeliefert, grad wie sie's immer gewesen war, nur diesmal würden wir auf sie aufpassen, und niemand durfte ihr ein Härchen krümmen. Seit unserer Ankunft in dieser Raststätte waren wir hin und zurück von einem Zimmer ins andere gegangen, hatten Geheimkonferenzen abgehalten und Privatinformationen ausgetauscht. Wir hofften, wenn wir uns auf das Schlimmste vorbereiteten, das Unvermeidliche mit einem gewissen Maß an Mut oder Anmut durchstehen zu können.

Alles, was wir vorhergesehen hatten, war mickrig, verglichen mit der Zukunft, die uns erwartete. Man kann sich nicht gegen eine Hungersnot wappnen, wenn man höchstens Appetit kennt; selbst der Versuch ist idiotisch. Man kann nur essen, solang man noch kann, sich vollstopfen, es sich mit beiden Händen reinschaufeln, die Teller sauberlecken und sich jedes Ganges in der Speisenfolge mit lebhafter Detailfreude entsinnen. Unsere Mutter war wieder auf ihrem Zimmer, sie lebte noch sehr und sah sich wahrscheinlich im Fernsehen einen Krimi an. Vielleicht war das ihr erleuchtetes Zimmer, ihre Gestalt, die auf den Balkon trat, um sich eine Zigarette anzuzünden. Wir sagten uns, sie wolle wahrscheinlich allein sein; so bekifft waren wir. Später dachten wir daran, jeder auf seine eigene, separate Weise. Ich persönlich erinnere mich an die Blödheit, daß man auf einem Friedhof auf und ab schreitet, während sie verängstigt und allein herumsaß, die Glut ihrer Zigarette anstarrte und sich selbst, inzwischen ganz klar, als Asche sah.

# *Nackt*

Es ist beunruhigend, mit jemandem zu telefonieren, von dem man weiß, daß er nackt ist. Hin und wieder ruft man vielleicht einen Bekannten an, der »Du hast mich gerade auf dem Weg unter die Dusche erwischt« sagt, aber das ist was anderes. Der Mann in der Nudistenkolonie hörte sich an, als sei er schon seit Jahren nackt. Sogar seine Stimme war sonnengebräunt.

»Also schön, waren Sie schon mal bei uns? Nein? Na, da steht Ihnen ja eine ganz besondere Freude bevor. Wir haben einen beheizten Swimmingpool, eine Sauna, Whirlpool-Becken und einen voll beschickten Fischteich zum Angeln.«

Ich versuchte mir vorzustellen, wie ein Arsch aussah, nachdem er mehrere Stunden auf einen umgestürzten Baumstamm gedrückt gewesen war, aber das Bild war zu brutal, und ich verschloß mein geistiges Auge davor.

»Wir können mit Ihnen einen Rundgang machen und Ihnen, sobald Sie da sind, alles zeigen. Bis dahin schicke ich Ihnen mit Vergnügen eine Broschüre. Ich will mir nur rasch... äh Ihre Anschrift... äh notieren...«

*Wo,* fragte ich mich, *bewahrte der Mann seinen Kugelschreiber auf?* Im Gegensatz zu mir konnte er nie instinktiv in die Brusttasche greifen. Schlüssel, Feuerzeuge, Zigaretten, Kleingeld –, alles, was ein vernünftiger Mensch so bei sich tragen mochte, war bei ihm irgendwoanders zusammengemühlt, und er brauchte einige Zeit, bis er etwas fand, womit er schreiben konnte. Er schrieb sich Namen und Adresse auf und sagte: »Also gut, wir freuen uns auf Ihren Besuch.«

»Ja. Ganz recht. Kann ich mir vorstellen.« Quatschkopf. Ich hatte nur angerufen, um die Broschüre zu kriegen, die ich meinem Bruder Paul als kleinen Scherz zukommen lassen wollte, da er, als er in seiner Eigenschaft als Parkettabschleifer eine Ladung Polyurethan verschüttet hatte, von den entgeisterten Besitzern der Eigentumswohnung, in der er arbeitete, nackt angetroffen worden war. Seitdem er mir das erzählt hatte, rief ich ihn ständig an, um ihm weitere Aktivitäten vorzuschlagen, denen er im Lichtkleid frönen konnte.

»Wie oft soll ich dir noch sagen, daß es ein gottverdammter Unfall war.« Er schreit so laut, daß ich den Hörer vom Ohr weghalten muß. »Unten in der Küche hatte ich saubere Klamotten, du Arsch mit Ohren, und ich habe nur versucht, da*hin*zukommen, als ...«

Ungerührt bohre ich weiter. »Oder rudern. Das kann auch nackt sehr schön sein. Es gibt so vieles, was ein Mensch wie du unbekleidet unternehmen kann. Brauchst dich deiner Sehnsüchte nicht zu schämen. ›Wenn's Spaß macht, nur zu!‹ Das ist doch die Devise von euch jungen Leuten.«

Ich mache weiter, bis er den Hörer auf die Gabel knallt, nachdem er gedroht hat, er werde seinen Bundesstaat verlassen und meinen aufsuchen, um mir in den Arsch zu treten. Diese Broschüre wird ihm endgültig den Rest geben. Später fiel mir ein, daß ich sie ihm hätte direkt nach North Carolina ins Haus schicken lassen sollen. Das hätte viel stärker gewirkt, aber ich will nicht schon wieder bei der Kolonie anrufen, sonst glauben die noch, ich spinne.

Heute nachmittag kam meine Broschüre mit der Post, und da steht folgendes drin: »Körperakzeptanz ist die Idee. Nacktfreizeit ist der Weg dorthin. Bringen Sie Handtücher und Sonnenschutz mit, und entspannen Sie sich mit uns. Sie werden eine Bewegungsfreiheit kennenlernen, die angezogen nicht erfahrbar ist: die Freiheit, ganz man/frau selbst zu sein.«

Auf den Abbildungen der Broschüre sieht man/frau einen Swimmingpool, den voll beschickten Fischteich, eine Sonnenterrasse und das unvermeidliche Volleyballfeld, welches mir die Frage aufdrängt: Was *ist* das mit diesen Leuten und Volleyball? Die beiden gehen Hand in Hand. Wenn ich »Nudist« denke, denke ich nicht »Penis«, sondern »Netz«.

Außerdem ist im Kuvert noch ein Veranstaltungskalender. Der späte April zeichnet sich durch die Wiedereröffnung der Snackbar aus, die den Namen NACKT & BLOSS *(hier kannst Du essen, bis Du blank bist)* trägt. Im Mai halten sie ein Golfcart-Rallye, verschiedene Lagerfeuer unter verschiedenen Mottos, ein großes Chili-Kochen und etwas, was sie »Reiten wie im Wilden Westen« nennen, ab.

Probiert Lidschatten an Kaninchen aus, wie ihr's braucht. Schnallt Elektroden an die Schädel von Rhesusaffen und schockt sie, bis sie völlig benommen sind, aber es ist inhuman, einen FKK-Heini am Tag nach dem großen Chili-Kochen auf ein Pferd zu lassen. (»War das *immer schon* ein Appaloosa?«) Der Kalender ist mit rätselhaften Unternehmungen wie Nacktbowling, der »Penner-Party (inkl. Große Plörre)« und dem Nudeoween-Allerseelenball angefüllt. Das Restaurant wurde in der ersten Juniwoche eröffnet. Ein Nacktrestaurant. Sie scheinen so ziemlich an alles gedacht zu haben. Unter der Überschrift »Was ist mitzubringen?« zählen sie nur Handtücher, Sonnenschutz und ein Lächeln auf.

Gestern abend hatte ich eine Stinklaune und provozierte Hugh zu einem Ehekrach. Ich stichelte weiter, bis er mit dem Ruf »Du bist ein großes, fettes, haariges Schwein!« aus dem Schlafzimmer stürmte.

Mit *groß* kann ich leben. *Fett* ist eine Frage der Interpretation, aber mit *haarig* gekoppelt, beginnt vor dem geistigen Auge ein Bild zu entstehen, welches, mit dem Wort *Schwein* vereint, eine gehörige Tiefenschärfe gewinnt. Nun, Schweinen verdanken wir den Schinken und das Uhrarmband, und das ist doch schon was. Könnten sie mit ihren spitzen Hüfchen auf Knöpfe drücken und Hebel bedienen, wären sie lange vor den Affen in den Weltraum entsandt worden. Ein Schwein zu sein war gar nicht schlimm. Ich wischte mir einen Tropfen Rotz vom Rüssel, lag im Bett und tat mir herzlich leid. Wäre ich Nudist, hätten Hughs Worte mich beleidigt, da ich mich als das akzeptiert hätte, was ich bin. Es gab natürlich noch andere Möglichkeiten. Ich konnte zur Gymnastik traben und mich in Form bringen. Ein schönes Wort ist das, *Gymnastik,* aber unglücklicherweise ist es auch archaisch. Sie sind dahin, die Springseile und Medizinbälle meiner Jugend. Jetzt gibt es nur noch Health Clubs und einsilbige *gyms,* in denen schweißnasse, männlich-mannhafte Mannsbildmänner sich durch den Gebrauch von Maschinen mit Gewichten dran und künstlichen Treppenhäusern bis zur Unförmigkeit pflegen. Ich habe sie durch die Schaufenster der zahlreichen Fitneß-Zentren der Stadt gesehen. In Kostümen, so eng wie Wurstpellen, schüchtern mich diese Männer und Frauen mit ihrer Jugend und Disziplin ein. Sie sind es, die sowohl das *g* als auch das *h* aus dem Wort *light* entfernt und es zu seiner jetzigen Form verschlankt haben. Jetzt ist alles »lite«, von Mayonnaise bis Kartoffelchips, und das Wort als solches ist immer in grellen Farben gedruckt, damit man vom Lesen des Etiketts keine dicken Augen kriegt. Was mich betrifft, so kommen Diät und Turnübungen nicht in Frage. Mein einziges Problem mit FKK ist, daß ich zu Hause nicht mal barfuß herumlaufe, geschweige denn nackt. Es ist Jahre her, seitdem ich zum letztenmal am Strand das Hemd ausgezogen oder auch nur in Gegenwart von Fremden den Gürtel gelockert habe. Zwar sehne ich mich danach, Menschen nackt zu *sehen,* bin aber nicht sicher, ob ich schon so weit bin, selbst nackt zu sein. Vielleicht werde ich aus reiner Sorge ein paar Pfund abnehmen und als doppelter Sieger herauskommen. Je weniger ich von mir selbst akzeptieren muß, desto leichter wird es mir fallen. Ich spüre jetzt schon, wie mir der Appetit schwindet.

Heute nachmittag ist es mir nach einem halben Dutzend mißlungener Anläufe gelungen, in der Nudistenkolonie anzurufen, um eine Reservierung vornehmen zu lassen, und ich sprach mit demselben Burschen, der mir die Broschüre geschickt hatte. Diesmal konnte ich im Hintergrund Menschen hören, die planschten und vor Wonne schrien. Davon wurde mir leicht schwindlig, und ich knöpfte mir die

Hose auf. Die Broschüre hatte erwähnt, man könne Hütten mieten, und ich wollte wissen, wieviel eine Woche kostet.

»Sie wollen einen Anhänger für wie lange?« fragte er.

Ich knöpfte mir die Hose wieder zu. Ich hatte mir baumbeschattete Bungalows vorgestellt, in knorriger Kiefer getäfelt. Für mich ist das die Essenz des Wortes *Kolonie.*

Statt dessen handelte es sich um einen Campingplatz für nudistische Wohnwagen.

»Wir verwenden das Wort *Kolonie* nicht mehr, weil es zu fremdartig ist. Nein, wir haben Anhänger. Die kleineren Einheiten kommen dreißig Dollar die Nacht, aber wenn Sie eigene Küche und Badezimmer wollen, wäre ein Doppler für Sie das einzig richtige, und das käme dann zusätzlich siebzig Dollar die Woche.«

Er hatte mich schon viel früher verloren. Warum war das Wort *Kolonie* fremdartig, aber nicht das Wort *Anhänger,* von *Nudist* ganz zu schweigen?

»Ich kann Ihnen das Vorderschlafzimmer vom Doppler geben; das ist noch nicht gebucht.«

Vorderschlafzimmer ließ auf ein Hinterschlafzimmer schließen, welches, wie man mir sagte, separat vermietet wurde. »Sie könnten einen Wohngenossen haben; vielleicht ist es auch ein Paar. Die bleiben vielleicht eine Nacht, vielleicht zwei Nächte lang, oder vielleicht bleiben sie auch die ganze Woche. Da sind Sie dann wenigstens nicht einsam.«

Ich kämpfte immer noch mit der Vorstellung eines Anhängers, und als er einen möglichen Wohngenossen erwähnte, verschwamm die Vorstellung. Ein Wohngenosse auf einem Zeltplatz ohne Zelte, aber mit nudistischen Anhängern. Die Kombination dieser Elemente präsentierte ein atemberaubendes Tableau, welches noch unverständlicher wurde, als ich hörte, wie der Mann seinen Telefonhörer schulterte und die Stimme hob: »Mutti! Hey, Mutti, wo ist die Liste mit den Wochentarifen für den Zwei-Schlafzimmer-Miet-Hänger?«

Dieser Mensch stand nicht nur am hellichten Tag nackt herum, er tat dies auch noch mit seiner Mutter. Ich hörte, wie eine Fliegendrahttür zugeknallt wurde, danach die argwöhnische Stimme einer Frau, welche rief: »Brüll hier nicht so rum, du Schreihals. Suchst mal wieder die Wochentarife? Du sitzt wahrscheinlich wieder drauf, genau wie letztes Mal. Siehste, was hab ich gesagt! Puh, hier müßte mal jemand duschen.«

Ich machte meine Reservierung und plante, in einer Woche dort zu sein. Heute habe ich wieder auf dem Nudistenplatz angerufen, und eine Frau ging ans Telefon. Als ich sie fragte, ob sie Laken und Kissen stellen, sagte sie: »Ja, aber keine Handtücher. Handtücher müssen Sie selbst mitbringen, denn das geht bei uns nicht. Bettzeug ja, Handtücher nein.«

Ich fragte, ob die Küche des Anhängers eingerichtet und ausgestattet sei, und sie erwiderte: »Irgendwie schon.«

Da ich eine Woche dableiben wollte, hoffte ich, sie würde deutlicher werden.

»Ja, irgendwie sind manche Sachen da und manche nicht.«

»Gibt es irgendwie einen Herd und einen Kühlschrank?«

»Ja, natürlich«, sagte sie. Sie schien mit jemand anderem zu tun zu haben, war maulfaul und wollte weder reden, noch vom Telefon weg. »Es gibt da ein Waschbecken und wahrscheinlich ein paar Pfannen und so weiter, aber definitiv keine Geschirr- oder Handtücher; da müssen Sie schon Ihre eigenen mitbringen, weil wir nicht ständig deswegen auf und ab rennen können. Für sowas haben wir einfach nicht die Zeit.«

Ich sagte ihr, das verstünde ich voll und ganz.

»Viele Leute glauben, wir haben einen schönen flauschigen Stapel Handtücher beim Pool, die sie privat verwenden können. Haben wir aber nicht. Nein, hier machen wir sowas nicht. Jedenfalls jetzt nicht mehr. Handtücher sind etwas Persönliches, und da müssen Sie dann schon Ihre eigenen mitbringen.«

Ich hatte verstanden.

»Natürlich kommt manchmal jemand vielleicht nur für einen Tag, und der vergißt dann aus Versehen sein Handtuch, aber das kommt bei uns in die Fundsachenkiste, falls er wiederkommt und es sucht. Man kann diese Handtücher nicht benutzen, weil sie nicht sauber sind und einem nicht gehören. Dieser Jemand könnte ja eines Tages wiederkommen, um sein Handtuch abzuholen, und das fände er dann gar nicht komisch, wenn er reinkommt und sieht, daß Sie es ohne seine Erlaubnis benutzen. Das wäre nicht korrekt. Wenn es Sonnenschutz wäre, würde ich sagen: ›Nur zu, benutzen Sie es; ich schmier Ihnen den Rücken ein‹, aber Handtücher? Ausgeschlossen. Da müssen Sie Ihre eigenen mitbringen.«

Ich unterstrich das Wort *Handtücher* auf meiner Einpackliste und schrieb Fragezeichen hinter alles andere.

Ich kam heute am frühen Nachmittag auf dem Nudistenplatz an; der Taxifahrer fuhr bei Nieselregen vor dem Klubhaus vor. Er war während der ganzen Fahrt sehr nervös gewesen. »Ich will mir ja kein Urteil erlauben«, hatte er gesagt. »Was soll's, ich nehme alle Sorten mit, sogar Betrunkene. Der Schornstein muß rauchen, Partner.« Etwas an mir schien ihm unbehaglich zu sein, und ich ertappte ihn oft dabei, daß er mich im Rückspiegel studierte, wobei sein Blick sagte: »Laß deine Hände, wo ich sie sehen kann.«

Ich sammelte mein Gepäck ein und betrat ein niedriges Schindelgebäude, in dem fünf komplett angezogene Senioren saßen, die Arme um den Oberkörper geschlungen, um sich gegen die Kälte zu schützen. Auf einem hoch an der Wand angebrachten Brett war ein Fernseher festgeschraubt, und die Senioren sahen die Lokalnachrichten. Auf dem Bildschirm deutete ein Wettermann auf eine Landkarte, die mit stirnrunzelnden Sonnen bestückt war; den Arm hielt er, als zöge er einen schweren Vorhang hoch. Die Insassen des Raumes beugten sich auf ihren Stühlen vor, bissen sich vor Kälte in die Hand- bzw. Faustrücken und ächzten, wenn sie mit dem Wort *Kaltluftfront* konfrontiert wurden. Dann buhten sie den Wettermann aus. Sie verfluchten ihn und hieben auf die Tischplatten ein –, wie Sträflinge, die mit der Verpflegung unzufrieden sind. Der Raum war mit den dumpfen Schlägen des Protests erfüllt, als ich meinen Koffer abstellte und an den Empfangsschreibtisch trat.

»Das war *er*!« Ein älterer Mann zeigte mit krummem Finger auf mich. »Das Sauwetter hat er bestimmt von der Seenplatte hier eingeschleppt!«

»Sind Sie von der Seenplatte?« fragte die Frau hinter dem Empfangstisch. Ihre Mundwinkel hingen so tief hinunter, daß sie unten die Kinnladen streiften. Mit zusammengekniffenen Lidern betrachtete sie meinen Koffer, als könne er jederzeit über den Fußboden toben, war er doch, wie es schien, mit Gewitterwolken und Winden vollgestopft, die der Jahreszeit nicht entsprachen.

»Ich weiß nichts von irgendeiner Seenplatte.« In meiner Stimme schwang wachsende Panik mit. »Als ich heute morgen in New York losgefahren bin, war es heiß und sonnig, ehrlich. In der Nähe von Scranton wurde es kalt, aber ich bin nicht mal aus dem Bus gestiegen. Das ist die Wahrheit; Sie können den Fahrer fragen.« Es war lachhaft, vor einer Gruppe von Fremden zu stehen und meine Verantwortung für das Wetter zu bestreiten, aber von ihren strengen, anklagenden Gesichtern umgeben, schienen mir ihre Anwürfe beängstigend plausibel.

»Naja, morgen soll es aufklaren, aber wenn nicht, weiß ich, wo wir Sie finden.« Die Frau zeigte aus dem Fenster. »Es ist der Hänger mit den orangefarbenen Zierleisten. Vorderschlafzimmer; dafür habe ich Sie notiert.«

»Sie meinen den mit dem rostfarbenen Streifen?«

»Sie nennen es Rost, ich sage orange, aber Sie wissen ja, was gemeint ist. Das ist der mit dem Picknicktisch im Vorgarten. Können wir uns wenigstens darauf einigen, daß es ein Picknicktisch *ist*?«

Ohne es zu wollen, hatte ich sie beleidigt.

»Ich habe diese Zierleiste selbst angemalt, und auf dem Eimer stand ganz deutlich ›Gedecktes Orange‹. Wenn ›Rost‹ draufgestanden hätte, hätte ich ihn nie gekauft. Rostig sieht es nur unter den Wolken aus, die Sie mitgebracht haben. Sobald die Sonne scheint, sehen Sie die Farbe auch so, wie sie ist. Tut mir leid, daß ich jetzt nicht hinausrennen und die Zierleiste nochmal überstreichen kann, damit sie Ihren Bedürfnissen entspricht, aber ich habe auch noch anderes zu tun, ich habe auch noch andere Pflichten.«

Ich fragte, wo ich denn wohl den Schlüssel zu meinem Anhänger finde, und hörte ersticktes Gelächter aus allen Ecken des Raumes.

»Schlüssel!« Sie benahm sich, als hätte ich einen Gebetsteppich oder eine lebensgroße Buddhastatue verlangt. »Wir glauben hier nicht an verschlossene Türen, wir hier nicht. Vielleicht verbarrikadieren sich die Menschen da, wo Sie herkommen, hinter verschlossenen Türen, aber hier haben wir dafür keinen Grund.« Sie knallte die Ellbogen auf den Tisch und stützte ihr Gesicht zwischen die Fäuste. »Wir schließen unsere Türen nicht ab, weil wir, im Gegensatz zu gewissen anderen Leuten, nichts zu verbergen haben.«

Das Klubhaus war mit Tischen und Stühlen möbliert. Neben dem Empfangstisch war eine kleine Küche, deren Durchreiche Packungen mit gefriergetrocknetem Rindfleisch und Kartoffelchips rahmten. Es gab einen Grill, eine Friteuse und ein Verzeichnis von Speisen für Frühstück und Mittagessen. Dies war eindeutig die Snackbar, aber wo war das Restaurant?

»Tagsüber Snackbar, abends Restaurant«, sagte die Frau. »Aber nur samstags, wenn nichts anderes geplant ist.«

Warum hatten die mir das nicht früher gesagt? Man hatte mir den Eindruck vermittelt, das Restaurant wäre jeden Abend geöffnet. Ich hatte mir nur eine Salami und eine Dose Cracker mitgebracht. Was sollte ich jetzt machen, ohne Auto?

»Wenn Sie wollen, kann ich Ihnen einen Hamburger aufbraten, aber da müssen Sie sich schon entscheiden. Die Snackbar schließt an Werktagen um dreizehn Uhr, außer es ist gutes Wetter oder gesetzlicher Feiertag; dann haben wir bis halb vier offen. An der Straße in die Stadt ist ein kleines Restaurant, aber die machen um drei dicht.« Sie zog kurz ihre Uhr zu Rate. »Wenn Sie jetzt losgehen, können Sie es wahrscheinlich noch schaffen, aber Sie hätten wirklich ein Auto mitbringen sollen. Für diesen Lifestyle braucht man ein Auto. Man braucht ein Auto und jede Menge Handtücher.«

Ich hatte nur die Wahl, mir ein Taxi in die Stadt zu nehmen und für eine Woche Lebensmittel einzukaufen. Wo mochte ich einen Münzfernsprecher finden?

»Draußen auf der Sonnenterrasse.« Die Frau wartete, bis ich die Fliegendrahttür erreicht hatte, um hinzuzufügen: »Aber er funktioniert nicht. Letzten Donnerstag hat das Gewitter das Telefon umgehauen, und bisher ist noch keiner zum Heilmachen gekommen. Das ist hier draußen immer eine Riesenschinderei, bis man mal jemanden zum Reparieren kriegt. Unser Geld ist denen wohl nicht gut genug. Das meiste flicken wir ja selbst zusammen, aber das Telefon nicht. Heikle Sache, so ein Münztelefon. Sie können von meinem Telefon aus anrufen, aber Sie werden sich kurz fassen müssen; ich erwarte einen Anruf.«

Der Taxifahrer sagte, er könne mich in einer Stunde abholen, und ich fragte mich, wieviel es wohl bis ganz zurück nach Hause kosten würde. Dies hatte ich ganz und gar nicht vorgehabt. Kein Schlüssel, kein Restaurant, nur eine Handvoll Meckerfritzen, die über das Wetter stöhnten.

Ich ging den Kiesweg zu meinem Anhänger, der mit soviel Insektizid vollgesprüht war, daß meine Nasenhaare Locken kriegten. Rosinengroße Fliegen lagen keuchend auf der Tischplatte, Beinchen in die Höh', mit denen sie mir in Zeichensprache folgende Worte übermittelten: »Nichts wie weg hier, schnell, solang du noch kannst.« Ich stellte meinen Koffer ab und floh, trabte am Klubhaus vorbei zur durchgeweichten Volleyballanlage. Der Swimmingpool aus der Broschüre war mit einer Plane abgedeckt, genau wie die Whirlpool-Wanne. Sogar die Fahne war auf Halbmast.

Das Wohnzimmer meines Anhängers ist mit künstlichen Walnußplanken getäfelt, und die niedrige Decke aus Fiberglas-Ziegeln hat Wasserflecken. Ein Linoleumfußboden trennt die Kochnische von der Auslegware des Wohnzimmers, welches mit einem ausgemergelten Goldsamtsofa und zwei dazugehörigen Sesseln möbliert ist, die einen Ausblick auf ein Beistelltischchen bieten, dessen Platte von einem – inzwischen abwesenden – Fernseher abgewetzt ist. Zwei der Wände sind mit Fenstern ausgestattet, und die dritte trägt einen großen schmückenden Wandteppich, auf dem eine Familie von Eisbären abgebildet ist, die sich auf einer Eisscholle drängt. Mein Schlafzimmer ist, genau wie das meines potentiellen Mitbewohners, zellenähnlich klein und karg und nur mit Bett und Kommödchen ausgestattet, klein genug, das Wenige, was ich mitgebracht habe, zu fassen.

Als ich ausgepackt und meine Lebensmittel verstaut hatte, war es früh am Abend, und es hatte aufgehört zu regnen. Nachdem ich die Stelle angestarrt hatte, an der der Fernseher sonst gestanden hatte, machte ich einen Spaziergang, wieder am Klubhaus vorbei, in die etablierteren Gefilde des Geländes. Dies waren Wohnwagen, die solide auf sorgsam manikürten Rasenstücken siedelten, viele mit angebauten Terrassen aus Kiefer und Redwood. Einige Hänger waren so verkleidet, daß sie Blockhütten ähnelten, andere hatten geschindelte, mit einem A-förmigen Rahmen versehene Eingangshallen. Die Namen der Eigenheimeigentümer waren auf Holztafeln verzeichnet, oft zusammen mit einem kleinen Wahlspruch wie »Dem Reinen ist alles rein, dem Nackten ist alles Akt« oder »Willkommen in der Villa Splitternackt!« Blumenbeete waren mit Holzsägearbeiten markiert, die winzige nacktärschige

Kinder zeigten, und die Schattenrisse wohlgeformter nackter Frauen waren an die Türen von Geräteschuppen gemalt und genagelt wie sonstwo ZU-VERKAUFEN-Schilder an Bäume. Fast alle schienen eigene Golfmobile in der Einfahrt stehen zu haben, und auch diesen hatte man mit Aufklebern und handgemalten Slogans einen persönlichen Touch verliehen. Ich kam an einem Schild vorbei, auf dem ACHTUNG SCHAFE stand, und gleich danach kam ein Hänger, dessen Rasen für eine Herde aus künstlichen Schafen samt einer übergroßen Puppe mit Häubchen und Krummstab den Gastgeber spielte. Die Zeit war weder zur Schäferin, noch zu ihren Schützlingen nett gewesen, deren triefende Wolle mit ihren Flecken von einem langen und unbarmherzigen Winter zeugte. Weiter die Straße entlangschreitend, sah ich, wie die Eigenheime Zelten und Hängern mit aufklappbaren Dächern und Hilfsbaldachin-Takelagen aus Plastik mit einer Front aus Moskitonetzen wichen. Der Platzmangel hatte Küchen wie Badezimmer nach draußen gezwungen, und die Vordergärten boten Außenklos und Picknicktischen ein Heim, die wiederum von Kühlkästen und Grills umgeben wurden, über denen sich festliche Papierlaternen rankten. Eine Anhängertür wurde geöffnet, eine junge Frau trat heraus, die ein Kind an der Hand hielt, welches ihr mit einem Holzlöffel gegen die Beine schlug. Die Frau trug oben ohne, und ihre Brüste hingen wie zwei halblange Socken, jede mit einer einzelnen Apfelsine beschwert. Als ich unterschrieb, wußte ich, daß ich bloßer Brüste ansichtig werden würde, da dies aber mein erstes Paar war, reagierte ich alarmiert. Sie trug das Haar in verwahrlosten Zotteln, schalt kurz das Kind, sammelte es dann in ihre Arme und begrub ihre scharfgeschnittenen Züge in dessen Magengegend. Oben ohne. Sie war oben ohne und ging durch die Straßen dessen, was auf ihren Stadtteil hinauslief. Der Junge heulte vor Vergnügen und hieb ihr dann mit seinem Löffel über den Schädel.

»Das ist das Alter«, sagte die Frau, ich nickte zustimmend und tat, als entsönne ich mich des ersten Mals, da ich meine Mutter vor unserem Wohnwagen an der Brustwarze gezupft. Ich sah ihr ins Gesicht und versuchte krampfhaft, nicht ihre Brüste anzustarren. »Jaja, na gut«, sagte ich. »Na dann, okay.«

Auf dem Rückweg zu meinem Hänger bekam ich hinter erleuchteten Fenstern verschiedene Nudisten zu sehen, die Geschirr spülten oder sich eines stillen Abends daheim erfreuten. Die Vorhänge weit offen, die Türen nicht abgeschlossen, saßen sie breitbeinig da und lachten bei den Situationskomödien im Fernsehen in sich hinein. Ein Auto kam mir entgegen, am Steuer ein pfeiferauchender hemdloser Mann. Als er vorbeifuhr, spähte ich auf den Fahrersitz hinunter und sah, daß er nackt war. Er hob seine Pfeife zum Gruß und fuhr weiter. Wohin, fragte ich mich, fuhr er? Fuhr er im Kreis, um Dampf abzulassen? Oder wollte er das Gelände verlassen und auf die Autobahn?

Ich brauchte ein paar Drinks, bevor ich in der Lage war, Hemd und Schuhe auszuziehen –, nachdem ich die Vorhänge meines Doppelhängers zugezogen hatte. Der Tisch war mit Bierdosen übersät, als ich schließlich aus der Unterhose stieg und mit den Vorbereitungen fürs Abendessen begann, wobei ich mir heftig einzureden versuchte, es sei ganz natürlich, Schweinekoteletts nackt zu braten. Während sie vor sich hin brutzelten, tat ich, als wäre mein Mitbewohner gerade gekommen. »Du kommst genau rechtzeitig«, sagte ich und nahm zwei Teller aus dem Geschirrschränkchen über mir. »Setz dich; das Abendessen ist in ein paar Minuten fertig. Stör dich nicht an den Bierdosen; ich hab sie beim Nachbarn aus dem Müll gezogen, weil ich mir gedacht hab, ich stopf sie, wenn ich wieder mal in die Stadt fahre, rasch in die Recycling-Tonne. Ich persönlich rühr das Zeug ja nicht an, aber du weißt ja, wie ich bin, immer noch die alte ›Öko-Trine‹. Ich führ dich mal eben kurz herum.« Ich zeigte meinem unsichtbaren Gast gerade das hintere Schlafzimmer, als der Rauchmelder losging. Das betäubende, hohe Quieken löste bei mir Panik aus, und bevor ich darüber nachdenken konnte, fuchtelte ich bei offener Tür mit einem Geschirrtuch, um den Qualm zu vertreiben. Nackt. Ich war betrunken und nackt, und die ganze Welt konnte es sehen. Das war ein ernüchternder Gedanke, der mich immer noch beschäftigte, als ich mich zu meinem geschwärzten Mahl niederließ.

Es hat begonnen zu donnern, und Regen trommelt auf das Metalldach meines Anhängers. Zehn Uhr, und, soweit ich sehen kann, sind überall für heute die Lichter aus. Inzwischen habe ich die Platzordnung durchgelesen, die mir die Empfangsmatrone ausgehändigt hat.

*Betragen –:* Wir sind ein Familiengelände und erwarten, daß Ihr Betragen die moralischen Erfordernisse eines Freizeitgeländes für die ganze Familie widerspiegelt.

*Handtücher –:* Führen Sie ständig ein Handtuch bei sich, und bitte SETZEN SIE SICH AUS HYGIENISCHEN GRÜNDEN AUF IHR HANDTUCH.

Handtücher. Plötzlich bekam es einen Sinn. Ich bemerkte das breite Sortiment kurzgelockter Haare neben mir auf dem Sofa, sprang auf und holte mir ein Handtuch, welches von nun an meine Kehrseite nicht mehr verlassen sollte.

*Fotografieren –:* Kameras und Videorecorder dürfen nur nach vorheriger Sondergenehmigung der Lagerleitung auf das Gelände mitgeführt werden. FOTOGRAFISCHE AUFNAHMEGERÄTE, DIE VON DER LAGERLEITUNG NICHT GENEHMIGT WURDEN, WERDEN EINGEZOGEN. Von Personen, die fotografiert werden, MUSS eine vorherige schriftliche Genehmigung VORLIEGEN.

*Tiere –:* In den allgemein zugänglichen Sonnenbadbereichen sind keine Tiere zugelassen. Sie sollten sich ständig unter Ihrer unmittelbaren Aufsicht befinden. Sie müssen hinter Ihrem Tier saubermachen und allen Kot entsorgen.

*Alkohol –:* Alkoholische Getränke dürfen nur mit Maßen konsumiert werden. Rauschzustände sind auf dem Gelände nicht gestattet.

*»Benimm« am Swimmingpool –:* DUSCHEN SIE MIT SEIFE, bevor Sie sich in Schwimmbecken oder Whirlpool begeben. KINDER, DIE NOCH NICHT AUFS »TÖPFCHEN« GEHEN KÖNNEN, SIND VON DER BENUTZUNG DES SCHWIMMBECKENS UND DES WHIRLPOOLS AUSGESCHLOSSEN.

*Kleidung –:* Wir ziehen uns an oder aus, um uns behaglich zu fühlen. Wenn Sie unsere Freizeiteinrichtungen benutzen, MÜSSEN SIE NACKT SEIN. INTIMBEKLEIDUNG, BADEANZÜGE ODER -HOSEN UND INTIMER KÖRPERSCHMUCK GEHÖREN NICHT AUF UNSER GELÄNDE. IN BECKEN UND WHIRLPOOL SOWIE UNTER DER DUSCHE MÜSSEN SIE NACKT SEIN.

Was, fragte ich mich, mochten Intimbekleidung und intimer Körperschmuck sein? Verliert das Wort nicht an Bedeutung, wenn alle nackt sind?

Es ist bestimmt gegen die Hausordnung, aber ich kann diese Andeutung sexueller Erregung einfach nicht abschütteln. Es ist keine Erektion, nur ein leichtes Kribbeln in der Eichel. Außerhalb der Badewanne oder wenn ich mal zum Arzt gehe, bin ich nur nackt, wenn es mir gelungen ist, jemanden zum Beischlaf zu überreden. Jetzt sitze ich hier mit nichts an und erwarte, daß ein Typ aus dem Badezimmer kommt und sagt: »Also wie willst du dein Preisgeld anlegen?« Es ist albern, so in meinem Anhänger herumzuwandern, und mir wird klar, daß es lange meine Gewohnheit war, mir das T-Shirt über die Knie zu ziehen, wenn ich allein am Tisch hockte. Auch habe ich die Angewohnheit, mir die Hose bis über den Nabel hochzuziehen und meinen Gürtel eng zu schnallen, damit man den Bauch nicht so sieht. Mit den Schlüsseln in der Hosentasche klimpern, zerstreut am Hemdkragen nagen: vorbei. Heißer Kaffee ist gefährlich, und während der letzten Stunde mußte ich bereits zweimal aufspringen, um glühende Asche von dem zu wischen, was einst mein Intimbereich gewesen war.

Als ich heute morgen aufwachte, war der Nebel so dick, daß ich den Picknicktisch in meinem Vorgarten nicht sehen konnte. Vom Himmel bis auf den Erdboden war alles von genau derselben Grautönung. Erst gegen Abend klarte es endlich auf. Gegen sechs sah ich aus dem Fenster und erblickte ein nacktes Paar, welches, Tennisschläger in Händen, durchs Gelände stolzierte. Der Mann trug die Haare hinten lang, hielt sich, als hätte er einen todschicken Anzug an, und legte eine zuversichtliche und zielstrebige Gangart vor, während die Frau mit Mützenschirm ohne Mütze, Socken und Turnschuhen hinter ihm hertrabte. Dies waren die ersten aktiven Unter-freiem-Himmel-Nudisten meines Lebens, weshalb ich mir Klamotten überwarf und ihnen bis zum Pavillon folgte, wo ich ein Buch aus der Tasche zog und tat, als läse ich. Der Mann hatte einen ausladenden Bauch und einen breiten Grübchenarsch, und alles wabbelte und schwabbelte mit, während er auf dem Platz herumsprang und versuchte, den Aufschlag seiner Partnerin zu parieren. Sie hatten nicht länger als fünf Minuten gespielt, als er sich mit den Händen auf die Knie stützte, einen Mundvoll Galle aufs Gras entließ und die Faxen dicke hatte. Sie verließen den Platz, und ich folgte ihnen ins Klubhaus, wo der Mann die Toilette aufsuchte, von welcher er zehn Minuten später mit einem leuchtend roten Ring um den Arsch zurückkehrte. Hier, dachte ich, haben wir einen echten Nudisten. Ein Fetzchen Klopapier, nicht der Rede wert, pappte ihm am Hintern, und als die Frau ihn darauf hinwies, fuhr er sich mit der Hand über die Kimme und zuckte beiläufig mit den Schultern, als spielte das keine größere Rolle als ein Tupfer Mayonnaise an der Lippe.

Ich versuchte meinen Tag nackt zu beginnen, schaffte es aber nicht weiter als bis zu meinem Picknicktisch, kehrte daraufhin in meinen Anhänger zurück und warf mich in ein T-Shirt, das mir bis halb über die Oberschenkel ging. Dann schaffte ich es bis am Pavillon vorbei, wo ich auf eine Gruppe älterer Männer und Frauen stieß, die um einen Kiesplatz versammelt standen. Es war später Vormittag, und ich hatte den Eindruck, daß gleich etwas Wichtiges beginnen sollte. Eine Frau beugte sich vor, um den Kies zu harken. Sie trug ein kurzärmeliges Hemd, aber keinerlei Beinkleider, und ihr Arsch war eine Landschaft aus Pocken und Runzeln; die blauen Adern, die ihre Oberschenkel kreuzten, sahen aus wie eine Landkarte für Binnenschiffer. Auf einer nahen Bank saßen zwei weitere Frauen, beide im T-Shirt. Eine trug einen Mützenschirm ohne Mütze, während die andere die Art Häubchen bevorzugte, die ich mit den Milchmädchen von einst in Verbindung bringe. Es war dies eine gerüschte Vorrichtung mit breiter Krempe, unter dem untersten ihrer mehreren Kinne mit einem Bändsel zusammengebunden. »Howdy«, sagte sie. »Hey, seht mal alle her, wir haben frisches Blut reingekriegt!«

»Ah, ein neues Gesicht. Genau, was wir brauchen, damit das Spiel interessant bleibt.« Der Sprecher war ein tiefgebräunter Herr, nackt bis auf ein Golfhütchen, an dem er den Schlüssel zum Gerätespind festgepinnt hatte. »Hast du schon mal *pétanque* gespielt?« Er legte mir die Hand auf die Schulter und führte mich zum Platz. »Das ist der französische Cousin des italienischen *boccia.* Stan Friendly und seine Frau haben das unten in Florida immer gespielt, und als sie es mit nach Norden brachten, haben wir alle gesagt: ›He, was ist das denn für ein Spiel?‹ Wir spielten damals alle Volleyball und dachten, diese *pétanque*-Spieler wären übergeschnappt, stimmt's, Frank?«

»Ja, wir dachten, sie spinnen«, sagte Frank. Er kratzte sich beide mückenstichigen Gesäßhälften und schloß sich uns auf unserem Weg zum *pétanque*-Geviert an. »Jetzt sagen wir: ›Zur Hölle mit dem Volleyball!‹ und spielen dreimal täglich *pétanque.* Ein großartiges Spiel; du wirst schon sehen. Hey!« rief er. »Gebe doch mal jemand unserem

Freund zwei Kugeln. Wir haben einen neuen *pétanque*-Spieler.«

Seltsam war's, die verschiedenen Stadien der Entblößung zu beobachten, und wie während des Spiels Kleidungsstücke über den Platz verteilt wurden. Wie ich waren Jacki und Carol in T-Shirts gekommen, während Bill, Frank und Celeste nur Kopfbedeckungen trugen. Phil und Millie fuhren im Trainingsanzug an, den sie sofort ab- und auf den Klamottenhaufen auf dem Picknicktisch legten. Ein Mann namens Carl trug Hemd und Weste, passend zu seinen schwarzen Socken und sinnvollen Schuhen, wodurch der Eindruck entstand, er vertreibe sich nur ein wenig die Zeit, während seine Hose und Unterhose trockengeschleudert wurden.

Bill, der Mann mit dem Golfhütchen, hatte eine lange Narbe, die, zwischen den Schulterblättern beginnend, bis zu seinem rechten Unterarm hinunterkurvte. Die Wunde mußte einst auf gleicher Höhe mit der Haut gewesen sein, doch nun ähnelte das straffe, glatte Narbengewebe einer schmalen Straße, zu beiden Seiten von kargen, bernsteinfarbenen Hügeln überragt. Franks Körper dagegen war ein regelrechter Bankautomat, bei dem Chirurgen routinemäßig von Rücken, Brustkorb und Bauch Abbuchungen vornahmen. Er warf eine kleine Holzkugel auf den Platz, erklärte, sie solle fortan unser Ziel sein, und händigte mir dann etwas aus, was aussah wie eine Krocketkugel, aber aus einem Metall gefertigt war, als sollte es aus einer Kanone abgefeuert werden. Er nahm sich selbst auch eine Kugel, bestieg eine Zementplatte am Rand des Spielfelds, kniff ein Auge zu und hielt die Kugel wie Hamlet, als dieser Betrachtungen über den Schädel seines verblichenen Hofnarren anstellte. Weil er nackt war, mutete seine Haltung merkwürdig heroisch an, als stünde er Modell für eine Statue, die an die geriatrische Abteilung eines auf Sportmedizin spezialisierten Krankenhauses gemahnen sollte. Dann holte er ohne Warnung rückwärts aus, ließ zur Übung beide Arme mehrmals kreisen und dann die Kugel los, welche durch die Luft segelte und mit dumpfen Plumps zwei Zoll vom Ziel entfernt landete.

»Und jetzt du, Dave.« Meine Kugel ging um gute sechs Fuß fehl.

»Guter Wurf!« sagte Frank. »Sag mal, Bill, hast du das gesehen? Sieht aus, als hätten wir es hier mit einem Naturtalent zu tun. Und gleich noch einmal, junger Mann.«

Meine zweite Kugel verfehlte das Spielfeld vollends und landete im feuchten Gras. Das war eindeutig schlecht, genau wie mein nächster Wurf, genau wie mein übernächster Wurf. Jeder Versuch trug mir jedoch die gleiche Reaktion ein: »Guter Wurf!« Entweder waren ihre Augen vom grauen Star getrübt, oder diese Leute waren tatsächlich von einem Sports- und Kameradschaftsgeist beseelt, wie ich ihn noch nie angetroffen hatte.

Die Partie zog sich endlos hin, und ihre Einzelheiten wurden leidenschaftlich diskutiert. Oft erhob sich eine Debatte darüber, wessen Kugel dem Ziel am nächsten gekommen war. »Ich glaube, es ist die von Carl, aber wir sehen lieber mal nach. Es scheint ganz so, als läge sie mit der von Phil Kopf an Kopf.« Ein Bandmaß wurde herbeigetragen und sanft und mit großer Ehrfurcht überreicht, als könnte es ein und für allemal den Gottesbeweis erbringen. Die Mannschaftskapitäne hockten sich auf ihre Fersen, ihre Hoden wippten auf dem Kies. »Die von Carl ist achtdreiviertel Zoll weit entfernt, und die von Phil ... Was sagt ihr nun!? Achtneunsechzehntel! Sieht aus, als ginge dieser Punkt an die Mannschaft von Phil!«

Die Ödnis des Spiels gestattete mir, den Umstand zu vergessen, daß ich nur T-Shirt und Turnschuhe anhatte. Zuerst hing ich an den äußersten Rändern des Spielfelds herum und sammelte meine Kugeln auf wie eine Gräfin mit weißer Perücke, immer so nah wie möglich am Boden, als schritte gerade die Königin durch die Gärten. Jetzt dachte ich kaum noch daran. Keinen scherte es, wie mein Arsch aussah. Sie dachten an *pétanque* und an nichts anderes, bis ich mir eine Zigarette anzündete, und meine Mannschaftskameraden mich baten, sie auszumachen. Man konnte im Freien nackt sein, aber offensichtlich konnte man im Freien nicht rauchen. Was soll denn das für einen Sinn haben?

Wenn ich aus meinem Schlafzimmerfenster blicke, kann ich das Klubhaus und den dazugehörigen Parkplatz sehen. Heute nachmittag sah ich, wie ein großer, von einem nagelneuen Viertürer mit Nummernschildern aus einem anderen Bundesstaat gezogener Wohnwagen eingeparkt wurde. Aus dem Auto stieg ein komplett nackter Mann. So war er offensichtlich auch schon auf der Autobahn gefahren. Ich glaube, er konnte es einfach nicht abwarten.

Heute abend bin ich zum Fernsehen ins Klubhaus gegangen, und nachdem ich dort zwanzig Minuten lang allein gesessen hatte, kam Jacki, die Frau mit dem Häubchen vom *pétanque*-Platz, nackt aus dem Waschraum hereingelatscht und fragte, ob ich Lust hätte, mit in die Sauna zu kommen. Ich war noch nie in einer Sauna gewesen und wußte nicht recht, was damit einherging. Brauchte ich ein Stück Seife?

»Ein Handtuch, du Dummerle. Alles, was du brauchst, ist ein Handtuch. Jetzt runter mit den Klamotten und raus hier. Ich erwarte dich.«

Weil das als Befehl vorgetragen wurde, schien jede Debatte zwecklos. Früher oder später mußte ich sowieso nackt auftreten, warum also nicht jetzt. Ich rannte zurück zu meinem Anhänger, schnappte mir ein Handtuch, ließ die Hose runter, überlegte, ob ich mir noch rasch meinen Arsch im Spiegel ansehe, wußte aber, daß ich, wenn ich das tat, nie mehr vor die Tür gehen würde. *Denk nicht drüber nach, denk nicht drüber nach, denk nicht drüber nach.* Ich tupfte mich der Vollständigkeit halber mit einem Waschlappen ab und kehrte zum Klubhaus zurück, wo ich mich im Waschraum auszog. Dann faltete ich meine Klamotten zusammen und legte sie ordentlich auf irgendeine ebene Fläche. *Das ist ganz normal,* dachte ich, *das ist hier ein Badezimmer.* Es ist natürlich, in einem Badezimmer nackt zu sein. Es war jedoch weniger natürlich, das Badezimmer zu *verlassen* und an den Tischen und Stühlen eines Klubhauses vorbeizugehen. Andere Menschen hatten nicht die geringsten Probleme damit, und seht sie euch an! Jacki war wie nichts herein- und auch wieder hinausgeschneit, und ich hatte sie angesehen, als wäre sie eine Ziege, die sich in eine Hotelempfangshalle verirrt hatte. Am Nachmittag hatten es die Tennisspieler geschafft. Tausende von Menschen waren nackt durch diesen Raum gegangen, hatten zu Mittag gegessen und Karten gespielt. Jetzt war ich an der Reihe! Ich versuchte es als Privileg zu betrachten, und als das nicht klappte, warf ich mir das Handtuch über die Schulter, schloß die Augen und rannte schnurstracks gegen den Bücherschrank.

Die Sauna, eine gedrungene Holzhütte, war neben dem Schwimmbecken. Durch ein Vorzimmer, in dem man erstickte, gelangte man in ein von einem rauchlosen, mit weißglühenden Steinen beheiztes Höllenloch, in dem man dann endgültig verreckte. Jacki saß auf einem hölzernen Bord, moppte am Schweiß, der ihr die Brüste hinunter- und über den beträchtlichen Bauch lief, bis er sich unter ihrer kindlich wirkenden rasierten Vagina zu einer Pfütze sammelte. Sie war eine mollige Frau, stramm wie ein Matratzenbezug, und ihr Kopf hielt sich ohne erkennbaren Hals auf den Schultern.

»Eine böse Beule hast du da auf der Stirn, Dave. Du solltest dir etwas Eis drauftun, bevor du heute abend ins Bett gehst.« Sie zielte mit einer Spritzflasche auf den Kessel, ließ einen duftenden Wasserstrahl frei, und die Kammer wurde noch heißer. »Magst du das?« fragte sie. »Das ist Eukalyptus. Wenn Barb da ist, darf ich das nicht benutzen, weil sie allergisch ist. Da schwellen ihr die Backen im Gesicht an, als wären sie mit Watte gepolstert. Du bist nicht allergisch, oder? Sonst rennst du nämlich lieber, solang du noch kannst. Ich hab mir vor ein paar Jahren den Rücken durcheinandergebracht und kann jetzt keine Katze mehr tragen, geschweige einen ausgewachsenen Mann. Ich kann höchstens zum Klubhaus gehen und Hilfe holen, aber selbst das dauert seine Zeit. Bis ich zurück bin, kannst du dann schon tot sein –; also entscheide dich: Bist du allergisch oder nicht?«

Ich war nicht allergisch.

»Gut!« Wieder zielte sie mit ihrer Flasche auf den Hochofen.

»Spürst du das? Eukalyptus ist eine Heilsalbe, im alten Griechenland und Ägypten der große Renner. Es hat Sokrates und König Ramses dem Zweiten die Nebenhöhlen geöffnet, damit sie sich auf die wichtigeren Dinge konzentrieren konnten wie … Demokratie und Schlangen. Macht den Geist frei, Eukalyptus. Mir kommen hier in der Sauna die wildesten Gedanken, kann ich dir sagen! Gedanken wie, na, was wäre, wenn jeder auf der Welt einen Wunsch freihätte, aber man muß, damit er in Erfüllung geht, bis an sein Lebensende auf Händen und Knien herumkrabbeln? Eine harte Nuß, was? Wenn man sich Reichtum wünscht, muß man auf allen vieren durch seinen Palast krabbeln, und der Nerzmantel schleift hinterher. Was darf's denn sein? Den Weltfrieden; ein Mittel gegen Krebs; daß Hunger und Elend ein Ende haben; was wünschst du dir?«

Der Eukalyptus hatte meinen Geist offensichtlich nicht so freigemacht wie ihren. Trotzdem war es mir, sobald die Frage aufgeworfen war, nicht mehr möglich, nicht an sie zu denken. Wenn ich Gesicht und Körper meiner Träume hätte –, was würden sie mir nützen, wenn ich wie ein Tier gehen mußte? Vielleicht, wenn ich mir wünschte, glücklich zu sein, wäre mir das Krabbeln egal –, aber was für ein Mensch wäre ich, wenn ich von Natur aus glücklich wäre? Ich habe solche Leute in Erbauungssendungen gesehen, und sie machen mir angst. Warum mußte ich überhaupt darüber nachdenken? Ich sah in Jackis rundes, glänzendes Gesicht. Die Hände hatte sie über dem Bauch gefaltet wie ein verhutzelter, geduldiger Flaschengeist. »Wenn ich einen Wunsch freihätte, würde ich mir eine unbegrenzte Menge von Wünschen wünschen«, sagte ich.

Sie schüttelte den Kopf auf eine Weise, die andeutete, daß sie diese Antwort bereits unzählige Male gehört hatte. »Nun werd nicht gierig, Dave, du hast nur einen Wunsch.«

Der Raum füllte sich mit Dampf, und benommen, wie ich war, kam mir in den Sinn, daß diese Frau vielleicht tatsächlich irgendeine modrige übernatürliche Kraft besaß. Die Begleitumstände waren so bizarr, daß sie vielleicht ausgesandt worden *war,* um meine eine, wahre Sehnsucht wahr zu machen. Ich dachte daran, mir meine Mutter zurückzuwünschen, aber solche Wünsche haben oft einen Haken. Wenn ich um meine Mutter bat, bekam ich vielleicht eine Urne voll redender Asche, die sich bitter über den Anblick ihres Sohnes beklagte, der wie ein Bluthund durch den Raum jachterte. Krankheiten zu heilen ist eine nette Idee, aber wenn wir alle einen Wunsch hatten, war bestimmt längst irgendein schlauer Vierzehnjähriger draufgekommen. »Ich würde mir wünschen«, sagte ich, »fliegen zu können.«

»Nicht schlecht.« Jacki kratzte einen Mückenstich am Oberarm und seufzte: »Ich muß übers Wochenende weg und freue mich überhaupt nicht darauf. Wenn ich könnte, würde ich das ganze Jahr hier wohnen, aber mein Wohnwagen ist nicht winterfest, und mit meinem schlimmen Rücken kann ich die Einfahrt gar nicht freischippen. Es ist schon so weit mit mir gediehen, daß ich es überhaupt hasse, nicht hier zu sein. Am Wochenende muß ich zu einem Kirchen-Benefiz nach Hause, und am Dienstag muß ich zum Geburtstag meiner Enkelin. Gell, da staunst du! Das sagt fast jeder, daß ich für eine Großmutter zu jung aussehe, aber sei dem nun, wie ihm wolle, ich habe drei wunderschöne Enkelkinder, und sie fanden es hier ganz toll.«

Schon, schon, aber was wurde aus meinem Wunsch? War die Frage ein Trick gewesen, um meinen Charakter zu testen? Warum sprach sie über ihre Enkel, und wo waren meine Klamotten?

»Als ich sie zum erstenmal hierher mitgebracht habe, haben sie Cliff Shirley gesehen, der am Schwimmbecken stand, und gesagt: ›Oma‹, haben sie gesagt, ›warum hat der Mann denn gar nichts an?‹ Und ich hab ihnen gesagt: ›Der

Mann ist ein ganz besonders guter Freund von eurer Oma, und er ist nackt, weil Gott ihn so auf die Welt gebracht hat. Hier darf man nackt sein, aber erzählt das ja nicht euren Freunden in der Schule und schon gar nicht eurer Mutter und eurem Vater.« Sie blickte stirnrunzelnd auf ihre Brüste. »Ich hätte wissen müssen, daß sie kein Geheimnis für sich behalten können. Meine Tochter ist genau wie alle anderen. Sie glaubt, wir wären eine sexbesessene Meute, die auf dem Parkplatz wüste Orgien feiert. Und meinen Sohn kann man sowieso vergessen. Dem sage ich nur, daß ich im Sommer zum Camping fahre.«

Ich fand, ich müßte ihr mein Mitgefühl aussprechen, wußte aber überhaupt nicht, wo ich anfangen sollte. Statt dessen bat ich sie, mir die Regelung mit dem Körper- und Intimschmuck zu erklären.

»Kleidungstechnisch meinen sie damit Lederriemen und Negligés, alles, was auffällig oder suggestiv sein könnte. Und was den Schmuck betrifft, da sind Ringe und Halsketten und so weiter schon in Ordnung, da wollen sie nur nicht ... Gott, wie soll ich das ausdrücken ... Da wollen sie eben nicht, daß ... Also, wenn man Ohrringe hat, dann sollten die in den Ohren stecken, verstehst du? Es verstößt gegen die Hausordnung, sich die ... äh ... Dingelchen piercen zu lassen, sowohl oben als auch da ... unten.«

Ich fand es merkwürdig, daß ihr das Thema solches Unbehagen bereitete. Südlich ihrer rasierten Vagina sammelte sich der Schweiß, und diese Großmutter konnte nackt neben einem wildfremden Mann sitzen, aber ums Verrecken nicht die Wörter *Brüste* oder *Penis* aussprechen. Wir alle hatten einfach »Dingelchen«, und meins siedete in meinem Schoß wie eine gekochte Garnele. Dadurch wurde die Anzahl der Gesprächsthemen drastisch reduziert. Die Abwesenheit von Kleidung erschwerte die Beschreibung von Personen. Man konnte nicht fragen: »Wer ist der unbeschnittene Herr mit dem behaarten Arsch?« Noch schwerer wurde es dadurch, daß fast alle Männer kahl waren, so daß man sie nicht einmal anhand einer Frisur beschreiben konnte. Ich befragte Jacki nach einem Mann, den ich beim voll beschickten Fischteich gesehen hatte: »Das war ein eher großgewachsener Mann mit einem … freundlichen Gesicht und einem blauen Handtuch.«

»Weiter«, sagte sie. »Viele Männer haben blaue Handtücher.«

»Er hatte weder Schnurrbart, noch Mütze, noch überhaupt Haar. Er war so etwa in den Siebzigern.«

»Große Narbe quer überm Bauch und noch eine lange am Bein? Ach, das ist Dan Champion von Parzelle 16. Netter Mann, war früher ein großer Tänzer.«

Erleichtert nahm ich zur Kenntnis, daß es gesellschaftlich akzeptabel war, Menschen anhand ihrer Narben zu beschreiben. Das war viel leichter als die Identifikation qua Sandalen.

Alle paar Minuten beugte Jacki sich vor, um einen weitern Strahl Wasser mit Eukalyptusgeschmack auf den Kessel abzuschießen, und ich war zu schwach, um ihr Einhalt zu gebieten. Durch meinen Schweiß sah ich nur noch verschwommen, und der Raum war so unerträglich heiß geworden, daß ich praktisch hören konnte, wie das Blut in meinen Adern Bläschen machte. Mir fiel ein, daß ich sterben würde – nicht zu irgendeinem fortgeschrittenen, hypothetischen Zeitpunkt in meinem Leben, sondern jetzt sofort. Mein Herz war gedünstet, und ich hatte so viele Liter Schweiß abgesondert, daß mein Handtuch jetzt mehr wog als ich.

»Hinaus mit dir«, sagte Jacki. »Los jetzt, schnell. Zisch ab.«

Ich verließ die Sauna, breitete mein Handtuch aus und legte mich auf den Zementboden neben dem Swimmingpool. Es war ein klarer Abend, kühl, aber die Luft fühlte sich gut an. Ich hörte, wie eine Tür geknallt wurde, und sah Jacki, die zum Klubhaus zurückwatschelte. Sie sah mich nicht, und ich sah keinen Sinn darin, sie zu rufen. Ich kam allein zurecht, lag fein nackt auf dem Boden und dachte über alles nach. Von weither kam ein jammervoller, muhender Laut, den ich nicht genau identifizieren konnte. Weder ganz natürlich, noch von Menschenhand gemacht, klang es wie eine Kombination aus kranker Kuh und Nebelhorn. Ich hatte es gestern abend etwa um die gleiche Zeit gehört, und es war höchstwahrscheinlich der ortsübliche Zapfenstreich.

Wegen des schönen Wetters war die Plane vom Schwimmbecken entfernt worden, welches von gemütlichen Liegestühlen umgeben ist, von denen einige unter einem Schild mit der Aufschrift BEHINDERTENPARKPLATZ stehen. Es ist ehernes Gesetz, daß man nicht nur im Schwimmbecken, sondern auch um das Schwimmbecken herum nackt sein muß. Das fand ich ziemlich hart. Ich hatte nur T-Shirt und Turnschuhe an, aber diese Dinge bedeuteten mir unendlich viel, denn ohne sie war ich ein Irrer. »Der Doktor kommt gleich«, sagte ich zu mir selbst. »Legen Sie einfach Ihr Handtuch auf den Liegestuhl, ziehen Sie Schuhe und Hemd aus, und dann kommt er mit dem Beruhigungsmittel, sobald er mit den anderen Patienten fertig ist.«

Ich zog mein T-Shirt aus, und da war ich, nackt, leichte

Beute für tieffliegende Überwachungsflugzeuge. Nackt am hellichten Tag, umgeben von Fremden, die sich vom Rücken auf den Bauch rollten und die Seiten ihrer Bücher und Zeitschriften umblätterten. Immerhin brauchte ich mich nicht selbst anzusehen. Es gab keine Spiegel oder Tafelglasfenster, und solange ich stramm geradeaus blickte, konnte ich, dachte ich, mich mählich mit meiner öffentlichen Nacktheit abfinden. Ich hatte mich gerade an diesen Gedanken gewöhnt, als sich mir ein Mann namens Dusty näherte, der an seinem mützenlosen Mützenschirm mit Wäscheklammer ein Stück Pappe befestigt hatte, um dessen schattenspendende Eigenschaften noch zu erweitern. Der Mann war vornübergekrümmt, von Osteoporose gezeichnet, Rücken und Schultern glänzten dunkelbraun wie feines italienisches Leder, während der Bauch aus Mangel an Sonne weiß geblieben war. Sein volles graues Haar trug er kurzgeschnitten, sowie, zu meinem Entsetzen, eine Sonnenbrille mit verspiegelten Gläsern, welche mit großer Deutlichkeit den Anblick meiner bleichen, zappeligen Nacktheit reflektierten. Ich stellte ihm eine Frage zum Thema Whirlpool, und zwanzig Minuten später ließ er sich immer noch über die Aufteilung seines Heimatorts in Gewerbe-, Geschäfts- und Wohngebiete aus. »Ich glaube nicht, daß sie juristisch das Recht haben, da ein Lebensmittelgeschäft hinzustellen, weil die Gegend nicht als Geschäftsgebiet ausgewiesen ist. Früher gab es da ja einen kleinen Tante-Emma-Laden, wo man Brot und Brause und so fort kaufen konnte, aber der wurde geschlossen und zu einer kleinen Kirche umgewidmet, wo die Erweckungsprediger, die mit Schlangen arbeiten, auftreten können. Man könnte natürlich ein Haus mit Eigentumswohnungen hochziehen, aber da muß man erst beim Stadtrat nachfragen, ob es da irgendwelche Beschränkungen nach oben gibt. Ich vermute mal, wenn der Komplex groß genug ist, lassen sie da wahrscheinlich einen Lebensmittelladen zu, aber keinen großen, weil das Umfeld nicht ausdrücklich als Geschäftsgebiet ausgewiesen ist.«

Hatte ich mich irrtümlich als Grundstücksspekulant vorgestellt? Warum mußte er mich unbedingt ansehen, wenn er mit mir sprach?

»In der Großstadt kann man sich natürlich, denke ich mal, einen siebenstöckigen Bienenkorb aus Glas und Beton hochziehen, wenn man genug Geld hat, alle zu bestechen. So läuft das doch da, wo du herkommst; alles geht, wenn man die nötigen Barmittel besitzt. Und dann kommst du hierher und glaubst, wir sind alle nur ein Haufen stumpfsinniger Hinterwäldler!« Er sabberte, fuhr sein Gesicht zu einem unheimlichen, übertriebenen Grinsen aus und ließ die Zungenspitze einmal komplett um seinen Mund gleiten. »Wir sind eine Bande von Bauerntölpeln, stimmt's?«

Tja, Dusty, wo du gerade das Gespräch darauf bringst...

Er wedelte mit den Händen, als wolle er mich verzaubern. »Ihr seid ja alle so herrlich intellektuell, wie ihr da in euren kleinen Cafés sitzt und zum Empire State Building hinaufblickt, während wir hier im Heuhaufen liegen und Maiskolbenpfeife rauchen. So ist es doch, oder?«

Er war gleichzeitig feindselig und neckisch, und diese Einstellung teilten viele, die ich bisher kennengelernt hatte. Ich hätte problemlos aus einer militanten Moslemnation kommen können, aber bei New York schien den Leuten irgendwas gegen den Strich zu gehen. Dies war ein Camping- und Spaßplatz für die ganze Familie, und New York war, für viele von ihnen, ein Ort, an dem gesunde Familien regelmäßig aus Sport abgeknallt wurden. Ich konnte mir ein Bein ausreißen und einen Wohnanhänger bewundern oder die Landschaft preisen, aber es reichte nie. Dustys Hänger war in der Nähe geparkt, und ich machte ihm ein Kompliment für seinen gepflegten Vorgarten. »Ganz hübsch, was?« sagte er.

»Sehr hübsch.«

»Was hältst du von der Kloschüssel, die ich als Blumentopf verwende?«

»Eine prima Idee, Dusty, und die Blumen sind wunderschön.«

»Damit hast du verdammt recht, daß sie wunderschön sind. Da, wo du herkommst, könnte man wahrscheinlich keine Toilette im Vorgarten aufstellen.«

»Nein, Dusty, das wäre wahrscheinlich keine sehr gute Idee.«

»Sie würde nämlich vollgeschissen, das würde sie nämlich! Die New Yorker würden einmal um den Block Schlange stehen, um dir in den Vorgarten zu scheißen, im Gegensatz zu hier.«

»Ja, im Gegensatz zu hier.«

»Hier draußen ist es doch richtig schön still. Man kann sich selbst denken hören!«

Ich stimmte ihm zu und sagte: »Ja, es ist ganz herrlich. Kein Diebstahlalarm, keine Sirenen. Das einzig Aufregende hier ist dieses laute Furzgeräusch jeden Abend bei Sonnenuntergang.«

»Gefällt dir das?« sagte er. »Das bin ich! Ich habe nämlich einen Schlauch, sooo lang, und versuche jeden Abend zu üben. Keine Trompete, nicht sowas Schickes, nur ein langes Stück Plastik. Der alte Pete Manchester in Parzelle 37 hat eine Muschel, ein sogenanntes Tritonshorn, und die setzt er an die Lippen, und dann tuten wir uns an, nur so zum Zeitvertreib. Die meisten Menschen sind bei Einbruch der Dunkelheit in ihren Häusern und spülen Geschirr; nicht so ich! Ich habe kein Geschirr zu spülen, weil ich ausschließlich rohes Gemüse esse. Aber ja. Ich versuche, richtig zu leben und jeden Tag eine halbe Meile zu schwimmen. Wenn es bewölkt ist, und das Schwimmbekken geschlossen ist, schlüpfe ich einfach unter die Plane, wenn keiner kuckt! Das ist natürlich heute kein Problem!«

Dusty stellte einen Fuß auf den Rand meines Liegestuhls. »O ja, heute nachmittag haben wir ein ganz exzellentes Wetterchen. So schönes Wetter findest du bestimmt nicht da, wo du herkommst.«

Ich stimmte ihm zu.

»Sonne, blauer Himmel und nur der Hauch einer Brise –, besser könnte es gar nicht kommen.« Er rückte seine Sonnenbrille zurecht und kratzte sich am Fußballen. Es waren etwa ein Dutzend Nudisten da, die Sonne tankten. Die Menschen kamen und gingen. Sie machten einen großen Bogen um den Swimmingpool, um Dusty nicht über den Weg zu laufen, der sich immer umdrehte, wenn er das Eingangstor hörte, und »Phyllis!« brüllte. »Wann kommt ihr endlich mal vorbei und seht euch meine Schildkröten an?«

»Cody und ich haben es ganz fest vor, Dusty, wir hatten nur soviel mit unserer neuen Sonnenterrasse zu tun.«

»Aha. Schon verstanden. Mit einer nagelneuen Sonnenterrasse bin *ich* natürlich kein Umgang mehr für euch. Alles klar.«

Auf der anderen Seite des Beckens erhob sich ein stämmiger, gutaussehender junger Mann von seinem Liegestuhl, ging in die Sauna, in den Whirlpool, ins Schwimmbecken und legte sich wieder auf seinen Liegestuhl. Er hatte eine Tageskarte und war offenbar entschlossen, seine zwanzig Dollar auszunutzen. Neben ihm saß das Ehepaar, das ich auf dem Tennisplatz gesehen hatte, und daneben blätterte eine drahtige, grauhaarige Frau in ihrem *Sports Illustrated.* Die 14-Uhr-*pétanque*-Partie hatte begonnen, ich konnte das schwache Klicken von Metallkugeln und den vertrauten Aufschrei »Toller Wurf. Gratuliere, gratuliere« hören. Der junge Mann rotierte gerade zum fünften Mal, und ich bewunderte seinen Arsch, der prall und makellos war, hoch und fest genug, daß man den Pokal hätte draufstellen können, den ich ihm im Geiste als 1. Preis für herausragende körperliche Leistungen verliehen hatte.

»Hast du schon mal einen Komposthaufen gesehen?« fragte Dusty. »Ich hab in meinem Hintergarten einen am Laufen, und du würdest staunen, was da alles los ist. Alle Arten von Geschöpfen schauen vorbei, um ein bißchen davon zu knabbern: Stinktiere, Vögel, süße, kleine Backenhörnchen. Außerdem natürlich die guten, alten Fliegen und Maden, die sich gern schon mal einbuddeln, wenn alles schön mulschig ist.«

Ich spürte, wie ich brannte; mein Fleisch spannte sich und trocknete aus. Im Spiegel von Dustys Brillengläsern konnte ich sehen, wie mein Gesicht die rosa Periode überwunden hatte und tiefrot und feurig angelaufen war.

»Tut mir leid, Dusty, aber ich muß in meinen Hänger und mich mit Sonnenöl einreiben.«

»Ach«, sagte er, »teilst du mir auf diese Weise mit, daß ich dich langweile? Bin wohl nicht so aufregend wie all deine Freunde in der großen Stadt?«

Er belästigte mich weiter, während ich mir mein T-Shirt anzog und mein Handtuch zusammenfaltete. »Macht man das so, da, wo du herkommst, daß man einfach weggeht, während die Leute noch mit einem sprechen?«

»Ja, Dusty, genauso macht man das.«

Die Aufregung, die ich anfangs gespürt hatte, ließ nach, und es kam mir überhaupt nicht mehr neuartig vor, nackt in meinem Wohnwagen herumzulaufen. Meine Haushaltsnacktheit wurde zur Routine, und das machte mir aus irgendeinem Grunde angst. Nachdem ich die Tür verrammelt hatte, legte ich mich aufs Bett und versuchte zu masturbieren, nur um meinen Penis daran zu erinnern, daß er nicht so frei war, wie er glaubte. Normalerweise habe ich mit dieser Übung ebensowenig Probleme wie mit deren Abschluß, aber plötzlich fiel mir die Konzentration schwer. Ich versuchte, an den jungen Mann am Swimmingpool zu denken, aber sein Körper wurde wiederholt von der Bühne geschubst und durch lebhafte Visionen von Dusty ersetzt, dessen enorme Hoden wie ein Wespennest zwischen seinen verschrumpelten Beinen hingen. Ich hatte noch nie einen Penis mit Sonnenbrand gehabt und machte mir Sorgen, daß mein unablässiges Gezerre den gleichen Effekt haben könnte, wie wenn man zwei Stöckchen gegeneinanderreibt, so daß erst ein feines Rauchwölkchen aufsteigt und dann auch schon die Flamme lodert. Es war klar, daß mein Penis die Zusammenarbeit verweigerte. Ich überlegte, ob ich ihn vielleicht zwinge, fürchtete aber eine Art Brandblase, und dann hätte ich mich bis zu meiner Abreise verstecken müssen. Erst mal hatte mein Penis die Oberhand behalten und lag hämisch auf seinem Nest. »Na schön«, flüsterte ich. »Diese Runde hast du gewonnen. Genieß den Sieg, solang du kannst, denn wenn wir nach Hause kommen, setzt es etwas. Amen.«

Als ich heute abend nackt aus der Sauna zurückging, kam ich an einer Gruppe älterer Mitbürger vorbei, die sich versammelt hatten, um sich im Fernseher des Klubhauses *Glücksrad* anzusehen.

»Laß dir ein *E* geben!« schrie jemand den Bildschirm an. »Nein, ich meine natürlich ein *C;* sie soll dir ein *C* geben.« Die Sprecherin war eine weißhaarige Krawallschachtel mit runzliger, sonnengetrockneter Haut von Farbe und Beschaffenheit einer blonden Rosine. Sie trug nichts außer einem Paar Schlafzimmerpantoffeln und einem Strickpullover, den sie sich über die Schultern gelegt hatte. »Ich meine aber doch ein *B,* genau, ein *B.*«

Seltsam, so fernzusehen. Weil sie angezogen sind, wirken die Menschen im Fernsehen noch weiter entfernt. Es ist, als bewohnten sie eine andere Welt, vertraut zwar, aber auch durch hohe Zäune und aggressive Grenzposten unzugänglich gemacht.

»Ich finde, die Sendung sollte nackt sein.« Die Frau wischte zerstreut über die Tischplatte. »Das wäre doch viel besser; was meint ihr? Dann könnte man das ganze Geld, das die Moderatoren für Klamotten ausgeben, noch auf die Geldpreise drauflegen. Wenn die Sendung nackt gedreht würde, würde ich auch mitmachen und genug gewinnen, um ... Ich weiß nicht; ich könnte mir vielleicht einen See ausbaggern lassen und ihn mit lauter Booten füllen. Ich mag Boote, hab sie schon immer gemocht. Es gibt nichts Schöneres als ein Boot.« Sie kratzte sich am Arm, was weiße Spuren hinterließ, die bald verschwanden, so daß die Haut ihre natürliche Farbe wieder annahm.

Mir gefällt der Gedanke, daß man zwei separate Versionen jedes gegebenen Programms filmt, die eine bekleidet und die andere auf das zugeschnitten, was der Sender als sein riesiges nudistisches Publikum sah.

»Muß ich wirklich?« würde dann Peter Jennings fragen.

Heute ist Freitag, und ich wachte von einem lauten, schleifenden Geräusch auf, welches, wie sich herausstellte, vom befahrbaren Rasenmäher ausging, mit dem der Enkel des Besitzers seine Kreise zog. Er war mehrere Runden gefahren, bevor seine Mutter angerannt kam und rief: »Was ist denn in dich gefahren, sag mal, du Trottel, du kannst doch nicht so den Rasen mähen, oder was. Leg doch um Gottes willen ein Handtuch unter!«

Heute morgen ging ich ans Schwimmbecken und sah, wie ein Mann seinen Kolostomiebeutel entfernte und sich ein Stück Plastik über das Loch klebte, bevor er ins Wasser stieg. Ich dachte, wie unbehaglich er sich fühlen mußte, drehte mich um und sah einen sehr alten Mann, der am Stock ging und keinen Penis hatte. Er war nicht vom Wasser eingeschrumpelt; er hatte einfach keinen. Sein Hodensack war groß und unbehaart, aber wo der Penis hätte sein sollen, war nur eine kleine Höhlung. Er bemerkte, wie ich ihn anstarrte, und sagte nur: »Ganz schön heiß heute, was?«

Ich versuche meinen Sonnenbrand nicht zu verschlimmern und habe deshalb den ganzen frühen Nachmittag mit T-Shirt verbracht. Ich bin übers Gelände gewandert und habe die vielen Menschen gesehen, die kaum je das Klubhaus oder die Freizeitanlagen besuchen. Hier waren Männer und Frauen, die in ihren Gärten knieten und mit Geräten zum Jäten hantierten, genau wie andere Hausbesitzer auch, nur ohne hinderliche Kleidung. Auf dem Gras saßen

Vater und Tochter neben einer Zementnixe, klimperten »Muskrat Love« auf ihren Gitarren, und eine Frau mittleren Alters summte mit, wusch sich die Haare und spülte den Schaum mit einem Gartenschlauch aus. Auf dem Spielplatz stand ein sommersprossiges Kind ganz allein auf der Zinne des Sperrholzturmes und hob einen Plastikeimer voller Steine. In einem Hintergarten warf ein Mann seinen Holzkohlengrill an. Seinen Brustkorb schützte er mit einer Schürze, auf welcher »World's Greatest Chef« stand, und seinen Bulettenwender benutzte er, um eine Fliege von seinem Arsch zu verscheuchen. Das Nudistenleben war genauso profan wie das andere, vielleicht sogar noch ausgeprägter, da man nie das Gelände verlassen durfte. Dort draußen war die bekleidete Welt, nur einen Schritt vor dem Eingangstor. Dort gab es Restaurants und Kinos, ein breitgefächertes Angebot an Zerstreuungen, die meine Nachbarn aufgegeben hatten, um Hühnchenbrüstchen nackt grillen zu können. Ich hatte offenbar irgendwas verpaßt. Ich hatte nackt Geschirr gespült und im Klubhaus gegessen, hatte mir Kartoffelchipskrümel aus dem Schamhaar gepflückt und mich gefragt, was die ganze Aufregung sollte. Ich habe nackt *pétanque* gespielt und nackt ferngesehen, und danach habe ich nackt gegähnt und fand nicht, daß sich dieser Seufzer von bisherigen Bekundungen der Anödung unterschied. Ich höre die Menschen sagen: »Warum sollen wir zum Mittagessen in die Stadt, wenn wir hierbleiben und nackt sein können?« Man mag ja gern Golf spielen oder angeln gehen, aber das hält einen doch nicht davon ab, ins Warenhaus oder zum Chinesen zu gehen. Vermutlich kann man als eingefleischter FKKler *über*haupt nicht irgendwohin, nur auf die paar Plätze und isolierten Strände, wo sie einen haben wollen.

Alle sind aufgeregt, weil am Wochenende viele neue, angeblich jüngere Tagesgäste und Wohnwagenbesitzer kommen sollen, die noch nicht im Rentenalter sind. Am späten Nachmittag ging ich zu den Liegestühlen am Swimmingpool und lernte ein lustiges Paar in den späten Dreißigern kennen. Duke und Roberta haben eine Rasenpflegefirma, und sie hatten gerade ihren einwöchigen Urlaub begonnen. Mit sechsunddreißig ist Roberta bereits dreifache Großmutter. Duke, ihr dritter Mann, ist mit Sportwagen, Zylinderhüten und schönen Frauen tätowiert. Alles, was er sich im richtigen Leben nicht leisten kann, ist auf Armen, Rücken und Brustkorb abgebildet. Die Direktorin des FKK-Geländes sieht es nicht gern, wenn getrunken wird, aber das Paar arbeitete sich trotzig durch das dritte Sechserpack und hatte die leeren Dosen zu einer von Bienen bedeckten Pyramide auf einem der dortigen Tische aufgetürmt.

»Duke hier ist der große Nudist«, sagte sie. »Er hat zwei Jahre gebraucht, um mich zu beschwatzen, und letzten Sommer sind wir dann schließlich mit eigenem Hänger hergefahren. Es ist hier auch ganz prima; nur diese gottverdammten Snobs gehen mir auf den Geist. Manche tragen die Nase so hoch in der Luft, daß sie nochmal an ihrer eigenen Großkotze ersticken werden. Da sitzen sie auf dem Protzhügel in ihren Achtzigtausend-Dollar-Hängern und auf ihren heißgemachten Golfkarren und glauben, ihre Scheiße riecht besser als unsere. Einige dieser Zippelzicken ...«

Duke tätschelte ihr kurz den Arm und nickte einer Weißhaarigen zu, die in unsere Richtung starrte.

»Was?« sagte sie. »Ich darf das Wort *Zicke* sagen. Das ist die Koseform von *Ziege;* weibliches Nutztier. Schlag's im

Wörterbuch nach, du Votze.« Sie winkte mich näher heran. »Man darf hier nicht fluchen, man kann also gar nicht vorsichtig genug sein, wenn man was sagt, sonst zeigt einen so ein alter Wichser noch an wie nix.« Auf »nix« versuchte sie mit den Fingern zu schnipsen, aber die waren mit Sonnenöl beschichtet und gaben nur ein mattes Patschgeräusch von sich. Roberta klärte mich über jeden auf, wobei sich ihre Gemütslage von Zorn zu einer besoffenen, schlabbrigen Sentimentalität wandelte, die ich abstoßend gefunden hätte, wenn Roberta mir nicht so lieb gewesen wäre. »Sieh mich an«, sagte sie und vertrieb durch Blinzeln eine Träne. »Meine gottverdammten Titten sind mir schon halbwegs auf die Knie gesackt, Fettrollen hängen links und rechts vom Stuhl herunter, aber scheiß doch der Hund drauf; Hauptsache, mir geht's gut, oder?« Ohne Vorwarnung packte sie mein sonnverbranntes Gesicht und barg es an ihrer Brust. Eine fingerhutgroße Brustwarze stach mir ins Auge, sie hielt mich fest und wiegte meinen Kopf, als wäre er ein Baby.

Mir ist aufgefallen, daß die FKKler, wenn sie gezwungenermaßen in die Stadt gehen, in angekleidetem Zustand einen schäbig-exzentrischen und unbehaglichen Eindruck machen, wie Katzen, die man für ein bescheuertes Foto herausstaffiert hat. Sie krallen sich an ihren Knöpfen und Reißverschlüssen fest, ihre Augen sind wild und verzweifelt. Weil Kleidung sie nicht interessiert, sind die meisten imstande, alles zu tragen: Streifen mit Karos; Hosen, drei Größen zu groß oder zu klein –; es ist ihnen schlicht wurscht. Heute morgen habe ich eine Frau gesehen, die ihr Sweatshirt wie eine Toga trug, das Loch für den Kopf unterm Arm, um eine Brust freizulegen. Ich habe viele Trainingsanzüge gesehen, und viele Paare neigen dazu, einen Trainingsanzug als zwei verschiedene komplette Outfits anzusehen. Wenn es morgens noch kühl ist, trägt die Frau das Unter-, der Mann das Oberteil. Ich frage mich, ob es nicht die totale Unfähigkeit ist, sich einigermaßen passend einzukleiden, was sie überhaupt zu Nudisten werden ließ. Wenn man aus New York hierherkommt, ist es ermutigend, einen Raum zu betreten, ohne nach der Kleidung beurteilt zu werden. Trotzdem, so schlecht ich mich auch anziehe: Alles ist angenehmer, als nach meinem Charakter beurteilt zu werden.

Heute abend findet die geplante Penner-Party statt, und wir wurden angewiesen, bis Mittag eine Dose mit Gemüse zum Pavillon zu bringen. Ich nahm die einzige Dosenkonserve, die ich im Lebensmittelladen gekauft hatte, und trug sie hügelab, wo ich zwei nackte Frauen mit Kochmützen traf, die in einem Kessel mit Hackfleisch und Wasser rührten.

»Bete, daß keiner mehr mit Mais ankommt«, sagte die dickere von beiden. »Der Mais kommt uns ja jetzt schon sonstwo raus.«

Ich stellte meine Dose Mais ab und fragte, was sie mit »inkl. Große Plörre« gemeint hätten.

»Eine Suppe. Das hier ist der Fond, und wir kippen alles rein, was die Leute mitbringen, wie, zum Beispiel in deinem Fall, Mais. Gegen fünf haben sich dann alle als Landstreicher verkleidet, und wir essen aus Blechbüchsen. Es gibt sogar einen Preis für das beste Kostüm. Das wird lustig. Du wirst schon sehen.«

Als ich am Abend zur Penner-Party inkl. Große Plörre zurückkehrte, aßen fast hundert Menschen aus Büchsen. Ein Mann hatte sich Holzkohle auf die Wangen geschmiert. Er trug einen Schlips und einen zerfetzten Sportsakko und hatte einen Spazierstock dabei, an dem er eine Einkaufstüte aus Plastik befestigt hatte. Alle anderen waren nackt, also bekam er den Preis für das beste Kostüm.

Beim Essen sprach ich mit einer kleinen Oben-ohne-Mutter von vier erwachsenen Kindern, und die sagte zu mir: »Ach, du hättest letztes Jahr beim Puddingwerfen dabeisein sollen.«

»Wie bitte?« *Puddingwerfen.* Ich dachte, das wäre vielleicht der nudistische Ausdruck für ein Jeder-bringt-was-mit-und-ißt-was-auf-den-Tisch-kommt-Diner. Pudding sperrt sich doch eher dem Geworfen-werden, oder? »Nein, nein, werfen kann man ihn, man kann ihn nur nicht fangen!« Sie lachte in sich hinein und wischte ihre Blechbüchse mit einer Scheibe Brot aus. »Wir machen den Pudding in mehreren Fünfgallonenzubern und tragen ihn aufs Feld, und da kämpft dann die Schokoladenmannschaft gegen die Vanillen. Man greift einfach voll rein und schmeißt ihn auf die anderen, und das hat ja einen solchen Spaß gemacht. So einen Spaß! Bienen und Fliegen hatten den Platz in den nächsten Wochen ziemlich für sich selbst. Viele sind auch gestochen worden, deshalb machen wir es dies Jahr nicht wieder.« Sie musterte kurz die Rinde ihrer Scheibe Brot. »Immer wieder denke ich, wenn wir vielleicht Diät-Pudding genommen hätten, wäre das nicht passiert, aber nein, nein, ich darf einfach nicht mehr dran denken und muß mich anderem zuwenden. Was vorbei ist, ist vorbei.«

Ihr Mann tätschelte ihr sanft die Hand. Ihr Kummer war so real, daß man meinen konnte, sie hätte ein Kind eingebüßt – und nicht die Gelegenheit, mit einer Handvoll Pudding um sich zu schmeißen.

Heute ist Sonntag, und wenn ich aus dem Schlafzimmerfenster sehe, merke ich, daß viele der heutigen Besucher in der Kirche waren. Männer, Frauen und Kinder stehen neben ihren Autos und ziehen ihre nüchternen Kostüme aus. Die Anzugsjacketts und Kleider werden sorgsam zusammengefaltet und auf Rücksitze gelegt. Es wäre schrecklich, sich hier aus seinem Auto auszusperren, denn der nächste Drahtkleiderbügel hängt wahrscheinlich erst in fünfzehn Meilen Entfernung. Wahrscheinlich wäre es auch schrecklich, hier ein Bügeleisen zu suchen, aber wenn man eine Bibel braucht, hat man kein Problem. Die Regale im Klubhaus sind voller religiöser Bücher und Schriften, und mehrere FKKler waren neulich bei der Christian Nudists Conference, die auf einem Gelände in Ost-North Carolina abgehalten wurde. Einer der heutigen Besucher war presbyterianischer Geistlicher, ein rundlicher Mann mit Sommersprossen im Gesicht und Daffy Duck auf den Arsch tätowiert. Er trug es mit Stolz und lenkte die allgemeine Aufmerksamkeit auf einen Körperteil, den Gott der Herr eindeutig nicht mit Muskeltonus oder reiner Haut gesegnet hatte. Der Schnabel des Erpels war aufgebläht, und er schien an einem Ausschlag aus Erdbeeren zu picken.

Es gab heute eine ganze Reihe neuer Gesichter zu sehen. Ein schwarzer Mann erschien in Gesellschaft zweier enormer weißer Frauen, deren Körper zwiefach eine Masse walzenförmig angeordneten, grübchenbehafteten Fleisches waren. Fett quoll über ihre Knie, und ihre Bäuche fielen wie schwere Säcke mit Vogelfutter, bedeckten ihre Scham und hingen bis halb über die Oberschenkel. Beine wie Baumstämme mündeten schnurstracks in Sandalen und ließen dabei Dinge wie Fußknöchel oder Waden unerwähnt. Die Frauen blieben unbemerkt, doch nicht so der Mann. »Wer ist der farbige Typ?« fragten alle. Es war, als trüge er einen Speer und dazu eine Halskette aus Schrumpfköpfen. Man spekulierte, er sei Zuhälter oder handele mit weißen Sklavinnen und sei auf der Suche nach naiven Nudistenmädchen aus der großen Stadt gekommen. Ich hielt mich beim Schwimmbecken auf, als der schwarze Mann im Gespräch mit Dusty erwähnte, er habe zwei Söhne in Penn State.

»Das ist hart«, sagte Dusty. »Ich habe selbst einen Neffen im Gefängnis und weiß, was du da durchmachst. Wann kommen deine Jungs denn wieder raus?«

Das war der erste Tag, an dem ich das Haus vollständig nackt verließ, ohne auch nur an ein T-Shirt gedacht zu haben. Plötzlich kam es mir ganz normal vor, die Zigaretten in die Socke zu stecken und nur mit einem Handtuch vor die Tür zu gehen. Der Tag war bedeckt gewesen, der Himmel war flach und senffarben. Als ich gerade die Hoffnung auf eine Auffrischung meiner Sonnenbräune begraben wollte, kam die Sonne heraus, und Hunderte von Menschen strömten Richtung Pool. Die Luft füllte sich mit dem Duft von Bräunungslotion, und vom Spiel- bis zum *pétanque*-Platz wurde Wohlwollen verströmt. Die verschiedenen Sonnendecks, -Gehege und -Pferche waren voll ausgelastet, und ich wanderte auf der Suche nach einem Platz für mein Handtuch umher. Duke und Roberta hatten einen Tisch neben dem heißen Whirlpool, ich setzte mich zu ihnen und lauschte mit ihnen einer Frau in den frühen Fünfzigern. Die Frau sprach von einem Nudisten-Kurort in Arizona, wo eine Nacht Lagern nur fünf Dollar kostete. »Und«, sagte sie, »jetzt kommt's: Die holen einen sogar kostenlos am Flughafen ab und fahren einen aufs Gelände!

Es ist ganz herrlich da, und die Menschen? Ich kann, glaube ich, sagen, daß es in Arizona ein paar *groß*artige nackte Menschen gibt; laßt euch da bloß nichts anderes erzählen.«

Ich hörte ihr gute zehn Minuten lang zu, bevor mir klar wurde, daß ihre rechte Brustwarze fehlte. Nicht die Brust, nur die Warze. Die Chirurgen hatten ausgezeichnete Arbeit geleistet, die Narbe war kaum zu sehen und ähnelte einem winzigen Stück Angelschnur. Es war, als hätte ich entdeckt, daß jemand sechs Finger hat statt fünf. Wäre sie die erste Nudistin meines Lebens gewesen, hätte ich das sofort bemerkt, aber es gehörte zu meinem unbekümmerten Umgang mit der eigenen Nacktheit, daß ich sie bei anderen nicht mehr wahrnahm.

»Betsy ist ein richtiger Mensch«, sagte Roberta, nachdem die Frau gegangen war. »Und mir gefällt, was sie mit ihrer Möse gemacht hat. Sieht echt niedlich aus. Mir würde sowas eher nicht stehen. Aber ich bin ja auch grobknochiger.«

Ich hatte nichts Ungewöhnliches bemerkt und blickte über den Rand des Sonnendecks, wo die Frau sich jetzt mit dem zu Besuch weilenden Geistlichen unterhielt.

»Da draußen in Arizona gibt es ein paar ganz süße nackte Menschen, und sie bringen einen kostenlos aufs Gelände«, sagte sie gerade. Dann sah ich, daß sie sich das gesamte Schamhaar bis auf ein Hitlerbärtchen abrasiert hatte. Der freigelegte, sonnenlotionbeschichtete Vaginalbereich ähnelte einem dieser glänzenden Kleingeldportemonnaies aus Plastik, die es bei Banken und Autohändlern umsonst gibt und die nur von sehr Jung und sehr Alt verwendet werden. Die Redewendung *Stimmt so* kam mir in den Sinn. Jetzt bin ich schon eine Woche hier und habe immer noch nicht kapiert, wie das mit dem Rasieren läuft. Männer mit Fünf-Uhr-Schatten im Gesicht, aber frischen, blutenden Rasierschmissen auf dem kahlen Skrotum sind ein alltäglicher Anblick. Tut man das, um die Zeckensuche zu beschleunigen, oder rasieren sich diese Männer und Frauen das Grau ab, um jünger zu wirken?

»Damit die Möbel nicht voll Haare sind«, sagte Roberta. »Ich persönlich würde da mit der Staubhexe drübergehen, aber scheiß doch der Hund drauf; jedem das Seine. Da spart man vielleicht ein bißchen Zeit beim Saubermachen, aber wenn man bedenkt, wie viele Stunden die mit Rasieren zubringen, weiß ich nicht, ob das wirklich so rationell ist. Am allerbesten ist es wahrscheinlich, wenn man sich ein Sofa kauft, das zur Haarfarbe paßt; da kann man dann das Rasieren *und* das Saubermachen vergessen. So hab ich das jedenfalls gemacht, und bisher sind keine Klagen gekommen, stimmt's, Duke?«

Das war heute mein letzter Vormittag auf dem FKK-Gelände. Als ich gestern abend aus der Sauna zurückkam, sah ich, wie eine nackte Frau aus meinem Anhänger rannte und in ein wartendes Auto sprang. Es war Roberta, und sie hatte eine Notiz hinterlassen. Sie lud mich ein, Duke und sie zum Frühstück zu besuchen. Bevor ich hier angekommen war, hatte ich mich gefragt, wie es wohl wäre, zum Essen zu jemandem nach Hause zu gehen. Laut meiner Mutter ging es in Ordnung, wenn man seinen Teller als Aschenbecher benutzte, unter gar keinen Umständen dagegen betrat man ein Haus barfuß. Dies bedenkend, trug ich Turnschuhe und nahm, für den wenig wahrscheinlichen Fall, daß sie sich zum Essen anzogen, eine Leinentasche mit, die ich mit Handtuch, Hemd und Shorts gepackt hatte. Als ich hinkam, saßen meine Gastgeber nackt in ihrer Kochnische, spielten SuperNintendo und hörten sich im Radio einen dieser frühmorgendlichen Schlauberger an. Im Gegensatz zu meinem Anhänger, der fest verankert war, war ihrer dazu da, vom Auto gezogen zu werden, und stand auf einem winzigen Rasenstück, die Räder mit Ziegeln blockiert, damit er nicht den Hügel hinunterrollte.

»Warum so förmlich?« fragte Duke. »Zieh dir die Schuhe aus und bleib ein bißchen.«

Wir klemmten uns um einen winzigen Einbautisch, und Roberta präsentierte ein kissengroßes Omelett, gefüllt, wie sie sagte, »mit allem möglichen Scheiß. Vielleicht ist sogar ein bißchen Katzenstreu drin; möglich ist alles. Wir haben die kleinen Fickbiester zwar zu Hause gelassen, aber der Kram schafft es immer wieder überallhin. Na, nun eßt erstmal auf.«

Hin und wieder gibt jemand eine kleine Information preis, die plötzlich alles ändert. Ich fragte, wie viele Katzen sie hätten, und Roberta holte Block und Blei hervor. »Mal sehen, siebzehn plus zwölf minus zwei plus die eine, die das Arschloch zurückgebracht hat, als sie ihm auf den Teppich geschissen hatte.« Sie plierte das Papier an und kämpfte mit den Zahlen. »Achtundzwanzig. Bei der letzten Zählung hatten wir achtundzwanzig Katzen, aber das ist nun auch schon wieder ein paar Tage her. Coppertone hat letzten Monat acht Junge geworfen, und ich hab noch versucht, diese kleinen Arschlecker unterzubringen, als Wieheißtsienoch, der kleine Krüppel, direkt auf dem gottverdammten Bett vier Babys kriegte, während Duke und ich es gerade so nett miteinander trieben.«

Sie hob die Schultern; das Rätsel blieb. »Ich weiß nicht, wo die verdammten Biester herkommen. Wir haben offenbar besonders spitze Katzen erwischt, nehme ich mal an. Duke hier hat mal eine der Mütter weit hinaus aufs Land gefahren und ihr einen ordentlichen Tritt in den Arsch gegeben und sie ausgesetzt, als er an einem ganz besonders gutaussehenden Bauernhof vorbeikam. Dreißig Meilen hat er sie durch die Gegend gegurkt, aber eine Woche später hat die kleine Nutte bei uns wieder die Möblierung zerstückelt, als wär nix gewesen. Was soll man machen?«

Ein geschwärzter Pilz fiel meiner Gastgeberin aus dem Mund und blieb auf ihrer Büste liegen.

Roberta – und alle anderen, die ich hier kennenlernte, hatten das auch – hatte noch etwas Größeres und Definitiveres an sich als nur die Nacktheit. Die Leute waren Briefmarkensammler und Gärtner, Funkamateure, ehrenamtliche Krankenpfleger und Haustierhalter im großen Stil. Es war nicht anders als anderswo, nur daß diese Menschen, wenn sie ihre Passionen beschrieben, zufällig nackt waren. Sie lebten in Dosen und nicht in Häusern und priesen sich glücklich, wenn ihnen ein warmer, sonniger Tag es erlaubte, ihr Heim zu verlassen und unter Menschen zu wandeln, die in mindestens einem Punkt Gleichgesinnte waren. Das ist doch nicht zuviel verlangt, und wenn ihnen etwas Katzenstreu ins Omelett geraten sein sollte, dann sei es so.

Der Nudismus brachte mich nicht dazu, meinen Körper zu lieben, er gestattete mir lediglich, meinen Platz im Großen Plan zu erkennen. Setzen Sie sich neben einen Achtzigjährigen, und Sie sehen den schlaffen, altersfleckigen Körper, der Sie erwartet. Anstatt in Panik zu verfallen, scheine ich angesichts dieser Wahrheit ruhiger zu werden. Inmitten einer Vielzahl nackter Fremder zum Klubhaus marschierend, fand ich, dieser Vorgang sollte im Off von einer jener gedämpften Gelehrtenstimmen kommentiert werden, wie sie im Fernsehen bei Natursendungen Verwendung finden.

Ich hatte vorgehabt, mit dem Taxi zum Busbahnhof zu fahren, aber Jacki und Millie boten mir an, mich hinzufahren. Es war das erstemal in dieser Woche, daß ich mich anziehen mußte. Man hatte nicht mehr die Wahl, sondern es war Pflicht, und ich stellte fest, daß mich das ärgerte. Man lasse seine Hose kaltwerden, und schon gibt es Ärger. Wir fuhren in die Stadt und zupften an unseren Klamotten. Jacki hatte einen Aufkleber an ihrem Auto – »FKKler an Bord!« –, und ich bemerkte, wie andere Autofahrer dicht auffuhren, bevor sie überholten, wobei sich in ihren Gesichtern tiefe Enttäuschung spiegelte. Wären wir nackt gewesen, hätten sie wahrscheinlich Blut gespien. Es liegt eine gewisse Ironie darin, daß Nudisten so ziemlich die letzten Menschen sind, die man jemals nackt sehen möchte.

Während der Fahrt in die Stadt stellte Millie Überlegungen über den bevorstehenden Sonnenanbeter-Kongreß an, der nächste Woche in Massachusetts stattfinden sollte. »Da habe ich Phil geheiratet«, sagte sie unter Bezugnahme auf ihren zweiten Gatten. »Meine vier Söhne waren Brautführer, so nackt und schön, wie man sie sich nur wünschen konnte. Wir haben immer soviel Spaß miteinander gehabt, meine Kinder und ich. Überall waren wir, im FKK-Gelände und an Nacktstränden, aber dann wurden sie älter und haben textilorientierte Mädchen geheiratet, die nichts mit meinem Lebensstil zu tun haben wollen.« Sie schüttelte den Kopf und betrachtete mißmutig die vorbeiziehende Landschaft. »Warum mußten sie solche Mädchen heiraten?

Da versucht man, anständige Menschen aus ihnen zu machen, und dann das.«

Dies war die Klage aller Eltern. Da versucht man, und dann das. Jacki hatte das gleiche Problem: Die Kinder, die sie nackt großgezogen hatte, gaben jetzt ihr ganzes Geld für Klamotten aus. Sie hatten sich noch nicht einmal ihren neuen Wohnanhänger angesehen. Wie war es passiert? Wann hatten sie entschieden, daß es falsch war, ihre Mutter nackt zu sehen, wie sie am Spülstein steht oder niederkniet, um den Mülleimer feucht auszuwischen? Hatte irgendwann ein Schlüsselerlebnis stattgefunden?

»Ich weiß es auch nicht«, sagte Millie. »Vielleicht frage ich sie, wenn sie nächstesmal Geld wollen.«

Die Frauen setzten mich am Busbahnhof ab, ich hatte noch zwanzig Minuten Zeit, rannte die Straße auf und ab, kam an College-Studenten in halblangen Schlabberhosen und an Bankbeamten in marineblauen Anzügen vorbei. Zum erstenmal seit, wie es mir vorkam, Jahren sah ich Strümpfe und Handtaschen. Körper, dick und dünn, waren in Hosen und Faltenröcke gepackt. Jeder Outfit ähnelte einem Kostüm, eigens zu dem Zweck entworfen, die Ziele, Hoffnungen und Sehnsüchte des Trägers zu enthüllen. Der junge Mann auf dem Bürgersteig wäre gern, sobald Skateboardfahren als olympische Disziplin zugelassen wird, in der betreffenden Nationalmannschaft. Das Mädchen mit dem Kunststoffrock wäre liebend gern in einer größeren Stadt. Ich merkte, wie ich diese Menschen ansah und dachte: *Ich weiß, wie du nackt aussiehst. Das sehe ich an deinen Fußgelenken und daran, wie eng du dir den Gürtel schnallst. Dein rotes Gesicht, das Haar, das dir aus dem Kragen sprießt, das Hemd, das dir um die knochige Hüfte schlottert: Vor mir kannst du es nicht verstecken.*

Es war, als hätte ich endlich die echte Röntgenbrille bekommen, die ich als Kind bestellt hatte. Hinten in den Comics wurde für diese Brillen geworben, welche die Fähigkeit verleihen sollten, durch Kleidung hindurchzusehen. Ich hatte die Tage gezählt, bis die Brille endlich kam, und war klinisch enttäuscht, als ich entdeckte, daß man mich betrogen hatte. Sie bestand aus einem schwarzen Plastikgestell mit Gläsern aus Pappe. Die Augäpfel erschienen blutunterlaufen, und die Pupillen waren winzige Gucklöcher vor schlichtem roten Acetat. Die Brille gab mir, wenn ich sie denn trug, den Ausdruck eines Menschen, den das, was er sah, sowohl begeisterte als auch erschöpfte. Sie suggerierte die manische Mattigkeit, die bereits in dem begründet lag, was sie versprach; sie hielt den Augenblick fest, in dem der Glanz zu schwinden beginnt und die neugefundene Gabe zu etwas wird, was eher einer Bürde ähnelt.

# ICH EIN TAG
# SPRECHEN HÜBSCH

*Aus dem Amerikanischen*
*von*
*Harry Rowohlt*
*und*
*Georg Deggerich*

*Für meinen Vater, Lou*

Die amerikanische Ausgabe »Me Talk Pretty One Day«
erschien 2000 bei Little, Brown & Company, New York;
die Deutsche Erstausgabe erschien 2001 im Haffmans Verlag Zürich.

Harry Rowohlt hat die Titelgeschichte übersetzt,
alle anderen Georg Deggerich.

# *Eins*

## *Carolina vor!*

Jeder, der auch nur ab und zu den Fernseher einschaltet, kennt die Szene: Ein Agent klopft an eine scheinbar ganz gewöhnliche Haus- oder Bürotür. Sobald geöffnet wird, fragt der Agent die Person in der Tür nach ihrem Namen. Dann sagt er: »Ich muß Sie bitten, mit mir zu kommen.«

Sie sind immer bewundernswert gelassen, diese Agenten. Wenn sie gefragt werden: »Warum, bitte schön, soll ich mit Ihnen mitkommen?« zupfen sie nur kurz an ihrer Manschette oder entfernen seelenruhig ein Haar vom Ärmel ihres Trenchcoats und antworten: »Ich denke, wir wissen beide, warum.«

Je nachdem, ob der Verdächtige sich für die harte oder die sanfte Tour entscheidet, endet die Szene mit einer Schießerei oder wie unter Gentlemen mit dem Anlegen der Handschellen. In Ausnahmefällen liegt eine Verwechslung vor, aber normalerweise weiß der Verdächtige genau, warum er abgeholt wird. Er scheint sogar darauf gewartet zu haben. Nachdem sein ganzes Leben von diesem Gedanken beherrscht war, hat das Warten nun endlich ein Ende.

Manchmal soll es so aussehen, als sei der Betroffene geradezu erleichtert, aber das habe ich denen nie abgekauft. So reizvoll das Leben im Knast sein mag, ein Tag auf der Flucht schlägt einen normalen Tag im Gefängnis immer noch um Längen. Spätestens wenn die Frage ansteht, wer die untere Schlafpritsche bekommt, wird jeder einsehen, daß die Entscheidung für die harte Tour einiges für sich hat.

In meinem Fall erschien die Agentin während des Erdkundeunterrichts. Sie trat in den Raum und nickte der Lehrerin der fünften Klasse zu, die stirnrunzelnd neben einer Landkarte von Europa stand. Was mich hinterher besonders fuchste, war die Erkenntnis, daß das Ganze ein abgekartetes Spiel war. Meine Festnahme war auf Donnerstagnachmittag, Punkt zwei Uhr dreißig festgesetzt worden. Die Agentin trug ein dungfarbenes Jackett über einem roten Strickkleid mit Rollkragen und natürlich Schuhe ohne Absätze, falls der Verdächtige versuchen sollte zu fliehen.

»David«, sagte die Lehrerin. »Das hier ist Miss Samson, die dich bittet, mit ihr zu kommen.«

Sonst wurde niemand aufgerufen, warum also ausgerechnet ich? Im Schnelldurchlauf ging ich die Liste meiner jüngsten Schandtaten durch, wo man mir vielleicht was anflicken konnte. Das angeblich feuerfeste Halloween-Kostüm, das ich abgefackelt hatte, die Entwendung einer Grillzange von einer unbewachten Veranda, die kleine Veränderung an dem Wort *reißen* auf der Hausordnung an der Tür zur Turnhalle; nie wäre ich auf den Gedanken gekommen, ich könnte unschuldig sein.

»Nimm lieber gleich deine Bücher mit«, sagte die Lehrerin. »Und deine Jacke. Ich glaube nicht, daß du vor dem Klingeln zurück bist.«

Damals kam mir die Agentin alt vor, aber vermutlich war sie frisch vom College. Sie lief neben mir her, um plötzlich eine scheinbar harmlose, wenngleich völlig abwegige Frage zu stellen: »Wen findest du besser, State oder Carolina?«

Ihre Frage bezog sich auf die sportliche Rivalität der beiden größten Universitäten unseres Bundesstaates. Wer sich darum scherte, trug als Zeichen seiner Anhängerschaft entweder Tar-Heel-Kobaltblau oder Wolf-Pack-Rot, beides Farben, die niemandem standen. Die Frage, für welches Team man schwärmte, gehörte in unserem Teil North Carolinas zum Alltag, und die Antwort sprach nach allgemeinem Dafürhalten Bände, wer man war oder einmal werden wollte. Mich interessierte weder Fußball noch Basketball, aber ich hatte gelernt, das für mich zu behalten. Wenn ein Junge sich nichts aus Grillhähnchen oder Kartoffelchips machte, nahm man ihm das nicht weiter übel und sagte: »Nun denn, die Geschmäcker sind eben verschieden.« Man durfte über den Präsidenten, Coca-Cola und sogar über Gott herziehen, doch wer als Junge keinen Sport mochte, hatte gleich seinen Ruf weg. Kam das Thema zur Sprache, fragte ich gewöhnlich mein Gegenüber nach seiner Lieblingsmannschaft und erwiderte dann: »Echt? Ich auch!«

Als die Agentin mich nun danach fragte, hielt ich mich an ihr rotes Strickkleid und erklärte, ich wäre State-Fan. »Natürlich State. Immer schon gewesen.«

Noch Jahre später sollte ich diese Antwort bereuen.

»Hast du State gesagt?« fragte die Agentin.

»Ja, State. Das sind die Größten.«

»Verstehe.« Sie führte mich durch eine unbeschriftete Tür neben dem Büro des Rektors in einen schmalen, fensterlosen Raum mit zwei einander gegenüberstehenden Tischen. Es war die Sorte Raum, in dem man Leute bearbeitet, bis sie weichgeklopft sind, und die regelmäßig einen frischen Anstrich erhalten, um die Blutflecken zu übertünchen. Sie wies mir einen Stuhl an, der fortan zu meinem Stammplatz wurde, und fuhr in ihrer Befragung fort.

»Und was genau sind State und Carolina?«

»Colleges? Universitäten?«

Sie schlug eine Mappe auf ihrem Schreibtisch auf und sagte: »Stimmt. Die Antwort ist völlig korrekt, nur sprichst du die Wörter falsch aus. Du sagst College*th* und Univer*th*itäten, aber richtig muß es College*s* und Univer*s*itäten heißen. Du sprichst die Wörter mit einem zischelnden, statt mit einem sauber artikulierten *s* aus. Du hör*s*t doch den Unterschied zwischen beiden Lauten, stimmt'*s*?«

Ich nickte.

»Stimmt'*s*?«

»Mmh.«

»›Mmh‹ ist kein Wort.«

»Okay.«

»Okay, was?«

»Okay«, sagte ich. »Ich hör ihn.«

»*S*icher, ganz *s*icher?«

»Genau.«

Es war mein erstes Scharmützel im Krieg gegen den Buchstaben *s*, und ich war fest entschlossen, noch vor Sonnenuntergang meine Verteidigungsstellung auszuheben. Laut Agentin Samson, einer diplomierten Sprachtherapeutin, war mein *s* sibiliert, oder anders gesagt, ich li*th*pelte. Das war mir nicht neu.

»Wir werden gemein*s*am arbeiten, bi*s* deine Au*s*sprache stimmt«, sagte Agentin Samson. Die übertriebene Art, in der sie ihr makelloses *s* aussprach, raubte einem den letzten Nerv. »Ich versuche dir zu helfen, aber je länger du diese dummen Spielchen treibst, desto länger wird es dauern.«

Die Tatsache, daß die Frau mit einem starken westlichen North-Carolina-Akzent sprach, reichte mir, ihre Autorität anzuzweifeln. Die Menschen in dieser Gegend tranken aus Tonkrügen und brüllten nach Vattern, wenn das Essen aufn Tisch stand – und so eine glaubte, mir Ratschläge erteilen zu können? Irgendeine Macke entdeckte ich an allen Sprachtherapeuten, die sich in den folgenden Jahren dem widmeten, was Miss Samson meine faule Zunge nannte. »Genau das ist das Problem«, sagte sie. »Deine Zunge ist einfach bloß faul.«

Meine Schwestern Amy und Gretchen waren zur gleichen Zeit wegen ihrer faulen Augen in Behandlung, während meine ältere Schwester Lisa mit einem faulen Bein auf die Welt gekommen war, das sich weigerte, genauso schnell wie sein Zwilling zu wachsen. In den ersten beiden Jahren hatte sie eine Beinschiene getragen und damit eine Spur der Verwüstung auf dem Kiefernparkett hinterlassen. Mir gefiel der Gedanke, daß ein Körperteil faul war – nicht gedankenlos oder feindselig, sondern einfach nur unwillig, sich zum Wohl der übrigen Mannschaft ins Zeug zu legen. Mein Vater warf meiner Mutter oft vor, faul im Geiste zu sein, während sie ihm seinen faulen Zeigefinger vorhielt, der zu bequem war, eine Telefonnummer zu wählen, obwohl er genau wußte, daß er später nach Hause kommen würde.

Meine Therapiesitzungen waren immer donnerstags um halb drei, doch redete ich außer mit meiner Mutter mit niemandem darüber. Allein das Wort *Therapie* schien ein kapitales Versagen meinerseits zu beinhalten. Geistesgestörte mußten zur Therapie. Normale Menschen nicht. Ich betrachtete meine Sitzungen als etwas, das man besser nicht groß hinausposaunte, aber wie meine Lehrerin zu sagen pflegte: »Sowas kann doch jedem passieren.« Ich war bestrebt, die Sache geheimzuhalten, sie, die ganze Klasse davon zu unterrichten. Wenn ich um 2:25 Uhr von meinem Platz aufstand, sagte sie: »Setz dich wieder hin, David. Deine Sprachtherapie beginnt erst in fünf Minuten.« Blieb ich bis 2:27 Uhr sitzen, hieß es: »David, vergiß nicht, daß du um halb drei zur Sprachtherapie mußt.« War ich krank zu Hause, stellte ich mir vor, wie sie vor der Klasse verkündete: »David ist heute nicht hier, aber wenn, hätte er jetzt Sprachtherapie.«

Meine Sitzungen waren von Woche zu Woche unterschiedlich. Manchmal plapperte ich dreißig Minuten lang wie ein Papagei Sätze von Agentin Samson nach. Gelegentlich betrachteten wir Schaubilder zur Zungenstellung oder lasen Vorschul-Geschichten mit lauter *s*-Lauten, in denen es um die Abenteuer von Seehunden oder Siedlern ging, die Sassy oder Samuel hießen. Am schlimmsten waren die Tage, an denen sie ihren Kassettenrecorder hervorholte, um mir zu demonstrieren, wie wenig Fortschritte ich machte.

»Meine Sprachtherapeutin hei*ß*t Mi*ss* Chri*ss*y *S*am*s*on.« Sie drückte mir das Mikro in die Hand und lehnte sich mit verschränkten Armen zurück. »*S*o, und jetzt du. Ich will, da*ß* du hör*s*t, wie e*s* bei dir klingt.«

Sie war vernarrt in den Klang ihres Namens und schien meinen Sprachfehler als persönlichen Angriff zu nehmen. Wenn ich den Rest meines Lebens als David Thedarith herumlaufen wolle, sei das meine Sache. Sie jedenfalls lege Wert darauf, als Mi*ss* Chri*ss*y *S*am*s*on angesprochen zu werden. Ohne ein *s* in ihrem Namen wäre sie vermutlich nie Sprachtherapeutin geworden, sondern hätte sich darauf verlegt, den Leuten gesunde Backenzähne rauszureißen oder ungewollte Klitorisbeschneidungen an afrikanischen Schulmädchen vorzunehmen. Das entsprach ihrer Persönlichkeit.

»Immer halblang«, sagte meine Mutter. »Ich bin sicher, *so* schlimm ist sie nun auch wieder nicht. Gib ihr eine Chance. Das Mädel versucht doch bloß, seinen Job zu erledigen.«

Als ich einmal ein paar Minuten zu früh in ihr Büro schneite, war Agentin Samson noch mit Garth Barclay beschäftigt, einem schmächtigen, verzärtelten Jungen, den ich aus der vierten Klasse kannte. »Du warte*st* bitte drau*ß*en im Flur, bi*s* du an der Reihe bi*st*«, sagte sie. Ein oder zwei Wochen darauf platzte Steve Bixler, der nur in abgehackten Sätzen redete, in meine Sitzung. Er steckte den Kopf zur Tür herein und erklärte, er könne Freitag nicht kommen, weil er mit seinen Eltern übers Wochenende wegfahre. »Ich wollte e*th* Ihnen nur *th*agen.«

Ich begann damit, die Tür zum Sprechzimmer im Auge zu behalten und mir zu merken, wer alles kam und ging. Hätte ich auch nur einen beliebten Schüler aus dem Raum kommen sehen, hätte ich meiner Mutter glauben und mein Lispeln als etwas betrachten können, das jeden treffen konnte. Leider sah ich nie einen beliebten Schüler. Chuck Coggins, Sam Shelton, Louis Delucca: Ganz offensichtlich existierte ein Zusammenhang zwischen einem sibilierten *s* und einem einschlägigen Desinteresse an der Frage State oder Carolina.

Nicht ein einziges Mädchen ging zur Therapie. Es waren ausnahmslos Jungen wie ich, die Fotoalben ihrer Kinostars anlegten und ihre eigenen Vorhänge schneiderten. »Das ist doch nichts für dich«, bekamen wir von den Männern in unseren Familien zu hören. »Das ist Mädchenkram.« Waffeln oder Törtchen für den Hausmeister zu backen, mit unseren Müttern *Die Springfield Story* zu sehen, Rosenblätter zur Herstellung eines Duft-Potpourris zu sammeln – jede sinnvolle Beschäftigung erwies sich als Mädchenkram. Um auf unsere Kosten zu kommen, legten wir uns ein zweites Gesicht zu. Auf den *Cosmopolitan*-Stapel kam oben ein ungelesenes Exemplar von *Boy's Life* oder *Sports Illustrated*, während wir unsere Ausschneidearbeiten unter der Sportausrüstung versteckten, um die wir nie baten, aber stets bekamen. Die Frage, was wir einmal werden wollten, bogen wir heimlich so um, daß wir aufzählten, mit wem wir später gern ins Bett wollten: »Polizist oder Feuerwehrmann oder einer von den Burschen, die auf Hochspannungsmasten herumklettern.« Wir täuschten Krankheiten vor und ließen unsere Mütter für den Tag Entschuldigungen schreiben, an dem das schulinterne Softballturnier stattfand. Brian hatte einen Darminfekt, und Ted hatte offenbar die Ein-Tages-Grippe erwischt, die gegenwärtig kursierte.

»Eine*s* schönen Tage*s* bringe ich drau*ß*en an der Tür ein Schild an«, sagte Agentin Samson immer. Ihr schwebte wohl so etwas wie SPRECHZIMMER FÜR SPRACHTHERAPIE vor, obwohl AMERIKAS ZUKÜNFTIGE HOMOSEXUELLE die Sache weit besser getroffen hätte. Da brachen wir uns einen ab, um nur bloß nicht aufzufallen, und zuletzt verriet uns unsere Zunge. Wenn wir uns zu Beginn des Schuljahrs auf die Schulter klopften, weil wir es geschafft hatten, bei den anderen als normal durchzugehen, stand Agentin Samson bereits im Lehrerzimmer und ließ sich von der versammelten Lehrerschaft die Namen durchgeben: »Ich habe morgens immer einen beim Schulappell«, oder: »Bei mir sind zwei in der vierten Mathe-Klasse.« Konnten die auf die gleiche Tour die zukünftigen Alkoholiker und Depressiven herauspicken? Hofften sie, uns mit der Behebung unseres Lispelns auf eine andere Bahn zu bringen, oder wollten sie uns bloß auf eine Karriere als Tänzer oder Schauspieler vorbereiten?

Agentin Samson wies mich an, zur Bildung des *s* die Zungenspitze von innen gegen die oberen Schneidezähne zu setzen, genau dort, wo das Zahnfleisch begann. Das entstehende Geräusch war dem von entweichender Luft aus einem Reifen nicht unähnlich. Es klang so seltsam und peinlich, daß es noch weit mehr auffiel als mein Lispeln. Ich jedenfalls sah in dem Reifenpannen-*s* keine Lösung des Problems und redete wie immer; zumindest zu Hause, wo meine faule Zunge auf nicht weniger faule Ohren stieß. In der Schule, wo jeder Lehrer ein potentieller Spion war, versuchte ich den *s*-Laut nach Möglichkeit zu umgehen. Aus »sagen« wurde »verlautbaren« oder »artikulieren«, »sehen« wurde »erblicken«, ich packte weniger meine »Sachen« ein denn meine »Habe«. Nach mehrwöchentlichem »Vollsülzen«, wie meine Mutter es nannte, während ich von einer »wiederholt vorgetragenen Bitte« sprach, bekam ich ein Handbuch *Sinn- und sachverwandte Wörter*, das mich in beinahe jeder Situation mit *s*-freien Alternativen versorgte. Ich benutzte das Buch zu Hause wie auch in der schulischen Lerngruppe, die meine Mitschüler als ihre Klasse bezeichneten. Agentin Samson zeigte sich von meiner Wortakrobatik wenig begeistert, aber nahezu sämtliche Lehrer waren entzückt. »Was für ein ausgesuchtes Vokabular«, schwärmten sie. »Unglaublich, diese Redegewandtheit!«

Manche Personalformen waren problematischer als andere, aber ich mogelte mich rum, wo es eben ging. Statt: »Kannst du mir helfen?« sagte ich: »Ich könnte Hilfe gebrauchen«, oder: »Hilft mir wer?« Auch der Genitiv bereitete mir einiges Kopfzerbrechen, und manchmal war es einfach besser zu schweigen, als laut zu verkünden, die Handschuhe von Janet lägen vor der Tür zum Raum von ihrer Lerngruppe. Nach dem vielen Lob, das ich für meinen exklusiven Wortschatz eingeheimst hatte, schien es nur klug, sich nicht zu weit aus dem Fenster zu lehnen. Die anderen sollten schließlich nicht denken, ich wolle mich zum Lieblingskind der Lehrer machen.

Zu Beginn meiner Sprachtherapie quälte mich der Gedanke, der Agentin-Samson-Plan könne bei allen anderen funktionieren, außer bei mir, so daß die anderen Jungen ihre Zungen flottbekämen, ihr Leben umkrempelten und nur ich einsam und abgeschlagen zurückbliebe. Zum Glück waren derartige Befürchtungen unbegründet. Trotz größter Anstrengungen unserer Lehrerin war bei niemandem irgendeine merkliche Verbesserung auszumachen. Der einzige Unterschied war, daß wir alle schweigsamer geworden waren. Dank des Kassettenrecorders von Agentin Samson hatte ich eine klare Vorstellung vom Klang meiner Stimme gewonnen. Natürlich war da das Lispeln, aber noch viel beunruhigender war der Klang meiner Stimme, schrill und piepsig wie die eines Mädchens. Wenn ich mich mittags in der Cafeteria meine Bestellung aufgeben hörte, drehte sich mir der Magen um. Wie konnte überhaupt irgend jemand diese Stimme ertragen? Alle um mich herum würden später Anwälte oder Filmstars werden, nur mir bliebe keine andere Wahl, als ein Schweigegelübde abzulegen und Mönch zu werden. Meine alten

Klassenkameraden würden im Kloster anrufen, um sich nach mir zu erkundigen, und der Vorsteher würde antworten: »Sie können nicht mit ihm reden! Wissen Sie, Bruder David hat seit fünfunddreißig Jahren mit niemandem mehr gesprochen.«

»Mach dich nur nicht verrückt«, sagte meine Mutter. »Deine Stimme wird schon noch.«

»Und was, wenn nicht?«

Sie verdrehte die Augen. »Sei nicht so makaber.«

Wie sich herausstellte, war Agentin Samson eine Art rotierende Sprachtherapeutin. Sie kam für jeweils vier Monate an eine Schule, bevor sie an die nächste versetzt wurde. Unsere letzte Sitzung fand einen Tag vor den Weihnachtsferien statt. Sämtliche Klassenräume und Flure waren geschmückt, nur ihr Sprechzimmer war so nackt wie am ersten Tag. Ich hatte mich schon auf die übliche halbe Stunde mit Sassy dem Seehund eingestellt, als ich mit großer Erleichterung registrierte, daß sie mit dem Einpacken des Kassettenrecorders beschäftigt war.

»Ich dachte, heute nachmittag laſſen wir eſ mal lockerer angehen und feiern ein biſſchen, du und ich. Waſ hältſt du davon?« Sie kramte in ihrer Schreibtischschublade und zog eine Dose Weihnachtsplätzchen hervor. »Hier, nimm einſ. Habe ich ſelbst gebacken, mein Gott, daſ war vielleicht eine ſauerei! Haſt du schon mal Plätzchen gebacken?«

Selbstverständlich, wollte ich sagen, ich log aber, nein, hätte ich nicht.

»Daſ iſt eine ganz schone Arbeit«, sagte sie. »Beſonderſ, wenn man keinen Mixer hat.«

Ich kannte diesen Plauderton an Agentin Samson nicht und fühlte mich unwohl, in dem kleinen, überheizten Zimmer zu sitzen und so zu tun, als führten wir eine ganz normale Unterhaltung.

»Und?« fragte sie. »Was machst du in den Ferien?«

»Och, gewöhnlich bleibe ich hier und öffne ein Geschenk von meinen Eltern.«

»Nur eins?« fragte sie.

»Vielleicht auch acht oder zehn.«

»Nie sechs oder sieben?«

»Manchmal«, erwiderte ich.

»Und was machst du am einunddreißigsten Dezember, an Silvester?«

»Am letzten Tag im Jahr plündern wir den Tannenbaum, und meine Mutter bereitet Meer-Früchte zu.«

»Du hast es wirklich raus, alle s-Laute zu meiden«, sagte sie. »Das muß ich dir lassen, die meisten anderen sind nicht so zäh.«

Ich dachte, sie würde mir weitere Fallen stellen, aber statt dessen begann sie, von ihren Ferienplänen zu erzählen. »Es ist nicht einfach, einen Verlobten in Vietnam zu haben«, sagte sie. »Letztes Jahr waren wir bei seiner Familie in Roanoke, aber dieses Jahr feier ich Weihnachten mit meiner Großmutter, draußen in Asheville. Meine Eltern kommen auch, und wir werden uns alle kräftig anstrengen, damit es ein schönes Fest wird. Am Tag darauf fahre ich mit einer Freundin nach Jacksonville, wo wir uns das Spiel Florida gegen Tennessee im Gator-Stadion ankucken.«

Ich konnte mir nichts Schlimmeres vorstellen, als für ein Footballspiel nach Florida zu fahren, aber ich tat so, als wäre ich beeindruckt: »Wow, da wär ich gerne dabei.«

»Letztes Jahr war ich in Memphis, als NC State im Liberty-Stadion Georgia mit vierzehn zu sieben vom Platz fegte«, sagte sie. »Und nächstes Jahr will ich im Tangerine-

Stadion unbedingt einen Platz erſte Reihe Mitte haben, egal, wer spielt. Warſt du schon mal in Orlando? Eine abſolut phantaſtische Stadt. Wenn mein zukünftiger Ehemann einen Job in ſeinem Beruf findet, wollen wir in ein, zwei Jahren da runter ziehen. Kaum zu glauben, ich unten in Florida. Du wärſt bestimmt ſelig, stimmt'ſ?«

Ich wußte nicht, wie ich antworten sollte. Wer war diese Sportplatz-Fanatikerin, die keinen Mixer, dafür aber einen Verlobten in Vietnam hatte, und wieso rückte sie erst jetzt mit alldem raus? Die ganze Zeit hatte ich sie für eine kaltblütige Agentin gehalten, dabei war sie bloß eine leicht schräge, unerfahrene Sprachtherapeutin. Miss Samson war ganz bestimmt kein schlechter Mensch, aber ihr Timing war total daneben. Sie hätte sich zu Anfang des Jahres öffnen sollen, anstatt bis jetzt damit zu warten, wo ich nichts weiter tun konnte, als sie zu bedauern.

»Ich habe mein Beſteſ verſucht, mit dir und den anderen zu arbeiten, aber waſ ſoll ich ſagen? Manchmal iſt daſ Beſte nicht gut genug.« Sie nahm noch ein Plätzchen und drehte es in ihrer Hand. »Ich wollte mir beweiſen, da*ß* ich anderen helfen kann, aber eſ iſt schwer, gegen ſoviel Widerstand anzukämpfen. Die Schüler mögen mich nicht, aber ich denke, damit mu*ß* ich leben.«

Sie nahm eine Hand vors Gesicht, so daß ich befürchtete, sie würde jeden Moment losheulen. »Nicht doch«, flehte ich. »O Mi*th*t!«

»Ha-ha«, sagte sie. »Hab ich dich doch noch erwischt.« Sie lachte viel mehr, als nötig gewesen wäre, auch dann noch, als sie das Formular unterschrieb, mit dem sie mich für den Therapiekurs im kommenden Jahr empfahl. »Stimmt, so ein Mi*th*t. Du hast nämlich noch ein schöneſ Stück Arbeit vor dir, Miſter.«

Meine Mutter, der ich die Geschichte erzählte, fand das alles zum Schießen. »Da siehst du's«, sagte sie, »du bist einfach zu arglos.«

Ich gab ihr recht, nur war mir das Wort *naiv* lieber.

## *Riesenträume, Zwergentalent*

Mein Vater ist Jazz-Fan und Besitzer einer beachtlichen Schallplatten- und Tonbandsammlung, die er nach der Arbeit zu hören pflegte. Er konnte noch so mies gelaunt nach Hause kommen, sobald er seinen Dexter Gordon und einen Wodka Martini hatte, schmolz der Ärger dahin, und alles war *»beautiful, baby, just beautiful«*. Im Moment, da die Nadel auf der Platte aufsetzte, lockerte er seine Krawatte und war nicht mehr der steife Techniker mit der Tasche voller IBM-Stifte mit dem Aufdruck »Denk«.

»Mannomann, hör dir an, was der Kerl in den Backen hat. Ich habe ihn mal im *Blue Note* gesehen, und ich kann nur sagen, der hat mich glatt vom Stuhl gepustet! So einem Talent begegnet man nur einmal im Leben. Der Bursche war der absolute Senkrechtstarter, und ich saß gleich in der ersten Reihe. Kannst du dir das vorstellen?«

»Wow«, antwortete ich, »muß irre spannend gewesen sein.«

Empathie war die falsche Reaktion, da sie nur seinen Ärger zu wecken schien.

»Was weißt du schon davon«, sagte er. »Von wegen, ›irre spannend‹. Du hast ja keine Ahnung. Man hätte dem Mann mit einem Beil die Lippen abhacken können, und er wäre immer noch besser als alle anderen gewesen. So gut war er.«

Während ich mit dem Kopf nickte, sah ich zwei glänzende Lippen verlassen in der Garderobe irgendeines Nachtklubs auf dem Boden liegen. Der Trick bestand darin, sich langsam in Richtung Flur zurückzuziehen und in die Küche zu entwischen, bevor mein Vater losbrüllen konnte: »O nein. Du kommst sofort zurück. Ich will, daß du dich hier hinsetzt und ein paar Minuten zuhörst, und zwar *richtig* zuhörst.«

Da wir mit der Musik groß geworden waren, nahm ich immer an, meine Schwestern und ich würden wirklich was von Jazz verstehen. Wir schätzten ihn mehr als die Musik unserer Freunde, aber weder Worte noch Taten konnten unseren Vater von unserer Hingabe überzeugen. Wie, außer daß man ein Stück auf einem Instrument nachspielte, konnte man beweisen, daß man richtig zugehört hatte? Es war, als erwartete er von uns, daß wir nach jeder Hörprobe die Farbe wechselten.

Aufgrund seines Gehörs und seiner fast krankhaften Disziplin war ich immer der Überzeugung, aus meinem Vater hätte ein erstklassiger Musiker werden können. Er hätte Saxophonist werden können, wäre er nicht in eine Einwandererfamilie hineingeboren worden, die schon Topflappen für übertriebenen Luxus hielt. Bei ihm zu Hause wurde nur griechische Musik gehört, ein Oxymoron, was den Rest der Welt angeht. Das Gejaule eines Straßenkaters, dessen Schwanz in der Tür eines Milchwagens eingeklemmt ist, würde spielend die Charts daheim in

Sparta oder Thessaloniki stürmen. Jazz war für meinen Vater die einzige Form von Rebellion. In seinem Haus war die Musik verboten, so daß er sie als seine ganz persönliche Entdeckung betrachtete. Als junger Mann versteckte er seine 78er-Platten unterm Sofa und machte sich regelmäßig heimlich auf nach New York City, wo er sich in den Klubs herumtrieb und mit Schwarzen verkehrte. Alles in allem konnte er sich nicht beklagen. Bis er Anfang Vierzig mit der ganzen Familie nach North Carolina versetzt wurde.

»Wo, bitte, soll ich hin?« fragte er.

Die Winter in Raleigh sagten ihm zu, nur hätte er das milde Klima liebend gern für einen anständigen Radiosender getauscht. Ganz auf seine Schallplatten und Tonbänder beschränkt, reifte in ihm der Traum, seine Familie werde eines Tages die Leere füllen und eine Jazz-Combo gründen.

Sein Plan nahm an dem Abend Gestalt an, als er mich zusammen mit meinen Schwestern Lisa und Gretchen zu einem Konzert von Dave Brubeck mitnahm, der auf Tour mit seinen Söhnen bei uns in der Uni spielte. Das Publikum tobte, als das Quartett die Bühne betrat, während ich mich mit geschlossenen Augen zurücklehnte und so tat, als gelte der Applaus mir. Um ein solches Maß an Aufmerksamkeit zu bekommen, mußte man sich was einfallen lassen, was die Leute aus den Socken haute. Ich hatte im stillen an einer Sache gearbeitet, von der ich mir vorzustellen begann, sie einem menschlichen Publikum zu präsentieren. Mein Auftritt bestand darin, daß ich, bekleidet mit einem schicken Hemd und Krawatte, ein Medley aus Werbe-Jingles im Tonfall von Billie Holiday singen würde, die eine der Lieblingssängerinnen meines Vaters war. Mein Konzert in Raleigh würde ich voraussichtlich mit der Werbemelodie für das älteste Einkaufszentrum der Stadt eröffnen. Ein kurzes Kopfnicken in die Richtung meines Begleitmusikers, und ab ging's mit »Die Atmosphäre von Cameron Village wird auch Sie verzaubern«. Das Ergreifende meiner Darbietung war, daß sie sowohl die Freude als auch das Leid eines Besuchs bei Ellisburg's oder J.C. Penney einfing. Danach kämen Knaller wie »Schon entdeckt, wie die Winston schmeckt« und der neue Coke-Ohrwurm »Mein Lied geht um die ganze Welt«.

Eingesponnen in meinen Traum, hatte ich Dave Brubeck ganz vergessen, als mir mein Vater den Ellbogen in die Seite rammte und fragte: »*Hörst* du das? Die Jungs heizen ein, daß der Putz von den Wänden bröckelt!« Die übrigen Zuhörer saßen andächtig wie in der Kirche, nur mein Vater schnippte mit den Fingern und nickte mit dem Kopf vor der Brust. Leute zeigten mit dem Finger auf uns, doch als wir ihn baten, sich gerade hinzusetzen und mit dem Geschnippe aufzuhören, legte er beide Hände an den Mund und brüllte nach *Blue Rondo à la Turk!*

Auf der Fahrt nach Hause trommelte er mit den Handflächen auf das Lenkrad und schwärmte: »Habt ihr das gehört? Der Bursche wird mit jedem Tag besser. Da steht er mit seinen Jungs auf der Bühne und fetzt los, was das Zeug hält. Mein Gott, was gäbe ich für so eine Familie. Ihr solltet wirklich eine Band aufmachen.«

Meine Schwester Lisa spuckte einen Mundvoll Zitronensprudel durch den Wagen.

»Nein, ganz im Ernst«, sagte mein Vater. »Ihr braucht nur ein paar Instrumente und Stunden, und ich schwöre bei Gott, ihr geht ab wie 'ne Rakete.« Insgeheim hofften wir, es wäre eine seiner Fünf-Minuten-Ideen, doch als wir zu Hause eintrafen, glänzten seine Augen immer noch. »Genau das ist es«, sagte er. »Wieso bin ich nicht früher drauf gekommen.«

Am nächsten Nachmittag kaufte er einen Stutzflügel. Er war gebraucht, machte aber selbst in einem Zimmer mit Linoleumfliesen noch einiges her. Wir hämmerten abwechselnd auf den Tasten herum, doch sobald der Reiz des Neuen verflogen war, wurde er mit Hilfe von Sofakissen in ein Fort verwandelt. Das Klavier blieb in seiner eigentlichen Bestimmung ungenutzt, bis mein Vater Gretchen für ein paar Unterrichtsstunden anmeldete. Sie hatte nie großes Interesse an dem Ding bekundet, sondern war allein deshalb auserkoren worden, weil sie, mit ihren zehn Jahren, nach Ansicht unseres Vaters die künstlerischsten Finger besaß. Nachdem man Lisa mit einer Flöte bedacht hatte, entdeckte ich eines Abends, nach der Rückkehr vom Pfadfindertreffen, an das Aquarium in meinem Zimmer gelehnt mein Instrument.

»Halt dich fest«, sagte mein Vater. »Hier ist die Gitarre, die du schon immer haben wolltest.«

Zweifellos hatte er mich mit irgendwem verwechselt. Ich hatte zwar wiederholt den Wunsch nach einem Marken-Staubsauger geäußert, nie aber auch nur ein Wort über eine Gitarre verloren. Das Gerät sprach mich nicht im entferntesten an, nicht einmal auf ästhetischer Ebene. Ich konnte schließlich auch nichts dafür, wenn das Instrument so gar nicht zum nautischen Thema meiner Zimmereinrichtung passen wollte. Ein Anker, ja. Eine Gitarre, nein. Seinem Wunsch, so richtig loszufetzen, kam ich gerne dadurch nach, daß ich das Teil in meinen Schrank fetzte, wo es blieb, bis mein Vater mich für ein paar Einzelstunden in einem Musikgeschäft im kürzlich eröffneten North Hills

Mall anmeldete. Ich wehrte mich mit allen Mitteln und schützte selbst noch auf dem Weg zum ersten Termin massive Übelkeit vor.

»Aber ich bin krank«, brüllte ich, während ich ihn vom Parkplatz brausen sah. »Ich habe einen Virus, und obendrein will ich kein Musikinstrument erlernen, falls du das noch nicht kapiert hast.«

Nachdem klar war, daß er nicht umkehren würde, schleppte ich meine Gitarre in den Musikladen, dessen Besitzer mich zu meinem Lehrer brachte, einem kauzigen, in sich selbst versunkenen Gnom namens Mister Mancini. Da ich, gerade zwölf, ziemlich schmächtig für mein Alter war, fand ich es reichlich seltsam, in einem fensterlosen Raum mit einem Mann eingesperrt zu sein, der mir gerade bis zur Brust reichte. Ich kannte Zwerge nur vom Zirkus und unterdrückte zwanghaft die Sätze, die zu Hause häufig im Zusammenhang mit meinem einjährigen Bruder fielen. Instinktiv wollte ich mich über seine winzigen, perfekt geschwungenen Fingernägel auslassen oder fragen, ob er nachts schon durchschliefe. Irgendwie gehörte es sich nicht, daß ich größer als mein Lehrer war, aber ich behielt die Beobachtung für mich und sagte nur: »Mein Vater hat mir das eingebrockt. Es war allein seine Idee.«

Als jemand, der großen Wert auf sein Äußeres legte, aber in der modischen Diaspora gelandet war, trug Mister Mancini Kleidung, die ich aus der Kinder-Abteilung bei Hudson Belk kannte. An manchen Nachmittagen bevorzugte er Button-down-Hemden mit Ansteckfliege, an anderen empfing er mich in Schlaghose und lässigem Stehbundpullover, mehrere bunte Perlenketten um den Hals geschlungen. Seine Arme waren männlich und mit dichtem schwarzen Haar überzogen, doch seine Stimme klang dünn und piepsig, als würde sie zu schnell von einem Band abgespielt.

Er war kein echter Zwerg, aber ohne Frage ein ziemlicher Knirps. Mein Staunen war ebenso schamlos wie unwillkommen, allerdings nichts, was er nicht schon hunderttausendmal erlebt hätte. Er gab mir nicht die Hand, sondern steckte sich bloß eine Zigarette an und griff nach einem Schneckenhaus, das ihm als Aschenbecher diente. Wie mein Vater ging Mister Mancini davon aus, daß jeder Gitarre spielen lernen konnte. Er hatte es sich während eines einzigen Sommers in, wie er es nannte, »Hotlanta, G. A.« beigebracht. Ich wußte, dies war die scharfe Bezeichnung für Atlanta, Georgia. »Also *das*«, sagte er, »ist wirklich 'ne klasse Stadt, wenn man weiß, wo's abgeht.« Er schnappte sich seine Gitarre und fing an, sie zu stimmen, indem er seinen Kopf ganz nahe an die Saiten hielt. »Ich sag's dir, mein Junge, die Mädels unten in Peachtree sind rund um die Uhr heiß.«

Er erwähnte eine Frau namens Beth und erklärte: »Nachdem sie die fertig hatten, haben sie die Gußform weggeworfen und die Fabrik dichtgemacht, na, du weißt schon.«

Ich nickte, obwohl ich keinen Schimmer hatte, wovon er redete.

»Sie war keine große Köchin, aber egal, warum sonst hat der liebe Gott wohl das TV-Dinner erfunden.« Er lachte über seinen eigenen kleinen Scherz und wiederholte die Tiefkühlkost-Pointe, als wolle er sie später in einer Comedy-Show verwenden. »Gott hat das TV-Dinner erfunden, hey, das ist gut.« Wie er mir erklärte, hatte er seine Gitarre nach Beth benannt: »Jetzt krieg ich meine Finger gar nicht mehr los von ihr!« sagte er. »Aber im Ernst, es hilft, wenn man seinem Instrument einen Namen gibt. Welcher Name schwebt dir denn vor?«

»Vielleicht nenn ich sie Oliver«, sagte ich. Der Name fiel mir spontan ein, weil mein Hamster so hieß. Andererseits, vielleicht auch nicht.

»Oliver?« Sichtlich enttäuscht von meinem Vorschlag setzte Mister Mancini die Gitarre auf den Boden. »*Oliver?* Was ist das denn für ein blöder Name? Wenn du wirklich mit Hingabe Gitarre spielen willst, mußt du ihr einen Mädchennamen geben, nicht den eines Jungen.«

»Ach so, klar doch«, sagte ich. »Joan. Ich nenn sie Joan.«

»Na, dann erzähl mal was von Joan«, sagte er. »Ist sie was ganz Besonderes?«

Joan hieß eine meiner Cousinen, aber es erschien mir wenig ratsam, mit dieser Information herauszurücken. »Aber sicher«, sagte ich, »Joan ist einfach ... toll. Sie ist groß und ...« Bei dem Wort *groß* überkam mich ein schlechtes Gewissen, so daß ich es schleunigst zurückzunehmen versuchte. »Also, sie ist klein und hat braune Haare und alles.«

»Ist sie gut bestückt?«

Die Brüste meiner Cousine waren mir nie aufgefallen, und erst kürzlich hatte ich bemerkt, daß ich mich nie für irgendwelche Brüste interessiert hatte, es sei denn, sie waren wie die unserer Haushälterin so riesig, daß sie wie eine Mißbildung aussahen. »Bestückt? Ja sicher«, sagte ich. »Sie ist reichlich bestückt.« Ich befürchtete schon, er werde um eine genauere Beschreibung bitten, als er zu meiner Erleichterung durch den Raum schritt und Beth aus ihrem Koffer nahm. Er erklärte mir, ein Gitarreschüler brauche jede Menge Disziplin. Talent war wichtig, aber die Zeit hatte ihn gelehrt, daß Talent äußerst spärlich gesät war.

»Ich hab welches«, sagte er, »aber es wurde mir schon bei der Geburt mitgegeben. Es ist ein Geschenk Gottes, und diejenigen unter uns, die es besitzen, sind ganz besondere Menschen.«

Er schien zu wissen, daß ich keine Ausnahme, sondern bloße Dutzendware war, lediglich ein Junge mehr, dessen Vater sich was vormachte.

»Hast du ein *Gefühl* für die Gitarre? Hast du irgendeine Vorstellung davon, was dieses kleine Baby alles draufhat?« Ohne meine Antwort abzuwarten, kletterte er auf seinen Hocker und fing an, *Light My Fire* zu spielen, das er mit den Worten ankündigte: »Das hier ist für Joan.«

*»You know that I would be untrue«,* sang er, *»you know that I would be a liar.«* Die aktuelle Hit-Version des Songs stammte von José Feliciano, einem blinden Sänger, dessen wehmütige Stimme viel besser zum Text paßte als die von Jim Morrison, der für meinen Geschmack viel zu großkotzig und affektiert sang. José Feliciano, Jim Morrison, und jetzt auch noch Mister Mancini, der zwar wunderbar spielte, *Light My Fire* aber so sang, als würde ein Jung-Pfadfinder nach einem Streichholz fragen. Nachdem er seine Eröffnungsnummer beendet hatte, bedankte er sich mit einem Kopfnicken für meinen Applaus, um sein Programm mit unnachahmlichen und zutiefst verstörenden Versionen von *The Girl from Ipanema* und *Little Green Apples* fortzusetzen, während ich gebannt auf meinem Stuhl saß und mir krampfhaft ein falsches Lächeln abrang, das meine untere Gesichtshälfte völlig taub werden ließ.

Meine Fingernägel waren gute fünf Zentimeter gewachsen, als er endlich die letzte Note anschlug und mich näher rücken ließ, um mir ein paar einfache Akkorde zu zeigen. Zuletzt drückte er mir noch ein halbes Dutzend purpurfarbener Matrizenabzüge in die Hand, von denen wir beide wußten, wie überflüssig sie waren.

Zu Hause hatte meine Mutter mein Abendessen im Backofen warmgestellt. Aus dem Wohnzimmer drang das hilflose Gefiepse von Lisas Flöte. Es klang in etwa so, wie wenn Wind in eine leere Pepsi-Dose pfiff. Unten im Keller übte entweder Gretchen Klavier, oder die Katze jagte über die Tasten einer Motte hinterher. Meine Mutter drehte den Ton am Küchen-Fernseher lauter, während mein Vater meinen Teller wegschob, mir Joan in den Schoß drückte und mich aufforderte zu spielen.

»Hört euch das an«, juchzte er. »Ein Haus voller Musik! Mann, ist das großartig.«

Man konnte ihm bestimmt nicht mangelnde Unterstützung vorwerfen. Seine Begeisterung grenzte an Wahnsinn, ohne daß es ihm gelang, uns anzustecken. Die häuslichen Übungsstunden verbrachten meine Schwestern und ich damit, Kartoffelchips zu futtern, über unsere Instrumente zu fluchen und Vermutungen über das Privatleben unserer Lehrer anzustellen. Auf die eine oder andere Weise waren sie alle schräg, aber mit dem Zwerg hatte ich den Mein-Lehrer-ist-seltsamer-als-deiner-Wettbewerb definitiv gewonnen. Ich fragte mich, wo Mister Mancini wohnte und wen er bei einem Notfall anrufen würde. Kletterte er beim Rasieren auf einen Stuhl, oder war seine Wohnung seinen Bedürfnissen angepaßt? Ich betrachtete die Wäschekiste oder die Kühltasche fürs Bier und dachte, wenn nötig, ließe sich Mister Mancini beinahe überall verstecken.

Auch wenn ich ständig an ihn dachte, war mir jede Ausrede recht, mich vor meiner Gitarre zu drücken.

»Ich habe alle Übungen gemacht«, sagte ich zu Beginn jeder Unterrichtsstunde, »aber irgendwie flutscht es bei mir nicht. Vielleicht sind meine Finger zu kur- … äh, ich meine, zu winz- … also, vielleicht bin ich nicht koordiniert genug.« Er drückte mir Joan auf den Schoß, griff sich Beth und sagte, ich solle ihm nachspielen. »Stell dir vor, du spielst auf einer Frau aus Fleisch und Blut«, sagte er. »Pack sie einfach am Hals, bis sie aufheult.«

In seiner Gegenwart war ich starr vor Entsetzen. Erst nachher, wenn ich auf meinen Vater wartete, konnte ich vergessen, daß er mein Lehrer war, und ihn mir als faszinierenden Gnom vorstellen. Als Mensch brachte er mich zum Nachdenken über Dinge, über die ich lieber nicht nachdenken wollte – wie etwa das Geschlecht meiner Gitarre. Wenn ich wirklich gerne an einer Frau herumgefingert hätte, hieße das, daß ich dann automatisch auch spielen könnte? Gretchens Lehrer sagte nie was davon, sie sollte sich ihr Klavier als einen Jungen vorstellen. Auch nicht Lisas Flötenlehrer, obwohl gerade in diesem Fall die Analogie quasi auf der Hand lag. Allein der abstruse Gedanke, letztendlich könne alles von sexueller Begierde abhängen, ließ mich einen großen Bogen um Lisas Instrument machen, aus schierer Angst, als musikalischer Wunderknabe entdeckt zu werden. Die sicherste Lösung war, mich auf Gesang zu verlegen und die Instrumente den anderen zu überlassen. Stimmkünstler, genau das war mein Ding.

Als ich eines Nachmittags mit meiner Mutter im Einkaufszentrum war, sah ich Mister Mancini in Scottys Futterkrippe, einem Schnellimbiß in der Nähe des Musikladens, mit hocherhobener Hand einen Hamburger bestellen. Manchmal erzählte er davon, sich mittags mit einer Verkäuferin von Jollys Schmuckädchen, »ein echt heißes Gefährt«, zu verabreden, aber an dem Tag war er allein.

Um seine Bestellung aufzugeben, mußte Mister Mancini sich auf Zehenspitzen stellen, aber selbst dann reichte sein Kopf nicht über die Theke. Die vorbeieilenden Passanten blickten betreten zur Seite, nur ihr Nachwuchs gab sich entschieden direkter. Ein Dreikäsehoch stapfte auf wackligen Beinen auf ihn zu und versuchte, meinen Lehrer mit seinen Ketchup-Pfoten zu umarmen, während eine Gruppe Grundschüler allen Ernstes fragte, ob er gerne für den Weihnachtsmann arbeite. Am übelsten aber war ein Trupp Halbwüchsiger, Jungs in meinem Alter, die um einen großen Tisch saßen. »Geh zurück ins Zauberland Oz, Munchkin«, sagte einer, worauf sich die anderen vor Lachen bogen. Das Tablett in der Hand, nahm Mister Mancini Platz und tat so, als bemerke er sie nicht. Die Jugendlichen brüllten zwar nicht, aber jeder sah, daß sie sich über ihn lustig machten. »Ehrlich, Ma«, sagte ich, »was sind das nur für Monster.« Hinter meiner moralischen Empörung regte sich ein starker Besitzerinstinkt, eine Wut, daß andere sich an meinem ganz persönlichen Zwerg vergingen. Was wußten die schon von diesem Menschen? Ich war es, der ihm die Zigaretten ansteckte und zuhörte, wie er gegen den Erfolg von Schmalzlocken wie Glen Campbell und Bobby Goldsboro vom Leder zog. Ich war es, der auch nach sechs harten Unterrichtswochen immer noch mit *Yellow Bird* kämpfte. Wenn hier jemand das Recht hatte, ihn hochzunehmen, dann ja wohl zuallererst ich.

Bislang hatte ich Mister Mancini immer für einen Aufschneider, einen Westentaschenplayboy gehalten, aber zu beobachten, wie er seinen Hamburger in einen armseligen Klecks Mayonnaise tunkte, weitete mein Blickfeld und ließ mich den zwergenhaften Außenseiter und seltsamen Kauz erkennen, der durch seine kompromißlose Haltung ins Abseits geraten war. Dies war eine Rolle, mit der ich selbst einige Erfahrung hatte: der Unangepaßte, der Rebell. Mir ging auf, daß er und ich, einmal abgesehen von der Gitarre, tatsächlich manches gemeinsam hatten. Wir waren beide Männer, die im Körper eines Knaben eingesperrt waren. Jeder von uns besaß sein eigenes Talent, und beide haßten wir zwölfjährige Jungen, eine demographische Gruppe, deren Grausamkeit unübertroffen war. Alles in allem betrachtet, sprach nichts dagegen, in ihm nicht den Lehrer, sondern den künstlerischen Weggefährten zu sehen. Vielleicht konnten wir dann den Hokuspokus mit Joan fallenlassen und uns ernstlich an die Arbeit machen. Wenn sich die Dinge so entwickelten, wie ich mir das vorstellte, würde ich eines Tages in Interviews sagen, mein Begleitmusiker sei beides, mein bester Freund *und* ein Zwerg.

Zu meiner nächsten Unterrichtsstunde erschien ich nicht nur mit Krawatte, sondern rückte auch bei der Frage nach dem Üben unbefangen mit der Wahrheit heraus und erklärte selbstsicher, ich hätte die Gitarre seit unserer letzten Zusammenkunft nicht mehr angerührt. Ich erzählte ihm, Joan sei der Name meiner Cousine und ich hätte keine Ahnung, wie gut bestückt sie sei.

»Schon okay«, sagte Mister Mancini. »Du kannst deine Gitarre nennen, wie du willst, solange du nur nicht vergißt zu üben.«

Mit zitternder Stimme erklärte ich ihm, ich hätte nicht das leiseste Interesse, dieses Instrument je zu beherrschen. Was ich wirklich wollte, sei, wie Billie Holiday zu singen. »Vor allem Werbejingles, aber nicht für irgendwelche Banken oder Automarken, weil die meistens mit Chor-Arrangements arbeiten.«

Das Gesicht meines Lehrers erbleichte.

Ich fuhr fort, ich hätte ein Programm zusammengestellt und sei auf der Suche nach einem Begleitmusiker. Ob er die Melodie der neuen Sara-Lee-Werbung kenne?

»Das soll wohl ein Witz sein?« Er war nicht wütend, nur ziemlich durcheinander.

Ich war mir sicher, er log, als er sagte, er kenne die Melodie nicht. Doublemint Kaugummi, Ritz Cracker, die Erkennungsmelodie von Alka Seltzer und Bauknecht Elektrogeräte – allesamt Fehlanzeige. Ich wußte, ihm vorzusingen würde verrückt klingen, aber größer als mein Bammel war die Hoffnung, ihn von dem zu überzeugen, was in meinen Augen mein einziges Talent war, die einzige Form einer musikalischen Darbietung, die ich je hinkriegen würde. Ich sang einfach *a cappella* den neuesten Oscar-Mayer-Werbesong und hoffte, er würde mit einsteigen, sobald der Funke auf ihn übersprang. Mir war klar, wie bescheuert ich aussah, aber um in die richtige Stimmung zu kommen, mußte ich seine Anwesenheit vergessen und so singen wie daheim in meinem Zimmer, mit zusammengekniffenen Augen und leblos herabhängenden Händen.

Ich sang, daß meine Wurst einen Vornamen habe.

Ich fügte an, daß meine Wurst einen Nachnamen habe.

Und schloß: *»Und fragt man mich, was ich gern mag,*
*Sag ich, ich esse Tag für Tag*
*Feinste Wurst von Os-carrr May-errr.«*

Als ich mit meiner Nummer fertig war, glaubte ich, er würde die Gelegenheit zu einem Applaus nutzen oder sich vielleicht sogar dafür entschuldigen, mich unterschätzt zu haben. Selbst ein verstohlenes Schmunzeln wäre akzeptabel gewesen, aber statt dessen hob er bloß abwehrend die Hand, wie um ein heranbrausendes Auto zu stoppen. »Laß gut sein, Kumpel«, sagte er. »Ich habe mit dieser Szene nichts am Hut.«

Szene? Was für eine Szene? Ich dachte, ich wäre einmalig.

»Spinner wie dich gab's damals in Atlanta jede Menge, aber ich tick nicht so – verstehst du? Vielleicht ist es dein ›Ding‹ oder was auch immer, jedenfalls kannst du mich definitiv von der Liste streichen.« Er griff nach seinem Schneckenhaus und drückte seine Zigarette darin aus. »Und jetzt Schluß damit. Mein Gott, Junge, reiß dich gefälligst zusammen.«

In dem Moment wußte ich, warum ich nie zuvor vor Leuten gesungen hatte und es auch vor Mister Mancini besser hätte bleiben lassen. Er hatte mich als Spinner bezeichnet, aber ich wußte, was er eigentlich sagen wollte. Er wollte sagen, ich sollte meine Gitarre Doug oder Brian nennen, oder, besser noch, mich auf Flötenunterricht verlegen. Er wollte sagen, daß, wenn unsere Begierden das entscheidende sind, ich mich auf ein Leben voller Probleme einstellen durfte.

Den Rest der Unterrichtsstunde verbrachten wir damit, verstohlen auf die Uhr zu blicken und so zu tun, als stimmten wir unsere Gitarren.

Mein Vater war enttäuscht, als ich ihm eröffnete, mit dem Unterricht sei Schluß. »Er hat gesagt, ich solle nicht wiederkommen«, sagte ich. »Er sagte, ich hätte nicht die richtigen Finger.«

Als sie sahen, daß es bei mir funktionierte, kamen auch meine Schwestern mit entsprechenden Storys an, woraufhin das Sedaris-Trio seine offizielle Auflösung bekanntgab. Unser Vater bot an, geeignetere Lehrer für uns aufzutreiben, und erklärte, daß, wenn wir mit unseren Instrumenten nicht glücklich wären, wir auf andere umsteigen könnten. »Trompete oder Saxophon, oder hey, wie wär's mit Vibraphon?« Er zog eine Lionel-Hampton-Platte hervor und sagte: »Setzt euch hin und spitzt die Ohren. Hört euch den Burschen an, aber kommt mir nachher nicht und sagt, der Typ haut euch nicht vom Hocker.«

Es gab eine Zeit, da konnte ich mir solche Platten anhören und mir vorstellen, ich sei der Top-Act in einem berühmten New Yorker Nachtklub, aber dazu sind Tagträume schließlich da: Sie erlauben einem, alle Rückschläge auszulassen und geradewegs an die Spitze vorzupreschen. Ich hatte meinen Solo-Auftritt hinter mir und würde fortan andere, nicht weniger erfolglose Wege einschlagen, um Aufmerksamkeit zu erregen. Ich würde sämtliche existierenden Kunstformen ausprobieren, um nach jedem neuen Fehlschlag Mister Mancini vor mir zu sehen, der seine Schnecke in der Hand hielt und sagte: »Mein Gott, Junge, reiß dich gefälligst zusammen.«

Wir erklärten unserem Vater, er solle sich nicht die Mühe machen, uns weitere Platten vorzuspielen, aber er blieb hartnäckig. »Ich verspreche euch, diese Scheibe wird euer Leben verändern, wenn nicht, gibt's für jeden von euch fünf Dollar. Was sagt ihr dazu?«

Es war eine verdammt harte Entscheidung – fünf Dollar für das Anhören einer Lionel-Hampton-Platte. Das Angebot war verlockend, aber selbst unter der unwahrscheinlichen Annahme, daß er irgendwann mit dem Geld rüberkommen würde, hatte die Sache ganz bestimmt irgendeinen Haken. Meine Schwestern und ich blickten uns an und marschierten aus dem Zimmer, während er hinter uns herrief: »Hey, wo wollt ihr hin? Kommt sofort zurück und hört zu.«

Wir hockten uns zu unserer Mutter vor den Fernseher und sahen nicht mehr zurück. Ein Leben mit der Musik war seine große Leidenschaft, nicht unsere, und die Unterrichtsstunden hatten uns gelehrt, daß man ohne diese Leidenschaft bestenfalls darauf hoffen durfte, hin und wieder auf einer Hippie-Hochzeit zu spielen, wo, wenn man Glück hatte, die Gäste zu vollgedröhnt waren, um zu bemerken, wie grottenschlecht man war. An diesem Abend schlief mein Vater, wie es seine Gewohnheit war, vor der Stereoanlage ein, so daß die Platte stumm und endlos auf dem Teller kreiste, während er zurückgelehnt auf dem Sofakissen ruhte und träumte.

# *Genmanipulation*

Mein Vater ist mir immer als jemand vorgekommen, der theoretisch durchaus die Mikrowelle oder das Transistorradio erfunden haben könnte. Nie hätte man ihn um Rat bei der Lösung eines persönlichen Problems gefragt, doch wenn die Spülmaschine den Geist aufgab oder jemand ein Haarteil in der Toilette versenkt hatte, wurde er stets als erster gerufen. Als Kinder hielten wir große Stücke auf seine Fähigkeiten, doch lernten wir schnell, einen großen Bogen um ihn zu machen, wenn er sich an die Arbeit machte. Das Erlebnis des Zuschauens wurde uns von Mal zu Mal mehr verleidet durch endlose Erklärungen, wie die Dinge im einzelnen zusammengesetzt waren. Für jede spannende Frage schien die Wissenschaft nur die langweiligsten Antworten parat zu haben. Ionen mochten die Luft elektrisch aufladen, fielen jedoch flach, wenn es darum ging, die Phantasie anzuregen – zumindest meine. Noch heute ist mir die Vorstellung lieber, jedes Fernsehgerät beherberge eine Truppe begnadeter daumengroßer Schauspieler, die vom gedankenvollen Nachrichtensprecher bis zur auf einer Insel gestrandeten Millionärsgattin alles im Repertoire haben. Launische Kobolde machen das Wetter, während in einer Klimaanlage eine Handvoll Eichhörnchen rackern, die Backen prallvoll mit Eiswürfeln.

Beim Stöbern im Geräteschuppen entdeckte ich einmal ein Werbeposter, auf dem ein IBM-Computer von der Größe eines Kühlschranks abgebildet war. Mein Vater, noch etliche Jahre jünger, saß vor der Tastatur und studierte einen Ausdruck, der nicht größer als ein Kassenzettel war. Als ich ihn danach fragte, erklärte er, er hätte damals mit einem Wissenschaftlerteam an der Entwicklung eines Mikrochips gearbeitet, der bis zu fünfzehn Seiten Information speichern konnte. Im nächsten Moment hatte er Bleistift und Notizblock hervorgezogen und gab mir stundenlang Antworten auf sämtliche Fragen, bis auf die, die ich eigentlich gestellt hatte: »Durftest du Make-up auflegen und verschiedene Sitzpositionen ausprobieren, oder haben sie gleich die erste Aufnahme genommen?«

Für mich ist und bleibt das größte Geheimnis der Wissenschaft, wie ein Vater sechs Kinder in die Welt setzen konnte, von denen keins auch nur eines seiner Interessen teilte. Für die Hobbys unserer Mutter konnten wir uns problemlos begeistern, angefangen beim Rauchen und der Vorliebe für ein Mittagsschläfchen bis hin zu den Romanen von Sidney Sheldon. (Fragte man meine Mutter, wie das Radio funktionierte, sagte sie bloß: »Dreh es an und zieh die verdammte Antenne raus.«) Einmal besuchte ich meinen Vater in seinem Büro und hatte nachher das beruhigende Gefühl, daß er zumindest dort ein paar Leute hatte, die ihm zuhörten. Ich war mit meiner Schwester Amy aufgrund einer Wette hingegangen. Sie glaubte, die Sekretärin meines Vaters hätte ein spitzes, vorstehendes

Kinn und lange blonde Haare, während ich sie mir mehr wie eine Schildkröte vorstellte – ohne Kinn, mit einer Hakennase und faltigem Schlabberhals. Die Wahrheit lag irgendwo in der Mitte. Ich hatte recht mit der Nase und dem Hals, Amy lag mit Kinn und Haarfarbe richtig. Wir waren nur wegen der Wette gekommen, aber natürlich durften wir nicht eher weg, bis unser Vater uns eine Führung durch die Gebäude A bis D gegeben hatte, die uns lehrte, nie wieder ein Interesse an seiner Arbeitsstätte zu bekunden.

Zuletzt erwachte auch in mir der Forschergeist, aber ich war schlau genug, meine sonderbaren Experimente für mich zu behalten. Als mein Vater meine tiefgefrorene Schneckensammlung in der Tiefkühltruhe im Keller entdeckte, hielt ich es für besser, ihm meine hochkomplexe Theorie des Scheintods nicht weiter auseinanderzusetzen. Und auf die Frage, warum ich den Wasserspender im Hamsterkäfig mit Wodka gefüllt hätte, antwortete ich nur: »Och, einfach so.« Wenn mein Experiment fehlschlug und der bedudelte Hamster den Löffel abgab, würde ich ihn einfach zu den Schnecken in die Tiefkühltruhe legen. Dort würde er ein paar Monate auf Eis liegen, um nachher, wenn ich ihn aufgetaut und reanimiert hatte, nichts mehr von seinem früheren Leben als Alkoholiker zu wissen. Ich fing auch an, meinen Plattenspieler selbst zu reparieren, und konnte mich bis zu zehn Minuten am Stück an meiner Erfindungsgabe berauschen – bis das Gummi riß oder die auf dem Tonarm festgeklebten Münzen sich lösten und das Scheißding wieder im Eimer war.

Die erste Septemberwoche verbrachte unsere Familie gewöhnlich in einem Strandhaus auf Ocean Isle, einem schmalen Inselstreifen vor der Küste North Carolinas. Wir Kinder genossen die üblichen Sommerfreuden, bis mein

Vater sich einschaltete und uns systematisch jeden Spaß austrieb. Nachdem er uns Minigolf durch eine langatmige Unterweisung über Impuls, Flugbahn und Windgeschwindigkeit verleidet hatte, wurden unsere Sandburgen einer niederschmetternden Kritik bezüglich der Dynamik von Deckengewölben unterzogen. Wir tummelten uns im Wasser, bis uns das Geheimnis von Ebbe und Flut auf eine Art beigebracht wurde, daß uns der Ozean anschließend wie eine riesige Salzwasser-Toilette vorkam, deren Spülung sich auf banale und vorhersehbare Weise von selbst betätigte.

Als wir ins Teenageralter kamen, war unser Elan endgültig verflogen. Ohne jegliches Interesse am Wasser fläzten wir uns neben unsere Mutter aufs Badetuch und widmeten uns der hohen Kunst des Bräunens. Unter ihrer Anleitung lernten wir, mit welchen Cremes man anfing und welche für unterschiedliche Wetterbedingungen und die jeweilige Tageszeit die geeignetste war. Sie brachte uns bei, daß falsches Vertrauen in Verbindung mit »Hawaiian Tropic« zu einem schmerzhaften und unansehnlichen Sonnenbrand führen konnte, der am letzten Abend der Ferien, wenn das Defilee für die alljährliche Wahl der Miss Sonnenöl anstand, zu einem sicheren Punktabzug führte: Nach der kritischen Begutachtung durch unsere Mutter wurde derjenige von uns, der die tiefste Bräune hatte, mit einer Krone, einer Schärpe und einem Zepter gekürt.

Theoretisch konnte der Preis an einen Kandidaten wie an eine Kandidatin gehen, aber auf der Schärpe stand »Miss Sonnenöl«, weil alle davon ausgingen, daß meine Schwester Gretchen den Titel davontragen würde, wie jedes Jahr. Für sie war das Bräunen nicht mehr bloß ein leidenschaftlich betriebenes Hobby, sondern eine Art psychischer Dysfunktion. Wir nannten sie eine Bräunomanin: jemand, der einfach nicht genug bekommen kann. Jahr für Jahr lief sie mit einer Grundbräune am Strand auf, von der wir anderen nicht einmal als Ergebnis unserer Anstrengungen träumen konnten. Mit einer Mischung aus Neid und Bewunderung schauten wir zu, wie sie auf ihrer Aluminium-Decke in der Sonne brutzelte. Die Haut zwischen den Zehen war genauso gebräunt wie ihre Handflächen, selbst hinter den Ohren war kein heller Fleck. Ihre Methode basierte auf Baby-Öl und einer Reihe von Posen, die zu Menschenaufläufen am Strand führten, wobei Mütter mit sandverklebten Fingern ihren Kindern die Augen zuhielten.

Da ich nie länger als zwanzig Minuten stillsitzen kann, lockerte ich meine Bräunungs-Sessions mit Spaziergängen zum Pier auf. Auf einem meiner Ausflüge entdeckte ich meinen Vater bei einer Gruppe von Fischern, die damit beschäftigt waren, aus einem Netz von der Größe eines Zirkuszelts die Knoten zu lösen. Die lebenslange Arbeit bei Sonne und Wind zeitigte bei ihnen das, was meine Schwestern und ich das Samsonite-Syndrom nannten, was bedeutete, daß ihre beneidenswerte Bräune wieder zunichte gemacht wurde durch eine zähe, lederartige Haut, die uns an den Koffer erinnerte, in dem unsere Mutter unsere sämtlichen Baby-Fotos aufbewahrte. In den Arbeitspausen tranken die Männer Mountain Dew aus Literflaschen und blickten zu meinem Vater hinüber, der mit einem Stock in der Hand am Wasser stand und den Küstenstreifen entlangstarrte.

Ich versuchte, unbemerkt an ihm vorbeizukommen, aber er rief mich zu sich und erklärte, gerade auf mich hätte er gewartet. »Hast du eine Vorstellung, wieviel Sandkörner es auf der Welt gibt?« fragte er. Ich hatte mir diese Frage nie gestellt. Anders als die Frage, wieviel Soleier in ein Einmachglas paßten oder wieviel menschliche Gehirne man brauchte, um das Gewicht eines tragbaren Fernsehers aufzuwiegen, schien diese Gleichung unweigerlich etwas mit dem verhaßten Wort *Googolplex* zu tun zu haben, einem Fachausdruck, den er das ein oder andere Mal in meiner Gegenwart benutzt hatte. Der Ausdruck bezeichnete lediglich die *Vorstellung* einer Zahl und war folglich ohne jeden Nutzen.

In der Schule hatte man uns einmal erklärt, wenn ein einzelner Vogel allen Sand der amerikanischen Ostküste, Körnchen für Körnchen, zur Westküste Afrikas schaffen müßte, würde er ... die genaue Zahl der Jahre habe ich gar nicht mehr mitbekommen, da ich in Gedanken ganz bei dem armen Vogel war, den man mit dieser unseligen Aufgabe betraut hatte. Das schien mir himmelschreiend ungerecht, da, anders als bei einem Pferd oder einem Blindenhund, der ganze Stolz des Vogeldaseins darin besteht, von nichts und niemandem zur Arbeit gezwungen zu werden. Vögel suchen nach Futter und bauen Nester, aber in ihre Freizeitgestaltung kann ihnen keiner reinreden. Ich stellte mir vor, wie dieser Vogel von seinem Ast herabblickte und sagte: »Was, bitte schön, soll ich tun?« Und dann flog er keckernd davon, um seinen Freunden von der komischen Geschichte zu erzählen. Wieviel Sandkörner es auf der Welt gibt? Viele. Fall erledigt.

Mein Vater nahm seinen Stock und fing an, eine Gleichung in den Sand zu schreiben. Wie alle anderen auch war es ein Ungetüm mit unzähligen *x* und *y*, die sich auf flott gezogenen Strichen übereinandertürmten. Buchstaben wurden mit Symbolen multipliziert, anschließend in Klammern zusammengefaßt und an den unmöglichsten Stellen mit winzigen Hochzahlen versehen. Als die Gleichung von sechs auf zwölf Fuß anwuchs und mein Vater eine neue Zeile in Angriff nahm, wurden auch die Fischer neugierig. Ich sah, wie sie sich von ihrem Netz abwandten, voller Bewunderung dafür, daß sie eine ganze Zigarette rauchen konnten, ohne sie auch nur einmal aus dem Mund zu nehmen – eine Kunst, die auch meine Mutter beherrschte, mir jedoch bis heute versagt ist. Voraussetzung dafür ist eine symbiotische Beziehung mit dem Wind; man muß genau wissen, wie und wann man den Kopf zur Seite drehen muß, damit einen der Rauch nicht in die Augen beißt.

Einer der Männer fragte meinen Vater, ob er Finanzbeamter sei, worauf er erwiderte: »Nein, Ingenieur.« Es waren arme Männer, die schon lange nicht mehr vom Fischfang leben konnten und ihre bescheidenen Hütten längst des Grund und Bodens wegen, auf dem sie standen, verkauft hatten. Anschließend hatte man die Häuser abgerissen und durch Luxus-Hotels und Spitzdach-Häuser ersetzt, die während der Saison für tausend Dollar die Woche vermietet wurden.

»Ich hätte da mal eine Frage«, sagte einer der Männer und spuckte seinen Zigarettenstummel in die Brandung. »Ich habe 1962 zwölftausend Dollar für einen halben Morgen Bauland am Strand bekommen. Können Sie mir sagen, wieviel jedes einzelne Sandkorn heute wert wäre?«

»Das, mein Freund, ist eine hochinteressante Frage«, sagte mein Vater.

Er lief ein paar Schritte den Strand entlang und begann mit einer neuen Gleichung, wobei er sein Publikum mit ausführlichen Erklärungen zu jedem neuen und komplizierten Symbol in Atem hielt. »Wenn Sie Kuchen sagen«, fragte einer der Männer, »meinen Sie da einen richtigen *Kuchen*, oder bloß so ein Kuchenschaubild, mit dem sie einem in den Nachrichten zeigen, wieviel vom Lohn in die Steuer fließt?«

Mein Vater ging ausführlich auf jede ihrer Fragen ein, und die Männer hörten ihm gespannt zu – eine Handvoll Fischer mit Netzen, die den Rauch ihrer Zigaretten in den Wind bliesen. Gebeugt und zahnlos hingen sie an seinen Lippen, während ich in den leise plätschernden Wellen stand, an den bevorstehenden Wettbewerb dachte und mich fragte, ob ich durch das vom Wasser reflektierte Licht unter meiner Nase und unterm Kinn braun werden würde.

# *Zwölf Augenblicke im Leben des Künstlers*

*Eins:* Bereits in frühen Jahren zeigte meine Schwester Gretchen eine erstaunliche zeichnerische und malerische Begabung. Ihre Aquarelle von getüpfelten Pilzen und Mädchen mit roten Käppchen waren der Stolz unseres Wohnzimmers, und ihr Talent wurde durch Privatunterricht und Mal-Camps im Sommer gefördert. Sie war »eine geborene Künstlernatur«, wie meine Mutter es ausdrückte, und schwebte, eingehüllt in einen seligen Schleier, von Blüte zu Blüte. Den Blick versonnen zum Himmel gerichtet, stolperte Gretchen über Baumwurzeln oder lief in vorbeikommende Fahrräder. Dem Gips an Armen und Beinen gab sie mit Magic-Marker-Gänseblümchen und Flauschewolken ihre persönliche Note. Ihr Körper war häufiger zusammengeflickt worden als die erste amerikanische Flagge, aber geistig schien nichts sie zu berühren. Man konnte Gretchen noch die intimsten Geheimnisse anvertrauen und sicher sein, daß sie sich fünf Minuten später an nichts mehr erinnern würde, außer an das Schattenspiel auf dem Gesicht ihres Gesprächspartners. Es war, als hätte man einen ausländischen Austauschschüler im Haus. Unser sämtliches Tun und Reden schien für sie ohne Sinn, während sie nach den Sitten und Gebräuchen eines weit entfernten Landes lebte, dessen Bewohner nach Ölfarben bohrten oder Pastellkreiden von den Ästen verkümmerter Bäume pflückten. Ohne irgendwen nachzuäffen, hatte sie eine geheimnisvolle Persönlichkeit entwickelt, um die ich sie noch mehr beneidete als um ihre künstlerischen Gaben.

Als man auch in der Schule auf Gretchens Talent aufmerksam wurde, erklärten sich beide Elternteile verantwortlich dafür. Meine Mutter, die schon als Kind mit Begeisterung gemalt und Matschskulpturen gebaut hatte, konnte uns immer noch mit flinken Zeichnungen eines Spechts aus einem bekannten Zeichentrickfilm beeindrucken. Um ebenfalls sein schlummerndes Talent zu beweisen, kaufte mein Vater eine Schachtel Acrylfarben, baute vor dem Fernseher im Keller eine Staffelei auf und fertigte täuschend echte Kopien von Renoir-Cafés und Bildern von spanischen Mönchen an, die finster unter ihren Kapuzen brüteten. Er malte New Yorker Straßenszenen und Postkutschen, die in einen feurigen Sonnenuntergang hineinfuhren, doch nachdem er sämtliche Kellerwände mit seinen Bildern vollgehängt hatte, stellte er das Malen genauso mysteriöserweise wieder ein, wie er es begonnen hatte. Wenn mein Vater Künstler sein konnte, dachte ich, kann jeder einer werden. Ich schnappte mir seine Palette und Pinsel, verzog mich auf mein Zimmer und begann, vierzehn Jahre alt, meine lange und schmachvolle blaue Periode.

*Zwei:* Als sich das Malen als zu schwierig erwies, verlegte ich mich darauf, Comic-Figuren auf dünnem Durchschlagpapier abzuzeichnen und mich mit dem Gedanken zu trösten, »Mr. Natural« hätte auch von mir stammen können, wäre ich nur ein paar Jahre früher geboren worden. Das wichtigste war, einen klaren Blick zu bewahren und sich realistische Ziele zu setzen. Anders als mein Vater, der blind eine Leinwand nach der anderen füllte, hatte ich konkrete Vorstellungen vom Künstlerdasein. Wenn ich an meinem Schreibtisch hockte, mein Barett fest auf dem Kopf wie eine Eichelkappe, versenkte ich mich ganz in die Welt der Kunstbücher, die ich aus der Stadtbücherei ausgeliehen hatte. Statt der Gemälde, die mich wenig interessierten, bewunderte ich die Fotos, auf denen die Künstler zu sehen waren, wie sie mit abgewetzten Kitteln in ihren Mansarden saßen und mit zerfurchter Stirn in Richtung muskulöser Modelle im Adamskostüm blickten. Seine Tage umgeben von lauter nackten Männern zu verbringen – genau so stellte ich mir mein Leben vor. »Noch ein bißchen nach links, Jean Claude. Ich möchte unbedingt das Muskelspiel deiner Pobacken einfangen.«

Ich stellte mir gezierte Kuratoren vor, die an meine Tür klopften und um eine weitere Ausstellung im Louvre oder im Metropolitan baten. Wir würden zungengroße Koteletts essen und dazu Weißwein trinken, um uns anschließend ins Herrenzimmer zurückzuziehen, um über Geld zu reden. Der Erfolg meiner Anstrengungen stand mir klar vor Augen: die langen Seidenschals und die Titelseiten der Magazine erschienen mir sehr real. Nur von meinen Kunstwerken fehlte mir jede Vorstellung. Der Schwachpunkt meines Plans schien zu sein, daß ich keinerlei Talent besaß. Das wurde offenbar, als ich an der High School den Kunstkurs belegte. Wenn ich eine Schale mit Trauben malen sollte, reichte ich etwas ein, das aussah wie ein Haufen

Steine, der über einem Weißwand-Reifen schwebte. Die Gemälde meiner Schwester hingen überall im Kunstsaal und dienten stets als Anschauungsobjekte, wenn der Lehrer uns etwas über Perspektive oder Farbe erklären wollte. Sie war in sämtlichen Ausstellungen in Raleigh und Umgebung vertreten, ohne die mit Tesa an den Rahmen geklebten Auszeichnungen für Hochleistung auch nur zu erwähnen. Hätte sie mit ihren Bildern angegeben, wäre es leichter für mich gewesen, sie zu hassen. So mußte ich jeden Tag aufs neue nicht nur mit meiner Unfähigkeit, sondern auch mit meinem grenzenlosen Neid ringen. Ich hegte nicht den Wunsch, sie zu töten, aber ich hoffte, jemand anderes würde es tun.

*Drei:* Um dem unausweichlichen Vergleich mit Gretchen zu entkommen, schrieb ich mich fern von zu Hause als Kunststudent an einem College ein, das vor allem für den Studiengang Landwirtschaft und Viehzucht bekannt war. In der Nacht vor meiner ersten Akt-Stunde lag ich schlaflos und voller Sorge im Bett, durch den Anblick der nackten Modelle körperlich erregt zu werden. Die betreffende Person, hoffentlich ein strammer Viehzucht-Student, würde ihren gebräunten und muskulösen Körper einem Publikum präsentieren, das mit Ausnahme von mir nicht mehr in ihm sehen würde als ein Gebilde aus Haut und Knochen. Würde der Dozent meine vorstehenden Augen bemerken oder etwas zu den dünnen Speichelfäden sagen, die mir wie Angelschnüre aus dem Mundwinkel hingen? Dürfte ich die schwierigen Hände und Füße weglassen und mich ganz auf die Körperteile konzentrieren, die mich wirklich interessierten, oder wäre ich gezwungen, alles zu zeichnen?

Meine Befürchtungen waren nicht unbegründet, nur überflüssig. Zugegeben, das Modell war muskulös und männlich gebaut, aber es war eine Frau. Die Gefahr, sie zu lange anzustarren, bestand kaum, da ich viel zu sehr damit beschäftigt war, vom Block meines Nachbarn abzumalen. Während der Dozent von Staffelei zu Staffelei ging, verfolgte ich sein Näherrücken mit wachsender Panik. Auch wenn er meine Schwester nicht kannte, hier waren genügend andere Talente, mit denen er mich vergleichen konnte.

Frustriert vom Zeichnen, wechselte ich in die Abteilung Druckgraphik, wo ich große Eimer Tinte umstieß. Nachdem ich mich an Skulpturen versucht hatte, probierte ich es mit Töpfern. Als die Dozentin mein jüngstes Projekt bei der allgemeinen Präsentation prüfend hochhob, sah ich, wie sich ihre Armmuskeln unter dem Gewicht anspannten. Zu Weihnachten schenkte ich meiner Mutter ein Set, das sie so dankbar wie möglich annahm und erklärte, die beiden Schalen seien ideale Futternäpfe für die Katze. Von da an hatten sie ihren Platz auf dem Küchenboden, bis die Katze sich daran einen Zahn abbrach und in Hungerstreik trat.

*Vier:* Ich schrieb mich an einem anderen College ein, wo die ganze erniedrigende Prozedur von vorne losging. Nachdem ich von der Lithographie zum Modellieren in Ton gewechselt hatte, schmiß ich das Studium und widmete mich zusammen mit meinem Zimmergenossen ganz unserem sogenannten »Forschungsprojekt Bong«. Ausgestattet mit einer neuen Brille, deren Uhu-Gläser meine rotgeränderten Augen wie Stecknadelköpfe aussehen ließen, schloß ich mich einer Gruppe gammelnder Filmstudenten an, die große Reden schwangen, das Geld für die Produktionskosten allerdings komplett in gummiartige Haschklötze investierten. Wir schauten uns im Kino grobkörnige Schwarzweißstreifen an, in denen trübsinnige Männer mit Rollkragenpullovern über Kieselstrände stapften und die Möwen dafür verfluchten, daß sie fliegen konnten. Dann schnitt die Kamera auf ein Feld mit zerzausten Krähen, danach auf eine Frau mit einem Gesicht voller Sommersprossen, die in einem Sonnenstrahl saß und ihre Fingerknöchel betrachtete. Nur mit Mühe gelang es mir, bis zum Ende des Films wach zu bleiben und hinter den übrigen melancholischen Besuchern, deren Ähnlichkeit mit den bleichen Trauerklößen auf der Leinwand frappant war, wieder aus dem Kino zu trotten. Da wahre Kunst aus Verzweiflung geboren wurde, mußte man alles daransetzen, sich selbst und seiner Umwelt das Leben zu vermiesen. Ich konnte vielleicht nicht malen oder bildhauern, aber Trübsal blasen konnte ich wie kein zweiter. Bedauerlicherweise bot die Hochschule keine offiziellen Miesmacher-Kurse an, so daß ich verzweifelter denn je die Segel strich.

*Fünf:* Als ich zurück nach Raleigh kam, hatte meine Schwester Gretchen gerade an der Rhode Island School of Design angefangen. Ich verbrachte ein paar Monate im Keller meiner Eltern und bezog dann ein Apartment in der Nähe der Uni, wo ich kristallines Methylamphetamin und die Konzeptkunst entdeckte. Beides ist für sich genommen schon gefährlich genug, entwickelt aber in seinem Zusammenwirken ein Potential, das in der Lage ist, ganze Zivilisationen zu zerstören. In dem Moment, da ich mir meine erste brennende Nase reinpfiff, wußte ich, daß ich meine Droge gefunden hatte. Speed fegt alle Zweifel hinweg. Bin ich helle genug? Komme ich bei den Leuten an? Seh ich scharf aus in diesem Kunstfaser-Overall? Das sind Fragen für verunsicherte Kiffer. Ein Speed-Freak weiß, daß alles, was er sagt oder tut, genial ist. Und dadurch, daß das Bedürfnis nach Essen und Schlaf komplett ausgeschaltet ist, kann er seinen Charme und sein Talent volle vierundzwanzig Stunden am Tag versprühen.

»Großer Gott«, stöhnte mein Vater. »Es ist zwei Uhr früh. Warum rufst du mitten in der Nacht an?«

Ich rief an, weil alle meine Freunde ihre Telefone nach zehn Uhr abends ausstöpselten. Ich war mit ihnen auf der High School gewesen, mußte nun aber enttäuscht feststellen, wie wenig uns noch miteinander verband. Sie schwafelten immer noch von Bleistift- und Tuscheporträts und zeigten wenig Verständnis für meinen Wunsch, eine schwere Registrierkasse durch den Wald zu schleifen. Ich hatte das zwar nicht wirklich *gemacht*, aber die Idee schien mir verlockend. Diese Leute waren alle in der Vergangenheit steckengeblieben und hielten sich für erfolgreich, wenn sie mit ihrem Verkaufsstand auf einem Kleinkunstmarkt einen Siebdruck von einer Fußspur im Sand verkauft hatten. Es war schon irgendwie traurig. Da rackerten sie sich ab, um Kunst zu schaffen, während ich, ohne auch nur einen Finger zu krümmen, Kunst *lebte*. Meine zusammengerollten Socken auf dem Hartholzboden hatten mehr Aussagekraft als ihre billige Effekthascherei im penibel mattierten Rahmen und mit dem fett geschwungenen Namenszug unten links. Lasen die eigentlich keine Zeitschriften? Die neue Künstlergeneration wollte mit den ästhetischen Idealen meiner Schwester nichts mehr zu schaffen haben. Hier waren Leute, die ihr Geld damit verdienten, daß sie Zelte aufbauten oder sich in fötaler Position vor unsere Nationaldenkmäler legten. Einer war dadurch berühmt geworden, daß er sich von einem Freund in die Schulter hatte schießen lassen. Es war genau die Kunstwelt, von der ich geträumt hatte, in der gottgegebenes Talent als unfairer Vorteil betrachtet wurde und ein eiskalter sturer Blick mehr Lob einheimste als die Fähigkeit, menschliches Fleisch auf der Leinwand darzustellen. Alles um mich herum war Kunst, von dem Dreck in der Badewanne bis zu den Rasierklingen und den abgeschnittenen Strohhalmen, mit denen ich mein Speed einnahm. Ich hatte mich in der Welt zurückgemeldet, mit klarem Kopf und einem genauen Bewußtsein von der Größe meines Talents.

»Ich geb dir deine Mutter«, sagte mein Vater. »Sie hat ein paar Drinks intus, vielleicht versteht sie, wovon zum Teufel du da redest.«

*Sechs:* Ich kaufte meine Drogen bei einer fickrigen, glupschäugigen Schriftsetzerin, deren sprödes, vorzeitig erbleichtes Haar auf eine Art dauergewellt war, daß ich sie nicht anschauen konnte, ohne an eine spätsommerliche Pusteblume zu denken. Drogen an mich zu verkaufen war nicht das Problem, aber sich tagtäglich meine immer paranoideren Gedanken und Ansichten anhören zu müssen, überstieg die Kraft eines einzelnen Menschen.

»Ich trage mich mit dem Gedanken, mein Gehirn in einzelne Parzellen zu zerlegen«, erklärte ich ihr eines Tages. »Nicht, daß ich mir irgendwas wegoperieren lassen möchte, ich will es bloß in einzelne Grundstücke aufteilen und sie vermieten, damit die Leute sagen können: ›Ich habe ein Haus in Raleigh, ein Wochenendhaus am Myrtle Beach und mein verschwiegenes Plätzchen im Kopf eines Visionärs.‹«

Ihr ungläubiger Blick verriet einiges über den zweifelhaften Wert meiner geistigen Immobilie. Speed bringt dein Gehirn zum Kochen und macht aus deinem Mund ein dampfendes Abzugsrohr. Ich redete mir die Zunge blutig, bis der Kiefer sperrte und meine Kehle aus Protest zuschwoll.

In der Hoffnung, mich loszuwerden, brachte meine Dealerin mich mit einer Handvoll hyperaktiver Schizos in Kontakt, die meine Vorlieben für Amphetamine und das Wort *Manifest* teilten. Endlich hatte ich einen Kreis Gleichgesinnter gefunden. Unser erstes Treffen verlief sehr angespannt, aber ich brach das Eis, indem ich ein paar Linien Speed ausgab und mich zum erfrischend spärlichen Mobiliar des Gastgebers äußerte. Sein Wohnzimmer enthielt nichts außer einem riesigen Nest aus Menschenhaar. Wie es schien, klapperte er zweimal die Woche die Frisöre der Umgebung ab und sammelte deren Abfälle ein, um sie, Strähne für Strähne, mit dem Geschick eines Zaunkönigs zu verweben.

»Ich arbeite seit, Augenblick, etwa sechs Monaten an diesem Nest«, sagte er. »Na los, setz dich rein.«

Andere Gruppenmitglieder sammelten ihre Körperflüssigkeiten in Gläschen für Babynahrung oder schrieben kryptische Botschaften auf eingeschweißte Hüftsteaks. Sie bezeichneten ihre Kunstwerke als Objekte, einen Ausdruck, den ich begeistert übernahm. »Tolles Objekt«, wurde zu meinem Standardsatz. In meinem Eifer zu gefallen konnte es passieren, daß ich zerbrochene Fußleisten lobte oder Wäschesäcke, die darauf warteten, zur Wäscherei geschafft zuwerden. Alles kam als Objekt in Frage, wenn man nur lange genug hinsah. Vollgepumpt mit Amphetaminen, zogen die Gang und ich zur Umgehungsstraße, um die Pylonen und knallgelben Bodenwellen zu betrachten. Die Welt war ein konzeptuelles Schlaraffenland, und wir schlugen uns die Bäuche voll.

Angesteckt durch meine Freunde, versuchte auch ich mich an ein paar Objekten. Mein erstes Projekt bestand aus einer Reihe hölzerner Gemüsekisten, die ich sorgfältig mit meinem Abfall füllte. Da ich nichts mehr aß, fielen statt verderblicher Essensreste nur noch Zigarettenkippen, Aspirindöschen, ausgefallene Haarbüschel und blutige Kleenextücher an. Jedes neu hinzugefügte Objekt wurde gewissenhaft verzeichnet, wobei ich eine Tinte benutzte, die ich aus zerquetschten Zecken und Mücken gewann.

2:17 Uhr: Vier abgeschnittene Zehennägel.

3:48 Uhr: Eine im Waschbecken gefundene Wimper. Eine Motte.

Sobald die beiden ersten Kisten voll waren, bewarb ich mich damit für die bevorstehende Biennale im Kunstmuseum. Als die Nachricht eintraf, daß meine Arbeit angenommen worden war, war ich so dumm, meine Freunde davon am Telefon zu unterrichten. Ihre Projekte – die Haupttreppe abzufackeln oder eine Büste des Gouverneurs aus menschlichen Fäkalien zu modellieren – waren sämtlich abgelehnt worden, was ihren Außenseiter-Status nachdrücklich unterstrich und mich zum Feind der Avantgarde machte. Beim nächsten Gruppentreffen ließ man durchblicken, das Museum habe meine Arbeit nur deshalb angenommen, weil sie dekorativ und leicht verdaulich sei. Sie alle wären reingekommen, wenn sie sich hätten verbiegen lassen, nur gebe es im Gegensatz zu mir auch noch Leute mit Prinzipien.

Schnell hatte man den Plan zu einer alternativen Ausstellung gefaßt, so daß ich mich zur Ausstellungseröffnung allein in Begleitung meiner Mutter und meiner Dealerin einfand, die mittlerweile soviel Haare und Gewicht verloren hatte, daß sie in ihrem erdfarbenen Mantel aussah wie eine auf einen Zahnstocher aufgespießte Silberzwiebel. Die beiden sorgten für einiges Aufsehen, indem sie über die Bar herfielen und lauthals ihre unqualifizierten Kommentare abgaben. In einer Ecke spielte eine kleine Jazz-Combo, während Kellner Tabletts mit Riesengarnelen und gefüllten Champignons umhertrugen. Ich beobachtete, wie sich die Menge um meine Kisten drängte, und hätte gerne ihren Kommentaren gelauscht, nur erschien es mir ratsamer, meine Mutter im Auge zu behalten. Als ich einmal nach ihr sah, hielt sie sturzbetrunken den Arm des Kurators umklammert und brüllte: »Ich bin da gerade einer Lady auf der Toilette begegnet und hab ihr gesagt: ›Honey, warum spülst du es weg? Bring's nach nebenan, die stecken es in eine gottverdammte Vitrine.‹«

*Sieben:* Ich erzählte meinen Freunden, ich hätte jede einzelne Sekunde des Empfangs gehaßt, und sobald die Ausstellung vorüber war, verbrannte ich meine Kisten in der Hoffnung, man würde mir meinen unverdienten Erfolg verzeihen. Doch erst als ich ihnen die mit Asche gefüllte Tupperdose präsentierte, beschlossen meine Freunde, mich wieder bei sich aufzunehmen. Ich hatte für meine Eitelkeit bezahlt und durfte zur Belohnung an einer Performance des Nestbauers mitwirken. Das Skript war stark.

»An der Stelle hier auf Seite siebzehn, wo ›blöken‹ steht, soll ich da einmal blöken, oder mich gehenlassen und mehrmals hintereinander blöken?« fragte ich. »Rein gefühlsmäßig würde ich anhaltendes Blöken vorziehen, aber wenn die Mutter/Zerstörerin durch den Geburtskanal aus Ziehharmonikadraht gekrochen kommt, möchte ich nicht die ganze Aufmerksamkeit auf mich lenken, verstehst du mich?«

Er verstand mich. Das war das unheimlichste an der Sache, daß mich jemand verstand. Mir ging auf, daß eine Performance eine Art Theaterstück war, wenn auch ein Theaterstück ohne Handlung, Dialog oder erkennbare Figuren. Diese Sorte Stück eben. Ich war begeistert.

Für die Aufführung suchten wir uns ein krasses Ambiente. Mein Gott, der Ausdruck ging mir wie Honig über die Lippen. »Wir haben ein wahnsinnig krasses Ambiente für unser Stück aufgetan«, erzählte ich allen übrigen Bekannten. »Ein leerstehendes Tabaklager ohne Wasser- und Stromanschluß. Drinnen ist es bestimmt fünfzig Grad heiß. Ihr müßt unbedingt vorbeikommen und euch die Show ansehen. Der ganze Laden ist voller Flöhe, und es wird bestimmt voll abgefahren.«

Meine Eltern hockten bei der Premiere im Schneidersitz auf einer der Gummimatten, die wie Inseln über den schmutzstarrenden Betonboden verteilt waren. Als ich meine Mutter nachher fragte, wie ihr die Performance gefallen habe, massierte sie ihre Kniescheiben und sagte: »Wolltest du mich für irgendwas bestrafen?«

Die Abendzeitung brachte eine Besprechung unter der Überschrift BÜRGERINITIATIVE REINIGT LEERSTEHENDES WARENLAGER. Der Artikel tat wenig zur Ankurbelung des Kartenverkaufs, so daß wir bereits am zweiten Abend des auf eine Woche angesetzten Stücks die Zuschauer an einer Hand abzählen konnten. Die Mundpropaganda schadete uns noch mehr, aber wir trösteten uns damit, die Schuld einem fernsehverseuchten Publikum zuzuschieben, das keine zweieinhalbstündige Performance mehr durchstand, ohne über Langeweile und

Wadenkrämpfe zu klagen. Wir waren unserer Zeit ganz eindeutig weit voraus, waren aber zuversichtlich, daß die Bevölkerung North Carolinas, versorgt mit ausreichend Drogen, irgendwann den Anschluß schaffen konnte.

*Acht:* Unsere Gruppe zerbrach, als der Nestbauer Pläne für seine nächste Performance verkündete. »Warum spielen wir immer nur *deine* Stücke?« fragten die anderen. Als Anführer war es sein Schicksal, für genau die Eigenschaften bestraft zu werden, die wir an ihm bewunderten. Sein Charisma, seine bedingungslose Hingabe, ja sogar sein Nest – alle diese Dinge machten ihn suspekt. Sein Angebot, uns unsere Rollen selbst entwickeln zu lassen, brachte uns nur noch mehr gegen ihn auf. Für wen hielt er sich eigentlich, uns Vorschriften zu machen und bestimmte Fristen zu setzen? Wir waren vielleicht nicht in der Lage, für uns selbst zu denken, aber noch mehr haßten wir es, das zuzugeben. Die Folge war ein ausuferndes Wortgefecht, in dem wir uns sämtliche uns bekannten Vergleiche an den Kopf warfen und anschließend wieder von vorn anfingen. »Wir sind nicht deine Kasperlepuppen oder dressierten Hündchen, die ganz wild darauf sind, für dich durch den Reifen zu springen. Glaubst du vielleicht, wir wären deine Kasperlepuppen? Sehen wir etwa aus wie Kasperlepuppen? Wir sind weder Kasperlepuppen noch Hündchen, und wir werden ganz bestimmt durch keinen Reifen mehr springen, Herr Puppenspieler. O ja, ein Hündchen läßt sich dressieren. Und einer Kasperlepuppe muß man nur die Hand hinten reinschieben, und sie macht, was man will, aber nicht mit uns, Monsieur Le Dompteur. Wir haben genug von deinen Kunststücken, also such dir jemand anderen.«

Ich hatte gehofft, die Gruppe würde nie auseinandergehen, doch keine zehn Minuten später war alles vorbei, schlußaus, und jeder schwor, nur noch seine eigenen Arbeiten aufzuführen. In den folgenden Wochen ließ ich mir unseren Streit wieder und wieder durch den Kopf gehen, wobei ich mir vorstellte, wie ein kleines Hündchen eine Kasperlepuppe kreuz und quer durch ein leerstehendes Lagerhaus jagte. Wie konnte ich nur so blöd sein und die einzige Chance meines Lebens versieben?

Ich war zu Hause und gerade dabei, meinem Stielbesen kleine Zöpfe zu flechten, als das Museum anrief, um mich zur Teilnahme am neuen Performance-Festival »Monat der Sonntage« aufzufordern. Zuerst hielt ich es für klüger, mich länger umwerben zu lassen, aber nach einem Moment quälender Stille willigte ich unter Hinweis auf »politische Gründe« ein. Ich brauchte das Geld für Drogen.

*Neun:* Beim Besuch der Performances meiner früheren Kollegen begriff ich, daß wenn man erst einmal die entsprechenden Requisiten beisammen hatte, das Stück sich mehr oder weniger von selbst entwickelte. Der aufblasbare Gummihai führte wie selbstverständlich zu der Pfütze mit steifer Sahne, mit der sich problemlos zwanzig Minuten wertvoller Bühnenzeit herausschinden ließen, wenn man sie langsam, aber stetig vom Boden aufschleckte. Wichtig war nur, die ganze Zeit über einen Ausdruck starren Entsetzens zu zeigen und mit den unmöglichsten Gegenständen zu hantieren. Die Aufgabe des Künstlers war es, die geeigneten Objekte zu finden, über deren Bedeutung das Publikum zu entscheiden hatte. Ging das Stück in die Hose, hatte das Publikum versagt, nicht der Künstler.

Die Suche nach geeigneten Requisiten führte mich in einen Second-Hand-Laden. Mit beiden Armen voller Äffchen aus ausgestopften Socken stand ich an der Ladentheke und erklärte der Frau an der Kasse: »Die sind für ein Stück, an dem ich gerade arbeite, eine vom Kunstmuseum in Auftrag gegebene Performance. Ich bin Künstler.«

»Ach ja?« Die Frau drückte ihre Zigarette in einem Sandeimer aus. »Meine Nichte ist auch Künstlerin! Sie hat diese Socken-Äffchen gemacht.«

»Schön«, sagte ich. »Aber ich bin ein *richtiger* Künstler.«

Die Frau war nicht beleidigt, sondern bloß verwirrt. »Aber meine Nichte lebt drüben in Winston-Salem.« Sie sagte das so, als ob in Winston-Salem zu wohnen jeden automatisch zum Künstler machte. »Sie ist ein großes blondes Mädchen und hat fast erwachsene Zwillinge. Sie heißt überall nur die Socken-Lady, weil sie ständig diese Äffchen macht. Ein hübsches Ding, kräftig gebaut, aber mit jeder Menge künstlerischem Talent.«

Ich blickte in das Gesicht der Frau, deren flaumbesetzte Wangen wie Satteltaschen herabhingen, und stellte mir vor, wie sie sich nackt in einer Pfütze Tomatensaft räkelte. Hätte sie hinreichend Verstand, würde sie sich mir als lebende Requisite zur Verfügung stellen. Was Besseres als ich konnte ihr gar nicht passieren, aber vermutlich war sie viel zu beschränkt, um ein solches Angebot richtig zu würdigen. Vielleicht würde ich eines Tages ein Stück über die geistige Armut schreiben, doch im Augenblick wollte ich nur die Socken-Äffchen bezahlen, ein paar Linien Speed schnupfen und meine kugelsichere Weste aus gebrauchten Taschenlampenbatterien fertigbauen.

*Zehn:* Zur Performance im Museum erschien eine ganze Menge Leute, von denen ich hoffte, sie wären nur halb so high wie ich. Seit fast drei Tagen war ich ununterbrochen auf den Beinen und hatte soviel Speed konsumiert, daß ich praktisch die Atome einzeln hereinschwirren und zu den Klappstühlen flitzen sah. *Warum starren die mich alle so an?* fragte ich mich. *Haben die nichts Besseres zu tun?* Einen Augenblick lang dachte ich an Paranoia, bis mir einfiel, daß die Leute mich aus einem ganz bestimmten Grund anstarrten. Ich war auf der Bühne, und alle anderen waren im Zuschauerraum und warteten darauf, daß ich was Bedeutungsvolles tat. Die Show war nicht zu Ende. Sie fing gerade erst an. Ich versuchte mir einzureden, alles im Griff zu haben. Ich mußte bloß meine Requisitenkiste aufklappen, alles andere würde wie von selbst laufen.

*Ich werde jetzt diese Ananas aufschneiden, dachte ich. Und dann zerreiß ich die Socken-Äffchen und laß die Füllung in diesen hohen Gummistiefel rieseln. Gut, das ist gut. Keiner läßt die Füllung so rieseln wie du, mein Freund. Und jetzt schneid ich mir mit der Gartenschere ein paar Haare ab, drück mir die Kronkorken auf die Augen, und die Sache ist so gut wie gelaufen.*

Ich machte ein paar Schritte ins Publikum und kniete mich zwischen die Stuhlreihen, die Gartenschere über dem Kopf, als eine Stimme sagte: »Nur hinten und an den Seiten ein bißchen was ab, bitte.«

Es war mein Vater, der gut vernehmbar mit seiner Nachbarin redete.

»Hey, Kumpel«, rief er. »Wie teuer ist rasieren?«

Das Publikum lachte und fing an, sich zu amüsieren.

»Ich denke, er sollte besser einen Herrensalon aufmachen, denn im Showbusiness bringt er's ganz bestimmt nicht weit.«

Das war schon wieder *er*, und wieder lachte das Publikum. Während ich vor Wut kochte und mich mächtig zusammenriß, dachte ich nur: *Sieht er nicht den Botticelli hinter mir an der Wand? Weiß der Typ nicht, wie man sich in einem Museum zu benehmen hat? Das ist meine Arbeit, verdammt nochmal. Damit beschäftige ich mich, und er kommt an und macht das Ganze zu einem Witz. Du bist ein toter Mann, Lou Sedaris. Ich werde mich höchstpersönlich drum kümmern.*

Gleich nach der Vorstellung war mein Vater von einer Menschentraube umringt, die ihn zu seinem Auftritt und dem witzigen Timing beglückwünschte.

»Ihren Vater einzubauen war eine glänzende Idee«, sagte der Kurator, als er mir den Scheck in die Hand drückte. »Und als Sie dann lockerer wurden und sich selbst auf die Schippe genommen haben, da wurde das Stück wirklich rund.«

Mein Vater wollte nicht nur einen Teil der Gage, sondern lag mir am Telefon ständig mit Vorschlägen für weitere Stücke in den Ohren. »Was hältst du davon, zur Verdeutlichung der von Menschen an Menschen begangenen Grausamkeiten Plastiksoldaten in einer Bratpfanne zu rösten?«

Ich erwiderte, das sei die ödeste Idee, die ich je gehört hätte, und bat ihn, mich nicht weiter mit seinen nichtigen kleinen Einfällen zu behelligen. »Ich bin Künstler«, brüllte ich ihn an. »*Ich* habe die Ideen. Ich, nicht du. Hier geht's nicht um Partyspielchen, sondern um ernsthafte Arbeit. Ich halte mir eher eine Pistole an die Schläfe, als mir noch einen deiner saublöden Vorschläge anzuhören.«

Nach einer kurzen Pause sagte er: »Das mit der Pistole ist gar nicht schlecht. Ich denk drüber nach und melde mich dann wieder.«

*Elf:* Meine Karriere als Performance-Künstler war schlagartig an dem Tag beendet, als meine Dealerin eine Entziehungskur in Georgia antrat. Nach meinem Auftritt im Museum hatte ich noch ein Stück in einer Galerie aufgeführt, und ein weiteres war für die Universität in Planung. »Wie kannst du mir das antun?« jammerte ich. »Du kannst doch nicht einfach weggehen, gerade jetzt. Denk an das viele Geld, das du von mir bekommen hast. Hätte ich es da nicht verdient, mehr als eine Woche vorher informiert zu werden? Und wozu überhaupt eine Therapie? Die Leute mögen dich so, wie du bist, warum willst du da anders werden? Tritt ein bißchen kürzer, und alles läuft wieder. Ich bitte dich, tu mir das nicht an. Ich muß mein Stück zu Ende bringen, verdammt nochmal. Ich bin Künstler und muß wissen, wo meine Drogen herkommen.«

Aber alles Flehen war umsonst. Zuletzt löste ich einen Sparbrief ein, den mir meine Großmutter hinterlassen hatte, und kaufte davon einen Speed-Vorrat, von dem ich hoffte, er werde bis zum Monatsende reichen. Zehn Tage später war alles weg und ich zu nichts weiter fähig, als mich heulend am Boden zu wälzen. Es hätte ein passables Stück abgegeben, nur hatte ich zu der Zeit keinen Kopf für so etwas.

Dem atemberaubenden Höhenflug von Speed folgt unweigerlich ein niederschmetterndes, suizidales Tief. Für den Spaß, den man gehabt zu haben glaubt, muß man zehnfach zahlen, ohne an etwas anderes als an neuen Stoff denken zu können. Vielleicht hätte ich mich aus dem Fenster gestürzt, aber ich wohnte im Parterre und hatte nicht die Energie, die Treppen bis zum Dach hochzusteigen. Alles tat mir weh, und auch ohne Speed konnte ich nicht mehr schlafen. Von der Überlegung ausgehend, daß mir der eine oder andere Krümel runtergefallen sein mußte, staubsaugte ich den Boden des gesamten Apartments mit einem Strohhalm in der Nase, fing mir aber nur abgestorbene Hautzellen, Teppichreinigerreste und zerbröselte Katzenscheiße ein. Was auch immer Schuhsohlen ins Haus getragen hatten, flutschte durch meinen Nasenkanal.

Eine Woche nach dem Drogendebakel kletterte ich aus dem Bett und machte mich auf den Weg zur College-Performance, nachdem ich mich noch in letzter Minute gegen den Doughnut-Weitwurf und den Marsch der kopflosen Plüschtiere entschieden hatte. Statt dessen brutzelte ich Plastiksoldaten in einer Bratpfanne, goß mir einen Milchshake über den Kopf, und Feierabend.

Es waren einige meiner alten Freunde erschienen, die genauso verschwitzt und verzweifelt aussahen wie ich. Als sie nach der Aufführung mit zu mir nach Hause wollten, willigte ich in der Hoffnung ein, irgendwer werde Drogen dabeihaben. Rasch zeigte sich, daß alle anderen genau dasselbe dachten. Während wir auf dem Boden saßen und Konversation machten, starrte jeder auf die Hände der anderen. Griff jemand in die Tasche, reckten alle die Hälse, bis die Hand lediglich mit einer Zigarette zwischen den Fingern wieder zum Vorschein kam. Die Schmach war größer, als wenn ich Fingerhüte oder mit Mayonnaise gefüllte Spielzeugspritzen verteilt hätte. Ein Büschel brennendes Haar konnte nicht annähernd das darstellen, was ich aus meinem Leben gemacht hatte.

Einen Moment spielte ich mit dem Gedanken, mich in eine Anstalt einweisen zu lassen, aber ich wußte, wie es dort aussah, und hatte Zimmernachbarn schon immer gehaßt. Vielleicht schaffte ich es, die Situation mit Anstrengung und eisernem Willen selbst wieder in den Griff zu bekommen. Ich müßte dazu nur einen klaren Kopf bekommen, mein Privatleben ordnen und meine Prioritäten neu überdenken. Alles sprach dafür, daß ich nicht das geringste künstlerische Talent besaß. Wenn es mir gelang, dieser Tatsache ins Auge zu sehen, konnte ich möglicherweise mit meinem Leben ins reine kommen, vielleicht einen Beruf erlernen und stolz darauf sein, etwas vom Dachdecken oder Autolackieren zu verstehen. Es war keine Schande, mit den Händen zu arbeiten und sich abends mit einem Glas Eiswasser und dem befriedigenden Gefühl hinzusetzen, einen Menschen mit einem ausgebeulten Kotflügel glücklich gemacht zu haben. Viele Leute machten so etwas. Ihre Namen erschienen in keiner Zeitung, aber sie waren da und machten Tag für Tag ihren Job. Noch besser allerdings erschien es mir, wenn ich – mit meinen siebenundzwanzig Jahren – an die Kunsthochschule zurückkehrte. Dort hätten sie jede Menge Drogen.

*Zwölf:* Ich setze mich auf den kalten Betonboden und beobachte eine erwachsene Frau, die vor einem Altar aus Karamelmasse niederkniet. Sie hat bereits ein Lebkuchenhaus, zwei Becher Eiscreme und ein Nest Marshmallow-Küken weggeputzt – alles ohne ein Wort. Der Anblick ist schauderhaft, aber ich bin schließlich freiwillig hier. Ich besuche diese Performances, so wie meine Freunde bei den Treffen der Anonymen Alkoholiker vorbeischauen. Zwar mache ich noch immer eine Menge selbstsüchtiger und fürchterlicher Dinge, aber ich würde nie so weit gehen, mir vor geladenem Publikum ein warmes Kakao-Klistier zu verabreichen. Keine großartige Leistung, aber für mich allemal ein Grund zu feiern.

Die Frau stakst auf Stelzen aus leeren *Slim-Fast*-Dosen über die Bühne. Sie hat ihre Eßstörung zum Programm gemacht, ihr Haar mit Schlagsahne gestylt und ihre Ponyfransen auf fingerdicke Frühstückswürstchen aufgerollt. Als ich denke, sie habe sämtliche Requisiten durch und komme zum Schluß, erscheint eine Venus-Büste aus Kuchenglasur. Ein Blick ins Publikum zeigt mir lauter Leute, die ihre Nagelhaut untersuchen und wild entschlossen zum Ausgangsschild spähen. Genau wie ich suchen sie nach Worten der Anerkennung, die sie beim Hinausgehen der Künstlerin an der Tür mitgeben können. Die naheliegendste Reaktion wäre zweifellos die Frage: »Was in Gottes Namen ist bloß in Sie gefahren, und warum hat niemand Sie aufgehalten?« Da es nicht meine Absicht ist, ihr die Stimmung zu vermiesen, will ich mich auf ein einziges Detail beschränken. Als es endlich soweit ist, nehme ich ihre klebrige Hand und frage, wie sie es hinbekommt, daß die Glasur die ganze Zeit nicht schmilzt. Ein Kommentar, der weder Lob noch Tadel enthält, sondern lediglich das Codewort darstellt, das es mir erlaubt, auf die Straße hinauszutreten und das Leben mit einem neugewonnenen Gefühl von Freiheit zu umarmen. Vor dem Feinkostgeschäft bückt sich ein Mädchen, um ihr Schuhband zuzubinden. Etwas weiter die Straße hinunter sehe ich einen weißhaarigen Mann eine Geschäftskarte in den Abfall werfen. Einen Moment drehe ich mich nach einem aufheulenden Wagenalarm um, bevor ich ungehindert meinen Weg fortsetze. Niemand erwartet von mir, daß ich applaudiere oder nach einem Zusammenhang zwischen dem Schuhband und dem weißhaarigen Mann suche. Der Autoalarm ist keine Metapher, sondern bloß ein nicht einstudierter Lärm. Es ist eine neue, lichtere Welt, in der ich mich frei bewegen und meine erstaunlichen Fähigkeiten erproben kann, mich gehend oder laufend davonzumachen.

# *Keiner macht den Gockel alle*

Kurz nach dem ersten Kennedy-Attentat wurde mein Vater versetzt, so daß die ganze Familie vom Westen des Staates New York nach Raleigh, North Carolina, zog. IBM hatte eine ganze Reihe Mitarbeiter aus dem Norden transferiert, und gemeinsam machten wir uns pausenlos über die neuen Nachbarn und ihre hinterwäldlerische Art lustig. Gerüchten zufolge betrieben die Alteingesessenen Schnapsbrennereien in ihren Geräteschuppen und bezeichneten die Hauskatze als »prima Braten«. Unsere Eltern gewöhnten uns ab, Lehrer und Ladeninhaber mit »Ma'am« oder »Sir« anzureden. Tabak in Form einer Zigarette war erlaubt, aber sollte irgendwer von uns mit Priem oder Schnupftabak experimentieren, wäre er auf der Stelle enterbt. Mountain Dew war ebenfalls verboten, und schließlich standen wir unter ständiger Kontrolle nach den leisesten Anzeichen eines Raleigh-Akzents. Sagte man auch nur einmal »y'all«, landete man unversehens im Heuhaufen und durfte sich der Zungenküsse einer minderjährigen Ziege erwehren. Genau wie Hafergrütze und Maisbrot war die

Kurzform für »you all« ein gefährlicher Schritt auf dem heimtückischen Pfad, der geradewegs zur Baptisten-Kirche führte.

Wir waren vielleicht nicht die reichste Familie der Stadt, aber wir gehörten ganz bestimmt nicht zu *denen.*

Unsere Familie widerstand allen äußeren Einflüssen, bis 1968 mein Bruder Paul geboren wurde, ein waschechter Bürger North Carolinas, der inzwischen zum engsten Vertrauten und schlimmsten Albtraum meines Vaters geworden ist. Schon in der zweiten Klasse redete er wie die zahnlosen Fischer, die im Albemarle Sound ihre Netze auswarfen. Heute ist er ein erwachsener Mann, der seinem Vater am Telefon Sprüche um die Ohren haut wie: »O Mann, ich hab so lange keine Muschi mehr gesehen, ich würd da Steine nach werfen.«

Mein Bruder hat wie ich eine dünne und hohe Stimme. Anrufer fragen oft, ob der Gatte zu sprechen sei, oder bitten, die Mami ans Telefon zu holen. Der Raleigh-Akzent ist weich und wunderbar fließend, doch mein Bruder spricht einen ganz eigenen Dialekt, der auf seinen berufsmäßigen Umgang mit nuschelnden Landeiern und seine eingefleischte Vorliebe für Hardcore-Rap zurückgeht. Er redet so schnell, daß man sich mehr auf den Kern der Botschaft als auf die einzelnen Wörter konzentriert. Gerade so, als würde man einem Ausländer zuhören und immer nur *Scheiße, Schwanzlutscher* und *Arsch* verstehen sowie den Satz: *Keiner macht den Gockel alle.*

»Rooster« nennt Paul sich immer dann, wenn er sich irgendwie bedroht fühlt. Fragt man ihn, wo der Name herkommt, sagt er nur: »Die Schwanzlutscher glauben vielleicht, die können meine Scheiße ficken, aber den Gockel macht keiner alle. Okay, die können ihn manchmal am

Arsch kriegen, die Ärsche, aber allemachen können die den Gockel Scheiße nochmal nicht. Du verstehst, was ich meine?«

Oft kommt es mir vor, als seien mein Bruder und ich in zwei verschiedenen Familien groß geworden. Da er elf Jahre jünger als ich ist, ging er auf die High School, als sämtliche seiner Geschwister bereits ausgezogen waren. Als ich jung war, durfte niemand »Halt's Maul« sagen, doch als der Gockel in die Pubertät kam, konnte man ungestraft »Mach dein verficktes Loch zu« brüllen. Auch die Drogenstatuten hatten sich geändert. »Kiffen verboten« wurde abgeschwächt zu »Kiffen im Haus verboten«, bis es zuletzt beinahe flehentlich hieß: »Wärst du vielleicht so nett, ein paar Joints weniger im Wohnzimmer zu rauchen?«

Meine Mutter war meistens schwer angetan von meinem Bruder und betrachtete ihn mit dem ungläubigen Staunen einer Henne, die feststellen muß, ein völlig artfremdes Wesen ausgebrütet zu haben. »Wie reizend von Paul, mir diese Vase zu schenken«, sagte sie einmal, als sie einen Strauß Wildblumen in einer schädelförmigen Wasserpfeife arrangierte, die mein Bruder auf dem Eßtisch vergessen hatte. »Ein bißchen ungewöhnlich, aber so ist unser Gockel. Ein freier Geist, auf den wir stolz sein dürfen.«

Wie alle in unserer ländlichen Nachbarschaft wurden wir mit bestimmten Erwartungen großgezogen. Mein Vater träumte davon, daß ich auf eine *Ivy-League*-Uni ging, wo ich stets Einsen bekommen, Football spielen und in meiner Freizeit in der studentischen Jazz-Combo Gitarre klimpern würde. Mein Unvermögen, einen Ball zu werfen, wurde nur durch mein Unvermögen, Gitarre zu spielen, übertroffen. Meine Noten waren bestenfalls durchschnittlich, und irgendwann lernte ich schließlich, mit der Enttäuschung meines Vaters zu leben. Zum Glück gab es sechs Kinder im Haus, so daß man leicht in der Menge untertauchen konnte. Nachdem es meinen Schwestern und mir gelungen war, unter der Meßlatte seiner Erwartungen durchzuschlüpfen, sorgten wir uns um unseren Bruder, der als die letzte Hoffnung der Familie galt.

Von zehn an aufwärts wurde Paul in Brooks-Brothers-Anzüge gesteckt und mußte Ansteckfliegen für Kinder tragen. Er ließ Trompetenunterricht, Fußball-Ferienlager, Basketballturniere der Pfarrgemeinde und Nachmittagsunterricht mit geduldigen Tutoren über sich ergehen, die höflich das Thema wechselten, wenn die Frage auf die Chancen des Gockels kam, in Yale oder Princeton anzukommen. Mit Schnelligkeit und einem guten Körpergefühl ausgestattet, konnte Paul sich für Sport erwärmen, allerdings nicht genug, um die Sache wirklich ernst zu nehmen. Die Schule langweilte ihn ohne Ende, und die Nachbarn machten Luftsprünge, als er schließlich auch das Trompetenspiel drangab. Seine Antwort auf die unerfüllbaren und ewigen Ansprüche unseres Vaters ist im Lauf der Jahre zu einer Art Mantra geworden. Es besteht kurz und schmerzlos aus einem schrill wiederholten »Fick dich!« oder an gesprächigeren Tagen aus: »Fick dich, Arschloch! Das geht mir ja sowas von am Arsch vorbei.«

Mein Bruder spricht Fremde freundlich mit »Ma'am« und »Sir« an, wohingegen er Freunde und Familie unterschiedslos als »Arsch« oder »Schwanzlutscher« bezeichnet, den eigenen Vater eingeschlossen. Freunde sind schockiert über die Art, wie er den ihm einzig verbliebenen Elternteil anredet. Anläßlich eines Besuchs der beiden in New York City schmissen meine Schwester Amy und ich eine Dinner-Party. Als mein Vater über schmerzende Füße klagte, setzte der Gockel seine Zwei-Liter-Flasche Mountain Dew ab, spuckte einen Klumpen Rippchen auf den Teller und sagte: »O Scheiße, Mann, du mußt dir den beschissenen Scheiß-Fußpilz wegmachen lassen, verstehst du? Heute abend ist aber wohl nicht mehr viel zu machen, also entspann dich, Mann.«

Alle Augen starrten meinen Vater an, der leise kichernd erwiderte: »Tja, da hast du wohl recht.«

Ein Außenstehender könnte die Sprache meines Bruders mit Recht für respektlos halten und in der Antwort meines Vaters eine schmähliche Kapitulation sehen. Das hieße jedoch, die subtile Schönheit ihrer Beziehung gänzlich zu verkennen.

Mein Vater gehört zu der Sorte Mensch, die einen Limerick etwa so erzählen: »Eine Frau, von Beruf Frisöse, hatte 'ne Bärenfalle in ihrer ... na, ihr wißt schon. Dies umgangssprachliche, abschätzige Wort für Scheide.« Vor ihm ist einfach kein Witz sicher. Er ist ein Mann, der im Fall äußerster Erregung »Schande« ruft, Autofahrern die Faust zeigt und ihnen ein aus tiefstem Herzen kommendes »L.M.A.A.« hinterherschickt. Obwohl ich ihn nie fluchen gehört habe, scheinen er und mein Bruder eine Verständigungsebene gefunden zu haben, die sich allen anderen entzieht.

Mein Vater redet gern über Geld. Es auszugeben interessiert ihn absolut nicht, am allerwenigsten, wenn es ums Trinkgeld geht. Er zieht die bloße Vorstellung von Geld vor und gebraucht häufig Ausdrücke wie »Annuität« oder »Fiduziar«, Wörter, mit denen man definitiv keinen Saal zum Toben bringt. Wenn er redet, schalten meine Ohren automatisch ab, obwohl ich so tue, als hörte ich ihm zu, um mir zumindest den Anschein von Reife zu geben. Fängt mein Vater gegenüber Paul von Geld an, sagt der sofort: »O Mann, Alter, spar dir den Kack-Börsenbericht, fick doch die ganze Aktienscheiße.« Auch wenn die Wirtschaftslektion damit in den seltensten Fällen beendet ist, gewinnt mein Bruder Bonuspunkte für die deutliche Bekundung seines Desinteresses, wie es auch mein Vater machen würde, wollte ihm wer einen Vortrag über Buddhismus oder die Rückkehr der Holzclogs halten. Beide sind von einer rücksichtslosen Direktheit. Mein Vater schätzt diese Eigenschaft so sehr, daß ihm die sprachlichen Entgleisungen völlig entgehen. »Also Paul –« sagt er, »mit dem kann man wenigstens reden.«

Wenn ihm die Worte ausgehen, bedient sich der Gockel auch schon mal gern der Fäuste, die zwar flink und kräftig, aber nicht größer als ein Paar Nektarinen sind. Mit knapp über einssechzig ist er kleiner als ich, stämmig gebaut, aber nicht gerade furchteinflößend. In dem Jahr, als er dreißig wurde, feierten wir Weihnachten zusammen im Haus meiner älteren Schwester Lisa. Paul erschien ein paar Stunden verspätet mit verschrammten Handflächen und einem blauen Auge. Es hatte einen Zwischenfall in einer Bar gegeben, aber Paul wollte nicht recht ins Detail gehen.

»Kommt da so 'n Scheißkerl und meint, ich solle aus seiner Scheiß-Optik verschwinden, also sag ich zu ihm: ›Fick dich, Schweinebacke.‹«

»Und dann?«

»Dann dreht er sich um, und dann hab ich ihm eins in den Nacken gegeben.«

»Und dann?«

»Was glaubst du wohl, was dann, Arsch, Mann? Ich bin voll gerannt, bloß daß der Scheiß-Arsch mich noch auf dem Parkplatz erwischt. Voll die Muskeln, der Scheißtyp, und voll durchtrainiert und alles. Der Arsch wollte Blut sehen, der hat mir den Arsch aufgerissen, Kacke, Mann.«

»Wann hat er aufgehört?«

Mein Bruder trommelte mit den Fingerspitzen auf die Tischplatte, bevor er erwiderte: »Höchstwahrscheinlich als er fertig war, verfickte Scheiße noch mal.«

Auch wenn der physische Schmerz vorüber war, ärgerte es Paul, »über die Scheiß-Feiertage mit so 'ner Scheiß-Matschfresse rumlaufen zu müssen«. Nachdem er seinem Unmut Luft gemacht hatte, verschwand er mit dem Schminkset meiner Schwester im Badezimmer, um anschließend mit zwei blauen Augen, das zweite mit Mascara aufgemalt, wieder am Tisch zu erscheinen. Die Bemalung schien ihm so sehr zu gefallen, daß er sie den ganzen Abend über nicht entfernte.

»Habt ihr das künstliche blaue Auge gesehen?« fragte mein Vater. »Der Junge sollte Maskenbildner beim Film werden. Ich sag's euch, der hat das Zeug zum Künstler.«

Im Gegensatz zu uns konnte sich der Gockel stets der Unterstützung und des Zuspruchs unseres Vaters sicher sein. Nachdem der Traum vom College geplatzt war, schickte er ihn auf eine Techniker-Schule, in der Hoffnung, mein Bruder würde sich für Computer begeistern. Als Paul nach drei Wochen das Handtuch warf, besorgte ihm mein Vater einen Job als Landschaftspfleger, überzeugt davon, daß die Rasenmähkünste seines Sohnes ans Geniale grenzten. »Ich habe ihn in Aktion erlebt, und zwar entwirft er im Geiste einen Plan und zieht dann die Chose eisern bis zum Schluß durch!«

Zu guter Letzt wurde mein Bruder Dielenschleifer. Es ist harte Arbeit, aber er genießt das befriedigende Gefühl, das ihm ein perfekt geschliffener Fitness-Raum verschafft.

Seine Firma trägt den originellen Namen »Silly P's Hartholzböden«, wobei »Silly P« der Name ist, den Paul für seine Karriere als Rap-Star ausgesucht hatte. Als mein Vater bemängelte, der Ausdruck *silly* könne die betuchtere Kundschaft abschrecken, war Paul nahe dran, den Namen in »Silly Fucking P's Hartholzböden« umzuändern. Durch seine Arbeit kommt er in Kontakt mit Klempnern und Zimmerleuten aus Städten wie Bunn und Clayton, Männer, die Sprüche auf Lager haben wie: »Läuft erstmal das Blut, kommt bald darauf die Brut.«

»Kommt bald darauf *was*?« fragt mein Vater. »O Paul, das ist garantiert nicht der richtige Umgang für dich. Was willst du mit diesen ungehobelten Klötzen? Du mußt nach persönlicher Reife streben. Unterhalte dich mit gebildeten Menschen. Nimm ein Buch zur Hand!«

In all den Jahren hat mein Vater nie verstanden, warum es uns, seine Kinder, exakt zu ebenden Leuten zieht, vor denen er uns immer gewarnt hat. Fast alle sind wir weggezogen, nur mein Bruder ist in Raleigh geblieben. Er war da, als meine Mutter starb, und noch heute, Jahre danach, hilft er unserem Vater über den Schmerz hinweg: »Vorbei ist vorbei, Alter. Was du jetzt brauchst, ist 'ne verfickte Muschi, Mann.« Während meine Schwestern und ich unsere Zuneigung übers Telefon mitteilen, steht Paul zu Thanksgiving vor der Tür meines Vaters, um sich zur Zubereitung traditioneller griechischer Speisen im Rahmen seiner Möglichkeiten anzubieten. Tatsache ist, daß er einmal einen *Spanakópitta*-Auflauf gemacht hat, auch wenn er Margarine statt guter Butter verwendete. Immerhin, er gibt sich Mühe.

Als das Haus meines Vaters von einem Hurricane verwüstet wurde, war mein Bruder sofort mit einem Gasgrill, drei Kühltaschen mit Bier und einem riesigen »Scheißegal-Eimer« – einem bis zum Rand mit Karamelbonbons und Mini-Schokoriegeln gefüllten Plastikkübel – zur Stelle. (»Wenn die Scheiße knüppeldick kommt, sag einfach ›scheißegal‹ und zieh dir die Karamelkacke rein.«) Fast eine Woche lang war das Haus ohne Strom. Nachdem im Hof kein einziger Baum stehengeblieben war, regnete es durch Dutzende von Löchern im Dach rein. Es war eine harte Zeit, aber die beiden ließen sich nicht unterkriegen. Seine schmale, vernarbte Hand auf der Schulter meines Vaters, sagte mein Bruder: »Scheiße, Mann. Ich schwör dir, das kriegen wir wieder hin. Von so einer beschissenen Scheiße lassen wir uns nicht unterkriegen, wir nicht.«

# *Die asiatischen Jugendlichen*

Anfang der sechziger Jahre, die bei meiner Mutter nur »das Ende der Lassie-Zeit« hießen, bekamen meine Eltern zwei Collies geschenkt, die sie Rastus und Duchess nannten. Wir lebten damals im Bundesstaat New York, draußen auf dem Land, wo die Hunde durch den Wald stromern konnten. Sie schlummerten auf Wiesen oder standen knietief in eisigen Flüssen, die Stars in ihrer ganz privaten Hundefutter-Werbung.

Eines späten Abends brachte Duchess auf ihrer Decke in der Garage einen Wurf glitschiger, kartoffelgroßer Welpen zur Welt. Eins der Jungen, das offenbar bei der Geburt gestorben war, wurde von unserer Mutter in eine Kasserolle gelegt und anschließend in den Backofen geschoben, wie es die Hexe in *Hänsel und Gretel* machte.

»Jetzt macht euch nicht gleich ins Hemd«, sagte sie. »Der Herd hat keine vierzig Grad. Ich will niemanden *braten*, ich will das Tier bloß warm halten.«

Das Hündchen überlebte tatsächlich und ließ uns glauben, unsere Mutter könne Tote zum Leben erwecken.

Mit den Verpflichtungen der Vaterschaft konfrontiert, suchte Rastus das Weite. Die Welpen wurden weggegeben, und wir ließen uns weiter im Süden nieder, wo Hitze und Feuchtigkeit einem Collie das Leben schwermachten. Duchess' einst so bezauberndes Fell hing ihr nun in verfilzten Zotteln vom Leib. Mit einsetzendem Alter humpelte sie durchs Haus und vertrieb uns mit höllischen Fürzen aus den Zimmern. Als sie zuletzt, den Leib voller Würmer, in der Senke neben unserem Haus zusammenbrach, setzten wir erneut auf die Heilkräfte unserer Mutter. Aber ihre Macht erstreckte sich nicht über das gesamte Tierreich; offenbar konnte sie nur niedliche Tote wiedererwecken.

Der Ofentrick wurde mit Erfolg an einem halben Dutzend kränkelnder Hamster wiederholt, versagte allerdings bei meinem ersten Meerschweinchen, das sein Leben aushauchte, nachdem es mehrere Zigaretten und eine ganze Schachtel Streichhölzer gefressen hatte.

»Nimm's nicht so schwer«, sagte meine Mutter, als sie ihre Ofenhandschuhe auszog, »Meerschweinchen gibt's wie Sand am Meer, gleich morgen kriegst du ein neues.«

Die Grabreden in unserem Haus waren meist kurz, ganz nach dem Motto: ein neuer Tag, ein neues Halsband.

Kurz nach Duchess' Tod brachte unser Vater einen Schäferhundwelpen mit nach Hause. Aus Gründen, die nie ganz geklärt wurden, ging das Privileg der Namensgebung an eine Freundin meiner älteren Schwester, eine Vierzehnjährige namens Cindy, die gerade Deutsch lernte. Nachdem sie das Hündchen genau untersucht und in den Händen gewogen hatte, verkündete sie, es solle »Mädchen« heißen, in der Sprache seines Herkunftslandes offenbar der Ausdruck für eine junge Dame. Wir waren nicht gerade begeistert von dem Namen, schätzten uns aber noch glücklich, daß Cindy nicht eine der unaussprechlichen asiatischen Sprachen lernte.

Mit gerade mal sechs Monaten geriet Mädchen unter ein Auto und starb. Das Futter war noch im Napf, als unser Vater eine identische Schäferhündin anschleppte, der die gleiche Cindy den originellen Namen Mädchen II gab. Die Serienbezeichnung war einigermaßen verwirrend, besonders für die junge Hündin, von der man sowohl die Klugheit als auch das Wesen ihrer Vorgängerin erwartete.

»Mädchen eins hätte niemals auf den Boden gepinkelt«, schimpfte mein Vater, woraufhin die Hündin jaulte, als wüßte sie genau, daß sie eine Art Rebound auf vier Pfoten war.

Mädchen zwei fuhr nie mit uns zum Strand und ist auch nur auf ganz wenigen Familienfotografien zu sehen. Kaum war sie dem Welpenalter entwachsen, verloren wir jegliches Interesse an ihr. »Wir hätten so gerne einen Hund«, bettelten wir manchmal, völlig vergessend, daß wir bereits einen hatten. Zum Fressen kam sie ins Haus, aber die übrige Zeit verbrachte sie draußen im Zwinger, zusammengerollt in ihrer Spitzdach-Hütte, die mein Vater aus Redwoodholzresten zusammengezimmert hatte.

»Hey«, sagte er immer, »wie viele Hunde können sich rühmen, in einer Redwood-Hütte zu wohnen?«

Worauf meine Mutter jedesmal entnervt antwortete: »Ach, Lou, wie viele Hunde können sich rühmen, *nicht* in einer Redwood-Hütte zu wohnen?«

Während der Collie- und Schäferhund-Jahre hielten wir eine Reihe dröger, verschlossener Katzen, die allein zu unserer Mutter etwas Vertrauen zu entwickeln schienen. »Das ist bloß, weil ich ihnen die Dosen aufmache«, sagte sie immer, aber wir wußten alle, daß mehr dahintersteckte. Ihre Seelenverwandtschaft beruhte darauf, daß sie beide Krallen hatten sowie das zwanghafte Bedürfnis, die Golftaschen meines Vaters zu zerstören. Die erste Katze lief davon, die zweite wurde von einem Auto überfahren. Die dritte erreichte ein unerwünscht hohes Alter und fauchte noch im Sterben das Kätzchen an, das wir ein wenig verfrüht als Nachfolgerin ins Haus geholt hatten. Als bei der vierten Katze mit sieben Jahren Leukämie festgestellt wurde, war meine Mutter untröstlich.

»Ich werde Sadie einschläfern lassen«, sagte sie. »Es ist das beste für sie, also spart euch jeden weiteren Kommentar. Es ist schon so schwer genug.«

Kaum war die Katze eingeschläfert, starteten meine Schwestern und ich eine anonyme Postkarten- und Telefonaktion. Auf den Postkarten wurde für ein neues Wundermittel zur Heilung von Katzen-Leukämie geworben, während die Anrufer sich als Redakteure der Zeitschrift *Unser Kätzchen* ausgaben. »Wir würden Sadie gern als Aufmacher in unserer September-Ausgabe bringen und möchten so schnell wie möglich einen Fototermin vereinbaren. Ginge es vielleicht schon morgen?«

Wir dachten, ein kleines Kätzchen würde unsere Mutter wieder aufheitern, aber sie lehnte strikt ab. »Das war's«, sagte sie, »meine Katzenjahre sind vorbei.«

Als Mädchen zwei einen Milztumor bekam, ließ mein Vater alles stehen und liegen und eilte an ihre Seite. Halbe Nächte verbrachte er in der Tierklinik, wo er auf einer Matte neben dem Käfig lag und ihren Tropf regulierte. Er hatte sich nie groß um sie gekümmert, solange sie gesund war, aber ihr drohender Tod weckte in ihm ein mächtiges Pflichtgefühl. Er hielt ihre Pfote, als sie starb, und fragte uns in den darauffolgenden Wochen immer wieder, wie viele Hunde sich schon rühmen konnten, in einer Redwood-Hütte gewohnt zu haben.

Meine Mutter wiederum blieb gelegentlich vor der zerfetzten, urinfleckigen Golftasche meines Vaters stehen, um eigenen Erinnerungen nachzuhängen.

Nachdem sie ein ganzes Jahr ohne Haustier und mit nur noch einem Kind im Haus gelebt hatten, fuhren meine Eltern zu einem Hundezüchter und kamen mit einer dänischen Dogge zurück, die sie Melina tauften. Da sie das Tier proportional zu seiner Größe liebten, war in ihren Herzen schon bald für nichts anderes mehr Platz. Was die Familie anging, schienen ihre sechs Kinder bloß ein gescheitertes Experiment gewesen zu sein. Melina war der einzig wahre Zögling. Das gesamte Haus wurde der Hündin überlassen, die Räume ihren Bedürfnissen entsprechend umgestaltet. Betrat man sein früheres Zimmer, wurde einem gesagt: »Laß dich nur nicht von Melina hier erwischen«, oder: »Hier machen wir Pipi, wenn keiner da ist, der uns vor die Tür läßt, nicht, braves Mädchen?« Die Schubladenknäufe waren zu feuchten Stummeln abgeknabbert und unsere Betten von einem Film dünner, kurzer Haare überzogen. Der entsetzte Aufschrei, mit dem man den zerfetzten Lederkadaver am Fuß der Treppe registrierte, entlockte meinen Eltern nur brüllendes Gelächter. »Das ist die Strafe dafür, wenn man sein Portemonnaie auf dem Tisch liegenläßt.«

Die Hündin war ihr erstes gemeinsames Hobby, dem sie sich mit gleicher Hingabe verschrieben, jeder auf seine Weise. Die Liebe meiner Mutter tendierte zur Horizontalen, da sie in einem Haustier vor allem einen Schlummergefährten sah, ein Wesen, dem man in die Augen schaute und sagte: »Gar keine schlechte Idee, rutsch zur Seite, meine Gute, ich leg mich daneben.« Ein Fremder, der durchs Fenster schaute, hätte glauben können, Zeuge eines gemeinsamen Suizids zu sein. Beide lagen ausgestreckt wie Leichname da, die Gliedmaßen in ewiger Umarmung umschlungen. »Mein Gott, hat das gutgetan«, sagte meine Mutter, wenn beide vorübergehend aus ihrem Schlummer erwachten. »Und jetzt räkeln wir uns noch ein wenig auf dem Wohnzimmerteppich.«

Mein Vater liebte die Dogge vor allem wegen ihrer Größe. Er unternahm stundenlange Spritztouren mit ihr, bei denen sie ihren mächtigen, amboßartigen Schädel aus dem Wagenfenster hielt und große Mengen schaumigen Speichels absonderte. Die Fahrer anderer Wagen zeigten ungläubig auf das Tier, kurbelten ihr Fenster herunter und brüllten: »Hey, haben Sie 'n Sattel für das Vieh?« Waren die zwei zu Fuß unterwegs, kam unweigerlich die Frage: »Führen Sie den Hund aus oder umgekehrt?«

»Ha-ha!« lachte mein Vater jedesmal, als hätte er den Witz noch nie gehört. Er genoß das viele Aufsehen und schwelgte in dem Stolz, wer zu sein, wie er es bei keinem von uns Kindern getan hatte. Es war gerade so, als sei die Schönheit und Statur der Hündin sein Verdienst, als habe er höchstpersönlich das Fleckenmuster ihres Fells entworfen und sie auf Pony-Größe hochgepäppelt. Wenn er mit dem Hund spazierenging, hielt er die Leine in der einen und einen Spaten in der anderen Hand. »Nur für den Fall«, sagte er.

»Für welchen Fall? Daß sie unterwegs einen Herzinfarkt kriegt und du sie begraben mußt?« Ich kam da nicht ganz mit.

»Nein«, sagte er. »Ich brauche den Spaten für ihr, na, du weißt schon … Geschäft.«

Mein Vater war pensioniert, aber der Hund machte Geschäfte.

Ich lebte in Chicago, als Melina ins Haus kam, und jedesmal, wenn ich meine Eltern besuchte, war das Tier noch gewachsen. Jedesmal klebten auch neue *Marmaduke*-Cartoons auf dem Kühlschrank, und jedesmal fragte ich eindringlicher: »Habt ihr sie eigentlich noch alle?«

»Sitz, Melina«, sagten meine Eltern vergnügt, wenn die Hündin aufsprang und hechelnd vor mir stand. Ihre gepolsterten Riesenpfoten kamen zuerst auf meinen Hüften zu liegen, wanderten dann weiter über Brust und Schultern, bis sie ihre Vorderläufe zuletzt um meinen Nacken schlang und ihr Kopf über dem meinen schwebte, wie eine Partnerin in der Tanzschule, die Ausschau nach einer geeigneteren Partie hielt.

»Sie möchte dir nur guten Tag sagen«, zwitscherte meine Mutter, um mir gleich darauf ein Handtuch hinzuhalten, damit ich mir den schaumigen Sabber abwischen konnte. »Moment, du hast da noch was am Hinterkopf.«

Für uns Kinder war Melinas Abrichtungsurkunde von der Hundeschule der größte Witz seit dem Abgangszeugnis meines Bruders an der Sanderson High.

»Gut, sie ist nicht sehr helle«, sagte meine Mutter. »Na und? Ich kann meine verdammte Zeitung auch selbst holen.«

Das Wachstum des Tieres wurde täglich gemessen und jede kleinste Veränderung auf Film festgehalten. Von meiner Schwester Tiffany existierte gerade einmal eine Handvoll Bilder, während Melinas gesammelte Liebschaften ganze Fotoalben füllten.

»Schlag mich«, forderte meine Mutter mich bei einem Besuch in Chicago auf. »Nein, warte, ich muß erst die Kamera holen.« Sie flitzte aus dem Raum und war in Windeseile zurück. »Okay, jetzt schlag mich. Oder besser noch, tu einfach so, als würdest du zuschlagen.«

Ich hatte kaum die Hand in der Luft, als meine Mutter laut aufschrie. »Aua«, jaulte sie. »Hilfe! Der fremde Mann schlägt mich, dabei habe ich gar nichts getan.«

Ich sah noch von links einen dunklen Schatten auf mich zufliegen, bevor ich auch schon auf dem Boden lag und die Hündin beachtliche Löcher in den Halsausschnitt meines Pullovers riß.

Im nächsten Moment blitzte die Kamera, und meine Mutter quiekte entzückt. »Mein Gott, ich liebe dieses Kunststückchen.«

Ich wälzte mich zur Seite, um mein Gesicht zu schützen.

»Das ist kein *Kunststück*!«

Meine Mutter drückte noch einmal ab. »Ach, sei kein Pedant. Immerhin, es funktioniert.«

Nachdem wir alle groß und aus dem Haus waren, nahmen meine Schwestern und ich logischerweise an, das Leben unserer Eltern werde zum Stillstand kommen. Es war ihre Bestimmung, zu erstarren und in der Vergangenheit zu leben. Wir waren das rechtmäßige Zentrum ihres Lebens, doch statt dessen hatten sie einen neuen Familienverband gegründet, bestehend aus Melina und den Gründungsmitgliedern ihres Fanklubs. Jemand, der offenbar nur wenig von ihr wußte, hatte meiner Mutter einen lustigen Teddybären mit einem auf die Brust gestickten Stoffherzen geschenkt. Nach Angaben des Herstellers hieß der Bär Brummel und brauchte zu seinem Wohlergehen nicht mehr als zwei Babyzellen und regelmäßige Streicheleinheiten.

Wenn meine Mutter »Wo ist Brummel?« rief, sprang die Hündin sofort auf, riß den Bären von seinem Platz auf dem Kühlschrank und schleuderte ihn immer wieder durch den Raum, als wolle sie ihm das Genick brechen. Manchmal biß Melina auf den Anschaltknopf, worauf das unselige Ding mit den Armen zu rudern begann und eine seiner fünf gespeicherten Herzenssprüche losließ.

»Braves Mädchen«, lobte meine Mutter. »Nicht wahr, wir mögen Brummel nicht, hm?«

*»Wir?«*

Während der letzten Jahre von Mädchen zwei und der ersten Hälfte der Melina-Periode lebte ich mit einer Katze namens Neil zusammen. Sie hatte ein mattgraues Fell und war von einem dämonischen Alkoholiker mit langen Fingernägeln und einer riesigen Kimono-Sammlung ausgesetzt worden. Der Mann war ein echter Fiesling, und als er irgendwann umzog, holte meine Schwester Gretchen die Katze zu uns und gab ihr einen neuen Namen. Später wanderte das Tier dann an mich weiter. Als ich aus Raleigh fortging, paßte meine Mutter vorübergehend auf Neil auf, um sie, sobald ich eine neue Wohnung gefunden hatte, im Flugzeug nach Chicago zu bringen. Ich hatte das billigste Apartment genommen, das ich hatte auftreiben können, und so sah es auch aus. Meine Nachbarn waren nette Leute, sahen aber nicht den Zusammenhang zwischen ihrer privaten Lebensweise und den Armeen von Mäusen und Kakerlaken, die sich auf aggressive Weise im Haus breitmachten. Dankbar für jeden Tapetenwechsel, veranstalteten ganze Familien regelmäßig Picknicks im Flur und ließen kandierte Früchte und angebissene Tacos auf dem

Boden zurück. Neil fing vierzehn Mäuse, während Dutzende weitere mit fehlenden Gliedmaßen oder abgebissenem Schwanz entkommen konnten. In Raleigh hatte sie nur faul im Haus herumgelegen, aber hier hatte sie eine wirkliche Aufgabe.

Bald hatte sie ihre Interessen so sehr erweitert, daß sie stundenlang vor dem Radio hockte und gebannt die Entwicklungen in Politik und Wirtschaft verfolgte, die mir völlig schnuppe waren. »Noch ein Wort zu den Iran-Contra-Verhandlungen, und du schläfst draußen bei den Asylbewerbern«, drohte ich ihr, obwohl wir beide wußten, daß ich es nicht so meinte.

Neil war bereits alt, als sie nach Chicago kam, und sie wurde mit jedem Tag älter. Nachdem sie den Offenbarungen Oliver Norths gelauscht hatte, fing sie an, Zähne in ihrem Napf zu verlieren und die Sorte Atem auszustoßen, mit der man Farbe abbeizen konnte. Als sie auch noch aufhörte, sich selbst zu putzen, wurde sie von mir regelmäßig im Waschbecken gebadet. Wenn ihr Fell triefnaß war, sah man erst, wie abgemagert und zerbrechlich sie geworden war. Außerdem waren ihre Nieren auf die Größe von Rosinen geschrumpft. Natürlich wollte ich nur das Beste für sie, doch hielt ich es zuerst für einen Scherz, als der Tierarzt Dialyse vorschlug. Abgesehen davon, daß sie alt, zahnlos und inkontinent war, konnte ich sie jetzt auch noch für eine Summe von mehreren tausend Dollar dreimal in der Woche an ein Dialyse-Gerät anschließen lassen. »Klingt sehr vielversprechend«, sagte ich. »Geben Sie uns ein paar Tage Bedenkzeit.« Ich wollte noch den Rat eines zweiten Experten einholen. Tierarzt Nummer zwei machte eine Blutuntersuchung und riet mir ein paar Tage später am Telefon zu Euthanasie.

Ich hatte den Ausdruck seit ewigen Zeiten nicht mehr gehört und mußte sogleich an ein ungleiches Paar japanischer Jungen denken, die auf einem verlassenen Schulhof standen. Einer von ihnen, ein ziemlicher Fettkloß, versuchte vergeblich eine Fahnenstange hochzuklettern. An der dunklen Silhouette, die sich gegen den Abendhimmel abzeichnete, sah man, wie er sich ein kurzes Stück hochwuchtete und dann zitternd und schnaubend den Mast umklammerte. »Ich schaff es nicht«, rief er. »Das ist zu schwer für mich.«

Sein Freund, ein drahtiger, ernster Bursche namens Komatsu, sah ihm von unten zu und feuerte ihn an. »Natürlich schaffst du es. Du *mußt*. Es ist Pflicht.«

Ich empfand eine unsagbare Trauer bei der plötzlichen Erinnerung an diese Szene, die ich seit vielen Jahren vergessen hatte. Die beiden Jungen stammten aus dem Film *Fatty and Skinny*, einer japanischen Serie, die regelmäßig im CBS-Kinderfilm-Festival lief, einer wöchentlichen Sendung, die von zwei Handpuppen und einer ausgesprochen gutmütigen Frau moderiert wurde, die immer so tat, als müsse sie über die Witze ihrer Co-Moderatoren lachen. Die Sendung stand für mich und meine Schwestern jeden Samstagnachmittag fest auf dem Programm, einschließlich der diversen Zwangsunterbrechungen durch unseren furzenden Collie.

Nachdem er es noch ein kleines Stück weiter die Stange empor geschafft hatte, verlor Fatty den Halt und plumpste in den Sand. Während er sich noch abklopfte, rannte Skinny bereits den Hügel hinunter auf seine zerbrechliche Papphütte zu, die er mit seiner Familie bewohnte. Es war Fattys letzte Chance gewesen, sich zu beweisen. Er hatte immer geglaubt, die Geduld seines Freundes sei unendlich, aber jetzt wußte er, daß er unrecht hatte. »Komatsuuuuuu-uuuu!« brüllte er. »Komatsu, bitte gib mir noch eine Chance.«

Die Stimme des Arztes holte mich vom Spielplatz in Japan zurück in die Gegenwart. »Wie gesagt, Euthanasie«, sagte er, »haben Sie schon mal drüber nachgedacht?«

»Ja«, erwiderte ich, »habe ich.«

Zuletzt fuhr ich zurück in die Tierklinik und ließ sie einschläfern. Nachdem der Arzt das Pentobarbitalnatrium gespritzt hatte, klimperte Neil mit den Augen, nahm ihre Schlafhaltung ein und starb. Mein damaliger Freund kümmerte sich um alles weitere, während ich auf dem Parkplatz neben seinem abgeschlossenen Wagen stand und hemmungslos flennte. Der Gedanke, daß Neil guten Glaubens in den Wagen gestiegen war, lebendig nach Hause zurückzukehren, zerriß mir das Herz. Endlich war jemand so gutmütig gewesen, mir zu vertrauen, und ich hatte ihn dafür in den Tod geschickt. Von Schuld gepeinigt, saßen die asiatischen Jugendlichen an ihren Pulten und weinten bitterlich.

Eine Woche später wurde mir Neils Asche in einer waldgrünen Dose zugeschickt. Da sie nie größeres Interesse an der freien Natur bekundet hatte, verstreute ich ihre Überreste auf dem Teppich und ging anschließend mit dem Staubsauger drüber. Der Tod der Katze erschien mir wie das Ende einer Ära. Natürlich war es das Ende *ihrer* Ära, aber der Tod eines geliebten Haustiers weckt auch in einem selbst den drängenden Wunsch, zehn oder zwanzig Jahre seines Lebens mit schwarzem Krepp zu umhüllen. Für mich bedeutete es das Ende meiner behüteten College-Tage, der Abschied von der 75 cm-Taille und das Auseinanderbrechen meiner ersten richtigen Beziehung mit einem Freund. Ich weinte über alles zusammen und fragte mich, warum es so wenig Songs über Katzen gab.

Meine Mutter schickte einen Kondolenzbrief mit beigefügtem Scheck für die Kosten der Einäscherung. Oben links, auf die *Betr.*-Linie, hatte sie geschrieben: »Haustierverbrennung.« Ich hatte es nicht anders verdient.

Als meine Mutter starb und ihrerseits eingeäschert wurde, machten wir uns Sorgen, unser Vater könne aus purer Gewohnheit losziehen und für raschen Ersatz sorgen. Auf der Heimfahrt nach der Beerdigung waren mein Bruder, meine Schwestern und ich schon halb darauf gefaßt, eine flüchtig bekannte Sharon zwei an der Küchentheke vorzufinden, darin vertieft, das Kreuzworträtsel aus der Fernsehzeitung zu lösen. »Sharon eins hätte fünf waagerecht locker aus dem Ärmel geschüttelt«, würde unser Vater maulen. »Komm schon, Kleines, streng dich an.«

Jetzt, da unsere Mutter fort war, hatten mein Vater und Melina einander ganz für sich. Obwohl sie im Bett ihrer früheren Herrin schlief, wußte die Hündin genau, daß sie niemals ein vollwertiger Ersatz sein konnte. Ihre Liebe war zu ungestüm und primitiv, und sie hatte auch kein Talent zum Streiten. Dennoch gaben sie und mein Vater einander das Versprechen, sich gegenseitig zu ehren und zu beschützen. Sie feierten ihre Jahrestage, erneuerten regelmäßig ihren Treueschwur und knurrten, wenn äußere Mächte sie bedrohten.

»*Wo* soll ich hinreisen?« Wurde er von einem seiner Kinder eingeladen, wiegelte mein Vater gleich ab: »Aber ich kann unmöglich weg. Wer soll denn auf Melina aufpassen?« Der Hinweis auf eine Hundepension brachte ihn nur zum Lachen. »Du hast wohl den Verstand verloren. Eine

Hundepension! Hey, hast du gehört, Melina? Die wollen, daß ich dich einsperre.«

Aufgrund ihrer Körpergröße werden dänische Doggen für gewöhnlich nicht besonders alt. Gewisse Käsesorten reifen länger im Regal. Mit grauem Bart und tattrigen Beinen war die zwölfjährige Melina ein Wunder der Wissenschaft. Mein Vater massierte ihre arthritischen Gelenke, trug sie die Treppen hoch und hob sie ins Bett. Er behandelte sie so, wie Männer in Filmen ihre kranken Frauen behandeln, nicht anders, als er auch meine Mutter behandelt hätte, wenn sie sich je eine so nackte Zurschaustellung von Hilflosigkeit und Gebrechlichkeit erlaubt hätte. Melinas Ära umspannte die letzten zwölf Jahre seiner Ehe. Die Hündin war im letzten Familienkombi mitgefahren, war auf der Pensionierungsfeier meines Vaters dabeigewesen und hatte die Wahl zweier republikanischer Präsidenten miterlebt. Sie wurde immer schwächlicher und verlor ihren Appetit, aber entgegen allen Ratschlägen konnte mein Vater einfach nicht loslassen.

Die asiatischen Jugendlichen flehten ihn an, ihr Leben zu beenden.

»Ich kann nicht«, sagte er. »Es bricht mir das Herz.«

»Aber du mußt es tun«, sagte Komatsu. »Es ist Pflicht.«

Einen Monat, nachdem Melina eingeschläfert worden war, fuhr mein Vater zum Hundezüchter und kam mit einer jungen dänischen Dogge wieder. Sie ist eine Hündin wie Melina, hat graue Flecken wie Melina, aber sie heißt Sophie. Mein Vater gibt sich alle Mühe, sie zu lieben, gesteht allerdings unumwunden zu, womöglich einen Fehler gemacht zu haben. Sie ist ein prächtiges Tier, aber die zwei sind ein komisches Paar.

Wenn er Sophie in der Nachbarschaft ausführt, fühlt

mein Vater sich wie ein frisch verheirateter alter Knochen, der seiner launischen jungen Frau hinterherstolpert. Ihr jugendliches Ungestüm ist ihm genauso peinlich wie ihr unverhohlenes Interesse für junge Männer. Autofahrer halten am Straßenrand an, lassen die Scheibe runter und fragen: »Hey, führen Sie den Hund aus oder umgekehrt?« Der Spruch weckt Erinnerungen an glücklichere Tage, an einen sanfteren Zug an der ausgegerbten Leine. Wiederum ist ihm die Aufmerksamkeit der Leute gewiß, doch hebt er jetzt als Antwort bloß noch stumm die Schaufel und geht weiter.

# *Die Lernkurve*

Ein Jahr nach meinem Abschluß an der School of the Art Institute of Chicago wurde mir aufgrund eines schrecklichen Mißverständnisses eine Dozentenstelle für Kreatives Schreiben angeboten. Ich hatte nie eine Uni besucht, und abgesehen von ein paar Geschichten, die in kopierter und gehefteter Form kursierten, nie im eigentlichen Sinne etwas veröffentlicht.

Wie das Brandmarken von Ochsen oder das Einbalsamieren von Toten hatte ich den Lehrberuf nie ernsthaft in Erwägung gezogen. Ich war für den Job gänzlich ungeeignet, sagte aber auf der Stelle zu, da er mir gestatten würde, eine Krawatte zu tragen und als Mr. Sedaris aufzutreten. Da mein Vater den gleichen Namen trug, gefiel mir die Vorstellung, mit ihm verwechselt zu werden, auch wenn er tausend Meilen entfernt lebte. »Moment mal«, würde irgendwer sagen, »meinen Sie jetzt den pensionierten Mr. Sedaris aus North Carolina oder den bekannten Akademiker Mr. Sedaris?«

Die Stelle wurde mir auf den letzten Drücker angeboten, nachdem der ursprünglich vorgesehene Bewerber einen lukrativeren Job als Pizzafahrer aufgetan hatte. Ich hatte zwei Wochen Zeit zur Vorbereitung, die ich damit verbrachte, mir eine Aktentasche zuzulegen und vor einem großen Spiegel die Worte zu wiederholen: »Guten Morgen zusammen. Ich bin Mr. Sedaris.« Manchmal gab ich meiner Stimme einen aggressiven Unterton und ein festes, athletisches Timbre. Hier stand der maskuline Mr. Sedaris, der welterfahren über Fleischwunden und Traktorwettziehen schrieb. Daneben beherrschte ich das rauhe Bellen des Zeitungsverlegers, einen Tonfall, der Weisheit mit einer schier grenzenlosen Unerschütterlichkeit verband. Ich versuchte, geschäftsmäßig und abgeklärt zu klingen, doch als der große Tag da war, machten meine Nerven schlapp, und der tatsächliche Mr. Sedaris kam zum Vorschein. Mit einer Stimme, aus der Zweifel, Furcht und der glühende Wunsch geliebt zu werden sprachen, machte ich weniger den Eindruck eines bedächtigen Uni-Professors als den einer aufgekratzten Zwölfjährigen, die Brittany hieß.

In meinem ersten Kurs saßen nur neun Teilnehmer. Um den Eindruck von Professionalität und guter Vorbereitung vorzutäuschen, erschien ich zur ersten Sitzung mit Namensschildchen in der Form von Ahornblättern. Ich hatte sie eigenhändig aus orangenem Bastelkarton ausgeschnitten und ließ sie zusammen mit einer Dose Stecknadeln herumgehen. Meine Lehrerin in der vierten Klasse hatte es genauso gemacht und erklärt, jeder dürfe nur eine Nadel nehmen. In Anbetracht der Tatsache, daß wir uns hier am College und nicht an der Grundschule befanden, ermunterte ich meine Studenten, so viele Stecknadeln zu nehmen, wie sie wollten. Sie schrieben ihre Namen auf die Ahornblätter, hefteten sie sich an die Brusttaschen und marschierten zu dem langen Eichentisch, der in unserem Seminarraum stand.

»Also denn«, sagte ich. »Okay. Los geht's.« Ich klappte meine Aktentasche auf und registrierte, daß ich nie über diesen Punkt hinausgedacht hatte. Meine Stundenplanung reichte nicht weiter als bis zu den Ahornblättern, aber ich kramte dennoch weiter in meiner leeren Mappe, beunruhigt darüber, meine Zuhörer leichtsinnig mit Stecknadeln bewaffnet zu haben. Ich hatte vermutlich geglaubt, meine Studenten würden ohne weitere Aufforderung zu reden anfangen und ihre Gedanken und Einstellungen zu den Themen des Tages beisteuern. Ich hatte mir vorgestellt, wie ich am Kopfende des Tisches saß und über ein Meer erhobener Hände blickte. Die Studenten würden alle wild durcheinanderreden, so daß ich sie mit lautem Klopfen zur Ordnung rufen müßte. »Hej hej! Leute!« würde ich rufen. »Immer mit der Ruhe, jeder kommt dran. Nur immer hübsch der Reihe nach.«

Jetzt mußte ich erkennen, wie grundfalsch meine Annahme war. Eine bedrückende Stille legte sich über den Raum, so daß mir nichts anderes übrig blieb, als meine Studenten aufzufordern, ihre Stifte hervorzunehmen und einen kurzen Aufsatz zum Thema nachhaltige Enttäuschung zu Papier zu bringen.

Ich hatte es immer gehaßt, vom Lehrer zu irgendwelchen Aufsätzen aus dem Stegreif verdonnert zu werden. Abgesehen von dem offenkundigen Druck schien auch jeder auf seine ganz eigene Weise zu arbeiten, gerade beim Schreiben. Vielleicht waren Leute anwesend, die eine ganz spezielle Lampe oder einen besonderen Stift oder eine Schreibmaschine benötigten. Meiner Erfahrung nach war es schwer, ohne die bevorzugten Utensilien zu schreiben, und schlicht unmöglich, wenn man nichts zu rauchen hatte. Ich notierte mir, beim nächsten Mal ein paar Aschenbecher mitzubringen und stöberte anschließend im Abfalleimer nach leeren Dosen. Ohne weiter auf das fette RAUCHEN-VERBOTEN-Schild zu achten, verteilte ich die Dosen, warf ein Päckchen Zigaretten auf den Tisch und forderte den Kurs auf, sich zu bedienen. Ich empfand dies als höchste Form des Unterrichtens und dachte schon, ich hätte den Durchbruch geschafft, als der Asthmatiker im Kurs die Hand hob und sagte, seines Wissens hätte Aristophanes nicht eine Zigarette in seinem Leben geraucht. »Und Jane Austen auch nicht«, fügte er hinzu, »oder die Brontës.«

Ich kritzelte die Namen in mein Notizbuch, schrieb gleich daneben das Wort *Querulant* und erklärte, ich würde das nachschlagen. Als Dozent eines Schreibkurses wurde automatisch von mir erwartet, daß ich sämtliche ledergebundenen Bände der Klassiker-Bibliothek gelesen hatte. In Wahrheit hatte ich keinen einzigen gelesen und auch nicht vor, dies zu tun. Meistens zog ich mich mit Hilfe vager Erinnerungen an Filme oder Mini-Serien aus der Affäre, die nach dem betreffenden Buch gedreht worden waren, aber es war eine ermüdende Aufgabe, bis ich zuletzt herausfand, daß es viel leichter war, mit einer Gegenfrage zurückzuschießen und zu sagen: »Ich weiß, was Flaubert *mir* bedeutet, aber was halten denn nun *Sie* von ihr?«

Als Mr. Sedaris lebte ich ununterbrochen in Angst. Zunächst war da die völlig verständliche Angst, daß man mir auf die Schliche kam, und dann die noch tiefer sitzende Angst, daß meine Studenten mich hassen könnten. Ich stellte mir vor, wie sie zu Freunden am Telefon sagten: »Rate mal, bei *wem* ich dieses Semester gelandet bin?« Die meisten Langeweiler-Lehrkräfte hatten zumindest irgendwas, das man ihnen zugute halten konnte. Sie hatten ein eigenes Unterrichtskonzept und einen Seminarplan und brauchten sich nicht hinter einer Ansteckfliege und einer leeren Aktenmappe zu verstecken.

Wann immer meine Autorität in Gefahr geriet, lief ich quer durch den Raum, um entweder die Tür aufzureißen oder wieder zu schließen. Meine Studenten mußten jedesmal erst um Erlaubnis bitten, wenn es ihnen zu warm wurde oder zuviel Lärm vom Flur hereindrang, nur ich durfte nach Lust und Laune zur Tür. Es war die einzige Tätigkeit, die mich daran erinnerte, daß ich der Verantwortliche im Raum war, und ich machte ausgiebig Gebrauch davon.

»*Schon* wieder«, flüsterten meine Studenten. »Was hat der nur an der Tür gefressen?«

Der Asthmatiker wechselte in einen anderen Kurs, so daß mir nur noch acht Studenten blieben. Vier davon waren gestandene Raucher, die tiefe, bedächtige Züge nahmen und ihr Können gelegentlich durch magische Ringe demonstrierten, die wie Heiligenscheine über ihren gesenkten Köpfen hingen. Die anderen vier gaben sich redlich Mühe, machten aber einen eher dilettantischen Eindruck. Am Ende der zweiten Sitzung hatten meine Studenten nichts außer Asche produziert. Ihr ständiger Reizhusten und das Fehlen jeglichen Outputs legten die Vermutung nahe, daß Rauchen allein bei einigen Autoren nicht ausreichte.

In der Hoffnung, ihre Hemmungen mit einem raffinierten Schreibauftrag zu überwinden, gab ich meinen Studenten die Aufgabe, einen Brief an ihre im Gefängnis sitzende Mutter zu schreiben. Verbrechen und Strafmaß waren ihnen freigestellt. Hinweise auf mögliche Zellengenossinnen sogar ausdrücklich erwünscht.

Die Gruppe machte sich mit Feuereifer und Elan an die Arbeit, und ich war stolz auf mich, bis die stillste Teilnehmerin des Kurses ihren Text abgab und mir zuflüsterte, sowohl ihr Vater als auch ihr Onkel säßen wegen organisierter Erpressung ein.

»Ich hab nie dran gedacht, daß es meine Mutter auch noch erwischen könnte«, sagte sie. »Das war eine echt... deprimierende Aufgabe.«

Ich hatte bisher keine Ahnung, wie der Brief eines Kindes an einen tatsächlich im Knast sitzenden Elternteil aussehen mochte, aber jetzt hatte ich eine ziemlich genaue Vorstellung. Ich sah zwei Straftäter in ihrer Zelle. Der eine Mann stand am Waschbecken, während der andere auf der Pritsche lag und seine Post las.

»Und, was gibt's Neues?« fragt der Mann am Waschbecken.

»Oh, meine Tochter hat geschrieben«, erwidert der andere. »Sie hat gerade mit dem College angefangen, und ihr Lehrer scheint 'n ziemlicher Lahmarsch zu sein.«

Es war das letzte Mal, daß ich meine Studenten etwas während des Kurses schreiben ließ. Von jetzt an sollten sie nur noch zu Hause und zu frei gewählten Themen schreiben. Wenn es nach mir gegangen wäre, hätten wir alle daheim bleiben und uns durch Rauchzeichen verständigen können. Doch wie die Dinge standen, mußte ich irgendeinen Weg finden, die Zeit rumzukriegen und meine Studenten glauben zu lassen, sie würden bei mir etwas lernen. Der Kurs traf sich zweimal wöchentlich für jeweils zwei Stunden. Eine ganze Sitzung lang das gleiche zu tun stand außer Frage, also teilte ich jede Doppelstunde in eine Reihe kurzer, genau festgelegter Diskussionsrunden. Wir begannen jedesmal mit der Star-Ecke. Hier hatten die Studenten Gelegenheit, interessante Neuigkeiten von Freunden aus New York oder Los Angeles auszutauschen, die behaupteten, brandheiße Informationen über die bevorstehende Auflösung irgendeiner Rockband oder das dunkle Sex-Geheimnis eines Filmstars zu besitzen. Zum Glück schien jeder solche Freunde zu haben, so daß der Gesprächsstoff nie auszugehen drohte.

Im Anschluß an die Star-Ecke kam das Futterkrippen-Forum, bestehend aus der schamlosen Aufforderung zum Austausch leichter Eintopfgerichte, wie sie von älteren Tanten und Großmüttern geschätzt wurden, deren Gebißsituation es erforderte, daß sich alles Fleisch ohne eigenes Zutun vom Knochen löste. Als ich gefragt wurde, was Schmorbraten Arkansas mit dem Handwerk des Schreibens zu tun hatte, verschwieg ich meinen jüngst erworbenen Römertopf und log durch meine Problemzähne, daß es nicht um das Rezept an sich, sondern um die einzelnen Schritte der Vorbereitung gehe.

Nach dem Futterkrippen-Forum war es Zeit für das Bettgeflüster, von mir vorgestellt als »eine Gelegenheit für Sie, Ihr persönliches Sexualleben in einer geschützten, intellektuellen Umgebung zu diskutieren«. Da die Mehrheit meiner Studenten sich zierte, über ihre Erfahrungen zu sprechen, wandte ich mich an die Medienabteilung des Instituts. Ich rollte einen Großbild-Farbfernseher in den Seminarraum, auf dem wir uns Folgen von *Liebe, Lüge, Leidenschaft* ansahen. Es war noch zu der Zeit, als Victoria Buchanan auf der Zwanzigjahrfeier der High-School-Absolventen in Ohnmacht fiel und sich daran erinnerte, wie sie, anstatt mit den anderen das Examen zu machen, nach

New York City getrampt war, sich mit einem Hippie zusammengetan und eine viele Jahre vergessene Tochter zur Welt gebracht hatte. Es klingt hanebüchen, aber die Geburt eines Kindes ist, wie ein vergessener Braten in der Backröhre oder ein verschobener Zahnarzttermin, eines jener unwichtigen Details, die den Personen einer Seifenoper laufend entfallen. Es ist ein Charakterzug, den man einfach so akzeptieren muß.

In *General Hospital* oder der *Springfield Story* hätte eine ähnliche Geschichte vermutlich aufgesetzt oder gar lächerlich gewirkt. *Liebe, Lüge, Leidenschaft* war da etwas anderes, denn niemand konnte sich so überzeugend plötzlich an die Geburt eines Kindes erinnern wie Erika Slezak, die sowohl die Victoria Buchanan als auch ihre Kontrahentin, Nicole Smith, spielte. Ich hatte es mir angewöhnt, jede Folge aufzunehmen und sie mir beim Abendessen anzusehen. Jetzt, da ich Akademiker war, konnte ich sie in meinem Kurs sehen und das Abendessen nutzen, um mich bei *Alle meine Kinder* auf den neuesten Stand zu bringen. Einige Studenten meckerten zwar, aber ich setzte ihnen einmal mehr auseinander, daß dies alles zu meinem Kursfahrplan gehöre.

Aus dem Sekretariat erfuhr ich, daß es Beschwerden über die inhaltliche Gestaltung meiner Seminare gegeben hatte. Das bedeutete, daß ich die täglichen Filmvorführungen mit einer Hausaufgabe legitimieren mußte. Von nun an mußten die Studenten im Anschluß an jede Episode einen kurzen Text schreiben, in dem sie Vermutungen über die weiteren Entwicklungen in den nächsten Folgen anstellten.

»Vergessen Sie nicht, daß Sie nicht in Port Charles oder Pine Valley sind«, sagte ich. »Wir befinden uns in Llanview, Pennsylvania, und unsere Akteure sind die Buchanan-Familie.«

Tatsächlich handelte es sich um gar keine so schlechte Aufgabe. Auch wenn die Dialoge gelegentlich durchhängen, verdient die Gestaltung dramatischer Handlungen in Seifenopern ungeteilte Bewunderung. Gut, es gab auch immer die vorhersehbaren Entführungen und Dreiecksflirts, aber eine gute Sendung konnte einen stets mit einer so simplen Sache wie der Entdeckung einer unterirdischen Stadt überraschen. Ich besprach mit meinen Studenten ein halbes Dutzend Episoden, vermittelte ihnen Hintergrundwissen und erklärte, daß vermißte Kinder niemals zehn Minuten nach der Rückblende auf die letzte Folge zur Tür hereinspazieren. Das vermeintliche Wiedersehen muß äußerst behutsam eingefädelt werden und mindestens zwei Drittel der Gesamtbesetzung mit einbeziehen.

Ich dachte, die Ernsthaftigkeit der Aufgabe vermittelt zu haben. Ich dachte, ihnen auf meine Weise wirklich etwas beigebracht zu haben, so daß die Enttäuschung groß war, als sie mit Vorschlägen wie »Die lange vergessene Tochter entpuppt sich als Vampir« oder »Einen Tag später erstickt Vicki an einem doppelten Sandwich« kamen. Die Vampir-Geschichte sah mir zu sehr nach einem Abklatsch von *Dark Shadows* aus und mußte gar nicht weiter ernst genommen werden. Das Ersticken an einem doppelten Sandwich allerdings war eine einzige Unverschämtheit. Victoria war eine Buchanan und würde niemals einen Fuß in einen Sandwich-Laden setzen, geschweige denn im Verlauf einer einzigen Folge ersticken. Und obendrein noch an einem Mittwoch. Niemand stirbt an einem Mittwoch – hatten diese Menschen denn gar nichts gelernt?

Ich hatte mich bislang immer verständnisvoll gezeigt und sogar noch die Konjugation von Nomen oder die Verwendung von so fragwürdigen Ausdrücken wie »inwiesofern« durchgehen lassen. Jetzt jedoch war der Bogen überspannt. Ich hatte über das Llanview der Buchanans doziert wie meine Kollegen über das Dublin von Joyce oder Faulkners Mississippi, aber damit war nun Schluß. Einige Leute hatten es offenbar nicht verdient, schon nachmittags fernzusehen. Wenn meine Studenten lieber zwei Stunden am Stück die Wände anstarrten, bitte schön, von jetzt an würde stumpf nach Schema F unterrichtet werden.

Ich weiß nicht, wer den Lehrplan für den Einführungskurs Kreatives Schreiben verbockt hat, aber wer es auch war, er hat die ideale Balance zwischen Sadismus und Masochismus gefunden. Jedenfalls ist es ein todsicheres Verfahren, allen Beteiligten den Spaß an der Sache gründlich zu verderben. Die Grundidee sieht vor, daß ein Student einen Text einreicht, der dann von allen gelesen und in der folgenden Sitzung einer fundierten Kritik unterzogen wird. Die Erfahrung zeigte, daß das Verfahren insofern funktionierte, als tatsächlich gelegentlich Texte eingereicht, fotokopiert und im Seminar verteilt wurden. Sie verschwanden gefaltet in Handtaschen und Rucksäcken, und das war dann der Punkt, an dem das System zusammenzubrechen schien. Fragte ich in der kommenden Sitzung nach kritischen Anmerkungen, verhielten sich die meisten Studenten so, als hätte die Aufgabe gelautet, die Geschichte an einem dunklen, verschlossenen Ort zu deponieren und größtmögliche Distanz zu dem Text zu bekommen. Selbst wenn die Texte laut im Kurs vorgelesen wurden, entwikkelte sich nie eine längere Diskussion, da die Kombination aus Wohlerzogenheit und völligem Desinteresse die meisten Seminarteilnehmer davon abhielt, ihre Meinung ehrlich zu äußern.

Bis auf wenige Ausnahmen waren die Geschichten

schlecht kaschierte Berichte aus dem Leben des Autors, der gerade versucht, die Hausaufgabe zu bewältigen. Ständig stiegen Mitbewohner aus der Dusche oder rückten Kellnerinnen wie aus dem Nichts mit den Zwiebelringen und Frühstücks-Burritos an, deren Flecken die Seiten des Manuskripts zierten. Die Schlampigkeit ging mir gelegentlich auf die Nerven, aber ich durfte mich nicht beklagen. Ich arbeitete an einer Kunsthochschule, wo der Schreibkurs allgemein als der leichteste Weg angesehen wurde, an seine Pflichtscheine in Englisch zu kommen. Meine Studenten hatten einen Platz bekommen, weil sie großartig malen, bildhauern oder ihren Körper in ermüdenden Details auf Video aufnehmen konnten, war das etwa nichts? Sie konnten lustige und unterhaltsame Geschichten aus ihrem Leben erzählen, aber sie in allen Einzelheiten auf Papier zu bannen, war für sie eher eine Strafe denn ein Vergnügen. Ich vereinbarte im stillen, daß, wenn meine Studenten bereit waren, mich als Lehrer durchgehen zu lassen, ich im Gegenzug zumindest so tun konnte, als wären sie Schriftsteller. Wenn jemand etwa unter seinem tatsächlichen Namen über einen Besuch beim Kieferchirurgen schrieb, betrachtete ich die Story als reine Erfindung und sagte: »Nun, Dean, verraten Sie uns doch bitte, wie Sie auf diese Person gekommen sind.«

Gab der Betreffende unverständliche Laute von sich und deutete auf den blutgetränkten Wattebausch in seiner geschwollenen Backentasche, fragte ich: »Wann haben Sie beschlossen, Ihren Protagonisten wegen eines eingekeilten Backenzahns zum Zahnarzt zu schicken?« Diese Art der Fragestellung eröffnete den Autoren kreative Freiräume und schützte jene, die etwas radikalere politische Überzeugungen vertraten.

»Verstehe ich das richtig«, fragte ein Student. »Sie behaupten also, wenn ich etwas laut im Raum sage, dann bin ich das, der das sagt, und wenn ich dasselbe auf ein Blatt Papier schreibe, dann ist das jemand anders?«

»Genau«, sagte ich. »Und das nennen wir Fiktion.«

Der Student zog seinen Schreibblock hervor, schrieb etwas auf und reichte mir das Blatt Papier, auf dem stand: »Das ist der größte Quark, den ich je gehört habe.«

Es war wirklich ein ziemlich aufgeweckter Haufen.

Als Mr. Sedaris hielt ich es für meine Pflicht, zu jeder eingereichten Geschichte einen lausig getippten Kommentar anzufertigen. Gewöhnlich konzentrierte ich mich auf die Stärken und schloß nach ein, zwei Seiten mit Profiweisheiten wie: »Zeichensetzung hat noch keinem geschadet«, oder: »Auf die Verben achten.« Bei einigen der längeren Traumsequenzen verlor ich schon mal die Geduld, aber im großen und ganzen kamen wir gut miteinander aus, zumal die Studenten meine Ratschläge entweder akzeptierten oder sie höflich ignorierten.

Probleme gab es nur, wenn jemand mit seiner Geschichte auf eine tiefe Kränkung oder erlittenes Unrecht aufmerksam machen wollte. Dies war der Fall bei einer Frau, die im Studentensekretariat als »Wiedereinsteigerin« geführt wurde, was soviel bedeutete, als daß sich ihr Sozialleben nicht im Umkreis der Uni-Cafeteria abspielte. Die Frau war gut fünfzehn Jahre älter als ich und begegnete meinen Lehrmethoden mit entschiedener Ablehnung. Sie leistete nie einen Beitrag zum Bettgeflüster oder zum Futterkrippen-Forum, und ich hatte allen Grund zu glauben, daß sie es war, die sich über die *Liebe-Lüge-Leidenschaft*-Vorführungen beschwert hatte. Bei achtzehnjährigen Erstsemestern hatte ich eine Chance, aber ich konnte es unmöglich jemandem recht machen, der ständig jammerte, beileibe schon genug Zeit vergeudet zu haben. Der Kurs war strikt in zwei Lager gespalten, sie auf der einen, alle anderen auf der anderen Seite. Ich versuchte alles, mit Ausnahme von Fußschellen, aber nichts konnte die beiden Parteien einander näherbringen. Es war ein echtes Problem.

Die Wiedereinsteigerin hatte gerade eine schwierige Scheidung hinter sich und glaubte fälschlicherweise, weil ihr Leid so bedeutsam war, müsse auch ihr Schreiben bedeutsam sein. Ihre Geschichte hieß irgendwas in der Richtung »Ich hab eine zweite Chance verdient«, kam aber beim Kurs nicht besonders an. Nach einer kurzen Gruppendiskussion gab ich ihr meinen getippten Kommentar, den sie kurz überflog und dann gleich die Hand hob.

»Entschuldigung«, sagte sie. »Wenn Sie erlauben, würde ich gerne eine Zwischenfrage stellen.« Sie zündete sich eine Zigarette an und identifizierte sich einen Augenblick mit dem kokelnden Streichholz. »Wer sind *Sie*«, fragte sie, »ich meine, für wen zum Teufel halten Sie sich, *mir* sagen zu wollen, *meine* Geschichte habe keinen Schluß?«

Es war eine berechtigte Frage, die früher oder später zur Sprache kommen mußte. Mir war aufgefallen, daß ihre Geschichte mitten im Satz abbrach, aber davon abgesehen, wie konnte ich mir anmaßen, andere zu kritisieren, noch dazu, wenn es ums Schreiben ging? Ich hatte mir ernsthaft vorgenommen, darüber nachzudenken, hatte aber zuvor noch Hemden bügeln und Namensschildchen schreiben müssen, so daß mir der Gedanke wohl zwischen dem einen und dem anderen entfallen war.

Die Frau wiederholte ihre Frage mit brüchiger Stimme: »Für wen ... verdammte Scheiße nochmal ... halten Sie sich?«

»Darf ich Ihnen darauf beim nächsten Mal eine Antwort geben?« fragte ich.

»Nein«, erwiderte sie. »Ich will es jetzt wissen. Wer, glauben Sie, sind Sie?«

Den Gesichtern nach zu urteilen, schien sich der Rest des Kurses die gleiche Frage zu stellen. Zweifel breiteten sich im Raum aus wie Bazillen, die man bei einem in Zeitlupe gefilmten Niesen durch die Luft schwirren sieht. Ich sah mich schon brennend in Scheiterhaufen-Traumsequenzen, als ich urplötzlich die Antwort wußte.

»Wer ich bin?« wiederholte ich. »Ich bin der einzige in diesem Raum, der für seine Anwesenheit bezahlt wird.« Ich würde mir den Satz nicht unbedingt aufs Kissen sticken, aber nun, da er einmal gesagt war, nahm ich ihn an als eine völlig hinreichende Rechtfertigung meines Tuns. Alle meine früheren Zweifel und Ängste waren verschwunden, denn jetzt wußte ich, daß mir niemand mehr etwas anhaben konnte. Der neue Mr. Sedaris würde nie wieder einknicken oder sich entschuldigen. Von heute an würde ich die *Studenten* anweisen, die Tür zu öffnen oder zu schließen, und *das* allein würde mich daran erinnern, wer hier die Zügel in der Hand hielt. Wir konnten tun und lassen, was *ich* wollte, schließlich war ich eine staatlich besoldete Lehrkraft – jedenfalls stand das auf meinem Lohnstreifen. Ich räusperte mich, erhob mich von meinem Stuhl und rückte meine Fliege zurecht. »Also dann«, sagte ich mit tiefer Stimme. »Möchte noch jemand Mr. Sedaris eine dumme Frage stellen?«

Die Wiedereinsteigerin hob noch einmal die Hand. »Ich weiß, es ist eine persönliche Frage, aber wieviel genau bekommen Sie für Ihre Anwesenheit in diesem Raum?«

Ich gab ihr eine ehrliche Antwort, die meine Studenten,

zum ersten Mal im Semester, wirklich zusammenbrachte. Ich weiß nicht mehr, welche Seite anfing, aber ich erinnere mich, daß das Gelächter so laut und so anhaltend war, daß Mr. Sedaris aufstehen und die Tür schließen mußte, damit die richtigen Lehrer ungestört in ihrem Unterricht fortfahren konnten.

# *Mordskerl*

An einem Ostersonntag in Chicago waren meine Schwester Amy und ich zum Kaffee im Haus unseres Freundes John eingeladen. Wegen des herrlichen Wetters hatte John einen Tisch im Hinterhof aufgestellt, damit wir draußen in der Sonne sitzen konnten. Alle saßen bereits, als ich nochmal kurz zur Toilette mußte und dort beim Blick in die Schüssel mit dem unbestritten riesigsten Schiß meines Lebens konfrontiert wurde – kein Fetzen Toilettenpapier oder sonstwas, nur diese lange, gekringelte Wurst, dick wie ein Burrito.

Ein Zug an der Spülung ließ den Haufen herumwirbeln. Er wechselte die Position, aber mehr auch nicht. So leicht würde den niemand versenken. Ich überlegte kurz, einem anderen die Aufgabe zu überlassen, doch dazu war es zu spät. Zu spät, weil ich so blöd gewesen war und beim Aufstehen vom Tisch allen erzählt hatte, wo ich hinwollte. »Bin gleich wieder da«, hatte ich gesagt. »Ich flitz nur noch mal kurz ins Bad.« Ich hätte sagen sollen, ich müsse nur mal eben telefonieren. Eigentlich wollte ich nur pinkeln und mir eine Handvoll Wasser übers Gesicht laufen lassen, und jetzt durfte ich mich mit dem hier rumschlagen.

Während der Spülkasten nachlief, tat ich heimlich ein Gelübde. Sollte das Teil verschwinden, würde ich mich der Welt gegenüber mit einem nie dagewesenen Akt der Wohltätigkeit revanchieren. Ich betätigte ein zweites Mal die Spülung und verfolgte, wie der Kaventsmann einen gemächlichen Kreis zog. »Na los«, flüsterte ich, »schieb ab! Husch!« Ich wandte mich zum Gehen, fest entschlossen, meine gute Tat zu tun, doch als ich noch einmal nach unten sah, war er immer noch da und kämpfte sich gegen den Frischwasserstrahl nach oben.

Genau in dem Moment klopfte es an der Tür. Panik ergriff mich.

*»Einen Augenblick.«*

Bereits in frühen Jahren hatte meine Mutter mich zur Seite genommen und erklärt, jeder habe Verdauung. »Jeder«, hatte sie gesagt. »Selbst der Präsident und seine Frau.« Sie hatte unsere Nachbarn, den Pfarrer und einige der Schauspieler erwähnt, die wir jede Woche im Fernsehen sahen. Ich hatte die Botschaft verstanden, aber trotzdem – natürlich oder nicht, *den* hier ließ ich mir nicht anhängen.

*»Kleinen Moment noch.«*

Ich überlegte ernsthaft, den Haufen aus der Toilette zu heben und aus dem Fenster zu werfen. Der Gedanke kam mir tatsächlich, aber John wohnte im Parterre, und keine drei Meter entfernt saßen ein Dutzend Leute um einen gedeckten Tisch. Sie würden sehen, wie das Fenster aufging und irgendwas rausgeworfen wurde. So wie ich diese Leute kannte, würden sie garantiert aufstehen und nachsehen. Und dann stände ich da mit eklig beschmierten Pfoten und wollte denen weismachen, der wäre gar nicht von mir gewesen. Warum machte ich mir denn die Mühe, ihn aus dem Fenster zu befördern, wenn er gar nicht mir gehörte? Keiner würde mir die Geschichte abkaufen, außer dem Mistkerl, der das Teil tatsächlich verbockt hatte, wobei die Chancen schlecht standen, daß die betreffende Person vortreten und sich zur Täterschaft bekennen würde. Ich saß in der Falle.

*»Ich bin gleich soweit!«*

Ich schnappte mir die Saugglocke, um den Mordskerl mit dem Stiel in kleine Stücke zu zerhacken, und dachte die ganze Zeit, das ist *gemein*, das ist wirklich *nicht meine Aufgabe*. Doch auch nach dem dritten Spülen war das Teil immer noch da. *Komm schon, Baby, beweg dich.* Während ich darauf wartete, daß der Spülkasten vollief, überlegte ich, mir die Haare zu waschen. Sie hatten es zwar nicht nötig, aber ich brauchte eine Ausrede für meine lange Leitung im Bad. *Schnell*, dachte ich, *tu was*. Die anderen Gäste hielten mich inzwischen vermutlich für jemanden, der sich bei Einladungen aufs Scheißhaus verzieht und sein Lektürepensum aufholt.

*»Sofort fertig. Ich wasche mir nur noch schnell die Hände.«*

Ein letztes Spülen, dann hatte ich es geschafft. Das Ding war verschwunden. Als ich die Tür öffnete, stand draußen meine Freundin Janet und sagte: »Mensch, wurde aber auch Zeit.« Dann stand ich allein im Flur und überlegte, daß der Verantwortliche mit dem Riesenschiß offenbar kein Problem gehabt hatte. Warum also ich? Wieso die ganze Aufregung? Sollte ich daraus etwas lernen? Hatte ich etwas gelernt? Hatte es etwas mit Ostern zu tun? Ich beschloß, die ganze Geschichte zu vergessen, bevor ich in den Hof hinaustrat, um einen genauen Blick auf die Verdächtigen zu werfen.

## *Der große Sprung nach vorn*

In meinem ersten Jahr in New York lebte ich zur Untermiete in einem Zwei-Zimmer-Apartment einen halben Block vom Hudson River entfernt. Ich hatte zu der Zeit keinen Job und zehrte von dem schlechten Scherz, den ich meine Ersparnisse nannte. Wenn mein Mitbewohner sich abends nach etwas Ruhe sehnte, lief ich Richtung Osten, schaute in die Fenster der schmucken Einfamilienhäuser und stellte mir vor, was in den proper eingerichteten Räumen vor sich ging. Wie es wohl wäre, nicht nur ein eigenes Apartment, sondern gleich ein ganzes Haus zu haben, in dem man tun und lassen konnte, was man wollte? Ich beobachtete einen weißhaarigen Mann, der sich seiner Stützkorsage entledigte, und fragte mich, womit er sich ein so privilegiertes Leben verdient hatte. Ich hätte auf der Stelle mit ihm getauscht, Bruchband inklusive.

Als ich noch in Chicago lebte, hatte ich mich nie lange mit Neidgefühlen aufgehalten, aber dort war es auch möglich gewesen, ein halbwegs geräumiges Apartment zu mieten und doch noch genug Geld fürs Kino oder ein anständiges Stück Fleisch zu haben. Mittellos in New York herumzuhängen bedeutete hingegen, ständig ein nagendes Gefühl des Versagens zu empfinden, da man überall Leuten begegnete, die nicht bloß mehr, sondern viel, viel mehr als man selbst besaßen. Mein Tagesbudget belief sich auf magere zwölf Dollar, und jede Extraausgabe verlangte an anderer Stelle ein Opfer. Leistete ich mir unterwegs einen Hot-dog, gab's entweder abends Spiegeleier, oder ich mußte die fünfzig Blocks zur Bibliothek laufen, anstatt die U-Bahn zu nehmen. Die Zeitung fischte ich häppchenweise aus Abfalleimern, und ich hielt dabei stets Ausschau nach guten Hühnerrücken-Rezepten. Auf der anderen Seite der Stadt, im East Village, forderten Graffiti dazu auf, die Reichen kleinzumachen, einzusperren oder wegzubesteuern. Obwohl mir der Gedanke zuzeiten reizvoll erschien, hoffte ich doch, die Revolution würde bis nach meinem Dahinscheiden warten. Ich wollte die Reichen nicht abgesetzt sehen, bevor ich nicht selbst zumindest kurzzeitig dazugehört hatte. Das Geld lockte. Ich wußte nur nicht, wie ich drankommen konnte.

Ich hatte gerade einen kleineren Aushilfsjob bei Macy's, der sich dem Ende zuneigte, da sah ich, daß mein liebstes Stadthaus zum Verkauf freistand. Die Zeitungen hätten es als »Juwel« angepriesen. Es war ein dreistöckiges Gebäude in einem ruhigen, von Bäumen gesäumten Block, der einen eigenen Garten umschloß. In meinem Kopf gehörte das Haus mir. Schon oft hatte ich in das nußbaumgetäfelte Arbeitszimmer im ersten Stock gespäht und mir vorgestellt, wie ich die Bücherregale abstaubte. Es wäre eine Heidenarbeit, alles sauberzuhalten, aber ich war fest entschlossen, das auf mich zu nehmen.

Wenige Monate später war das Haus verkauft und bekam einen neuen, knallrosa Anstrich mit orangerotem Zierat. Die Farbkombination gab dem Haus eine aggressive, enervierende Ausstrahlung. Blickte man länger als eine Minute auf die Fassade, fingen die Türen und Fenster an zu flirren, als hätte man verdammt gutes Speed eingeworfen.

Weil mir das Haus schon immer aufgefallen war, erschien es mir als ein seltsamer Zufall, als mich die neue Eigentümerin durch die Vermittlung eines entfernten Bekannten für drei Tage in der Woche als Aushilfe einstellte. Valencia war eine eindrucksvolle, selbstbewußte Kolumbianerin mit einem Schrank voller Miniröcke und einem einzigartigen Talent, ihre Nachbarn zu schockieren. Nachdem sie das walnußgetäfelte Büro in schreiendem Kanariengelb gestrichen hatte, spannte sie eine Wäscheleine über den schmiedeeisernen Balkon aus dem neunzehnten Jahrhundert, den der Vorbesitzer eigens aus New Orleans hatte herbeischaffen lassen.

»Soll mir einer das Gesetz zeigen, das es einem untersagt, seine Wäsche in der Sonne zu trocknen«, schimpfte sie und zerknüllte einen von mehreren anonymen Beschwerdebriefen. »Diese Leute sollten sich vielleicht *einmal* in ihrem Leben um ihren eigenen Dreck kümmern und mich in Frieden lassen, Herrgott.«

Gerüchten zufolge hatte Valencia schwer geerbt und für das Haus eine Million Dollar in bar hingeblättert, so wie andere Leute einen Gürtel oder eine Elektropfanne bezahlten. Sie redete nie über Geld, außer um zu betonen, daß sie keins habe, wie sie auch sonst alles tat, um ihre betuchte Herkunft zu verbergen. Das Mobiliar des Hauses bestand aus lauter ramponierten Tischen und Stühlen, die sie aus dem Sperrmüll gezogen hatte, und um alle anfallenden Kosten wurde gefeilscht. Verlangte ein Taxi-Fahrer vier Dollar, handelte sie ihn runter auf drei. Forderte jemand den zuvor vereinbarten Preis, wurde er oder sie beschuldigt, eine arme Immigrantin mit einem kleinen, ums nackte Überleben kämpfenden Geschäft und einem hungrigen Kind ausnehmen zu wollen. Entnervt vom Gezeter, gaben erstaunlich viele Leute zuletzt klein bei. Da es sich meistens um Einzelhändler und Arbeiter mit schmalem Portemonnaie handelte, war ich immer wieder überrascht, wieviel Spaß es ihr machte, ihnen den einen oder anderen Dollar abzuschwatzen.

Valencia betrieb einen kleinen Verlag, den sie von ihrem grell bemalten Arbeitszimmer im dritten Stock aus leitete. Es war mehr ein Hobby als eine Verdienstquelle, aber die Arbeit befriedigte ihr Interesse an Kunst und einer gewissen, nur den eigenen Launen verpflichteten Art von Literatur. In den ersten beiden Jahren des Bestehens hatte sie zwei Gedichtbände herausgebracht, geschrieben von Autoren, die vor allem für ihre jähen Wutausbrüche bekannt waren. Ein- oder zweimal die Woche ging eine Bestellung ein, die ich zu bearbeiten hatte. Hin und wieder fiel ein Botengang an, oder ich mußte ein paar Briefe kopieren, aber die meiste Zeit saß ich untätig am Schreibtisch und gestaltete in Gedanken das Haus um. Ein ehrgeiziger Mensch hätte sich vermutlich originelle Werbestrategien ausgedacht, die beiden wenig gefragten Titel unters Volk zu bringen, aber mir geht jeglicher Geschäftssinn ab, und die Anstrengung, wach zu bleiben, nahm mich schon genug in Anspruch.

Wenn zum Monatsersten die Rechnungen für Telefon, Gas und Strom eintrafen, ließ Valencia mich die Geschäftsbücher durchgehen und die Namen sämtlicher Kunden herausschreiben, die ihr Geld schuldeten. Sah sie beispielsweise, daß eine Buchhandlung in London noch eine Rechnung über siebzehn Dollar offenstehen hatte, rief sie: »Siebzehn Dollar! Ich möchte, daß Sie sofort da anrufen und denen sagen, sie sollen das Geld schicken.«

Mein Hinweis, daß die Kosten für ein Ferngespräch den ausstehenden Betrag übersteigen würden, schien sie nicht zu stören, da es hier um eine Frage des Prinzips ginge, wie sie sagte. »Rufen Sie gleich an, bevor die Tee trinken gehen.«

Also griff ich zum Telefon und tat so, als ob ich wählte. Ich hätte nie laut werden und einen Engländer anblaffen können, mir Geld zu schicken, selbst wenn er es mir persönlich geschuldet hätte. Mit dem Hörer am Ohr blickte ich hinaus in den Garten und in die ordentlich eingerichteten Wohnungen von Valencias Nachbarn. Dienstmädchen in Uniformen trugen Tee-Geschirr auf silbernen Tabletts ins Zimmer. Männer und Frauen saßen auf Stühlen mit vier Beinen und konnten ohne den Schutz von Sonnenbrillen ihre Wände betrachten. Als beunruhigend empfand ich den Gedanken, daß ich tatsächlich in Valencias Haus gehörte, daß von allen Heimen New Yorks mein Platz hier an der Seite der Barfüßigen Gräfin war. »London meldet sich nicht«, sagte ich. »Ich glaube, drüben ist heute Feiertag.«

»Auch gut, dann rufen Sie doch bitte den Laden in Michigan an, der uns noch zwölf Dollar und fünfzig Cent schuldet.«

Am späten Nachmittag schauten regelmäßig ein oder mehrere verwahrloste Beat-Poeten vorbei, die immer ganz zufällig gerade in der Gegend waren. Sie waren für ihre legendären Freundschaften berühmter als für ihre Werke, aber das genügte Valencia, die sich mit solchen Männern umgab wie andere Frauen ihres Standes mit Regency-Teewagen oder Staffordshire-Terriern. Sie standen volltrunken vor der Tür und schleppten Fundstücke an, auf die sie kryptische Botschaften gekritzelt hatten. »Hier, hab ich selbst gemacht«, sagten sie. »Wollen Sie's kaufen?« Das ganze Haus war voll mit ihrem Zeug, und ich bekam immer wieder Ärger, weil ich Gregorys Styroporbecher oder Herberts Spezial-Wachsmalstift weggeschmissen hatte. Valencia begegnete diesen abgehalfterten Poeten mit äußerster Großzügigkeit. Sie lernte ihre Gedichte auswendig und sah über ihr schlechtes Benehmen gnädig hinweg, sie schenkte ihnen zu trinken ein und forderte sie auf, zu essen, aber wäre sie so arm gewesen, wie sie immer vorgab, hätten ihre Gäste garantiert nichts mit ihr zu tun haben wollen. Sie war ihnen gegenüber stets charmant und hilfsbereit, doch die unmittelbaren finanziellen Bedürfnisse der Dichter waren eindeutig stärker als der Wunsch nach einer aufrichtigen Freundschaft. Wenn ich Valencia so sah, verstand ich, warum reiche Leute sich für gewöhnlich reiche Freunde suchten. Es war eine Sache, nicht gemocht zu werden, aber es mußte schrecklich sein, ständig von jemandem ausgenutzt zu werden.

Meine Karriere als persönlicher Assistent erreichte ihren Tiefpunkt an einem Sommermorgen, als Valencia mit einem Handzettel ins Zimmer geschneit kam, den sie aus dem Schaufenster eines Ladens für exotische Vögel gleich nebenan mitgenommen hatte. Unter der grobkörnigen Kopie eines Fotos, das eine Art Huhn zu zeigen schien, war die Beschreibung eines entflogenen afrikanischen Graupapageis, der beim Eintreten eines Kunden aus dem Laden entwischt war. Dem Finder des Vogels, der auf den Namen Cheeky hörte, winkte eine Belohnung von siebenhundertundfünfzig Dollar.

»Das ist es«, sagte Valencia. »Wir schnappen uns das Cheeky-Vögelchen, machen halbe-halbe, und schwupp sind wir reich!«

Die Chancen, den Papagei zu finden, kamen mir eher gering vor. Er befand sich bereits seit zwei Tagen in Freiheit und hätte es sogar zu Fuß leicht bis Brooklyn geschafft. Verärgert darüber, daß Valencia sich so gerne als arm ausgab, wandte ich mich meiner Arbeit, einer Buchbestellung, zu. Natürlich hätte ich nichts dagegen gehabt, den Vogel einzufangen, aber es war idiotisch, so zu tun, als hinge ihr Überleben von dem Geld ab. Irgendwann mußte sie sich in den Kopf gesetzt haben, daß Leute ohne Geld ein reicheres Leben führten als alle anderen, daß sie edler oder auch intelligenter waren. In der Absicht, mich edel zu erhalten, zahlte sie mir weniger als ihrem vorherigen Assistenten. Obwohl die Hälfte meiner Gehaltsschecks platzte, weigerte sie sich, mir die anfallenden Strafgebühren zu erstatten, weil sie nicht ihre, sondern meine Bank dafür verantwortlich machte.

Ich stopfte gerade ein Buch in einen Umschlag, als Valencia zischte: »Pssst. David, sehen Sie doch! Da draußen! Wenn das nicht der Siebenhundertundfünfzig-Dollar-Piepmatz ist.«

Beim Blick durch das geöffnete Fenster erspähte ich ein Taubenmännchen auf einem Ginkgo-Zweig, das seinen mißgebildeten Fuß untersuchte.

»Locken Sie ihn ins Haus«, flüsterte Valencia. »Sagen Sie, wir hätten leckeres Brot für ihn, dann kommt er.«

Ich erklärte ihr, es sei bloß eine Taube, aber sie widersprach und hielt zum Beweis die unscharfe Kopie hoch. »Rufen Sie ihn bei seinem Namen, Cheeky. Und dann schnappen Sie ihn, und wir teilen die Belohnung.«

Ich dachte einmal mehr an meine geplatzten Schecks und wußte, selbst wenn dies der gesuchte Papagei wäre, würde sie garantiert einen Weg finden, sich um die Vereinbarung zu drücken und die Teilungsquote neu auszuhandeln. Ich sah praktisch schon, wie sie mir erklärte, sie hätte den Vogel zuerst gesehen, und außerdem stünde ihr ein größerer Anteil zu, weil er auf ihrem Grundstück gefangen worden war. Bislang hatte ich ihre Wutanfälle geduldig über mich ergehen lassen und nichts gesagt, wenn sie mich vor den runtergekommenen Beatniks angebrüllt hatte, aber jetzt war der Bogen überspannt. Ich konnte ihr den Gefallen tun und den Vogel locken, aber ich würde ihn ganz bestimmt nicht Cheeky rufen.

»Worauf warten Sie noch?« fragte sie. »Los doch, bevor er weg ist.«

Ich senkte meine Stimme und machte ein paar leise Kußgeräusche. Ich versprach Futter und andere Annehmlichkeiten, aber die Taube hatte nicht die geringste Lust, ins Haus zu kommen. Sie starrte an mir vorbei, als begutachte sie das ramponierte Mobiliar und die grellbunten Wände, und flog dann davon.

»Wie konnten Sie ihn einfach wegfliegen lassen?« rief Valencia. »Wir hätten gutes Geld machen können, aber Sie mußten ihn mit ihrem idiotischen Schnalzen vertreiben. Herrgott, ich kann's nicht begreifen.«

Sie warf sich auf das Bett in der Ecke und schmollte eine Weile, bevor sie das angeschlagene Telefon nahm und einen Anruf in ihre Heimat tätigte. Ich hatte zwar einen Spanisch-Kurs an der High School belegt, konnte aber nicht sagen, mit wem sie da telefonierte und worüber sie sprachen. Ihre Stimme klang so, als ginge es um eine Herz- oder Nierenspende oder sonst eine lebenswichtige Angelegenheit. Ihrem anfänglichen Flehen folgte eine längere Phase wüsten Gebrülls, das zuletzt wieder in Betteln überging. Ich kannte diese Art Gespräche, über die sie, selbst wenn es dabei Tränen gegeben hatte, nie auch nur ein Wort verlor.

Valencia hatte wohl zehn Minuten telefoniert, als sie plötzlich vom Spanischen zurück ins Englische wechselte. »David! Da ist er wieder! Der Siebenhundertundfünfzig-Dollar-Vogel, und diesmal will er ins Haus. Schnappen Sie ihn. Schnappen Sie Cheeky!«

Es war erneut eine Taube, zwar mit zwei gesunden Füßen, aber einer deutlich kürzeren Aufmerksamkeitsspanne. Auch sie flog davon, und wieder wurde ich angeschrien.

»Nichts können Sie. Ich glaub einfach nicht, was ich mit Ihnen erleben muß. Was soll ein Mensch taugen, der nicht einmal einen Vogel einfangen kann?«

Die Szene wiederholte sich im Laufe der Woche mehrfach und markierte den Anfang vom Ende zwischen Valencia und mir. An den vereinbarten Arbeitstagen rief sie frühmorgens bei mir an und sagte, sie brauche keine Hilfe. Ich wußte, daß sie sich kurz zuvor einen Computer zugelegt und eine Studentin angeheuert hatte, die ihr zeigen sollte, wie man damit umgeht. Die Studentin war eifrig bei der Sache und mochte Beat-Gedichte. Darum gebeten, hätte sie ganz bestimmt eine Taube mit bloßen Händen fangen oder siebzehn Dollar von einem Engländer loseisen können. Ich hätte meine Kündigung einreichen sollen, doch so lausig der Job auch bezahlt wurde, ich hatte keine Lust, mich nach etwas anderem umzusehen.

Ich arbeitete nur noch anderthalb Tage die Woche, als Valencia einen Spediteur beauftragte, eine Fuhre Möbel in ein Apartment zu schaffen, das sie für einen der armen

Poeten gemietet hatte. Da man ihm erklärt hatte, es handle sich um einen Ein-Mann-Job, erschien der Mann ohne irgendeinen Handlanger. Ein Sofa drei Stockwerke runterzuschleppen ist für einen allein ein ziemliches Stück Arbeit, und da ich nichts Besseres zu tun hatte, bot ich ihm meine Hilfe an. Der Mann, dessen Name Patrick war, redete mit einer sanften, hypnotischen Stimme, die jeden seiner Sätze weise und tröstlich klingen ließ. »Ich sehe schon, daß du alle Hände voll zu tun hast mit der«, sagte er und verdrehte dabei die Augen in Richtung Valencias Büro. »Ich kenne solche Weibsbilder zu Genüge. Will einen auf Künstlerin machen und tut so, als hätte sie keinen Penny in der Tasche. Trinkgeld kann man bei so einer vergessen.«

Nachdem wir die Möbel in die neue Wohnung des armen Poeten geschafft hatten, fragte Patrick, ob ich für ihn arbeiten wolle, und ich sagte ja.

»Na großartig«, sagte er. »Besorg dir einen Tragegurt, morgen früh geht's los.«

Als Kommunist mit Parteibuch haßte Patrick es, wenn man ihn mit Boss anredete. »Das hier ist ein Kollektiv«, sagte er. »Ich bin vielleicht Besitzer dieses Lastwagens, aber das macht mich zu keinem wertvolleren Menschen als andere. Wenn ich besser bin als ihr, dann nur, weil ich Ire bin.«

Die selbsternannten Marxisten am College hatten mich immer angeödet, aber Patrick war anders. Ein Blick auf sein Gebiß genügte, um seinen Kreuzzug für eine allgemeine Krankenversorgung zu verstehen. Seine Brille war mit Isolierband umwickelt. Bemerkenswert war auch sein großer körperlicher Arbeitseinsatz. Die mir bekannten Kommunisten waren stets davon ausgegangen, daß nach dem Sieg der Revolution sie diejenigen wären, die mit den Klemmbrettern in der Hand in der Parteizentrale herumstolzierten. Sie waren nicht fähig, ihre Kaffeetassen zu spülen, aber sie konnten sich stundenlang über den Hersteller des Spülmittels ereifern.

Patricks Tassen standen sauber aufgereiht auf dem Abtropfgitter. Er lebte alleine in einer winzigen Sozialwohnung, vollgestopft mit Süßigkeiten, Briefen von einsitzenden Aktivisten und der Sorte Zeitungen, in der man vergeblich nach der Lifestyle-Seite sucht. Sein Umzugs-Kollektiv bestand aus ihm selbst, einem verbeulten Brotlieferwagen und einer Handvoll Voll- und Teilzeitkräfte, die je nach Verfügbarkeit oder Auftragsumfang angeheuert wurden. Zusammen erinnerte unsere Truppe an die Besetzung einer doofen Sitcom, die *Augen zu und durch!* oder *Unter fremden Dächern* heißen konnte. Zu den Teilzeitkräften gehörten Lyle, ein Gitarre spielender Folkie aus Queens, und Ivan, der aus Rußland stammte und Tabletten gegen seine sogenannte »residuale Schizophrenie« nehmen mußte. Vollzeit arbeiteten ich und ein aus dem Knast entlassener Mörder namens Dwayne, der mit einsdreiundneunzig und knapp dreihundertfünfzig Pfund Lebendgewicht ein ebenso guter Werbeträger für das Umzugsgewerbe wie für das Versagen des Rehabilitationssystems für Straffällige war. Mit fünfzehn war er wegen Brandstiftung und Totschlags verurteilt worden und hatte zehn Jahre in diversen Jugend- und Erwachsenenstrafanstalten gesessen. Bei dem Opfer hatte es sich um den Freund seiner Schwester gehandelt. Auf die Frage, warum er ihn abgefackelt habe, sagte Dwayne: »Was weiß ich. Der Kerl war ein Arschloch, warum fragst du?« Er überlegte kurz, bevor er hinzufügte: »Okay, ich fand ihn nicht sehr vertrauenswürdig. Wie klingt das?« Um seinen gegenwärtigen Bewährungshelfer zu beeindrucken, arbeitete Dwayne hartnäckig an der Erweiterung seines Wortschatzes. »Ich kann nicht versprechen, nie wieder einen Menschen zu töten«, sagte er einmal, als er sich gerade einen Kühlschrank auf den Rücken band. »Es ist unrealistisch, sein Leben innerhalb so eng gezogener Parameter auszurichten.«

Es wäre übertrieben zu sagen, ich hätte mit Begeisterung Matratzen in den fünften Stock geschleppt, aber die Arbeit im Team machte wirklich Spaß. Die Bezahlung war nichts verglichen mit dem, was andere Leute dafür bekamen, daß sie Telefongespräche entgegennahmen oder älteren Mitbürgern Zäpfchen ins Rektum schoben, aber es war immer noch mehr, als ich bei Valencia verdient hatte. Außerdem bestand nicht die Gefahr ungedeckter Schecks, und fast immer gab es ein Trinkgeld. Nachdem ich anderthalb Jahre in einem kleinen Büro eingesperrt gewesen war, tat es gut, an der frischen Luft zu sein und herumzukommen. Rego Park, Bayside, Harlem, Coney Island – der Job machte mich mit den verschiedenen Stadtvierteln Manhattans und der weiteren Umgebung vertraut. Er versetzte mich in die Lage, Einblicke in das Leben anderer Menschen zu nehmen, meine New Yorker Mitbürger kennenzulernen und ihre Habseligkeiten herumzutragen.

Weil Patrick sich nicht zum Sklaven anderer Leute machen wollte, transportierten wir so gut wie nie wirklich wertvolle Dinge wie teure Museumsbilder oder ausgesuchte Möbelstücke. Die meisten unserer Kunden zogen in Wohnungen, die sie sich eigentlich nicht leisten konnten. Die neue, höhere Miete bedeutete für sie, den Gürtel enger zu schnallen, Überstunden zu machen oder sich von ihrem kostspieligen Psychiater zu trennen. Sie sorgten sich um ihre Zukunft und heulten auf, wenn ein Relikt ihrer Vergangenheit einen Kratzer bekam oder kaputtging. »Dieser transitorische Zustand macht die völlig weich in der Birne«, erklärte Dwayne mir in der ersten Woche. »Also, ich versuche, ihr Gestreßtsein zu ignorieren und mich ganz auf die zu erwartende Gratifikation zu konzentrieren.«

Schwere Gegenstände in der Gegend herumzuschleppen vermittelte mir in der Gegenwart von Geschlechtsgenossen ein besonderes Gefühl von Männlichkeit. Frauen war es egal, aber ich genoß es, die Typen mit kaputtem Rücken einzuschüchtern, die meinten, sie würden uns helfen, wenn sie uns erklärten, wie wir den Wagen zu beladen hatten. Die allgemeine Überlegung war, daß wir als Möbelpacker nicht sonderlich helle sein konnten. Abgesehen davon, daß wir stark und blöd waren, hielt man uns obendrein auch noch für gefährlich. Patrick und den anderen machte es nichts mehr aus, aber ich hatte einen Heidenspaß daran, für unberechenbar gehalten zu werden. Ich brauchte lediglich mein Rollbrett ein wenig heftiger auf den Boden zu knallen, und schon sagte ein sich aufspielender Kunde beschwichtigend: »Ganz ruhig. Wir können über alles reden.«

Schon bald verlor ich die Geduld mit Leuten, die zu viele Bücher besaßen. Was mir früher als besondere Auszeichnung erschienen war, betrachtete ich jetzt nur noch als niederdrückende, lästige Affektiertheit. Weitaus lieber waren mir da die Sammler ausgestopfter Tiere, auch wenn ihre Konversation vielleicht weniger spritzig war. Schallplattenkisten brachten mich zu der Überzeugung, LPs gehörten verboten oder zumindest auf fünf pro Person begrenzt, und schon bald lernte ich die Sorte Frauen hassen, die sogar ihre leeren Shampooflaschen einpacken und sich vornehmen, mit dem Aussortieren und Wegwerfen bis nach dem Einzug zu warten.

Wenn ich ein bis an die Decke mit Kisten vollgestelltes Apartment betrat, stellte ich mir vor, ich sei eine Ameise und müsse Brotkrümel zu meiner Kolonie schaffen. Es hatte wenig Zweck, darüber nachzudenken, wie oft man hin- und hergehen mußte, da es einem von vornherein allen Mut nahm. Statt dessen schleppte ich Kiste um Kiste, bis die Reihe an mich kam, unten auf den Wagen aufzupassen. Sobald wir dann bei der neuen Wohnung ankamen, ging das ganze Spiel von vorne los, in Glücksfällen mit Unterstützung eines Aufzugs. Oben warteten bereits die Mieter in ihrem neuen, nach Farbe stinkenden Apartment, um den Rahmen für ihr neues Leben festzulegen. »Das Couchbett kommt hier rüber – oder nein, vielleicht besser da vorn. Was meinen Sie?« Die besten Einrichtungstips gab der Schizophrene, obwohl Dwayne auch nicht schlecht war.

Wenn wir mit einem Job fertig waren, standen wir unten auf der Straße und tranken Bier oder muffig schmekkendes Gatorade. Dabei unterhielten wir uns über das Trinkgeld oder die Nachteile der betreffenden Wohngegend. Alle waren sich einig, daß ein Studio von der Größe eines Sarges auf der Avenue D dem Leben in einem der angrenzenden Stadtteile stets vorzuziehen sei. Innerhalb von Brooklyn oder Staten Island umzuziehen war okay, doch solange keine Kinder mit im Spiel waren, bedeutete es selbst für die Obdachlosen ein Abstieg, aus Manhattan wegzugehen. Leute, die aus der City nach Astoria oder Cobble Hill hinauszogen, behaupteten, sich auf das geruhsamere Leben zu freuen, und rühmten die Vorteile eines eigenen Gartens und die Nähe zum Flughafen. Sosehr sie sich bemühten, Optimismus auszustrahlen, war das unterschwellige Gefühl der Niederlage doch stets zu spüren. Die Wohnungen mochten größer und billiger sein als anderswo, aber man konnte nie darauf bauen, daß die alten Freunde je einer Einladung zum Abendessen so weit draußen folgen würden. Selbst Washington Heights war weitab vom Schuß und galt als »Upstate New York«, obwohl es doch zu Manhattan gehörte.

Wenn unsere Flaschen geleert waren, brachte uns Patrick zu dem zurück, was alle bis auf Lyle für den Mittelpunkt des Universums hielten. Leute von einem Ort zum anderen zu verfrachten gab mir das Gefühl, einen wertvollen Dienst zu leisten, der von allen geschätzt und geachtet wurde. Endlich durfte auch ich im großen Weltenplan eine Aufgabe erfüllen. Mein Platz war nicht bei Valencia, sondern hier, im Brotlaster mit meinen Freunden. Mein Freund, der Kommunist, mein Freund, der Schizophrene, und mein Freund, der Mörder.

Am Monatsanfang hatten wir immer am meisten zu tun, aber auch zwischendurch gab es genügend kleinere Jobs und kriselnde Ehen, die uns über Wasser hielten. Anderswo im Land versuchten die Leute der Kinder wegen zusammenzubleiben. In New York rauften sie sich wegen der Wohnung zusammen. Wenn jemand zur Monatsmitte aus einem geräumigen, halbwegs erschwinglichen Apartment mit einem Schlafzimmer auszog, mußte sich wer schwer danebenbenommen haben. Wir räumten die Hälfte der Einrichtung aus, um uns auf der anschließenden Fahrt zu einem eilig angemieteten Lagerraum vom frisch vor die Tür gesetzten Mieter in die Details einweihen zu lassen. Die Betroffenen waren stets redselig, auch wenn es sie einige Mühe kostete, sich bei dem Lärm unseres Lastwagens verständlich zu machen. Ich lauschte gerne ihren Geschichten, so seltsam es war, privateste Dinge zugebrüllt statt zugeflüstert zu bekommen.

»SIE HAT WAS GEMACHT?« riefen Dwayne oder ich.

»SIE HAT MIT IHREM EX AUF DEM SOFA GEVÖGELT, DAS ICH ZU UNSEREM HOCHZEITSTAG GEKAUFT HABE.«

»WORAUF?«

»AUF DEM SOFA, AUF DEM ICH SITZE. SIE HAT IHREN EX DRAUF GEBUMST.«

»WIE OFT?« fragten wir.

»HÄH!«

»ICH FRAGTE ›WIE OFT‹?«

»EINMAL, SOWEIT ICH WEISS, REICHT DAS ETWA NICHT?«

»KOMMT DRAUF AN. WIE HOCH WAR DIE MIETE?«

Suchte wer eine neue Wohnung, war er bei uns genau an der richtigen Adresse. Manche Umzugsunternehmen ließen sich ihre Auskünfte bezahlen, aber bei uns gab's alles umsonst. Manchmal hielten Leute den vollgepackten Wagen an und fragten, wo wir herkämen. »Wissen Sie, ob's schon vermietet ist? Badewanne oder Dusche?« Vermutlich machten sie es mit den Jungs vom Rettungswagen nicht anders, wenn sie unterwegs zum Leichenschauhaus waren. »Auf welcher Etage hat der Verschiedene gewohnt? War es ein helles Apartment?«

Ich war mit der Vorstellung groß geworden, man müßte einigermaßen helle sein, um in New York durchzukommen, aber eine überraschend große Zahl unserer Kunden überzeugte mich vom Gegenteil. Da gab es Leute, die zweihundert Pfund Porzellan in einen einzigen Umzugskarton von der Größe einer Hundehütte packten, oder schlimmer noch, Leute, die überhaupt nichts einpackten. Ich erinnere mich noch an den Umzug einer attraktiven jungen Frau, die es für schick hielt, Kim mit einem *h*, einem *y* und Doppel-*m* zu buchstabieren. Als die Tür aufging, dröhnte uns nervtötende Club Music aus einer gigantischen Stereo-Anlage entgegen. Auf der Herdplatte brutzelte eine Pfanne Popcorn, wie überhaupt alles an seinem angestammten Platz zu stehen schien. Ich dachte, wir hätten uns in der Adresse vertan, und wollte mich entschuldigen, als die Frau sagte: »Die Männer vom Umzugsunternehmen? Großartig, immer herein.«

Im gleichen Moment ging das Telefon, so daß sie erst einmal das Gespräch entgegennahm, bevor sie die Hand auf die Sprechmuschel hielt und sagte: »Ich hab keine Kartons oder sowas finden können, also ... na ja.«

»Wie ›also ... na ja‹?« fragte Dwayne. »Sollen wir irgendwie zaubern oder, na ja, einfach nach Hause gehen?«

Er und ich wären am liebsten gleich wieder verschwunden. Uns reichte es, daß das Mädel nicht mal ihren Kram eingepackt bekam. Eine rotglühende Pfanne war genau das richtige für den Möbelwagen, und wer es schon nicht für nötig hielt, ein paar Umzugskartons aufzutreiben, würde erst recht kein Trinkgeld springen lassen. In meinen Augen gehörte Khymm zu der Sorte Frauen, die allein wegen ihres Aussehens weiterkamen. Man hatte ihr vermutlich schon alles mögliche verziehen, aber ich zweifelte, ob sie damit bei Patrick durchkam. Meines Wissens standen Kommunisten mehr auf kräftige, wohlgenährte Mädchen mit stämmigen Fesseln und breiten Schultern, die sich besonders fürs Korndreschen und das Schleppen schwerer Reissäcke eigneten.

»Und jetzt?« fragte Dwayne.

Patrick warf die Hände in die Luft und sagte: »Was soll's. Wo wir schon mal hier sind.«

Die junge Frau hatte einen kleinen Hund, einen Spitz, der die ganzen drei Stunden, in denen wir das Apartment ausräumten, ununterbrochen kläffte. Sie selbst rührte keinen Finger, sondern führte lieber ausgiebige Telefonate, die sie nur für gelegentliche Zwischenrufe wie: »Achtung, das ist ein Sammlerstück«, oder: »Vorsichtig mit den Fischen, ich glaube, das Weibchen ist trächtig« unterbrach. Während ich einmal mehr in den dritten Stock hochstiefelte, um eine Ladung Shampooflaschen in Empfang zu nehmen, gingen mir düstere Phantasien durch den Kopf, die noch düsterer wurden, als wir mit dem Beladen fertig waren und zu ihrer neuen Wohnung fuhren, einem Apartment im fünften Stock ohne Aufzug. Wie ich es prophezeit hatte, bekamen wir als Trinkgeld ein Blendax-Lächeln und den klugen Ratschlag, uns einen schönen Abend zu machen. Patrick legte für unsere Mühen noch was drauf, hielt sich aber geflissentlich zurück, als Dwayne und ich im Wagen über die preisverdächtige Bescheuertheit der Frau herzogen.

»Also, jetzt übertreibt mal nicht. Sie war doch ganz nett.« In manchen Dingen hatte er seinen eigenen Kopf. Es konnte passieren, daß wir in ein aufgeräumtes, komplett in Kartons verpacktes Apartment kamen, und Patrick, falls der Kunde männlich war und offenbar nicht zu den Ärmsten gehörte, den Job kurzerhand unter dem Vorwand absagte, ihm sei eine Achse am Wagen gebrochen oder das Getriebe habe seinen Geist aufgegeben. »Tut mir leid,

Kumpel, aber ich kann's nicht machen.« Er ließ noch die Nummer eines Konkurrenzunternehmens da und verschwand, hochzufrieden über die von ihm verursachten Unannehmlichkeiten.

»Mit den Typen hat man nichts als Ärger«, sagte er auf dem Weg zum Wagen. »Also, wie steht's, Leute, Lust auf 'ne Tasse frisch aufgebrühten Kaffee? Ich lade euch ein.«

Das *frisch aufgebrüht* konnte mich nur wenig besänftigen. Ich wollte keinen Kaffee, ich wollte arbeiten. »Was stimmte denn nicht mit dem Typ?« fragte ich. »Das Haus hatte einen Aufzug, verdammt nochmal. Das war gutes Geld.«

Patrick warf seinen Kopf zurück und lachte sein herzhaftes Kommunistenlachen, ein anhaltendes Eselsgeschrei, das mir zu verstehen geben sollte, ich sei noch jung und könne nicht zwischen gutem und schlechtem Geld unterscheiden.

»Morgen haben wir einen dicken Auftrag«, sagte er. »Also, Bruder, wieviel Geld brauchst du?«

»Genug für ein Reihenhaus«, erwiderte ich.

»Du willst doch nicht ernsthaft ein Reihenhaus.«

»Und ob.«

»Na, dann hast du definitiv den falschen Beruf.«

Damit hatte er zweifellos recht. Umzugskisten treppauf und treppabtragen würde mich nie zum Millionär machen. Aber was soll's, mit meinem Verdienst in der Tasche konnte ich durch die Straßen laufen, ohne mich daran zu reiben, daß andere mehr hatten. Ich konnte ins Kino gehen oder mir von Dwayne ein Mini-Piece kaufen, ohne von Neid gepiesackt zu werden. Ich mußte wohl einsehen, daß es für Patrick das gleiche bedeutete, gewissen Leuten den Umzug zu machen, als wenn ich zu einer Taube

Cheeky sagen sollte – es war ihm schlichtweg nicht das Geld wert. Vielleicht glaubte er, diese Typen würden auf seine Zähne kucken und ihn für einen Verlierer halten. Ihr ungebrochener Wille zum Erfolg zeigte ihm vielleicht auch die Vergeblichkeit seines eigenen Strebens. Genaueres Nachhaken meinerseits wurde stets nur mit Marx- oder Lenin-Zitaten quittiert, so daß ich mir Fragen dieser Art bald abgewöhnte.

Die schönste Zeit waren kalte Herbstnachmittage, wenn wir gerade einen größeren Umzug von Manhattan nach Brooklyn oder Queens hinter uns hatten. Bei geöffneter Seitentür saßen wir zu viert vorne auf der Sitzbank, während Patrick einer übersetzten Rede des Parteiführers Maos über »Den großen Sprung nach vorn« auf Kassette zuhörte. Auf der Brücke staute sich der Verkehr nach einem Zusammenstoß, aber da An- und Abfahrtszeiten mitbezahlt wurden, hofften wir, es möge mindestens ein Schwertransporter in den Unfall verwickelt sein. Wenn die Rede zu langweilig wurde, fragte ich Dwayne nach seiner Zeit in der Besserungsanstalt und träumte selig vor mich hin, wenn er von zwölfjährigen Autodieben und Jungen erzählte, die ihren Bruder wegen einer Eiswaffel umgebracht hatten. Auch Patrick schaltete sich ein und erklärte, daß Gewaltverbrechen die natürliche Folge des kapitalistischen Systems seien, bis zuletzt die New Yorker Skyline am Horizont auftauchte und wir alle zu reden aufhörten. Wenn man in Manhattan lebt, ist es immer wieder erfrischend, es aus der Ferne zu sehen. Aus der Nähe betrachtet, besteht die Stadt aus einer niederschmetternden Menge von Treppen, aber von weitem weckt sie so großartige Phantasien von Reichtum und Macht, daß selbst unsere Kommunisten vorübergehend sprachlos sind.

# *Unser Küchenchef empfiehlt*

An seinem Geburtstag sitzen Hugh und ich in einem New Yorker Restaurant in Erwartung unseres dreizeiligen Hauptgerichts. Er trägt seinen eigenen Anzug und Pullover und sieht darin ausgesprochen gut aus. Mir gehören nur Schuhe, Hose, Hemd und Krawatte. Mein Jackett gehört dem Restaurant und ist eine Leihgabe des Oberkellners, der anscheinend glaubt, ich würde mich in der Tracht eines Tambourmajors wohler fühlen.

Ich betrachte noch irritiert die breiten Goldlitzen an den Ärmeln, als der Kellner uns etwas bringt, das er als »eine kleine Anregung für den Gaumen« bezeichnet. Die Anregung hat die Größe und Farbe eines Heftpflasters, das, von etwas Grünzeug gekrönt, auf einem schlammfarbenen Soßenklecks schwimmt.

»Und das ist … äh, was genau, bitte?« fragt Hugh.

»Das«, wirft sich der Kellner in die Brust, »ist unser roher Atlantik-Schwertfisch auf Zartbitter-Schokoladenmousse mit frischer Minze.«

»Nicht schon wieder«, sage ich. »Können Sie sich nicht mal was Originelleres einfallen lassen?«

»Tolles Jackett«, flüstert er mir zu.

Grundsätzlich bin ich kein großer Fan von New Yorker Restaurants. Es fällt mir schwer, mich mit einem Lokal anzufreunden, das einem einerseits das Rauchen verbietet, andererseits aber nichts dabei findet, rohen Fisch in einer Schokoladenpfütze zu servieren. Es gibt einfach keine normalen Restaurants mehr. Die »Diners« sind alle durch aufgemotzte kleine »Bistros« ersetzt worden, die sich einer ursprünglichen amerikanischen Küche rühmen. Sie nennen ihre Speisen zwar traditionell, aber es sind nie die amerikanischen Gerichte, wie ich sie von früher kenne. Statt Frikadellen gibt es jetzt Medaillons von Baby-Artischocken mit Kräuterkruste, bei denen ich nie denke: Ach ja, die! Ob sie die genauso machen wie früher meine Mom?

Es hängt wohl auch damit zusammen, daß wir im falschen Viertel leben. Soho ist keine Gegend für Nudelsalat. Hier kommen die vielversprechendsten jungen Talente der Welt zusammen, um karamelisierte Singvogelbrüstchen zu schmoren oder ihre berühmte kurzgebratene Süßwasserbarsch-Carbonade an einer Rosette geraspelten Ingwers und einem Arrangement getrockneter chilenischer Blätterpilze, überzogen mit einem betörenden Hauch klarifizierten Moschusöls, anzubieten. Selbst ganz simple Speisen werden auf künstliche Art aufgedonnert – der Hackbraten wird in Meerwasser pochiert oder der Thunfischsalat mit Feigen angemacht. Wenn Kochen eine Kunst ist, befinden wir uns vermutlich zur Zeit in der Dada-Phase.

Ich habe mich nie für einen besonders wählerischen Esser gehalten, aber man wird fast zwangsläufig zum Spielverderber, wenn jedes Gericht mindestens achtzehn Zutaten enthält, von denen ich eine garantiert nicht ausstehen kann. Das Entrecôte mit einem Medley erstickter Pfirsiche wäre schon was für mich, nur schreckt mich die Aspirin-Soße ab. Die Jakobsmuscheln hören sich gut an, bis man mir erklärt, daß sie in einer Bouillon aus Malzbier und vertrockneten Litschikernen serviert werden. Da ich mir nichts mehr wünsche als eine Zigarette, überfliege ich die Speisekarte stets in der Hoffnung, irgendein mutiger junger Koch hätte endlich die Tabakpflanze als Gemüse entdeckt. Egal, ob gebraten, gedünstet, gegrillt oder in Babymuscheln gestopft, Hauptsache etwas Vertrautes, an das ich mich halten kann.

Als der Kellner mit unseren Tellern anrückt, habe ich keine Ahnung, welches Gericht für mich sein könnte. In den Restaurants von gestern konnte man sich seine Bestellung nicht nur vorstellen, sondern sie auch wiedererkennen. Es gab vielleicht kleinere Abweichungen, aber im großen und ganzen wurde an einem Lammkotelett nicht weiter herumgemacht. Es sah auch nach dem Braten aus wie ein Kotelett, mit einem Stiel aus Knochen und einem tränenförmigen Stück Fleisch, das von einem Fettrand umgeben war. Anscheinend war das irgendwie zu unspektakulär. Bestellt man heute ein Lammkotelett, sieht es mit Sicherheit genauso aus wie die Seezungenröllchen des Nachbarn. Außerdem hat man sich angewöhnt, die Speisen sinnlos auf dem Teller aufzutürmen. Sie dürfen nicht einfach so daliegen, sondern müssen sich zum Himmel strecken wie die Wolkenkratzer in unseren Städten. Gerade so, als ob die Teller sündhaft teures Bauland wären, und der Küchenchef hat eine winzige Parzelle ohne Einschränkung der Bebauungshöhe erworben. Hughs Saffran-Linguini ähneln einem Mini-Turban, der oben mit kleinen Garnelen-Türmchen bewehrt ist. Er befindet sich genau in der Tellermitte, während die große freie Fläche ringsum vermutlich als Parkplatz vermietet werden soll. An mich geht das Steak, das man nach dem gleichen minimalistischen Prinzip bereits vom Knochen getrennt, in dünne Scheiben geschnitten und zu einer Art Scheiterhaufen aufgeschichtet hat. Die dazugehörigen Kartoffeln sind entweder bis zur bloßen Essenz klarifiziert oder wurden zur Befeuerung des Grills verwendet.

»Vielleicht«, sagt Hugh, »sind sie unter deinem Fleischturm.«

So weit ist es mit uns gekommen. Hugh pustet die Yucca-Pollen von seinen verkokelten Garnelen, während ich die Ärmel meines Leih-Jacketts hochziehe und in dem Fleischturm nach den versprochenen Kartoffeln bohre.

»Da sind sie ja, genau wie ich gesagt habe.« Hugh zeigt mit seiner Gabel auf etwas, das man leicht für eine Handvoll kariöser Backenzähne halten könnte. Das Dunkle muß das Gemüse sein.

Weil ich ebenso verfressen wie masochistisch bin, folgt auf meine Standardbeschwerde: »Mein Gott, war das schlecht«, stets der Satz: »Und dann auch noch so wenig.«

Sobald wir unsere Teller geleert haben, bringt der Kellner die Dessert-Karte. Ich lerne, daß Würzfleisch nicht mehr länger dem Gabelfrühstück vorbehalten ist und daß man alles, aber auch *alles* in ein Sorbet verwandeln kann.

»Ich schaff's nicht mehr«, wehre ich den Kellner ab, der mir das Couscous aus weißer Schokolade und wilden Loganbeeren empfiehlt.

»Wenn wir kalorienbewußt sind, kann ich dem Küchenchef sagen, er soll die Crème fraîche weglassen.«

»Nein«, wiederhole ich, »es geht wirklich nicht mehr.«

Mit dem Hinweis, wir müßten noch ins Kino, bitten wir um die Rechnung. Obwohl es bis dorthin keine zehn Minuten zu Fuß sind, drängle ich, weil ich vorher noch was essen muß. Im Kino selbst gibt's zwar jede Menge Snacks, aber ich sitze nur ungern mit einem Hamburger vor der Leinwand. Zum Glück liegt eine Hot-dog-Bude fast auf unserem Weg.

Meine Freunde sagen immer: »Wie kannst du diesen Fraß nur essen? In der Zeitung stand, da sind Schweinelippen drin.«

»Und …?«

»Und Herzen und Augenlider.«

Wenn ich richtig gezählt habe, sind das mal gerade drei Zutaten und insofern eine angenehme Abwechslung. Ich bestelle einen mit nichts als Senf und strahle, als der Verkäufer mir den Hot-dog in der Horizontalen hinhält. So einfach und zeitlos, daß ich ihn auf Anhieb als etwas Eßbares erkenne.

# *Stadt der Engel*

Meine Jugendfreundin Alisha lebt in North Carolina, kam aber früher mindestens zweimal im Jahr zu Besuch nach New York. Sie war stets ein angenehmer, unkomplizierter Gast, den man gerne um sich hat, da sie vollkommen glücklich damit war, mich bei Besorgungen in der Stadt zu begleiten oder auch nur auf dem Sofa zu liegen und in einer Zeitschrift zu blättern. »Tu einfach so, als wäre ich gar nicht da«, sagte sie immer – woran ich mich manchmal auch hielt. Aufgrund ihrer ruhigen Art und der Bereitschaft, sich überall anzuschließen, wurde sie oft im gutgemeinten Sinne mit einem Schatten verglichen.

Eine Woche vor einem ihrer regelmäßigen Besuche im Dezember rief Alisha mich an und sagte, sie bringe noch eine Begleitung namens Bonnie mit. Die Frau arbeitete in einem Sandwich-Shop und war in ihrem Leben noch nie weiter als fünfzig Meilen über ihren Heimatort Greensboro hinausgekommen. Alisha kannte sie noch nicht lange, sagte aber, sie mache einen sehr netten Eindruck. *Nett* ist eins von Alishas Lieblingswörtern, mit dem sie so ungefähr jeden beschreibt. Würde man ihr einen Tritt in die Magengrube verpassen, hätte man allenfalls eine Degradierung zu »halbnett« zu gewärtigen. Ich kenne niemanden, der so zurückhaltend im Urteil ist und so bereitwillig über Dinge hinwegsieht, die in meinen Augen oft schwere Persönlichkeitsdefekte sind. Wie bei allen meinen Freunden tendiert ihre Menschenkenntnis gegen null.

Als die beiden Frauen am Freitagnachmittag in New York eintrafen, fiel mir schon bei der Begrüßung Alishas ungewöhnlich verzweifeltes Gesicht auf. Es war der Ausdruck eines Menschen, der zu spät erkannt hat, daß entweder sein Haus in Flammen steht oder er sich die falsche Reisebegleitung ausgesucht hat. »Zieh dich warm an«, flüsterte sie.

Bonnie war eine griesgrämige, spindeldürre Person, deren dicke Backfischzöpfe wie Hanfstricke über die putzigen Hündchen auf ihrem Sweatshirt fielen. Sie hatte einen starken Greensboro-Akzent und war in der festen Überzeugung auf dem Kennedy-Airport gelandet, daß einem die Leute in New York bei der erstbesten Gelegenheit die Goldkronen aus den Zähnen klauen würden – aber die sollten sie kennenlernen. »Als der Taxifahrer sagte: ›Sie klingen so, als wären Sie nicht von hier‹, wußte ich gleich, der Kerl will uns übers Ohr hauen.«

Alisha legte beide Hände an den Kopf, um ihre unübersehbare Migräne zu massieren.

»Ich wußte genau, was der vorhatte. Ich weiß, wo's langgeht, ich bin ja nicht blöd, also notierte ich mir seinen Namen und die Fahrzeugnummer und sagte, ich würde zur Polizei gehen, wenn er mir mit irgendwelchen Tricks käme. Schließlich bin ich nicht hergekommen, um mich hier ausnehmen zu lassen, und das hab ich auch gesagt, stimmt's, Alisha?«

Sie zeigte mir die Taxi-Quittung, worauf ich ihr versicherte, der Preis sei völlig korrekt. Die Fahrt vom Kennedy-Airport zu jeder beliebigen Adresse in Manhattan sei pauschal dreißig Dollar.

Sie stopfte die Quittung zurück in ihr Portemonnaie. »Nun, ich hoffe, der hat nicht auch noch auf ein Trinkgeld spekuliert. Ohne mich!«

»Sie haben ihm kein Trinkgeld gegeben?«

»Wie käme ich dazu!« sagte Bonnie. »Ich weiß nicht, wie's Ihnen geht, aber ich muß für mein Geld hart arbeiten. Es gehört mir allein, und Trinkgeld kriegt von mir keiner, der mir nicht den Service bietet, den ich erwarte.«

»Na prima«, sagte ich. »Aber welchen Service erwarten Sie denn, wenn Sie noch nie im Leben Taxi gefahren sind?«

»Ich erwarte, so behandelt zu werden wie jeder andere auch, nicht mehr und nicht weniger. Ich erwarte, wie eine Amerikanerin behandelt zu werden.«

Genau da lag die Wurzel des Übels. Amerikanische Touristen werden in Teheran mehr Herzlichkeit finden als in New York, einer Stadt, deren Grundsatz lautet, wir gegen die. Ich kann kein Latein, aber für mich stand immer außer Frage, daß das Stadtmotto mit »Geht nach Hause« oder »Danke, wir mögen euch auch nicht« zu übersetzen wäre. Die meisten meiner Bekannten waren wie ich vordringlich deshalb nach New York gegangen, um sich nicht länger mit Leuten wie Bonnie herumschlagen zu müssen. Die Angst hatte zu unseren Gunsten gearbeitet, bis ein neuer Bürgermeister damit anfing, die Stadt als »Familien-Themenpark« anzupreisen. Seine Kampagne hatte so großen Erfolg, daß die Bonnies jetzt in Scharen einfielen und die gleiche Gastfreundschaft einforderten, die sie einen Monat zuvor in Orlando erfahren hatten.

Ich hatte schon Besucher von überall her gehabt, aber Alishas Freundin war die erste, die mit einem kompletten Reiseprogramm anrückte, einem dikken Bündel von Broschüren und Fahrplänen, das sie in einem um die Taille geschnallten Nylontäschchen trug. Vor ihrer Abreise war sie in North Carolina in einem Reisebüro gewesen, wo man ihr eine Liste mit Ausflugszielen mitgegeben hatte, um die jeder vernünftige Mensch einen großen Bogen machte, erst recht an den Feiertagen, wenn die Massen hier Dimensionen wie in China annahmen.

»Gut«, sagte ich. »Mal sehen, was sich machen läßt. Ich bin sicher, auch Alisha hat das eine oder andere vor, also wechseln wir am besten ab.«

Ihr Gesichtsausdruck verriet, daß Geben und Nehmen eine neue und nicht sehr angenehme Vorstellung für Bonnie aus Greensboro war. Sie kniff ihre Lippen zusammen, wandte sich wieder ihren Prospekten zu und brummelte: »Ich bin nach New York gekommen, um New York zu sehen, und niemand wird mich davon abhalten.«

Die Probleme begannen am folgenden Morgen, als ich mich über das Reiseprogramm hinwegsetzte und mit den beiden zum Flohmarkt nach Chelsea fuhr. Alisha wollte nach Schallplatten und Autogrammkarten suchen. Bonnie war keine große Shopperin, beschloß aber nach anhaltendem Gequengel, vielleicht das eine oder andere Exemplar für ihre Engel-Sammlung zu erwerben. Engel, sagte sie, waren Gottes Art, »Hallo« zu sagen.

Der Flohmarkt hatte einiges an Schallplatten und Autogrammkarten zu bieten, aber die Engel sorgten für kein großes »Hallo«. »Nicht zu den Preisen«, maulte Bonnie.

»Da war so ein kleiner Glasengel mit Trompete, und als ich die Frau frage, wieviel der kostet, sagt die doch glatt, fünfundzwanzig Dollar. Ich hab ihr gesagt, sie könne mich, na, ihr wißt schon. Niemals würde ich soviel Geld hinblättern, wo ich zu Hause zehn Engel für den halben Preis bekäme. ›Und‹, hab ich ihr gesagt, ›die bei uns sind auch viel spiritueller als die sauertöpfischen Engel hier in New York.‹ Genau das hab ich der gesagt.«

Sie nannte den Flohmarkt eine einzige Zeitverschwendung und fügte hinzu, sie sei durchgefroren, hungrig und wolle gehen. Wir einigten uns, mit der U-Bahn nach Uptown zu fahren und dort etwas zu essen, auch wenn ein Dollar fünfzig für zehn Minuten Fahrt Halsabschneiderei sei. Als der Mann am Schalter ihr versehentlich fünf Cent zu wenig rausgab, preßte Bonnie ihren Mund fast an die Scheibe des Kassenhäuschens und sagte: »Entschuldigen Sie, nur zu Ihrer Information, ich hasse es, wenn man mich für blöd verkaufen will. Ich komme vielleicht aus North Carolina, aber ich kann zählen wie jeder andere. Würden Sie mir bitte sofort meine fünf Cent rausgeben, oder soll ich mich an Ihren Vorgesetzten wenden?«

Im Restaurant war sie nicht davon abzubringen, daß die Kellnerin ihr zuviel für den Milchshake abgenommen hatte, obwohl der Preis fett und breit auf der Speisekarte stand. Als ich vorschlug, anschließend ins Kino zu gehen, lehnte Bonnie sich vom Tisch zurück und schmollte weiter. »Ich wollte in eine Broadway-Show, und jetzt soll ich in einen Film, den ich zu Hause für drei Dollar fünfzig sehen könnte. Da bin ich fünfhundert Meilen nach New York geflogen, um mich mit einem Schoko-Milchshake und einem Teller Bratkartoffeln abspeisen zu lassen. Echt ’n toller Trip.«

Wir hätten sie gleich totprügeln sollen. Es wäre zweifellos die beste Lösung gewesen, aber statt dessen stellten wir uns am Schalter für die verbilligten Tickets an. Alisha ging mit Bonnie in ihre Broadway-Show, anschließend würde ich die beiden abholen. Wir hatten gehofft, die Aufführung würde Bonnie besänftigen, aber nachdem sie erst einmal Gefallen an ihrem Reiseprogramm entdeckt hatte, gab es kein Halten mehr. Am nächsten Morgen warf sie Alisha um sieben aus den Federn, damit sie einen Vorsprung hätten, wenn es auf die Freiheitsstatue und das Empire State Building ginge. Danach standen die Vereinten Nationen und der South Street Seaport auf dem Programm, bevor sie um vier zurück im Apartment waren. Alisha war am Ende, aber Bonnie wollte zum High-tea ins Plaza Hotel. High-tea ist prima, wenn man diese Art von Abendessen mag. Sauer wurde Bonnie nur, als ich vorschlug, sie wolle sich vorher doch bestimmt noch umziehen. Sie trug etwas, das die Leute im Süden »Schweine-Blaumann« nennen, jene Sorte Overall, die vornehmlich von Bauern getragen wird. Da das Publikum im Plaza sich voraussichtlich in Schale geschmissen hatte, dachte ich, sie würde sich in einem Aufzug unwohl fühlen, den die meisten Leute mit harter körperlicher Arbeit in Verbindung brachten. Ich wollte nur hilfsbereit sein, aber Bonnie sah das ganz anders.

»Ich will dir mal was sagen, Mr. New York City. Ich bin ausgesprochen zufrieden mit dem, was ich anhabe, und wenn die im Plaza Hotel anderer Meinung sind, ist das *deren* Problem, nicht meins.«

Ich hatte versucht, sie zu warnen, aber im Grunde war ich hoch erfreut, daß sie meinen Ratschlag in den Wind schlug. Mir machte der Vogelscheuchen-Look nichts aus. Ich war zwar noch nie im Plaza gewesen, zweifelte aber keine Sekunde, daß sie von einer Horde stinkreicher, koffeingeputschter Society-Damen mit hohen Standards und makellosem Ruf in Stücke gerissen würde. Sie würde nicht bedient werden, ein Mordstheater veranstalten und zuletzt in einem Pfannkuchenhaus in Midtown zu Abend essen. Nachdem Alisha sich ein Kleid angezogen hatte, setzte ich die beiden vor dem Hotel ab. Eine Stunde später war ich wieder da, um sie abzuholen, als ich Bonnie mit ihrer Wegwerf-Kamera durch den Saal stapfen sah. »Könnte wer ein Bild von mir und dem Kellner machen?« rief sie. »Ich würd ja meine Freundin bitten, aber die hat irgendwie 'n Furz quersitzen.«

Ich erwartete, man werde sie umgehend vor die Tür setzen, bis ich entsetzt registrierte, daß das Plaza Hotel eine geschlossene Gesellschaft voller Bonnies war. Lässig in Sweat-Shirts und Trainingsanzüge gekleidet, waren die übrigen Vogelscheuchen nur zu gerne bereit, ihrer Bitte nachzukommen. Blitzlichter flackerten von allen Seiten.

»Na, das waren mal 'n paar nette New Yorker«, sagte sie, als sie winkend den Saal verließ. Ich versuchte ihr zu erklären, daß es keine echten New Yorker waren, allerdings hörte sie mir zu diesem Zeitpunkt längst nicht mehr zu. Sie zerrte Alisha hinter sich her zu einer Kutschfahrt durch den Central Park. Danach war es Zeit für einen Besuch bei »Fay-o Schwarz«, wie sie es nannte. Im Anschluß an den Spielwarenladen folgte eine aufreibende Tour zur Radio City Music Hall, St. Patrick's Cathedral und dem Weihnachtsbaum an der Rockefeller Plaza. Die Massen drängelten sich so dicht, daß man getrost die Füße vom Boden nehmen und sich mehrere Blocks in jede beliebige Richtung tragen lassen konnte. Ich war restlos bedient, während Bonnie eine Art Ekstase erlebte, ganz und gar selig, ein New York ohne New Yorker entdeckt zu haben. Hier waren Touristen aus Omaha oder Chattanooga, die sich über den himmelschreienden Preis für Röstkastanien ereiferten. Sie entschuldigten sich, wenn sie jemandem auf den Fuß traten, meckerten jedoch nicht, wenn irgendein Idiot ihnen mit der Videokamera in den Weg lief. Die Horde war ebenso gnadenlos wie krankhaft freundlich, und ihre Begeisterung war einfach betäubend. Um sich herum sah Bonnie ein glitzerndes Paradies mit lauter anständigen, gleichgesinnten Menschen, die der liebe Gott gesandt hatte, um der Welt »Hallo« zu sagen. Getragen von ihrer Armee von Engeln ließ sie sich auf die andere Straßenseite spülen, um einen Jongleur zu fotografieren, während ich mich nach Hause schlich, ein klarer Außenseiter in einer Stadt, die ich naiverweise immer als *meine* betrachtet hatte.

# *Ein grünblauer Diamant*

Ich lebte bereits acht Jahre in Manhattan, als mich eines Tages mein Vater anrief und mir völlig aufgelöst mitteilte, meine Schwester Amy solle in einem Zeitschriftenartikel über interessante New Yorker Frauen erscheinen.

»Kannst du dir das vorstellen?« fragte er. »Mein Gott, man braucht nur eine Kamera auf das Mädchen zu halten, und sie leuchtet wie ein Diamant! Ihr Telefon wird heißlaufen von den vielen Anrufen alleinstehender Männer und den zahllosen Job-Angeboten!« Er machte eine kurze Pause, in der er sich vielleicht das Leben einer Frau in New York vorstellte, deren Telefon heißläuft. »Wir müssen nur aufpassen, daß nicht die falschen Leute anrufen«, sagte er. »Du kümmerst dich drum, nicht wahr?«

Ich kritzelte auf die Zeitung auf meinem Schoß, den Hörer möglichst nahe an das Papier haltend. »Ist bereits notiert.«

»Braver Junge«, sagte er.

»Das Problem ist, daß sie so verdammt hübsch ist«,

sagte er. »Genau da liegt die Gefahr. Und natürlich, na ja, daß sie ein Mädchen ist.«

Mein Vater hat immer großen Wert auf die äußere Schönheit seiner Töchter gelegt. In seinen Augen ist sie ihr größtes Kapital, so daß er über ihr Aussehen mit den Argusaugen eines Zuhälters wacht. Er wurde in einer Zeit geboren, in der man noch glaubte, die Ehe sei für eine Frau die einzige Chance zum Glück. Da wir später einmal einen Beruf ergreifen würden, durften mein Bruder und ich als Kinder so dick und häßlich sein, wie wir wollten. Unsere Körper wurden als bloße Vehikel betrachtet, aufgedunsene, fettbäuchige Maschinen, die dazu da waren, unsere Gedanken von einem Ort zum anderen zu transportieren. Ich konnte seelenruhig durchs Haus stiefeln und Pfannkuchenteig aus einem Plastikeimer schlürfen, aber wenn bei einer meiner Schwestern der Bikini spannte, war mein Vater gleich mit blumigen Metaphern zur Stelle. »Du meine Güte, Flossie, was ist das hier, 'ne Schweinemast? Sieh dich nur an, du bist breit wie ein Scheunentor. Noch zwei Pfund drauf, und die lassen dich nicht mehr über die Landesgrenze ohne Truck-Lizenz.«

»Bitte, Lou«, seufzte meine Mutter, »hack nicht immer auf den Mädchen rum.«

»Ach was. Später werden sie mir noch dankbar sein.« Er glaubte tatsächlich, er tue den Mädchen einen Gefallen, und verstand nie, warum der Dank nie kam.

Seine Wachsamkeit und sein Druck machten meine Schwestern nur defensiver und selbstbewußter. Die einzige Ausnahme war Amy, die sich mit einem vertragen kann, ohne daß man sich vorher gestritten hat. Alles scheint an ihr abzuprallen, zum Teil deshalb, weil sie selten sie selbst ist. Ihre Vorliebe für Verwandlungen begann in frühen Jahren und hat sich mittlerweile zu etwas ausgewachsen, das an eine multiple Persönlichkeitsspaltung erinnert. Sie ist Sybil mit mehr Sinn für Humor, Eva ohne deren Heulanfälle. Auf die Frage meiner Mutter: »Und wer sind wir heute?« antwortete Amy immer gleich: »Wer soll ich denn lieber nicht sein?«

Mit zehn wurde Amy dabei erwischt, wie sie eine Handvoll Zwanzig-Dollar-Scheine aus der unbeaufsichtigten Kasse des Lebensmittelhändlers zog. Ich war Zeuge der Aktion und völlig baff von der Dreistigkeit und Unerschrockenheit meiner Schwester. Als der Besitzer anrückte, erklärte sie ihm, sie stehle nicht, sondern spiele bloß eine Diebin. »Und Diebe stehlen nun einmal«, sagte sie. »Also mußte ich es tun.« Für sie war die Sache vollkommen logisch.

Sie mußte die erste Klasse wiederholen, weil sie so tat, als wäre sie nicht ganz helle, aber die Zurücksetzung schien ihr nicht das geringste auszumachen. Amys Zeit in der Schule war ausschließlich der Erforschung der Lehrkräfte gewidmet. Mit penibler Sorgfalt notierte sie, welche Schuhe und Ohrringe sie trugen, und hatte ihre Ticks im Handumdrehen raus. Nach der Schule, in ihrem simulierten Klassenzimmer, redete sie wie sie, kleidete sich wie sie und stellte Hausaufgaben, die sie nie erledigte.

Bei den Pfadfindern machte sie nur mit, damit sie ihre eigene Leiterin werden konnte. Zu Weihnachten und Geburtstagen wünschte sie sich Perücken und Schminke, Arztkittel und Uniformen. Zuerst verwandelte sich Amy in meine Mutter, danach in die Freundinnen meiner Mutter. Sie war echt klasse als Sooze Grossman und Eleanor Kelliher, aber ihre beste Nummer war Penny Midland, eine aufgetakelte Fünfzigjährige, die halbtags in einer Kunstgalerie arbeitete, in der meine Eltern gute Kunden waren. Pennys Stimme klang tief und rauh. Sie war keineswegs schüchtern, aber wenn sie redete, schienen einige Wörter nur widerstrebend über ihre Lippen zu kommen, als ob sie gegen ihren Willen dazu gezwungen würden.

Ausstaffiert mit einem Kaftan und einer entsprechenden weißen Pagenkopf-Perücke, telefonierte Amy mit meinem Vater im Büro. »Lou Sedaris! Penny Midland hier. Wie geht's, alter … Junge?«

Überrascht über ihren Anruf an seinem Arbeitsplatz, heuchelte mein Vater Begeisterung, so gut er eben konnte. »Penny! Ich kann's kaum glauben. Mensch, schön dich zu hören.«

Bei den ersten Anrufen redete Amy über die Galerie, doch nach und nach begann sie, über ihren Ehemann zu klagen, der bei Westinghouse arbeitete und Van hieß. Ihre Ehe, so schien es, war im Eimer.

Unser Vater tröstete sie mit seinen üblichen Allerweltssprüchen und erinnerte Penny daran, daß jede Münze zwei Seiten habe und es vor dem Sturm immer am dunkelsten sei.

»O Lou. Es tut ja so … gut, mit jemandem zu reden, der einen wirklich … versteht.«

Als ich eines späten Nachmittags in die Küche kam, hörte ich, wie meine zwölfjährige Schwester unserem Vater mit Sätzen, die sie aus *General Hospital* aufgeschnappt hatte, eindeutige Avancen machte. »Ich denke, wir haben das beide schon seit langer … Zeit kommen sehen. Die einzige Frage ist, wie … gehen wir damit um? O Baby, laß uns gemeinsam durchbrennen.«

Genau solche Sachen meinte meine Mutter, wenn sie Leuten vorwarf, ein gefährliches Spiel zu spielen. Wäre unser Vater auf Pennys Angebot eingegangen, hätte Amy ihn als Schürzenjäger bloßgestellt und überlegt, zu wem er noch alles ins Bett gestiegen sein könnte. Alles, was er jemals gesagt hatte, wäre von Zweifeln überschattet und in Frage gestellt. War es *wirklich* eine Geschäftsreise gewesen, oder hatte er sich mit einer der Stravides-Zwillinge nach Myrtle Beach abgesetzt?

Amy betrachtete ihr Spiegelbild in der Backofenklappe, zupfte ihren weißen Pony glatt und war offenbar zufrieden über ihr Aussehen. »Ich sage nur, daß ich dich für einen ausgesprochen attraktiven ... Mann halte. Ist das ein so schweres ... Vergehen?«

Zur Ehre unseres Vater muß man sagen, daß er ganz Gentleman blieb. Nachdem er stammelnd erklärt hatte, wie geschmeichelt er sich durch das Angebot fühle, ließ er Penny so schonend wie möglich abblitzen. Er bot ihr an, sie einigen Junggesellen aus seinem Büro und seinem Country Club vorzustellen, sagte, sie solle gut auf sich aufpassen, und fügte abschließend noch hinzu, sie sei eine ganz besondere Frau, die es verdiene, glücklich zu sein.

Erst Jahre später gab Amy die Geschichte zu. Für unsere Familie waren es relativ ereignislose Jahre, aber ich vermute mal, daß es eine reichlich verwirrende Zeit für die arme Penny Midland war, die in ihrer Galerie regelmäßig Besuche von unserem Vater in Begleitung zahlloser geschiedener Kollegen bekam. »Das ist die Frau, von der ich dir erzählt habe«, verkündete er. »Ich denke, ich seh mich ein wenig um und laß euch zwei einen Moment allein.«

Trotz der fortgeschrittenen Jahre hat sich die zwanghafte Sorge meines Vaters über Gewicht und Aussehen meiner Schwestern nicht verändert. Er fragt sich, warum die Mädchen nicht häufiger vorbeischauen, und wenn sie ihn besuchen, kommt er noch in der Tür mit der Frage: »Bilde ich mir das nur ein, oder hast du ein paar Pfund zugelegt?«

Weil sie ihre makellose Haut und ihre beneidenswerte Figur behalten hat, ist Amy der größte Schatz meines Vaters geblieben. Sie ist mit Abstand die Schönste der Familie, doch verwendet sie einen Großteil ihrer Zeit und ihres Geldes darauf, sich mit Hilfe von Plastikbuckeln und aufgeklebten Hautkrankheiten zu verkleiden. Sie hat mehr Nackenstützen und Plastikgebisse, als sie gebrauchen kann, und aus allen Schubladen und Schränken quillt Menschenhaar. Nachdem sie viele Jahre davon geträumt hatte, kaufte sie sich schließlich ein dick gepolstertes, maßgeschneidertes »Fettwanst«-Kostüm, über das sie am liebsten eine schmutzige Trainingshose zieht, so eng und abstoßend wie eine Wurstpelle. Für das entsprechende Oberteil reichte das Geld nicht, so daß sie wie zwei durch ein furchtbares Experiment verschmolzene Frauenhälften durch die Gegend watschelt. Von der Taille an aufwärts ist sie schlank und durchtrainiert, dabei stampft sie auf zwei Beinen mit dem Umfang von Baumstümpfen vorwärts, gefolgt von einem gigantisch gekerbten Hintern, der so fett ist, daß sie auf einer Stricknadel sitzen könnte, ohne es zu merken.

Einmal flog sie mit dem Kostüm zu Weihnachten nach Hause. Unser Vater war sichtlich geschockt, als er uns am Flughafen in Raleigh empfing. Auf der kurzen Fahrt nach Hause unterdrückte er seine Qual, aber kaum war Amy im Badezimmer verschwunden, brüllte er mich an: »Was in aller Welt ist mit der passiert? Mein Gott, das kann doch nicht wahr sein! Das bringt mich ins Grab.«

»Was?«

»Deine Schwester, was sonst. Vor sechs Monaten habe

ich sie noch gesehen, und jetzt ist sie rund wie eine Tonne. Ich dachte, du würdest auf sie aufpassen.«

Ich bat ihn, leiser zu reden. »Bitte, Dad, halt dich bei ihr damit zurück. Amy reagiert sehr empfindlich auf ihren ... na, du weißt schon.«

»Ihren was? Nun sag's ruhig: *ihren dicken, fetten Hintern.* Wegen dem geniert sie sich, und dazu hat sie auch allen Grund! Da könnte ein Hubschrauber drauf landen.«

»Bitte, Dad.«

»Nimm sie nicht auch noch in Schutz, Schlaumeier. Sie ist alleinstehend, und ihre biologische Uhr tickt. Wer wird sich denn in eine Frau mit so einem Hintern verkucken, geschweige denn, sie heiraten?«

»Ich weiß nicht«, sagte ich. »Aber ich glaube, viele Männer stehen auf ausladende Hinterteile.«

Er sah mich mit großem Bedauern an, als bräche ihm zum zweiten Mal an diesem Tag das Herz. »Mein Gott, über das, was du nicht weißt, könnten ganze Bücher geschrieben werden.«

Bei Amys Rückkehr ins Zimmer riß mein Vater sich zunächst zusammen, doch als sie sich umdrehte und an den Kühlschrank wollte, ging er hoch, als wolle sie ein brennendes Streichholz in den Tank eines Porsches werfen. »Was in Gottes Namen machst du da? Sieh dich doch nur an; du bringst dich um.«

Amy fuhr mit einem Suppenlöffel in ein großes Mayonnaiseglas.

»Dein Problem ist die Langeweile«, sagte mein Vater. »Du langweilst dich und bist einsam, und dann schaufelst du Müll in dich hinein, um die Leere zu füllen. Ich weiß, was du durchmachst, aber glaube mir, du kannst es schaffen.«

Amy stritt ab, gelangweilt und einsam zu sein. Ihr einziges Problem, sagte sie, sei ihr Hunger. »Ich habe im Flugzeug nur ein paar Blätterteigtaschen bekommen. Können wir nicht Pfannkuchen essen gehen?«

Sie machte weiter, bis unser Vater ihr mit vor Gram bebender Stimme anbot, professionelle Hilfe für sie zu suchen. Er erwähnte Fitness-Farmen und ausgebildete Trainer und sagte, er wolle ihr das Geld gerne leihen – ach was, *schenken*. »Und ich verspreche dir noch zusätzlich was für jedes abgespeckte Pfund.«

Als Amy sein Angebot ausschlug, versuchte er mit gutem Beispiel voranzugehen. Sein Weihnachtsmenü bestand aus gerade einmal drei Bissen, um anschließend statt des Nachtischs einen strammen Zwei-Meilen-Lauf zu starten. »Kommt wer mit? Amy?« Er dehnte sein übliches Fitnessprogramm von zehn Minuten auf eine volle Stunde aus und joggte beim Telefonieren auf der Stelle.

Amy behielt ihr Fettwanst-Kostüm an, bis ihre Beine von Schorf und Pickeln überzogen waren. Als sie am Morgen des Rückflugs endlich die Katze aus dem Sack ließ, heulte unser Vater vor Glück. »Mein Gott, da hast du mir einen schönen Schrecken eingejagt. Dabei hätte ich wissen müssen, daß du dir so etwas nie antun würdest. Und es ist wirklich bloß einKostüm? Heiliger Strohsack.«

Noch Monate später kam er immer wieder auf das Fettwanst-Kostüm zu sprechen. »Also für einen kurzen Moment war ich wirklich verunsichert, aber selbst mit einem fetten Hintern kann sie nicht davon ablenken, daß sie eine hinreißende Person ist, sowohl innerlich wie äußerlich, und nur das zählt schließlich.« Allerdings währte diese Offenbarung nur kurz, denn als der Fototermin näher rückte, rief er mich ständig wegen irgendwelcher technischen Details an. »Weißt du zufällig, ob die Zeitschrift mit einem professionellen Hair-Stylisten arbeitet? Ich hoffe doch sehr, weil ihre Haare in letzter Zeit so dünn geworden sind. Und wie steht's mit der Beleuchtung? Können wir davon ausgehen, daß der Fotograf erstklassige Arbeit leistet, oder sollen wir bei der Redaktion anrufen und fragen, ob sie nicht einen besseren kriegen können?«

Ich verschweige meinem Vater eine ganze Menge, wenn er anruft und nach Amy fragt. Er würde es nicht verstehen, daß sie kein Interesse hat zu heiraten und sogar ziemlich glücklich über die Trennung von ihrem Freund war, mit dem sie eine Zeitlang zusammenwohnte und an dessen Stelle nun ein imaginärer Freund namens Ricky getreten ist.

Als ein erfolgreicher Junggeselle sie das letzte Mal ausführen wollte, erwiderte sie nach kurzem Zögern: »Vielen Dank, aber ich stehe im Moment nicht so auf weiße Typen.«

Allein das hätte bei meinem Vater einen vorübergehenden Herzstillstand ausgelöst. »Die Uhr tickt«, sagt er. »Wenn sie noch lange wartet, sitzt sie für den Rest ihres Lebens alleine da.«

Amy scheint diese Vorstellung sehr recht zu sein.

Als mein Vater anrief und nach dem Fototermin fragte, tat ich so, als wüßte ich von nichts. Ich erzählte ihm nichts davon, daß meine Schwester zur vereinbarten Zeit mit ungewaschenen Haaren im Studio erschienen war und sich zu dem Dutzend New Yorkerinnen gesetzt hatte, die von der Zeitschrift ausgewählt worden waren. Sie hatte Komplimente über ihre geschmackvolle und elegante Garderobe gemacht und dabei zugesehen, wie sie ihr Haar gestylt, die

Augenbrauen gezupft und den einen oder anderen kleinen Makel übergepudert bekamen.

Als sie schließlich am Schminktisch Platz nahm, sagte Amy: »Ich möchte so aussehen, als hätte man mich grün und blau geschlagen.«

Die Maskenbildnerin leistete ausgezeichnete Arbeit. Neben schwarz umrandeten Augen und einem blauroten Kiefer traten blutige Kratzer auf der Stirn besonders gut hervor. Eitrig-gelbe Flecken umrahmten ihre schorfige Nase, während ihre geschwollenen Lippen eine häßliche Reihe schwarzverkrusteter Nadelstiche zierte.

Amy war begeistert von ihrem neuen Aussehen und der Person, die sie verkörperte. Im Anschluß an den Fototermin ging sie so, wie sie war, zur Reinigung und zum Lebensmittelhändler. Die meisten Leute schauten irritiert zur Seite, doch wenn sie wirklich einmal gefragt wurde, was mit ihr passiert sei, setzte meine Schwester ihr strahlendstes Lächeln auf und sagte: »Ich bin verliebt. Ist das zu fassen? Endlich habe ich meine große Liebe gefunden und bin überglücklich.«

# *nutcracker.com*

Mein Vater träumte immer davon, daß die Menschen auf der Welt eines Tages durch ein Netzwerk jener kühlschrankgroßen Computer miteinander verbunden wären, die er bei IBM zu entwickeln half. In seiner Vorstellung saßen die Familien der Zukunft vor gigantischen Terminals, um bequem von zu Hause aus Lebensmittel zu bestellen oder ihre Steuern zu bezahlen. Man könnte am Computer Musik komponieren, eine Hundehütte entwerfen und unendlich viele, noch größere Sachen machen. »Die Leute könnten ... man könnte ...«

Wenn er in seinen Zukunftsvisionen schwelgte, kam er irgendwann an den Punkt, an dem ihm die Worte ausgingen. Seine Augen wurden groß und leuchteten bei dem Gedanken an die unbegrenzten Möglichkeiten. »Ich meine, mein Gott«, stammelte er, »stellt euch das nur mal vor.«

Meine Schwestern und ich zogen es vor, das lieber zu lassen. Ich weiß nicht, wie es den anderen ging, ich für mein Teil hoffte immer, die Menschen auf der Welt könnten durch etwas Interessanteres geeint werden, etwa durch

Drogen oder einen bewaffneten Kampf gegen die Untoten. Leider hat die Mannschaft meines Vaters gewonnen, also sind es Computer. Ich bedauere nur, daß es noch zu meinen Lebzeiten geschehen mußte.

Irgendwo im hintersten Winkel meines Gedächtnisses findet sich eine trübe Erinnerung, wie ich mit einer Lochkarte in der Hand in einer langen Schlange stehe. Ich erinnere mich noch an das billige, leicht klinische Gefühl, das mir die Karte vermittelte, und daß ich damals glaubte, Computer würden es kaum sehr viel weiter bringen. Nennen Sie mich naiv, aber ich habe offenbar die allgemeine Sehnsucht der Menschen unterschätzt, in einem harten Plastikstuhl zu sitzen und auf einen Bildschirm zu starren, bis man doppelt sieht. Mein Vater hat es vorausgesehen, nur mich hat die Zukunft völlig überrumpelt. An meiner High School gab es keine Computer, und bei meinen ersten beiden Anläufen am College zählten die Leute noch mit den Fingern und zogen die Schuhe aus, wenn es über zehn ging. Wirklich bewußt wurde mir die Gegenwart des Computers erst Mitte der achtziger Jahre. Aus irgendeinem Grund schien ich damals eine ganze Reihe Graphik-Designer zu kennen, in deren Wohnungen und Büros es angenehm nach Sprühkleber roch. Ihre Fußböden waren immer mit allen möglichen Zetteln übersät, und auf den klebrigen Killing Fields ihrer Schreibtischplatten winkten gestrandete Fliegen nach einem Retter. Ich konnte mich stets blind darauf verlassen, von ihnen den Klebstoff meiner Wahl zu bekommen. Dann, praktisch über Nacht, waren Tesa und Gummikleber verschwunden und durch geruchlose Computer und poröse Mouse-Pads ersetzt worden. Für mich gab es nichts mehr, das sich zu leihen lohnte, so daß ich ihnen den Rücken kehrte und mich einer

Gruppe von Schriftsetzern anschloß, die mich zuletzt ebenfalls hängenließen.

Dank meiner gänzlichen Unbeschlagenheit in Büro-Tätigkeiten fiel es mir nicht besonders schwer, den direkten Kontakt mit der neuen Technologie zu meiden. Der indirekte Kontakt war schon verwirrend genug. Noch während meiner Zeit in Chicago bekam ich grauenhafte Weihnachts-Rundbriefe geschickt, die so aussehen sollten wie Boulevard-Zeitungen oder Jahresberichte. Wortprozessoren machten das Schreiben zum Vergnügen. Allerdings machten sie nicht automatisch auch das Lesen zu einem Vergnügen, eine Tatsache, die durch Erzeugnisse wie *The Herald Family Tribune* oder *Was so läuft bei den Wexlers* schmerzhaft deutlich wurde.

Freunde, die zuvor nie sadistische Neigungen gezeigt hatten, verschickten auf einmal Briefe, die wie die Speisekarte eines China-Restaurants oder die Qumran-Rollen aussahen. Alle hatten ihr eigenes elektronisches Schriften-Set, und man ermunterte mich, mir ebenfalls eins zuzulegen. Die Schreiber dieser Briefe zeigten die gleiche Begeisterung wie die Leute, die zur gleichen Zeit mit teuren neuen Video-Kameras bei Dinner-Partys aufliefen und vorschlugen, sich nach dem Dessert vor den Fernseher zu setzen und den Abend noch einmal gemeinsam anzuschauen. Wir, das einfache Volk, hatten auf einmal Zugang zu den Produktionsmitteln, aber ich verstand trotzdem nicht, was das ganze Geschrei sollte. Ein blöder Brief bleibt ein blöder Brief, egal, wie sehr man ihn aufdonnert, und es gibt einen Grund, warum das einfache Volk nicht im Fernsehen zu sehen ist: Wir sind stinklangweilig.

Anfang der Neunziger arbeitete ich in New York für eine Reinigungsfirma. Der Job lehrte mich, daß Computer, ungeachtet der ihnen nachgesagten Tugenden, eine Katastrophe in puncto Saubermachen sind. Die Kieseloberfläche zieht Schmutz und Staub magnetisch an, und die Ritzen der Tastatur feucht auszuwischen kann man so ziemlich vergessen. Mehr als einmal drückte ich versehentlich eine Taste, um entsetzt zurückzuweichen, wenn der dunkle Bildschirm plötzlich zum Leben erwachte und sich mit bunten exotischen Fischen oder Schwärmen fliegender Toaster füllte. Genauso entnervend war die Angewohnheit der Leute, das Schrägdach ihres Monitors mit gerahmten Fotografien und zahllosen Plüsch- und Plastikkreaturen zu bestücken, die umgehend hinter den Schreibtisch plumpsten, wenn man über den Bildschirm wischte. Nirgendwo ließ sich der Staubsauger einstöpseln, weil sämtliche Steckdosen von Mitgliedern der Computer-Familie belegt waren. Neben dem wüsten Kabelgewirr schien nahezu jeder Anschluß eine dieser unheilvollen, ellenlangen Steckerleisten zu besitzen, deren rote Warnlampe die Botschaft aussendet: BLOSS NICHT ANFASSEN. Ich leistete der Anweisung nur zu gerne Folge, auch wenn sie mir nichts als Beschwerden einbrachte.

Aufgrund meiner allgemeinen Abneigung gegen Maschinen und einiger kleinerer Schreikrampfanfälle bin ich als technophob verschrien, ein Ausdruck, der auf meiner Skala von Kampfbegriffen ziemlich weit unten rangiert. Das Wort *phobisch* mag seine Berechtigung haben, wenn es in einem entsprechenden Kontext gebraucht wird, aber in jüngster Zeit ist es durch die dummdreiste Behauptung unbrauchbar geworden, Feindseligkeit beruhe in den meisten Fällen mehr auf Furcht als auf Ablehnung. Dabei wird der grundsätzliche Unterschied zwischen diesen sehr unterschiedlichen Gefühlen völlig übersehen. Vor Schlangen fürchte ich mich. Computer lehne ich ab. Meine Ablehnung sitzt tief und bekommt jeden Tag neue Nahrung. Mir geht es gut dabei, und keine öffentliche Aufklärungskampagne wird mich davon abbringen.

Ich hasse Computer dafür, daß sie ihre eigene Seite in der *New York Times* haben und Werbespots um die Nennung der Adresse im Internet verlängern. Wer möchte schon gern mehr über Schwarzkopf & Henkel erfahren? Man kauft sich seine Zahnpasta oder sein Waschmittel, und damit basta. Ich hasse Computer, weil es durch sie das Wort *org* und E-Mail gibt, was in Wirklichkeit gar keine richtige Post ist, sondern bloß eine Neuauflage der idiotischen Zettelchen, die früher in der Klasse rumgingen. Ich hasse Computer, weil sie die Karteikästen in der New York Public Library verdrängt haben, und ich hasse die Art, in der sie sich im Kino breitgemacht haben. Ich meine damit nicht ihren Beitrag zur Welt der Spezialeffekte. Ich habe nichts gegen einen klasse gezeichneten Mutanten oder eine die Leinwand füllende Alien-Invasion – das ist *gute* Technik. Ich rede hier von ihrem leibhaftigen Erscheinen in beinahe jedem Film. Sie sind inzwischen das, was Pferde früher im Western waren – sie stehen vielleicht nicht im Mittelpunkt, aber keiner ist offenbar ohne. Jeder furzlangweilige neue Thriller hat eine Szene, in der der Held, von seinem jeweiligen Gegenspieler in die Enge getrieben, in einem verzweifelten Wettlauf gegen die Zeit an seinen Schreibtisch hechtet. Die Musik wird lauter, Schweißperlen tröpfeln auf Tasten, während er vor dem Laptop sitzt und wie wahnsinnig herumtöckelt. Etwas anderes wäre es, wenn er einen vorbeirauschenden Wagen anhalten oder per Telefon Hilfe herbeirufen würde, aber Tippen an sich ist wahrlich keine besonders dramatische Tätigkeit.

Ich hasse Computer aus einer ganzen Reihe von Gründen, aber ich verachte sie für das, was sie meiner Freundin, der Schreibmaschine, angetan haben. Man sollte meinen, in einem demokratischen Land gäbe es genug Platz für sie beide, aber die Computer werden nicht eher ruhen, bis ich meine Farbbänder aus alten Hemden herstellen und das Tipp-Ex in der eigenen Badewanne brauen muß. Ihr Ziel ist es, der »IBM Selectric II« einen Platz neben Federkiel und Meißel im Museum für Schreibutensilien der Vorzeit zu verschaffen. Sie sind machthungrig, und jemand muß sie stoppen.

Wenn man mir vorhält, ich sei wie der Typ, der immer noch seinen Achtspur-Bändern hinterherjammert, sage ich: »Acht Spuren? Wo?« Tatsächlich habe ich keinen Schimmer, worum es geht, aber es ist mir wichtig, meine Solidarität mit anderen zu bekunden, denen man genau wie mir den Teppich unter den Füßen weggezogen hat. Was interessiert es mich, ob er die Wörter zählt oder Absätze auf Tastendruck verschiebt, ich jedenfalls will keinen Computer. Anders als das leise Trippeln von Fingern auf der Plastik-Tastatur, gibt das fette Klatschen von Schreibmaschinenlettern einem das Gefühl, tatsächlich etwas zu schaffen. Statt mich am Ende eines verhunzten Tages über mein virtuelles Nichts zu grämen, kann ich immer noch auf meinen überquellenden Papierkorb blicken und mir sagen, daß ich, wenn ich schon gescheitert bin, zumindest ein paar Bäume mitgenommen habe.

Wenn ich für längere Zeit von zu Hause fortmuß, ist meine Schreibmaschine stets dabei. Gemeinsam ertragen wir die qualvolle Prozedur, durch ein Röntgengerät geschickt zu werden. Die Laptops rollen fröhlich übers Band, während ich zur Seite gebeten werde und meine Tasche öffnen soll. Für mich ist es ein völlig normales Gepäckstück, aber die sinkende Popularität der Schreibmaschine weckt Verdacht und ruft zuletzt die Sorte Reaktion hervor, die man erwarten dürfte, wenn man eine Kanone im Handgepäck hat.

»Das ist eine Schreibmaschine«, sage ich. »Man schreibt darauf böse Briefe an die Flughafenleitung.«

Anschließend wird so lange auf die Tasten eingedroschen und gehämmert, bis ich mich zu der Erklärung genötigt sehe, daß man, um schreiben zu können, zuerst den Stecker einstöpseln und ein Blatt Papier einspannen muß.

Kopfschüttelnd erklären mir die Schlauberger, ich solle doch lieber auf einen Computer umsteigen. Das ist ihr Job, in einer schlecht sitzenden Uniform in der Gegend herumzustehen und den Leuten Ratschläge zu geben, wie sie ihr Leben angenehmer gestalten können. Wenige Stunden später höre ich den Rat ein zweites Mal vom Bediensteten des Hotels, der an meine Zimmertür klopft. Meine Nachbarn, deren Fernsehgerät ich höre, haben sich über den Lärm meiner Schreibmaschine beschwert, und er bittet mich aufzuhören. Wenn man ihn reden hört, könnte man glauben, ich hätte Kesselpauke geübt. Vor dem Hintergrund der allgemeinen Geräuschkulisse ist die Schreibmaschine nicht halb so laut, wie er vorgibt, aber es hat keinen Zweck, mit ihm darüber zu streiten. »Wissen Sie«, sagt er, »Sie sollten auf einen Computer umsteigen.«

Man beginnt sich zu fragen, was man im Leben falsch gemacht hat, wenn man zweimal an einem Tag von Männern mit lustigen Mützen Tips bekommt, wie man zu schreiben habe. Doch je mehr man mich drängt, einen Computer zu benutzen, desto größer wird mein Widerstand. Einer nach dem anderen haben sich meine Freunde von mir abgewandt und sich auf die Seite des Bösen geschlagen. »Wie soll ich dir schreiben, wenn du keine E-Mail-Adresse hast?« fragen sie. Sie erzählen mir was von B-Trees und Disk Doctors und wagen es doch tatsächlich, sich zu beschweren, wenn ich bei Tisch auf Verdauungsprobleme zu sprechen komme.

*Die sollen mir den Buckel runterrutschen*, denke ich. Ich hatte geglaubt, mich allzeit auf meine Familie verlassen zu können, und war deshalb wie vom Donner gerührt, als meine Schwester Amy ein bonbonfarbenes Laptop anschleppte. »Brauch ich nur für E-Mails«, erklärte sie. Das aus *ihrem* Mund zu hören, löste bei mir körperliche Übelkeit aus. »Ist lustig«, sagte sie. »Man bekommt alles mögliche zugeschickt. Hier, sieh nur.« Sie drückte auf eine Taste, und auf dem Bildschirm erschien ein nackter Mann, der mit dem Gesicht zum Boden ausgestreckt auf einem Teppich lag. Er hatte leicht ergrautes Haar und die Hände über dem teigigen Rücken zusammengebunden. Eine Frau trat hinzu. Man sah nicht ihr Gesicht, nur ihre Beine und Füße, die groß und bösartig aussahen und in spitzen Pumps mit bleistiftdünnen Absätzen steckten. Als der Mann am Boden sich ein Stück zur Seite drehte und seine Hoden sichtbar wurden, reagierte die Frau, als hätte sie eine altersschwache Maus erblickt, auf die sie es schon seit langem abgesehen hatte. Sie trat mit den Schuhspitzen nach den Hoden des Mannes, drehte sich dann um und setzte die Prozedur mit ihren Absätzen fort. Nachdem sie wie verrückt auf ihn eingehackt hatte und ich schon glaubte, sie wäre fertig, bekam sie noch einmal neuen Schwung und fing wieder von vorne an.

Bis dahin war mir nicht klar gewesen, daß ein Computer genau wie ein Fernseher benutzt werden konnte. Niemand hatte mir gesagt, daß die Bilder so gestochen scharf, die Schmerzensschreie so deutlich zu hören wären. Genau das, dachte ich, hatte meinem Vater vor vielen Jahren vorgeschwebt, wenn es ihm die Sprache verschlug. Nicht unbedingt diese Szene, aber etwas, das einen in ähnlicher Weise sprachlos machte.

»Nochmal?« Wieder drückte Amy eine Taste, worauf wir, die Gesichter in das Leuchten des Bildschirms getaucht, ein zweites Mal in die Zukunft blickten.

# *Deux**

* Zwei

# *Na dann bis gestern*

Ich habe nie zu den Amerikanern gehört, die ihre Unterhaltung mit französischen Redewendungen würzen und Gäste mit Brie-Rädern bewirten. Für mich war Frankreich nie ein Traumland. Ich bin auf die gleiche Art in der Normandie gelandet, wie meine Mutter in North Carolina gelandet ist. Man trifft einen Typen, läßt die Zügel ein bißchen locker, und ehe man sich's versieht, hat man ein ganz anderes Stück vom Schwein auf seinem Teller.

Ich lernte Hugh durch eine gemeinsame Freundin kennen. Sie und ich wollten eine Wohnung streichen und uns dazu von ihm eine Drei-Meter-Leiter ausleihen. In New York eine Drei-Meter-Leiter zu besitzen, gilt als sicheres Zeichen von Erfolg, weil davon auszugehen ist, daß man über genug Platz verfügt, sie irgendwo aufzustellen. Hugh wohnte damals in einem Loft in der Canal Street, in einer ehemaligen Schokoladenfabrik, deren begehbare Kühltanks zu Schlafzimmern umfunktioniert worden waren. Als ich an einem Freitagabend vor seiner Tür stand, roch ich gleich den Kuchen im Backofen. Während der Rest von Manhattan sich ins Nachtleben stürzte, hatte er Äpfel geschält und Country-Musik gehört.

Hugh war wie ich Single, was nicht weiter verwundert bei einem, der in seiner Freizeit Teig ausrollte und zu George-Jones-Platten Tränen vergoß. Ich war gerade nach New York gezogen und fragte mich, ob ich den Rest meines Lebens solo sein würde. Ein Teil des Problems bestand darin, daß ich nach Auskunft verschiedener verläßlicher Quellen dazu neigte, meine Mitmenschen zu erschöpfen. Ein anderer Teil des Problems hatte mit meiner langen Liste unabdingbarer Voraussetzungen zu tun. Potentielle Partner durften nicht Raucher der Marke *Merit* sein, Cowboy-Stiefel tragen oder besitzen oder irgend etwas essen, das die Bezeichnung *lite* oder *du darfst* trug. Auch die Sprache war wichtig, da Sätze wie: »Ich kann meinen Brustwarzenring nicht finden«, oder: »Und das hier war mein *erstes* Tattoo« zur umgehenden Disqualifizierung führten. Straßen waren bei ihrem vollständigen Namen zu nennen, also nicht »Ecke Neunundfünfzigste und Lex« und schon gar nicht »Mad Ave«. Sie durften nicht mehr Alkohol vertragen als ich, durften keine Gedichte in Notizbücher kritzeln und sie laut vor fremden Leuten rezitieren und ebenfalls nicht die Wörter *Illu, Alk, Cyberspace, progressiv* und *Zeitgeist* benutzen. Sie durften die menschliche Kopfhaut nicht als taugliches Medium zur Selbstdarstellung betrachten, keine regenbogenfarbene Fahne besitzen und nicht behaupten, sie hätten ein erst kürzlich ins Telefonbuch aufgenommenes Geschäft oder Lokal »entdeckt«. Alter, Herkunft und Gewicht waren unbedeutend. Und was gemeinsame Interessen anging, stellte ich mir vor, daß wir den Rest unserer Tage mit der Diskussion darüber verbringen könnten, wie sehr wir die oben angeführten Eigenschaften haßten.

Vor New York hatte Hugh sechs Jahre in Frankreich gelebt. Ich fragte dies und das, intuitiv spürend, daß man ihn zu längeren Ausführungen drängen mußte. Er sagte etwas von einem Haus in der Normandie, nur um sofort einschränkend hinzuzufügen: »Eigentlich ist es mehr eine Bruchbude.« Wahrscheinlich kam danach noch eine genauere Beschreibung des Gebäudes, aber zu dem Zeitpunkt hörte ich nur noch mit einem Ohr hin. In Gedanken war ich damit beschäftigt, mir mein Leben in einem fremden, weit entfernten Land vorzustellen, wo ich, wenn etwas danebenging, die Schuld stets anderen zuschieben und sagen konnte, ich hätte von vornherein nicht dort hingewollt. Die ersten ein, zwei Jahre wären nicht ganz leicht, aber ich würde es durchstehen, da das Leben in einem fremden Land zu den wenigen Dingen gehört, die jeder zumindest einmal im Leben ausprobiert haben sollte. In meiner Vorstellung vervollkommnete es die eigene Person, indem die provinziellen Ecken abgeschliffen wurden und man zum Weltbürger geadelt wurde.

Ich sah darin keine romantische Idee. Es hatte nichts mit Frankreich selbst zu tun, mit dem Tragen von Hüten und dem Schreiben gequälter Briefe in Straßencafés. Mir konnte es egal sein, wo Hemingway gesoffen oder Alice B. Toklas sich ihren Schnäuzer hatte stutzen lassen. Was ich am Leben im Ausland so anziehend fand, war das unausweichliche Gefühl der Hilflosigkeit, das damit verbunden war. Nicht weniger aufregend wären die Anstrengungen, diese Hilflosigkeit zu überwinden. Man hätte ein festes Ziel vor Augen, und für Ziele hatte ich schon immer was übrig.

»Um 1780 gebaut... zwei Zugstunden von Paris entfernt ... der Nachbar hat im Garten seine Pferde stehen ... Apfelkuchen mit Äpfeln vom eigenen Baum ...«

Ich bekam gerade die Highlights von Hughs Vortrag mit, um auf Anhieb zu wissen, daß ich ihn unbedingt zu meinem Freund, ihn durch List oder Erpressung in irgendeiner Weise mir verpflichtet machen mußte. Ich weiß, es klingt berechnend, aber wenn man nicht gut aussieht, sollte man wenigstens clever sein.

Um das zu bekommen, was ich mir in den Kopf gesetzt habe, hilft es mir, so zu tun, als spielte ich den Intriganten in einem Alltags-Drama. Die Schauspieler in einer Seifenoper werden oft theatralisch. Sie ballen die Fäuste und teilen aller Welt ihre Ziele mit. »Ich *werde* das Buchanan-Unternehmen vernichten«, rufen sie. »Phoebe Wallingford *wird* dafür büßen, was sie unserer Familie angetan hat.« Als ich mich mit der unteren Hälfte der Drei-Meter-Leiter auf den Weg nach Hause machte, drehte ich mich auf der Straße noch einmal nach Hughs Loft um. »Du *wirst* mir gehören«, sagte ich drohend.

Neun Monate nach dem Verleih der Leiter zog Hugh aus der Schokoladenfabrik aus und mit mir in eine gemeinsame Wohnung. Den August wollte er wie jedes Jahr in der Normandie verbringen, um Freunde zu besuchen und an dem Haus zu arbeiten. Gleich im ersten Jahr hatte ich vor, ihn zu begleiten, doch als es Zeit wurde, sich um ein Ticket zu kümmern, bekam ich kalte Füße, denn ich spürte, daß ich vor Frankreich Angst hatte. Nicht daß ich mich irgendwie vor den Menschen im Land gefürchtet hätte. Tatsächlich kannte ich gar keinen Franzosen. Was mir angst machte, war die Vorstellung, die ich aus Filmen und Sitcoms von den Franzosen gewonnen hatte. Auftritte, bei denen sich jemand in der Öffentlichkeit bis auf die Knochen blamiert, finden stets in französischen Restaurants statt, niemals beim Japaner oder Italiener. Nur Franzosen verteilen Ohrfeigen mit Handschuhen oder tragen Schals, um ihre blauen Knutschflecken zu verstecken. Ich hatte den Eindruck, so sehr wir uns auch anstrengten, die Franzosen würden uns niemals leiden können, was ziemlich verwirrend für einen Amerikaner ist, der in dem Glauben erzogen wurde, die Bürger Europas müßten uns für alle unsere großartigen Taten dankbar sein. Etwa für Filme, in denen die Franzosen ausnahmslos als Wüstlinge und eingebildete Snobs dargestellt werden, oder für beiläufige Bemerkungen wie »Im Zweiten Weltkrieg haben wir euren Arsch gerettet«. Jeden Tag hören wir von neuem, daß wir im großartigsten Land der Welt leben. Und immer wird es uns als unbestreitbares Faktum präsentiert: Löwen sind zwischen dem 23. Juli und dem 22. August geboren, ein Queen-Size-Bettlaken hat das Standardmaß 60 mal 80 Inch, und Amerika ist das großartigste Land der Welt. Nachdem man seine ganze Kindheit lang nichts anderes gehört hat, registriert man mit Verwunderung, daß andere Länder ihre eigenen Nationalparolen haben und daß keine davon lautet: »Wir sind die Nummer zwei!«

Die Franzosen haben beschlossen, unsere selbsternannte Überlegenheit zu ignorieren, und das wird ihnen als Arroganz ausgelegt. Meines Wissens haben sie nie behauptet, besser zu sein als wir, sie haben nur nie gesagt, wir seien die besten. Und wenn schon. Es gibt genügend Orte auf der Welt, wo amerikanische Touristen mit offenen Armen empfangen werden. Leider haben die meisten nichts, was sich zu kaufen lohnte. Für mich ist der einzige Grund, warum man sich überhaupt von zu Hause fortbegibt, der, irgend etwas einzukaufen. Hugh brachte mir in dem Sommer, in dem ich zu Hause blieb und er nach Frankreich reiste, phantastische Geschenke mit. Da er keineswegs zu den Menschen gehört, die mit Begeisterung in Läden stöbern, konnte ich mir ausrechnen, daß, wenn er schon mit diesen Dingen ankam, sie praktisch mitten auf der Straße und für jeden sichtbar ausgestellt sein mußten. Meinetwegen konnten die Franzosen mir gegenüber kalt oder offen feindselig sein. Sie konnten meine Nationalflagge verbrennen oder mit Steinen nach mir werfen, aber wenn sie dort ausgestopfte Kätzchen verkauften, würde ich hinfahren und sie hierher, in das großartigste Land der Welt, mitbringen.

Einmal war es das Einkaufen, und dann war da noch das Rauchen. Noch Tage, nachdem Hugh wieder zurück war, redete ich wie ein Rotchinese, der ungläubig nach fernen Demokratien fragt. »Und du hast tatsächlich Leute im Restaurant rauchen gesehen? Wahnsinn! Und in ihren Büros? Bitte, erzähl doch nochmal von den Aschenbechern im Wartezimmer des Krankenhauses, aber nichts auslassen.«

Als ich im folgenden Sommer nach Frankreich reiste, konnte ich nur das Wort für *Flaschenhals*. Ich sagte »Flaschenhals« am Flughafen, »Flaschenhals« im Zug in die Normandie und »Flaschenhals«, als ich vor dem Steinhaufen stand, der Hughs Landhaus darstellte. Es gab kein fließendes Wasser, keinen Strom und nichts zu kaufen, außer den Rohren und Kabeln, die man brauchte, wenn man Wasser und Strom haben wollte. Gerade weil es nichts Anständiges zu kaufen gab, empfingen mich die Leute mit größter Herzlichkeit. Es wäre das gleiche gewesen, wenn es einen Franzosen beispielsweise nach Knightdale, North Carolina, verschlagen hätte. »Meine Güte«, sagten alle, »Sie haben nur für uns eine so weite Reise unternommen?«

Wäre mein Wortschatz größer gewesen, hätte ich vielleicht geantwortet: »Na ja, nicht ganz.« Wie die Dinge standen, hatte ich immer nur eine Antwort parat: »Flaschenhals.«

»Oh, Flaschenhals«, sagten alle. »Sie sprechen wirklich gut.«

Diese Leute waren ganz anders als die Franzosen, die ich mir vorgestellt hatte. Vor allem waren sie zu freundlich, zu großzügig, und zu versiert auf dem Gebiet der Wasser- und Strominstallation. Das Haus liegt in einem kleinen Weiler, einer windschiefen Ansammlung von acht ineinander verschachtelten Steinhäusern, umgeben von wogenden Hügeln, die mit Kühen und Schafen dekoriert sind. Es gibt nirgends Registrierkassen, aber eine Meile entfernt, im Nachbardorf, gibt es einen Metzger, einen Bäcker, eine Post, einen Eisenwarenhandel und einen kleinen Lebensmittelladen. Außerdem gibt es eine Kirche, ein Münztelefon, eine Grundschule und einen Laden für Zigaretten. »New York City!« sagten die Händler. »Da haben Sie's aber ganz schön weit bis nach Hause.« Sie sagten das in einem Tonfall, als wäre ich zu einem kleinen Spaziergang von Manhattan aus aufgebrochen und hätte die Zeit aus den Augen verloren.

Man konnte den Eindruck gewinnen, wenn man schon aus Amerika kam, war New York eine Stadt so gut wie jede andere. Die Leute hatten schon mal davon gehört, besonders die drei Teenager im Dorf, die Englisch in der Schule lernten und öfter vorbeikamen, um sich mit mir über das Leben in »Ny« zu unterhalten. Ich versuchte ihnen zu erklären, daß das N und das Y Initialen waren, die für *New* und für *York* standen, aber sie waren nicht davon abzubringen, die Buchstaben zu einem Wort zusammenzuziehen. Ny, sagten sie, sei der Ausdruck der Insider. Hieß das nicht überall in den Usa so?

Die Teenager stellten sich New York als glitzerndes Wunderland vor, ein Spielplatz der Berühmtheiten, wo man nur vor die Tür gehen mußte, um Madonna oder Michael Jackson zu begegnen, die im Park saßen und ihren Babys die Brust gaben. Nachdem ich so leichtsinnig war und ein paar der Stars aufzählte, denen ich bei mir im Viertel begegnet war, brauchte man für den Rest des Sommers, wenn man unser Haus meinte, nur zu sagen: »Das, wo die vielen Teenager davorliegen.« Sie lagen lang ausgestreckt mitten auf der Straße, um nur ja nichts zu verpassen, sollte einer meiner berühmten Freunde zufällig beschließen, vorbeizukommen und mir beim Ausheben der Sickergrube zu helfen. Ich hatte Angst, einer von ihnen könnte von einem Auto überrollt und ich für seinen Tod verantwortlich gemacht werden. »Ach, keine Sorge«, sagten die Nachbarn. »In ein paar Jahren sind die raus aus dem Alter.«

Zumindest glaubte ich, daß sie dies sagten. Wenn ich Hugh nicht als Übersetzer bei mir hatte, verlief jeder Austausch über eine Folge von Vermutungen. Der freundliche Metzger war vielleicht gar nicht so freundlich, und womöglich sagte mir der Lebensmittelhändler auf den Kopf zu: »Leck mich, mit deinem blöden Flaschenhals. Geh jetzt und laß mich in Frieden.« Ihre Charakterzüge waren allein meine Erfindung. Umgekehrt war meine Person ausschließlich ihre Erfindung. Ich mochte ein gestandener Mann Mitte Dreißig sein, doch galt ich im Dorf nur als »der Typ, der immer *Flaschenhals* sagt«. Der Rattenfänger, der die jungen Leute dazu anstiftet, sich mitten auf die Straße zu legen, der erwachsene Mann, der die Warnschilder an Elektrozäunen mißachtet und mit seinem Gebrüll die Pferde erschreckt. Hätte mir wer von so einem Menschen erzählt, hätte ich gesagt: »Ach so, du meinst den Dorftrottel.«

In dieser Lage half auch der Auftritt als Seifenopern-Schauspieler nicht weiter. Wenn ich laut deklamierte: »Sie *werden* mich noch verstehen«, stierten meine Nachbarn mich nur verständnislos an. Ich schnappte ein paar französische Brocken auf, aber im großen und ganzen schien die Lage aussichtslos. Wenn Hugh gerade unterwegs zum Eisenwarenhandel war, standen plötzlich Nachbarn in der Tür, und ich brach mir einen ab, um sie mit einer lachhaften Anzahl einfacher Nomen zu unterhalten. »Aschenbecher?«

»Ja«, erwiderten sie zustimmend. »Da steht ein Aschenbecher.«

»Hammer? Schraubenzieher?«

»Nein danke, wir haben beides im Haus.«

Ich hoffte, die Sprache würde sich ganz von selbst einstellen, wie bei Kleinkindern, aber die Leute reden nun einmal mit Ausländern nicht so wie mit Kleinkindern. Sie hypnotisieren einen nicht mit grellbunten Gegenständen und wiederholen dabei immer wieder dasselbe Wort, um einen, wenn man dann endlich »Pipi« oder »Wa-Wa« sagt, wie verrückt zu knuffen. Ich gelangte sogar an den Punkt, wo sich meine Fäuste instinktiv zusammenballten, wenn ich beim Bäcker oder Lebensmittelhändler einen Säugling sah, aus Eifersucht darüber, wie kinderleicht er es hatte. Ich wollte auch in einer französischen Wiege liegen und ganz von vorn anfangen, die Sprache von Grund auf erlernen. Ich wollte ein Kleinkind sein anstatt ein Erwachsener, der wie eins redete, ein monströses Riesenbaby, das die Geduld anderer Leute über Gebühr strapazierte.

Bevor ich mich jedoch geschlagen gab, beschloß ich,

meine Prioritäten neu zu setzen. Der Erwerb der Sprache, so sagte ich mir, hatte mich nie ernstlich beschäftigt. Mein Hauptanliegen war die Fertigstellung des Hauses. Die Verben würden sich schon beizeiten einstellen, doch zunächst brauchte ich vor allem ein wohnliches Zuhause. Unsere Urlaubsfotos sahen nachher so aus, als wären sie in einem Zwangsarbeitslager aufgenommen. Ich riß Wände ein und schleppte schwere Balken, verlegte Leitungsrohre und Stromkabel und zeigte mich auf der Baustelle wie in der Apotheke nur noch hinter einer Staubmaske. Für einen Monat Schwerstarbeit wurde ich mit vier Tagen Paris belohnt, einer Stadt, in der man problemlos ein zweihundert Jahre altes Wachsmodell einer Vagina einschließlich original menschlicher Schambehaarung finden kann. Im Flugzeug nach Hause bekam ich ein Zollformular in die Hand gedrückt, auf dem ich meine sämtlichen Erwerbungen auflisten sollte:

*Ein zweiköpfiger Kalbsschädel*
*Ein Aschenbecher in der Form eines maßstabgetreu vergrößerten Backenzahns*
*Ein menschlicher Gallenstein, beschriftet und auf einem eleganten Sockel ausgestellt*
*Ein achtteiliges Set Limoger Dessertschalen, speziell für eine Apotheke angefertigt und von Hand mit den Namen verschiedener tödlicher Arzneimittel beschriftet*
*Ein ledriger Fötus, komplett mit Nabelschnur*
*Eine französische Augenarzttafel, auf der zufällig das Wort DICK erscheint*
*Illustrierte Anleitungen zur Hautentfernung bei Ausschlag und Kriegsverletzungen*

Noch ehe ich zur Aufzählung meiner veralteten chirurgischen Instrumente kam, ging mir der Platz aus. Hugh erklärte mir, ich vergeude meine Zeit, da sie es mehr auf Leute abgesehen hätten, die Platinuhren kauften statt verrostete Sägen zum Auftrennen menschlicher Schädel. Mein Zollformular war für mich eine einzige Liste von Gründen, nach Frankreich zurückzukehren und die Sprache zu erlernen. Sich unterhalten zu können wäre nicht schlecht, aber die wahre Belohnung wäre die Fähigkeit, in fließendem Französisch zu feilschen und meinen nächsten zweiköpfigen Schädel für den Preis eines normalen zu erstehen.

Zurück in New York, machte ich weidlich Gebrauch von meinem Status als Muttersprachler. Ich quasselte stundenlang mit Verkäufern, hörte privaten Unterhaltungen zu und registrierte, daß ich einen ganzen Monat lang niemanden klagen gehört hatte, wie »total gestreßt« er sei, ein Ausdruck, der mir schon immer auf die Nerven ging. Die Leute in New York sind ganz versessen darauf, anderen mitzuteilen, wie erschöpft sie sind. Und wenn man dann sagt: »Ja, du siehst auch ziemlich kaputt aus«, sind sie stinksauer. Ein besonderes Auge richtete ich auf Fremde, Europäer etwa, die in meiner Straße in Soho einkauften, oder die Putzfrau, die immer »Polen« oder »El Salvador« sagte, wenn man ihr eine einfache, mit Ja oder Nein zu beantwortende Frage stellte. Ich fühlte mich dafür verantwortlich, diese Menschen zu beschützen, ihnen Wegbeschreibungen zu geben, die sie nicht wollten, und sie in der Regel mit meiner Zuvorkommenheit zu verängstigen. Als Amerikaner hat man im Ausland ein natürliches Sicherheitsgefühl im Rücken. Geht etwas schief, denkt man instinktiv: »Da rufen wir bei der Botschaft an und fragen mal, was *die* dazu sagen.« Die Leute wissen, wo Amerika auf der

Landkarte liegt. Sie wissen, daß es laut ist und mächtig. Bei manchen anderen Ländern gibt es diese Garantie nicht. »Ach ja, Laos«, lauschte ich einmal einem Gespräch eines Tischnachbarn, »haben wir euch nicht ein paarmal bombardiert?«

Im nächsten Sommer fuhren Hugh und ich wieder in die Normandie, wo ich erneut in meine Identität als Dorftrottel schlüpfte. »Na dann bis gestern!« sagte ich zum Metzger. »Aschenbecher! Flaschenhals!« Erneut vergrub ich mich im Haus, pinselte und schabte, bis meine Knöchel bluteten. Bei der Abreise schwor ich, einen Französischkurs zu belegen, doch kaum war der Flieger in New York gelandet, hatte ich den Vorsatz schon wieder vergessen.

Bei meinem nächsten Aufenthalt schliff ich den Holzfußboden und gewöhnte mir an, jeden Tag zehn neue Vokabeln zu lernen.

*Exorzismus*
*Gesichtsschwellung*
*Todesstrafe*

Ich pickte die Wörter aus dem Wörterbuch, schrieb sie mit der Schreibmaschine auf Karteikarten und lernte sie auf meinen täglichen Spaziergängen ins Nachbardorf auswendig.

*Schlachthof*
*Seeungeheuer*
*Medizinmann*

Am Ende des Monats hatte ich dreihundert Wörter parat, von denen kein einziges irgendwie brauchbar war. Im nächsten Jahr blieben wir sechs Wochen in Frankreich, was meinen Wortschatz um vierhundertzwanzig Vokabeln erweiterte, von denen die meisten aus dem Klatschmagazin *Voici* stammten. »Menschenfresser«, warf ich den Leuten an den Kopf, »Goldgräber, Saisonarbeiter, Blattlaus.«

»Von wem reden Sie?« fragten meine Nachbarn. »Was für ein sozialer Aufsteiger? Wo?«

Bei meinem fünften Frankreich-Besuch beschränkte ich mich auf Wörter und Sätze, die ich die Leute reden hörte. Von den Hundehaltern lernte ich »Platz!«, »Aus!« und »Wer hat auf diesen Teppich geschissen?« Das Paar von gegenüber brachte mir bei, wie man korrekte Fragen stellt, und der Lebensmittelhändler, wie man zählt. Eins fügte sich zum anderen, so daß ich jetzt nicht mehr wie ein mißratenes Kleinkind, sondern wie der letzte Hinterwäldler redete. »Das da das Denken von Kühe?« fragte ich den Metzger und zeigte mit der Hand auf das Kalbshirn in der Auslage. »Ich lieber möchten Lammkotelett mit Griffe dran.«

Am Ende unseres sechsten Frankreichaufenthalts war das Haus fertig und mein Gesamtwortschatz auf eintausendfünfhundertvierundsechzig Wörter gestiegen. Es war ein seltsames Gefühl, mein komplettes Vokabular in Händen zu halten, in den Karteikarten zu blättern und sich an den Nachmittag zu erinnern, an dem ich gelernt hatte, meinen morgendlichen Kater zutreffend in Worte zu kleiden. Ich hatte meine Wortkartei in einer Holzkiste untergebracht, die eigentlich für einen Napoleon-Dreispitz gedacht war, und machte mir Sorgen, daß, wenn das Haus abbrennen würde, ich wieder ganz von vorn bei *Flaschenhals* und *Aschenbecher* anfangen müßte und das unvergleichliche Hochgefühl nicht mehr erleben würde, das mich jedesmal überkam, wenn ich jemanden ein Wort sagen hörte, das ich für meinen ureigenen Besitz hielt.

Als kürzlich die Baukräne anrückten, um direkt vor unserem New Yorker Schlafzimmerfenster ein zwölfgeschossiges Hotel hochzuziehen, beschlossen Hugh und ich, für ein oder zwei Jahre die Stadt zu verlassen, bis unser Unmut verraucht ist. Ich bin fest gewillt, soviel Französisch wie möglich zu lernen, weshalb wir uns auch eine Wohnung in Paris nehmen werden, wo es Plakate und Schlagzeilen und jede Menge Wörter gibt, die darauf warten, aufgeschnappt und auf Karteikarten festgehalten zu werden, wo man ungestört rauchen und sich gleichzeitig bis auf die Knochen blamieren kann und wo ich, wenn ich es leid bin, einfach lügen und sagen kann, ich hätte sowieso nie hergewollt.

# *Ich ein Tag sprechen hübsch*

Im Alter von einundvierzig Jahren gehe ich wieder zur Schule und muß mich als etwas sehen, was mein französisches Lesebuch »einen wahren Debütanten« nennt. Nachdem ich mein Schulgeld bezahlt hatte, bekam ich einen Schülerausweis, der mich zum ermäßigten Eintritt in Kinos, Puppentheatern und im Festyland berechtigt, einem abgelegenen Erlebnispark, der mit Plakatwänden wirbt, auf denen ein in Comicmanier gezeichneter Stegosaurus in einem Kanu sitzt und etwas ißt, was aussieht wie ein Schinkenbrot.

Ich bin nach Paris gezogen, um die Sprache zu erlernen. Die Schule ist nicht weit von meiner Wohnung, und an meinem ersten Schultag war ich zeitig da und sah, wie die anderen Schüler, aus den Ferien zurück, sich in der Eingangshalle begrüßten. Es wurde aus den Ferien erzählt und nach gemeinsamen Freunden und Freundinnen gefragt, die Namen wie Kang und Vlatnja hatten. Ungeachtet ihrer Nationalität sprachen alle, so hörte es sich für mich an, ausgezeichnet französisch. Manche Akzente waren besser als andere, aber die Schüler legten eine Ungezwungenheit und

Zuversicht an den Tag, die ich einschüchternd fand. Zusätzlich bereitete mir Unbehagen, daß sie alle jung, attraktiv und gut gekleidet waren, so daß ich mir so ähnlich vorkam wie der Hinterwäldler Pa Kettle, den es nach einer Modenschau in den Backstage-Bereich verschlagen hat.

Ich sage mir immer wieder, daß ich jetzt voll ausgewachsen bin. Nie wieder wird jemand meinen Ausweis sehen wollen, wenn ich mir ein Bier bestelle, oder verlangen, daß ich aus Zeitungspapier einen Bettvorleger webe. In meinem Alter sollte ein vernünftiger Mensch seine Strafe im Gefängnis für die Nervösen und die Unsicheren abgesessen haben – ist das nicht die große Verheißung des Erwachsenendaseins? Ich kann nicht anders, ich habe den Eindruck, daß ich irgendwo auf meinem Lebensweg falsch abgebogen bin. Meine Ängste sind nicht verschwunden. Statt dessen sind sie mit dem Alter gereift und haben sich vermehrt. Ich bin jetzt doppelt so ängstlich wie mit zwanzig, als ich mir von einem gescheiterten Studenten der Krankenpflege ein Sedativum für Pferde injizieren ließ, und achtmal so ängstlich wie an dem Tag, als die Kindergärtnerin mit Gewalt einen meiner Finger nach dem anderen vom Handgelenk meiner Mutter löste und mich Plärrenden zu meinem Tischchen führte. »Du wirst dich dran gewöhnen«, hatte die Frau gesagt.

Ich warte immer noch drauf.

Der erste Schultag war nervenaufreibend, weil ich wußte, daß von mir Leistung erwartet wurde. So machen sie das hier – jeder wird in die Sprache geschmissen, und nun geh unter oder schwimm. Die Lehrerin marschierte herein, vom Urlaub frisch und tief gebräunt, und ratterte eine Reihe verwaltungstechnischer Ansagen herunter. Ich habe mehrere Sommer in der Normandie verbracht und vor dem Abflug in New York einen Monat Französisch gelernt. Ich stehe nicht komplett im dunkeln, aber ich verstand nur die Hälfte von dem, was diese Lehrerin sagte.

»Wenn Sie inzwischen nicht *meismslsxp* haben, gehören Sie gar nicht in diese Klasse. Haben alle *apzkiubjxow*? Wirklich alle? Gut, dann fangen wir an.« Sie breitete ihren Unterrichtsplan aus, seufzte und sagte: »Also gut, wer kennt das Alphabet?«

Das war bestürzend, weil mir (a) diese Frage seit geraumer Zeit nicht mehr gestellt worden war, und weil mir (b) klar wurde, während ich noch lachte, daß ich persönlich das Alphabet *nicht* kannte. Es sind dieselben Buchstaben, aber sie werden anders ausgesprochen.

»Aah.« Die Lehrerin ging an die Tafel und skizzierte den Buchstaben *a*. »Haben wir jemanden in der Klasse, dessen Vornamen mit einem Aah anfängt?«

Zwei polnische Annas hoben die Hand, und die Lehrerin wies sie an, sich vorzustellen, indem sie Namen, Nationalität und Beruf angaben und eine Liste von Dingen hersagten, die sie auf dieser Welt mochten und nicht mochten. Die erste Anna stammte aus einer Industriestadt in der Nähe von Warschau und hatte Schneidezähne so groß wie Grabsteine. Sie arbeitete als Näherin, genoß stille Stunden mit Freunden und haßte die Mücke.

»Ach, tatsächlich«, sagte die Lehrerin. »Wie überaus interessant. Ich dachte, jeder liebt Mücken, aber hier, vor der ganzen Welt, behaupten Sie, sie zu verabscheuen. Womit haben wir es nur verdient, mit der Anwesenheit von jemandem gesegnet zu werden, der so einzigartig und originell ist wie Sie? Bitte, sagen Sie es uns.«

Die Näherin verstand nicht, was gesagt wurde, aber sie

verstand, daß dies eine Gelegenheit war, sich beschämt zu zeigen. Ihr Kaninchenmund schnappte nach Luft, und sie starrte in ihren Schoß, als wäre die angemessene Reaktion irgendwo nächst dem Reißverschluß ihrer Hose in den Stoff gestickt.

Die zweite Anna hatte von der ersten gelernt und behauptete, den Sonnenschein zu lieben und Lügen zu verabscheuen. Es hörte sich an wie die Übersetzung der persönlichen Vorliebenliste eines *Playboy*-Monatsklappis, die Antworten immer in der gleichen bekloppten Handschrift: »*Was mich antörnt:* Muttis superscharfes Chili con carne mit 5*****! *Was mich abtörnt:* Typen, die mich dumm anbaggern!!!«

Die beiden polnischen Frauen hatten gewiß klare Vorstellungen darüber, was sie schätzten und was sie ablehnten, aber sie waren, wie wir alle, eingeschränkt, was den Wortschatz betraf, und deshalb machten sie keinen besonders intellektuellen Eindruck. Die Lehrerin bohrte weiter, und wir erfuhren, daß Carlos, der argentinische Bandoneonspieler, Wein und Musik liebte, sowie, wie er es ausdrückte, »Sex machen mit den Frauen der Welt«. Als nächstes kam eine schöne junge Jugoslawin, die sich als Optimistin identifizierte und sagte, sie liebe alles, was das Leben zu bieten habe.

Die Lehrerin leckte sich die Lippen und ließ bereits die Sadistin ahnen, die wir noch kennenlernen sollten. Vor ihrer Attacke duckte sie sich, legte die Hände auf das Pult der jungen Frau und sagte: »Ach ja? Und lieben Sie auch Ihren kleinen Krieg?«

Während die Optimistin noch kämpfte, um sich zu verteidigen, zermarterte ich mir das Hirn nach einer Antwort auf die Frage, die offensichtlich eine Falle war. Wie oft wird man schon gefragt, was man auf dieser Welt liebt? Noch schwerer wiegend: Wie oft wird man das gefragt und dann wegen seiner Antwort zum öffentlichen Gespött gemacht? Ich entsann mich meiner Mutter, wie sie, vom Wein gerötet, spätnachts auf den Tisch haute und sagte: »Liebe? Ich liebe ein gutes, nicht zu durches Steak. Ich liebe meine Katze, und ich liebe ...« Meine Schwestern und ich beugten uns vor und warteten darauf, unsere Namen zu hören. *»Tums«*, sagte unsere Mutter. »Ich liebe *Tums*-Kautabletten, denn *Tums*-Kautabletten schmecken gut und wirken prompt.«

Die Lehrerin schlug noch etwas Zeit tot, indem sie das jugoslawische Mädchen beschuldigte, der führende Kopf hinter einem Genozidprogramm zu sein, und ich machte mir auf dem Rand meines Blocks verzweifelte Notizen. Während ich ehrlich sagen kann, daß ich es liebe, in medizinischen Lehrbüchern zu blättern, die sich mit ernsten dermatologischen Beschwerden befassen, so ist das jedoch außerhalb der Reichweite meines französischen Wortschatzes, und es vorzumachen hätte nur unerwünschte Aufmerksamkeit erregt.

Als ich aufgerufen wurde, lieferte ich ohne Anstrengung eine Liste verabscheuter Dinge ab: Blutwurst, Pâté aus Innereien, Schweinehirn. Ich hatte diese Wörter auf die harte Tour gelernt. Nach einiger Überlegung folgte dann eine Liebeserklärung an IBM-Schreibmaschinen, das französische Wort für »blauer Fleck« und meine elektrische Bohnermaschine. Es war eine kurze Liste, es gelang mir aber doch immerhin, IBM falsch auszusprechen und Bohner- wie Schreibmaschine mit dem falschen Geschlecht zu versehen. Durch ihre Reaktion gelangte ich zu der Ansicht, daß diese Fehler im Lande Frankreichs Kapitalverbrechen sind.

»Waren Sie immer schon so *palicmkrexjs?*« fragte sie. »Sogar ein *fiuscrzsws tociwegixp* weiß, daß eine Schreibmaschine weiblich ist.«

Ich saugte so viel von ihren Beschimpfungen auf, wie ich verstehen konnte, und dachte, sagte aber nicht, daß ich es lächerlich finde, einem unbeseelten Objekt, das außerstande ist, sich zu entkleiden und sich hin und wieder zum Narren zu machen, ein Geschlecht zuzuweisen. Warum von Lady Fleischwunde oder dem edlen Lord Putzlumpen sprechen, wenn diese Dinge es in der Falle doch nie bringen könnten?

Die Lehrerin fuhr fort, alle herabzusetzen, von der deutschen Eva, die Faulheit haßte, bis zum japanischen Yukari, der Malpinsel und Seife liebte. Italiener, Thailänder, Niederländer, Koreaner, Chinesen – wir alle nahmen nach dem Unterricht törichterweise an, das Schlimmste sei vorüber. Damals wußten wir es nicht, aber die kommenden Monate lehrten uns, wie es ist, wenn man mit einem wilden Tier zusammenlebt. Bald lernten wir, Kreide auszuweichen und Kopf und Magen zu bedecken, sobald sie sich uns mit einer Frage näherte. Noch hatte sie niemanden geschlagen, aber es schien weise, sich auf das Unvermeidliche vorzubereiten.

Obwohl uns verboten war, etwas anderes als Französisch zu sprechen, benutzte uns die Lehrerin gelegentlich, um eine ihrer fünf fließend beherrschten Sprachen anzuwenden.

*»I hate you«*, sagte sie zu mir eines Nachmittags. Ihr Englisch war makellos. *»I really, really hate you.«* Nennen Sie mich sensibel, aber ich konnte das nicht anders als persönlich nehmen.

Weil ich der Lehrerin nicht recht geben mochte, die mich der Faulheit zieh, verbrachte ich vier Stunden pro

Abend mit Schularbeiten und arbeitete sogar noch länger, wenn wir einen Aufsatz »auf«-hatten. Ich wäre, glaube ich, auch mit weniger durchgekommen, aber ich war entschlossen, mir eine Art Identität aufzubauen. Wir hatten eine dieser »Führen Sie den Satz zu Ende«-Übungen, und ich murkste stundenlang daran herum, wobei ich mich unweigerlich für Sachen wie »*Einen Dauerlauf um den See… /* …würde ich liebend gern machen, ich muß aber nur noch rasch mein Holzbein anschnallen« entschied. Die Lehrerin übermittelte mir, in Worten wie in Taten, daß, falls es dies war, was mir unter Identität vorschwebte, sie nichts damit zu tun haben wollte.

Meine Angst und Beklommenheit krochen über die Schwelle meines Klassenzimmers und begleiteten mich hinaus auf die weiten Boulevards. Irgendwo schnell einen Kaffee trinken gehen, nach dem Weg fragen, Geld aufs Konto einzahlen: All das kam nicht in Frage, weil es mit Sprechen verbunden war. Vor Schulbeginn hatte ich keine Bedenken gehabt, einfach draufloszuplappern, aber jetzt war ich überzeugt, daß alles, was ich sagte, falsch war. Wenn das Telefon läutete, ignorierte ich es. Wenn mich jemand was fragte, stellte ich mich taub. Ich wußte, daß die Angst langsam überhand nahm, als ich anfing, mich zu wundern, warum sie Käse- und Wurstaufschnitt nicht in Automaten verkauften.

Mein einziger Trost war das Wissen, daß ich nicht allein war. In verräucherten Korridoren zusammengerottet und das Beste aus unserem mitleiderregenden Französisch machend, pflegten meine Mitschüler und ich die Art Konversation, wie man sie wohl meist in Flüchtlingslagern zu hören kriegt.

»Manchmal mich weine allein bei die Nacht.«

»Das ist für mich gewöhnlich auch, aber sein mehr stark,

du. Viel Arbeit, und ein Tag man hübsch spricht. Leute bald stoppen einen hassen. Vielleicht morgen, okay?«

Im Gegensatz zu anderen Schulen, die ich besucht habe, gab es hier keinerlei Konkurrenzdenken. Wenn die Lehrerin einer schüchternen koreanischen Frau mit einem frischgespitzten Bleistift ins Augenlid stach, fanden wir keinen Trost in der Tatsache, daß wir, im Gegensatz zu Hai-yun Cho, alle das unregelmäßige Imperfekt des Verbums »besiegen« beherrschten. Zwar muß man fairerweise sagen, daß die Lehrerin die Frau nicht absichtlich verletzt hatte, sie vergeudete aber auch nicht viel Zeit mit Entschuldigungen, sondern sagte nur: »Sie hätten eben besser aufpassen sollen.«

Mit der Zeit wurde es unmöglich zu glauben, auch nur einer von uns würde je besser werden. Der Herbst kam, und es regnete jeden Tag. Es war Mitte Oktober, als die Lehrerin sich mich herausgriff und sagte: »Jeder mit Ihnen verbrachte Tag ist wie ein Kaiserschnitt für mich«, und ich merkte plötzlich, daß ich, seitdem ich in Frankreich angekommen war, zum erstenmal jedes Wort verstehen konnte, wenn jemand was sagte.

Verstehen bedeutet nicht, daß man die Sprache plötzlich sprechen kann. Bei weitem nicht. Es ist ein kleiner Schritt, mehr nicht, aber sein Lohn ist berauschend und trügerisch. Die Lehrerin fuhr mit ihrer Schmährede fort, ich machte es mir bequem und badete in der subtilen Schönheit jeder neuen Verwünschung und Beleidigung.

»Sie erschöpfen mich mit Ihrer Narretei und belohnen meine Mühen mit nichts als Schmerz, verstehen Sie mich?«

Die Welt öffnete sich, und mit großer Freude erwiderte ich: »Ich kenne die Sache, was Sie sprechen, genau jetzt. Sprechen Sie mir mehr, *plus*, bitte, *plus*.«

# *Jesus schummelt*

Und was macht man am 14. Juli? Feiert man da den Sturm auf die Bastille?«

Mittlerweile lernte ich im zweiten Monat Französisch, und die Lehrerin machte mit uns eine Übung zum Gebrauch des Wörtchens *man*, unser jüngstes Personalpronomen.

»Darf man am Nationalfeiertag singen? Darf man in den Straßen tanzen? Wer weiß die Antwort?«

In unserem Lehrbuch waren die Daten der wichtigsten Feiertage abgedruckt, umgeben von mehreren Fotos, die Franzosen beim Feiern zeigten. Die Aufgabe bestand darin, dem jeweiligen Feiertag das entsprechende Bild zuzuordnen. Es war nicht weiter schwer, aber die Übung schien mir besser für die Einführung der dritten Person plural geeignet. Ich wußte nicht, wie der Rest der Klasse dachte, aber für mich war klar, daß ich am Nationalfeiertag zu Hause bleiben und den Backofen saubermachen würde.

Wenn wir mit dem Buch arbeiteten, machte ich es normalerweise so, daß ich alles um mich her ausblendete und mich ganz auf die Frage konzentrierte, die voraussichtlich auf mich fallen würde, aber an diesem Nachmittag wichen wir vom üblichen Unterrichtsschema ab. Man durfte sich frei zur Beantwortung der Fragen melden, so daß ich mich ganz entspannt zurücklehnen konnte, darauf vertrauend, daß die immer gleiche Handvoll Schüler die Stunde schmeißen würde. Die heutige Diskussion wurde von einem italienischen Kindermädchen, zwei geschwätzigen Polinnen und einer pummeligen Marokkanerin mit Schmollmund dominiert, die mit Französisch groß geworden war und durch die Teilnahme am Kurs ihre Rechtschreibung zu verbessern hoffte. Sie kannte die Übungen noch aus der dritten Klasse und nutzte jede Gelegenheit, ihre Überlegenheit zur Schau zu stellen. Sobald eine Frage gestellt wurde, riß sie sich um die Antwort, als ob wir in einer Spielshow wären und sie eine Südsee-Reise oder eine Kühlschrank-mit-Gefriertruhen-Kombination gewinnen könnte. Sie war erst später in die Klasse gekommen, hatte aber bereits am ersten Tag so oft aufgezeigt, daß sie sich die Schulter verrenkt hatte. Jetzt lehnte sie sich bloß zurück und rief die Antworten in die Klasse, ihre bronzefarbenen Arme vor der Brust verschränkt wie irgendein großes Grammatik-Genie.

Nachdem wir den 14. Juli abgehakt hatten, nahm unsere Lehrerin sich Ostern vor, in unserem Lehrbuch vertreten durch eine Schwarzweißfotografie, die eine Schokoladenglocke in einem Nest aus Palmblättern zeigte.

»Und was macht man zu Ostern? Kann jemand uns das sagen?«

Für mich war es nur ein weiteres Fest, das mir gestohlen bleiben konnte. In meiner Kindheit hatten meine Eltern das Osterfest, wie es von unseren nicht-orthodoxen

Freunden und Nachbarn gefeiert wurde, grundsätzlich ignoriert. Während die anderen sich mit Schokoladen-Figuren den Bauch vollschlugen, übten mein Bruder, meine Schwestern und ich uns im tagelangen Fasten, falteten unsere knochigen Finger zum Gebet und flehten um Erlösung von der Monotonie namens Holy Trinity Church. Als Griechen hatten wir unser eigenes Osterfest, das gewöhnlich zwei bis vier Wochen nach der, wie es in unseren Kreisen hieß, »amerikanischen Version« gefeiert wurde. Der Grund dafür hatte etwas mit dem Mond oder dem orthodoxen Kalender oder einer ähnlich geheimnisvollen Sache zu tun, obwohl unsere Mutter immer vermutete, daß es nur deshalb später lag, damit die Griechen ihre Marshmallow-Küken und das Plastikgras zu drastisch gesenkten Preisen kaufen konnten. »Die Knickerköppe«, sagte sie. »Wenn es nach denen ginge, würden wir Weihnachten erst Mitte Februar feiern.«

Weil unsere Mutter protestantisch erzogen worden war, war unser Ostern eine Mischung aus griechischer und amerikanischer Tradition. Als Kinder bekamen wir jahrelang Nester mit Süßigkeiten, später erweiterte der Osterhase dann sein Sortiment. Die Raucher in der Familie bekamen eine Stange Zigaretten und einen Satz Einweg-Feuerzeuge, während die anderen entsprechend ihrem jeweiligen Laster beschenkt wurden. Abends gab es ein traditionelles griechisches Mahl und anschließend ein Spiel, bei dem man blutrot gefärbte Eier gegeneinandertitschte. Ich weiß nicht mehr, welche tiefere Symbolik dahintersteckte, aber dem, dessen Ei bis zuletzt heil blieb, sollte das ganze Jahr Glück beschieden sein. Einmal gewann ich. Es war das Jahr, in dem meine Mutter starb, in meine Wohnung eingebrochen wurde und ich in die Notaufnahme des Krankenhauses eingeliefert wurde, wo der diensthabende Arzt ein »Hausfrauenknie« diagnostizierte.

Das italienische Kindermädchen war noch dabei, die letzte Frage der Lehrerin zu beantworten, als die Marokkanerin dazwischenrief: »Entschuldigung, was bitte ist ein Ostern?«

Obwohl sie in einem muslimischen Land aufgewachsen war, hätte man annehmen können, das Wort sei ihr schon das eine oder andere Mal untergekommen, aber nein. »Ganz im Ernst«, sagte sie. »Ich weiß nicht, worüber hier geredet wird.«

Die Lehrerin bat also den Rest der Klasse, es ihr zu erklären.

Die Polinnen nahmen sich als erste im Rahmen ihrer Möglichkeiten der Aufgabe an. »Es ist«, begann die eine, »eine Party für die kleine Junge von Gott, die heißt Jesus, und ... ach, Scheiße.« Da sie nicht mehr weiterwußte, eilte ihre Landsmännin ihr zu Hilfe.

»Die heißt Jesus, und dann ist gestorben an zwei ... Bretten ... aus Holz.«

Der Rest der Klasse warf weitere Informationshappen in die Runde, die dem Papst auf der Stelle ein Aneurysma beschert hätten.

»Ein Tag er ist gestorben, und dann er geht über meinen Kopf zu leben bei dein Vater.«

»Er hat gehabt lange Haare, und wenn ein Tag tot, er zurückgekommen und hallo gesagt zu die Leute.«

»Er nett, der Jesus.«

»Er gemacht die gute Sachen, und an die Ostern wir traurig, weil jemand ihn totgemacht heute.«

Ein Teil des Problems hatte mit der Grammatik zu tun. Wenn schon einfache Vokabeln wie Kreuz oder Auferstehung außerhalb unserer Möglichkeiten lagen, so erst recht komplizierte reflexive Formen wie »für uns zu opfern deinen eingeborenen Sohn«. Vor die Herausforderung gestellt, die Grundlagen des Christentums zu erläutern, taten wir, was jede Gruppe von Menschen mit Selbstachtung vermutlich getan hätte. Wir redeten statt dessen vom Essen.

»Ostern ist das Fest für zu essen von die Lamm«, erklärte das italienische Kindermädchen. »Und man darf auch essen von die Schokolade.«

»Und wer bringt die Schokolade?« fragte die Lehrerin.

Da ich die Antwort wußte, meldete ich mich und sagte: »Der Hase des Ostern. Er bringt von die Schokolade.«

Meine Klassenkameraden reagierten schockiert.

»Ein Hase?« In dem Glauben, ich hätte bloß das Wort verwechselt, hielt die Lehrerin beide Zeigefinger an den Kopf und wackelte mit ihnen, als wären es Ohren. »Sie meinen so einen? Ein Hoppelhase?«

»Aber ja«, sagte ich. »Er kommt bei die Nacht, wenn man schläft auf das Bett. Mit eine Hand er hat eine Korb und Essen.«

Die Lehrerin seufzte und schüttelte den Kopf. »Nein, nein«, sagte sie. »Bei uns in Frankreich wird die Schokolade von einer großen Glocke gebracht, die von Rom zu uns fliegt.«

Ich dachte einen Moment nach. »Aber woher wissen die Glocke, wo Sie wohnen?«

»Nun«, fragte die Lehrerin zurück, »woher weiß es der Hase?«

Das war kein schlechter Einwand, aber immerhin hat ein Hase Augen. Punkt eins. Dann hoppeln Hasen in der Gegend herum, während die meisten Glocken bloß hin und her baumeln – und selbst das schaffen sie nicht aus eigener Kraft. Vor allem aber, der Osterhase hat Charakter. Er ist wer, dem man gerne begegnen und die Hand schütteln möchte. Eine Glocke hat die persönliche Ausstrahlung einer Bratpfanne. Genausogut könnte man sagen, an Weihnachten kommt eine magische Kehrichtschaufel vom Nordpol her zu uns geflogen, gezogen von acht fliegenden Backsteinen. Wer will denn die ganze Nacht aufbleiben, um eine Glocke zu sehen? Und warum soll eine aus Rom einfliegen, wo sie doch in Paris schon mehr als genug Glocken haben? Das ist noch der unwahrscheinlichste Punkt an der ganzen Geschichte, da die französischen Glocken ganz bestimmt keinen Gastarbeiter ins Land lassen würden, der ihnen den Job wegnimmt. Die römische Glocke könnte sich glücklich schätzen, wenn sie hinter dem Hund der französischen Glocke saubermachen dürfte – und selbst dazu bräuchte sie noch eine Arbeitserlaubnis. Es ergab einfach vorne und hinten keinen Sinn.

Nichts von dem, was wir sagten, half der marokkanischen Schülerin in irgendeiner Weise weiter. Ein toter Mann mit langen Haaren, der angeblich mit ihrem Vater lebte, das Bein von einem Lamm, das mit Palmblättern und Schokolade serviert wurde: Ebenso verwirrt wie angewidert zuckte sie nur die massigen Schultern und wandte sich wieder ihrem Comic zu, den sie in ihrem Schnellhefter versteckt hielt.

In dem Moment fragte ich mich, ob meine Klassenkameraden und ich ohne die Sprachbarriere eine verständigere Erklärung in Sachen Christentum zuwege gebracht hätten, wo die ganze Angelegenheit doch auch so schon ziemlich abwegig klingt.

Beim Gespräch über religiöse Überzeugungen ist das Zauberwort: *Glaube*, ein Begriff, der durch unsere bloße

Anwesenheit im Klassenzimmer veranschaulicht wurde. Warum sollten wir uns mit Grammatik-Übungen für Sechsjährige quälen, wenn nicht jeder von uns, wider alle Vernunft, *glaubte*, zuletzt Fortschritte zu machen? Wenn ich hoffen konnte, eines Tages eine flüssige Unterhaltung zu führen, war es ein vergleichsweise kleiner Schritt dahin, zu glauben, daß ein Hase mitten in der Nacht zu mir nach Hause kam und eine Handvoll Negerküsse und eine Stange Menthol-Zigaretten vorbeibrachte. Und warum an diesem Punkt aufhören? Wenn ich an mich selbst glauben konnte, warum sollte ich da nicht andere unwahrscheinliche Dinge für möglich halten? Ich sagte mir, daß meine Lehrerin, trotz ihres Verhaltens in der Vergangenheit, eine liebenswerte und nette Person sei, die nur das Beste für mich wollte. Ich akzeptierte die Vorstellung, daß ein allwissender Gott mich nach seinem Bilde geschaffen hatte und mich beschützte und sicher von Ort zu Ort geleitete. Die jungfräuliche Geburt, die Auferstehung und die zahllosen Wundertaten – mein Herz weitete sich, um all die vielen Wunder und Möglichkeiten des Universums in sich aufzunehmen.

Aber eine Glocke – das war total bescheuert.

# *Der Bandwurm ist drin*

»Was wollen wir unternehmen, Freunde? Wollen wir ausgehen?«

»Wohin ausgehen? In die Diskothek?«

»Nein, in ein Restaurant, das Haus des Schmetterlings.«

»Das Haus des Schmetterlings! Ist das ein angenehmes Restaurant?«

»Es ist nicht teuer, wenn du das meinst.«

»Oh, prima, dann ist alles klar. Gehen wir ins Haus des Schmetterlings!«

Vor meiner Abreise aus New York belegte ich einen einmonatigen Französischkurs, der von einer bezaubernden Pariserin gegeben wurde, die uns eine Reihe von Dialogen von der Begleitkassette zu unserem Lehrbuch auswendig lernen ließ. Da es sich um einen Anfängerkurs handelte, kamen Slang und Kontroversen bei den Sprechern der Kassette grundsätzlich nicht vor. Ohne sich je Gedanken über Vergangenheit oder Zukunft zu machen, widmeten sie sich dem Augenblick mit einem Stoizismus, wie man ihn von Buddhisten und gerade erst wieder auf die Beine gekommenen gewesenen Alkoholikern kennt. Fabienne, Carmen und Eric verbrachten einen Großteil ihrer Zeit auf der Terrasse von Restaurants, wo sie über ihre Liebe zum Leben diskutierten und Cola ohne Eis tranken. In regelmäßigen Abständen traten flüchtige Bekannte auf, und häufig war die Rede davon, daß der Himmel blau sei.

Einzeln bereiteten die verschiedenen Nomen und Verben mir keine Mühe, doch aufgrund von Drogenkonsum und meiner berufsbedingten engen Beziehung zu chemischen Lösungsmitteln war es für mich schwierig genug, mir meine Postleitzahl zu merken, geschweige denn eine komplette Unterhaltung, in der es um die Freuden der direkten Sonneneinstrahlung ging. In der Hoffnung, mir das Auswendiglernen zu erleichtern, rang ich mich schließlich zum Kauf eines Walkman durch. Bislang hatte er auf meiner Liste vulgärer Accessoires gleich neben einer Boa Constrictor und einem Planet-Hollywood-T-Shirt rangiert, doch sobald ich die Kopfhörer eingestöpselt hatte, war ich durchaus angetan. Das Gute an einem Walkman ist, daß er die Mitmenschen genau wie eine Boa Constrictor oder ein Planet-Hollywood-T-Shirt auf Distanz hält. Die Umwelt wird mit einemmal so unaufdringlich, wie man sie sich wünscht. Es ist, als wäre man taub, nur ohne die damit verbundenen Nachteile.

Ungestört durch New York zu spazieren und sich dabei vorzustellen, was die Leute ringsum brüllten, wurde zu einem wirklichen Vergnügen. Beim Überqueren der Vierzehnten Straße sah ich einen nicht-eingestellten Psychotiker eine Klobürste schwingen und dazu stumm die Lippen bewegen, während in meinem Kopf die jungen Franzosen nach einem Tisch mit Blick auf den Springbrunnen fragten. Die Kassette machte mich ganz gespannt auf die bevorstehende Übersiedlung nach Paris, wo ich, wenn schon nichts anderes, Sätze wie: »Ich gebe Ihnen meine Telefonnummer«, oder: »Das Sandwich schmeckt mir auch sehr gut« frei herunterrasseln konnte.

Bislang habe ich allerdings noch keinmal Gelegenheit gehabt, einen der beiden Sätze zu verwenden. Zwar könnte ich jemanden bitten, mich anzurufen, doch die einzige Nummer, die ich auswendig weiß, ist die von Eric, dem jungen Mann auf meiner Französisch-Kassette. Mein Gedächtnis ist gerade groß genug, sich *eine* zehnstellige Zahl zu merken, und da seine Nummer zuerst da war, weiß ich nicht, wie mich irgendwer anrufen könnte. Natürlich ist da noch der Satz mit dem Sandwich, aber sein Neuigkeitswert ist wohl eher gering. Ein Teil des Problems besteht darin, daß ich niemanden zum Reden habe, einmal abgesehen von den Teilnehmern meines Französischkurses, die es gut meinen, aber mich mit ihrem Enthusiasmus erschöpfen. Genauso jung und optimistisch wie die Jugendlichen auf meiner Kassette, fragen sie mich manchmal, ob ich nach dem Unterricht mit in ein nahe gelegenes Café kommen wolle. Ein paarmal bin ich mitgegangen, doch umgeben von ihren frischen und strahlenden Gesichtern hatte ich immer das Gefühl, als Fehlbesetzung in einer internationalen Pepsi-Werbung aufzutreten. Ich bin einfach zu alt und abgeklärt, um ihre Begeisterung für so naive Vergnügungen wie eine Bootsfahrt auf der Seine oder ein spontanes Picknick am Fuß des Eiffelturms zu teilen. Es wäre gut für mich gewesen, unter Leute zu kommen, doch wenn es soweit war, brachte ich es einfach nicht fertig hinzugehen. Genausowenig komme ich mit den Fremden ins Gespräch, die mich laufend nach einer Zigarette oder dem Weg zur nächsten Metro-Station fragen. Ich muß zwar keine Dialoge mehr für meinen Französischkurs auswendig lernen, habe aber meistens trotzdem meinen Walkman auf, vorwiegend als Schutz.

Da ich kein großer Sammler von Musik-Konserven bin, begann ich in Paris damit, mir amerikanische Bücher auf Band anzuhören. Ich war nie ein Freund dieses Mediums, aber ich nahm sie als eine willkommene Gelegenheit, mein Englisch aufzupolieren. Oft waren es Bücher, in die ich unter normalen Umständen nie eine Nase gesteckt hätte. Doch selbst bei eher langweiligen Schinken genoß ich die reizvolle Kombination von französischem Alltag und englischem Text. Um mich herum war Paris, das man zu meinem persönlichen Hörvergnügen mit der falschen Tonspur unterlegt hatte. Der Besuch im Großkaufhaus war weit weniger einschüchternd, wenn ich dabei Dolly Partons *Mein Leben und andere unerledigte Geschäfte* lauschen konnte, wo die Frau mit der auffälligen Oberweite beschreibt, wie sie als Kind Zecken aus der Kopfhaut ihrer Großmutter geknibbelt hat. Oder ich hockte auf dem Spielplatz im Jardin du Luxembourg auf einer Bank und hörte mir *Lolita* in der gekürzten Fassung mit James Mason und in der ungekürzten mit Jeremy Irons an. Mir fiel ein halbes Dutzend bleichgesichtiger Typen mittleren Alters auf, die sich mit Vorliebe um das Klettergerüst gruppierten, und zusammen bildeten wir eine kleine, aber um so unheimlichere Versammlung.

Merle Haggards *Mein Haus der Erinnerungen*, die Tagebücher von Alan Bennett, *Die Schatzinsel*: Wenn man jemanden, der ständig liest, einen Bücherwurm nennt, war ich auf dem bestem Wege, zu einer Art Bandwurm zu werden. Das dumme war, daß ich denkbar unvorbereitet für mein neues Hobby nach Paris gekommen war. Ich besaß nicht mehr als eine Handvoll Kassetten, die ich im Laufe der Jahre geschenkt bekommen hatte und die in letzter Minute noch in den Koffer gewandert waren. Ein erwachsener Mensch kann sich *Der Wind in den Weiden* nur eine bestimmte Anzahl von Malen anhören, so daß ich zuletzt gezwungen war, mich näher mit den zahllosen französischen Kassetten zu befassen, die mir unsere Nachbarn in der Normandie als kleinen Wink zugesteckt hatten.

Ich versuchte es mit *Der Menschenfeind* und Fontaines Fabeln, aber sie waren einfach zu schwierig für mich. Ich bin viel zu träge, mich einer solchen Strapaze auszusetzen. Außerdem brauchte ich, wenn ich jemanden Französisch reden hören wollte, nur die Kopfhörer abzunehmen und am sogenannten »wirklichen Leben« teilzunehmen, eine Vorstellung, die so wenig einladend war wie ein Shampoo-Cocktail.

Aus lauter Verzweiflung war ich kurz davor, mir einen Stoß *30 Stunden Englisch*-Kassetten zuzulegen, als ein Päckchen von meiner Schwester Amy eintraf, das ein paar Dosen Muscheln enthielt, eine Tüte Maismehl, einen Hör-Stadtwanderführer durch Paris und mein Exemplar *Medizinisches Taschenwörterbuch Französisch*, ein handtellergroßer Sprachführer mit Begleitkassette für Ärzte und Krankenschwestern, die sich in der Sprache nicht auskannten. Der Stadtwanderführer geleitet einen zu den verschiedenen Sehenswürdigkeiten der Stadt und unterhält den Zuhörer mit der ein oder anderen aufschlußreichen Information. So erfuhr ich beispielsweise, daß der kleine Platz in meiner Nachbarschaft gegen Ende des 16. Jahrhunderts ein beliebter Ort war, Leute bei lebendigem Leib zu vierteilen. Heute wird er von einer Reihe kleiner Geschäfte gesäumt, die die Tradition hochhalten, wenn auch in einem eher übertragenen als buchstäblichen Sinne.

Ich folgte dem Führer weiter nach Notre Dame, wo ich, gelangweilt von einem Vortrag über die Geschichte des Strebebogens, die Kassette wechselte und Paris aus der eigenwilligen Perspektive des *Medizinischen Taschenwörterbuchs* zu betrachten begann. Die Sätze, zuerst auf englisch gesprochen und dann langsam und teilnahmslos auf französisch wiederholt, sind so kurz, daß ich im Nu so glanzvolle Beiträge zur gepflegten Konversation beherrschte wie: »Entfernen Sie bitte Ihr Gebiß und legen Sie sämtlichen Schmuck ab«, oder: »Jetzt pressen Sie bitte für die Nachgeburt.« Ich habe zwar noch keine meiner neuen Anweisungen und Fragen tatsächlich benutzt, aber allein dadurch, daß ich sie beherrsche, kann ich mir endlich vorstellen, mich ohne Walkman kopfüber in ein aktives und erfülltes gesellschaftliches Leben zu stürzen. Ich sehe mich auf einer mondänen Party, wie ich mir Champagner nachschenke und meine Gastgeberin frage, ob sie irgendeinen ungewöhnlichen Ausfluß bemerkt habe. Oder wie ich zu der Gräfin beim Betreten ihrer Jacht sage: »Wir müssen einen Tropf anlegen. Dürfte ich Sie vorher um eine Stuhlprobe bitten?«

Mit einiger Übung werde ich es noch so weit bringen. Wer in der Zwischenzeit nach Paris kommt, kann mich dabei beobachten, wie ich, den Kopfhörer fest in den Gehörgang gepult, die Kais entlangspaziere und leise vor mich hin murmel: »Wurde noch ein weiterer Gegenstand in Ihren Anus eingeführt? Wurde noch ein weiterer Gegenstand in Ihren Anus eingeführt?«

# *Einen Doppelten, bitte!*

Es gibt, wie ich herausgefunden habe, zwei Arten von Französisch, die von Amerikanern in Paris gesprochen werden: die Harte Version und die Vereinfachte Version. Die Harte Version macht von der Konjugation vertrackter Verben und der Wissenschaft Gebrauch, sie so mit anderen Wörtern zu kombinieren, daß sich Sätze ergeben wie: »Ich gehe ihm sagen guten Tag«, oder: »Nein, nicht zu ihm ich gehe nicht es ihm sagen jetzt.«

Die zweite, weniger komplizierte Version des Französischen läuft darauf hinaus, lauthals auf englisch herumzubrüllen, in etwa so, wie man einen tauben Mitmenschen anschreien würde oder einen Hund, dem man beibringen möchte, nicht aufs Sofa zu springen. Zweifel und Zurückhaltung sind hier völlig unangebracht, da Vereinfachtes Französisch auf der Grundannahme basiert, der Rest der Welt ließe sich, vernünftig verpackt, spielend auf der Fläche von Reno, Nevada, unterbringen. Der Sprecher hat nie ein Taschenwörterbuch dabei und muß niemals die Demütigung desjenigen erleiden, der auf die Speisekarte zeigt und einen Wochentag bestellt. Mit Vereinfachtem Französisch braucht man nur zu sagen: »BRINGEN SIE MIR EIN STEAK.«

Als jemand, der sich dem Harten Französisch verschrieben hat, starre ich jedesmal, wenn ich solche Bestellungen höre, zu dem Tisch hinüber und denke: »Für dich immer noch *Mister* Steak, Kumpel.« Von allen Stolpersteinen, die einen beim Erlernen dieser Sprache in den Weg gelegt werden, besteht der größte für mich darin, daß jedes Nomen ein bestimmtes Geschlecht hat, das sowohl die Form des Artikels wie die des Adjektivs bestimmt. Weil es ein Weibchen ist und Eier legt, ist ein Huhn männlich. *Vagina*, le vagin, ist ebenfalls männlich, wohingegen das Wort *Männlichkeit* weiblich ist. Von der Grammatik dazu gezwungen, sich auf eine der beiden Seiten zu schlagen, ist *Hermaphrodit* männlich und *Unentschiedenheit* weiblich.

Monatelang suchte ich nach einem versteckten Code, bevor mir aufging, daß gesunder Menschenverstand nichts damit zu tun hatte. *Hysterie, Psychose, Folter, Depression*: Man sagte mir, wenn etwas unangenehm sei, sei es vermutlich weiblich. Das ermutigte mich, bis die Theorie von so männlichen Nomen wie *Mord, Zahnschmerz* und *Rollerblade* hinweggefegt wurde. Vokabeln lerne ich spielend, nur das jeweilige Geschlecht will einfach nicht hängenbleiben und stellt mir immer wieder ein Bein.

Worin besteht nur der Trick, sich zu merken, daß ein französisches Sandwich maskulin ist? Welche Eigenschaften teilt es mit all den Wesen, die einen Penis besitzen? Ich rede mir ein, ein Sandwich sei deshalb maskulin, weil ihm, ein oder zwei Wochen in Ruhe gelassen, zuletzt ein Bart wächst. Das klingt so lange überzeugend, bis es Zeit fürs Bestellen ist und ich entscheide, ein Sandwich müsse unzweifelhaft weiblich sein, weil manchmal das Make-up verschmiert.

Ich schaffe es einfach nicht, mir meine Eselsbrücken zu merken. In der Hoffnung, es mir durch bloße Wiederholung besser einzuprägen, benutzte ich auch in meinem Alltagsenglisch Geschlechtsbezeichnungen. »Hallo, Mädels«, sagte ich, wenn ich eine Tüte Heftklammern aufriß, oder: »Hey, Hugh, hast du meinen Gürtel gesehen? Ich kann den Burschen einfach nicht finden.« Ich erfand Lebensläufe für die Gegenstände auf meiner Kommode und arrangierte Blind dates für sie. Als mein Briefbeschwerer sie abblitzen ließ, hintertrieb meine Armbanduhr die Beziehung zwischen der Haarbürste und dem Bleistift. Ich fühlte mich an meine Jugendzeit erinnert, als meine Schwester und ich bei Tisch ganze Dramen inszenierten. Pommes frites mit Ketchup-Mützen marschierten quer über die Teller und hatten kurze Affären oder auch heftigen Streit mit Möhrenscheiben, beobachtet von stämmigen Hühnerbeinen am Tellerrand, die bereit waren einzuschreiten, sollten die Dinge aus dem Ruder laufen. Die Geschlechterrollen wurden nach unserem Belieben verteilt und konnten von Tag zu Tag wechseln – anders als hier, wo der Maiskolben und der Salatkopf fest in ihrer maskulinen Rolle eingezwängt bleiben. Man kann über das soziale Klima der Südstaaten sagen, was man will, zumindest kann ein Hotdog in North Carolina sich ungehindert in beide Richtungen umtun.

In Frankreich darf nichts ohne Geschlecht bleiben. Als ich bei der Erledigung meiner Hausaufgaben im Wörterbuch blätterte, fiel mir auf, daß die Franzosen sogar den Landstrichen und Naturwundern, die wir Amerikaner immer für geschlechtslos gehalten haben, ein Geschlecht zugeschrieben haben. Die Niagara-Fälle sind weiblich, wohingegen der Grand Canyon, wider alle Logik, männlich ist. Georgia und Florida sind weiblich, Montana und Utah allerdings männlich. Neuengland ist eine Sie, während das riesige Gebiet des Mittleren Westens ein echter Kaventsmann ist. Ich frage mich, wer ursprünglich damit beauftragt war, die einzelnen Geschlechter zu vergeben. Hat er seinen Job gleich in der Anstalt gemacht, oder hat man ihm ein kleines Büro zur Verfügung gestellt, wo er dem Toben ringsum vorübergehend entkommen konnte?

In manchen Fällen kann man den Artikel komplett verschlucken, wohingegen er deutlich ausgesprochen werden muß, wenn ein Wort zwei unterschiedliche Bedeutungen besitzt, eine männliche und eine weibliche. Es sollte sich von selbst verstehen, daß ich ein Omelett in der Bratpfanne und nicht in einem Holzofen zubereite, aber es nervt mich dennoch kolossal, immer wieder die gleichen Fehler zu machen. Meist habe ich meine Zuhörer bereits zur Verzweiflung gebracht, bevor ich überhaupt bis zum Verb vorgedrungen bin.

Mein Selbstvertrauen erreichte einen neuen Tiefstand, als meine Freundin Adeline mir erklärte, französische Kinder machten zwar Fehler, aber niemals beim Geschlecht der Nomen. »Wir werden einfach groß damit«, sagte sie. »Wir hören das Geschlecht einmal und betrachten es fortan als ein Teil des Wortes. Es ist wirklich kinderleicht.«

Es ist eine ziemlich bittere Welt, in der ich mich nicht einmal einem Dreikäsehoch überlegen fühlen kann. Nachdem ich es müde war, mich in der Gegenwart von Zweijährigen zu blamieren, habe ich mir angewöhnt, grundsätzlich nur noch den Plural zu benutzen, was teuer werden kann, mir andererseits aber auch eine Menge Probleme erspart. Wenn man ein *Kohlkopf* sagt, muß man den männlichen Artikel gebrauchen. Sagt man *die Kohlköpfe*, ist es gleich, ob das Wort männlichen oder weiblichen Geschlechts ist. Fragt man nach zwei, zehn oder dreihundert Kohlköpfen, ist man komplett aus dem Schneider, weil das Zahlwort den Artikel ersetzt. Ein maskulines Kilo femininer Tomaten stellt ein Geschlechterproblem dar, das man im Handumdrehen gelöst hat, wenn man zwei Tomaten kauft. Inzwischen benutze ich beim Einkauf nur noch den Plural – und Hugh in unserer vollgestopften Küche, wenn er, eingezwängt in der hinteren Ecke, brüllt: »Was sollen wir mit vier Pfund Tomaten?«

Ich erwidere, dafür ließe sich schon eine Verwendung finden. Weit problematischer ist die Frage der Unterbringung. Im Kühlschrank ist kein Platz mehr, da sich im letzten freien Fach die beiden Hähnchen befinden, die ich gestern vom Metzger mitgebracht habe, ohne daran zu denken, daß wir mit den beiden holzscheitgroßen Schweinebraten noch gut zu tun haben. »Wir können sie dort neben die Radios legen«, schlage ich vor, »oder wir machen mit einem der Mixer Soße draus. Jetzt stell dich doch nicht so an. Vier Pfund Tomaten sind besser als gar keine Tomaten, oder?«

Hugh erklärt den Markt für mich zum Sperrgebiet, bis mein Französisch Fortschritte macht. Er ist ganz schön in Fahrt, aber ich denke, das legt sich, wenn er erst die beiden CD-Player sieht, die ich für ihn zum Geburtstag gekauft habe.

# *Erinnerungen an meine Kindheit auf dem afrikanischen Kontinent*

In der fünften Klasse unternahm Hugh einen Schulausflug zu einem äthiopischen Schlachthof. Er lebte zu der Zeit in Addis Abeba, und man hatte sich für den Schlachthof entschieden, weil er, wie er sagt, »ganz in der Nähe lag«.

Im dortigen Schulsystem rangierte das Argument der Erreichbarkeit weit über so unwesentlichen Fragen, wie: ob etwas für einen Haufen elfjähriger Schüler geeignet war oder nicht. »Was?« frage ich. »Gab's an dem Tag gerade keine Autopsie im örtlichen Leichenschauhaus? War das Staatsgefängnis einen Tick zu weit weg?«

Hugh verteidigt seine alte Schule, indem er sagt: »Nun, was ist denn der Sinn von Exkursionen? Doch wohl der, daß man etwas Neues sieht.«

»Also«, sagt er. »Und wir haben was Neues gesehen.«

»Technisch gesehen schon, aber ...«

Bei einem ihrer Ausflüge war die Klasse raus aufs Land gefahren, um einem zerfurchten Mann dabei zuzusehen, wie er sich verfaultes Ziegenfleisch in den Mund stopfte und damit ein Rudel wartender Hyänen fütterte. Ein anderes Mal durften sie die blutverschmierten Schlafzimmervorhänge im Palast des ehemaligen Diktators bestaunen. Es gab auch zahmere Ausflüge, zu Textilfabriken und Zuckerraffinerien, aber mein unbestrittener Favorit ist der Schlachthof. Es war kein Großbetrieb, sondern bloß ein kleines, ländliches Unternehmen, das von zwei Brüdern in einem niedrigen Betonbau geführt wurde. Nach einem kurzen Vortrag über Hygienevorschriften wurde ein kleines weißes Ferkel in den Raum getrieben, dessen zierliche Hufe auf dem Betonboden klackerten. Die Klasse bildete einen Kreis, damit alle das Tier sehen konnten, das sich über die allgemeine Aufmerksamkeit zu freuen schien. Es rannte von einem zum nächsten und blickte gerade zu Hugh auf, als einer der Brüder eine Pistole aus der Gesäßtasche zog, sie dem Tier an die Schläfe hielt und wie bei einer Exekution abdrückte. Blut spritzte, einige verängstigte Kinder weinten, während der mit der Pistole sich an den Lehrer und den Busfahrer wandte und ihnen Fleisch von einer frischgeschlachteten Ziege anbot.

Wenn ich solche Geschichten höre, kann ich meinen Neid nur mit Mühe unterdrücken. Ein äthiopischer Schlachthof. Manche Leute haben einfach ein unverschämtes Glück. Bei uns in der Grundschule war das höchste der Gefühle ein Ausflug nach Salem oder ins koloniale Williamsburg, in eins dieser restaurierten Ziegeldörfer, wo die Zeit angeblich stillsteht und irgendwer sein Geld als Ausrufer verdient. Jedesmal gab es einen Hufschmied, einen Trupp umherziehender Patrioten und eine Schar Frauen mit Hauben auf dem Kopf, die Maisbrot und Ingwerkekse feilboten, »nach Großmutters Rezept«. Ab und an kam man auch schon mal an einem Bösewicht vorbei, der seine Zeit im Stockeisen absaß, aber das war auch schon das Aufregendste an der ganzen Sache.

Selbst wenn einige Ereignisse Parallelitäten aufweisen, war meine Kindheit verglichen mit Hughs unsäglich öde. Als ich sieben Jahre alt war, zog meine Familie nach North Carolina. Als er sieben war, ging Hughs Familie in den Kongo. Wir hatten einen Collie und eine Hauskatze. Sie hatten einen Affen und zwei Pferde, die Charlie Brown und Satan hießen. Ich warf mit Steinen nach Stoppschildern. Hugh warf mit Steinen nach Krokodilen. Die Verben sind die gleichen, aber was die Nomen betrifft, trägt er eindeutig die Palme davon. Für meine Mutter mochte ein ereignisreicher Tag einen Gang zur Reinigung oder einen kurzen Plausch mit dem Kartoffelchipslieferanten beinhalten. Fragte man Hughs Mutter an einem gewöhnlichen Kongo-Nachmittag, was sie den Tag so gemacht habe, erzählte sie von einem Ausflug mit ihrem Frauenklub zu einer Lepra-Kolonie am Stadtrand von Kinshasa. Einen besonderen Grund für den Besuch nannte sie nicht, aber man durfte vermuten, daß es dabei um die Vorbereitungen für einen späteren Klassenausflug ging.

Infolge seiner Sozialisation kann Hugh im Kino die stumpfsinnigsten Filme sehen, ohne zu bemerken, daß es sich oftmals um einen Aufguß geistloser Fernsehproduktionen handelt. In seinem Teil Afrikas gab es keine Sitcoms mit stoischen Marsmännchen, keine Ölbarone aus der Pampa oder Hausfrauen und Mütter, die der Hexerei abzuschwören versuchten. Alle Jubeljahre traf ein Film in einer verbeulten Blechbüchse ein, das Celluloid von der langen Reise um die Welt zerkratzt und verblichen. Das Kino bestand aus ein paar Dutzend Klappstühlen, die vor einem aufgespannten Bettlaken oder der kahlen Wand eines leerstehenden Schuppens neben der Flugpiste aufgestellt wurden. Gelegentlich verkaufte ein Mann warme Limonade aus einem Pappkarton, aber das war auch schon der einzige Luxus, den man sich genehmigte.

Als ich jung war, ging ich ins Kino im nahe gelegenen Einkaufszentrum, um mir einen Film über einen sprechenden Volkswagen anzusehen. Ich glaube, der kleine Käfer richtete allerlei Unheil an, aber ich bin mir nicht mehr sicher, da der Film genauso belanglos wie der ganze Nachmittag war und beide längst verblaßt sind. Hugh sah den gleichen Film ein paar Jahre später. Seine Familie hatte mittlerweile den Kongo verlassen und lebte in Äthiopien. Hugh hatte den Film genau wie ich alleine an einem Wochenendnachmittag gesehen. Anders als ich aber war er zwei Stunden später aus dem Kino gekommen und hatte am Rande des gepflasterten Parkplatzes einen Mann aufgeknüpft an einem Telefonmast baumeln gesehen. Keiner der Kinobesucher schien sich an dem Toten zu stören. Sie warfen einen kurzen Blick auf den Leichnam und machten sich dann auf den Heimweg, sich gegenseitig versichernd, noch nie etwas so Verrücktes wie einen sprechenden Volkswagen gesehen zu haben. Sein Vater hatte sich verspätet, so daß Hugh eine ganze Stunde dort gestanden und den Aufgeknüpften im Wind hin- und herbaumeln gesehen hatte. In der Zeitung stand kein Wort von dem Vorfall, und als Hugh die Geschichte seinen Freunden erzählte, sagten sie nur: »Warst du in dem Film mit diesem sprechenden Auto?«

Auf die Fliegen und primitiven Kinos hätte ich gern verzichtet, aber ich hätte nichts dagegen gehabt, in einem Haushalt mit einer ganzen Schar Diener aufzuwachsen. In North Carolina war es nicht unüblich, daß einmal in der

Woche eine Putzhilfe kam, aber Hughs Familie hatte Hausburschen, ein Wort, das meine Phantasie immer wieder entflammt. Sie hatten Köche und Fahrer, und Wächter, die in einem Wächterhaus wohnten und mit Macheten bewaffnet waren. Ich hatte meinen Eltern regelmäßig mit der Anschaffung eines elektrischen Zauns in den Ohren gelegen, aber die Sache mit den Wächtern leuchtet mir als Krönung in Sachen stiller Vornehmheit sofort ein. Schutzmaßnahmen erwecken den Eindruck, man sei bedeutend. Von der Regierung bezahlte Schutzmaßnahmen sind noch besser, da sie den Eindruck vermitteln, die Sicherheit der eigenen Person sei außer für einen selbst auch für andere von Interesse.

Hughs Vater war Beamter im US-Außenministerium und wurde jeden Morgen von einem schwarzen Sedan zur Botschaft kutschiert. Er will mir weismachen, das alles sei weit weniger aufregend gewesen, als es klingt, aber in puncto Spaß für die ganze Familie bin ich mir ziemlich sicher, daß es das Sackhüpfen auf dem IBM-Sommerfest um Längen schlägt. Schon mit drei hatte Hugh einen eigenen Diplomaten-Paß. Was für andere gelten mochte, galt für ihn nicht. Keine Strafzettel, keine Verhaftungen, keine Gepäckkontrollen: Er war offiziell dazu befugt, sich wie ein verzogener Bengel aufzuführen. Da man es von ihm als Amerikaner geradezu erwartete, wäre es undankbar gewesen, der Welt gelegentliche Wutanfälle vorzuenthalten.

Auch wenn sie nicht reich war, machte Hughs Familie die fehlende Finanzkraft mit jener Art Exotismus mehr als wett, die auf Cocktail-Partys Wunder wirkt und immer auf die Bemerkung hinausläuft: »Das klingt ja faszinierend.« Ein Kompliment, das einem selten zuteil wird, wenn man von einer Jugend erzählt, die man damit zubrachte, Eis-Limonade im Einkaufszentrum von North Hills zu trinken.

Nie schlängelte sich eine fünf Meter lange Python über das Basketballfeld auf unserem Schulhof. Ich flehte, ich betete Nacht für Nacht, aber es passierte einfach nicht. Genausowenig durfte ich Zeuge von einem Militärputsch sein, bei dem Gefolgsleute des Oberst mitten in der Nacht meinen unmittelbaren Nachbarn ermordeten. Einmal war Hugh im Jugendklub von Addis Abeba gewesen, als plötzlich der Strom ausfiel und Soldaten das Gebäude evakuierten. Er und seine Freunde mußten auf einen Jeep springen und sich auf der Fahrt nach Hause unter Decken verstecken. Aus irgendeinem Grund ist die Sache in seinem Kopf hängengeblieben.

Zu meinen Erinnerungs-Highlights gehört das Foto mit Onkel Paul, dem blinden Moderator einer Kindersendung in Raleigh. Eins von Hughs Highlights ist die Aufnahme, die ihn zusammen mit dem Astronauten Buzz Aldrin auf der letzten Etappe seiner Welt-Tournee zeigt. Der Mann, der auf dem Mond spazierenging, hatte die Hand auf Hughs Schulter und schrieb in sein Autogrammbuch. Der Mann, der mit Schulkindern aus Wake County ein Lied anstimmte, drehte sich beim Klang meiner Stimme um und fragte: »Na, wie heißt du denn, meine kleine Prinzessin?«

Mit vierzehn verbrachte ich zehn Tage bei meiner Großmutter mütterlicherseits im Westen des Bundesstaats New York. Sie war eine zierliche, verschlossene Person namens Billie, und obwohl sie mich nie direkt fragte, hatte ich das untrügliche Gefühl, sie hatte nicht die leiseste Ahnung, wer ich war. Es lag an der Art, in der sie mich ansah, indem sie durch ihre Brillengläser blinzelte und dabei auf der Oberlippe kaute. Hinzu kam, daß sie mich nie mit Namen ansprach. »Oh«, sagte sie, »bist du immer noch da?« Sie trat gerade ihren langen Kampf gegen Alzheimer an, so daß ich jedesmal, wenn ich ins Zimmer kam, das Gefühl hatte, mich zu ihrer Beruhigung erneut vorstellen zu müssen. »Hi, ich bin's. Sharons Junge, David. Ich war nur gerade in der Küche und habe deine Sammlung Keramikfrösche bewundert.« Abgesehen von ein paar Fahrten ins Sommerlager war dies die längste Zeit, die ich je von zu Hause weg war, und ich bilde mir ein, durch diese Erfahrung härter geworden zu sein.

Etwa zur gleichen Zeit, in der ich meine Großmutter erschreckte, packten Hugh und seine Familie ihre Koffer für den Umzug nach Somalia. In Mogadischu gab es keine englischsprachigen Schulen, so daß Hugh, nachdem er ein paar Monate zusammen mit seinem Lieblingsäffchen auf dem Anwesen der Familie herumgehockt hatte, zurück nach Äthiopien geschickt wurde, um dort bei einem Bier-Enthusiasten unterzukommen, den sein Vater auf einer Cocktail-Party kennengelernt hatte. Mr. Hoyt installierte Alarmanlagen in ausländischen Botschaften. Er und seine Familie gaben Hugh ein Zimmer. Zum Essen wurde er an den Tisch gerufen, aber das war auch schon der Gipfel der Zuvorkommenheit. Nie fragte ihn jemand nach seinem Geburtstag, so daß Hugh auch an dem entsprechenden Tag kein Wort darüber verlor. Zwischen Äthiopien und Somalia gab es keine Telefonverbindung, und die Briefe an seine Eltern wurden über Washington nach Mogadischu weitergeleitet, was bedeutete, daß sie mit über einem Monat Verspätung bei ihnen eintrafen. Ich denke, es war in etwa so wie bei einem ausländischen Austauschschüler. Viele junge Menschen gehen Jahr für Jahr ins Ausland, doch für mich ist die Vorstellung einfach nur schrecklich. Die Hoyts hatten zwei Söhne in Hughs Alter, die ständig Sprüche losließen wie: »Hey, du sitzt auf *unserem* Sofa«, oder: »Pfoten weg von dem bemalten Bierkrug, der gehört dir nicht.«

Nachdem er ein Jahr bei diesen Leuten verbracht hatte, bekam er zufällig mit, wie Mr. Hoyt einem Freund erzählte, er und seine Familie würden in Kürze nach München ziehen, in die Bierhauptstadt der Welt.

»Die Ankündigung erschreckte mich«, sagte Hugh, »weil es bedeutete, daß ich mir eine andere Bleibe suchen mußte.«

Wo ich herkomme, kann ein durchschnittlicher Teenager die Frage nach dem Dach über dem Kopf getrost den Eltern überlassen. Man bekam es praktisch mit Mom und Dad mitgeliefert. Voller Sorge, man werde ihn zu den Großeltern nach Kentucky schicken, wandte Hugh sich an den Beratungslehrer der Schule, der von einer Familie wußte, deren Sohn jüngst aufs College gewechselt hatte. Und so verbrachte er ein weiteres Jahr unter Fremden und ohne eigene Geburtstagsfeier. Auch wenn ich mir ein solches Leben nie gewünscht hätte, beneide ich Hugh doch um die Selbstsicherheit, die er aus dieser Erfahrung gewonnen hat. Nach Abschluß des College ging er nach Frankreich, ohne mehr als den Satz »Sprechen Sie Französisch?« zu kennen – eine Frage, die einem garantiert nicht weiterhilft, wenn man die Sprache selbst nicht beherrscht.

Während der Zeit in Afrika unternahm Hugh mit seiner Familie mehrere Reisen, oft in Begleitung ihres Äffchens. Das Hilton in Nairobi, eine Suite mit hohen Räumen in Kairo oder Khartum: Noch heute ist davon die Rede, wenn sie gemeinsam am Tisch sitzen. »Das war doch der Sommer in Beirut, oder, halt, das war, als wir von Zypern losgesegelt und nachher mit dem Orient-Express weiter nach Istanbul gefahren sind.«

Von einem solchen Leben träumte ich in den Ferien in

North Carolina. Hughs Familie wurde von Häuptlingen und Sultanen empfangen, während ich am Fischmarkt von Morehead City Maisbrot knabberte, ein Strandtuch wie eine Keffijeh um den Kopf geschlungen. Irgendwo auf der Welt stand ganz gewiß jemand in einem dreckigen Wasserloch und träumte davon, in einem gepflegten Familienrestaurant zu sitzen, Eistee zu schlürfen und sich durch einen riesigen Fischteller zu futtern, aber das kümmerte mich nicht, denn es hätte bedeutet, mich mit dem zufriedenzugeben, was ich hatte. Anstatt in Bitterkeit zu versinken, habe ich gelernt, mich an Hughs Leben zu bereichern. Seine Geschichten sind über die Jahre zu meinen eigenen geworden. Ich meine damit nicht irgendeine innere Seelenverwandtschaft oder sonstigen Hokuspokus; ich bin ein ganz gewöhnlicher Dieb, der sich der Erinnerungen von Hugh genauso freizügig bedient, als wäre es eine Handvoll Kleingeld auf seiner Kommode. Wann immer meine eigenen Erinnerungen hinter den Erwartungen zurückbleiben, halte ich mich an seinen Geschichten schadlos. Mit Freuden erinnere ich mich manchmal an das purpurfarbene Gesicht des aufgeknüpften Mannes oder an das Dröhnen des Pistolenschusses in meinen Ohren, während ich die unter dem toten weißen Ferkel sich ausbreitende Blutlache betrachte. Auf der Rückfahrt vom Schlachthof tranken wir noch eine Cola im Dorf Mojo, wo der Tankstellenbesitzer ein paar Tische und Stühle unter einer Pergola aus dürrem Weinlaub aufgestellt hatte. Erst am späten Nachmittag waren wir zurück in der Schule, von wo aus ein zweiter Bus mich bis zur Einmündung der Coffeeboard Road brachte. Von dort durchquerte ich einen Eukalyptus-Hain, lief eine dürre Weide entlang, vorbei an der dösenden Wache und geradewegs in die weit ausgebreiteten Arme meines Äffchens.

## *21 senkrecht*

Auf die Frage: »Warum müssen wir das lernen?«, kann jeder Lehrer einer weiterführenden Schule getrost antworten, das erworbene Wissen werde sich, ganz gleich, worum es geht, spätestens dann als nützlich erweisen, wenn man in die gesetzteren Jahre kommt und anfängt, Kreuzworträtsel zu lösen, um das furchtbare Gefühl der Einsamkeit zu vertreiben. Genauso ist es auch. Latein, Erdkunde, die Götter im antiken Griechenland und Rom: Wer davon nie was gehört hat, muß mit den Kreuzworträtseln der Zeitschrift *People* vorliebnehmen, wo man Hinweise findet wie »Filmtitel, *Vom* *verweht*« oder »Werkzeug zum Einschlagen von Nägeln«. Für den Anfang ist das sicher nicht schlecht, aber der Stolz über ein vollständig gelöstes Rätsel ist ziemlich schnell verflogen.

Ich habe gehört, das Lösen von Kreuzworträtseln helfe bei dem Kampf gegen fortschreitenden Alzheimer, aber ich persönlich bin aus einem ganz anderen Grund dazu gekommen. Auslöser bei mir war der Besuch eines Ex-Freunds vor einigen Jahren. Der Mann sah und sieht auch heute noch gut aus in einem Maß, daß es fast weh tut. In Eugene Maleskas Terminologie wäre er »ein Adonis«, wohingegen Will Shortz, augenblicklicher Rätselchef der *New York Times*, ihn als »Naturwunder« bezeichnen würde, verbunden mit dem Hinweis »verrenkt man sich den Hals nach«.

Weil mein Ex-Freund so unverschämt gut aussah, hatte ich mir irgendwie eingeredet, er sei auch dumm, weil es einfach ungerecht war, daß jemand nicht nur mit einem wie gemeißelten Profil, sondern auch noch mit annehmbaren Konversationsgaben gesegnet war. Natürlich war er um einiges heller, als ich ihm zugestehen wollte, was er schon dadurch bewies, daß er mich zuletzt sitzenließ. Später landeten wir beide in New York, wo uns seit Jahren so etwas wie eine zwanglose Freundschaft verbindet. Eines Nachmittags schaute ich bei ihm im Büro vorbei, in der stillen Hoffnung, ihm seien vielleicht ein paar Zähne ausgefallen. Er saß zurückgelehnt hinter seinem Schreibtisch und kritzelte mit einem Kugelschreiber die letzten Wörter des Freitags-Rätsels der *New York Times* hin. Die Hauptstadt von Tuvalu, der Name eines längst vergessenen olympischen Gewichthebers, ein Wort für Derwisch mit fünfzehn Buchstaben. »Ach, das hier«, sagte er. »Ich mach's eigentlich nur, damit meine Finger beim Telefonieren was zu tun haben.«

Ich war am Boden zerstört.

Das Rätsel der *New York Times* wird mit jedem Wochentag schwerer, wobei das Montags-Rätsel das einfachste ist und das am Samstag für Leute, die mit ihrem Geist Löffel verbiegen können. Für mein erstes Montags-Rätsel brauchte ich mehrere Tage. Ich trug es anschließend im Portemonnaie mit mir herum, darauf hoffend, jemand auf der Straße würde mich ansprechen und es sehen wollen.

»Nicht möglich!« hörte ich den Betreffenden sagen, »Sie wollen mir weismachen, Sie seien gerade mal vierzig und hätten das Rätsel ganz alleine gelöst? Mann, ich glaub's einfach nicht!«

Zwei weitere Jahre vergingen, bis ich mich auf das Level von Dienstag hochgearbeitet hatte, doch auch jetzt noch können sieben Stunden Arbeit durch eine einzige Frage zu den Themen Sport oder Oper zunichte gemacht werden. Seit ich in Frankreich lebe, ist mein Hobby deutlich teurer geworden. Auch mache ich mir durch den Zeitunterschied keine Freunde. »Herrgott«, stöhnt mein Vater, »wir haben vier Uhr früh. Wen kümmert es, wer die 64. US-Open gewonnen hat?« Nachdem die vielen Übersee-Telefonate mich in den Ruin trieben, legte ich mir einen Atlas und ein Regal voller Jahrbücher und Nachschlagewerke zu. Ich finde zwar nicht immer, wonach ich gerade suche, stoße aber beim Blättern auf lauter interessante Dinge, die ich in späteren Rätseln gebrauchen kann. Die indischen Herrscher der Kanva-Dynastie, der Deckname des Serienmörders Ted Bundy, die Gewinner der Tony Awards von 1974 – all diese Dinge werden mir garantiert irgendwann sehr zupaß kommen.

Das *New York Times*-Rätsel wird auch in der *International Herald Tribune* abgedruckt, die an nahezu jedem Pariser Kiosk zu bekommen ist. Neulich hatte ich das Mittwoch-Rätsel beinahe geschafft, als ich unter 21 senkrecht auf »Freund Hiobs« stieß und dazu ein Buch mit dem Titel *Die Ordnung der Dinge* konsultierte. Es ist ein Nachschlagewerk, das meine Schwester Amy mir gegeben hat und das voller nützlicher Hinweise ist. Beim Blättern nach dem Abschnitt zum Thema »Bibel« stieß ich auf eine Auflistung von Phobien, eingeteilt in die verschiedensten Rubriken. Ganz begeistert war ich von Genuphobie (der Angst vor Knien), Pogonophobie (der Angst vor Bärten) und Keraunothnetophobie (ein Wort mit neunzehn Buchstaben, das auf Leute gemünzt ist, die Angst vor herabstürzenden Satelliten haben). Während ich die Liste überflog, versuchte ich mir vorzustellen, zu welcher Art Selbsthilfegruppe Menschen gingen, die ihre Angst vor Rost, Zähnen, Vererbung oder Bindfäden los werden wollten. Zweifellos würde es tagsüber Treffen für Achluophobiker geben (die sich vor dem Einbruch der Dunkelheit fürchten) und abendliche Zusammenkünfte für Phengophobiker, die das Tageslicht fürchten. Leute, die Angst vor Menschenansammlungen haben, müßten sich zu Gesprächen unter vier Augen zusammenfinden, und solche, die sich vor der Psychiatrie fürchten, wären auf die laienhafte Unterstützung von Freunden und Familienmitgliedern angewiesen.

Zur langen Liste der Situations-Phobien gehört die Angst, gefesselt zu werden, geschlagen zu werden, in einem engen Raum eingesperrt zu werden oder mit menschlichen Ausscheidungen beschmiert zu werden. Die Aufnahme dieser Ängste verwirrte mich, da damit zumindest der Anschein erweckt wurde, diese Ängste seien in irgendeiner Weise unsinnig. Beim Lesen fragte ich mich: *Wer läßt sich schon gerne Handschellen anlegen und mit menschlichen Exkrementen beschmieren?* Doch dann, ohne auch nur mein Adreßbuch aufzuschlagen, fielen mir auf Anhieb drei Namen ein. Das machte mir angst, aber das ist offensichtlich meine Privat-Phobie. Jedenfalls entdeckte ich nirgends einen Eintrag für diejenigen, die Angst haben, zu viele Masochisten zu kennen. Genausowenig waren die verzeichnet, die Angst vor der schrecklichen Wahrheit haben, ihre Selbstachtung beruhe allein auf dem täglichen Lösen des Kreuzworträtsels. Gerade weil ich es nirgendwo finden kann, bin ich sicher, daß es ein Wort dafür gibt. Und ganz bestimmt läuft es mir irgendwann in einem Kreuzworträtsel über den Weg, unter dem Hinweis: »*Sie*, offen gesagt.«

# *Die Stadt des Lichts im Dunkeln*

Wenn Leute mich fragen, was ich bislang in Paris gemacht habe, schleppe ich ächzend meine Kiste mit abgerissenen Kinokarten herbei. Ich bin jetzt seit über einem Jahr hier und habe zwar weder den Louvre noch das Pantheon gesehen, dafür aber *Alamo* und *Die Brücke am Kwai.* Ich hab's nicht bis nach Versailles geschafft, aber ich habe *Oklahoma*, *Brazil* und *Nashville* mitgenommen. Abgesehen von ein paar Ausflügen zum Flohmarkt beschränkt sich mein Wissen von Paris auf das, was ich in *Gigi* gesehen habe.

Wenn mich Leute aus den Staaten besuchen kommen, stelle ich für jeden Tag ein kleines Programm auf. »Wenn wir um drei in *Operation Petticoat* gehen, haben wir noch genug Zeit, es bis zur Sechs-Uhr-Vorstellung von *Es ist notwendig, den Soldat Ryan zu retten* einmal quer durch die Stadt zu schaffen, es sei denn, du möchtest lieber um vier in *Ein Butler in Amerika* und dann um sieben in *Roman Holiday*. Ich bin da flexibel und richte mich ganz nach dir.«

Die Entscheidungen meiner Gäste beweisen, daß ich

ein schlechter Kenner meines eigenen Charakters bin. Ajatollahs sind flexibel. Ich bin es nicht. Vor die Wahl zwischen vier völlig vertretbaren Filmen gestellt, entschließen sie sich ausnahmslos für einen Rundgang durchs Picasso-Museum oder die Besichtigung von Notre-Dame und sagen: »Ich bin doch nicht nach Paris gekommen, um hier im Dunkeln zu hocken.«

Es klingt jedesmal wie ein schwerer Vorwurf. »Schon gut«, sage ich, »aber das ist das französische Dunkel. Es ist... dunkler als das Dunkel bei uns zu Hause.« Zu guter Letzt drücke ich ihnen einen Stadtplan und ein zweites Schlüsseletui in die Hand. Sie sehen sich Notre-Dame an, ich den *Glöckner von Notre-Dame*.

Ich höre oft, es sei schändlich, in Paris zu leben und die ganze Zeit amerikanische Filme zu sehen, gerade so, als würde man nach Kairo fahren, um dort Cheeseburger zu essen. »Das hättest du auch zu Hause haben können«, erzählt man mir. Aber das stimmt nicht. Ich könnte dieses Leben nicht in den Vereinigten Staaten führen. Bis auf wenige Ausnahmen hat die Video-Industrie das amerikanische Programmkino ausgelöscht. Wer einen Film mit Boris Karloff sehen will, muß ihn auf Video ausleihen und daheim auf dem Fernseher anschauen. In Paris ist die Leihgebühr für einen Film auf Video genauso teuer wie die Eintrittskarte fürs Kino. Die Franzosen gehen gerne aus, um sich einen Film auf einer Großleinwand anzusehen. Jede Woche kann man aus wenigstens zweihundert Filmen wählen, davon mindestens ein Drittel auf englisch. Neben den aktuellen amerikanischen Filmen läuft beinahe jeder ältere Film, den man schon immer mal sehen wollte. Als zu Ostern *Die größte Geschichte aller Zeiten* ausverkauft war, brauchte ich nur über die Straße zu gehen, wo *Superfly* lief, die zweitgrößte Geschichte aller Zeiten. Wenn es nicht gerade Kinderfilme sind, laufen alle Filme im englischen Original mit französischen Untertiteln. Wenn ein Schauspieler sagt: »Beweg deinen fetten Arsch, bevor ich was mache, das mir nachher leid tut«, erscheint unten auf der Leinwand nur: »Verschwinde.«

Manchmal frage ich mich, warum ich mir den Französischkurs überhaupt angetan habe. »Ich bin sehr erfreut, Sie kennenzulernen«, »Ich möchte mich herzlich für dieses üppige Mahl bedanken« – ich warte immer noch auf den Tag, an dem ich diese Gefälligkeiten anbringen kann. Seit ich in Paris bin, lautet der am häufigsten von mir gesprochene Satz: »Einmal, bitte.« Damit löst man an der Kinokasse eine Karte, und ich beherrsche den Satz recht gut. In New York gehe ich drei- bis viermal die Woche ins Kino. Hier habe ich auf sechs bis sieben Besuche erhöht, vor allem deshalb, weil ich zu faul bin, was anderes zu tun. Glücklicherweise gilt ein Kinobesuch heutzutage als intellektuelle Beschäftigung, gleichwertig mit der Lektüre eines Buches oder ernsthaftem Nachdenken. Es ist nicht so, daß die Filme anstrengender geworden wären, sondern viele Leute sind bloß genauso faul wie ich, so daß wir übereingekommen sind, die Meßlatte tiefer zu hängen.

Die Umstände kommen meiner Faulheit entgegen. In einem Umkreis von fünf Straßenblocks um mein Apartment gibt es vier Multiplex-Kinos, in denen die neuesten Filme laufen, sowie ein Dutzend Programmkinos mit dreißig bis fünfzig Sitzen, in denen abwechselnd Retrospektiven mit bekannten und weniger bekannten Schauspielern, Regisseuren und Genres gezeigt werden. Das sind die Plüschkinos, die die Zwei-Uhr-Vorstellung von *Honeymoon Killers* auch dann nicht ausfallen lassen, wenn ich der einzige Besucher bin. Es ist fast so, als hätte jemand sein Privatgemach mit einer großen Leinwand und bequemen Sesseln ausgestattet. Die Frau an der Kasse verkauft einem die Karte, reißt sie in der Mitte durch und gibt einem eine Hälfte. Im Vorführraum wird man freundlich von einer Platzanweiserin empfangen, die den Kartenstummel prüft und ihn gerade so weit einreißt, daß ihre Gegenwart spürbar wird. Irgendwer muß irgendwann entschieden haben, daß diese Tätigkeit ein Trinkgeld verdient, also drückt man der Dame etwas Kleingeld in die Hand, auch wenn ich nie kapiert habe, wofür. Es ist ein unergründbares Mysterium, so wie die großen Steinköpfe auf den Osterinseln oder die Beliebtheit der Mini-Rucksäcke.

Ich bin so dankbar für die Existenz dieser kleinen Kinos, daß ich selbst dem Vorführer noch mit Freuden ein Trinkgeld zustecken würde. Wie bei den Restaurants mit gerade mal drei Tischen frage ich mich, wie einige dieser Kinos sich über Wasser halten können. In Amerika wird in den Kinos das meiste Geld an der Bistro-Theke verdient, aber hier, zumindest in den kleinen Lichtspielhäusern, findet man allenfalls einen Eiscreme-Automaten irgendwo versteckt zwischen den Toiletten und dem Notausgang. In den großen Kinos ist die Palette schon etwas breiter, aber auch hier gibt es selten mehr als Süßigkeiten und Eiscreme, die von einem Mann mit Bauchladen verkauft werden. In amerikanischen Kinos werden mittlerweile riesige Papptabletts ausgegeben, und demnächst wird es bestimmt Werbetafeln mit Aufschriften geben wie PROBIEREN SIE UNSERE GRILLRIPPCHEN oder GRATISBACKKARTOFFEL ZU JEDEM 850 GR. STEAK. Als es mit dem Verkauf von Nachos losging, wußte ich, daß die Hühnchenschenkel nicht mehr weit sein konnten. Die

Hotdogs von heute bereiten den Hamburgern von morgen den Weg, und von dort ist es nur noch ein kleiner Schritt bis zur Ausgabe von Besteck.

Ich habe mich nie als großen Fürsprecher der Franzosen gesehen, aber es spricht einiges für ein Volk, das niemals, unter gar keinen Umständen, während der Vorführung redet. Selbst in Wochenendvorführungen billiger Action-Filme, die vor ausschließlich jugendlichem Publikum liefen, war es im Saal mucksmäuschenstill. Ich kann mich nicht daran erinnern, wann ich zuletzt in einem amerikanischen Kino ohne Geräuschkulisse gesessen habe. Man kann sich sehr leicht vorstellen, daß unser Publikum den ganzen Tag über stumm ist, um seine Stimme für den Moment zu schonen, da der Film beginnt. An einem Kinonachmittag in New York tippte ich einmal meinem Vordermann, der pausenlos das Filmgeschehen kommentierte, auf die Schulter und fragte, ob er die ganze Zeit weiterreden wolle.

»Äh … ja. Warum fragen Sie?« Er sagte das ohne jede Spur von Betretenheit oder Einsicht. Gerade so, als hätte ich ihn gefragt, ob er die ganze Zeit das Blut in seinen Adern zirkulieren lassen oder Luft in die Lungen saugen wolle. »Herrje, wie sollte ich nicht?« Kaum hatte ich mich woanders hingesetzt, fand ich mich neben einem Hellseher wieder, der sämtlichen Figuren, die auf der Leinwand die Lippen bewegten, ihr Schicksal voraussagte. Als nächstes geriet ich an ein älteres Paar, das ständig fürchtete, nicht mehr mitzukommen. Klopfte ein Fremder an die Tür, fragten sie gleich: »Wer ist das?« Ich wollte sie beruhigen, alle ihre Fragen würden zur rechten Zeit beantwortet werden, aber da ich im Kino grundsätzlich nicht rede, wechselte ich ein weiteres Mal den Platz, in der Hoffnung, zwischen zwei Leute zu sitzen zu kommen, die entweder eingeschlafen oder tot waren.

In Chicago saß ich einmal neben einem Mann im Kino, der parallel zum Film ein Spiel der Cubs im Radio verfolgte. Als man den Saalordner holte, verkündete der Sport-Fan, dies sei ein freies Land, und er wolle verdammt nochmal das Spiel mitbekommen. »Gibt es ein Gesetz, das es einem verbietet, zwei Dinge gleichzeitig zu tun?« fragte er. »Gibt es ein solches Gesetz? Zeigen Sie mir das Gesetz, und ich stelle mein Radio ab.«

Wenn ich in Paris im Kino amerikanische Filme sehe, denke ich an den Mann mit dem Transistorradio und verspüre das genaue Gegenteil von Heimweh. Die Kamera gleitet über die Städte meiner Vergangenheit und fängt deren protzige Silhouetten ein, bevor sie durch die Bombe eines Terroristen oder außerirdische Raumschiffe zerstört werden. New York, Chicago, San Francisco: Es ist, als würde man Bilder von Leuten sehen, von denen man weiß, man könnte mit ihnen das Bett teilen, wenn man es denn wollte. Wenn die wilden Verfolgungsjagden und das unvermeidliche Shoot-out am Schluß zu ermüdend werden, gehe ich rüber ins Programmkino und sehe mir besinnliche Filme an, in denen Paare in getrennten Betten schlafen und alle Schauspieler Hüte tragen. Während meine Karte eingerissen wird, denke ich einen Augenblick an die vielen erbaulichen Dinge, die ich statt dessen tun könnte. Ich denke an die Parks und die Restaurants und an die Nettigkeiten, die ich nicht richte an Bekanntschaften, die ich nicht mache. Ich denke an die große Stadt und das pulsierende Leben auf der anderen Seite des Vorhangs, und dann gehen die Lichter aus, und ich liebe Paris.

# *Ich gelobe dieser Tüte die Treue*

Zu den Nachteilen, wenn man in Paris lebt, gehört, daß die Leute einen häufig als Expatriierten bezeichnen, sofern sie nicht die noch nervigere Abkürzung »Ex-Pat« gebrauchen. Der Ausdruck unterstellt, daß tausend Gründe einen nach London oder Saint Kitts führen können, man aber nur aus dem einen Grund nach Paris geht, weil man die Vereinigten Staaten haßt. Was soll ich dazu sagen? Es mag Gruppen von Dissidenten geben, die im geheimen den Umsturz ihrer früheren Regierung vorbereiten, nur sind sie mir mit Sicherheit nicht begegnet. Vermutlich kaufen wir nicht in den gleichen Boutiquen ein. Die Amerikaner in meinem Bekanntenkreis hassen die Vereinigten Staaten nicht, sie leben nur aus dem einen oder anderen Grund lieber in Frankreich. Einige haben eine Französin oder einen Franzosen geheiratet oder hier eine Stelle gefunden, aber keiner von ihnen hat den Ortswechsel als einen politischen Akt betrachtet.

Gelegentlich werden meine amerikanischen Freunde und ich dazu aufgefordert, unser Vaterland zu verteidigen, in der Regel auf Dinner-Partys, wenn alle zu tief ins Glas geschaut haben. Meistens haben die Vereinigten Staaten etwas gemacht, das den Franzosen mißfällt, woraufhin die Leute so tun, als sei man persönlich dafür verantwortlich. Ich werde immer wieder eiskalt überrascht, wenn mir die Gastgeberin vorwirft, ungerechtfertigte Zölle auf ihr Fleisch zu erheben. *Augenblick mal*, denke ich. *Hab ich das gemacht?* Wann immer meine Regierung die Ratifizierung eines Vertrags verweigert oder ihr Gewicht bei der NATO ins Spiel bringt, bin ich nicht mehr einfach nur amerikanischer Staatsbürger, sondern Amerika selbst, alle fünfzig Staaten einschließlich Puerto Rico, das da mit Soße am Kinn am Tisch sitzt.

Während der Anhörungen zu Bill Clintons Impeachment-Verfahren pickte meine Französischlehrerin mich regelmäßig heraus und sagte: »Ihr Amerikaner, was seid ihr bloß puritanisch.« Meine Mitschüler aus Europa und Asien stimmten ihr eilfertig zu, während ich mir die Frage stellte: *Sind wir das?* Ich bin mir sicher, der Ruf ist nicht ganz unverdient, aber wie prüde können wir sein, wenn fast alle Amerikaner, die ich kenne, es schon mal zu dritt probiert haben?

Ich hatte mir nie groß den Kopf darüber zerbrochen, wie Amerikaner im Ausland gesehen wurden, bis ich nach Frankreich kam und von mir ein bestimmtes Aussehen und Verhalten erwartet wurden. »Du dürftest eigentlich nicht rauchen«, erklärten mir meine Mitschüler. »Du kommst aus Amerika.« Die Europäer vermuteten, daß ich mir regelmäßig die Hände mit einzeln abgepackten Pflegetüchern reinigte und alle nicht pasteurisierten Milchprodukte automatisch verschmähte. Daß ich so dünn war, konnte nur heißen, daß ich erst kürzlich die fünfzig Pfund

Übergewicht des typischen amerikanischen Hinterteils abgespeckt hatte. Drängte ich mich in den Vordergrund, war das völlig normal; blieb ich zurückhaltend, hatte ich offenbar Prozac eingeworfen.

Woher haben die Leute solche Vorstellungen, und inwieweit treffen sie zu? Mit diesen Fragen im Kopf kehrte ich nach neun Monaten Frankreich zu einer fünfwöchigen Rundreise durch zwanzig Städte in meine Heimat zurück. Das Flugzeug hatte noch nicht in Paris abgehoben, als der New Yorker auf dem Nebensitz mich ansprach und fragte, wieviel ich für mein Rundflug-Ticket bezahlt hätte. Amerikaner sind berühmt dafür, ständig über Geld zu reden, und ich tue alles, um diesen Ruf weiter zu zementieren. »Rate mal, wie teuer dein Geburtstagsgeschenk war?« frage ich. »Übrigens, wieviel Miete zahlst du eigentlich?« – »Wieviel hat dich die Entfernung des einen Lungenflügels gekostet?« Die Franzosen kriegen jedesmal einen Schlag, wenn ich den Mund aufmache. Sie scheinen solche Fragen als aufdringlich oder angeberisch zu empfinden, wohingegen sie für mich völlig normal sind. Über irgendwas muß man schließlich reden, und es scheint, als sei das Thema Geld in die Konversationslücke getreten, die entstand, als Gespräche über die Verfassungsversammlung von 1787 außer Mode kamen.

Während der fünf Wochen in den Vereinigten Staaten verbrachte ich eine Menge Zeit in Flugzeugen und auf Flughäfen, wo das Image des Amerikaners als harter Arbeiter geradezu mit Händen zu greifen ist. Die meisten Fluggäste entsprachen dem Stereotyp, wohingegen die Mehrheit des Bodenpersonals sich mit aller Kraft dagegen wehrte. Beim Anstehen in langen Schlangen konnte ich mich spielend davon überzeugen, woher unser Ruf als freundlicher und gesprächiger Menschenschlag rührte. Die Unterhaltungen drehten sich in der Regel um die Unfähigkeit des Personals an der Kasse oder hinter dem Flugschalter, doch selbst wenn die Zeit knapp wurde, blieben die meisten Reisenden geduldig und gut gelaunt, weit eher bereit, die Sache mit einem Lachen abzutun, als groß rumzustänkern. Alle machten sie sich Hoffnung, ihren Flieger noch zu erwischen, pünktlich wegzukommen und ihr Gepäck am Zielort womöglich sogar wiederzusehen. Ursprünglich ein Volk von unerschütterlichen Optimisten, scheinen wir unsere Erwartungen mittlerweile merklich heruntergeschraubt zu haben.

Ich dachte längere Zeit über den amerikanischen Optimismus nach, als ich auf dem Flug von Chicago nach San Francisco eine dieser Video-Sendungen verfolgte, die aus belanglosen Meldungen der Nachrichtenkanäle zusammengeschnippelt werden. Die Sendung beinhaltete den unvermeidlichen Report vom Typ »Wie sicher sind sie wirklich?«, in dem der Frage der Sicherheit von Eßstäbchen oder Pappkartons nachgegangen wird, gefolgt von der jüngsten Untersuchung, die beweist, daß Menschen, die ihre Socken im Bett anbehalten, statistisch gesehen fünf Stunden länger leben als der Rest der Welt. Anschließend kam eine Human-interest-Geschichte über eine Initiative der Stadt New York, Obdachlosen die Begegnung mit großen Kunstwerken zu ermöglichen. Der Beitrag begann mit einer eleganten Kunstwissenschaftlerin, die vor einem Rembrandt-Gemälde stand und auf eine Gruppe unrasierter Männer in zerlumpter Kleidung einredete. Die Frau erläuterte das Zusammenspiel von Licht und Schatten. Sie ließ sich über die Gefühle aus, die der Künstler mit der Wahl dunkler Farbtöne zu wecken versuchte, und ihre

Augen glänzten beim Reden. Im anschließenden Interview räumte einer der Männer ein, das Bild sei ganz anständig, und sagte: »Ja doch, hat mir schon irgendwie gefallen.« Dann wurde auf die Wissenschaftlerin zurückgeschnitten, die erklärte, die Auseinandersetzung mit Kunst sei eine Form der Therapie und werde den Männern hoffentlich dabei helfen, wieder Tritt zu fassen. Hier hatten wir ein Beispiel für einen kranken Optimismus, gepaart mit dem naiven Volksglauben, daß sich mit ein paar Stunden Therapie alles und jedes beheben ließe, angefangen von chronischer Fettleibigkeit bis zu lebenslanger Armut. Es ist immer wieder nett, ein bißchen im Warmen zu stehen, aber ich denke, die Frau machte sich was vor, wenn sie tatsächlich glaubte, diese Männer würden ein Rembrandt-Gemälde ein paar *Rubens*-Sandwiches vorziehen.

Ungeachtet unserer aufrichtigen Recycling-Anstrengungen gilt Amerika immer noch als eine ungemein verschwenderische Nation. Es ist ein Stigma, das wir uns einmal erworben haben und nun mit unserer ganz eigenen Mischung aus Schuldbewußtsein und Heuchelei abzuschütteln versuchen. Am ersten Abend meiner Reise entdeckte ich beim Zähneputzen im Bad meines 270-Dollar-Hotels ein kleines Schild mit der Aufschrift: SCHÜTZEN SIE DEN PLANETEN!

*In Ordnung*, dachte ich, *aber wie?*

Auf dem Zettel war die Wassermenge aufgeführt, die pro Jahr in den Wäschereien der Hotels verbraucht wurde, und es wurde angedeutet, daß ich durch ein tägliches Wechseln der Bettwäsche und Handtücher praktisch kostbares Wasser den zur Schale geformten Händen eines dehydrierten Kindes entriß. In den Bädern aller weiteren Hotels stieß ich auf die Aufforderung zum Schutz des Planeten, die mir in kürzester Zeit gehörig auf die Nerven ging. Ich habe nichts dagegen, ein Handtuch zweimal zu benutzen, aber wenn ein Hotel solche Preise nimmt, will ich gefälligst auch jeden Tag frische Laken. Wenn mir danach wäre, mein Bett mit Billionen abgestorbener Hautzellen zu teilen, wäre ich zu Hause geblieben oder hätte mich bei Freunden einquartiert. Ich mußte zwar keins der Zimmer selbst bezahlen, aber es geht mir gegen den Strich, Schuldgefühle für einen Service zu empfinden, der von einem teuren Hotel grundsätzlich zu erwarten ist.

Von Pandas und dem Regenwald ist nie die Rede, wenn es um die Millionen Leute geht, die mit ihrem Range Rover zum Spaß in der Gegend rumheizen. Nur wo's um die kleinen Dinge geht, sind wir mit Feuereifer bei der Sache. Beim Besuch einer Stehcafé-Kette in San Francisco entdeckte ich neben dem Milchregal ein Schild mit der Aufschrift: BITTE SPARSAM VERWENDEN – SERVIETTEN WERDEN AUS BÄUMEN HERGESTELLT! Für den Fall, daß man das erste Schild übersehen hatte, hing einen halben Meter daneben ein zweites mit der Warnung: SERVIETTEN VERSCHWENDEN HEISST BÄUME VERNICHTEN!!! Natürlich wird der Kaffee ebenfalls in Pappbechern verkauft, ohne daß sich ein Hinweis auf die majestätischen Redwoods findet, wenn man seine Tasse für vier Dollar bestellt. Schuldgefühle sollen sich nur dort einstellen, wo es etwas umsonst gibt. Würden Servietten zehn Cent kosten, wären sie zweifellos viel dünner, damit man möglichst viele braucht, den kochendheißen Dampfstrahl zu bekämpfen, der aus dem sinnigerweise im Becherdeckel eingestanzten Loch entweicht.

Auf einer Reise durch die Vereinigten Staaten sieht man sehr schnell, warum viele uns Amerikaner für beschränkt halten. Im Zoo von San Diego befinden sich gleich neben dem Primaten-Gehege ein halbes Dutzend lebensgroßer Bronze-Gorillas. Daneben steht ein Schild mit der Warnung: ACHTUNG – DIE GORILLA-SKULPTUREN KÖNNTEN HEISS SEIN. Wo man auch hinblickt, wird einem das Offensichtliche noch einmal ausdrücklich erklärt. KANONEN KÖNNEN LAUT SEIN. PERSONENBEFÖRDERUNGSBAND ENDET IN WENIGEN METERN. Für Leute, die nicht ihre Freizeit damit verbringen, sich gegenseitig zu verklagen, sind solche Hinweisschilder Anzeichen eines erschreckenden Mangels an Intelligenz. Selbstverständlich werden Bronzeskulpturen unter der Sonne Südkaliforniens heiß. Kanonen müssen laut sein, dafür sind sie schließlich berühmt, und – ob es einem gefällt oder nicht – jedes Personenbeförderungsband endet früher oder später. Es ist zweifellos schwer, Außenstehenden ein Land zu erklären, dessen Wahlspruch mittlerweile lautet: »Sagen Sie nicht, ich hätte Sie nicht gewarnt.« Was soll man schon über jene Eltern sagen, die gegen die Eisenbahngesellschaft Klage erhoben, nachdem ihr Sohn volltrunken über die Schienen spaziert war und dabei getötet wurde? Normalerweise fallen Züge nicht heimtückisch über Leute her. Sofern sie nicht gerade entgleist sind, weiß man so ziemlich genau, wo sie zu finden sind. Der junge Mann war weder taub noch blind. Niemand hatte ihn auf den Geleisen festgebunden, was, bitte schön, gibt es da also zu verklagen?

Während einige Dinge wahrhaftig nicht zu erklären sind, erläutere ich andere mit um so größerer Freude. Nach der Rückkehr aus Amerika ging ich zum Haareschneiden zu meinem Stammfrisör. Ich saß nach der Haarwäsche mit einem Handtuch um den Kopf da, als Pascal, der Besitzer, mir ein bekanntes französisches Klatschmagazin mit einer Story über Jodie Foster und ihr Baby hinhielt. Pascal, der Englisch spricht, findet Jodie Foster »einfach tierisch« und besitzt alle ihre Filme auf Video. Sein größter Traum ist, ihr einmal die Haarspitzen zu bleichen und dabei ein paar Fragen zu den Dreharbeiten von *Sommersby* zu stellen.

»Ich habe mir lange dieses eine Foto hier angeschaut«, sagte er, »aber da ist etwas, aus dem ich einfach nicht schlau werde.«

Er deutete auf eine Aufnahme der Schauspielerin, auf der sie zusammen mit einer Freundin, die ihr Baby im Arm hält, am Strand von Kalifornien spazierenging. Ein Stück weiter voraus jagte ein großer Hund spritzend durch die Wellen.

»In der einen Hand hält Jodie Foster eine Leine«, erklärte Pascal. »Aber was hat sie in der anderen? Ich habe schon alle möglichen Leute gefragt, aber niemand konnte es mir sagen.«

Ich hielt mir die Zeitschrift vors Gesicht und studierte das Bild genauer. »Nun«, sagte ich, »mir scheint, sie trägt eine Plastiktüte mit Hundescheiße.«

»Du spinnst wohl«, erwiderte er beinahe böse. »Jodie Foster ist der größte Star aller Zeiten. Sie hat zwei Oscars gewonnen, und da sollte sie Spaß daran haben, mit einer Tüte mit Scheiße herumzulaufen? Nur ein Verrückter würde so etwas tun.« Er rief seine vier Angestellten herbei. »Hey, kommt mal her und hört euch an, was der Kerl hier redet.«

Während ich zu erklären versuchte, warum eine Oscar-Preisträgerin mit einer Plastiktüte voll Hundekot am Strand entlangläuft, spürte ich einen Kloß in meiner Kehle, den andere beim Singen der Nationalhymne bekommen.

Es war der Stolz, den man nur dann verspüren kann, wenn man, weit weg von zu Hause und umringt von einer aufmerksamen Zuhörerschaft, die Chance erhält, zu erklären, was das Allertollste ist am eigenen Land.

»Also«, sagte ich, »bei uns ist das so ...«

# *Picka Pocketoni*

An einem Tag im Juli waren Hugh und ich mit der Metro unterwegs zu einem Laden, wo wir einige Bahnen groben Leinenstoff kaufen wollten. Das Geschäft lag auf der anderen Seite der Stadt, und zwischendurch mußten wir einmal umsteigen. In den Sommermonaten findet man jede Menge amerikanischer Touristen in der Metro, und ihre Stimmen sind wahrlich nicht zu überhören. Zu Hause war es mir nie aufgefallen, aber wir sind ein lautes Volk. Die trompetenden Elefanten des Menschengeschlechts. Fragen, Beobachtungen, das Vorhandensein von Blasen und Hautausschlag – alles wird mit einer Lautstärke hinausposaunt, als handle es sich um eine offizielle Durchsage.

In der ersten Metro hörten wir vier halbwüchsigen Texanern zu, die unter einem Schild saßen, das die Fahrgäste aufforderte, bei entsprechender Fahrgastdichte von den Klappsitzen aufzustehen und den Gang frei zu machen. Der Zug füllte sich zusehends, doch während die übrigen Fahrgäste aufstanden und Platz machten, blieben die jungen Texaner sitzen und diskutierten lautstark die Frage, welche Stadt besser sei, Houston oder Paris. Angeregt durch die Hitze draußen, kam man auf das Thema Klimaanlagen zu sprechen. Houston hatte sie, Paris nicht. Houston hatte auch Eiswürfel, Tacos, jede Menge kostenfreier Parkplätze sowie eine Einrichtung, die sich Sonic Burger nannte. Es sah nicht gut aus für Paris, das mit jedem weiteren Halt des Zugs und neu hereindrängenden Fahrgästen wertvolle Punkte verlor. Die Menschen strömten herein, drängten sich um die vier sitzenden Texaner, so daß von ihnen nur noch vier körperlose Stimmen blieben. Vom Ende des Waggons her hörte ich einen von ihnen rufen, sie wären müde und dreckig und reif für den nächsten Flieger nach Hause. Die Stimme klang erschöpft und ausgebrannt, und ich konnte mich völlig mit dem Sprecher identifizieren. Bei meinem letzten Besuch in Houston war es mir genauso ergangen.

Zu den Klängen von »Texas, Our Texas« stiegen Hugh und ich in eine andere Linie um, in der ein amerikanisches Ehepaar Ende Vierzig sich eng an die Haltestange im Waggon klammerte. Obwohl kein Schild einen ausdrücklich darauf hinweist, sind diese Stangen nicht für den Privatgebrauch gedacht. Sie sind für alle da. Man umklammert sie nicht wie die Rutschstange bei der Feuerwehr, sondern man hält sich vorzugsweise mit einer Hand an ihr fest und tritt ein Stück zur Seite. Es ist wirklich nicht schwer zu begreifen, selbst wenn man aus einer Stadt ohne öffentliches Verkehrsnetz kommt.

Als der Zug anfuhr, schob ich meine Hand auf der Suche nach einem Halt zwischen den beiden Amerikanern durch und faßte die Stange in Hüfthöhe. Im gleichen Moment drehte sich der Mann zu seiner Frau um und sagte: »Puuuuh, riechst du das? Das ist das echte französische

Parfüm, Baby.« Er nahm eine Hand von der Stange, um damit vor seinem Gesicht zu wedeln. »Keine Frage«, sagte er, »der kleine Froggy hier ist reif.«

Es dauerte einen Moment, bis ich registrierte, daß er von mir redete.

Die Frau verzog ihre Nase. »Mein liebster Herr Jesus!« stöhnte sie. »Stinken die alle so?«

»Die meisten«, erwiderte der Mann. »Ich wette, unser kleiner Freund hat seit zwei Wochen kein Badezimmer mehr von innen gesehen. Mein Gott, also echt, man müßte dem Kerl ein Duftbäumchen umhängen.«

Die Frau lachte und sagte: »Ich mach mir wegen dir noch mal in die Hose, Martin. Ich sag's dir.«

Viele amerikanische Touristen glauben irrtümlicherweise, sich unter lauter Franzosen zu befinden, die alle kein Englisch verstehen. Die beiden sahen nicht einmal wie besonders gehässige Leute aus. Daheim wären sie wohl anständig genug gewesen zu flüstern, aber hier hatten sie das Gefühl, sich völlig unbekümmert und in normaler Lautstärke über alles auslassen zu können. Gerade so, als stünden sie vor einem Gebäude oder einem Gemälde, das ihnen besonders mißfiel. Ein erfahrener Reisender hätte mit einem einzigen Blick auf meine Schuhe erkannt, daß ich kein Franzose sein konnte. Und selbst wenn ich Franzose gewesen wäre, läßt sich nicht behaupten, daß Englisch ein obskurer Stammesdialekt wäre, der nur von Anthropologen und einer Handvoll Kannibalen gesprochen wird. Tatsächlich wird Englisch in Schulen rund um die Welt gelehrt. Und es gibt keine Eignungstests. Jeder kann es lernen. Selbst Leute, die angeblich stinken, obwohl sie kurz zuvor gebadet haben und frische Kleidung tragen.

Weil sie mich mit der Langweilervokabel *Froggy* bezeichnet und sich über meinen Geruch beschwert hatten, durfte ich sie ohne schlechtes Gewissen hassen, soviel ich wollte. Ich war darüber ausgesprochen glücklich, da ich sie vom ersten Augenblick an hassen wollte, als ich in den Zug gestiegen war und sie die Haltestange umklammern gesehen hatte. Durch ihre Beleidigungen von allen Skrupeln entbunden, durfte ich nach Lust und Laune über Martins Outfit herziehen: seine Baumwollshorts mit Bügelfalte, die Baseball-Kappe, das T-Shirt mit dem Aufdruck einer Pizzeria in San Diego. Um den Hals baumelte eine Sonnenbrille an einem fluoreszierenden Band, und die brandneuen, von beiden im Partnerlook getragenen Turnschuhe deuteten darauf hin, daß sie sich für den Abend schick gemacht hatten. Nichts gegen bequeme Kleidung, aber es erscheint ziemlich ungehobelt, sich beim Besuch eines fremden Landes so zu kleiden, als wolle man irgendwo dort den Rasen mähen.

Inzwischen war der Mann mit Namen Martin dazu übergegangen, seiner Frau zu erklären, was er *»my Paris«* nannte. Er studierte den Metroplan und verkündete, an irgendeinem Tag würde er mit ihr den Louvre besuchen, wobei er die Silben übertrieben auseinanderzog und *Loovrrah* sagte. Es steht mir nicht zu, mich über anderer Leute Aussprache lustig zu machen, aber der Kerl tat, als wäre er der große Experte. »Yeah«, sagte er schnaubend, »ich dachte, wir fahren da irgendwann die Woche mal vorbei und werfen kurz einen Blick rein. Ist nicht jedermanns Sache, aber ich hab irgendwie das Gefühl, es könnte dir gefallen.«

Viele Leute fürchten die Pariser, aber ein Amerikaner in Paris wird keinen schärfen Kritiker finden als einen Landsmann. Obwohl Frankreich nicht einmal mein Heimatland ist, war in dem Augenblick für mich klar, daß diese Leute schnellstens zurückgeschickt gehörten, und zwar vorzugsweise in Ketten. Die Tatsache, daß mir meine Abneigung meine eigene Arroganz vor Augen führte, befeuerte meinen Haß nur noch weiter. Als der Zug in eine Kurve bog und ich meine Hand ein Stück die Stange hinaufschob, drehte sich der Mann zu seiner Frau um und sagte: »Carol – hey, Carol, paß auf. Der Kerl ist scharf auf dein Portemonnaie.«

»Was?«

»Dein Portemonnaie«, sagte Martin. »Unser Spezi will an dein Geld. Nimm deine Handtasche nach vorn, damit er nicht so leicht rankommt.«

Sie erstarrte, während er seine Anweisung bellend wiederholte: »Nach vorn. Tu die Handtasche vor den Bauch. Na, mach schon. Der Bursche ist ein Taschendieb.«

Carol tastete nach dem Schulterriemen ihrer Handtasche und zog sie vor den Bauch. »Wow«, sagte sie. »Damit habe ich nun wirklich nicht gerechnet.«

»Klar, du bist ja auch zum ersten Mal in Paris, also laß dir das eine Lehre sein.« Martin starrte mich an, die Augen zu Schlitzen verengt. »In der Stadt wimmelt es nur so von Taschendieben wie unser kleiner Freund hier. Paßt du nur einen Moment nicht auf, und schon haben sie dich bis aufs Hemd ausgeraubt.«

Jetzt war ich also ein Stinkstiefel *und* ein Dieb. Im ersten Moment wollte ich etwas sagen, aber dann dachte ich, es sei besser abzuwarten und zu sehen, was er mir noch alles anhängen würde. Vielleicht dauerte es keine fünf Minuten, und ich wäre ein Crack-Dealer oder Zuhälter. Außerdem würde er, wenn ich jetzt etwas sagte, sich vermutlich entschuldigen, und das wollte ich nicht. Seine Verlegenheit hätte mir gefallen, aber davon hätte er sich erholt und mir nach ein paar Minuten betretenen Schweigens vermutlich sogar noch die Hand hingestreckt. Ich wollte diesen Leuten nicht die Hand schütteln oder die Dinge aus ihrer Perspektive sehen, ich wollte sie weiterhin hassen. Also hielt ich meinen Mund und sah ziellos an die Decke.

Die Metro fuhr in die nächste Station ein. Nachdem einige Fahrgäste ausgestiegen waren, ließen sich Carol und Martin auf zwei Klappsitzen neben der Tür nieder. Ich dachte, sie würden sich einem neuen Thema zuwenden, aber Martin war einmal in Fahrt und kannte kein Halten. »Genauso ein Scheißer wie der hat mir beim letzten Mal in Paris meine Brieftasche geklaut«, sagte er und nickte in meine Richtung. »Auch in der Metro – hat sich von hinten rangeschlichen, ohne daß ich was gemerkt habe. Bargeld, Kreditkarten, Führerschein: *wusch* – alles weg, einfach so.«

Ich stellte mir eine Anzeigentafel mit der Aufschrift MARTY-STINKSTIEFEL 0:1 vor und ballte zur Unterstützung meiner Mannschaft die Faust.

»Du mußt dir einfach klarmachen, daß diese *pick-pockets* ausgebuffte Profis sind«, erklärte er. »Ich meine, die haben daraus eine Kunst gemacht, wenn man in dem Zusammenhang von Kunst sprechen kann.«

»Ich würde es nicht Kunst nennen«, erwiderte Carol. »Kunst ist etwas Schönes, aber den Leuten die Brieftaschen zu klauen ... das find ich einfach zum Kotzen.«

»Allerdings«, sagte Martin. »Weißt du, die Mistkerle arbeiten in der Regel zu zweit.« Er blinzelte zum anderen Ende des Waggons. »Ich wette, der hat hier irgendwo noch einen Kollegen.«

»Meinst du?«

»Aber sicher«, sagte er. »Die fädeln das gewöhnlich so ein, daß einer sich genau in dem Moment die Tasche krallt, wenn der Zug in eine Station einfährt. Der andere Typ hat die Aufgabe, dich abzulenken und sich dir in den Weg zu stellen, wenn du plötzlich merkst, was da läuft. Dann hält der Zug, die Türen gehen auf, und die beiden sind in der Menge verschwunden. Hätten wir den Stinker da gewähren lassen, wäre er mittlerweile längst über alle Berge. Ich sag dir, vertu dich nicht, die Kerle sind verdammt flink.«

Normalerweise bin ich nicht der Typ, den andere für flink und geschickt halten, so daß ich Martins Bemerkung auf eine seltsame Art schmeichelhaft fand. Brieftaschen zu stehlen ist nichts, auf das man stolz sein könnte, aber ich mag es, wenn man mich für ausgekocht und professionell hält. Ich war in der Nacht zuvor bis vier Uhr aufgeblieben und hatte ein Buch über Einsiedlerspinnen gelesen, aber Martin deutete die Ringe um meine Augen wohl eher als Anzeichen dafür, daß ich die ganze Nacht über Fliegen aus der Luft gefischt hatte oder was auch immer Taschendiebe treiben, um in Übung zu bleiben.

»Dieses Sackgesicht«, sagte er. »Sieh ihn dir nur an, wie er unschuldig dasteht und auf sein nächstes Opfer lauert. Wenn's nach mir ginge, könnte er mit den Zähnen klauen. Auge um Auge, das ist meine Devise. Man sollte so einem beide Hände abhacken und sie den Hunden zum Fraß vorwerfen.«

*Aha*, dachte ich. *Aber vorher muß man mich erstmal erwischen.*

»Es macht mich wirklich rasend«, sagte er. »Ich meine, wo ist denn ein *policioni*, wenn man ihn braucht?«

*Policioni?* Was glaubte der eigentlich, in welchem Land er war? Ich versuchte mir vorzustellen, wie Martin mit einem französischen Polizisten redete und mit rudernden Armen brüllte: »Dieser Mann da hat versucht zu picka die pocketoni von meiner Freundin!« Ich hätte einen solchen Auftritt nur zu gerne verfolgt und beschloß, Hugh beim Aussteigen die Brieftasche aus der Hose zu ziehen. Martin würde mitbekommen, wie ich einen vermeintlichen Fremden bestahl, und mit Sicherheit einschreiten. Er würde mich in den Schwitzkasten nehmen oder um Hilfe schreien, und wenn wir dann von lauter Leuten umringt waren, würde ich sagen: »Wo ist das Problem? Ist es etwa verboten, sich von seinem Freund Geld zu leihen?« Käme Polizei hinzu, würde Hugh die Situation in reinstem Französisch darlegen, und ich würde ein paar meiner gewähltesten Formulierungen beisteuern. »Der Mann ist verrückt«, würde ich sagen und auf Martin zeigen. »Ich glaube, er ist betrunken. Sehen Sie sich nur das aufgedunsene Gesicht an.« Ich war noch dabei, mir die Sätze zurechtzulegen, als Hugh mir auf die Schulter tippte und sagte, wir müßten die nächste Station raus.

»Da haben wir's«, sagte Martin. »Der da, das ist sein Kumpel. Hab ich dir nicht gesagt, der drückt sich hier irgendwo rum? Die arbeiten immer zu zweit. Der älteste Trick aus dem Lehrbuch.«

Hugh hatte Zeitung gelesen und deshalb keine Ahnung, was los war. Seine Brieftasche zu stehlen ergab jetzt keinen Sinn mehr, aber was anderes fiel mir auf die Schnelle nicht ein. Als der Zug in die Station einfuhr, mußte ich an einen Nachmittag vor zehn Jahren denken. Damals war ich mit meiner Schwester Amy in der Chicagoer Hochbahn unterwegs gewesen. Sie mußte drei oder vier Stationen vor mir aussteigen. Als sich die Türen öffneten, war sie aus dem vollbesetzten Wagen gestiegen, hatte sich umgedreht und gerufen: »Tschüß, David, und viel Glück vor Gericht mit dieser lästigen Vergewaltigungsklage.« Sämtliche Fahrgäste hatten sich umgedreht und mich angestarrt. Einige schienen neugierig, andere erschrocken, aber die große Mehrheit schien mich mit einer Leidenschaft zu hassen, wie sie mir nie zuvor begegnet war. »Das war meine Schwester«, hatte ich gesagt. »Die macht gern so Späßchen.« Ich lachte und grinste, aber es half alles nichts. Jede Geste schien meine Schuld nur noch zu vergrößern, so daß ich es vorzog, an der nächsten Station auszusteigen, statt weiter mit Leuten im Abteil zu sitzen, die mich für einen Vergewaltiger hielten. Ich hätte gern etwas Ähnliches zu Martin gesagt, aber ich bin einfach nicht so schlagfertig wie Amy. Irgendwann würde dieser Mann wieder abreisen und daheim seine Freunde warnen, sich vor den Taschendieben in Paris in acht zu nehmen. Er wäre der gleiche alte Martin, während ich zumindest noch für ein paar Sekunden Gelegenheit hatte, ein anderer zu sein, jemand, der flink und gefährlich war.

Mein gefährliches Ich bemerkte, wie Martins Fäuste sich zusammenballten, als der Zug zum Stehen kam. Carol hielt ihre Handtasche fest gegen die Brust gedrückt und atmete tief durch, als Hugh und ich aus dem Waggon stiegen, nicht länger zwei verwöhnte Jungen, unterwegs in der Fremde, sondern Schurken und Komplizen, die sich davonmachen über alle Berge.

## *Ich war dabei, als dieses Mädchen beinahe tödlich verunglückte*

Als Junge besaß ich ein Buch, das die Phantasie wecken und gelangweilten Kindern sinnvolle Wege zur Freizeitgestaltung aufzeigen wollte. Auch wenn es einen letztlich nicht vom Hocker riß, waren die einzelnen Projekte mit einem so ungebremsten Enthusiasmus dargestellt und bebildert, daß selbst der abweisendste Zehnjährige glauben mußte, das Ganze müsse irgendwie Spaß machen. »Warum nicht mal Gespenster aus Geschenkpapierresten basteln?« lautete einer der Vorschläge. »Warum nicht mal aus einem Ziegel einen tollen Schulbus für den Schreibtisch bauen!«

Ich mußte an dieses Buch denken, als Hugh und ich das Festival von Saint Anne besuchten, eine Art Jahrmarkt in einem Nachbarort, nicht weit von unserem Haus in der Normandie entfernt. Hier handelte es sich um eine Veranstaltung, die die Frage nach dem »Warum?« mit einem kraftvollen »Warum nicht?« parierte.

»Warum nicht mal eine Heißklebepistole zur Hand nehmen und Blumentöpfe mit Muscheln bekleben?« hatten sich offenbar die fleißigen Großmütterchen am Stand für Selbstgebasteltes gefragt. »Warum nicht mal lange Wollwürste häkeln und sie als Schutz gegen Durchzug vor die Tür legen?«

Es gab ein paar wenig spektakuläre Karussells und ein Spiel, bei dem man mit Tennisbällen nach Pappmaché-Figuren von Idi Amin und Richard Nixon werfen durfte. Und dann war da noch die Hauptattraktion, bei der die Frage lautete: »Warum nicht mal eine Arena bauen und sich die Zeit mit ein paar wildgewordenen Kühen vertreiben?«

Die dazu vorgesehenen Kühe waren schlanke, langhörnige Teenager, die als *Vachettes* bezeichnet werden. Dickschädelig in Erscheinung und Temperament, gelten sie als die rebellischen Jugendlichen innerhalb der Kuhfamilie, die beinharten Cousinen, die in Anhängern schlafen und wie Männer kämpfen. Hält man einer Vachette einen Schnaps hin, sagt sie vermutlich nicht nein. Erwähnt man den Namen Vachette gegenüber einer der typischen Milchkühe der Normandie, rollt sie unter ihren langen Wimpern mit den Augen und sagt: »Ach Gott, *die*!«

Die Frau am Eingang zur Arena erklärte, als Freiwillige kämen Hugh und ich umsonst rein, das heißt, wenn wir bereit wären, uns eine Zeitlang mit einer dieser zornigen jungen Kühe herumzuschlagen, bliebe uns das Eintrittsgeld erlassen. Wir müßten dann nur ein paar Dokumente unterzeichnen, durch die sich die Festival-Organisation von jeglicher Verantwortung freisprach. Als Freiwilliger mitzumachen hieß, mit dem Risiko einer möglichen Wirbelsäulenfraktur vier amerikanische Dollar pro Nase einzusparen. »Na los doch«, sagte die Frau, »das ist ein Riesenspaß.«

Ich stellte mir einen gutaussehenden französischen Arzt

vor, der mir das übliche Verfahren einer Kolostomie erklärte, bevor ich zur Enttäuschung der Frau an der Kasse mein Portemonnaie zückte. Nachdem wir bezahlt hatten, nahmen wir unter den etwa einhundert Besuchern auf der zerlegbaren Tribüne Platz. Hier saßen alle unsere Nachbarn, die wir morgens beim Bäcker oder im Eisenwarenladen trafen. Der Bürgermeister rauschte vorbei, gefolgt vom Briefträger und dem Zugschaffner, die alle kurz stehenblieben und grüßten. Andere mögen es als beengend empfinden, aber mir gefällt die Bilderbuchatmosphäre des Dorflebens. Der Metzger, der Steinmetz, der Schafzüchter und die Dorfschullehrerin: Es ist beinahe so, als entstammten alle diese Figuren einer Kiste, zusammen mit buchhohen Geschäftsfronten und einer Handvoll kleiner Steinhäuschen. In einer Welt, in der man die Leute anhand ihres Berufs kennt, werden Hugh und ich nur als *die Amerikaner* geführt, als sei der Besitz eines blauen Passes bereits mit soviel Arbeit verbunden, daß für andere Dinge keine Zeit bleibt. Zusammen mit den Engländern und Parisern sind wir die Figürchen, die in die kleinen Steinhäuser einziehen, wenn der Schneider durch die Windschutzscheibe fliegt oder dem Tischler von seinem zahnenden Hund der Kopf abgebissen wird. In dieser Art Ergänzungs-Set betrachtet man uns mit einer gleichmäßigen Mischung aus Neugierde, Höflichkeit und Resignation.

Die Tribüne war auf einer Weide errichtet worden und umschloß eine geräumige Sperrholzmanege, in der ein Dutzend junger Männer Fußball spielte. Zuerst dachte ich, wir wären zu spät dran und hätten die Hauptattraktion verpaßt, aber dann öffnete jemand die Tür des Viehanhängers, woraufhin eine Vachette die Rampe heruntergeschossen kam und polternd in die Arena stürmte. Nach kurzer Orientierung ging sie sogleich zum Angriff über, während das Publikum über ihre Schnelligkeit und blinde Kampfeslust nur staunen konnte. Ohne die Furchtsamkeit einer Milchkuh und deren hinderliches Fett ging sie auf die Fußballspieler los, als wolle sie im Namen des unterdrückten Viehs dieser Welt Rache nehmen. Die jungen Männer stoben in alle Richtungen auseinander und brachten sich in Sicherheit, um anschließend nur noch sporadisch hinter ihren schützenden Barrikaden hervorzuhuschen und dem Ball einen flinken Tritt zu verpassen. So ging es dann mehr oder weniger den ganzen Nachmittag über weiter. Die Vachettes preschten vor, die Freiwilligen rannten um ihr Leben, und das Publikum applaudierte. Im Gegensatz zu einem Stierkampf ging es bei der Veranstaltung weder um irgendein Geschick noch um die Illusion zweier gleichwertiger Gegner. Das Spiel war eindeutig unausgeglichen. Eine Vachette konnte sich einen Kratzer am Horn holen oder einen Nackenmuskel zerren, wenn sie einen Freiwilligen durch die Luft schleuderte. Oder ihr konnte ein Stück vom Huf abbrechen, wenn sie einem Gegner vor den Schädel trat, aber ansonsten bestand für sie keinerlei ernste Gefahr. Der Krankenwagen neben dem Bierstand wartete gewiß nicht auf sie, und sie schien das auch zu wissen. Andererseits fiel es schwer, größere Sympathien für die Freiwilligen zu entwickeln, die sich aus freien Stücken darauf eingelassen hatten, ein gefährliches Tier zu reizen.

Der Nachmittag hatte gerade erst begonnen, aber ich stellte mir bereits vor, was ich empfände, wenn jemand ernsthaft verletzt würde – vielleicht nicht gleich getötet oder gelähmt, aber doch richtiggehend verletzt. Genauso interessant war andererseits die Frage, was ich fühlen würde, wenn niemand ernsthaft verletzt würde. Bestand nicht gerade darin das Versprechen, sich mit einer Vachette einzulassen? Wäre es darum gegangen, uns zu Herzen zu rühren, würden die Männer Fußball gegen ein neugeborenes Kalb spielen. Dabei hatten meine Hoffnungen nichts mit den zufällig in der Arena Versammelten zu tun. Ich hatte nichts gegen diese Männer und wünschte auch keinem von ihnen Böses. Ich kämpfte lediglich mit der Vachette in mir selbst und versuchte die Tiefen meiner eigenen Unmenschlichkeit zu ergründen.

Mein Gewissen plagte mich seit ungefähr einem Monat, seit dem Abend, an dem Hugh und ich einen riesigen, Kopfschmerzen verursachenden Rummel besucht hatten, der jedes Jahr in Paris stattfindet. Wir waren die Hauptachse entlanggeschlendert, als ich plötzlich eines der Karussells mitten in der Fahrt erstarrt sah, so daß mehrere Fahrgäste praktisch in der Luft baumelten. Zunächst kam mir das nicht weiter ungewöhnlich vor, da die Erfinder dieser Maschinen mittlerweile nicht mehr davor zurückzuschrecken schienen, ihre Attraktionen ein gutes Stück fieser zu machen, als sie eigentlich sein müßten. Etwas durfte nicht einfach nur vor- und zurückschleudern, sondern mußte sich gleichzeitig um die eigene Achse drehen, ruckweise hoch- und runterhüpfen und durch eine Brackwasserfontäne jagen. Man hatte alle Anstrengungen unternommen, damit den Fahrgästen anschließend speiübel war, und den Massen schien es zu gefallen. Als ich das defekte Karussell erblickte, dachte ich zuerst, das Gerät müsse in bestimmten Abständen anhalten, um den Mitfahrern ein deutliches Gefühl ihrer unbequemen Lage zu vermitteln. Ich drehte mich zur Seite, wo ein blau angelaufener Teenager gerade gegen eine Karamelbonbonbude kotzte, doch als ich wieder hochsah, stand das Karussell immer noch still, und unten begannen die Menschen zusammenzulaufen.

Ich weiß nicht, was das Gerät mit den Leuten anstellt, wenn es funktioniert, aber wenn es das nicht tut, hängen die Mitfahrer in metallene Kabinen geschnallt in seltsamen Winkeln in der Luft. Ein Paar schwebte in dreieinhalb Metern Höhe über dem Boden, die Rückenlehnen in der Horizontalen, so daß beide nach oben starrten, als würden sie irgendeine medizinische Untersuchung über sich ergehen lassen. Weiter oben, etwa fünfzehn Meter hoch in der Luft, hing eine junge Frau mit langen blonden Haaren mit dem Gesicht nach unten, gehalten nur noch von den Anschnallgurten, die sich unter ihrem Gewicht spannten. Das Paar konnte sich zumindest noch gegenseitig Mut zusprechen, doch die junge Frau schien die aussichtsreiche Kandidatin für eine Tragödie. Die Menge wurde immer dichter, und wenn die übrigen drei- bis vierhundert Leute nur halbwegs so wie ich veranlagt waren, starrten sie auf die junge Frau und überlegten, welche Horrorgeschichte sie später ihren Freunden in der Kneipe oder beim Essen erzählen würden. Wenn in absehbarer Zukunft das Gespräch auf Rummelplätze und Vergnügungsparks käme, würde ich warten, bis die Leute ihre mittelmäßigen Anekdoten beendet hatten, um dann, genau im richtigen Augenblick und wie nebenbei, zu sagen: »Ich hab einmal gesehen, wie ein Mädchen von einem dieser Karussells in den Tod stürzte.«

Ich stellte mir den Moment absoluter Stille vor, der meinem Eröffnungssatz folgen würde, und spürte, wie meine zukünftigen Zuhörer sich nahezu unmerklich auf ihrem Sitz vorbeugten. Die Tatsache, daß ich die verunglückte Frau nicht persönlich kannte, würde mein Publikum davon entbinden, sich betreten oder peinlich berührt zu fühlen, das Thema überhaupt angeschnitten zu haben. Sie würden Fragen stellen, um bei meinen ausführlichen Antworten gleichzeitig einen eisigen Schauer wie ein eigentümliches Gefühl der Zufriedenheit zu verspüren. Als ich Hugh meine Gedanken mitteilte, verurteilte er mich und ebenso die Menge und bezeichnete die Atmosphäre, ohne eine Spur von Ironie, als »karnevalesk«. Er drehte sich um und ging, während ich mich näher an das Karussell heranschob und mich zwischen Leute drängte, die wie ich mit einem Ausdruck in den Abendhimmel starrten, den sie normalerweise für das nächtliche Feuerwerk reserviert hatten. Der Schuh der blonden Frau löste sich und fiel unter den Augen der Zuschauer zu Boden. »Und dann stürzte einer ihrer Schuhe zu Boden«, hörte ich mich sagen. Ich glaube, ich habe zu keiner Zeit je so gemein gedacht, aber ich rechtfertigte mich damit, daß die Person nicht durch mein Verschulden in eine so mißliche Lage geraten war. Ich hatte sie nicht dazu angestiftet, dieses Fahrgerät zu besteigen. Die Betreiber hatten offensichtlich keinen Plan, wie sie herunterzubekommen war, aber auch dafür konnte ich nichts. Ich sagte mir, mein Beweggrund sei Mitleid und meine Anwesenheit ein Zeichen moralischer Unterstützung. Ich wußte nicht, wie es bei den anderen aussah, aber ich wurde gebraucht.

Ich ärgerte mich, als die Polizei anrückte und rief, dies sei keine Show. *Schon recht*, dachte ich. *Aber darf man so mein Engagement runtermachen?* Schließlich war ich viel länger da als sie. Ich hatte geduldig gewartet, was passieren würde, so daß es einfach ungerecht von ihnen war, mich zur Seite zu schieben, um den Weg für ein angebliches Feuerwehrfahrzeug oder einen Krankenwagen frei zu machen. Die

Menge hielt die Stellung, bis noch mehr Polizisten eintrafen, die uns zurück auf den Hauptgang drängelten und schubsten, wo uns der Blick kurz darauf durch Einsatzfahrzeuge versperrt wurde. Ich war den Tränen nahe, während alle anderen problemlos mit ihrer Enttäuschung fertig zu werden schienen. In Windeseile löste sich die Versammlung auf und die Leute zogen weiter zu anderen, nicht weniger gefährlichen Karussells, wo sie angeschnallt in den Himmel katapultiert wurden, um ihren eigenen zu frühen Tod herauszufordern. Auf der Fahrt nach Hause sagte ich im Kopf immer wieder den Satz: »Ich war dabei, als dieses Mädchen beinahe tödlich verunglückte.« Ich versuchte es auf englisch und auf französisch, aber die Begeisterung erlosch jedesmal nach dem Wörtchen *beinahe*. Wen interessierte schon, daß jemand beinahe tödlich verunglückt war? Ich gab der Polizei die Schuld für den verpatzten Abend und versuchte mir vorzustellen, was ich gefühlt hätte, wäre die Frau *tatsächlich* aus ihrer Gondel gestürzt.

Moralisch betrachtet, kam mir die Vachette-Arena weit weniger morastig vor als der Hauptgang auf dem Jahrmarkt in Paris. Ich hockte nicht auf der Tribüne, weil sich irgendwer verletzt hatte. Ich sah einfach nur zusammen mit der übrigen Dorfgemeinschaft einer geplanten Veranstaltung zu. Sollte jemand zu Tode kommen, wäre ich kein eiligst hinzugelaufener Gaffer, sondern ein ganz normaler Zuschauer.

Der tiefere Sinn des Fußballspiels blieb mir die ganze Zeit verschlossen. Die Freiwilligen spielten nicht gegen die Kuh, sondern versuchten lediglich, in ihrem Beisein zu kicken. Es schoß auch niemand Tore, so daß ich einigermaßen erstaunt war, als plötzlich abgepfiffen wurde und ein anderes, nicht weniger seltsames Spiel begann. In

Runde zwei bekamen die Mitstreiter Dutzende Autoreifenschläuche, die sie zu hohen, wulstigen Türmen aufstapelten, damit die zweite Vachette des Nachmittags sie umgehend wieder einreißen konnte. Irgend etwas an den Schläuchen schien ihr Blut so in Wallung zu bringen, daß sie mit furchterregender Wildheit über sie herfiel. Die jungen Männer flitzten über das Feld und begannen gleich an mehreren Stellen ihre Türme zu errichten. Doch trotz all ihrer Mühen hatten sie nichts vorzuweisen, als das Spiel schließlich abgepfiffen wurde.

In der anschließenden Pause wurde mir mein Nachbar auf der Tribüne vorgestellt, ein pensionierter Dachdecker, der mir erklärte, die Vachettes kämen alle aus einer kleinen Stadt in Südfrankreich, unweit der spanischen Grenze. Sie würden wegen ihrer Angriffslust gezüchtet und reisten von Stadt zu Stadt, um dort die »traditionellen Vachette-Spiele« zu bestreiten. Ich stutzte ein wenig bei dem Wort *traditionell*, da ich mir schwer vorstellen konnte, daß Autoschläuche schon seit Ewigkeiten dazugehörten und gar nicht mehr wegzudenken waren. Ich habe keinen Schimmer, wer sich die »traditionellen Vachette-Spiele« hat einfallen lassen, aber ich wette, er hatte einschlägige Drogenerfahrungen. Wie sonst kommt einer auf so etwas? Bei einem Spiel ging es unter anderem darum, eine Zierschleife vom Kopf einer Vachette zu pflücken, und ein anderes schien sich lediglich darum zu drehen, das Tier zu beschimpfen. Die einzigen, die offenbar die Regeln kannten, waren die Vachettes, deren einfache Parole zu lauten schien: angreifen, angreifen, angreifen. Erst beim sechsten Spiel des Nachmittags gab es unter den Mitspielern endlich zwei Verletzte. Aus völlig unerfindlichen Gründen hatte man inmitten der Manege ein Wasserbecken aufgebaut, indem man eine riesige Plastikplane über ein Karree aus Heuballen gezogen hatte. Anschließend hatte ein Tankwagen das Becken gefüllt, und die Mitspieler hatten versucht, die letzte Vachette irgendwie ins Wasser zu lotsen. Das Tier hingegen hatte die Mehrheit seiner Gegner kauernd hinter den Barrikaden gehalten, bis wenige Minuten vor Schluß ein junger Mann mit Schlapphut sich aus der Deckung vorwagte. Die Vachette tat so, als blicke sie in die entgegengesetzte Richtung, wo eine Herde Kühe friedlich graste, um plötzlich mit gesenktem Kopf vorzupreschen, ihren Widersacher am Gesäß zu packen und ihn mit ihren langen, geschwungenen Hörnern durch die Luft zu wirbeln. Als ich den jungen Mann zu Boden gehen sah, griffen meine Hände unwillkürlich nach den Knien von Hugh und dem pensionierten Dachdecker. Ich krallte mich daran fest und stieß gleichzeitig einen spitzen Schrei wie ein Kaninchen aus. Ein zweiter Mitspieler rannte aufs Feld, um das Tier abzulenken, doch auch ihn stieß die Vachette zu Boden, drehte sich dann noch einmal um und verpaßte ihm ein paar flinke Tritte, die dem jungen Mann zwei Rippen brachen. Das Tier schien bereit, ihm den Bauch aufzuschlitzen, was vermutlich auch so gekommen wäre, wenn seine Besitzer es nicht zurück in den Anhänger hätten locken können.

Die Tatsache, daß der Dachdecker meine Hand von seinem Knie lösen mußte, beweist, daß meine innere Vachette nicht annähernd so bösartig war, wie ich geglaubt hatte. Die Veranstaltung war beendet. Ich saß zitternd auf der Tribüne und beobachtete die Wettstreiter, die sich um den Bierstand drängten und jedem, der es sehen wollte, ihre Blessuren präsentierten. Der Stoß in den Allerwertesten war nur halb so schlimm, wie ich mir vorgestellt hatte. Der Betroffene mußte die Hose herunterlassen, um seine

Verletzung vorzuführen, die aus wenig mehr als einem hellroten Ratscher gleich neben der Kerbe bestand. Sein Kumpel mit den gebrochenen Rippen zuckte leicht zusammen, beschloß aber, erst am nächsten Morgen im Krankenhaus vorbeizuschauen. Er und seine Freunde genossen es, für kurze Zeit im Mittelpunkt zu stehen, und wollten dieses Vergnügen keinesfalls unnötig verkürzen. Im Kreis ihrer bewundernden Nachbarn ließen sie die dramatischsten Situationen des Nachmittags noch einmal aufleben und fachsimpelten darüber, was sie beim nächsten Mal anders machen würden. Sie tranken und lachten und waren immer noch fleißig zugange, als Hugh und ich später am Abend zum Feuerwerk wiederkamen. Es war keine große Sache. Ich hatte schon aufwendigere Pyrotechnik bei der Eröffnung von Supermärkten gesehen, aber das Publikum war wohlwollend und tat so, als sei es eine beeindruckende Darbietung. Zwischen dem zaghaften Ploppen von Leuchtkugeln und dem Zischen der Raketen hörten wir das klagende Brüllen der Vachettes aus dem in der Nähe geparkten Hänger. Sie würden am nächsten Morgen weiterreisen, um ihr hitziges Gemüt auf einem anderen Fest in der Provinz auszutoben, wo ein anderes Set von Figuren sich abends vor der rausgeputzten Spielzeugkulisse ihres Dorfes versammeln, mit den Händen in den Himmel zeigen und ihre »Ahhhs« und »Ohhhs« flüstern würde.

Der Zwischenfall auf dem Rummel in Paris hatte in mir den Verdacht aufkommen lassen, mein Vachometer zeige womöglich einen höheren Wert an als bei anderen Leuten; ich hatte daher jetzt mit Erleichterung festgestellt, wie ich den beiden jungen Männern die Daumen gedrückt hatte, als es für sie in der Arena brenzlig wurde. Ihre Verletzungen hatten sich als vergleichsweise harmlos erwiesen, aber ich hatte gleichwohl keinerlei Freude darüber empfunden, Zeuge ihres Mißgeschicks zu sein. Ich fragte mich, wie ich wohl reagiert hätte, wenn es einen Toten gegeben hätte, schob den Gedanken aber als übertrieben theatralisch zur Seite. Zuschauer bei einem noch so banalen Sportereignis zu sein ist ganz etwas anderes, als zufällig bei einem Unfall zugegen zu sein und ihn für seine eigenen Zwecke ausschlachten zu wollen. Letzten Endes hatte die blonde Frau die verstörendere Geschichte zu erzählen. Wir hatten sie dabei beobachtet, wie sie, nur noch von Gurten gehalten, soundso viel Meter hoch in der Luft hing, aber was noch viel schlimmer war: Sie hatte uns beobachten müssen. Beim Blick in unsere häßlichen, erwartungsvollen Gesichter hatte sie vermutlich keinen vernünftigen Grund gesehen, zur Erde zurückzukehren und ihr Leben unter diesem Abschaum fortzusetzen. Gut möglich, daß sie immer noch am Himmel über Paris schwebt und sich mit Händen und Füßen gegen jeden wehrt, der ihr zu nahe kommt.

# *Schlaumeier*

Mit fünfundzwanzig hatte ich einen Job als Laufbursche auf verschiedenen Baustellen am Stadtrand von Raleigh. Die Arbeit war öde und wurde nur noch öder an Tagen, an denen mir ein Typ namens Reggie zugeteilt war, ein vorgebliches Genie, das zutiefst unglücklich war über den Lauf, den sein Leben genommen hatte. Jeden Tag erklärte er mir, wie intelligent er sei, und jedesmal war es das gleiche Gespräch.

»Da besitzt man einen IQ von hundertdreißig und darf Späne fegen.« Er starrte auf die Borsten seines Besens, als hätten sie sich verschworen, seinen Aufstieg zu vereiteln. »Kannst du dir das vorstellen? Einhundertdreißig! Im Ernst, Mann. Ich hab einen Test gemacht.« Für mich das Stichwort, beeindruckt zu tun, aber in der Regel ließ ich ihn hängen.

»Eins-drei-null«, sagte er. »Falls du es nicht weißt, in dem Bereich redet man von Genie. Mit soviel Grips könnte ich *echt* was machen, falls du weißt, was ich meine.«

»Klar doch.«

»Ich bin wahrhaftig nicht dafür gemacht, Nägel aus Verschalbrettern zu ziehen.«

»Verstehe.«

»Das bekäme auch einer mit sechzig noch hin. Das bedeutet, siebzig IQ-Punkte liegen in meinem Kopf brach.«

»Die müssen sich ganz schön langweilen.«

»Und wie die sich langweilen«, sagte er. »Leute wie ich brauchen eine Herausforderung.«

»Du könntest den Ventilator anschmeißen und gegen den Wind fegen«, schlug ich vor. »Das ist ganz schön schwierig.«

»Laß deine blöden Scherze. Ich hab ein bißchen mehr drauf als du.«

»Woher willst du das wissen?« fragte ich. »Ich könnte einen IQ von dreihundert oder sonstwieviel haben.«

»Dreihundert. Ja? Es gibt keine dreihundert. Bei dir würde ich auf zweiundsiebzig tippen, allerhöchstens.«

»Was heißt das?« fragte ich.

»Das heißt, ich hoffe, Besenschwingen gefällt dir.«

»Und was, bitte schön, soll *das* heißen?«

Er schüttelte den Kopf. »Frag in fünfzehn Jahren nochmal nach.«

Fünfzehn Jahre später arbeitete ich für eine Gebäudereinigungsfirma. Gewiß, es war ungelernte Arbeit, aber andererseits hatte ich nicht viel mit Fegen zu tun. In der Hauptsache mußte ich staubsaugen. Außerdem ist das Jahre her. Zwei Jahre, um genau zu sein.

Ich weiß nicht, was aus Reggie geworden ist, aber ich mußte an ihn denken, als ich mich, mit zweiundvierzig Jahren, endlich einem Intelligenztest unterzog. Als Erwachsener, der sich seit vielen Jahren mehr oder weniger erfolgreich alleine durchschlägt, sagte ich mir, daß ein Test keinen großen Schaden mehr anrichten könne. Zu diesem Zeitpunkt meines Lebens waren die Würfel längst gefallen, und egal, wie dumm ich bin, zumindest ist soviel vorhanden, daß ich damit über die Runden komme. Allerdings war mir nicht bewußt, daß Intelligenztests ebenso in die eigene Vergangenheit wie in die eigene Zukunft hineinpfuschen, indem sie einem für ein Leben voller Fehlentscheidungen die Augen öffnen und einen auf die Unausweichlichkeit zukünftigen Scheiterns vorbereiten. Wenn ich heute an einen Intelligenztest denke, stelle ich mir eine hakennasige Hexe vor, die von ihrem Zauberkessel aufblickt und fragt: »Sind Sie *sicher*, daß Sie die Antwort auf diese Frage hören wollen?«

Ich bejahte, mit dem Ergebnis, daß mir noch immer das hämische Gelächter der Hexe in den Ohren gellt, sobald ich meine Hand nach einem Besen ausstrecke.

Als Kind nährte ich stets den heimlichen Verdacht, ich sei ein Genie. Die These stammte von mir allein und wurde durch niemanden unterstützt, aber was machte das schon? Mißverstanden zu werden gehörte dazu. Mein Vater sagte gelegentlich »Schlaumeier« zu mir, aber irgendwann ging mir auf, wie das gemeint war.

»He, Schlaumeier – schmierst dir wohl Mayonnaise ins Gesicht, weil du das Insektenspray nicht finden kannst.«

»He, Schlaumeier, du glaubst wohl, du kannst auf deinem Zimmer Marshmallows im Toaster rösten?«

Solche Sachen.

Ich dachte, ich könnte Diabetes dadurch heilen, daß ich Kaugummistreifen mit Sonnenmilch bestrich. Juicy fruit mit Nivea, Erdbeer mit Delial. Ich hatte die Rohstoffe, *und* ich hatte eine Testperson, beides unter einem Dach.

»He, Schlaumeier«, sagte mein Vater, »biete deiner

Großmutter noch einmal eins von den Kaugummis an, und *du* bist derjenige, der seine Zähne im Waschbecken putzt.«

Was verstand *der* schon davon?

Allein auf meinem Zimmer betrachtete ich Bilder von intelligenten Männern und suchte nach einem gemeinsamen Merkmal. Es gab einen untrüglichen Schlaumeier-Ausdruck, nur war er gar nicht so leicht hinzukriegen. Wenn man seinen Kamm in den Müll warf, sah man entweder aus wie Albert Einstein oder wie Larry Fine. Beide trugen zerknitterte Anzüge, beide streckten dem Betrachter die Zunge entgegen, aber nur einer bewies echtes Genie in Filmen wie *Booty und das Biest* und *Die drei Stooges in: Haut den Herkules.*

Meine Noten gingen in den Keller, die Lehrer lachten mir ins Gesicht, aber ich versuchte mir aus alledem nichts zu machen. Auf der High School liebäugelte ich mit dem Gedanken, ich könnte ein philosophisches Genie sein. In meinen Augen und denen mehrerer Freunde war es geradezu erschreckend, wie ich mich in die Psyche fremder Leute hineinversetzen konnte. Ich übte, mir gedankenschwer die Brille von der Nase zu nehmen, und stellte mir einen Auftritt bei einer Sonntagvormittag-Show im Fernsehen vor, wo ich unter lauter schlauen Männern saß und meine dunklen und radikalen Theorien über das menschliche Dasein erläuterte.

»Die Menschen sind unsicher«, würde ich sagen. »Sie verstecken sich hinter Masken und spielen einander was vor.«

Meine Gedanken würden wie Dämonen aus Gewölben der Unterwelt hervorschwärmen, und meine Gesprächspartner, bestürzt über die Wahrheit und die Tragweite meiner Erkenntnisse, würden ihre Verbreitung mit allen Mitteln zu verhindern suchen.

»Genug davon!« würden sie rufen. »Um Gottes willen, bringen Sie diesen Mann zum Schweigen!«

Weit beängstigender als jede meiner Ideen ist die Tatsache, daß ich vermutlich mit siebzehn auf dem Höhepunkt meiner intellektuellen Fähigkeiten stand. Ich hätte mich damals testen lassen sollen, bevor ich das bißchen Verstand, das ich besaß, verspielt hatte. Als ich dreißig wurde, hatte sich mein Gehirn unter dem wechselnden Einfluß von Drogen, Alkohol und den chemischen Lösungsmitteln, mit denen ich an meinem Arbeitsplatz zu tun hatte, weitgehend verflüchtigt. Dennoch gab es immer noch Augenblicke, an denen ich wider alle Vernunft glaubte, ich sei ein Genie. Ausgelöst wurden diese Momente nicht durch irgendeine besondere Leistung, sondern durch Kokain und Methylamphetamine – Drogen, die es einem erlauben, einen kompletten Wochenlohn per Strohhalm in die Nasenschleimhaut zu jubeln und dabei zu denken: »Mein Gott, bin ich klug.«

Es sind die kleinen Dinge im Leben, die mir Mut zusprechen. Beispielsweise wenn ich mir im Kino einen Film ansehe, in dem eine attraktive Frau im Sport-Top, ein gutaussehender Witwer und zwei unscheinbare Weichlinge vor einer Riesenechse oder Besuchern aus einer fremden Galaxis flüchten. »Die beiden Weichlinge müssen dran glauben«, denke ich, und wenn es dann tatsächlich so kommt, beglückwünsche ich mich zu meinem Scharfsinn. Der Satz: »Mein Gott, war das vorhersehbar«, aus *meinem* Mund, klingt klug und weitsichtig. Wenn andere ihn sagen, klingt er einfach nur blöd. Man mag mich für allzu spitzfindig halten, aber so sehe ich das nun mal.

Zuletzt war es einfach nur Neugierde, die mich zur Teilnahme an dem Intelligenztest veranlaßte. Banale, dumme, grausame Neugierde, wie sie kleine Jungen dazu bringt, Fliegen die Flügel auszureißen. Ich absolvierte den Test in Paris, im Keller einer Schule für Maschinenbau ganz in der Nähe meines Apartments. Ich hatte mir überlegt, daß mein Ergebnis für sich genommen nichts bedeuten würde und ich eine Vergleichsperson brauchte, so daß Hugh ebenfalls an dem Test teilnahm. Meine Angst, er könne mich ausstechen, hatte sich durch eine Reihe jüngerer Vorkommnisse gelegt. Eine Woche zuvor, als wir Urlaub in Slowenien machten, hatte er eine Pizza bestellt, von der ihm der englischsprechende Kellner eindringlich abgeraten hatte. Der Belag bestand aus einer dicken Schicht Dosengemüse: Erbsen, Mais, Möhrenscheiben, Kartoffeln und gewürfelte Kohlrabi. Als der Kellner die wenig appetitliche Pizza an den Tisch brachte und ich das blanke Entsetzen in Hughs Gesicht sah, wußte ich, daß ich bei einem Test des gesunden Menschenverstandes die Nase vorn hätte. Ein paar Tage später erklärte er ohne eine Spur von Ironie, die Erfindung und die Geschichte des Schokoladenkekses könne den Stoff für ein spannendes Musical liefern. »Vorausgesetzt natürlich, man findet den richtigen Choreographen.«

»Ja«, sagte ich. »Sicher doch.«

Der Test, dem wir uns unterziehen sollten, war als Eignungstest für die Aufnahme in die »Mensa« konzipiert, einer internationalen Vereinigung von Leuten mit einem IQ von hundertzweiunddreißig und darüber. Die Mitglieder des Klubs kommen aus allen Bereichen der Gesellschaft und treffen sich alle paar Wochen, um gemeinsam ins Kino zu gehen oder Würstchen zu grillen. Sie sind sowas Ähnliches wie die Rotarier oder Freimaurer, nur eben daß sie klug sind. Durchgeführt wurde der Test von Madame Haberman, einer attraktiven französischen Psychologin, die selbst Mensa-Mitglied war. Sie erklärte, wir würden vier verschiedene Tests in einer jeweils vorgegebenen Zeit machen. Um für die Aufnahme in die Mensa in Frage zu kommen, müßten wir in allen vier Tests zu den jeweils besten zwei Prozent der Kandidaten gehören. »Also denn«, sagte sie. »Sind wir soweit?«

Ich kenne Leute, die schon vor mir einen Intelligenztest gemacht haben, und jedesmal, wenn ich sie bat, eine der gestellten Aufgaben zu wiederholen, starrten sie mich mit leeren Augen an und sagten: »Also weißt du, das waren so Multiple-Choice-Geschichten.« Unmittelbar nach meinem Test hatte ich große Schwierigkeiten, mich an irgend etwas zu erinnern, abgesehen von dem Gefühl unendlicher Erleichterung, das ich jedesmal verspürte, wenn die Zeit abgelaufen war und wir aufgefordert wurden, den Bleistift aus der Hand zu legen. Für die Tests gab es jeweils einzelne Bögen. Beim ersten wurde einem eine Reihe von drei Figuren gezeigt, und man mußte herausbekommen, welche der vier daneben abgebildeten Figuren die Reihe am besten ergänzte. Die Beispielaufgabe zeigte ein senkrecht stehendes Blatt, das sich nachfolgend immer weiter nach rechts zur Seite neigte. Es ist nicht nur die einzige Aufgabe, an die ich mich erinnern kann, sondern vermutlich auch die einzige, die ich richtig gelöst habe. Der zweite Test hatte etwas mit räumlichem Denken zu tun und bescherte mir eine Kopfschmerzattacke, die geschlagene vierundzwanzig Stunden anhielt. In Test drei sollten wir aus fünf Figuren jeweils zwei herausfinden, die nicht dazugehörten. Anschließend war erst einmal Pause, die wir oben auf der Straße verbrachten. Hugh und Madame Haberman redeten über ihren bevorstehenden Urlaub an der türkischen Mittelmeerküste, während ich noch ganz in der Testwelt versunken war. Fünf unscheinbare Schüler kamen die Straße entlangspaziert, und ich versuchte herauszufinden, welche zwei nicht dazugehörten. Ich stellte mir vor, wie ich auf die beiden Turnschuhträger zuging, und malte mir ihre Verwirrung aus, wenn ich ihnen die Hand auf die Schulter legte und sagte: »Ich muß euch bitten mitzukommen.«

Beim letzten Test ging es darum, das System in einer Anordnung von vier Dominosteinen zu erkennen und den fünften Stein entsprechend zu ergänzen. Es gab dazu seitenweise Aufgaben, die ich vielleicht gerade zur Hälfte schaffte. Wie gerne würde ich mich damit herausreden, daß es im Raum viel zu heiß war oder daß mir das ständige Banjo-Gezupfe von Madame Haberman auf die Nerven ging, aber so war es nicht. Nach den Statuten der französischen Mensa-Vereinigung waren sämtliche Aufgaben auf französisch, aber ich hatte jedes Wort verstanden. Das Resultat des Tests ging einzig und allein auf mein Konto.

Eine Woche nach dem Test wurden uns die Ergebnisse per Post zugeschickt. Hugh riet man, es noch einmal zu versuchen: Er liege knapp unter der Mensa-Qualifikationsmarke, aber Streß und andere äußere Faktoren könnten zu geringen Abweichungen führen. Mein Brief begann mit den Worten: »Sehr geehrter Herr Sedaris, wir bedauern, Ihnen mitteilen zu müssen ...«

Mir wird mitgeteilt, daß ich einfach zu dämlich bin, praktisch ein Idiot. Manche Katze bringt mehr Gewicht auf die Waage als ich IQ-Punkte. Würde mein IQ in Dollars ausbezahlt, bekäme ich dafür etwa drei Pappbecher mit Chicken Nuggets. Die Tatsache, daß ich darüber noch erstaunt bin, ist nur ein weiterer Beleg für meine bodenlose Dummheit.

Der Test untersuchte meine Fähigkeit zu logischem Denken. Entweder man hat sie, oder man hat sie nicht. Wer sie hat, besitzt einen hohen IQ. Wer sie nicht hat, greift zur Mayonnaise, wenn er das Insektenspray nicht finden kann. Als Hugh meine Bestürzung über mein Testergebnis bemerkte, erklärte er, jeder Mensch denke anders – und ich tue es nun mal entschieden weniger als der durchschnittliche Erwachsene.

»Mach dir nichts draus«, sagte er. »Und häng die ganze Geschichte einfach ein bißchen tiefer.«

Wie sollte ich widersprechen. Mein Geist will mit Logik nichts zu tun haben. Das war schon immer so. Wenn man mir erklärte, ich müßte mein Apartment bis zur kommenden Woche räumen, würde ich mich nicht umhören oder die Wohnungsanzeigen studieren. Statt dessen würde ich davon träumen, in einem Schloß aus Zuckerwürfeln zu wohnen und auf einem extragroßen fliegenden Teppich von Gemach zu Gemach zu schweben. Wenn mich etwas gerettet hat, dann der glückliche Umstand, einen Menschen gefunden zu haben, der sich erbarmt, mir das schmutzige Geschäft der alltäglichen Notwendigkeiten aus der Hand zu nehmen.

Hugh tröstete mich mit den Worten: »Nimm es dir nicht so zu Herzen. Es gibt so viele andere Dinge, die du gut kannst.«

Gebeten, ein Beispiel zu nennen, führte er Staubsaugen und Ausgestopfte-Tiere-Bestimmen an. Er sagte, ihm fiele vermutlich noch mehr ein, ich müsse ihm nur etwas Zeit geben.

# *Nachtprogramm*

Ich erwäge, ein Mäntelchen für meinen Radiowecker anzufertigen. Nichts Extravagantes, nichts für die Ewigkeit, einfach was Bequemes zum Überziehen in den frühen Morgenstunden. Mir liegt nicht daran, das Gehäuse mit der Farbe der Vorhänge abzustimmen oder den Wecker nach etwas aussehen zu lassen, was er nicht ist. Das Problem ist nicht, daß mein Radiowecker sich irgendwie nackt fühlte, das Problem ist, daß ich die herzlose Art, in der bei dem Modell die Zahlen vorwärtsspringen, einfach nicht ertragen kann. Die Zeit fliegt nicht – sie flappt, wobei die Ziffern sich auf einem Rad drehen, das stark an das Getriebe einer Streckbank erinnert.

Die ersten zwanzig Jahre meines Lebens schaukelte ich mich nachts in den Schlaf. Es war ein vergleichsweise harmloses Hobby, aber zuletzt mußte ich doch Abschied davon nehmen. In den nächsten zweiundzwanzig Jahren blieb ich still liegen und stellte fest, daß ich binnen weniger Minuten problemlos einschlief. Es ist schon erstaunlich, wie der Schlaf fast von selbst kommt, wenn man sich zuvor sieben Biere, zwei Scotch und ein Fingerhutvoll gutes Marihuana genehmigt. Oft schaffte ich es nicht einmal mehr bis ins Bett. Ich hockte mich auf den Boden, um die Katze zu kraulen, und wachte acht Stunden später auf – mit einem guten Grund weniger, mal die Wäsche zu wechseln. Heute sagt man mir, in dem Fall rede man nicht von »einschlafen«, sondern von »umkippen«, ein Ausdruck, in dem ein unüberhörbarer Anflug von Vorwurf mitschwingt.

Im Zug eines perversen und unsäglich langweiligen Experiments versuche ich inzwischen zu beweisen, daß ich auch ohne Drogen und Alkohol auskommen kann. Die ersten Monate waren hart, aber dann stellte ich fest, daß man tatsächlich ohne diese Dinge leben *kann*. Es ist zwar nur der billige Abklatsch eines Lebens, aber rein technisch gesehen kann man nicht meckern. Mein Herz arbeitet weiterhin regelmäßig. Ich kann mir Socken überziehen und Eis machen; nur schlafen kann ich nicht.

Ich bin nie früh zu Bett gegangen und habe auch nicht vor, meinen Lebensrhythmus zu ändern. Gegen elf habe ich immer einen kleinen Durchhänger, den ich gewöhnlich mit größeren Mengen Alkoholika überwunden habe. Ich bin es gewohnt, ständig ein Glas oder eine Dose in der Hand zu halten und etwa alle dreißig Sekunden an die Lippen zu führen. Dabei scheint es sich um eine Angewohnheit meiner rechten Hand zu handeln, die ihr einfach nicht auszutreiben ist.

Nachdem ich zuvor entschieden hatte, das Wort »koffeinfrei« nie in den Mund zu nehmen, begann ich mich nach neuen Getränken umzusehen. Auf meiner enttäuschenden Suche lernte ich, daß Tomatensaft ohne den Segen von Wodka reine Zeitverschwendung ist. Selbst wenn man ihn in Flaschen kauft, er schmeckt immer noch nach Dose. Weiter lernte ich, daß ich von Soda Magendrücken bekomme, von Traubensaft Kopfschmerzen und daß nichts so eklig schmeckt wie ein Glas Milch, ganz besonders französische Milch, die im Tetrapack verkauft wird und ungekühlt fünf Monate haltbar ist, wonach sie sich automatisch in Käse verwandelt und im Supermarkt das Regal wechselt.

Nach einem ebenso kurzen wie unerquicklichen Flirt mit Wasser, versetzt mit einem Spritzer Zitrone, landete ich schließlich bei Tee, den ich als Wachmacher nie auf eine Stufe mit Kaffee gestellt hätte. Ich gehöre auch nicht zu denen, die von einem »Zuckerschock« schwafeln oder behaupten, sie könnten den unmittelbaren Effekt einer Vitamintablette spüren. Auch ohne in besonders enger Tuchfühlung mit meinem Körper zu stehen, habe ich festgestellt, daß Tee, in größeren Mengen genossen, durchaus ernst zu nehmen ist. Man muß nur einmal ein Dutzend Tassen gegen elf Uhr abends trinken, um nachhaltig den Unterschied zwischen zu Bett gehen und schlafen gehen zu erfahren. Selbst wenn man soviel Glück hat, das Bewußtsein zu verlieren, muß man doch alle halbe Stunde raus und die Blase entleeren.

Hier liegt also mein neues Ich. Es ist 5:48 Uhr morgens. In meinem Kopf entwerfe ich ein Mäntelchen für meinen Radiowecker, während ich so vollgepumpt mit Koffein bin, daß meine Kopfhaut juckt. Ein Buch zu lesen oder ein Kreuzworträtsel zu lösen käme dem Eingeständnis einer Niederlage gleich, und zudem weiß ich, daß, wenn ich meinem Willen freien Lauf lasse, er vermutlich den kürzesten Weg zur Hausbar sucht. Anstatt meine unregelmäßigen Verben zu lernen oder den Tag sinnvoll zu planen, vertreibe ich mir die Zeit mit einer meiner aktuellen, sich immer weiter entwickelnden Phantasien. Es handelt sich dabei um so etwas wie ausgedehnte Tagträume, denen ich normalerweise unterwegs in der Stadt oder in der Schlange vor der Supermarktkasse nachhänge. Sie sind wie Filme, die ich umschreibe, ausschmücke und immer wieder betrachte, wobei ich die Rollen der Bösewichter laufend neu besetze und kleinere Details auf den neuesten Stand bringe. Mein Repertoire, mit dem ich mehr als genug zu tun habe, umfaßt gegenwärtig die folgenden drei Titel:

### *Mr. Science*

In der Abgeschiedenheit meines Kellerlabors erfinde ich ein Serum, das Bäume zehnmal schneller wachsen läßt, was bedeutet, daß jemand einen Schößling pflanzen und bereits im kommenden Jahr das erste Obst ernten oder unter seinem Schatten sitzen kann. Es ist eine wahrhaft geniale Erfindung. Niemand will darauf warten, daß ein Baum wächst – darum pflanzt auch kaum noch wer Bäume; es scheint schlichtweg zwecklos. Bis sie halbwegs groß geworden sind, ist man entweder längst tot oder ins Altersheim gekommen.

Meine Bäume wachsen in den ersten zwei bis fünf Jahren mit rasender Geschwindigkeit, um sich danach auf ein normales Wachstum einzupendeln, und sie sind ein Wahnsinnserfolg. Parks entstehen wie aus dem Nichts. Städte und Neubausiedlungen verändern quasi über Nacht ihr Gesicht, und die von Hurricane gebeutelten Bundesstaaten errichten Statuen zu meinen Ehren. Frustrierte Eltern probieren mein Serum an ihren Kindern aus, doch bei Menschen zeigt es keine Wirkung. »Tut mir leid«, sage ich, »es gibt nun mal kein Mittel, sich um die Zeit der Pubertät herumzudrücken.« Holzfäller und Umweltschützer verehren mich gleichermaßen, nur einige Wissenschaftler aus der dritten Reihe machen Stunk, indem sie das Gerücht verbreiten, die Blätter meiner Bäume hätten bei Labortieren Krebs verursacht. Im Handumdrehen entwickle ich ein Mittel gegen Krebs, nur um ihnen ins Gesicht sagen zu können: »Wie waren noch mal die Vorwürfe gegen mich?«

Jede Nacht erhält Mr. Science ein neues Aussehen. Manchmal bin ich groß und hellhäutig. Ein anderes Mal dunkel und gedrungen. Unverändert bleibt allein mein dichtes, glattes Haar, dessen Pony mir bis zur Unterlippe reicht, wenn ich nach dem Tauchen den Kopf aus dem Wasser stecke. Ich trage es streng nach hinten gekämmt, aber ab und an löst sich eine Strähne und fällt mir wie ein Peitschenriemen ins Gesicht. Meine Züge signalisieren äußerste Konzentration, das Antlitz eines Mannes, der sich seit Ewigkeiten einer alten Schließfachnummer zu erinnern versucht. Als ich meinen ersten Nobelpreis in Empfang nehme, bin ich so in Gedanken versunken, daß der Peacenik neben mir mich mit dem Ellbogen anstoßen und mir leise zuflüstern muß: »Hey, Kumpel, ich glaube, die haben deinen Namen aufgerufen.«

Manchmal lasse ich mich von glücklich geheilten Krebspatienten zum Diner einladen, doch ansonsten ziehe ich es vor, ungestört zu bleiben und den sich auf meinem Schreibtisch auftürmenden Berg offizieller Einladungen zu ignorieren. Ohne großes Aufhebens darum zu machen, entwickle ich Heilmittel gegen Aids und Emphyseme, so daß die Menschen sich wie früher nach einer wüsten Runde Analverkehr ganz locker eine Zigarette anstecken können. Es gibt jede Menge Gerede darüber, »das Rad der Zeit wird zurückgedreht«, vornehmlich von Leuten, die so oder so nicht davon betroffen sind. Psychologen verkünden auf sämtlichen Fernsehkanälen, unsere geheilten Aids- und Krebspatienten benötigten dringend psychologischen Beistand. »Wir müssen diesen Leuten zeigen, daß nichts dabei ist, daß sie weiterleben«, heißt es. Ihre Botschaft löst allenfalls schallendes Gelächter aus, genauso wie die Flut von Büchern mit Titeln wie *Die Scham überwinden, zu genesen* oder *Remission Impossible: Der Identitätskonflikt in einer Gesellschaft ohne Krebs!* Nachdem sie dem Unfug jahrzehntelang aufgesessen sind, entscheiden die Amerikaner, sie hätten lange genug unter grundlosen Ängsten gelitten. Antidepressiva geraten aus der Mode, während schmutzige Witze ihr längst überfälliges Comeback erleben.

Ich heile Paralyse, weil ich es leid bin, Skateboarder die Rollstuhlrampen hinunterflitzen zu sehen, und ich heile Muskeldystrophie, um endlich Schluß mit dem Jerry-Louis-Telethon zu machen. Nachdem ich die Debilität abgeschafft habe, damit niemand mehr eine Ausrede hat, einen Film nach einer TV-Vorlage zu drehen, finde ich als persönliches Dankeschön an einige meiner Lieblingsstars Heilmittel gegen Diabetes, Herpes und Parkinson. Schließlich erfinde ich noch eine Tablette, die Meerwasser genießbar macht, und eine weitere, die die Wirkungen von zwölf Tassen Tee oder sieben Bier und zwei Scotch neutralisiert.

Sämtliche Entdeckungen machen Schlagzeilen, aber den größten Wirbel gibt es um eine Seife, die alte Haut wieder jung macht. Man muß sich lediglich im Bad oder unter der Dusche mit meinem Produkt einseifen, es drei Minuten einwirken lassen, um nach dem Abspülen fünfundzwanzig Jahre jünger auszusehen. Die Wirkung hält drei Tage an, doch kann die Behandlung beliebig oft wiederholt werden. Obwohl die Seife sündhaft teuer ist, muß natürlich jeder über vierzig sie haben. Über Nacht sehen Altersheimbewohner aus wie sonderbar gekleidete Schulabgänger, während zauberhafte Frauen mit Inkontinenzwindeln sehr langsam Auto fahren und mit ihren Einkaufswagen die Gänge im Supermarkt blockieren. Besonders gerne male ich mir die durch mein Produkt gestifteten Verwicklungen aus: den ungläubigen Blick des unverjüngten Single, wenn die neue Flamme ihr Gebiß im Wasserglas neben dem Bett deponiert, oder der Achtzigjährige mit dem Milchbubi-Gesicht, der vergessen hat, daß er auf der Silvesterparty als Väterchen Zeit auftreten will. Längst verflossene Schönheitsköniginnen streiten erneut um die Krone, ohne daß irgendwer etwas merkt, bis der Talentwettbewerb ansteht und sie »Sonny Boy« oder »Das ist die Liebe der Matrosen« zum besten geben.

Leider funktioniert meine Seife nicht bei jedem. Wer in der Vergangenheit wiederholt die Dienste der kosmetischen Chirurgie in Anspruch genommen hat – die Augenlider geliftet, die Fältchen mit Collagen aufgefüllt –, bekommt durch meine Kur ein groteskes Katzengesicht, in der Art jener Aliens, die angeblich in Roswell, New Mexico, gesichtet wurden. Aus Gründen, die sich der medizinischen Forschung entziehen, versagt das Mittel auch bei Angehörigen bestimmter Berufsgruppen, etwa bei den Herausgebern von Modejournalen. Ein Leben lang haben diese Menschen jugendliche Schönheit gepredigt und jedem über Dreißig das Gefühl vermittelt, ein ständiges Ärgernis zu sein. Jetzt, wo es zu spät ist, schwenken sie um und wollen Leberflecken als Renner der Saison verkaufen. »Die Alten sind die Jugend von heute«, lautet der neue Slogan, aber niemand interessiert sich mehr dafür. Mitarbeiter beim Fernsehen sind ebenfalls ausgeschlossen, besonders diejenigen, die Sendungen von Sonntagabend um acht auf Mittwoch um halb zehn, danach zurück auf Sonntag und zuletzt auf Donnerstagvormittag verschieben, weil sie dadurch ein paar zusätzliche Werbespots für Erfrischungsgetränke oder Chips unterbringen können. Als sie mich flehentlich ersuchen, doch um Himmels willen auch etwas für sie zu erfinden, entwickle ich eine Neuauflage des saublöden Plastikvogels, der unablässig auf der Stelle wippt und dabei seinen Schnabel in ein Wasserglas taucht. Meine Version funktioniert genau wie die alte, nur hat mein Vögelchen – man halte sich bitte fest – eine Sonnenbrille auf!

Mit dem Erlös meiner zahllosen Erfindungen baue ich mir mein eigenes Raumschiff und entdecke einen neuen Planeten, der fast so aussieht wie die Erde und in knapp zwanzig Minuten zu erreichen ist. Meine neue Welt treibt den Immobilienspekulanten und multinationalen Konzernen den Schaum vor den Mund. Genußvoll male ich mir unsere Treffen aus, bei denen sie mich davon zu überzeugen versuchen, warum das Universum Filialen von Pizza Hut oder einen Disney-Park braucht. Eine Zeitlang halte ich sie hin und höre mir ihre Pläne an, bevor ich zu bedenken gebe, der jüngst auf den Namen »Fickt-euch-ins-Knie-ihr-Sackgesichter« getaufte Planet sei möglicherweise nicht für jeden da.

Obwohl ich nur noch einen Sieg vom Weltmeistertitel im Schwergewicht entfernt bin, fragen die Leute noch immer: »Wer *ist* dieser Typ?« Wer mich einem Phantomzeichner bei der Polizei beschreiben sollte, würde vermutlich mit der Nase anfangen. Die Nasenspitze zeigt nicht unbedingt nach oben wie bei einer Himmelfahrtsnase; aber wer unmittelbar vor mir steht, wird bemerken, daß meine Nasenlöcher vorstehen und seltsam ausdrucksstark sind, wie ein zweites kleineres Augenpaar, das über meine untere Gesichtshälfte wacht, die Heimat meiner vollen Lippen und meines makellos weißen Gebisses.

Wenn der Phantomzeichner sich an meine Augen macht, wird man einen Schritt zurücktreten und sagen: »Nein, tut mir leid, die sind vollkommen anders.« Nach weiteren vier oder fünf mißglückten Versuchen wird der Zeichner die Geduld verlieren und bemängeln, »gefühlvoll« sei keine genaue physiognomische Beschreibung. Die Schwierigkeit liegt in dem Bemühen, meine Augen von meinen Brauen zu trennen, die den Ausdruck meines Gesichts ungefähr in der gleichen Weise verändern, in der unterschiedliche Satzschlußzeichen die Bedeutung eines Satzes verändern. Da gibt es das Ausrufezeichen, das ich immer dann aufsetze, wenn ich von Paparazzi erwischt werde, das Fragezeichen, den Punkt, wenn ich es ernst meine, den Gedankenstrich, das gedankenschwere Semikolon und die drei aufeinanderfolgenden Punkte, auf die ich baue, wenn ich grob unterbrochen wurde oder nach dem richtigen Wort suche. Die Augenbrauen arbeiten im Team mit meinem pechschwarzen Haar, das irgendwo zwischen lockig und wellig liegt und nach der Erfindung eines eigenen Ausdrucks ruft.

»Es ist... lollig«, würde man sagen. »Wie ein Sturm auf hoher See, wenn das Meer statt aus Wasser aus Haar wäre.«

Wenn der Phantomzeichner daraufhin den Bleistift hinwirft, wird man rasch ergänzen: »Also gut, wie wär's damit: Er sieht ein bißchen so aus wie der Typ, der in *Liebe, Lüge, Leidenschaft* den Cord Roberts gespielt hat. Oder, nein, ich nehm's wieder zurück. Er sieht *ex-akt* so aus wie der Typ, der in *Liebe, Lüge, Leidenschaft* den Cord Roberts gespielt hat. Ist Ihnen *das* anschaulich genug?«

Es ist einigermaßen überraschend, daß ich ein ernsthafter Anwärter auf den Weltmeistertitel im Schwergewicht bin, nicht, weil ich zu langsam oder zu schmächtig wäre, sondern weil ich ein relativer Newcomer in diesem Sport bin. Zuvor war ich stinknormaler Medizinstudent in Yale und hätte mir niemals träumen lassen, einmal zu boxen, bis ich keinen Platz im Seminar für Endotracheale Intubation bekam und mich statt dessen für einen Box-Kurs einschrieb. Der Dozent erkannte mein außergewöhnliches Talent, ließ mich bei ein paar regionalen Kämpfen antreten, und so führte eins zum anderen. Ich machte eine gute Figur im Kapuzen-Sweatshirt, und als man mich fragte, ob ich Profi werden wolle, sagte ich: »Okay. Warum nicht?«

Bei dieser Phantasie achte ich darauf, allzu deutliche Parallelen mit *Rocky I-IV* zu vermeiden. Ich renne nie durch New Haven oder schlage mit den Fäusten in die Luft. Genausowenig gebe ich mich mit leichten Mädchen ab oder begrüße Freunde mit einem unorthodoxen Handschlag. Vor allen Dingen aber hält mich nie jemand für einen Underdog. Man muß bestimmte Ziele haben, um diesen Titel zu verdienen, wohingegen mir offen gestanden alles scheißegal ist. Für mich ist das Boxen lediglich ein

Zeitvertreib, bis ich mein Medizinexamen in der Tasche habe und mein AIP antrete. Die Box-Welt fühlt sich von meinem offenkundigen Mangel an Leidenschaft geprellt, doch die Presse liebt mich. Die Berichterstatter sind völlig außer sich, weil ich Weißer bin und sie in ihren Artikeln ihre rassistischen Vorurteile rauslassen können, ohne sich offen dazu bekennen zu müssen. Menschen, denen normalerweise jeder Gedanke an Gewalt fremd ist, sind plötzlich bereit, eine Ausnahme zu machen. Selbst die Mennoniten rennen in die Wettbüros und beantragen Mitgliedschaft beim Pay-TV.

Fünf Tage vor dem Titelkampf findet die Öffentlichkeit heraus, daß ich einen Freund habe, der vielleicht nicht ganz wie Hugh aussieht, aber definitiv genauso gut kocht. Ich habe meine Homosexualität nie verheimlicht. Ich habe nie gelogen oder die Frage absichtlich umschifft, es hat mich einfach nie jemand offen danach gefragt. Für mich war es nie ein Staatsakt, aber die Neuigkeit scheint schlagartig alles zu verändern. Die, die mich zuvor liebten, weil ich ein Weißer war, fühlen sich nun betrogen. Sie hatten mich zu ihrem Repräsentanten auserkoren. Ich sollte in ihrem Namen einen Schwarzen vermöbeln, doch jetzt wissen sie nicht mehr, zu wem sie halten sollen. Was ist wichtiger, meine Hautfarbe oder meine sexuelle Präferenz?

Die Frage wird beantwortet, als Haßbriefe und Wagenladungen Stiefmütterchen vor meinem Trainingslager abgeladen werden, dem winzigen Refugium, wo ich Tau springe und dabei Vorlesungen über Koronarkollateralisation und Bandwurminfektionen auf Kassette höre. Beide Themen gehören nicht zu meinen Studienschwerpunkten, aber wie ich den Reportern vom *Ring*-Magazin mitteile: »Ich halte mich gern auf dem laufenden.«

Durch eine Klausel meines Vertrags bin ich dazu verpflichtet, Barbara Walters vor dem Fight ein Interview zu geben, was ich auch mache. Die ersten Minuten verlaufen in etwa so, wie ich es erwartet habe. »Was würden Sie tun, wenn Sie sich an einer Erdnuß verschluckten? Zeigen Sie uns doch bitte, wie ein echter Champ den *Heimlich*-Handgriff durchführt.«

Nachdem wir das übliche Geplänkel hinter uns haben, setzen wir uns rüber aufs Sofa, wo sie ihre Hände faltet und fragt, ob mir mein Comingout schwergefallen sei.

In dem Moment weiß ich, daß ich Barbara Walters ganz bestimmt nicht helfen würde, wenn sie sich an einer Erdnuß verschluckte. Ich hasse die Art, in der das Wort *out* sexuell aufgeladen und für alles in Dienst genommen wird, was irgendwie mit Schwulsein zusammenhängt. Wenn *out* als Verb benutzt wird, fange ich gleich an zu hyperventilieren. Wenn die einen »geoutet« werden, müßten da nicht andere »geinnt« werden? Kann man sagen, jemand sei »geübert« oder »geuntert« worden?

Mein Interview mit der schwulen Presse verläuft in einem ähnlich gereizten Ton. »Nein«, erkläre ich, »ich werde nicht in eine regenbogenfarbene Flagge gehüllt in den Ring steigen.« Ich muß im Ausland gewesen sein, als sie sich darauf festgelegt haben. Anstelle des Regenbogens, der mir gänzlich verhaßt ist, hätte ich viel lieber einen Totenkopf und zwei gekreuzte Knochen gehabt. Im Grunde verstehe ich nicht, warum ich überhaupt für irgendwen kämpfen muß. Wie wär's denn, wenn mal jemand den Weltmeistertitel im Schwergewicht für Hippokrates holte? Ohne es zu wollen, verscherze ich es mir bei so ziemlich allen, ausgenommen den Endokrinologen, und selbst unter denen fühlen sich einige durch eine Bemerkung bezüglich der Blutkalziumwerte bei Hypoparathyreoidismus ans Bein gepinkelt.

Es dürfte sich von selbst verstehen, daß ich den amtierenden Champion besiege, aber für das Geschehen im Ring habe ich mich nie groß interessiert. Ich blute ein bißchen, der andere Typ blutet viel, und das war's auch schon.

Wenn ich gar nicht einschlafen kann, schlage ich die Zeit damit tot, meinen Trainer und den genmanipulierten Hugh immer wieder neu zu besetzen. Anschließend feile ich noch ein wenig an meiner Rücktrittsrede und richte das Wartezimmer meiner Arztpraxis ein.

### *Ich habe ein Geheimnis*

Ich bin eine hübsche, etwas pummelige Praktikantin, die eine kurze Affäre mit dem Präsidenten der Vereinigten Staaten hatte. Ohne eigenes Zutun geraten die Details an die Presse, so daß binnen Stunden Aufkleber mit der Aufschrift WIR SCHÄMEN UNS! oder EIN AMERIKANER, DER VON SEINEM PLAYBOY-PRÄSIDENTEN ANGEWIDERT IST verkauft werden.

Meine Freunde und meine Familie sind schockiert, als sie hören, daß ich Sex mit einem der mächtigsten Männer der Welt hatte. »Warum hast du uns nichts gesagt?« fragen sie, obwohl sie genau wissen, wie dumm ihre Frage ist. Schon immer hat man mich dafür bewundert, Geheimnisse für mich behalten zu können. In der High School hatte ich ein Baby, von dem die ganze Zeit niemand etwas erfuhr. Ich brachte das Kind im Wald hinter meinem Haus zur Welt und gab es zur Adoption frei, sobald ich mich saubergemacht hatte. In Wirklichkeit habe ich den Jungen in einem Karton vor der Tür des Adoptionsbüros abgestellt. Aber es war ein bequemer Karton, mit Decken ausgelegt, und ich blieb so lange in der Nähe, bis sie das Kind entdeckt und ins Haus geholt hatten. Ich bin nicht herzlos, ich wollte nur keine Spur aus Zeitungsschnipseln zurücklassen und mich nachher sorgen müssen, das Kind würde größer werden und eines Tages bei mir vor der Tür stehen, um sich auf meinen Wunschzettel für Weihnachten setzen zu lassen.

Bevor es in die Schlagzeilen kam, hatte ich fast vergessen, daß ich eine Affäre mit dem Präsidenten hatte. Es ist nicht so, daß ich von Bett zu Bett hüpfe, aber einmal abgesehen von der Tatsache, daß es sich um den Präsidenten handelte, war es keine furchtbar denkwürdige Beziehung. Ich sitze zu Hause, taue den Kühlschrank ab und sehe fern, als mein Präsident eine lausige Rede über Erziehung unterbricht und sagt: »Ich hatte niemals Sex mit dieser Frau.«

Pfui Spinne. *Na gut*, denke ich, *da habe ich vielleicht einen Fehler gemacht. Er ist offenbar nicht der Mann, für den ich ihn gehalten habe.* Als ich gerade neues Wasser in die Eiswürfelschale fülle, geht mir plötzlich auf, daß mein altes Leben damit offiziell vorbei ist. In sechzig Jahren wird irgendein Arzt seinen Freunden erzählen, er habe soeben dem Mädchen, das damals Sex mit dem Präsidenten hatte, eine neue Hüfte eingesetzt. Genau so werden sie mich von heute an nennen, also ist es wohl das beste, selbst mit gutem Beispiel voranzugehen. Dazu werde ich mich meiner besten Eigenschaften entsinnen und dem Land das geben, was es nötig hat, anstatt das, was es sich wünscht.

Da mein Haus von Reportern umlagert wird und ich nirgendwo hinkann, bestelle ich bei einem Heimwerkermarkt mit Lieferservice Farbe, um mein Apartment zu streichen. Noch während ich damit beschäftigt bin, die komplizierten Stellen hinter der Heizung zu streichen, erscheint ein juristischer Berater und erklärt, eine Gefängnisstrafe abzuwenden, wenn ich mich kooperationsbereit zeige. »Das ist ja was ganz Neues«, sage ich. »Seit wann muß man denn ins Gefängnis, bloß weil man Sex mit dem Präsidenten der Vereinigten Staaten hatte?« Ich erzähle dem Berater genau das, was ich auch allen anderen erzählt habe, nämlich nichts. Danach streiche ich die Wand hinter der Heizung, esse meinen letzten Karamelriegel und nehme anschließend fünfundzwanzig Pfund ab.

Als man mir rät, einen guten Anwalt zu nehmen, bitte ich um einen Pflichtverteidiger, wer, sei mir völlig egal. Warum soll ich mir bis zum Ende meines Lebens Anwaltskosten ans Bein binden? Ich sage weder etwas zu den staatlichen Ermittlern noch zu den Reportern, die mich anrufen oder mir exotische Blumengebinde schicken, in der Hoffnung, ich werde ihnen ein Interview gewähren oder sonst etwas herauslassen. Sie behaupten, früher oder später würde ich reden, und es freut mich zu wissen, wie falsch sie liegen. Bis ans Ende meiner Tage werde ich nicht auch nur ein Wort über meine unselige Affäre mit dem Präsidenten verlieren. Ich werde nicht einmal mehr den Namen dieses Mannes in den Mund nehmen. Sollte in einem Kreuzworträtsel danach gefragt werden, werde ich die Kästchen freilassen und die Begriffe drum herum eintragen. Er kann soviel erzählen, wie er will, irgendwer muß schließlich ein wenig die Contenance wahren.

Mein Pflichtverteidiger meint es nur gut, aber ich werde unter keinen Umständen in einem Outfit von Liz Clairbone in den Zeugenstand treten. Er hat vor, mir das Image einer unscheinbaren Konservativen zu verpassen, Gott bewahre! Ich würde eher freiwillig auf den elektrischen Stuhl gehen, als vor der gesamten Welt wie eine C&A-Abteilungsleiterin zu erscheinen. Da halte ich mich doch lieber an die Szene aus *Vom Winde verweht*, wo Scarlett zum Besuch von Miss Melanies Geburtstagsfeier gezwungen wird. Kurz zuvor hat man sie mit Ashley hinterm Holzlager erwischt, und die ganze Stadt zerreißt sich das Maul darüber. Wenn sie könnte, würde sie zu Hause bleiben, aber Rhett Butler zwingt sie, in einem Kleid zu erscheinen, das *schuldig* schreit, aber gleichzeitig so umwerfend aussieht, daß man sich fragt, warum sie sich überhaupt so weit herabgelassen und mit Ashley Wilkes abgegeben hat.

In Anbetracht der zu erwartenden Aufmerksamkeit will jeder berühmte Modedesigner mich für den Auftritt vor der Grand Jury ausstatten. Zuletzt entscheide ich mich für einen jungen, noch völlig unbekannten Briten, dessen dezent extravagantes, großartig geschnittenes Kostüm meine neue Wespentaille hervorhebt. Meine Auswahl an Schmuck trifft genau die richtige Mischung aus Selbstsicherheit und Überheblichkeit und macht das Publikum zu einer Versammlung lüsterner Karrieristen und schockierter Anstandsdamen. Von dem Augenblick an, da ich den Gerichtssaal betrete, zweifelt niemand, daß ich die kühnste und bezauberndste Frau der Welt bin. Als ich in den Zeugenstand gerufen werde, sage ich nichts außer meinem Vor- und Nachnamen. Die Sitzungsprotokolle halten fest, daß die Antwort auf alle nachfolgenden Fragen »Sie machen wohl Scherze« oder »Ich sehe offen gesagt nicht, was Sie das angeht« lautet. Der Richter verachtet mich, wohingegen die Mode-Presse anerkennend bemerkt, meine Jacke habe weder gespannt noch Wellen geschlagen, als ich mit Handschellen hinter dem Rücken vorgeführt wurde.

Ich weiß nicht, wieviel Jahre sie jemandem aufbrummen können, der sich weigert, die Details einer Affäre zu enthüllen, aber ich denke, es können nicht mehr als ein oder zwei sein. Ich sitze meine Zeit in aller Stille ab, aber ich halte alle jene höflich auf Distanz, die von meiner Freundschaft profitieren wollen. Die Tatsache, daß der Präsident mich ins Gefängnis marschieren ließ, stößt vielen übel auf, und immer wieder versuchen Leute, die vermeintliche Quelle meiner aufgestauten Wut anzuzapfen. Doch auch jetzt bleibe ich stumm. Meine Zurückhaltung macht mich zu einer raren Ausnahmeerscheinung, einer Ikone. Mein Name wird zu einem feststehenden Begriff, nicht für eine billige Sex-Nummer, sondern für eine Frau, die außerordentliche Würde beweist, die zugleich schön, geheimnisvoll und ein bißchen gefährlich ist.

Nach meiner Entlassung aus dem Gefängnis veröffentliche ich unter Pseudonym einen Roman. Das Buch ist Wort für Wort identisch mit *Lolita*, aber ich kann das Buch trotzdem schreiben, weil Vladimir Nabokov, im Reich meiner Phantasie, nie existiert hat. Das Buch ist so großartig, daß es einen Riesenwirbel auslöst. Reporter setzen sich auf die Fährte des Autors; als sie mir auf die Schliche kommen, denke ich: *Ja, zum Donnerwetter, haben diese Leute eigentlich nichts Besseres zu tun?* Ich stehe nun im Ruf eines würdevollen Enigmas *und* eines Genies, aber ich will nicht, daß die Leute *Lolita* lesen, nur weil ich es geschrieben habe. Mein Meisterwerk wird durch ihre sinnlose Suche nach einem verborgenen autobiographischen Subtext herabgesetzt, so daß ich das Schreiben wieder aufgebe, von dem Geld lebe, das ich durch geschickte Börsenspekulationen gewonnen habe, und für den Rest meiner Tage ein zurückgezogenes Leben führe und nur noch mit Profi-Fußballern schlafe.

Beim Durchgang durch alle drei Episoden fallen einem unweigerlich einige Gemeinsamkeiten ins Auge. Das Aussehen scheint genauso von Bedeutung zu sein wie die Fähigkeit, eine große Zahl Menschen, offenbar immer Amerikaner, aufzuklären, zu enttäuschen oder zu beherrschen. In einer Stadt, in der jede Frau über Fünfzig blonde Haare hat, würde meine Mr. Science-Wunderseife die Pariserinnen in Schlangen bis nach Bethlehem anstehen lassen. Aber ich habe kein Interesse, die Franzosen zu manipulieren. Ich fühle mich ihrem Wertesystem nicht verbunden. Da es sich nicht um meine Landsleute handelt, ist ihr imaginiertes Lob wie ihre imaginierte Verdammung für mich gleichermaßen bedeutungslos. Paris, so scheint es, ist der Ort, wo ich von Amerika zu träumen begonnen habe.

Meine ausgefeilten Tagträume tun immer sehr großherzig, sind es aber nicht wirklich. Ich gebe den einen, damit ich es anderen vorenthalten kann. Es ist schön, die Leukämie zu besiegen, aber unendlich befriedigender ist die Vorstellung, wie die Opportunisten, die durch meine Weigerung zu kooperieren vor den Kopf gestoßen werden, angekrochen kommen. Indem ich mich als bescheiden, geheimnisvoll und hochintelligent darstelle, muß ich gleichzeitig der Wahrheit ins Gesicht sehen, im tatsächlichen Leben keine dieser Eigenschaften zu besitzen. Niemand träumt von Dingen, die er bereits hat. Ich bin mir nicht sicher, was unwahrscheinlicher ist: die Chance, einmal mit dem Präsidenten zu schlafen, oder die Hoffnung, eines Tages zu lernen, ein Geheimnis für mich zu behalten.

Es gibt noch andere Phantasien, in denen es um magische Kräfte, unermeßlichen Reichtum und die Fähigkeit zu singen und zu tanzen geht. Obwohl ich die Mafia hypnotisieren und Tote nach Belieben auferstehen lassen kann, ist es mir ganz offensichtlich nicht gegeben, die Ringe unter meinen Augen zum Verschwinden zu bringen. Meine Geschichten bringen mir nicht den Schlaf, sie gestatten mir nur die Vorstellung, ein anderer zu sein, jemand, der nicht mit geweiteten Augen auf einer schweißgetränkten Matratze liegt, die Minuten dahinflappen sieht und auf das Heraufdämmern eines weiteren Tags ohne Alkohol wartet.

# *Ich esse, was der da trägt*

Wir sitzen in einem netten Restaurant in Paris, essen zu Abend, und mein Vater erzählt eine Geschichte. »Und dann«, sagt er, »entdeckte ich dieses braune Dingsda in meinem Koffer und steckte es mir in den Mund, weil ich es für ein Stück Keks hielt.«

»Hatten Sie denn Kekse eingepackt?« fragt meine Freundin Maja.

Mein Vater betrachtet diese Frage als irrelevant und wischt sie mit einer Bemerkung beiseite: »Nicht, daß ich wüßte, aber ist doch auch egal.«

»Sie fanden also dieses Ding in Ihrem Koffer und haben es sich gleich in den Mund gesteckt?«

»Na klar«, sagt er. »Was denn sonst? Aber die Sache ist ...«

Er fährt mit seiner Geschichte fort, doch seine Zuhörer, mit Ausnahme meiner Schwestern und mir, kauen noch an einer Frage herum, die sich jeder vernunftbegabte Mensch einfach stellen muß. Warum steckt sich ein erwachsener Mann einen unbekannten Gegenstand in den Mund, noch dazu, wenn er von brauner Farbe ist und in einem selten benutzten Koffer entdeckt wird? Eine wirklich berechtigte Frage, die teilweise beantwortet wird, als der Kaffee kommt und mein Vater eine Handvoll Zucker in seiner Sakkotasche verschwinden läßt. Hätten meine Freunde die schwarze Banane auf meinem Bett gesehen, hätten sie die Geschichte meines Vaters vielleicht verstehen und um ihrer selbst willen genießen können. So allerdings war zuerst eine Erklärung vonnöten.

Solange ich mich zurückerinnern kann, hat mein Vater gesammelt. Er sammelt Geld, er sammelt knorrige Wurzelstücke, die entfernt an die Gesichter von berühmten Leuten erinnern, vor allem aber sammelt er Eßbares. Kirschtomaten, Löffelbiskuits, die Oliven aus fremden Martinigläsern; alle diese Dinge versteckt er an seltsamen Orten, bis sie vergammelt sind. Und dann ißt er sie.

Lange Zeit hielt ich dies für allgemeinen griechischen Brauch, bis ich merkte, daß unser Wagen der einzige auf dem Parkplatz vor der Kirche war, den ständig Bienen umschwärmten. Mein Vater hatte Pfirsiche im Kofferraum versteckt. Er versteckte Feingebäck im Werkzeugschuppen und in der Waschküche und wunderte sich nachher, wo die vielen Ameisen herkamen. Selbst heute muß man nur das Schränkchen im Badezimmer meiner Eltern öffnen, um auf abgelaufene Sechserpackungen *Sego* zu stoßen, ein nach Kreide schmeckender Diät-Milchshake, der in den sechziger Jahren sehr beliebt war. Umgeben von zerlaufenen Nektarinen und steinharten Brötchen, lehnen die verbeulten und von feinem Mull überzogenen Kartons gegen das häßlichste Rasier-Set, das man je gesehen hat.

Es gibt Leute, die das Hamstern meines Vaters auf die

Zeit der Depression zurückführen; meine Mutter gehörte nicht zu ihnen.

»Mumpitz«, sagte sie immer. »Mir ging es noch weit schlimmer als ihm, und *ich* verstecke keine Feigen.«

Die Anspielung auf Feigen kam nicht von ungefähr. Mein Vater versteckte sie, bis sie die Konsistenz von Teer angenommen hatten, nur warum machte er das? Niemand in unserer Familie hätte sich auch nur in die Nähe einer Feige begeben, ganz gleich, wie alt sie war. Kartoffelchips gab es nie in seinen Lebensmittelbunkern, genausowenig wie Schokoladentafeln oder Marshmallow-Figuren. Die Frage, die uns die ganze Kindheit hindurch beschäftigte, war: Vor wem versteckt er das ganze Zeug? Abgesehen von den üblichen Insekten und den hungernden Menschen in Indien, über die laufend berichtet wurde, konnten wir nirgends potentielle Diebe ausmachen. Nie würde man unsere Nachbarn dabei erwischen, wie sie den Schimmel von ihren Erdbeeren kratzten, aber für unseren Vater konnte nichts so verfault sein, daß es ungenießbar wurde. Die Menschen waren verdorben, nicht die Lebensmittel.

»Die ist prima«, sagte er, während er einem Fliegenschwarm zusah, der seine Brut in das faulige Fleisch einer Ananas ablegte. »Das hat nichts zu bedeuten. Ich würde sie essen!« Was er auch tat, wenn der Preis stimmte. Und der Preis stimmte immer.

Weil sie auf Wörter wie *Frisch gepflückt* oder *Am Strauch gereift* hereinfiel, galt meine Mutter als verschwenderisch. Einem solchen Dummchen konnte man unmöglich vertrauen, schon gar nicht beim Marktgang, so daß mein Vater, bewaffnet mit einem prallen Bündel Gutscheine, den Einkauf ganz allein erledigte. Wenn wir ihn zum Lebensmittelmarkt begleiteten, ermunterte er meine Schwestern und mich, die Auslagen als ein Essen-satt!-Büffet zu betrachten. Äpfel, Kirschen, Weintrauben und makellose Mandarinen: In seinen Augen lag alles, was nicht eingepackt war, zur freien Mitnahme aus. Die Geschäftsleitung sah das anders, und es war bloß eine Frage der Zeit, bis jemand losgeschickt wurde, sein Treiben zu unterbinden. Wenn der Leiter der Obst-und-Gemüseabteilung erschien, verlangte mein Vater, mit vollem Mund, in den hinteren Lagerraum gebracht zu werden, eine wahre Leichenhalle, wo ausrangierte Lebensmittel zwischen Tod und Beerdigung aufgebahrt lagen.

Wegen des Gestanks und dem, was unsere Mutter »ein klitzekleinbißchen Würde« nannte, gingen meine Schwestern und ich nie mit in den Lagerraum. Wir hielten es für das beste, auf Distanz zu gehen und so zu tun, als gehörten wir einfach nicht dazu, bis unser Vater zurückkam, bepackt mit matschigem Obst und Gemüse, das keinerlei Ähnlichkeit mit dem aufwies, über das er sich zuvor mit soviel Genuß hergemacht hatte. Die Botschaft lautete: Gibt es was umsonst, wähl nur das Beste. Mußt du hingegen bezahlen, häng die Meßlatte etwas tiefer und sei nicht so pingelig.

»Hört auf zu jammern«, sagte er und schmiß eine Familienpackung anämischer Schweinekoteletts in den Einkaufswagen. »Fleisch *muß* grau aussehen. In ihren Werbeprospekten pfuschen sie dann an der Farbe rum, aber die hier sind völlig okay. Ihr werdet schon sehen.«

Ich habe meinen Vater nie etwas kaufen gesehen, das nicht mit REDUZIERTE VERFALLSWARE ausgezeichnet war. Lebensmittel ohne diesen orangeroten Aufkleber waren für ihn praktisch unsichtbar. Das Problem war nur, daß er »Verfallsware« nie mit »baldigem Verzehr«

in Verbindung brachte. Kam er vom Einkauf nach Hause, packte er das Fleisch in die Tiefkühltruhe, versteckte seine Lieblingsfrüchte im Badezimmerschrank und steckte alles andere in den Schockgefrierer. Natürlich war es für die Konservierung knackiger Frische längst zu spät, aber er nahm die Beschreibung des Schockgefrierfachs beim Wort und behauptete, man könne damit Tote erwecken und ihnen die saft- und kraftstrotzende Blüte ihres Lebens wiedergeben. Zog er eine Möhre nach ein paar Tagen aus dem heißgeliebten Schockgefrierfach, war sie bleich und weich wie ein schlaffer Penis.

»Hoppla«, sagte er. »Die muß gegessen werden, bevor sie schlecht wird.«

Dann biß er hinein, und wir alle zuckten angehörs der unnatürlichen Stille zusammen. Zu schwach zu irgendeinem Widerstand, ergab sich die Möhre stumm der Gewalt seines Kiefers. Ein weichgekochter Hotdog wäre geräuschvoller gewesen. Sich den Saft von den Lippen wischend, verkündete er lauthals, dies sei die köstlichste Möhre seines Lebens. »Ihr wißt gar nicht, was euch entgeht.«

Ich glaube, wir wußten es nur zu gut.

Selbst in unseren eigensüchtigsten Momenten konnten wir verstehen, warum jemand, der sechs Kinder großzuziehen hatte, knausrig wirtschaftete. Wir hofften, unser Vater würde sich entspannen und lernen, sich auch mal was zu gönnen, sobald wir aus dem Haus wären, aber es ist allenfalls nur schlimmer geworden. Nichts kann ihn von seiner Meinung abbringen, daß sich das Glück nicht auch über Nacht wenden kann und er auf eine Diät aus abgeschnittenen Fingernägeln und Suppen aus welkem Laub, abgeschmeckt mit Taschenlampenbatterien, umsteigen muß. Mag die Wirtschaft zusammenbrechen oder die Ernte vernichtet werden; mögen fremde Armeen das Land besetzen, von Haus zu Haus gehen und selbst noch unser Gewürzbord mitgehen lassen – mein Vater ist für alles gerüstet. Obwohl er mittlerweile pensioniert ist und alleine lebt, ernährt er sich nach wie vor wie ein Aasgeier.

Wenn mein Bruder, meine Schwestern und ich zu Weihnachten nach Hause kamen, riefen wir vorher gewöhnlich an und fragten, ob wir für das traditionelle Festessen etwas mitbringen sollten.

»Nein, das Lamm ist schon besorgt«, sagte mein Vater dann. »Weinblätter, Blätterteig, Kartoffeln – die ganze Einkaufsliste abgehakt.«

»Ja, schon, aber wann hast du die Sachen gekauft?«

Ansonsten ein ehrlicher Mensch, wenn es nicht um Lebensmittel ging, log mein Vater stets und erklärte, er sei gerade erst vom preiswerten neuen Frische-Markt zurückgekommen.

»Hast du an Bohnen gedacht?«

»Klar doch.«

»Laß hören, wie du eine zerdrückst.«

Wenn wir am Weihnachtstag nach Hause flogen, fanden wir eine unter einer fünfzehn Zentimeter dicken Eisschicht begrabene Lammkeule, von der das Verfallsdatum verriet, daß sie irgendwann Mitte der Carter-Ära gekauft worden war. Das Alter hatte die Kartoffeln bereits püriert, die Weinblätter trugen einen Pelz, und es war sicher, daß er letztens am Telefon mit den Fingern geschnippt hatte, um das Geräusch einer knackig-frischen Bohne nachzumachen.

»Warum so lange Gesichter?« fragte er. »Heute ist Weihnachten. Da freut man sich doch.«

Entnervt von ranziger Margarine und »völlig einwandfreier« Milch, die wie Blauschimmel-Salatdressing aussah, übernahmen wir Geschwister abwechselnd die Zubereitung des Weihnachtsessens. Im letzten Jahr war ich an der Reihe, und die, die bei Kasse waren, willigten ein, zu mir nach Paris zu kommen. Ich holte meinen Vater vom Charles-de-Gaulle-Flughafen ab. Als wir zum Taxi-Stand gingen, fiel eine Tüte Erdnüsse aus dem Seitenfach seiner Reisetasche. Diese Erdnüsse waren nicht auf diesem Flug verteilt worden, sondern irgendwann früher, als Flugzeuge noch Propeller hatten und die Piloten Lederkappen und lange, wehende Schals trugen.

Ich hob die Tüte vom Boden auf und spürte, wie ihr Inhalt zu Staub zerfiel. »Gibst du sie mir, bitte?« Mein Vater ließ sie für spätere Zeiten in der Brusttasche verschwinden.

Daheim in meinem Apartment machte er sich ans Auspacken. Zuerst dachte ich, die Katze hätte auf mein Bett gemacht, bis ich erkannte, daß das Ding auf meinem Kissen kein Katzenschiß, sondern eine verschrumpelte schwarze Banane war, die er aus seinem Versteck unter dem Waschbecken bis hierher nach Paris mitgenommen hatte.

»Hier«, sagte mein Vater. »Nimm eine Hälfte.«

Er hatte auch noch einen Pfirsich dabei, eingewickelt in eine Plastiktüte, damit es keine Flecken auf der Kleidung gab, die er am Tag zuvor eingepackt, allerdings Jahre vor seiner Hochzeit gekauft hatte. Wie bei Lebensmitteln hält mein Vater auch seiner Garderobe die Treue. Auf die Annahme gestützt, daß selbst die Toga früher oder später ihr Comeback erleben wird, gibt er kein Kleidungsstück fort und trägt Sachen auf, die sich längst in ihre Bestandteile auflösen.

Mit im Koffer war auch eine zerknitterte Wildledermütze, die er kurz nach dem Krieg in Kansas City gekauft hatte. Ebendiese Mütze sollte später am Abend in seiner Geschichte eine Rolle spielen, als wir uns mit meinen Schwestern und ein paar Freunden in jenem netten Pariser Restaurant trafen.

»Und dann«, sagt er, »entdeckte ich dieses braune Dingsda in meinem Koffer und kaute gute fünf Minuten darauf herum, bis mir aufging, daß ich den Schirm meiner Mütze verspeiste. Könnt ihr euch das vorstellen? Ein kleines Stück mußte während des Flugs abgebrochen sein – aber verdammt, wie hätte ich das denn wissen sollen?«

Meiner Freundin Maja gefällt die Geschichte. »Da haben Sie sozusagen Ihre Mütze gegessen.«

»Schon«, sagt mein Vater. »Aber nicht das ganze Ding. Nach dem ersten Bissen habe ich aufgehört.«

Außenstehenden wird das als eine ganz selbstverständliche Reaktion erscheinen, nur meine Schwestern und ich wissen es besser. Weil es ihn nicht umgebracht hatte, konnte die Mütze als *eßbar* gelten und würde fortan auf ganz andere Weise gesehen und geschätzt werden. Sie war als Kleidungsstück ausgemustert und würde nach der Rückkehr in ihr Heimatland vom Kleiderschrank in den Badezimmerschrank wandern, um dort mit der übrigen abgelaufenen Verfallsware auf die kommende Hungersnot zu warten.